Ganel

2017. 5. 22

감사합니다 ♥

핫 플레이스

2017년 5월 26일 초판 1쇄 인쇄
2017년 5월 31일 초판 1쇄 발행

지은이 가네프
발행인 이 종 주

기획 편집 주종숙 주수지
경영 지원 배진경
마 케 팅 김정수 김슬기

발행처 (주)로크미디어
출판 등록 2003년 3월 24일
주소 서울시 마포구 성암로 330 DMC첨단산업센터 3층 14호
Tel (02)3273-5135 Fax (02)3273-5134
홈페이지 rokmedia.blog.me
E-mail queens@rokmedia.com

핫 플레이스

Hot Place

가네프
장편소설

Queen's
Selection

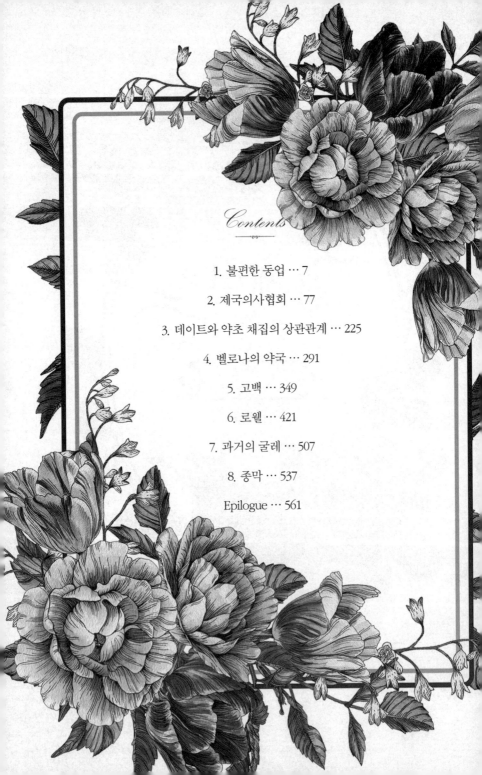

Contents

1. 불편한 동업 … 7

2. 제국의사협회 … 77

3. 데이트와 약초 채집의 상관관계 … 225

4. 벨로나의 약국 … 291

5. 고백 … 349

6. 로웰 … 421

7. 과거의 굴레 … 507

8. 종막 … 537

Epilogue … 561

Contents

Side Story 1.
벨로나와 로웰의 첫 만남 ⋯ 569

Side Story 2.
로웰과 스승님 ⋯ 581

Side Story 3.
연애와 일과 사랑과 욕구불만 ⋯ 597

Side Story 4.
해피엔딩 ⋯ 605

Side Story 5.
벨로나와 나이드와 위장약! ⋯ 615

작가 후기 ⋯ 624

1

불편한 동업

딸랑— 약초 냄새가 물씬 풍기는 아담한 건물 안에 듣기 좋은 청량한 종소리가 울렸다.

새로 들어온 약재들을 하나하나 정리하던 벨로나가 창고에서 고개를 빼꼼 내밀었다. 지팡이를 짚은 지긋한 나이의 여성이 문을 열고 조심스럽게 발걸음을 옮기고 있었다. 수수하지만 어쩐지 기품이 느껴지는 그 발걸음에 벨로나가 정리하던 것을 한쪽에 치워 두고 밖으로 나갔다.

"어서 오세……."

"오, 안녕하세요. 어디가 아파서 오셨습니까?"

인사를 건네려는 제 앞을 가로막은 훤칠한 키에 건장한 체격의 사내 때문에 벨로나가 미간을 꾹 눌렀다.

새까만 머리카락에 새까만 옷, 그리고 황금빛 장식을 해서 꽤나 세련된 모습이었다. 거기에 누가 봐도 정말 잘생겼다고 할 법한 외모까지 더해져 손님들 모두 그를 좋아했지만 벨로나에겐 조금도 달갑지 않은 사람이었다.

"오랜만이오, 약사님. 내가 요즘 걸어 다니는 것도 힘들고, 음······ 여기 통증이 너무 심해서 왔지. 조금만 서 있어도 여기가 너무 아픈 데 어휴, 어쩌면 좋을지······. 혹시 괜찮은 약이 있을까 해서······."

손님석에 앉아 주름이 자글자글하게 진 손으로 등을 툭툭 두드린 노부인이 하소연하며 두루뭉술 증상을 설명했다. 생글생글 웃는 얼굴로 그 내용을 받아 적던 사내가 다시 한 번 확인하듯 입을 열었다.

"아, 그럼 허리가 아프신 건가요?"

힐끗- 자신을 보는 모습이 어쩐지 의기양양해 보여서 벨로나가 불만스러운 표정으로 약재가 잔뜩 정리되어 있는 약재 제조실로 발걸음을 옮겼다.

작은 나무로 된 가게는 그렇게 넓고 크지 않았다. 가게의 오른쪽 구석에는 창고로 향하는 문이 있었고, 그 문 바로 왼쪽에는 커다란 카운터처럼 생긴 제조실이 있었다. 책꽂이처럼 생긴 칸칸이 나뉘어져 있는 가구가 벽에 놓여 있었고 서랍은 1백 개는 족히 넘을 것 같았다. 그럼에도 불구하고 서랍 앞에는 아무런 메모도 적혀 있지 않았다.

그 앞에는 사람 한두 명이 들어갈 수 있는 공간을 띄워 두고 나무로 된 'ㄴ' 자 모양의 카운터가 놓여 있었다. 그리고 그 위에는 약초를 정제하거나 빻는 기구들이 간단히 놓여 있었다.

"그렇지, 그런데 자네는 누군가? 내가 이 약국을 벌써 2년째 이용하고 있는데······ 자네는 처음 보거든."

남자의 물음에 순순히 대답하곤 노부인이 물었다.

"아, 얼마 전부터 일하게 된 아르바이트생입니다."

남자의 대답이 부드럽고 시원스럽게 입 밖으로 흘러나왔다.

아르바이트는 아르바이트였다. 비록 고용주 의견이라고는 코딱지만큼도 반영되지 않았다고 해도 말이다. 속으로 불만스럽게 대꾸하며 남자의 등을 노려봤다. 그와 동시에 남자가 뱅글, 몸을 돌려 생긋 웃었다. 등줄기를 타고 소름이 돋았다.

떨떠름한 시선으로 남자를 바라보자 그가 조금 더 입꼬리를 끌어올려 웃더니 입을 열었다.

"사장님. 여기 허리 통증에 좋은 약 제조 부탁드릴게요."

"아, 네."

닥치고 약이나 제조하라는 무언의 협박에 벨로나가 고개를 끄덕이며 대답했다.

몸을 돌려 약초 칸 몇 개를 뒤적거리던 벨로나가 바싹 말려 바삭거리는 소리가 나는 약초 몇 개를 꺼내 적당한 크기의 종지에 집어넣고 이리저리 빻기 시작하며 입을 열었다.

"아, 멜 부인. 혹시 약은 환약이랑 가루약이랑 물약 중에 어느 게 조금 더 편히 드실 수 있으세요?"

"이런, 이 나이가 되니 사실 쓴 게 싫어져서, 좀 달달하게 가능할까? 약사님."

"물론이죠."

투정 아닌 투정에 벨로나가 살풋 웃음을 머금으며 대답했다. 사실 이 시대의 병은 대부분 마법이나 신학, 그것도 아니면 극소수 의사들의 진찰에만 의지하고 있었다. 때문에 특별히 약이라고 할 만한 것이 없었다.

"아, 그러고 보니 일전에 손주분이 감기에 걸려서 약 사 가셨는데, 손주분은 괜찮아지셨어요?"

"그럼, 물론이지. 내가 무려 약사님 약을 사 갔는데 안 나을 리가 있나. 약사님이 말한 대로 따뜻한 물을 주고, 잠을 많이 재우고, 따뜻하게 해 주고, 밥을 먹고 나서 약을 꼬박꼬박 먹이니 겨우 사나흘 만에 말끔히 나았지."

노부인이 지팡이를 내려놓은 채 자랑스러운 듯이 이야기했다. 벨로나가 그것을 들으며 약 제조에 집중했다.

"자, 화기애애한 대화는 거기까지 하시고. 부인, 통증에 좋은 우슬차예요. 약은 만드는 데 시간이 좀 걸리니까 나오는 동안 느긋하게 기다려 주세요."

그새 차를 내려 가져온 남자가 생글생글 웃으며 말했다. 성격도, 사람도 좋아 보이는 저 선량해 보이는 웃음 뒤에 냉혈하고 냉정한 데다 제멋대로인 흉악한 현상범이 숨어 있다는 걸 과연 누가 알 수 있을까. 가식적인 저 가면을 확 벗겨 내고 싶었다.

돌아올 보복이 두려워서 행동으로 옮기지 못하고 있지만.

"저기, 당ㅅ……."

"로웰. 로웰이잖아요, 사장님."

생긋 웃는 입매와는 다르게 눈동자는 당장이라도 그렇게 안 부르면 목과 몸을 분리해 버리겠다고 말하고 있었기 때문에 벨로나가 입을 꾹 다물며 고개를 끄덕였다. 세상만사 아무리 무관심해도 내 목에는 관심이 아주 많았다. 특히나 치료를 해 준 상대한테 목이 따여 죽는 건 절대 사양이었다.

"그랬죠…… 로웰. 창고 찬장 쪽에 보면 약 포장하는 포장지 있는데, 좀 가져다주세요."

"아, 금방 다녀오겠습니다."

차를 내올 때 쓴 쟁반을 다시 가게 왼쪽 구석의 주방에 갖다 둔 로웰이 열려 있는 창고 안쪽으로 들어갔다.

로웰이 문을 닫고 들어가는 것을 본 벨로나가 만든 약을 빠르게 통에 담아 약을 덜어 먹을 수 있는 작은 뚜껑과 함께 노부인에게 건넸다.

"여기요, 멜 부인. 달달한 물약으로 만들었으니까 밥 먹고 하루에 아침, 저녁 꼭 챙겨 드세요. 달달하게 만들긴 했는데 그래도 약이라서 쓸 거예요. 다 먹었는데도 통증이 여전하면 다시 한 번 꼭 오시구요."

"알겠네, 알겠어. 어휴, 약사님이 약국을 차린 뒤로는 우리같이 돈이 적은 사람도 이렇게 치료를 받을 수 있어서 어찌나 다행인지…… 아참, 저 직원이 탄 차 참 맛있어. 호호, 생기기도 훤칠하니 잘생겼고. 이제 약사님도 얼른 결혼해야지."

할머니, 저 사람이랑 결혼했다간 요단강 건널 일밖에 없을 것 같은데요. 속으로 반박을 하며 벨로나가 일어나는 노부인을 부축했다. 그러면서 탁상 위에 놓인 깨끗하게 비워진 찻잔을 슬쩍 바라봤다. 저차는 잘못 타면 맛이 너무 강해져서 한 잔을 다 먹을 수 있도록 타는 것이 쉬운 일이 아니었다.

일을 잘한다는 것은 인정할 만했다. 범죄자만 아니었으면 더 좋았겠지만. 만약 그랬다면 정말 정식 직원으로 채용할 의사도 있었다. 저 정도로 이해가 빠른 사람을 구하기는 힘들 테니까. 하지만 그게 데드플래그가 만끽하는 폭탄이라면 안을 마음은 조금도 없었다.

"벌써 갔군. 약 포장지가 없다고 하지 않았나?"

물건을 가지고 나오던 로웰이 텅 빈 가게를 한 번 쓱 훑더니 아까와는 다르게 차갑게 가라앉은 목소리로 물었다. 로웰의 한 손에는 봉지에 둘둘 싸인 약 봉투와 포장지가 들려 있었다. 저 남자는 정말 얼굴 위에 가면을 하나 쓰는 것이 분명했다. 생글 웃던 표정 위에 어떻게 저런 무표정함이 자리 잡을 수 있는 것인지.

"저걸 포장하니까 없어진 것뿐이에요. 가져와 줘서 감사해요."

벨로나가 형식적인 인사를 건넸다. 어쨌든 그가 커다란 폭탄이기는 했지만 도움이 되는 것도 분명한 사실이었다. 그래도 쫓아내고 싶은 마음은 변함없었지만.

"숙식을 제공해 주는 대가지. 별 의미는 없다."

머리통 하나는 차이 나는 위치에서 자신을 내려다보면서 하는 말이 퍽 차가웠다. 처음 만났을 때부터 남자는 고압적이었다. 그리고 또한 제멋대로였다. 하지만, 내가 하는 일을 대충 어깨너머로 보고 거의 완벽에 가깝게 따라 할 정도로 머리는 좋았다. 저 머리를 왜 범죄에 사용하고 있는지는 조금도 알 수 없었지만.

딸랑— 사람이 들어오는 것을 알려 주는 종소리가 또 한 번 청량하게 가게 안을 울렸다.

"안녕하세요, 어디가 아파서 오셨습니까?"

방금 전까지 흘리던 차가운 기운이 순식간에 자취를 감췄다. 생글 웃는 얼굴이 다시 차가운 본래의 얼굴 위에 가면처럼 씌어졌다. 최상위 포식자의 맹수가 초식동물로 위장한 순간이었다. 그 황당한 변화를 뒤에서 지켜보던 벨로나가 길게 한숨을 내쉬며 그와 처음 만났던 때를 떠올렸다.

그와 만났던 그때를 이야기하기 위해서는 조금 오래전의 과거부터 이야기를 시작해야 했다. 약국을 차리게 된 그 일부터.

약국을 차린 것은 약 5년 전의 일이었다. 제국 유일의 약국. 그걸 떠올린 것은 무언가 커다란 계기가 있던 것은 아니었다. 단순히 돈을 벌 수단이 필요했고, 이 시대에서 내가 할 수 있는 일은 그다지 많지 않다는 것을 깨달았기 때문이다. 나는 전생의 기억이 있는 환생자였다. 다만, 기억나는 전생의 지식이라고는 의학지식이 전부였다.

의사는…… 하고 싶지 않았다. 전생이 마치 어제 일처럼 생생하게 기억나는 건 아니었지만, 전생에 의사로서 좋은 기억은 없었다. 24시간 중에 대부분의 시간을 환자에게 쏟았고, 급하면 자다가도 일어나서 출근했다. 전생의 나는 그것에 굉장히 보람을 느꼈던 모양이었지만 지금의 나는 아니었다. 정확히 말하면 나는 환생자라기보단 그냥 전생의 기억을 조금 가지고 있는 새로운 인물이었다.

그러니까 결론만 말하자면 이번 생의 내 직업으로 의사는 내키지 않았다.

고민에 고민을 하다 알게 된 것이 약학이었다. 그리고 이곳에는 약국이라고 할 만한 것이 없어서 아프면 신관을 찾아가거나, 혹은 힐이나 리커버리가 가능한 마법사를 찾아가거나, 그것도 아니면 의사를 찾아가야 했다. 문제는 그 직종에 종사하는 사람들의 몸값이나, 치료비가 장난이 아니라는 현실이었다.

즉, 귀족이나 돈 많은 상인들은 몰라도 일반 서민들은 의사도 찾아가기 힘들다는 뜻이었다. 그러니까 이 세계 사람들은 아픈 것을 참는 데 익숙했다. 어린아이부터 어른, 심지어 노인까지도.

그들의 적은 돈이라도 받으면 생계가 보장될 것이라 생각했다. 안타까운 마음도 약간은 있었고 말이다.

"수도에 괜찮은 건물이 있으려나."

생각이 끝나고, 행동은 빨랐다. 다행히 부모님이 돌아가시며 물려준 재산이 약간 있어서 초기 자본은 충분했다.

이 세계 사람들의 평균 수명은 서른에서 마흔으로 매우 짧았다. 그러니까 결혼도 빠르고, 아이를 낳는 것도 자연히 빨라졌다. 여기서는 일을 할 수 있는 법적 나이가 열네 살이었고, 결혼 적령기는 열여섯에서 열여덟이었으며, 아이는 늦어도 스무 살에는 낳아야 했다. 그리고 그 대부분이 제명에 살다 죽는 게 아니라 병사를 하거나, 사고사를 당하거나 둘 중 하나였다.

그러니까 여기서 자연적으로 늙을 수 있다는 것은 그만큼 돈이 많거나 정말 엄청난 건강 체질이라는 말이 된다. 내 부모님도 귀족은 아니었기 때문에 남들과 크게 다르지 않은 길을 걸어갔다. 내가 딱 열일곱 살이 되던 해, 향년 마흔의 나이로 약초 납품을 위해 출장을 갔다가 돌아오시는 길에 도적들의 습격을 받아 돌아가셨다.

아, 사실 약국을 차리게 된 데는 부모님의 영향도 있었다. 내 부모님은 약초를 채집해서 판매하는 약초상인이었는데, 덕분에 출장이 잦아 혼자 있는 시간이 많았지만 약초의 효능에 대해서는 충분히 배울 수 있었다. 이 세계의 약초는 다룰 수 있는 사람이 꽤나 한정되어 있었는데, 채집하는 것은 그렇다 쳐도 그것을 제조하고 가공해서 약으로 만들 수 있는 것은 의사뿐인 모양이었다.

"이러다 부자 되는 거 아냐?"

하나둘 계획을 써 내려가다 보니 생각보다 [제국 최초의 약국]이라는 타이틀이 획기적이라는 것을 깨달아 버렸다. 이 수도의 사람을 백으로 친다면 귀족이나 돈이 많은 상인들은 한 열에서 스물 정도밖에 되지 않았다. 그리고 그 외는 모두 서민들이다. 의사에게 가지 못했던 서민들이 저렴한 가격과 확실한 효과에 우르르 몰릴 것이 분명했다. 물론, 처음에는 아니더라도 시간을 두고 기다리면 약국은 분명 대박을 칠 예정이었다.

그렇게 거래처 확보나 기자재 구입, 가게 세팅 등의 준비에 2년의 시간과 부모님이 물려주신 재산의 90% 탕진. 열아홉의 나이로 나는 가게를 하나 가진 사장이자 제국 최초의 약국 약사가 되어 있었다.

물론 처음에는…… 파리만 날렸다. 아니, 모기만 날아다녔던가. 문을 열고 거의 한 달 동안은 손님도 없었고, 손가락질도 엄청 받았다. 첫 번째로 아픈 걸 치료할 수 있는 약을 제조해서 판다는 말을 의심했음이 분명했고, 두 번째는 비쌀 것이라고 생각했음이 분명했다.

하지만, 그것도 한 달뿐이었다. 심한 감기에 걸린 엄마의 약을 짓기 위해 어린아이가 찾아오면서 끝났다. 감기를 위한 약 제조는 어렵지 않았고, 가격은 아이가 집에 가서 부모님께 돈을 아주 약간 몰래 가져오면 될 정도로 부담스럽지 않았다. 그리고 약을 가져간 아이는 나흘 만에 해맑은 얼굴로 엄마와 찾아왔다.

차츰 입소문을 들은 사람들이 모여들었다.

그렇게 4년, 나는 귀족이나 혹은 돈 많은 상인들 못지않은 부자가 되어 있었다. 문제는 4년째에 접어들며 일어났다.

$§$

"으으…… 쿨럭─"

그날도 평소처럼 9시쯤에 장사 뒷정리를 하고 문을 닫는데 가게 옆벽에 사람이 쓰러져 있는 걸 발견했다. 그것도 피를 뒤집어쓰고 칼에 찔린 것이 뻔한 자상을 입고, 배에서 피를 철철 흘리고 있는 남자를.

"……저기 괜찮으세요?"

벨로나가 내키지 않은 목소리로 물었다. 귀찮아질 것 같았지만 명색이 약국을 하는 약사로서 차마 그냥 지나칠 수 없었다. 게다가 소중한 자신의 가게 옆에서 살인사건이 나는 것은 단연코 사양이었다.

"으……윽…… 도와…… 물을……."

"잠시만요."

콸콸 흐르는 피를 바라보던 벨로나가 가게로 들어가 빠르게 깨끗한 천과 붕대, 물과 미리 만들어 둔 약을 챙겨 밖으로 나왔다. 다친 남자는 간신히 정신을 유지하고 있는 것 같았다. 물을 일단 입가에 가져다준 벨로나가 상처 부위의 옷을 뜯고 등불에 의지해 피를 닦아 냈다.

"아니, 대체 뭘 해야 이렇게 칼에 맞아서 와요? 아니, 그보다 이 정도면 의사를 찾아가야지 약국을 찾아와요?!"

보기만 해도 눈살이 찌푸려지는 상처에 벨로나는 황당한 목소리로 잔소리를 하면서도 빠르게 약을 바르고 붕대를 감았다. 의학지식이 어느 정도 있었으니 망정이지 아니었으면 완전히 손 놓고 구경만 할 뻔했다. 정말 황당했다.

벨로나가 통증을 줄여 주는 약을 물과 함께 남자의 입에 억지로 집어넣어 먹였다.

"저기 일단 치료는 했는데…… 아, 치료비는 130실버니까 나중에 가지고 오시고. 좀 비싸다고 생각할 수는 있겠지만, 전 원래 이런 치료는 안 해요. 그나저나 걸을 수는 있겠어요?"

저기요? 약을 먹고 잠에 빠졌는지 색색거리는 숨소리만 울려 퍼졌다.

벨로나가 당황스러운 표정으로 남자의 차림을 천천히 훑었다. 어쩐지 도적 같은 복장이었다.

날씨가 춥지 않아서 밖에서 자도 크게 문제는 안 생기겠지만 환자를 놓고 간다는 것은 내키지 않았다.

"하는 수 없나. 가게에 들여놓을 수도 없으니까."

남자의 겨드랑이를 잡고 질질 끌어다 가게 뒤쪽에 옮겨 뒀다. 여기라면 사람 눈에도 덜 띄고 눕힐 수도 있으니까.

남자의 몸 위에 담요를 하나 덮어 준 벨로나가 미련 없이 몸을 돌렸다. 여자의 직감이었지만 어쩐지 이 이상 엮이면 위험할 것 같았다.

"살려 줬는데 그래도 돈은 가지고 오겠지?"

집으로 발걸음을 옮기며 벨로나가 걱정스럽게 중얼거렸다. 그리고 그날 밤 행했던 것들이, 모든 일의 시초가 되었다.

"어제 여기서 2급 현상수배범 레이먼을 보지 못했나?"

"네……?"

아침부터 장사 준비 중인 남의 가게에 쳐들어와서 하는 무장한 병사들의 말에 벨로나가 황망하게 되물었다.

의심스러운 눈초리로 가게를 멋대로 누비는 모습이 마음에 들지 않았다. 남의 약초는 왜 함부로 만져? 벨로나는 뚱한 얼굴로 퉁명스레 대답했다.

"그게 누군지는 모르겠지만 지금 내 가게를 그쪽들이 멋대로 헤집고 다니는 이유는 안 될 것 같은데요."

"어젯밤 전투 중에 녀석이 도망쳤다. 핏자국이 여기서 끊겼어. 정말 보지 못했나?"

"모른ㄷ…… 그 약초는 손대지 마세요!! 아니, 아예 내 물건에 손대지 마시죠. 당신들이 뭘 찾든 이 가게에 있는 건 약초랑 그걸 제작하는 제조 시설뿐이니까요."

벨로나가 매섭게 눈을 치켜뜨며 눈앞의 기사를 노려봤다. 벨로나의 초록빛 눈동자가 새빨간 불을 머금은 것 같았다. 대체 무슨 핏자국이 끊겼다…… 피? 치켜떠졌던 벨로나의 눈꼬리가 살짝 내려갔다.

어제 치료해 줬던 남자가 아주, 조금…… 마음에 남았지만 벨로나는 고개를 저으며 다시 기사를 올려 봤다.

"난 몰라요."

"정말 모르는 것이 확실하나? 만약 범죄자를 숨겨 주거나 했다면 너도 벌을 면하긴 어려울 거다."

벨로나의 강단 있는 모습에 기사가 한발 뒤로 물러나는 듯 목소리를 누그러뜨렸다.

숨겨 준 적도 없고, 숨기는 일도 없었다. 모르는 것은 모르는 것이었다. 잠시 망설이던 벨로나가 고개를 끄덕였다.

"알았다. 혹시 이런 사내를 본다면 신고하도록. 철수한다."

기사의 명령에 병사들이 순식간에 가게를 빠져나갔다. 수배지 속 사진 위로 어쩐지 익숙한 실루엣이 겹쳐졌다. 가게 문이 닫히고 기사도 모습을 감췄다. 순식간에 조용해진 가게 안에서 벨로나가 황망한 눈빛으로 수배지를 자세히 살폈다.

[다섯 개의 귀품 절도 및 타 국가로 밀수죄. 현상금 20골드, 레이먼.]

"어제 치료해 줬던 놈이잖아……?"

기사한테 대거리를 한 것이 우스워지는 순간이었다. '사실 치료해 줬어요.'라고 말했다간 분명히 감옥에 갇히거나 고문을 받으리라.

"미친, 조심해야지."

"뭘 조심하게?"

"그야 이런 놈들 치료를…… 꺄아악!! 뭐야?!"

수배지를 팔랑거리며 혼잣말을 내뱉던 벨로나가 대답이 들려왔다는 사실을 깨닫고는 소리를 지르며 번쩍 고개를 들어 올렸다. 어젯밤에 남의 가게 옆에 쓰러져 있던 놈이었다. 범죄자…… 그러니까, 지금 들고 있는 수배지 속 인물…….

벨로나가 수배지와 자신에게 말을 건 남자를 번갈아 쳐다봤다.

"안녕, 약사 아가씨. 어제 치료는 고마웠어. 창고에 숨어 있었는데 식겁했네, 아가씨가 저놈들 쫓아 줘서 살았어."

안색으로 보아 완벽히 나은 것 같지는 않지만, 어제 새하얗게 떴던 것보단 훨씬 나아 보였다. 아니, 그게 문제가 아니지. 정말 본의 아니게 숨겨 준 꼴이 되어 버렸다.

벨로나가 두 걸음 뒤로 물러나며 경계심 가득한 눈농자로 레이번을 바라봤다.

"뭐예요?! 안 나가요?"

"음, 어제 치료비 지불하라기에. 자, 웃돈 얹어서 1골드."

돈이 문제가 아니었다. ―그렇게 생각하면서도 벨로나는 레이먼이 주는 골드를 품에 잘 챙겨 넣었다.― 지금 가장 큰 문제는 아직 밖에 있을 것이 분명한 치안대였다. 괜히 이 모습을 들키면 어떤 식으로든 엮일 것이 분명했다.

"이건, 감사하네요."

게다가 범죄자가 직접 돈까지 주러 올 줄은 생각도 못 했다. 그것도 웃돈까지 얹어서. 하긴 어제 살려 주지 않았으면 잡혀갔거나 거기서 절명했거나 둘 중 하나임이 분명했으니, 어쩌면 당연한 처사일지도 몰랐지만 말이다.

"근데 이제 가세요. 괜히 엮이고 싶지 않으니까."

벨로나가 다시 두세 걸음 뒤로 물러나며 말했다.

"그나저나 약치곤 효과가 굉장히 좋던데. 생각보다 비싸지 않아서 놀랐어. 벌써 이 정도로 몸을 움직일 수 있다니."

그건…….

"네놈 몸이 비정상적으로 튼튼한 거구요."

도저히 나갈 생각이 없어 보이는 레이먼의 모습에 벨로나가 창문에 붙어 살짝 밖을 살폈다. 여전히 탐문 수사를 하며 다니는 병사들이 보였다. 돈을 드디어 많이 벌어서 하고 싶은 거 다 하고 살 수 있게 됐는데 감옥에서 썩다가 죽고 싶은 마음은 조금도 없었다.

"빨리 꺼지세요. 전 벌써 감옥 구경하고 싶은 마음 없으니까요. 아니면, 정말 이대로 신고폭죽 날려서 병사 불러 모읍니다."

벨로나가 찬장에서 폭죽을 하나 꺼내 들며 레이먼에게 반협박 조로 입을 열었다. 이 세계는 보통 병사들과 그 위 직급인 기사 한 명이 마을의 치안을 담당하는 편이었다. 전화 같은 게 없어서 각 집에 하나씩은 무조건 비치된 폭죽이 신고용으로 쓰였다.

붉은색 폭죽에 불을 붙여 하늘로 날리면 그걸 보고 병사들이 출동했다. 구시대적이었지만 나름 효과적이었다.

"알았어, 다음에 또 올게. 아, 약국 홍보도 많이 해 줄게!"

"오지 ㅁ⋯⋯."

말이 끝나기도 전에 레이먼은 창문 밖으로 몸을 날려 사라졌다. 약초 냄새 사이로 피 냄새가 옅게 풍겨 오는 듯했다. 벨로나가 길게 한숨을 내쉬며 제조실 안에 놓인 의자에 털썩 주저앉았다. 다시는 이런 거지 같은 일은 없었으면 했다.

그리고 격하게 후회했다. 그때 그 녀석에게 홍보 따위 때려치우라고 소리치지 못했던 그 순간을.

내 작은 소망은 그렇게 순식간에 산산조각 났다. 어디서 소문이 샜는지-분명히 범인은 레이먼이라고 생각한다.- 짧게는 일주일, 길게는 한 달 간격으로 온갖 현상범들이 제 가게 문 앞에 쓰러져 있기 시작했다.

그렇게 내 소중한 약국은 범죄자들에게도, 병사들에게도 소위 말해 핫 플레이스가 되었다.

그리고 매번 범죄자들을 만나느라 지친 나는 1년 후, 현상범 중의 현상범, 악역 중의 악역, 흑막 중의 흑막 등 온갖 수식어를 붙여도 부족하지 않을 로웰을 만났다.

ƒ

벨로나는 조금 미쳐 가고 있었다. 수배지에 떡하니 현상금이 걸린 현상범들이 거의 일주일 단위로 가게 앞에 쓰러져 있었다.

처음에는 분명히! 쓰러진 사람뿐이었다. 다친 사람들이면 그래, 치료받고 싶은 본능적인 마음에 찾아왔다고 생각할 수 있었다. 그리고 내가 차마 내 가게 앞에서 흉흉한 일이 일어나게 할 수가 없어 반억지로 치료를 하고 뒷마당에 던져 놓기도 했다!

분명히 그뿐이었다. 하지만 어느 날부터 매일 밤 약국에는 약을 사려는 뒷세계 사람들이 손님으로 찾아왔다…….

"……혹시 헤르니아의 해독제가 있나?"

평범한 약도 아니고 마약의 해독제나 혹은 맹독의 해독제를 찾기 위해서!! 물론 해독제는 있었다. 만들면 생기는 것이 해독제니까. 그런데 대체, 영업 마감이라고 떡하니 적어 두고, 문까지 꼭꼭 잠가 뒀는데 어떻게 항상 들어오냐는 말이었다!

"찾으시는 건 있는데요, 한 가지만 물어볼게요. 대체 여기는 어떻게 알았어요?"

황당해서 물은 질문에 들려온 대답이 더 황당스러웠다.

"우리들은 함부로 의사를 찾거나 돌아다닐 수 없는데 여기는 현상범들도 상대한다고 하더군. 덕분에 살았다. 어느 녀석은 여기에 와서 쓰러져 있었더니 치료를 해 줬다고 하고."

언젠가 레이먼이라는 그 남자를 만난다면 그 목덜미를 틀어쥐어 병사한테 넘겨서 반드시 내가 그 현상금을 받아 가게 이전 자금으로 사용할 거다. 개새끼, 은혜를 원수로 갚아?! 아니 한 번도 약을 팔았던 적은 없는데 대체 어떻게 손님으로 찾아오냐고!!

"약 판다는 소문은 어디서 들었는데요."

"그 치료해 줬던 놈들 중 하나가 너한테 약을 받았다고 하던데. 그래서 약값이랑 치료비랑 650실버를 줬다고 들었다."

아…… 문득 머릿속을 스쳐 지나는 사람이 있었다. 한 여덟 번째 방문자였던가. 지금까지 왔던 다른 사람보다 조금 상태가 심각했다. 열도 너무 오른 데다가 통증을 호소해서 약을 쥐여 주며 통증이 심하거나 열이 심할 때 먹으라고 했다. 약값을 받기도 했고.

어떻게 된 일인지 치료를 해서 뒷마당에 던져두면 다음 날 출근했을 때는 다들 사라져 있었다. 겨우 하루 만에 살 만해지는 것인지는 잘 알 수 없었지만 대부분은 몰래 돈을 두고 간다는 것이었다.

아, 한 번은 그런 적도 있었다. 들어오자마자 목에 칼을 들이밀며 약을 내놓으라고 협박하는 놈. 바로 폭죽을 날려 신고한 덕분에 병사들이 몰려와 전부 잡아갔지만 말이다. 나중에 알고 보니 겨우 현상금 2골드인 놈이었다.

어쨌든 대부분의 범죄자는 생각보다 예의를 지켰다. 그런다고 칼침을 맞고 다니는 그들을 치료해 주고 싶은 마음은 없었지만.

"여기요. 심야 시간 억지 노동비용까지 포함해서 720실버요."

작고 동그란 환으로 만든 약을 유리병에 다섯 알 넣어 남자에게 건넸다.

"생각보다 저렴하군. 골드만 챙겨 와서 실버가 없다. 남은 돈은 수고비라고 치지."

그렇게 말하며 남자는 1골드를 건네주고 창문으로 몸을 날려 사라졌다. 대체 멀쩡한 문을 두고 왜 저 부류는 전부 창문으로 몸을 날릴까. 진지하게 고찰해 보고 싶은 과제였다.

평소보다 1시간 늦은 가게 마감에 벨로나가 길게 한숨을 내쉬었다. 얼른 돌아가서 자야 할 것 같았다.

"으, 왠지 뒤가 구리네. 빨리 가야지."

벨로나가 몸을 부르르 떨었다.

얼른 늘어놓은 약초 등을 정리하고 문밖으로 막 한 발자국을 내디딘 순간이었다.

"이제 가야…… 오, 제발 이러지 마. 젠장."

문을 열자마자 보인 것은 새까만 밤하늘도 아니요, 지나가는 고양이도 아니요, 거대한 새까만 벽이었다. 머리가 한 개는 더 커 보이는 남자는 코와 입을 검은 두건으로 가린 채 고개를 푹 숙이고, 팔을 흐느적거리며 서 있었다.

남자를 흔들기 위해 벨로나가 손을 뻗는 순간, 휘청거리던 남자가 벨로나를 향해 쓰러졌다.

"쿨럭-"

울컥- 남자의 입에서 핏덩어리가 튀어나와 벨로나의 어깨를 적셨다.

갑작스레 쓰러진 남자 때문에 몸이 휘청거렸다. 남자가 몸에 힘을 쭉 뺀 채 있으니 그 무게가 고스란히 벨로나에게 전해졌다. 약은 만들 줄 알고, 강단은 있어도 체력이라고는 동네 한 바퀴를 뛰기 힘든 벨로나로서 그를 오래 지탱하는 것은 무리가 있었다. 콰앙- 결국 휘청거리던 벨로나와 남자가 나무 바닥에 곤두박질쳤다.

"저기, 저기요!! 좀 저리 비켜…… 윽……!"

남자의 몸 아래에서 버둥거리는 꼴이 딱 돌에 깔린 바퀴벌레 같았다. 벨로나가 이를 악물고 남자를 옆으로 밀었다.

온몸이 단단한 근육들로 이루어진 것을 보니 굳이 말하지 않아도 범죄자라는 것을 알 수 있었다. 이제 아예 수배지를 달달 외우고 다녀야겠다는 생각이 들었다. 누군지도 모르는 범죄자 상대하기는 정말 괴로웠다.

"쿨럭-"

울컥울컥 남자의 입에서 끊임없이 피가 흘렀다. 칼에 찔린 것 같지는 않은데. 혹시나 싶어 벨로나가 문을 다시 닫고 멀찍이서 남자의 상태를 살폈다. 외상은 없어 보였다. 간간이 찰과상이야 보였지만 심각한 수준인 것 같지도 않았다. 아마 외상이 아니라면 내상이거나 독인 것 같은데 스스로 독을 먹고 여기까지 온 것 같지는 않고…….

"젠장, 가게를 이전해 버리든가 해야지…… 저기요."

입술이 살짝 갈색빛이 돌았다. 피부 톤은 점점 새하얗게 질려 가는 것 같았고, 눈동자 색도 누렇게 변하고 있었다. 독초에 대해서 배운 적은 있지만 처음 보는 증상이었다. 맹독인 헤르니아나 유슬린은 아닌 것 같고. 그렇다고 마약에 취한 것 같지도 않았다. 두건으로 가려져 있는 코와 입으로는 숨쉬기가 힘들어 보여 벨로나가 조심스럽게 두건을 벗기기 위해 손을 뻗었다.

타악- 두건에 손을 대는 순간 남자의 팔이 매섭게 벨로나의 팔을 낚아챘다. 정신이 든 것 같았다. 어렵사리 눈을 뜨는 남자의 모습에 벨로나가 인상을 찌푸렸다.

"여긴……?"

"선량한 시민을 위한 벨로나 약국인데요."

벨로나가 '선량한'이라는 단어를 강조하며 말했다.

"약국……? 아……. 그렇군…… 독에…… 당했다."

예예, 그러시겠죠. 굳이 말하지 않아도 독에 당한 건 그쪽 몸을 보면 압니다. 대꾸하고 싶은 마음을 애써 누르며 벨로나가 속으로만 반박했다. 어쩐지 남자의 몸에서 풍기는 분위기가 보통 사람은 아니라는 걸 알려 주는 것 같았다. 눈만으로 사람을 잡아먹을 것 같았다. 그러니까 한마디로.

……솔직히 무서웠다.

"무슨, 독인데요? 헤르니아나 유슬린은 아닌 것 같고, 벨테르나 위키르도 아닌 것 같은데. 그 외에는 이런 치명적인 독초는 없는데…….."

독초도 종류가 많다. 두드러기가 나는 것도 독초였고, 재채기나

24

알레르기를 일으키는 것도 독초였다. 그뿐이랴. 간지럼이 멈추지 않는 독초도 있었고, 심지어 계속해서 콧물이나 땀이 줄줄 흐르는 독초도 있었다. 의외로 사람에게 이 정도의 치명상을 입히는 독초는 그다지 많지 않았다.

"유도리아 풀……."

남자가 웅얼거렸다. 손을 내린 것을 보아하니 자신을 적으로 보지는 않는 듯했다.

"유도리아 풀이요? 허, 그건 또 어디서 났어요? 미쳐, 그 해독제는 없는데."

"쿨럭- 역시, 그런…… 큭-"

유도리아 풀은 독초 중에서도 정말 최악의 독초였다. 유도리아 풀을 꽉 짜면 몇 방울의 진액이 나오는데, 그건 말 그대로 사람을 가장 고통스럽게 사망하게 만드는 독초였다. 자라는 지역도 굉장히 찾기 힘들고, 흔하지도 않은 독초라 지금에 와서는 사용하는 사람이 거의 없었다. 입으로 몸 안의 피를 전부 내보내기라도 하듯이 계속 피를 토하며, 결국은 장기를 느릿하게 쪼그라들게 하고 그 기능을 저하시켜 고통 속에서 죽어 가게 하는 독초였다.

유도리아 풀은 알려진 해독제가 없었다. 신관이 치료하기도 어려워서 상급 마법사가 리커버리를 해 줘야 낫는 독초였다.

"당장 없기는 한데, 만들어 줄 수는 있으니까 좀 버티든가요. 1시간 반 정도, 버틸 수 있겠어요?"

남자의 얼굴 옆에 쪼그려 앉은 벨로나가 의사를 묻듯 말했다. 살가움이 느껴지지 않는 벨로나의 질문을 알아들었는지 남자가 새하얗게 뜬 얼굴로 천천히 고개를 끄덕였다.

유도리아 풀에 중독될 경우 24시간을 기점으로 대부분 사망한다. 아직 자신의 목소리가 들린다는 것은 독초의 효력이 시작된 지 얼마

안 되었다는 뜻. 버티겠다는 의지도 있으니 약을 만드는 데 주저할 이유가 없었다.

독초에 중독된 상태로 호흡기를 막고 있으면 좋지 않을 텐데. 아까처럼 손을 들어 올려 자신을 잡을 힘은 없어 보였기 때문에 벨로나가 조심스럽게 남자의 두건을 얼굴에서 제거했다. 그리고 숨을 멈췄다.

"……뭔 놈의 범죄자가 상위 1% 미모를 가지고 있냐……?"

계속 보고 있다간 현상범한테 반할 것 같아 벨로나가 빠르게 몸을 일으켜 제조실로 향했다.

"유도리아 풀이…… 몇 개 있을 텐데."

벨로나가 의자를 가져와 그 위에 올라서서 약초 정리함의 위에서 세 번째 칸을 열었다. 세간에 알려진 유도리아 풀의 해독제 제조 방법은 없지만, 아버지의 약초 수첩에는 있었다. 물론 해독제라기보단 아버지의 경험에서 우러나온 중화시키는 방법이었지만.

유도리아 풀의 뿌리. 유도리아 풀의 잎이 독이라면, 그 뿌리는 독을 중화시키는 중화제였다.

아버지가 돌아가신 후 그것을 연구해서 유도리아 풀의 해독제를 만들었다. 뿌리에 해독제로 사용되는 몇 개의 약초를 더 섞어 환으로 굳히고, 그것을 일주일 동안 꾸준히 하루에 한 번씩 먹으면 독은 완전히 해독된다.

약국 한가운데 성의 없이 던져진 남자와 어깨에 피를 잔뜩 묻힌 채 콩콩 종지를 빻으며 약을 만드는 여자는 환자와 약사라기에는 꽤 이상한 모습이었다.

"그리고 보면 나도 멍청할지도……."

오는 놈들 다 치료해 주고 있으니 계속 찾아오는 걸 수도 있겠다 싶었다. 하지만 그 사람들을 전부 무시하면 매일 아침 제 가게 앞에서 죽어 있을 놈들이 한둘이 아닌데…….

"그러다 약국 접고 장례식장 차리겠네……."

상상만 해도 소름이 돋았다. 죽어서 뻣뻣하게 굳은 시체를 고이 닦아서 불에 태우고……. 절대 아마 이 건물 근처로는 아무도 오지 않을 게 분명했다.

벨로나가 다 빻은 약초 위에 하얀 가루를 집어넣으며 몸을 부르르 떨었다. 그런 일은 절대 있어선 안 되었다. 게다가 매일 내 가게 앞에서 죽어 있다고 날 범인으로 몰 수도 있었다. 그 깐깐해 보이는, 앞뒤 꽉 막힌 기사는 그럴 것 같았다.

"레이먼, 그 새끼가 죄인이야. 다시 한 번 오면 반드시 감옥에 처넣고 현상금으로 가게 이사해야지."

약을 동그랗게 만들어 굳히며 벨로나가 이를 갈았다. 그나저나 저 잘생긴 얼굴로 범죄라니. 뭐, 도적질이라도 한 번 했나 싶었다. 얼굴로 먹고살아도 충분할 것 같은데.

벨로나가 물과 환을 하나 챙긴 후 남자에게 다가갔다. 거의 손톱만 한 크기의 큰 환이었다.

"저기요, 살아 있어요?"

벨로나가 몸을 흔들며 남자를 불렀다. 주변은 완전히 피로 흥건했다. 내일은 오픈 시간을 늦춰야 할지도 모르겠다. 이것들 청소까지 하고 집에 가면 새벽이었다.

남자의 눈동자가 천천히 떠졌다. 이렇게 죽어 가면서도 눈으로는 사람 몇은 충분히 죽일 기세였다. 섬뜩한 기분을 느끼며 벨로나가 물을 건넸다.

"입 헹구고, 이 약 씹어 먹어요. 여섯 개 더 챙겨 줄 테니까 매일 밥 세 끼 다 챙겨 먹고 자기 전에 꼭 드시고요. 참고로 이거 청소비에 제 시간 외 수당비에 제조비에, 유도리아 풀 재료비에 당신 수발비까지. 3골드는 줘야겠어요."

약을 받아 든 남자가 벨로나를 쳐다봤다. 아무것도 담기지 않은 눈동자였다. 어쩐지 사기 치지 말라고 책망하는 것 같아 제 발 저린 벨로나가 더듬거리며 입을 열었다.

"그, 제 옷도 엉망이 됐고요."

덧붙인 말이 떨렸다. 그냥 보는 것만으로 떨리는 놈은 처음이었다. 남자가 말없이 천천히 물을 마시고 약을 씹어 먹으며 인상을 완전히 찌푸렸다. 그리고는 말없이 빈 잔을 벨로나에게 넘겼다.

"……완전 부려 먹네."

한 잔 더 달라는 것이 분명한 제스처에 벨로나가 불만을 터뜨리며 물을 한 잔 다시 따랐다. 하긴, 유도리아 풀의 뿌리가 보통 쓴 것이 아니었다. 완전 쓰레기를 씹는 것 같겠지.

"약은 원래 써요. 쓴 만큼 제대로 된 거니까 드시고, 30분 뒤면 느리게 움직일 수 있을 테니 약 들고 가세요. 아, 돈은 선불."

벨로나가 물을 마시는 남자에게 손을 쭉 뻗었다. 어쩐지 다른 범죄자는 몰라도 이 사람은 다시 안 올 것 같았다. 미리 돈을 받아 두는 편이 마음이 편할 것 같았기에 벨로나가 시선을 돌리며 돈을 요구했다. 말없이 남자가 벨로나를 뚫어져라 쳐다봤다.

"아, 알았어요! 좀 깎아서 2골드 500실버. 이거면 됐죠? 얼른 주고 가요. 나 여기 치워야 되니까."

도둑이 제 발 저리듯 벨로나가 말을 정정했다. 남자가 품에서 금으로 된 동전을 세 개 꺼내 꼿꼿하게 뻗어진 벨로나의 손 위에 올렸다. 돈도 있으면서! 아쉽다는 듯 입맛을 다신 벨로나가 환이 든 약통을 남자에게 챙겨 주며 500실버를 거슬러 줬다.

"일단 저 구석에 앉아요. 나 좀 치우게."

앉아 있는 남자를 거의 밀듯이 구석으로 치운 벨로나가 피가 흥건

한 나무 바닥을 물걸레로 열심히 닦아 냈다. 창고로 쏙 들어가 옷도 갈아입고 봉지에 입었던 옷을 챙기기도 하며 벨로나는 작은 가게 안에서 분주하게 움직였다.

새벽 1시가 되었을 무렵 벨로나가 한숨을 내쉬며 남자에게 다가갔다.

"이제 일어나 봐요, 걸을 수 있죠? 약은 꾸준히 드시고요."

쏜살같이 남자를 일으켜 세워 끌어당긴 후 가게 문밖으로 밀어 버리며 속사포처럼 말한 벨로나가 드디어 시원스럽게 풀린 얼굴로 철컥- 가게 문을 잠갔다. 아침 9시에 시작했던 일이 새벽 1시가 되어 끝났다. 정말 힘든 강행군이었다.

"잘 가요, 다신 보지 말고, 홍보도 하지 말고, 어디 가서 약 줬단 이야기도 하지 마요."

신신당부를 한 벨로나가 손을 휘휘 저으며 잰걸음으로 빠르게 남자의 시야에서 사라져 갔다. 약국의 벽에 기대어 숨을 고르던 남자가 피식- 웃음을 흘리며 벨로나가 걸어간 자리를 눈으로 훑었다.

"꼬맹이가 제법이군."

환약을 품에 조심스럽게 갈무리해 넣으며 남자가 아까의 쇳소리와는 꽤나 다른 감미로운 목소리로 중얼거렸다. 남자는 달빛과 어우러져 누가 봐도 황홀하다고 말할 정도로 아름다운 얼굴을 하고 있었다.

햇살이 창문을 타고 들어와 눈에 직격했다. 나무 침대 위에 이불을 여러 겹 깔아 푹신하게 자고 있던 벨로나가 몸을 비틀어 베개에 얼굴을 묻었다. 햇살이 이번엔 등에 직격해서 그 부위만 뜨겁게 만들고 있었다. 어제 자신이 늦게 잔 것과는 관계없이 햇살은 제시간에 떠올랐다. 젠장, 눈꺼풀이 무거웠다.

"커튼을 달든가 해야지……."

베개에 얼굴을 묻은 채 벨로나가 불만스레 웅얼거렸다. 한참 동안 침대 위에서 이리저리 뒹굴거리던 벨로나가 몸을 일으켰다. 퀭한 얼굴과 부스스한 머리, 그리고 광대뼈까지 내려온 다크서클은 벨로나의 피곤함을 짐작케 했다.

"오픈 시간을 늦추고, 마감 시간도 늦출까."

그럼 다른 손님들도 올 수 있을 테니 그놈들도 함부로 밤에 방문하지 못하지 않을까? 문득 머릿속을 스친 생각이었지만 벨로나는 금세 고개를 저었다. 그렇게 하면 더 늦게 찾아올 놈들이었다. 결국 달라지는 건 없는 제자리걸음이었다.

"출근……하자."

스스로를 다독이며 벨로나가 몸을 일으켰다. 약국을 장례식장으로 바꿀 수도 없었고, 그렇다고 약국을 접을 수도 없었다. 그러니까 내가 할 수 있는 일은…… 닥치고 출근하는 일뿐이었다.

열쇠로 가게의 문을 열고 앞에 팻말을 영업 중으로 바꿔 둔 벨로나가 안으로 발을 들였다. 그리고 그대로 굳어질 수밖에 없었다. 약초 냄새와 옅은 나무 냄새만이 자신을 반겨야 정상이었다. 그런데…….

"뭐, 뭐예요?! 당신!"

"하룻밤 사이 얼굴을 까먹었나? 머리는 그다지 좋지 못하군."

비꼬는 듯 말하는 말투에 어쩐지 자존심이 상한다. 그리고 까먹긴 개뿔이! 그 미친 듯이 후광이 비치는 얼굴을 잊을 수 있을 리가 없지. 내가 하는 말은 네놈이 왜 내 가게에, 그것도 남의 카운터 의자에 앉아서 뻔뻔하게 신문을 읽고 있냐고!!

벨로나가 손가락으로 남자를 가리킨 채 입을 뻐끔거렸다.

"……언어장애도 있었나?"

멀쩡한 사람을 장애인으로 모는 저 뻔뻔한 놈을 어떻게 해야 할

까. 심호흡을 하며 문을 잠근 벨로나가 그를 노려보며 천천히 입을
열었다.

"남의 가게에서 뭐 해요, 지금?"

"······시각장애까지. 신문 읽고 있는 거 안 보이나? 너 어제 그 녀
석과 동일 인물이 맞나?"

"누가 그쪽 신문 읽고 있는 거 안 보여서 이래요? 내 가게에 왜 당
신이 있냐고!! 치료해 줬으면 이제 집에 돌아가는 게 정상 아니에
요?!"

벨로나가 씩씩거리며 소리쳤지만 남자는 우아하게 신문을 접고 꼬
고 있던 다리를 풀더니 몸을 일으켰다. 갑자기 일어나는 남자의 모습
에 움찔, 몸을 떤 벨로나가 한 발자국 뒤로 물러났다가 이내 이를 악
물며 다시 제자리로 돌아왔다. 그런 벨로나의 행태를 흘끗 본 남자가
성큼성큼 창고 안으로 들어갔다.

"거긴 왜 들어가요!! 저기요!!"

얼른 쫓아 들어가니 남자는 식량 창고의 문을 열고 있었다. 대체
무슨 상황인지 모르겠다. 벨로나가 미간을 꾹꾹 손가락으로 눌렀다.
그렇지 않아도 피곤해 죽겠는데 대체 이건 무슨 시추에이션인가.

"별건 아니고, 며칠 여기서 묵어야겠다. 도저히 움직일 수가 없
군."

남의 식량 창고에서 음식을 꺼내 먹으며 말하는 남자를 벨로나가
황당한 표정으로 쳐다봤다. 황당하면 말이 안 나온다는 말이 틀린 데
가 없었다. 그걸 뼈저리게 느끼며 벨로나가 남자를 쳐다봤다.

"물론 돌봐 주는 대가로 일을 도와주지."

"아니, 나는 그런 거 필······ 아니, 난 범죄자 고용 안 하거든요?
그리고 그쪽 완전히 멀쩡해 보이는데 내 눈이 잘못된 겁니까?"

"시각장애가 있는데 그 눈에 뭘 바라나."

물을 한 잔 따라 마신 남자가 벨로나를 흘끗 쳐다보더니 창고를 나
갔다.

"미쳤…….."

딸랑- 손님이 왔다는 종소리가 분위기와 다르게 청량하게 울렸
다. 너무 당황해서 영업 중 팻말을 바꿔야 한다는 생각을 못 했다. 벨
로나가 일단 사정을 설명하고 다음에 와 달라고 하기 위해 창고를 빠
져나갔다.

"안녕하세요, 어디가 아파서 오셨나요? 손님."

방금까지 사람 몇은 죽일 것 같은 시선으로 저를 한심하게 내려 보
던 오만한 눈빛은 어디에 갔는지 남자는 생글생글 웃고 있었다. 백팔
십도 달라진 표정으로, 정말 친절한 가게 점원이라도 된다는 듯이.

"아…….."

젊은 여자 손님이 멍하니 남자를 쳐다보고 있었다. 저 얼굴은 미
친 얼굴이었다. 자신도 그런 상황에서 만나지 않았다면 분명히 넋을
잃고 바라봤을 것이 분명할 정도로.

"저기 오늘은 영업을 안…….."

"아! 약사님!! 저희 동생이 열이 너무 심해서요. 어제 갑자기 오르
기 시작해서 하룻밤을 꼬박 앓았는데도 열이 내릴 기미가 안 보여요.
자꾸 물만 찾고…… 목소리도 거의 안 나와요. 아, 그, 그리고……
몸에 붉은 반점도 올라왔어요."

울먹이는 여자를 바라보던 남자가 입가에 미소를 지으며 벨로나를
쳐다봤다. 이래도 영업을 안 하겠다는 말이 나오냐는 책망 어린 눈빛
에 입을 꾹 다물었다. 붉은 반점이면 짐작이 가는 게 있긴 한데……
그건 저런 증상을 함께 가져오지 않았다.

"혹시 동생이 코이비를 먹었나요?"

"어…… 네, 어제 코이비볶음을 어머니께서 해 주셔서…… 하지만

그건 일반 채소인데…….”

사람마다 맞지 않는 음식이 있는 법이었다. 거기에 감기가 같이 겹친 것뿐이었다. 바이러스 두 개가 모이니 그냥 간단히 앓고 끝날 일이 끙끙대는 사태로 번진 것이었다. 제조할 약이 조금 많아졌다.

“금방 만들어 드릴게요. 잠시만 앉아 계시겠어요? 차를 내 드릴게요.”

일단 이 손님 보내고 저 남자도 쫓아내야 했다. 아주 작은 간이 주방으로 들어가 벨로나가 찻잎을 꺼내 차를 내렸다. 언제 따라왔는지 남자가 뒤에서 가만히 제가 하는 양을 바라보고 있었다.

“당신 진짜 안 갈 거예요?”

목소리를 낮춘 벨로나가 속삭이듯 말했다. 가만히 벨로나의 말을 듣던 남자가 돌연 입을 열었다.

“카일리스 로웨른. 로웰이라고 부르시면 될 것 같아요, 사장님.”

내가 왜?! 생긋 웃는 꼴이 지나가는 사람은 다 홀릴 것처럼 생겼다. 되지도 않는 연기를 그만두지 않는 그 모습에 벨로나가 이를 악물었다. 차를 가져가기 위해 찻잔을 쟁반에 올려놓는 순간, 로웰이 쟁반을 낚아채서 먼저 주방을 나갔다.

“손님, 여기 따뜻한 차니까 드시면서 조금만 기다려 주세요. 사장님께서 금방 만들어 주실 겁니다.”

“아, 네…… 네!”

고급 레스토랑에서나 볼 수 있는 기품 있는 접대에 벨로나가 속으로 혀를 내둘렀다. 사람이 어떻게 저렇게 한순간 손바닥 뒤집듯 바뀔 수 있는 것일까.

벨로나가 서랍을 휙휙 열어 몇몇 개의 약초를 꺼내 들며 말했다.

“로즈마리로 만든 차예요. 많이 흥분하신 것 같아서…… 드시면 조금 안정되실 테니까 천천히 드세요.”

아무렇지도 않게 설명하는 벨로나를 로웰이 조금 놀란 눈동자로 쳐다봤다가 이내 손님이 마시고 있는 차에 시선을 던졌다. 미미한 미소가 로웰의 입가에 떠올랐다. 그것을 아는지 모르는지 벨로나는 빨리 약을 만들어 손님을 돌려보내고 로웰을 쫓아낼 생각으로 분주히 손을 놀렸다.

"아, 혹시 동생분이 몇 살인가요?"

약 제조의 막바지 단계에 접어든 벨로나가 하던 일을 멈추고 손님에게 물었다. 로즈마리차 덕분인지 아까와는 다르게 꽤나 차분해진 얼굴로 기다리고 있는 여자가 대답했다.

"열세 살이에요. 동생 나이는 왜……."

"아, 가루약이랑 물약 중에 어느 걸 드릴까 했는데…… 열세 살이면 그냥 환으로 드려도 괜찮을 것 같네요. 가루약이나 물약보다는 환약이 효과가 더 좋기도 하고요."

가루약이나 물약의 경우에는 다른 약재가 들어가는 만큼 약간 희석되는 경향이 있었다. 어쨌든 약초 자체를 덩어리로 만든 환약이 제일 효과가 좋았다.

"좀 쓸 텐데 그래도 절대 뱉지 말고 꼭꼭 씹어서 먹을 수 있게 해 주세요. 아홉 알, 총 사흘 치구요. 아침밥 먹고 한 개, 저녁밥 먹고 한 개, 자기 전에 한 개 해서 사흘 꾸준히 먹여 주세요."

약을 굳히고 통에 담으며 벨로나가 설명을 덧붙였다.

이 세계 사람들은 대부분 자급자족을 하고 살기에 무언가를 잘못 먹거나 건드려서 병을 얻곤 했다. 그게 아니면 무릎이나 허리 통증 같은 것 정도.

아…… 최근엔 밤손님들이 독초의 해독제를 찾으러 오기도 했다. 아니면 찢어지거나 찔리는 등의 자상을 입어서 바르는 약을 찾든가. 덕분에 요즘은 그런 쪽 약초의 소비가 많았다. 새로 들여야 할 약초가 한둘이 아니었다.

"아, 네! 감사합니다. 저기 가격은……."

어두운 표정으로 여자가 조심스럽게 물어 왔다. 많이 유해지긴 했어도 약값에 대한 편견은 여전했다. 그래서 들어오자마자 가격을 묻는 사람도 한둘이 아니었다.

대충 들어간 약초의 값과 재료비를 생각하던 벨로나가 입을 열었다.

"190실버예요."

"어, 정말요? 생각했던 것보다……."

"저렴하죠? 그러니까 자주 이용 부탁드릴게요. 아픈 걸 참으면 더 큰 병이 되니까요."

사르르— 웃음을 머금으며 벨로나가 미래의 손님에게 살갑게 대꾸했다. 사실 벨로나 입장에서는 지금 저 가격도 상당히 남겨 먹는 것이었다. 190실버라고 하면, 대충 서민들이 한 번씩 외식비로 쓸 수 있는 금액이었다. 보통 서민들이 한 달에 버는 돈이 2,000실버에서 3,000실버. 즉, 2골드에서 3골드 정도였다.

"감사해요, 그럼 안녕히 계세요."

약값을 치러 준 벨로나가 한숨을 크게 내쉬었다. 이제 해결할 것은 눈앞의 진상덩어리 하나뿐ㅇ…….

딸랑— 눈을 치켜뜨며 한창 감정을 잡고 있는 도중, 청량한 종소리가 또 가게 안에 울려 퍼졌다. 로웰의 입가에 순간 비웃음이 걸렸다 사라졌다.

도대체가 세상은 제 편이 아니었다……!

벨로나가 속으로 이를 갈았다.

"안녕하세요, 손님. 어디가 아파서 오셨나요?"

상냥한 목소리가 퍽이나 듣기 좋게 울려 퍼졌다. 누가 보면 서비스 정신을 잔뜩 가진 베테랑 접객인이라고 생각할지도 모르겠다는 걱정이 들 정도로. 쫓아내려는 속마음을 어떻게 알았는지 보기 좋게 손님과 저를 차단하는 모양새가 익숙해 보였다.

심한 타박상을 입은 여자였다. 벨로나의 미간이 절로 찌푸려졌다.

"일단 소독부터 할게요. 여기 앉으시고, 잠시만 기다리세요."

그렇게 말한 벨로나가 빠른 걸음으로 창고 안에 들어갔다.

소독약을 챙긴 벨로나가 창고의 문을 닫고 다시 밖으로 나왔다. 깨끗한 수건과 물도 챙기려던 벨로나는 굳이 그럴 필요가 없다는 것을 깨달았다.

이미 로웰이 깨끗한 물을 받아 와 무릎 하나를 꿇은 채 조심스럽게 모래와 핏물을 닦아 내고 있었다. 눈치 하나는 정말 쓸데없이 빠른 사람인 모양이었다. 저게 전부 가식이라는 것이 문제였지만.

"아, 제가 할 테니 사장님은 가서 약을 제조해 주세요."

사람 좋은 얼굴로 생긋 웃어 보인 로웰이 벨로나에게서 소독약을 빼앗아 갔다. 그리고는 벨로나를 제조실 쪽으로 밀었다.

그 지극히 자연스러운 행동에 벨로나가 당황한 표정으로 로웰을 쳐다봤다.

"항생제랑 진통제도 같이 만들어야겠네."

벨로나가 혼잣말을 하며 몸을 돌렸다. 원치 않게 할 일을 빼앗겼다. ……심지어 쫓겨나기까지 했다.

설상가상, 벨로나는 밀려드는 주문에 마감 직전까지 조금도 쉴 수가 없었다.

"미친, 피곤해…… 하. 다리 아파……."

제조실 의자에 널브러져 벨로나가 지친 목소리로 중얼거렸다. 오늘 단체로 무슨 일이 있는 건지 손님들이 끊이질 않았다. 잠시 쉴 틈도, 차를 한잔할 여유도 없었다. 나중에는 아예 의자도 꽉 차고 밖으로 손님들이 줄을 서 있을 지경이었기 때문에 미친 듯이 일만 했다는 것이 옳을 듯했다.

"이 정도로 지치면 되나. 체력도 저질이군."

한순간도 앉아 있지 않고 손님을 접대했던 로웰이 한심하다는 말투로 말했다.

아직도 쌩쌩한 네놈이 이상한 거란 생각은 안 듭니까? 머릿속에서 비꼼 가득한 문장이 떠올랐지만 차마 내뱉을 체력도 남아 있지 않았다. 아무리 해독제를 먹었다지만 어떻게 저렇게 돌아다니냐. 저게 인간이야, 괴물이야?

벨로나가 엎어진 채 로웰을 황당하게 올려다봤다. 하지만…… 솔직히 오늘 일하는 데 있어서 그가 도움이 되었다는 것은 부정할 수 없는 사실이었다. 근데 대체 저 얼굴로 무슨 일을 저지른 것인지. 정말 별거 아닌 범죄라면 고용할 마음이 생길 정도의 완벽한 일처리였다.

"저기, 당신 무슨……."

딸랑― 이제는 더 이상 듣고 싶지 않은 종소리가 또 가게에 울려 퍼졌다. 벨로나가 지침과 짜증을 숨기지 않은 채 느릿하게 고개를 들어 올렸다. 로웰은 어느새 얼굴에 친절함을 가장한 미소를 띠고 있었다.

"뭐야, 기사씨네요. 또 근처에서 범죄자 잡았어요?"

기사는 돈이 많다. 그리고 강하다. 고로 다치는 일이 별로 없었다. 벨로나의 목소리는 그것을 전부 계산한 듯 심드렁했다. 돈이 되지 않는 고객은 그냥 잡상인과 다를 바 없었다. 특히나 지난 1년 전, 그러니까 내 가게 앞에 범죄자들이 쓰러져 있기 시작한 때부터 치안대는 하루에 한 번 가게를 꼭 들렀다.

여기를 들렀다가 나가면 범인을 잡을 때가 많다나. 찔렸지만 징크스냐고 웃으며 대꾸했었던 기억이 있었다.

"아니, 근데 저 사람은 누군가? 처음 보는데."

기사 특유의 절제된 목소리와 의심 어린 눈초리가 벨로나를 향했다.

"아…… 그게……."

"안녕하세요, 기사님. 오늘부터 아르바이트를 하게 된 로웰이라고 합니다. 정말 멋있으시네요. 저도 예전에는 기사가 되는 게 꿈이었습니다."

벨로나의 말을 순식간에 낚아채 간 로웰이 산뜻한 목소리로 자기소개를 시작했다. 거기에 아부까지 곁들여서.

정말 '헐' 소리가 나오지 않을 수가 없었다. 입을 쩍 벌리고 있으려니 로웰의 시선이 따가웠다.

벨로나가 빠져 버린 듯한 턱과 머리를 두 손으로 꾹 눌러 제자리에 맞췄다.

"아하, 그랬군. 하긴 오늘은 대기도 많고 바빠 보이더군. 여자 혼자 하기엔 벅찰 수도 있으니 직원 한둘 정도는 둘 때도 됐지."

어깨가 조금 더 펴지고 의기양양해진 것이 저 가면 쓴 놈의 설탕 솔솔 뿌린 우쭈쭈 칭찬이 마음에 든 모양이었다. 어휴, 저 병신. 평소에는 안 그런 것 같은데 자기 칭찬만 조금 해 주면 퍽이나 좋다고 어깨를 편다.

느릿하게 몸을 일으키며 벨로나가 기사를 한심스럽게 쳐다봤다.

"별건 아니고, 좀 심각한 흉악범이 도망쳤다. 독을 맞아서 금방 잡을 수 있을 줄 알았는데 도망쳤더군. 강한 독이라 죽었을 거라고 생각하지만 이상하게 네 가게 주변에서 항상 범죄자가 많이 잡히니까 알려 주려고 왔다."

그렇게 말하던 기사가 품에서 수배지를 하나 꺼내 벨로나에게 넘겼다. 어쩐지 묘-하게 데자뷰가 섞인 설명에 등줄기를 타고 불안함이 흘러내렸다. 조심스럽게 받아 든 벨로나가 수배지에 있는 사진과 그 죄목을 보고 그대로 굳었다.

"그럼 이만 가 보지. 자네도 힘내게, 저치도 옆에서 잘 좀 돌봐 주고."

로웰이 힐끔 굳어 있는 벨로나를 내려다보더니 이내 기사를 향해 생글생글 웃으며 고개를 끄덕였다.

"그럼요, 기사님. 제가 책임지고 아주 잘- 돌보겠습니다. 조심히 들어가세요."

"하하, 기개가 있군. 너도 이제 남자 점원이 하나 생겼으니 조금 살 만하겠어."

떡하니 폭탄을 얹은 진실을 던져 놓고 가며 하는 말이 퍽이나 자랑스러워 보였다. 미친, 이런 똥 폭탄을 안았는데 뭐가 살 만해?!

기사가 문을 닫으며 나갔다. 닫히는 문 사이로 멀어져 가는 기사를 바라보며 벨로나가 급하게 몸을 날렸다. 여기서 저 기사 놈을 못 잡으면 내 인생은 끝이다.

"저기 기사쓰……!"

콰앙- 철컥- 기사가 멀리 사라진 것을 확인한 로웰이 느릿하게 약국의 문을 꽉 닫고 잠금장치를 걸어 버렸다. 방금까지 웃고 있던 남자는 어디로 갔는지 새까만 눈동자로 저를 바라보는 모습이 시리게 차가웠다.

"그럼 우리는 이야기를 계속 해 볼까? 내 요구 사항은 아까 말한 대로 여기서 좀 머물렀으면 하는 건데. 아, 물론 일은 오늘처럼 도와주지. 무보수로."

무보수 같은 소리 하고 앉았다. 무보수가 아니라 돈을 주면서 일한다고 해도 절대 사양이었다. 단정하고 깨끗한 데다, 보기 힘든 상위 1%의 미모를 가진 범죄자는 범죄 경력도 상위 1%인 모양이었다.

[귀족 스무 명 살해 및 반역죄, 현상금 1만 골드. 신상 정보 없음.]

벌벌 떨리는 손으로 벨로나가 수배지를 이리저리 살폈다. 서프라이즈일 확률은 거의 없었다. 결국 이 내용이 사실이라는 이야기였는데…… 두건으로 얼굴을 꽁꽁 싸맨 사진이 유일한 단서인 모양이라서 기사도 알아보지 못한 모양이었다.

……근데요, 기사씨, 내 눈앞에 있는 이 사람이 그쪽이 찾던 그 흉악범인 모양인데요……?

얼굴은 사진 속에 없었지만 처음에 봤었던 모습이나, 눈빛만으로 사람을 죽일 것 같은 분위기가 전부 이제야 납득이 갔다.

"제, 제가 왜요? 전 엮여서 감옥 구경 가는 것도, 그쪽 같은 위험 1급 생물을 옆에 둘 마음도 없는데요."

벨로나가 애써 평정을 가장하며 반박했다. 로웰이 무슨 황당한 소리를 하냐는 듯한 한심한 눈빛으로 벨로나를 쳐다보며 마치 어린아이에게 설명하는 것처럼 천천히 대답했다.

"그거야 당연히 아픈 사람을 치료하는 건 의사인 네가 할 일이니까."

아뇨, 저기요. 무슨 소리세요. 아픈 사…….

황당해서 생각조차 제대로 되질 않았다. 온갖 반박이 머릿속을 맴돌았지만 원천적인 궁금증은 딱 하나였다. 의사가 환자를 치료하는 건 당연한 일이다. 그런데 그걸 왜 귀족 스무 명을 죽이고, 세상에 있는 죄 중에 단연코 베스트 오브 베스트 죄라고 말할 수 있는 반역죄란 타이틀을 가져서, 현상금이 걸린 채 쫓기고 있는, 흑막 중의 최대

40

흑막인 당신이 말해.

"……."

벨로나의 입이 떡 벌어진 채 오므라들 생각을 하지 않았다. 무엇보다 저 말에는 심각한 어폐가 있었다. 난 의사가 아니었다. 난 약사라고! 젠장!

"기각. 난 의사가 아니고 약사입니다. 집에나 가요. 저희 가게는 여력이 없습니다. 그럼 안녕히. 그리고 해독된 것 같아도 아직 체내에 남아 있으니 약은 거르지 마시고. 제발, 다시는 보지 맙시다. 흉악범씨. 한 번 더 온다면…… 신고합니다."

심호흡을 크게 한 벨로나가 거의 속사포로 말을 내뱉으며 로웰을 문밖으로 밀어냈다. 그리고 같이 밖으로 나가서는 철컥- 문을 잠갔다. 최대한 목소리를 떨리지 않게 했지만 과연 그렇게 들렸을지는 의문이었다.

평소보다 조금 이른 시간이기는 했지만 약초도 거의 떨어졌으니 이대로 집으로 가서 쉬면 만사 오케이였다. 널브러진 제조실이 떠올랐지만 내일 와서 치우면 되는 노릇이었다.

약국 앞에서 여전히 서 있는 로웰이 보였지만 벨로나는 고개를 저으며 앞으로 걸어갔다.

저대로 집으로 돌아가 버리면 좋겠다. 작은 소망을 품고 벨로나가 집으로 향했다.

"아! 약초. 큰일 났네. 거의 없는데……."

내일 장사나 제대로 할 수 있을지가 의문스러운 양이었다. 게다가 약이 없어서 예약을 해 두고 간 손님도 두셋 정도 있었다.

너무 바빠서 차마 신경을 쓰지 못했는데, 지금 주문하기에는…… 어? 아직 9시 전이었다. 오늘은 조금 일찍 끝난 편이었다는 것을 방

금 깨달았다. 벨로나가 침대에 앉아 주머니에서 주먹만 한 구슬을 꺼
내 들었다.

누런 종이에 펜으로 필요한 약재와 수량을 쓰고 그 밑에 약국 이름
을 적었다.

"밀푸리 상회."

수정구에 대고 말하자 수정구가 밝게 빛나기 시작했다. 그 위에
벨로나가 종이를 한 번 접어 올려놓으니 순식간에 종이가 사라졌다.
푸른 수정구가 초록색으로 한 번 빛나더니 이내 원래대로 돌아왔다.

일단 급한 거니까 내일 9시까지 부탁하긴 했는데 과연 제시간에
올지 모르겠다. 마감 시간 바로 전에 아슬아슬하게 주문을 넣어 본
것은 오늘이 처음이었다. 그만큼 정신이 없었던 하루였다. 정말, 여
러 의미로.

"일단 정신없는 틈을 타서 쫓아내긴 했는데…… 그렇게까지 거절
했는데 설마 있진 않겠지? 그래, 자기도 감옥 가기 싫으면 두 번은
안 오겠지."

신고까지 한다고 엄포를 놨으니 제정신이라면 또 오지는 않을 것
이었다. 애써 스스로를 다독이며 벨로나가 푹신한 이불 속에 몸을 묻
었다.

그러나 벨로나는 그 제정신이 아닌 상황을 또 한 번 겪어야 했다.

"아, 오셨습니까. 사장님."

생글생글 웃는 얼굴 낯이 어제보다 혈색이 좋아 보였다. 아니……
그게 아니라 왜 쟤가 저기 있는 거야? 남의 가게 문을 떡하니 열어
놓고 새로 들어온 약초들을 살펴보고 있는 모양새가 퍽 전문가처럼
보였다.

"아, 안녕하세요. 벨로나 씨. 아르바이트를 고용한 줄은 몰랐네요.

어제 밤늦게 주문을 주셔서 밤새 준비해서 새벽에 출발했습니다. 어제 막 들여온 싱싱한 약초들인데 일단 품질 확인부터 해 주세요."

왜 저놈이 생글거리나 했더니 다 이유가 있었다. 벨로나가 머리를 짚었다. 아니, 대체 문은 어떻게 연 거야?! 범죄자 놈들은 단체로 문 따기 기술을 어디서 강습받나. 가게 안에 싱싱한 풀 냄새와 흙냄새가 진동했다. 약초가 싱싱하다는 증거였다.

다섯 박스나 되는 것을 전부 열어 보며 하나하나 품질을 살핀 벨로나가 고개를 끄덕였다. 늘 이 상회의 약초는 만족스러웠다. 가격도 적당하고 상인의 성격도 좋았다. 생약초는 잘 안 쓰는 편이라 오늘 쓸 것만 빼 두고 나머지는 뒤뜰에서 햇빛에 바싹 말려야 했다.

"그나저나 벨로나 씨는 좋은 직원을 두셔서 좋겠어요. 얼마나 친절하신지. 게다가 이렇게 멋있는 분은 15년 넘게 상회에서 일했지만 처음 봤습니다."

"감사해요, 상인분께서도 굉장히 인상이 푸근하세요."

밀푸리 상회에서 나온 상인의 극찬에 벨로나가 입매를 굳혔다. 잘생긴 건 인정한다. 상위 1% 미모라니까? 범죄 경력도 상위 1%이라는 사실이 놈의 모든 장점을 먹어 버렸지만. 게다가 맞장구치는 속도가 소매치기 뺨치는 수준이었다. 수배지를 보지 않고, 그 밤에 약국 앞에만 쓰러져 있지 않았더라면 나는 정말 그를 고용했을지도 모르는 일이었다.

"전부 구매할게요. 이번에도 최상급이라 좋아요."

"그럼요! 벨로나 씨는 워낙 까다로워서 저희 상회에서도 출발하기 전까지 몇 번이나 확인하고 납품해 드리는걸요."

상인이 자랑스럽게 대답했다. 쫙 편 어깨와 밝은 얼굴이 그 말이 진심임을 알려 주고 있었기에 벨로나가 고개를 끄덕이며 물었다.

"얼마예요?"

"어디 보자, 배송비까지 포함해서 총 10골드 750실버예요."

값을 듣자마자 벨로나가 흥정도 않고 대금을 지불했다. 번쩍거리는 금화와 실버가 주머니 안에서 반짝거리고 있었다. 눈으로 대금을 세 보던 상인이 웃으며 구십도로 인사를 건넸다.

"그리고 저희가 그렇게 꼼꼼하게 납품해 드리는 이유는 벨로나 씨가 값을 바로바로 지불해 주시기도 하고, 흥정도 하지 않으시니까 더 신경 쓰게 되는 것 같아요. 저는 이만 가 보겠습니다. 다음에 또 이용 부탁드릴게요!"

"네, 안녕히 가세요."

가볍게 인사를 건넨 벨로나가 머리를 긁적였다. 굳이 값을 흥정하지 않는 것은 품질에 비해 비싼 가격이 아니기 때문이었다. 그리고 약초 값에 비해 약값은 남겨 먹는 게 많기 때문이기도 했다. 약초를 8골드에 납품받았다면 이 약초로 벌 수 있는 돈은 거의 10배 가까이 됐다. 그래도 충분히 남는 장사임에도 불구하고 의사들은 그보다 100배, 200배 이익을 더 남기는 것이었다.

"푼수같이 생겼군. 저 상인."

낮은 목소리가 벨로나를 상념에서 끄집어냈다. 방금 인상이 푸근해 보인다 말한 사람이 맞나 싶을 정도의 신랄한 말이었다.

"당신 대체 어떻게 남의 가게 문을 연 거예요?! 진짜 신고할 겁니다."

벨로나가 이를 악물며 말했다. 제 가게 문을 멋대로 열고 닫고 할 줄은 생각도 하지 못했다. 설마 저보다 빨리 나와 납품을 받고 있다니…… 웃어넘길 수 있는 일이 아니었다. 벨로나가 매섭게 눈을 뜨며 로웰을 노려봤다가 3초 만에 시선을 아래로 내렸다. 도대체 눈이 왜 저렇게 무서운 거야!!

저놈을 낳은 부모님은 태어나자마자 눈 보고 기겁했을지도 모른다는 생각이 들었다. 저렇게 살벌해서야.

조용히 벨로나를 내려다보던 로웰이 입꼬리를 비틀었다. 명백한 비웃음이었다. 손님들 상대할 때 나오던 만면의 상큼한 미소는 대체 어디로 가는 것인지. 부들부들 몸이 떨렸다.

"네가 신고를 하면…… 나는 뭐, 네가 치료도 해 준 데다가 돌봐 줬고, 심지어 다른 범죄자들도 치료해서 돌려보냈다고 진술하면 되겠군."

로웰이 태연하게 말했다. 그 태도에 벨로나가 쩡- 하고 얼어붙었다.

"그건 몰랐다고 하면……."

"오, 그 앞뒤 꽉 막혀 보이는 기사가 퍽이나 '그러셨습니까, 레이디. 그럼 이자만 연행해 가겠습니다.' 하겠군. 뭐, 못 믿겠으면 직접 폭죽을 터뜨려 보든가."

로웰이 찬장 위의 폭죽에 눈짓을 하며 말했다. 벨로나가 머리를 굴렸다. 지난 1년간 상대한 기사는 로웰의 말대로 분명히 벽창호였다. 목에 밧줄을 매고 끌고 갔으면 끌고 갔지, 절대 저럴 리는 없었다.

"그러니까 날 고용해. 약사님, 밤손님들로부터 지켜 주는 것도 덤으로 해 주지."

고개를 숙여 눈높이를 맞춘 로웰이 자못 상냥하게 속삭였다. 시리던 목소리에 약간의 달콤함이 스며드니, 완전히 마약같이 느껴지는 목소리였다. 몇 번을 생각해도 의문이지만 대체 왜 이 본판을 가지고 범죄나 벌이고 숨어 사냐고!

"아니, 대체 왜 여기 있으려는 건데요?"

"딱 좋아서."

"뭐가요?"

"……너는 몰라도 된다."

힐끗 벨로나를 내려다본 로웰이 대답을 피했다.

오늘 밤 쫓아내도 내일 아침 또 가게 문 열고 떡하니 신문을 읽고 있을 것 같았다. 약초 상자 앞에 몸을 웅크리고 주저앉은 벨로나가 약초를 노려봤다.

"······그냥, 다른 집 찾으면 안 돼요?"

벨로나가 지푸라기를 부여잡기라도 하듯 다시 입을 열었다.

"여기가 제일 적당해. 그럼, 날 치안대에게 넘길 방법이 없다면 이만 오픈 준비해야 하지 않나? 곧 9신데."

로웰의 말에 벨로나가 가게를 훑었다. 어제 정리를 하지 않은 제조실부터 시작해서 오늘 아침에 받은 약초까지 완전히 엉망진창이었다. 한숨을 푹 내쉰 벨로나가 약초 박스 하나를 힘겹게 들어 올렸다. 약초도 여러 개가 모이면 완전히 바위를 드는 것만큼이나 무거웠다.

"체력마저 거지군."

끝까지 비꼬는 말을 내뱉은 로웰이 두 박스를 한꺼번에 들어 올려 성큼성큼 창고로 향했다. 두 박스를 겹쳐 들었는데도 무겁지 않은지 발걸음이 가볍기 그지없었다. 결국 벨로나가 한 박스를 힘겹게 나르는 동안 로웰은 네 박스를 날랐다. 사실상 혼자 다 나른 것이었다.

약초도 말려야 하고, 필요한 약초도 꺼내야 하고, 오늘도 꽤나 바쁜 일정이 될 것임은 분명했다.

"그러고 보니 차를 꽤 종류별로 내주던데. 네가 생각한 건가?"

그럼 내 약국인데 달리 누가 또 그런 걸 생각할까. 벨로나가 복수라도 하듯 로웰을 한심하게 쳐다보며 대답했다.

"그럼 또 누가 생각했겠어요. 차 한 잔으로도 꽤 여유로운 시간을 가질 수 있으니까요. 보통 초조하거나 흥분한 채로 오는 사람한테는 좀 진정하라는 의미에서 로즈마리차를 주고, 허리 통증이나 무릎 통증을 호소할 땐 우슬차, 감기에 걸린 사람한테는 모과차를 줘요. 뭐,

그 외에도 몇 개 더 있어요.”

귀찮은 짓을 사서 한다며 한마디 할 줄 알았는데 의외로 로웰은 아무 말이 없었다. 물론, 벨로나도 처음에는 귀찮다고 생각했지만 따뜻한 차를 마시는 손님들의 눈빛이 꽤나 좋아서 굳이 찻잎이나 과일을 말려 가며 대접하고 있었다.

한가한 오후의 약국은 늘 기분이 좋았다. 햇살이 스며들고, 약초 냄새와 나무 냄새가 적절하게 섞여서 풍기는 날은 사실 사랑스럽기까지 했다. 거기에 옅은 차 냄새가 흩뿌려지면 보람마저 느껴졌다.

“아, 이럴 때가 아닌데.”

벨로나가 벌떡 몸을 일으켜 찬장에서 구멍이 송송 뚫린 바구니를 꺼내 왔다. 직사각형 모양의 깊이가 깊지는 않은 바구니에 벨로나가 약초를 한 움큼씩 넣기 시작했다. 약초들이 일렬로 촘촘하게 바구니 위에 자리 잡았다.

제조실 책상 한구석에 바구니를 올려 둔 벨로나가 어제 늘어놓은 걸 치웠다. 오늘은 어제보다는 좀 덜 바빴으면 좋겠다. 그렇지 않으면 약초를 말리기 위해 널어놓는 일조차 쉽지 않을 테니까.

대충 다 정리를 한 벨로나가 의자에 앉았다. 또 하루의 시작이었다.

“꼬맹이, 이건 뭐지?”

“저기요…… 대체 몇 살이시기에 절 꼬맹이라고 불러요? 저 꼬맹이라고 불릴 나이는 지나도 한참 지났거든요?”

“…….”

로웰의 시선이 노골적으로 벨로나를 머리끝부터 발끝까지 훑었다. 그러다 문득 그의 시선이 가슴에 한 번 멈추더니 이내 피식─ 바람 빠진 웃음소리가 흘러나왔다. 명백한 비웃음에 벨로나의 입이 꾹 다물어졌다.

"몇 살인데?"

"스물네 살이요."

"……이런, 노처녀였군."

저 씨…….

딸랑– 소리를 지르려는 벨로나의 입을 막듯 오늘의 첫 종소리가 가게 안에 울려 퍼졌다. 그와 동시에 벨로나의 입은 고장이라도 난 듯 멈춰졌고, 꽈배기처럼 배배 꼬여 있던 로웰의 목소리는 순식간에 다정스레 변화했다.

"안녕하세요, 손님. 무슨 문제가 있으신가요?"

무표정 위로 순진하고 친절한 청년의 가면이 덧씌워졌다. ……망할 놈. 저 몸 안에는 분명히 배알도 없을 것이 분명했다.

이번 손님은 아이 엄마인 듯했다. 아이가 쉬지 않고 우는 것을 보아하니 아이에게 문제가 있으리라. 대충 상황을 파악한 벨로나가 몸을 일으켜 여자에게 다가갔다.

"아…… 안녕하세요. 그게…… 아이가 실수로 뜨거운 물을 엎어서 팔에 화상을 입어서요. 어쩌죠……? 이런 것도 혹시 약을 제조해 주시나요?"

여자가 엉엉 울어 재끼는 아이를 당황스러운 표정으로 품에 안아 달래며 힘겹게 말을 전했다. 천에 돌돌 감싸인 아기를 벨로나가 조심스럽게 넘겨받았다. 잔뜩 긴장한 얼굴로 서 있는 여자를 보던 로웰이 그녀를 의자에 앉히며 말했다.

"사장님께서 한번 아기 상태를 확인해야 하니까 조금만 기다려 주세요. 곧 따뜻한 차를 내오겠습니다. 손님."

로웰이 상큼하게 웃으며 그렇게 말하고는 작게 딸린 간이 주방으로 쏙 들어갔다. 어제 몇 번 타는 것을 보더니 후반부에는 스스로 차를 타기 시작한 로웰이었다. 덕분에 어제는 정말 말 그대로 '약만 만드는' 하루였다.

"조심 좀 하지 그러셨어요, 애 팔이 완전히……."

울어 대는 아이를 보며 벨로나가 책망하듯 말을 전했다. 여자도 울 것 같은 것이, 일부러 그런 것은 아니겠지만 말이다.

아기를 감싸던 천을 완전히 벗긴 벨로나가 미간을 찌푸렸다. 이러니 울지 않고 배기겠는가. 미련하게 천에 꽁꽁 싸서 오니 더 울어 재끼지.

벨로나가 작게 혀를 찼다. 일단 소독부터 해야겠다 싶었다. 급해서 찬물에 아이의 팔을 담갔는지 물이 덜 말라서 뚝뚝 떨어지고 있었다.

"일단 바르는 약이랑 진통제를 약하게 섞은 가루약을 처방해 드리긴 할 건데, 흉터가 남을 수도 있어요."

눈물을 펑펑 쏟아 내며 우는 아이를 벨로나가 조심스럽게 여자에게 넘겼다. 말도 못 하니 우는 것밖에 할 수 있는 것이 없겠지.

창고에서 소독약을 꺼낸 벨로나가 아이의 팔을 조심스럽게 잡고 물기를 닦았다. 그리고는 분무기에 담긴 소독약을 팔에 뿌렸다.

우아아아앙- 으아아아앙- 아기가 따가운지 한층 더 소리 높여 울었다. 이러다 목이 상할 것 같았다.

"흑…… 잠깐, 한눈을 판 사이에……."

정말 숨넘어가는 듯한 울음소리에 벨로나가 급한 대로 미리 만들어 두었던 약을 꺼내 아이의 팔에 살짝 두툼한 느낌으로 펴 발랐다.

딸랑- 아이의 울음소리 사이로 종소리가 울렸다. 설상가상 다른 손님이 약국을 방문했다.

"안녕하세요, 손님. 먼저 오신 손님이 계셔서 조금 기다리셔야 할 것 같은데, 차 한잔하시면서 여기 앉아 기다려 주세요. 어디 아프신지 미리 말씀해 주시면 제가 사장님께 전해 드릴게요."

언제 주방에서 나왔는지 로웰 특유의 가식적, 아니 상냥한 척하는 목소리가 귓가에 들려왔다. 다행히 접객까지는 하지 않아도 되는 모양이었다. 벨로나가 아이의 작은 팔 위에 스펀지 같은 폼을 대고 거즈로 둘둘 싸맸다.

"일단 급한 대로 이거 물약이니까 아이에게 먹이세요. 먹이고 좀 있으면 울음을 그칠 테니까 그때 물이나 우유를 먹이고 재워 주시고요!"

저러다 정말 탈수증상이라도 오는 것은 아닌지 걱정이었다.

벨로나가 몸을 펼 새도 없이 다시 제조실로 향했다.

어느새 약국 안은 많은 사람들로 북적이고 있었다. 너무 많은 사람들에 벨로나가 머리를 짚었다. 로웰도 차를 타서 내어 주는 일을 하며 계속해서 손님을 받고 있었지만, 그보단 밀려드는 약 제조가 문제였다. 저 사람들의 증상을 하나하나 물어봐 가며 제조하려니 시간이 오래 걸렸다. 머리가 아팠다.

"사장님."

"아, 왜요."

벨로나가 화상약을 제조하며 성의 없게 대답했다. 머릿속은 지금 사태의 해결 방안을 떠올리느라 바빴다. 놈의 연기에 장단을 맞춰 줄 기분도 아니었다.

벨로나의 성의 없는 대답에 로웰의 눈썹이 일순 꿈틀거렸다. 로웰이 한층 더 화사하게 웃으며 손에 들고 있던 메모지를 벨로나 앞의 탁자에 내려놨다.

"두 번째로 오신 분과 세 번째로 오신 분 증상이랑 나이대입니다."

로웰의 말에 그때서야 벨로나가 고개를 들어 올렸다. 화사한 얼굴이 어쩐지 무섭다. 다른 손님들은 황홀하다는 듯 쳐다보고 있는데, 주변 온도가 내려간 것처럼 등줄기에 소름이 돋는 것은 저만의 착각인 것일까.

메모를 보니 꽤나 꼼꼼하게 증상이 적혀 있었다. 상큼하게 웃는 얼굴 뒤로 살기가 느껴져 벨로나가 마주 웃으며 대답했다.

"와아, 감사해요. 덕분에 살았어요."

국어책이라도 읽는 것인지, 딱딱하게 굳어진 말투가 퍽 어색해 보였다. 그런 벨로나를 바라보던 로웰이 휙- 몸을 돌려 간이 주방으로 사라졌다. 저 남자는 일단 눈부터 어떻게 하면 좋을 것 같았다. 아니면 나한테도 손님 대하는 눈빛을 하든가!

"아기는 잠들었나요?"

벨로나가 화상약을 통에 담고, 가루약을 분량에 따라 종이에 나눠 담으며 물었다.

"아, 네네! 약 먹더니 금세 잠이 들었어요. 정말 감사해요. 이 은혜를 어떻게 갚아야 할지…… 우리 애가 어떻게 되는 줄 알고…….."

"자기 전에 한 번씩 꼭 발라 주시고, 물 절대 묻히지 마시구요. 수건으로만 살살 닦아 주세요. 이 가루약은 아픈 걸 좀 가라앉게 해 주는 약이니까 아이가 아파하면 바로 먹여 주세요."

"아, 돈은 얼마나……."

주변의 시선이 순식간에 벨로나와 여자에게 향했다. 그 노골적인 시선에 벨로나가 속으로 한숨을 삼켰다. 하긴 서민들에겐 뭐든지 가격이 제일 중요하기는 하겠지만.

벨로나가 대충 머릿속으로 가격을 계산하고는 대답했다.

"바르는 약이 좀 비싸서, 총 286실버예요."

"네네, 감사합니다."

아이를 안은 여자가 흔쾌히 돈을 꺼내 벨로나에게 건네려는 순간, 누군가 손을 뻗어 돈을 대신 받아 갔다.

"계산은 제가 하겠습니다. 사장님께서는 가서, 약이나 만드셔야 할 것 같아요."

환히 웃는 얼굴에서 옅은 책망이 느껴졌다. 로웰이 힐끗 활짝 열린 문을 쳐다보고 다시 벨로나를 쳐다봤다. 그와 동시에 벨로나가 벌떡 몸을 일으켰다. 한가로이 돈의 무게를 감상하며 돈을 버는 기쁨을 만끽할 때가 아니었다.

"흑―"

제조실로 발걸음을 옮긴 벨로나가 두 장 더 늘어난 약 주문서를 보고는 한숨을 폭 내쉬었다.

내일부턴 무언가 대책 마련을 해야 할 것 같았다. 요즘 열 감기가 유행인지 감기약 주문이 유독 많았다. 들어온 주문 중의 세 개가 감기약이었다.

벨로나는 얼른 약초를 빻기 시작했다.

"여기 다섯분 주문 더 있습니다."

쫘르륵 펼쳐진 주문서가 눈을 팽글 돌게 만들었다. 점심시간에는 문을 닫아야겠다. 영업시간도 확 줄여 버려야지. 밀려드는 주문서를 보고 미친 듯이 약을 만들어 내며 머리를 굴렸다. 약을 제조해서 벨로나가 가격을 적어 주문서와 함께 카운터에 올려 두면 로웰이 가져가서 계산을 했다.

눈앞에서 로웰이 사라졌음 하는 바람보다 얼른 점심시간이 되었음 하는 바람이 더 간절했다. 흘끗― 눈만 살짝 돌려서 바라본 시계가 비록 영업을 시작한 지 채 1시간도 안 되었음을 알려 주고 있다고 해도 말이다.

'망할, 가게 잘못 차렸나.'

속으로 아무리 원망해도 달라지는 건 없었다. 오후 1시가 될 때까지 끊이지 않는 손님들로 인해 벨로나는 한참 동안 제조실 안에 박혀 약초만 손에 잡아야 했다.

"으아……."

벨로나가 의자에 털썩 주저앉았다. 이제야 손님이 없는 가게를 본 벨로나가 쏜살같이 큰 종이에 [점심시간]이라는 글자를 쓰고 문밖 창문에 붙여 둔 채 가게 문을 꽉꽉 눌러 잠갔다. 약 제조를 하는 탁자 위가 또 개판이었다. 벨로나가 두 손으로 얼굴을 쓸어내렸다.

"대체 왜 이렇게 많아진 거야?!"

오전 내내 약만 만들던 벨로나가 기어코 불만을 터뜨렸다. 딱히 홍보를 한 기억도 없다. 그렇다고 이벤트를 하고 있는 것도 아니고! 그런데 갑자기 손님이 늘어난 이유가 대체 뭔가 싶었다. 한가로운 가게를 원했는데…… 이건 뭐, 어디 굉장히 유명한 가게라도 보는 느낌이었다.

"어이, 여기 찻잎이 떨어졌다."

간이 주방을 정리했는지 그 안에서 나오며 로웰이 말했다. 아…… 저 사람도 있었지. 쿵- 벨로나가 탁자 위에 머리를 박았다.

……가 그대로 이마를 두 손으로 누르며 고개를 들어 올렸다.

"아파……."

나무는 생각보다 딱딱했고, 제 몸은 그렇게 튼튼하지 못했다. 머리 아프게 하는 일이 한두 개가 아니었다. 이제부터는 아무래도 신문을 직접 돈 내고 주문해야 할 것 같았다. 그래야 범죄자들도 급을 봐서 상대하지. 신문에는 보통 수배지도 같이 딸려 오니 도움이 될 것 같았다.

"네 약국, 주변 다른 마을에서도 오고 있는 거 알고 있나? 그만큼 유명해졌다는 이야기겠지."

"……저 홍보지도 돌린 적 없는데 왜…?"

"입소문이 무서운 거지. 그나저나 아까 약초 말려야 한다고 하지 않았나?"

53

로웰의 말에 벨로나가 다시 탁자 위에 엎드렸다. 남들은 가게 홍보한다고 홍보지를 돌리거나 사람까지 고용해서 입소문을 퍼뜨린다는데 벨로나는 조금도 그런 적이 없었다. 그냥 잔잔하게 흘러가는 가게가 좋았을 뿐인데…… 이것도 전부 레이먼이라는 놈의 탓이었다. 벨로나가 이를 갈았다. 그놈을 만난 뒤부터 모든 게 뒤죽박죽이었다.

"약초, 해야죠…… 해요. 그래…… 해야지."

혼자서 중얼거리던 벨로나가 흐느적거리며 창고로 들어갔다. 혼자서 시시각각 변하는 벨로나의 표정을 흥미롭게 바라보던 로웰도 그 뒤를 쫓아 들어가 뒷마당으로 박스를 옮겼다. 따뜻한 햇살이 내리쬐는 조용하고 산뜻한(?) 오후였다.

$

"이렇겐…… 못 살아……."

녹초가 되어 흐느적거리는 벨로나가 손님들이 차를 마시는 탁자 위에 제멋대로 엎어져 툭 내뱉었다. 로웰은 하루 종일 앉아 있지도 못했음에도 불구하고 여전히 안색 하나 변하지 않았다.

똑똑— 영업 마감 팻말을 걸었음에도 불구하고 노크 소리가 생생하게 들렸다. 벨로나가 반응을 하지 않은 채 가만히 엎드려 멍하니 문을 바라봤다. 열어 줄 마음은 조금도 없었다. 어쩐지 등줄기가 싸한 것이, 좋은 손님은 아닌 듯했으니까.

로웰이 힐끔, 벨로나를 살폈지만 굳이 문을 여는 수고를 하지는 않았다. 그래도 거기까지 안하무인은 아닌 모양이었다. ……물론 남의 가게에 눌러앉은 것부터 이미 안하무인이기는 했지만.

"여기는 손님을 이렇게 문전박대를 하는 건가?"

고상한 말투가 귓가에 틀어박혔다. 로웰의 것도 아니었고 하물며 자신의 목소리도 아니었다. 로웰의 목소리라기엔 지나치게 기품이 있었고, 자신의 목소리라기엔 굵직했다. 그리고 가장 중요한 것은 문을 열지도 않았는데 제 뒤에서 목소리가 들려왔다는 사실이었다.

"……."

벨로나가 목소리를 무시하며 귀를 틀어막고 얼굴을 팔 사이에 묻었다. 명백히 신경을 쓰지 않겠다는 심보였다. 지친 몸은 따지고 들 기력도 없었다. 벨로나가 반응을 보이지 않으니 남자가 발을 옮기는 소리가 들렸다.

"이렇게 무시하면 나도 그다지 기분이 좋지 못……."

"거기까지. 우리 사장님께서 좀 지친 모양이니 다음에 와라. 몽블랑."

몽블랑? 빵 케이크인가…… 어쩐지 달달할 것 같은 이름이었다. 잠시 고개를 들고 싶은 충동에 휩싸였던 벨로나가 숨소리마저 작게 죽였다. 상위 1% 범죄자가 아는 사람이면 범상치 않을 것이 분명했다. 상대하지 않는 것이 오늘 하루를 조용히 마감할 수 있는 유일한 방법이었다.

"여기에서 일한다는 소문이 있어서 설마 했는데…… 대체 뭐 하는 거지? 로웨른?"

"넌 몰라도 된다. 좋게 말할 때 꺼져라."

"난 네가 아니라 저 약사 아가씨한테 볼일이 있는 거야. 네 녀석은 엎드려서 바닥이나 청소하지 그러나."

로웰이나 몽블랑이나 모두 목소리에는 흥분이 묻어나지 않았다. 둘 다 꽤나 절제된 목소리였지만 싸늘하게 가라앉아 피부에 닿는 온도가 결코 좋아 보이지는 않았다. 고개를 들지 않으면 이대로 쭉 여기에 누워 있게 될 것 같았다. 여기서 자고…… 몸이 굳어서 내일 아침엔 또 일을…….

"말 다 했나? 그 입에 칼이 박혀서 죽고 싶지 않으면 적당히 꺼지지? 이 노처녀 꼬맹이는 지금 반쯤 빈사 상태니까."

로웰 특유의 비꼼 어린 목소리가 들렸다. 근데 그 뒤에 내 욕도 들렸다. 결국 조용히 듣고만 있던 벨로나가 벌떡 고개를 들어 올리고 로웰을 노려보며 대꾸했다.

"누가 노처녀 꼬맹이예요?! 이 성격 더러운…….

"더러운?"

로웰이 말꼬리를 잡아 반문했다. 눈초리가 무섭다.

꿀꺽- 침을 삼킨 벨로나가 주먹을 꽉 쥐고 이어 말했다.

"노총각 놈아…….

로웰이 벨로나를 뚫어지듯 바라봤다. 그 뜨거운…… 아니, 차가운 눈빛에 벨로나의 목소리가 점점 작아지더니, 졸지에는 귀를 기울이지 않으면 들리지도 않을 크기로 줄어들었다. 스스로의 배짱 없음에 머리를 때리고 싶은 심정이었다. 망할 범죄자.

"이제야 얼굴을 보여 주는군. 천사 같은 약사님께선."

천사 같은 소리 하고 있다. 내가 천사라면 악마를 소환해서라도 네놈들을 쫓아냈으리라. 이런 놈의 범죄자들을 상대하고 있는 스스로가 싫어졌다.

이놈은 범죄자인데 왜 이렇게 머리가 화려할까. 금발이 번쩍번쩍하는 것이, 사실은 범죄자가 아니라 어디 유명 귀족이라도 되는 줄 알았다.

"범죄자도 상대해 준다고 하기에 꽤 무서운 여자나, 아니면 이쪽 계열의 남자를 생각했는데…… 꽤나 어린 아가씨일 줄은 생각도 못 했군."

몽블랑은 이름처럼 말투에도 버터를 바른 것 같다. 아, 머리도 반짝반짝 금발인 것이 고급 몽블랑 같았다. 어쨌든, 다시 드는 의문이지만 왜 저 본판을 가지고 범죄자 생활을 하는 것일까.

"아, 약사 아가씨. 혹시 로테르니안 독이 있나?"

로테르니안? 또 드문 이름이 귓가에 들려왔다. 저 보기도 힘들고, 구하기도 힘들고, 치명적이기도 치명적인 독약을 범죄자들은 어떻게 아는 것일까. 꽤 오래전에 만드는 사람도 사라졌고, 찾는 사람도 없어서 이제는 아는 사람이 거의 없는 독이었다. 뭐, 독초도 약이 될 때가 있기 때문에 웬만한 종류는 전부 하나씩 구비를 하고 있기는 했다.

"독은 안 파는데요."

벨로나가 말이 끝나기가 무섭게 대답했다. 약국에 와서 독을 찾는 건 무슨 심보일까. 제조야 가능하지만 내 목숨 줄을 위협할 일은 조금도 없어야 했다. 그러니까 꼬투리가 잡힐 수 있는 것은 모두 절대 제공 불가였다.

로테르니안 독은 무슨. 그거 만들기가 얼마나 복잡하고 머리 아픈데. 그리고 독을 만드는 데 드는 비용도 보통이 아니었다. 그 안에 들어가는 독초만 해도 열 가지 가까이 되는 데다가 정제하는 데도 대략 사흘은 잡아야 했다.

"아, 약이 있을 거라는 기대는 안 했어. 듣자 하니 약사 아가씨가 독초에도 꽤 능통하다고 하던데…… 제조는 가능할까?"

가능하다. 가능은 하지만, 할 마음은 없었다. 약초에 관해서는, 어릴 때부터 접했던 만큼 다른 누구보다 해박한 지식이 있다고 장담할 수 있었다. 하지만 그런 복잡한 독을 제조하느니 차라리 다른 약을 더 파는 게 효율적이었다. 뭣보다 그건 아주 옛날에 암살 용도로 사용되던 독이었다. 그만큼 효능은 확실한데 중독되었다는 증거는 발견되지 않는 독초였다.

"누굴 죽이려고 하는지는 몰라도 여기는 사람 살리는 약초 파는 곳이지 죽이는 독 파는 데가 아니니까 당장 사라지시죠? 나도 좀 문 닫고 들어가서 쉽시다."

벨로나가 제조실 탁자를 치우며 대꾸했다. 얼굴에는 귀찮음이 흘러넘쳤다. 로웰도 더는 신경 쓰지 않기로 했는지 널려 있는 박스를 접어 한곳에 모아 두고 있었다.

명백한 무시에 몽블랑이 벨로나의 코앞까지 다가와 고개를 살짝 숙이며 야살스럽게 웃어 보였다. 금발이 벨로나의 눈앞에서 살랑거렸다.

"부탁 좀 할게. 요즘 그 약을 아는 사람도 없지만 제조할 수 있는 사람은 더 드물어서. 응? 아가씨."

"……저기요, 나는 하도 아픈 걸 참고 사는 돈 없는 사람들이 안쓰럽고 돈도 벌 겸, 겸사겸사 이 약국을 연 거예요."

벨로나의 입에서 짜증스러운 어투가 튀어나왔다. 피곤해 죽겠는데, 아직 밖에 말리기 위해 널어놓은 약초도 걷지 못했다. 할 일이 산더미인데 눈앞의 사내는 방해만 하고 있었다.

"밤에 찾아오는 다른 현상범들이야 그나마 원한 게 해독제거나 상처 치료제라서 꾹꾹 참아 가며 받아 준 거지, 댁이 말하는 독약 제조에는 관심 없거든요?"

솔직히 그랬다. 어차피 나는 기사도 아니고, 그렇다고 정의감이 뛰어난 시민도 아니었다. 범죄자가 무섭지 않은 것은 아니었지만 그들은 원하는 게 있었고, 그 욕구만 충족해 주면 조용히 사라졌다. 귀족 스무 명을 죽였다는 로웰조차 제 목숨을 위협하는 짓은 하지 않았다. 사실 그만큼 죽였다고 해도 와 닿지 않았지만 말이다.

아, 눈빛으로는 죽음의 위협을 몇 번 받았던 것 같기도 하다…….

"저기요! 분명히 당신 고용 사항에 밤손님들로부터 지켜 준다는 것도 있었죠? 그럼 부탁인데 이 눈앞의 몽블랑인지 몽벨랑인지 마카롱인지 하는 남자 좀 치워 주시겠어요."

벨로나가 정말 귀찮다는 표정으로 로웰에게 부탁했다. 평소보다 벨로나가 조금 더 당당할 수 있었던 데에는 로웰의 존재가 한몫했다. 순식간에 이름이 달콤한 과자로 변해 버린 몽블랑의 얼굴이 당황으로 물들었다.

"나가. 문 닫는다잖아."

벨로나의 직설적인 부탁에 로웰이 성큼 다가와 몽블랑의 뒷덜미를 잡아챘다. 그리고는 창문 밖으로 구겨 던졌다. 창문이 큰 편이 아니었기 때문에 몽블랑은 정말 단어 그대로 반쯤 구겨져서 밖으로 던져졌다.

"로웨른!! 같은 처지에 정말 이딴 식으로 굴……!!"

로웰의 손에 의해 창문이 콰앙- 거친 소리를 내며 닫혔다. 창문이 깨지지는 않았나 싶어 벨로나가 매서운 눈으로 창문을 살폈다. 다행히 금 간 곳은 없는 모양이었다.

창밖에서 꽥꽥 떠들며 금발의 미남이 로웰을 노려보고 있었다. 대단하긴 대단하다. 뒷세계 사람들은 전부 서로 알고 지내는 걸까.

"아아, 정말. 약사 아가씨. 다음에 저 녀석이 없을 때 찾아올게. 생각 좀 해 봐. 돈은 섭섭지 않게 쳐 줄 테니까."

눈 하나 깜짝하지 않는 로웰을 한 번 더 노려본 몽블랑이 창문 밖에서 소리치더니 결국 발걸음을 돌렸다. 생각보다 로웰은 대단한 사람인 모양이다.

고개를 주억거리며 물걸레로 탁자 위를 싹 깨끗하게 닦은 벨로나가 허리를 툭툭 치며 몸을 일으켰다.

"근데…… 미처 묻는 걸 깜빡했는데 당신, 어디서 지내려고요?"

뒷마당으로 향하던 벨로나가 문득 생각났다는 표정으로 물었다.

"당연히……."

"우리 집은 안 돼요!!"

집까지 내줄 수는 없다는 결연한 의지로 벨로나가 가슴 앞에서 팔을 교차해 커다랗게 'X' 자를 만들어 보였다. 벨로나의 눈에는 묘한 불신감까지 섞여 있어서 무엇을 걱정하는지 빤히 보였다.

가만히 벨로나를 내려다보던 로웰의 입가에 이제는 트레이드마크라고 해도 좋을 비웃음이 서렸다.

"걱정 마라."

"아, 지낼 곳은 있는 거예요?"

"굳이 이 좋은 곳을 두고 내가 네 집에 갈 필요는 없지."

약초를 조심스럽게 정리하는 벨로나의 뒤에서 로웰이 대답했다. 약초를 정리하던 벨로나가 쩍- 하니 굳은 채 옆에서 약초를 정리하는 로웰을 바라봤다.

"……아니, 여기 아무것도 없는데요. 침대도 없고, 이불도 없고, 있는 건 딱딱한 바닥뿐이라…… 어디 근처 숙소라도 잡지 그래요."

"아니면, 네 집도 나쁘진 않지."

성실하게 약초를 모아서 바구니에 담는 모습과는 백팔십도 다른 차가운 목소리가 귀에 틀어박혔다. 집에서 같이 살든가 아니면 가게를 주라는 명백한 의사에 벨로나가 머리를 푹 숙였다.

"대체 언제까지 여기 있을 거예요? 기약도 없이 제가 그쪽을 계속 맡아 줄 수는……."

순식간에 바구니에 약초를 모은 로웰이 몸을 일으켜서 앉아 있는 벨로나를 힐끗 바라보고 스쳐 지나가며 말했다.

"곧. 일이 끝난다면."

그 일이 대체 얼마나 걸리냐고 물으려던 벨로나가 스쳐 지나가는 로웰의 옆모습에 입을 다물었다. 손님을 대할 때의 순진한 청년의 모습도 아니고, 평소에 자신을 대하는 무표정하거나 비웃음 가득한 얼굴도 아니었다. 로웰의 눈빛은 벨로나가 살면서 단 한 번도 느껴 본 적 없는 소름 끼치는 살기로 점철되어 있었다.

"진짜 귀찮은 걸 떠맡은 것 같아. 에휴…….."

벨로나가 길게 한숨을 내쉬었다. 벨로나의 인생은 그다지 순탄하지 않았다. 부모님이 약초상인이었던 덕분에 그렇게 가난하게 살았던 것도 아니고, 심하게 끙끙 아파서 앓았던 적도 없었지만 벨로나의 인생은 굴곡의 연속이었다.

"안 들어오나?"

"가요, 가."

끙차ㅡ 약초가 든 바구니를 벨로나가 안으로 들여놨다. 내일 또다시 햇빛이 쨍쨍할 때 널어놓고 조금 더 바싹 말려야 했다.

약국 일은 사실 즐겁다. 약을 제조하는 것도 좋았고, 새로운 약의 제조법을 찾는 것도 재밌었다. 다만 이렇게까지 사람이 늘어날 줄은 생각도 못 했기에 벨로나는 드물게 당황할 수밖에 없었다.

"차라도 한 잔 타 오지."

약초를 한곳에 모아 둔 벨로나가 고민하듯 책상에 턱을 괸 채 앉아 있었다. 그 모습을 보던 로웰이 던지듯 말을 하고는 간이 주방으로 쏙 사라졌다. 상념에 빠진 벨로나는 이야기를 듣지 못한 것 같았지만.

"카모마일차다."

로웰이 탁자 위에 뜨거운 김이 풀풀 풍기는 차를 내려 두며 말했다. 그때서야 상념에서 벗어난 벨로나가 느릿하게 눈을 깜빡이며 고개를 끄덕였다.

"꽤 잘 타게 됐네요. 왜 카모마일차를 탔어요?"

"긴장 좀 풀라고. 어깨에 힘이 너무 들어갔다. 그러니 꼬맹이에 노처녀지."

"아니, 대체 그게 내가 꼬맹이고 노처녀인 거랑 무슨 상ㄱ……."

벨로나가 말을 하다 말았다. 문득 그녀의 머릿속에 좋은 비책이 떠오른 탓이었다.

"아! 고생을 좀 덜하려면…… 주문이 많이 들어오는 약을 미리 좀 만들어 두면……."

짝- 벨로나가 크게 박수를 치고 혼자서 중얼거리더니 거의 축지법을 쓰듯 빠르게 제조실로 향했다.

가게 안에는 드물게 늦은 시간까지 약을 제조하는 소리가 울려 퍼졌다. 한층 밝아진 얼굴로 이런저런 약초를 꺼내 제조하는 벨로나를 로웰이 손님석에 앉아 느긋하게 차를 마시며 지켜봤다. 벨로나가 채 입에 대지도 않았던 카모마일차의 쌉싸름한 향과 약초 특유의 향기가 짙게 풍기는 늦은 밤이었다.

$\oint$

로웰이 오고 한 달이 지났다. 여전히 그 사람 죽일 것 같은 묘한 눈빛과 꼬맹이란 별칭에서 벗어나질 못했다. 그리고 그 몽블랑인지 마카롱인지 하는 놈은 사흘이 멀다 하고 가게를 찾아와 히죽거리며 독약을 노래 불렀다. 그때마다 로웰의 손에 의해 반으로 구겨져서 창문 밖으로 던져졌다.

"확실히 그때보단 많이 편해졌군."

로웰이 의자에 앉아 말했다. 한 달 전에 벨로나가 꽤 자주 찾는 약들은 전날 저녁 미리 제조해 놓는 조치를 취한 뒤로는 급증한 판매량에도 허둥대지 않을 수 있었다. 물론 잘 나가지 않는 약의 경우에는 바로 제조를 해야 해서 시간이 걸렸지만, 그래도 감기약이나 해열제 같은 경우에는 바로바로 판매가 가능했다. 그래 봐야 사실 전날 저녁에 미리 만들어 둘 수 있는 양에도 어느 정도 제약이 있어서 중간중간 한가할 때마다 계속 제조를 해야 했지만.

잔뜩 제조를 해 놨는데 다다음 날까지 팔리지 않으면 그 약은 쓰레기통으로 직행해야 했다. 재고를 남기지 않기 위한 어쩔 수 없는 방법이었다. 생약초를 가공해서 만드는 약의 한계였다.

"그나저나 들리는 말에 의하면 황궁 의사나 귀족들 반응이 그다지 좋지 못하다던데."

로웰의 말에 한가로이 앉아 햇살을 맞으며 꾸벅꾸벅 졸고 있던 벨로나가 느릿하게 고개를 들어 올렸다. 눈 밑에 다크서클이 짙게 깔려 있었고, 눈동자가 퀭한 것이 피곤함이 물씬 느껴졌다.

사실 약을 미리 제조하기 위해서 벨로나는 영업시간을 변경할 수밖에 없었다. 원래는 아침 9시에서 저녁 9시까지 영업을 했었지만 지금은 저녁 6시로 시간대를 변경했다.

"무슨…… 반응이요?"

벨로나가 나른하게 물으며 다시 얼굴을 팔 사이에 묻고 엎드렸다.

사실 벨로나는 영업시간을 줄여 버리면 몸이 편해질 거라고 생각했다. 하지만, 생각과는 다르게 문을 닫는 6시부터 1-2시간 정도는 다음 날 낮에 판매할 약을 미리 제조하는 시간으로 투자해야 했고, 부쩍 늘어난 밤손님 상대도 해야 했다. 그중에 가장 짜증 나는 것은 몽블랑이었다. 사흘 간격으로 나타나서 징징대는데 짜증이 나지 않을 수가 없었다.

다음에 오면 정말 기사에게 신고를 해 버릴까 고민하고 있었다.

어쨌든 대부분 밤손님들의 주 소비 약품은 해독제나 혹은 상처 치료나, 그도 아니면 소독제 등의 직접적인 상처에 필요한 약들이었다. 그러니까, 결론만 말해 보자면 결국 영업은 아침 9시부터 밤 10시, 11시까지 이어졌다는 이야기였다.

잠이 많은 벨로나에게 있어서는 정말 곤욕스러운 일이 아닐 수가 없었다. 그렇다고 이미 자리 잡은 약국에 의지하고 있는 많은 사람들을 뒤로하고 오픈 시간을 뒤로 확 밀어 버릴 수도 없었고 말이다.

"네 약국을 꽤나 못마땅해한다는 이야기다. 돈 있으신 귀족들께선 서민들이 이런 약을 사용해서 병을 치료한다는 게 불쾌한 모양이더군."

로웰의 말에는 짜증이 담겨 있었지만, 벨로나의 귀에는 꽤 멀리서 들려오는 듯 어렴풋이 들릴 뿐이었다. 벨로나의 눈이 아주 피곤한 듯 천천히 깜빡였다. 귀족이든 뭐든 벨로나는 지금 어제 자지 못한 잠이 더 급했다. 눈꺼풀이 느릿하게 감겨졌다. 점심시간이었으니 조금만 자고 싶었다.

순식간에 색색거리는 음색만 공기 중에 울려 퍼졌다. 심각한 이야기에도 마음 편히 잠을 자는 벨로나를 바라보며 로웰이 한숨을 길게 내쉬었다.

지난 한 달간 봐 온 벨로나를 한마디로 평하자면 '허당'이었다. 처음에는 하도 따지고 들기에 제법 기개가 있다고 생각했는데, 사실은 겁도 많고, 생각도 많고, 거기다가 행동에 구멍도 많았다.

"퍽 여유롭군."

곤히 자는 벨로나의 이마를 검지로 꾹 누르며 로웰이 말했다. 귀족들이 문제 삼았다는 것은 결코 좋은 일이 아니었다. 언제든지 이 작은 가게쯤은 손쉽게 사라질 수 있고, 조금 더 과장하자면 목숨을 잃을 수도 있다는 이야기였다.

제 발밑에서부터 스물거리며 다가오는 위협을 아는지 모르는지 벨로나의 표정은 정말 평화로워 보였다.

"뭐, 이런 시간도 좋겠지."

비록 그것이 곧 제 목을 물 독을 가득 품은 뱀이 다가올 수 있는 시간을 벌어 주는 것이라고 해도.

"시간 많이 지났다, 일어나."

"으응……."

벨로나가 탁자 위에 엎드린 채 꿈틀거렸다. 여전히 햇살은 따뜻했다. 느릿하게 몸을 일으키니 로웰이 문을 열며 점심시간이라는 팻말을 치우고 있었다. 나른한 것이, 상당히 만족스러웠다. 벨로나가 고양이처럼 기지개를 펴며 제조실로 향했다. 엎드려서 잔 것도 잠이라고 그래도 개운했다.

"그래서 아까 귀족들이 뭐라고요?"

그제야 생각났는지 벨로나가 여유롭게 물었다.

다른 사람이라면 겁부터 먹을 귀족들의 이야기에도 쉽게 기가 죽지 않는 것을 보아하니 확실히 다른 사람들과는 많이 달라 보였다.

로웰이 문 앞의 팻말을 영업 중으로 변경해 두고 들어와 벽에 기대며 대답했다.

"그 귀는 언제쯤 고칠 예정이지?"

"그럼 그쪽 말투는 대체 언제 고치실 예정인데요?"

시선은 다른 곳으로 피하면서도 꼬박꼬박 말대꾸하는 벨로나에 로웰이 불만스럽게 찌푸린 표정으로 그녀를 내려다봤다.

"귀족들이 이 약국을 못마땅해한다고 했다."

"아하! 그냥 두세요. 관심 없거든요."

벨로나가 어깨를 으쓱이며 아무렇지도 않다는 듯 말했다. 너무 태연자약한 벨로나의 모습에 로웰이 의아한 표정으로 반문하려고 했지만, 딸랑— 때맞춰 또 종소리가 가게에 울려 퍼졌다.

"어서 오세요, 손님!"

그렇다. 로웰은 꽤나 일에 익숙해져 있었다. 종소리가 들리는 것과 동시에 반사적으로 웃으며 몸을 돌릴 만큼. 정말 이 세계에도 남우주연상이라는 것이 있다면 그는 분명히 5년 연속 대상을 수상했을지도 모르는 일이었다.

"로웰인가. 약국 일은 잘되어 가나?"

"기사님이시군요! 물론이죠, 사장님께서 잘해 주셔서 매일매일 즐거운 마음으로 일을 하고 있어요."

로웰이 조금 더 환한 웃음을 지으며 대답했다. 벨로나가 턱을 괴며 그 시시각각 변하는 표정을 살폈다.

저 남자의 얼굴에 두툼하게 씌워진 가면을 벗길 수 있는 사람은 누가 있을까.

치안대의 기사씨가 칭찬에 약하다는 걸 빠르게 파악한 로웰은 만날 때마다 칭찬을 건넸고, 그 덕분에 겨우 한 달 만에 두 사람은 세상에 둘도 없는 의형제 같은 사이가 되었다.

로웰 때문인지 기사씨는 며칠에 한 번씩 방문해 차를 한 잔 얻어마시고 찻값치고는 꽤 후한 돈을 두고 사라졌다.

흉악범을 잡아야 하는 기사와, 기사가 잡으면 감옥에 처박힐 흉악범이 서로 어깨를 두드려 주며 있는 칭찬 없는 칭찬을 다 하는 사이라니…… 보면 안 되는 걸 눈앞에서 보는 기분이었다.

"자네 같은 성실한 사람이 우리 제국의 기사가 되었어야 하는데 말이야."

아뇨, 지금 눈앞에 있는 그 바퀴벌레, 아니 그 사람이 당신이 그렇게 매일 와서 하소연하는 그 흉악범이라니까요?

"범인은 아직도 못 잡으신 거예요? 기사님. 아, 이건 국화차예요."

"아아, 고맙네."

로웰이 노란빛의 차를 한 잔 탁자 위에 내려놓으며 태연자약하게 물었다. 로웰의 물음에 기사가 기다렸다는 듯이 탁자에 앉아 차를 한 모금 마시며 입을 열었다.

"그게 대체 어디로 갔는지 꼬리도 보이질 않아. 정말 미쳐 버리겠군. 내가 그놈 때문에 대체 무슨 꼴을 당했는지 아나? 위에서는 잡으라고 얼마나 압박을 주던지. 나라고 잡기 싫어서 잡지 못하는 건 아니잖나."

"아, 그렇죠. 잡고 싶으신 마음은 기사님께서 분명히 더 간절하실 텐데요…….'

로웰이 정말 안타깝다는 목소리로 말했다. 살짝 내리깐 눈동자가 정말 그 감정을 진짜처럼 보이게 만들었다. 로웰의 말에 기사가 한숨을 내쉰 후 말했다.

"대체 어떻게 하면 잡을 수 있을까? 로웰, 자네는 어떻게 생각하나."

……저기, 지금 손 뻗으셔서 밧줄로 포박하면 될 것 같은데요. 아니, 애초에 지금 그 수배범한테 상담받고 계시거든요?

벨로나가 황당하다는 표정으로 쳐다보고 있으려니 로웰이 흘끗 그녀를 보며 한층 더 환하게 웃었다. 입 다물라는 무언의 협박이었다.

그것을 본 벨로나가 헙- 입을 다물었다. 그것을 확인한 로웰이 다시 순진무구한 청년으로 되돌아가 기사에게 대답했다.

"기사님 같은 대단하신 분도 못 잡는데……. 도움이 되지 못해서 죄송해요."

로웰의 얼굴이 풀이 죽었다. 축 처진 것이 어디 물에 젖은 솜이라도 되는 줄 알았다. 그 경악스러울 만큼 대단한 변화에 벨로나가 속으로 혀를 내둘렀다. 저놈은 정말 시대를 잘못 타고났다. 기왕이면 조금 더 후세에 태어났으면 명배우로 이름을 날렸을 텐데. 그도 아니면 명사기꾼으로 이름을 떨치든가.

"하지만, 최근 이상한 사람은 본 적이 있어요."

"이상한 사람?"

로웰이 자못 진지한 얼굴로 목소리를 낮춰 조용히 속삭였다. 마치 은밀한 이야기를 하듯 목소리는 작고 진지했으며, 눈동자는 불안한 듯 흔들리고 있었다. 로웰의 그 엄청난 연기 실력에 벨로나가 작게 탄성을 내뱉으며 주전부리로 심심할 때마다 먹는 땅콩이 담긴 통을 꺼내 들었다. 그리고는 두 사람의 모습을 바라보며 땅콩을 하나씩 오독오독 씹어 먹었다. 벨로나의 모습은 연극이나 서커스 공연을 관람하는 자세와 흡사했다.

"네, 그게…… 다름이 아니라 요즘 저희 약국 근처에 밤마다 이상한 사람이 돌아다녀요……. 며칠에 한 번씩 간간이 보이는데, 정말 무서워서……."

로웰이 말끝을 흐렸다. 불안한 시선 처리와 떨리는 말끝, 그리고 걱정스럽게 저를 힐끗거린 디테일까지. 오독- 오도독- 벨로나가 땅콩 하나를 더 입에 물며 턱을 괴었다. 이것도 이거 나름대로 꽤 흥미진진했다.

하지만 벨로나는 로웰의 입에서 나오는 다음 말에 그대로 굳어져야 했다.

"생김새는…… 머리카락은 금발이고요, 조금 어두운 복장을 하고 있었어요. 마치 도적 같은 느낌이었어요. 저번에는 저희 가게에 들어오려고 했던 적도 있어요."

로웰이 잔뜩 겁먹은 얼굴로 조심스럽게 말을 전했다. 설명을 하는 것을 보아하니, 대충 누군지 짐작이 됐다. 무엇보다 금발에 밤마다 찾아오는 사람이라고는 한 명밖에 없었다. 귀 따가울 정도로 귀찮게 하는 몽블랑. 그 먹음직스러운 이름을 가진 남자였다.

오독- 벨로나가 땅콩을 하나 더 깨물었다. 기사씨의 얼굴이 조금 밝아진 것이 보였다. 실마리라도 잡은 듯한 표정이었다. 하긴…… 자신이 알기로도 몽블랑은 범죄자였다.

'근데 무슨 범죄지……?'

그러고 보니 로웰에게도, 몽블랑 본인에게도 무슨 범죄를 저질렀는지 들은 적이 없었다. 마땅히 뭔가 짐작 가는 범죄가 있는 것도 아니었다. 벨로나의 얼굴이 궁금증으로 물들었다.

"저녁이란 말이지?"

기사가 무언가를 생각하는 듯하더니 다시 물었다.

"네, 저희 약국이 문을 닫을 때쯤…… 그때를 노리는 것 같아요."

뻔뻔한 거짓말이었다. 물론 벨로나의 눈에만 그렇게 보인 것이었지만. 땅콩을 오독거리며 먹는 벨로나를 로웰이 고개를 돌려 바라봤다. 오독- 땅콩을 깨물던 모습 그대로 벨로나가 굳어졌다. 로웰의 눈은 맹수의 눈이었다. 초식동물은 움직일 수도 없게 만드는 그런 눈동자.

"사장님도 보셨죠?"

무슨 말을 하나 했더니 단순히 확인을 받고 싶었던 모양이다. 벨로나가 먹고 있던 땅콩을 마저 삼키고 고개를 끄덕였다. 마침 몽블랑이 굉장히 귀찮았던 벨로나였기 때문에 생긋 웃으며 말을 덧붙였다.

"맞아요. 저번에는 창문으로 막 들어오려고…… 소리도 지르고 했어요. 그래서 그날은 정말 새벽 늦게 집에 갔었어요……."

로웰이 시작한 일이니 뭔가 나름의 대책이 있겠지라는 믿음 하나로 벨로나가 최대한 안쓰러운 표정으로 말했다. 로웰 옆에서 배운 것이라고는 순식간에 바뀌는 표정과 어떤 상황에서도 연기를 이어 가는 뻔뻔함뿐이었다.

"그렇군. 제보 고맙다, 로웰. 오늘부터 이 근처를 집중 단속해서 반드시 잡도록 하지."

"와, 정말 감사드려요. 꼭 좀 부탁드릴게요, 기사님."

벨로나와 로웰의 시선이 허공에서 마주쳤다. 벨로나가 고개를 작게 숙여 보였다. 기사가 비장한 얼굴로 고개를 끄덕인 후 사라졌다. 딸랑— 그와 동시에 다른 손님이 가게 안으로 들어왔다. 로웰의 얼굴에 또 다른 친절한 점원을 가장한 미소가 떠올랐다.

"안녕하세요, 손님!"

그는 정말 명실상부 남우주연상 대상감이었다.

"제법이군."

벨로나의 옆을 지나쳐 가며 로웰이 조용히 속삭였다. 드물게 만족스러운 목소리가 벨로나의 귓가에 닿았다. 한 달 동안 같이 지내며 처음 듣는 만족스러운 목소리였다.

스치듯 말을 한 로웰이 간이 주방으로 쏙 들어갔다.

"어디가 아파서 오셨나요?"

한가한 시간이었기에 벨로나가 손님으로 들어온 조금 날렵한 얼굴의 남자에게 물었다. 깐깐하게 생긴 눈썹이며 꾹 다물어진 입매며, 그다지 좋은 느낌은 들지 않는 남자였다.

벨로나가 보이지 않게 얼굴을 찌푸렸다. 남자가 노려보듯 저를 쳐다봤다.

"골절을 당했는데."

골절? 벨로나의 눈썹이 꿈틀거렸다. 골절은 약국이 아니라 병원을 찾아가야지. 골절에 드는 약은 없었다. 그것보다 골절이라기엔 남자는 머리부터 발끝까지 꽤 정상인의 범주에 속해 있었다. 욕심이 그득해서 번질거리는 눈동자만 뺀다면.

"죄송하지만 저희 가게는 내상 아니면 약을 먹고 치료할 수 있는 병에 관한 약을 제조하는 곳이라서, 골절 같은 외상의 경우에는 아무래도 의사 쪽을 찾아가시는 게……."

골절을 봐주지 못할 것은 없지만 부목 같은 마땅한 장비도 없었다. 게다가 입고 있는 옷이 상당히 고급스러웠다. 굳이 이런 허름한 서민을 위한 약국에 오지 않아도 될 정도로 고가의 천이었다. 벨로나는 감이 좋다. 특히 안 좋은 쪽의 감은 특출 나게 발달한 편이었다.

"로웰! 차는 필요 없어요, 이 손님은 돌아가실 거예요."

손님처럼 보이지도 않았지만 어쨌든 벨로나는 마지막 양심을 담아 남자를 그렇게 호칭했다. 벨로나의 부름에 로웰이 주방에서 모습을 드러냈다. 여전히 사람 좋아 보이는 미소를 얼굴에 띤 채였다. 다만, 로웰의 손에는 찻잔이 들려 있지 않았다.

"자격도 없는 여자 주제에 의사 흉내나 내며 이런 가게나 열고 있고……."

남자가 불쾌하게 얼굴을 구기며 본성을 드러냈다. 욕심 가득한 콧수염이 인중에 자리 잡았을 때부터 대충 감은 왔지만…….

귀족이라기엔 기품이 없었다. 특유의 말투도 귀족의 것이 아니었다. 목소리에 자리 잡은 것은 지독한 불쾌감과 시기, 질투의 감정이었다.

"전 의사가 아닌데요. 그보다 아픈 거 아니면 가시죠?"

"의사 흉내는 뭐 하러 내고 있지 그러면? 뭣보다 여자 주제에 손대선 안 되는 직업에 손대는 것이 더 황당하지. 하ㅡ 그래서 의사 소꿉놀이는 재밌나?"

남자의 눈이 벨로나를 위에서 아래로 훑었다. 벨로나의 눈썹이 크게 꿈틀거렸다. 귀족이 아니면 이런 일에 시기, 질투할 위치의 사람들은 한정되어 있었다.

"당신이야말로 의사 이름에 쪽팔리는 짓 하지 말고 내 가게에서 나가시죠? 난 정식으로 허가받고 하는 거니까. 그리고 여자는 약초를 만지면 안 된다고 누가 그랬어요? 법에 적혀 있으면 가지고 와 보든가. 나가 줄게요."

"이 못 배운 년ㅇ……."

"아, 내 말 안 끝났으니까 그쪽이야말로 닥치고 계속 들어 보세요. 그리고 의사는 사람의 목숨을 직접적으로 다루는 직업이라 황궁에서 시험을 쳐서 일정 자격을 따야 하는 건 알지만 약초를 가지고 약을 만드는 데 그런 자격이 필요하다는 건 듣지도, 보지도 못한 일인데요. 아, 이것도 어디 법에 적혀 있으면 가지고 와 보세요. 그만둘 테니까."

"이게 진짜……!! 이런 식으로 굴면 네 신상에만 안 좋아. 귀족분들께서 널 마음에 안 들어 한다고! 이 허름한 가게 부서지기 싫으……."

"거참, 내 말 안 끝났다니까요? 예의 좀 지키세요. 어쨌든 난 적어도 약초에 한해서는 그쪽들보다 뛰어나거든요? 그리고 귀족분들이 그러든 말든 뭐 어쩌라구요! 원래 세상 살다 보면 모든 사람이 날 좋아할 수는 없어요. 상식 좀 챙기시고. 뭣보다 내가 뭐 피해 준 것도 아닌데 왜 그래요?"

"피해는 많……."

"아, 혹시 매출 줄었어요? 하긴 요즘 좀 상인분들도 많이 오시고, 다른 마을에서도 오시더라구요. 목숨이나 아픈 걸 담보로 코 묻은 돈 뺏어 가던 돈줄이 줄었구나!"

벨로나가 박수를 짝 치며 말했다. 말하는 족족 중간에 끊어 버리는 벨로나 때문에 남자의 얼굴은 새빨갛게 달아올라 곧이라도 터질 것처럼 보였다. 이 정도 말싸움도 못 이길 거면서 덤비기는.

로웰을 슬쩍 바라보니 어쩐지 흥미로운 눈빛을 하고 있었다. 벨로나가 다시 남자에게 고개를 돌렸다.

"더는 할 말 없죠? 그럼 이만 꺼져 주시면 감사할 것 같은데."

딸랑- 벨로나의 말에 맞춰 로웰이 손수 가게 문을 열어 주며 정중하게 손짓했다. 고급 레스토랑의 웨이터가 정중하게 자리를 안내해 주는 것 같은 느낌이 들 정도로 움직임에 군더더기가 없었다.

"윽―! 젠장! 난, 우리 '제국의사협회'의 의사를 전달하러 온 것뿐이다. 여기서 장사를 하고 싶다면 의사 자격시험을 보고 제대로 활동을 하거나, 그것도 아니면 약값을 올려라. 네가 하는 짓은 우리 업계를 망치는 짓이야. 아직 어려서 모르나 본데…….'

"으, 잔소리."

벨로나가 손을 들어 귀를 막았다. 노골적인 질린 표정과 눈에 보이는 무시에 남자의 얼굴이 다시 빨갛게 달아올랐다.

"어쨌든! 다음 주까지 제대로 결정하지 않으면 귀족분께서 직접 방문하기로 하셨다."

"무슨 이유로?"

뒤에 서 있던 로웰이 드물게 존댓말 없이 물었다.

"비위생적인 제조 시설과 뭘 사용하는지도 모르는 이상한 약의 검수로."

남자의 입가에 비웃음이 걸렸다. 같은 비웃음인데 확실히 상위 1% 외모인 로웰과는 천지 차이의 웃음이었다.

남자의 말을 가만히 듣고 있던 벨로나의 얼굴이 완전히 구겨졌다. 결국 어떻게든 밟아 버리겠다는 심보였다. 의사 자격시험은 열두 살부터 준비해야만 스물두 살쯤에야 간신히 통과할 수 있는, 오랜 준비가 필요한 시험이었다. 남자는 그것을 알고 있는 것이었다. 그러니까 당당하게 둘 중 하나를 고르라고 하는 것이었고.

"의사 자격시험 통과하면 이대로 영업해도 문제는 없다는 거죠?"

벨로나가 짜증스럽게 물었다. 남자가 픽― 노골적인 비웃음을 흘리며 고개를 끄덕였다.

"마침 이 주일 뒤에 자격시험이 있는데 잘됐군. 신청 서류 마감도 오늘까지니 내가 대신 지원해 주지. 단, 이 시험에 탈락한다면 이 가게 문을 닫아라. 너 같은 계집 따위가 함부로 해도 되는 것들이 아니야."

남자의 말에 벨로나가 보이지 않게 주먹을 꽉 쥐었다. 그러더니 이내 팔에 힘을 풀고 고개를 푹 숙였다가 들어 올리며 입을 열었다.

"내가 합격하면, 그쪽 의사협회 관련된 사람들은 절대 내 가게 근처로 오지 마세요. 혹시나 언젠가 내 도움이 필요해도 당신 때문에 그 협회에 관련된 누군가는 내 도움을 받지 못할 거예요. 물론 당신 뒤에 있는 그 귀족이라는 사람도 마찬가지고요."

"얼마든지. 이 주일 만에 너 같은 계집이 합격할 수 있는 시험이라면 황궁의 수치지."

"할 테니까 이제 꺼져요. 저 같은 계집한테 협박까지 하러 오느라 참 수고하셨습니다."

벨로나가 남자를 비꼬는 목소리를 더는 숨기지 않으며 한마디 던졌다.

제조실 안의 의자에 털썩 주저앉은 벨로나가 주방 쪽으로 고개를 휙 돌렸다. 더는 남자에게 시선을 주지 않는 것을 보아하니 명백히 상대할 의사가 없어 보였다.

드물게 굉장히 기분이 안 좋아 보이는 벨로나의 모습에 로웰이 만면에 웃음을 머금으며 남자의 어깨를 톡톡- 두드렸다.

"뭐야?"

"저희 사장님께서 이만 꺼지시라는데 얼른 나가시죠. 이제 슬슬 마감도 해야 해서."

"뭐야, 이 재수 없게 생긴 놈은. 하여튼, 여자 밑에서 일하는 네 꼴도 알 만하군."

로웰이 웃는 얼굴 그대로 눈만 뜬 채 남자를 바라봤다. 상냥하게 올라간 입꼬리와는 정반대로 사람 몇은 그냥 죽일 것 같은 눈빛에 남자가 본능적으로 꿀꺽- 침을 삼키고 몸을 돌렸다.

"어쨌든 이 주일 뒤에 시험장에서 보자고!"

남자가 사라지자마자 로웰의 얼굴에서 미소가 사라졌다.

"술 있나?"

"찬장에요. 왜요?"

"불결해서, 소독."

대답과 함께 술의 마개를 따서 투명한 빛을 띠는 술을 가게 문 앞에 콸콸콸 쏟아부었다. 불쾌함이 얼굴 가득히 느껴졌다.

"그걸론 소독 안 될 것 같은데요."

옆으로 다가온 벨로나가 갈색 주머니를 열며 덧붙였다.

"이 정돈 뿌려야죠."

불만스럽게 말을 하며 벨로나가 갈색 주머니 속의 소금을 한 주먹 가득 쥐고 술 위로 툭툭 뿌렸다. 주머니의 소금이 전부 사라져 문 앞에 소복하게 쌓일 때까지 벨로나는 말없이 한참 동안 소금을 뿌리고 있었다.

2

제국의사협회

"그나저나 정말 괜찮겠나? 자격시험."

제조실 탁자 위를 정리하던 벨로나가 로웰의 질문에 얼굴을 찌푸렸다. 불쾌한 얼굴이 벨로나의 기분을 대변하는 듯했다. 그러다 퉁명스럽게 대답했다.

"안 괜찮으면 뭐가 달라지나요. 고귀하신 귀족 놈들이 이거 싫어, 하면 사라져야 하는 입장에."

"네 위치에 대한 자각은 있었군."

"내가 바본 줄 아세요?"

물걸레로 약초 가루가 널브러진 탁자를 닦으며 벨로나가 대꾸했다.

벨로나는 멍청이가 아니었다. 이 세계의 먹이사슬 구조는 당연히 알고 있었다. 태어나고 자랐는데 모를 리가 없었다. 어디서나 그렇듯 귀족은 갑이고 저 같은 서민은 을이었다. 물론 마음에 들지 않는다고 그냥 죽이는 것은 법에 위반되는 일이었지만, 무슨 핑계가 있다면 귀족이 평민을 죽이는 것에 문제는 없었다. 그러니까 아까 그 찌질이 같은 의사도 핑계를 댔던 것이었다.

'비위생적 같은 소리 하고 있네. 지들 몸이나 위생적으로 하고 다닐 것이지.'

아이씨, 생각하니까 또 열받는다.

벨로나에게 시험 통과는 별로 문제가 아니었다. 벨로나라고 처음에는 의사라는 직업을 생각하지 않았겠는가. 다만 전생의 기억이 마음에 걸려서 의사는 하고 싶지 않았기에 포기했던 것뿐이었다.

그리고 오늘 벨로나는 의사를 하지 않아서 다행이라고 진심으로 생각하고 있었다. 의사를 했었다면 저런 놈이랑 동급으로 취급을 받았겠지.

"그나저나 아까 그놈 의사협회에선 아마 제법 위치가 있는 놈일 거다."

"윽— 그 시궁창같이 생긴 놈이요?"

벨로나가 가감 없이 입 밖으로 생각을 내뱉었다. 생각보다 괄괄한 단어 선택에 로웰의 입꼬리가 슬쩍 올라갔다.

정리를 다 끝냈는지 벨로나가 제조실 탁자 위에 엎드렸다. 하늘은 벌써 어두워져서 햇살 대신 달빛이 내리쬐고 있었다. 어쩌다 일이 이렇게 됐는지. 하지만 대충 언젠가는 일어날 일이라고 어렴풋이 생각은 하고 있었다.

귀족들이 제 배 채우기 바쁜 것도 알았고, 의사 시험 치기 전에 의사들의 공갈이 대단하다는 것도 알았다. 그래서 의사 자격시험을 관둔 것이었고, 상황이 맞아떨어져 겸사겸사 약국을 연 것뿐이었다. 하지만 머지않아 의사들이 불만을 토하며 제 목에 칼을 들이밀 것이라는 건 알고 있었다. 설마 귀족까지 끼고 코앞에서 제 목을 베겠다고 선언할 줄은 몰랐지만.

"어떻게든 되겠죠. 내일은 서점에 가서 의학책이나 잔뜩 사 와야 겠네요."

그렇지 않아도 잘 시간이 부족한데 일을 하나 더 얹어 주어 참으로 감사할 따름이었다.

슬슬 일을 마치고 들어가려는 찰나, 콰앙- 시끄러운 소음이 울렸다. 창문에 무언가 부딪치는 소리와 함께 벨로나가 가게 밖으로 나섰다.

"으아아악!! 대체 뭐야, 이건 갑자기?!?!"

"잡아라!!! 지금 당장 서지 않으면 가중처벌이다!!"

아, 몽블랑이다. 벨로나가 작은 목소리로 중얼거렸다.

병사들을 한 무리 뒤에 달고 몽블랑이 밤거리를 미친 듯이 달리고 있었다. 낮에 순찰을 강화하겠다고 하더니 결국 알짱대는 몽블랑을 발견한 모양이었다. 하필이면 또 오늘 나타날 게 무엇일까. 기사가 마음을 다잡은 오늘 같은 날.

"땅콩 드실래요?"

약국 문을 닫고 그 앞에 털썩 주저앉은 벨로나가 서 있는 로웰에게 주머니에 담긴 땅콩을 건넸다. 잠시 온갖 소리를 지르며 도망 다니는 몽블랑과 땅콩을 건네는 벨로나를 바라보던 로웰이 그녀의 옆에 털썩 앉아 땅콩을 한 주먹 쥐었다. 왼쪽으로 갔다가 오른쪽으로 갔다가, 옷이 쥐어뜯기는 몽블랑은 흡사 겁에 질린 작은 동물 같았다.

"잡히는 데 얼마나 걸릴까요?"

"야, 약사 아가씨!!!! 나 좀 살려 줘요!!!"

몽블랑이 앉아서 땅콩을 먹으며 구경을 하고 있는 로웰과 벨로나를 발견했는지 지푸라기를 잡는 심정으로 소리를 질렀다. 벨로나가 몽블랑의 금빛 눈동자와 시선이 마주침과 동시에 고개를 슬쩍 돌렸다.

"아, 근데 몽블랑은 무슨 범죄자예요? 수배지에서 본 적이 없는 것 같은데……."

로웰이 땅콩 두 개를 한 입에 오독 씹어 먹으며 목덜미를 잡힌 몽블랑을 만족스럽게 바라보고는 대답했다.

"브로커(Broker)지. 필요한 독약을 구해 준다거나, 판매가 금지된 마약류를 뒤에서 수수료를 받고 판매하거나. 종종 장물이나 물건을 훔치기도 하지. 수배지에는 얼굴이 없을 거야. 드러나는 일을 하는 게 아니니까. 저 녀석은 뒷세계에선 다른 이름으로 불리거든."

"그러니까!! 난 아무 짓도 안 했……!! 우으아아악!! 목, 목!! 목 아프다고!!"

목덜미를 건장한 사내의 손에 잡힌 채 버둥거리며 소리치는 모습이 한 편의 희극을 보는 것 같았다. 처음으로 금발이 밤하늘에 흩날리는 게 만족스러웠다. 몽블랑이 차마 말을 하지 못하고 손가락으로 로웰을 가리켰다. 아무래도 지금 자신이 당하고 있는 뒷배경에 누가 있는지 대충 눈치를 챈 모양이었다.

"아, 참고로 저 녀석 뒷세계에선 뭐라고 불리는지 아나?"

"아뇨, 뭐라고 불리는데요."

질질질 끌려가는 몽블랑을 보며 로웰과 벨로나가 태평스레 이야기를 이어 갔다. 몽블랑은 억울해 죽겠다는 표정이었다. 하지만 둘은 정말 잘 짜인 무대를 보는 것마냥 만족스러워 보였다.

"'브로커 마카롱'이라고 불린다."

풉- 벨로나의 잇새로 숨기지 못한 웃음이 튀어나왔다. 거리에서 사라질 때까지 버럭버럭 소리를 치는 몽블랑의 얼굴 위로 알록달록 색색깔의 마카롱이 겹쳐졌다.

"왜요? 크흡…… 왜 마카롱……."

벨로나가 떨리는 목소리로 되물었다. 거리는 어느새 다시 조용해져 있었다. 로웰이 쥐고 있던 나머지 땅콩을 다 입에 넣고 일어나며 대답했다.

"저 녀석 풀 네임이 몽블랑 마카롱이거든. 뭐, 며칠 조사받다가 어떻게든 나오겠지. 워낙 철저한 놈이니 약물을 들고 있을 리도 없을 테니까."

"나중에⋯⋯ 과자 가게 차리면 잘될 거예요, 분명."

벨로나가 웃음을 꾹 참으며 대답했다. 분명히 정말, 과자 가게를 차린다면 잘될 것이 뻔했다. 이름부터 대박 칠 이름이 아닌가. 오후에 나빠졌던 기분이 덕분에 조금 나아졌다. 무엇보다 개처럼 질질 끌려가던 몽블랑의 모습이 진풍경이었다. 사진기가 있다면 찍어서 평생 소장하고 싶을 정도로.

"아, 기분이 좀 나아졌어요. 전 이만 들어갈게요. 내일은 조금 늦을 수도 있어요. 책을 좀 사야 해서. 어쨌든 약은 만들어 뒀으니까 있는 약은 판매하시면 되고⋯⋯ 혹시 없는 건 좀 기다려야 할 거예요."

"네 키가 왜 작은가 했더니⋯⋯ 일찍 안 자서 그렇군."

벨로나가 말하는 도중에 위아래로 훑어보더니 대답 대신 말했다. 갑작스러운 키 이야기에 벨로나가 인상을 팍 구겼다.

"그쪽은 키만 멀대같이 커서 퍽이나 좋겠네요."

한마디 날카롭게 대꾸한 벨로나가 몸을 휙 돌렸다. 저 이상한 놈 상대하는 것보단 몽블랑의 억울한 표정을 생각하며 집으로 가는 것이 조금 더 효율적일 것이 분명했다.

"내일 보지."

탁— 나무 문이 조용히 닫혔다. 뒤로 들리는 인사에 대답도 하지 않으며 벨로나가 조금 더 빠르게 집으로 향했다. 그래도 오늘은 밤손님이 없어서 그런지 9시에 집에 갈 수 있었다. 오늘은 푹 자고 일단 내일부터 의학서적을 독파해야겠다 싶었다.

사실 이 세계는 의학이 발달한 편은 아니었다. 약은 생약초를 달여 먹이거나 그것도 아니면 빻아서 먹이는 것이 전부임은 분명했다. 그네들의 입장에서 본다면 자신이 행하고 있는 약학지식은 분명히 정상인의 범주에 속하지는 않는 것이었다. 약초를 가공해서 알약을 만들고 며칠 치를 한 번에 내어 주고, 먹을 때를 알려 주는 것은 꽤 신기할 정도일 것이 분명했다.

집으로 돌아온 벨로나가 무너지듯 침대 위에 쓰러져 이불 속에 꼬물꼬물 파고들었다. 피로에 젖은 얼굴 위에 옅은 행복감이 떠올랐다.

어쨌든, 처음에는 문제가 없었지만 제 약국의 이름이 유명해지고, 여기저기서 사람들이 찾아오니 제 밥그릇을 뺏길까 무서운 모양이었다. 그러니까 애초에 저렴하게 팔든가. 굳이 다른 방법들이 있음에도 자신에게 찾아와 협박을 하는 수고까지 하다니 대단하다 싶었다.

"하여튼 돈 있는 놈들이 이렇게 귀찮지."

돈 있는 놈들이 더한다는 말은 결코 틀린 말이 아니었다. 어쨌든, 저가 아는 지식과 이 세계의 지식은 꽤 차이가 있음은 분명했다. 현재 이 세계 의사들의 병 치료율은 그다지 높지 않았다. 약초나 달여먹고, 이도 저도 안 되면 할 수 없다고 하고, 귀족들의 목숨이나 걸려야 조금 필사적이 된다. 하찮은 감기도 적절한 치료법을 몰라서 몇 주 동안 치료하는 것이 대다수였다.

벨로나가 한숨을 길게 내쉬며 이불 속에 얼굴을 완전히 묻었다. 더는 생각하고 싶지 않다. 의사 자격시험 문제는 자신의 기준으로는 생각보다 어렵지 않았다. 물론 이 세계의 지식과는 다소 빗나가 있을 테니 의학서적 독파는 거의 필수적인 일이겠지만.

"으아아아아아!! 몰라, 잘래!!"

커다랗게 소리치고 얼굴을 베개에 박은 벨로나가 눈을 감았다. 꽤 피곤했는지 오래지 않아 방 안에 숨소리만이 들려왔다.

벨로나는 지극히 개인적으로 세상에는 참 더럽고 치사한 인간들이 많다고 생각한다. 거지 같은 소문을 흘린, 개념이라고는 어디 타 차원에 두고 온 듯한 찌질한 의사협회 사람들처럼 말이다.

"참, 찌질한 데다 비열한 데다 덤으로 시궁창 같은 짓거리를 하네요."

벨로나가 질린다는 표정으로 품에 안은 의학서적을 제조실 탁자 위에 올려 두며 말했다. 소문이 얼마나 대단한지 가게에는 손님이 한 명도 없었다. 마치 초창기의 약국 같았다.

"의사 자격증도 없이 약을 판매하는 행위는 불결하고, 더럽다? 그런 자격 없는 돌팔이들로 인해 또 다른 미지의 병에 걸릴 시 우리 의사들은 그런 약을 구매한 사람들을 치료해 줄 수 없음을 알린다. 제국의사협회."

벨로나가 오다가 주운 종이를 읽어 내리며 픽- 바람 빠진 웃음을 흘렸다. 참, 황당하다고 해야 할지 화가 난다고 해야 할지, 아니면 연민을 느껴야 할지 잘 모르겠다.

"뒤통수 거하게 맞았군. 너 말이야."

로웰의 말에 벨로나가 머리를 긁적였다. 뒤통수는 맞았는데, 솔직히 아프지는 않다. 의사 자격증이 문제라면 따면 되는 일이었다. 게다가 알기로는 황궁 주최의 의사 자격시험은 황제가 직접 검토를 하기 때문에 중간에 감히 부정이 있을 수가 없는 시스템이었다. 그러니까 기왕이면 의사 놈들 엿 먹일 방법도 같이 고민 중이었다.

"괜찮아요. 저 이런 일에는 뒤끝이 끝내줘서."

"확실히……."

로웰이 고개를 끄덕였다. 그녀는 확실히 그럴 것 같았다. 화르륵-

타오르는 눈동자로 빠르게 두꺼운 의학서적을 읽어 내려가는 것부터가 그랬다. 로웰이 온 뒤로 처음으로 손님 없는 한가롭고 자유롭기까지 한 시간이었다. 예전에 벨로나가 말했던 것이 이해가 되지 않았는데…… 확실히 약초 냄새와 햇살이 어우러진 약국 안은 절로 기분이 좋아질 것 같은 분위기였다.

팔랑, 팔랑- 종이를 넘기는 소리가 묘한 분위기를 한층 더 살리는 것 같았다.

벨로나의 표정이 진지했다. 그러면서 손은 쉴 새 없이 책을 넘기고 있었다.

"굉장히 빨리 읽는군. 내용은 눈에 들어오나?"

한참의 시간이 지난 후 로웰이 주방에서 간단한 차를 하나 타서 벨로나의 앞에 내려 두며 물었다. 로웰이 그렇게 물을 수밖에 없는 것이, 족히 수백 페이지는 될 법한 의학서적을 벨로나가 1-2시간 만에 전부 읽고 다른 책을 손에 들고 있었기 때문이다.

"아, 필요한 것만 보고 있어요. 완전히 쓰레기 같은 책이라서."

벨로나가 불쾌감을 드러냈다. 필요한 정보라고는 저 수백 페이지 중에 수십 페이지밖에 되지 않았다. 나머지는 사설이거나 쓸데없는 잡지식이었다. 벨로나가 머리를 쓸어 넘겼다. 저것들 중에서 쓸 만한 것을 골라내려니 말 그대로 곤욕이 아닐 수가 없었다.

"어디 괜찮은 의사가 쓴 책 없어요? 이건 무슨…… 불쏘시개로 써야 할 수준인데요."

벨로나가 얼굴을 완전히 구기며 읽던 책을 바닥에 던졌다. 향긋한 차의 향이 코끝을 맴돌아 벨로나가 기분 나쁨을 꾹 참으며 차를 한 모금 호로록 마셨다. 무엇보다 더 기분이 나쁜 것은 이제야 읽어 보고 알았지만 저자의 이름 앞에 대부분 '제국의사협회 소속'이라는 수식어가 붙어 있다는 것이었다.

"손님이 아예 없군. 마치 5년 전으로 돌아간 것 같은 느낌까지 들어."

벽에 기대어 창밖을 내다보며 하는 로웰의 말에 벨로나가 묘한 표정으로 그를 올려다봤다. 마치 5년 전의 이 거리를 알고 있다는 듯한 말투였다. 원래 여기 살던 주민인가 싶을 정도였다. 깊이 생각하길 포기한 벨로나가 로웰의 말에 대꾸했다.

"그러게요, 5년 전에 처음 약국을 열었을 때도 엄청 썰렁했죠."

"뭐…… 물론 그것도 있지만, 그보단…….”

힐끗- 벨로나를 바라본 로웰이 뒷말을 흐렸다. 벨로나가 길게 한숨을 내쉬었다. 시험은 문제가 아니다. 문제는 어떻게 그놈들을 엿먹일까였다.

황제에게 이런 거지 같은 실태에 대해 알려야 했다. 이대로 적자 보고, 피해 본 채 가만히 당해 줄 마음은 조금도 없었다.

"아까운 약초들만 버리게 생겼네.”

쯧- 벨로나가 혀를 차며 어제 만들어 놓은 약들을 살폈다. 대체 적자가 얼마야. 적어도 2주는 약 판매는 못 한다고 봐야 했으니…… 전부 쓰레기통 직행 예정이었다. 약초도 잔뜩 사 놔서 말려서 정리해 놨더니…… 늘어난 손님 때문에 평소보다 더 많이 주문했는데!!

"……전부 의사 자격 박탈시켜 버리고 싶은데 어떻게 해야 될까요. 로웰.”

머릿속에서 피해액을 계산함과 동시에 벨로나의 눈빛이 매섭게 바뀌었다. 벌 수 있는 돈과 재료값을 생각하면 영업방해죄로 놈들을 신고하고 싶어졌다. 의사협회에서도 꽤나 압력을 가하고 있는 모양이겠지. 아마 이런 종이 말고도 입에서 입으로 또 다른 소문이 퍼지고 있을 것이 뻔했다.

"죽여 줄까? 협회 윗대가리 몇 명이랑 뒤를 봐주는 귀족 정도만 죽이면 될 것 같은데."

"네?"

섬뜩한 대답에 벨로나가 질린 표정으로 반문했다. 깜빡하고 있었
는데, 그는 범죄자였다. 그것도 범죄 중에 가장 질이 나쁘다는 살인
을 저지른 사람. 그것에 신경을 쓰지 않으려고 노력하고 있었는데 순
간 로웰의 얼굴 위로 떠오른 옅은 살기에 몸이 굳어 버렸다.

"장난이다, 그런 표정 하지 마라."

"아⋯⋯."

"못생긴 얼굴이 더 못생겨지잖나."

로웰의 진지한 표정에 뭔가 대답을 하려던 벨로나의 얼굴이 완전
히 구겨졌다. 저놈을 진지하게 상대하려고 했던 내가 멍청하지. 어차
피 2주의 시간이 남았으니, 조금 더 생각할 시간을 가지는 게 좋을
것 같았다.

"당신은⋯⋯."

자존심이 상해 한마디 하려던 벨로나가 로웰의 얼굴을 보더니 그
대로 입을 꾹 다물고 제조실 탁자로 향했다. 상위 1%의 외모 소유자
에게 평범함 외에는 아무것도 없는 내가 무슨 말을 붙이리. 세상은
불공평했다. 저런 놈한테 모든 걸 다 주다니.

"힘내라, 약사. 제 밥그릇은 알아서 지켜야지."

"⋯⋯아."

신은 그에게 모든 걸 다 줬지만, 성격과 정신 상태를 미개인 수준
으로 설정한 뒤 세상에 내보낸 모양이었다. 그래, 미개인을 제가 이
해해 주지 않으면 또 누가 이해해 주리.

주억거리며 스스로를 납득시킨 벨로나가 다시 책을 펼쳤다. 도움
이 되지 않더라도 그 멍청한 집단을 한번 꾹 밟아 주기 위해선 꼭 필
요한 과정이었다.

또 조용한 정적이 정말 꽤 오랜 시간 이어졌다.

콰앙!

"그러니까…… 어머니가……."

갑자기 약국의 문이 거친 소리를 냈다. 그리고 겁에 질린 목소리
도 함께 들렸다.

벨로나와 로웰이 서로 눈을 맞췄다. 벨로나가 먼저 작업대를 박차
고 나섰다. 로웰이 작게 한숨을 쉬고 그 뒤를 쫓았다.

콰앙! 길게 숨을 내뱉은 벨로나가 문을 거칠게 열어젖혔다.

"호, 이건 또 무슨 짓거리실까?"

눈앞에 펼쳐진 광경은 가관이었다. 웬 경비병 같은 중무장한 병사
들을 뒤에 대동한 무뢰배가 눈에 보였다. 그리고 그 앞에서 겁에 질
려 벌벌 떨고 있는 여자아이와 남자아이가 각각 한 명. 벨로나는 아
쉽게도 그 상황을 보고 아무것도 추측하지 못할 바보가 아니었다.

"이런 비겁한 짓 하기 있기야? 거지 같은 전단지나 돌리고 있고."

"무슨 소린지 모르겠네만? 우린 그저 위험한 돌팔이에게 가려는
시민을 보호하는 것뿐인데 말이네."

"의사협회에서 뿌린 이 전단지를 보고도 할 말 없다는 건가?"

중간에 로웰이 끼어들어 전단지를 불쑥 내밀었다. 말을 가로채인
벨로나가 입술을 달싹이다 이내 닫았다. 로웰의 기백에 움찔, 몸을
떤 남자가 뒤쪽의 경비병을 흘끗 보고는 다시 몸을 곧추세웠다.

"우리는 그저 사전 권고를 한 것뿐이네. 자격증도 없는 돌팔이에
게 사기당하지 말라는 이야기가 어째서 문제가 되는지 모르겠군."

뻔뻔하게 안타깝다는 표정으로 고개를 가로젓는 남자의 행위에 벨
로나의 마지막 남은 이성이 뚝, 끊겼다. 벨로나가 주먹을 쥐고 남자
에게 성큼 다가갔다.

"뭐, 뭐요."

"망할 새끼야. 그걸 보고 비겁한 짓이라고 하는 거야."

벨로나가 환하게 웃으며 남자의 어깨에 손을 올린 채 무릎으로 힘껏 찍어 올렸다.

"커흑-!"

남자가 중심을 부여잡고 바닥으로 천천히 무릎을 꿇었다. 입에 슬쩍 거품까지 보이는 걸 보니 아프긴 꽤장히 아픈 듯했다. 물론 벨로나도 배운 지식으로 인해 그곳을 맞는 통증이 어떤지는 머리로는 알고 있긴 했다. 물론 상상도 되진 않지만 말이다.

"아무리 그래도 너무 뚝 끊겼다고 생각은 했지만…… 설마 뒤에서 이런 짓거리를 하면서 손님을 내쫓고 있었을 줄은."

벨로나가 한 걸음 뒤로 물러나며 말했다. 한심함이 그득하게 담긴 목소리였지만, 벨로나로서도 조금 충격인 일이었다. 치사하다, 치사하다 했지만 설마 이렇게까지 치졸할 줄은 몰랐다.

"저, 망할 년이!! 뭐 해! 네놈들 내 호위 아냐?! 당장 저년을 내 앞에 무릎 꿇려!!"

철그럭, 남자의 명령에 갑옷을 입은 호위병들이 움직였다. 검까지 뽑아 드는 모습에 벨로나가 숨을 삼키며 주먹을 쥐었다. 뒤로 물러나선 안 된다. 물러나면, 저들은 더 기세등등해질 거다.

다가오는 검 끝이 빛을 받아 위협적으로 반짝였다.

'명색이 사람을 살린다는 놈들이 검을 들고 위협을 해?'

물론 호위병들의 일은 사람을 살리는 것이 아닌 건 알지만. 그걸 의사란 놈들이 아무렇지도 않게 위협하는 용도로 쓰는 것이 마음에 들지 않았다. 코앞까지 다가온 검 끝에 벨로나의 몸이 절로 긴장됐다.

"자, 거기까지."

가장 가까이 다가온 칼날을 로웰이 손으로 붙잡으며 말했다. 앞을 가로막은 로웰의 등에 벨로나가 숨을 훅 들이마셨다. 긴장됐던 몸이, 단지 로웰의 등을 봤을 뿐인데 순식간에 긴장이 풀렸다.

"그 이상 우리 약사님한테 그 검 들이대면, 몸 건강히는 못 돌아갈 줄 알도록."

로웰이 호위병의 귓가에 대고 속삭였다. 맹수처럼 빛나는 눈빛이 당장이라도 사람 몇을 죽일 것같이 보였다. 적어도, 호위병의 눈에는 로웰이 인간이 아니라 한 마리의 맹수로 보였다. 감추지 않은 살기는 여태껏 그들이 한 번도 경험해 보지 못한 것이었다.

로웰이 단숨에 그들의 기를 꺾는 건 어렵지 않았다. 애초에 산전 수전을 다 겪은 로웰은, 권력자들 뒤에서 겉멋 든 호위만 했던 인물들과는 격이 달랐다.

"알아들었으면 꺼져라."

작은 목소리였지만 위협으론 충분했다.

"흐, 흐아아악!!"

겁에 질린 호위병들이 남자를 내버려 둔 채 꽁지가 빠져라 도망갔다. 로웰이 여전히 벨로나의 시야를 가린 채 시선을 내려 남자를 쳐다봤다. 어느새 웃는 얼굴이 된 로웰이 손가락으로 남자를 가리키고, 엄지로 제 목을 그었다.

명백히 죽이겠다는 의사에 남자가 중심을 부여잡고 벌떡 몸을 일으켜 호위병들의 뒤를 따라 도망쳤다. 그제야 조용해졌다.

로웰이 벨로나의 어깨를 한 번 툭 치고, 겁에 질려 있는 두 아이에게 다가갔다.

"안녕하세요, 꼬마 손님들. 뭔가 필요한 게 있으신가요?"

로웰은 친절한 미소를 띤 채 인사를 건넸다. 두 아이는 좌우를 살피더니 조심스레 고개를 끄덕였다.

로웰이 약국 안으로 두 사람을 데리고 들어갔다. 벨로나도 그 뒤를 따라 들어가 안심하라는 듯 문을 꽉 닫았다.

벨로나가 아이들을 상대하기도 전에 로웰은 이미 부드럽게 웃으며 눈을 맞추고 있었다.

정말, 시대 잘못 골라 태어난 남자였다. 기왕이면 연극이 흥하던 시대에 태어나지. 시대를 잘못 만나서 저 얼굴도 활용 못 하고 범죄자로 살고 있었다.

"그…… 여기, 약, 먹으면…… 더 아프다고 하던데…… 저, 정말…… 이에요?"

여자아이가 먼저 입을 열었다. 무슨 이상한 소문을 들었는지 여자아이의 얼굴에는 절박함과 겁이 같이 섞여 있었다.

로웰이 살짝 굽혔던 허리를 펴며 벨로나를 바라봤다. 바라봐도 해결책은 나오지 않았지만. 입을 열 기미가 없는 벨로나의 모습에 결국 로웰이 다시 허리를 살짝 굽히며 대답했다.

"아니에요, 저희 사장님이 판매하는 약은 다른 약보다 훨씬 효과가 좋습니다. 요즘 소문이 조금 이상하게 난 것뿐이에요. 아까 나쁜 놈들이 그런 소문을 흘리고 다니고 있거든요. 저놈들이 소문 퍼뜨리기 전에는 손님이 엄청 많았답니다."

여자아이가 고개를 끄덕이며 로웰을 쳐다봤다.

"그러니까!! 정말 여기 약 먹으면 막 불치병 생기거나 전염병 생기거나 그러지 않는 거죠? 요즘 시장에 소문이 자자해요. 여기서 약을 먹은 어떤 사람이 이상한 병에 걸렸다고…… 근데 그전에는 무슨 병이든 다 낫게 해 주는 곳이라고 들어서……."

답답한 여자아이를 뒤로 밀어내며 남자아이가 조금 더 당당하게 말했다. 반짝거리는 눈동자가 아직 순수함을 담고 있었다. 눈앞에서 내쫓는 놈들을 봤어도 아이들은 아직 의심을 풀지 못했다. 아무래도 이 일이 해결되기까진 좀 시간이 필요할 듯했다.

일단 귀족 편에 선 이들이 물리적으로 위협하는 것도 문제가 있긴 하고 말이다.

"내 약은 사람을 치료하는 약이지, 아프게 하는 약이 아니야."

벨로나가 허리를 굽히며 대답했다. 아무리 어린아이의 말이라도 기분이 퍽 좋지는 못했다. 로웰이 고개를 끄덕이며 말을 받았다.

"그래서 어떤 문제가 있으신가요?"

"그, 어머니가 많이 아프셔서…… 어머니랑 아버지가 자꾸 토를 하시고, 몸에 이상한 것도 나시고 계속 배도 아파하시면서 화장실만 수십 번을 가시는데…… 밥도 제대로 드시지 못하고요. 그리고 그러니까…… 흑…… 몸도 뜨거우셔서…….".

울먹이는 여자아이를 대신해 남자아이가 울음을 꾹꾹 참아 가며 발갛게 달아오른 얼굴로 하나하나 설명했다. 가만히 증상을 듣던 벨로나가 머리를 굴렸다. 약국이라는 것이 조금 문제가 있다면 이렇게 말로만 듣고 증상을 파악해야 한다는 것이었다. 잠시 고민하던 벨로나가 아이들을 바라보며 누그러진 목소리로 물었다.

"혹시 언제부터 그러기 시작했어?"

"어젯밤부터요…….".

"음…… 어제 어머니랑 아버지 무슨 음식 드셨어?"

"그게…… 어제는 가족끼리 외식을 갔어요……. 비싼 곳이었는데…… 어머니랑 아버지는 생선이랑 조개를 드셨고, 저희는 고기를 먹었거든요…….".

남자아이가 더듬더듬 기억해서 말하자 벨로나가 아, 작게 탄성을 내뱉고는 고개를 끄덕였다. 대충 짐작이 됐다. 사태 파악이 되는 것과 동시에 벨로나가 약초가 담긴 서랍들을 열어서 약초를 꺼내기 시작했다.

아무 말도 없이 갑작스럽게 분주히 움직이는 벨로나의 모습에 아이들이 무언가 묻기 위해 입을 여는 순간, 로웰이 손가락을 입술에 가져다 대며 쉿- 소리를 내고는 작은 목소리로 말했다.

"설명은 곧 해 드릴 테니 저기 앉아서 기다려 주세요. 차를 가져오겠습니다."

로웰이 발걸음 소리마저 줄이며 간이 주방으로 쏙 들어갔다. 벨로나가 통통거리며 약초를 빻는 소리가 한동안 길게 울려 퍼졌다.

"아, 설명해 주는 걸 깜빡했네."

벨로나가 약을 포장하다 말고 고개를 들어 올렸다. 미련하게 설명을 해 주는 것도 깜빡하고 약이나 만들고 있었다. 볼을 긁적인 벨로나가 말을 이었다.

"아마 너희 부모님은 음식을 조금 잘못 먹어서 식중독에 걸린 것 같아. 한 이틀 정도는 따뜻한 물만 드시게 하고, 이거 약 줄 테니까 잘 먹여 줘. 화장실 가는 게 줄어들고, 안색이 괜찮아지면 소화가 잘될 수 있는 아주 묽은 음식부터 먹이고. 할 수 있겠니?"

"네, 네!! 그러면, 나을까요……? 약사님……."

여자아이가 걱정스럽게 물었다. 벨로나가 물통에 물과 소금, 설탕을 적당한 비율로 섞어 넣은 후, 약과 함께 아이에게 건넸다.

"한 이틀이면 괜찮아지실 거야. 이 물은 일반 물이랑 다르니까 이대로 적당량 끓여서 따뜻하게 부모님 챙겨 드리고. 돈은…… 그냥 재료값만 받을 테니까 60실버만 주고 가면 돼."

벨로나가 아이들과 눈을 맞추며 말했다. 어차피 2주 동안 적자는 각오한 일이었고, 애들의 코 묻은 돈을 꾸역꾸역 뺏기에는 마음이 좋지 못했다. 게다가 부모님이 아파서 소문이건 뭐건 급해서 온 애들한테 돈은 무슨…….

일찍 집이나 들어가서 자야 할 것 같았다. 이런 휴식을 쉽게 가질 수 있는 것도 아니고.

"감사합니다, 안녕히 계세요!! 약사 누나!!"

오기 전까지만 해도 어두운 얼굴을 하고 있었던 남자아이가 환하게 웃으며 손을 흔들었다. 해맑은 그 표정에 벨로나가 가볍게 손을 마주 흔들었다. 역시 어린아이는 순수했다. 아직 때 묻지 않은 그 모습이 자못 사랑스러울 정도로.

물론 키우라고 한다면 절대 사양이었지만.

"친절도 하시군."

금세 얼굴에서 표정을 지운 로웰이 말했다. 벨로나가 로웰을 흘끗 보고 안으로 들어갔다. 친절하다기보다는 그냥 저 순수함이 좋은 것 뿐이었다.

"전 이만 문 닫고 가서 일찍 쉴게요."

"곧 시험인데 꽤나 여유롭군. 그래도 황궁에서 치르는 자격시험 중에서 가장 어려운 시험이다. 네가 약초학에 박학다식한 것은 알겠지만……."

"시험은 문제가 아니에요. 제 관심사는 그놈들을 어떻게 엿 먹일까 하는 거예요."

벨로나가 환하게 웃으며 말했다.

"그 망할 집단은 나한테 사과를 하러 오거나, 그것도 아니면 거하게 자격을 다 박탈을 당하거나 둘 중 하나일 거예요. 어쨌든 일도 없고 전 먼저 들어갈 테니 내일 봬요."

약간의 광기마저 느껴지는 표정으로 말을 마친 벨로나가 약국의 문을 열고 나갔다. 가만히 그 뒷모습을 바라보던 로웰이 커다랗게 웃음을 터뜨렸다. 조용한 약국 안에 바리톤의 웃음소리가 울려 퍼졌다.

"쓸데없이 담만 대단하군. 5년 전이랑 달라진 게 없어."

로웰이 약국의 문을 잠그고 뒷정리를 하며 작게 미소 지었다.

$

벨로나가 시험을 보기 위해 황궁으로 들어간 뒤 로웰이 느릿하게 황궁 주변을 거닐었다. 황궁이라 전체적으로 담이 높기는 했지만 큼지막하게 자란 나무랑 적당히 위치만 맞으면 들어가지 못할 것도 없었다. 어차피 야외에서 5시간 정도 길게 치르는 시험이었다.

로웰이 적당한 나무를 찾아 가지를 밟고 담으로 건너갔다.

"의사 자격시험이라고 외부 경비가 허술하군."

황궁, 특히 황제의 주최로 시작되는 시험의 경우에는 시험장 내만 경비가 삼엄하다. 컨닝이나 속임수를 쓰는 자는 바로 퇴출이라, 삼엄한 경비로 점철되어 있었다. 시험은 황제 참관하에 황궁에서 일하는 의사인 황궁의들이 도우미 및 진행자로 참석한다.

"시험장은 저쪽이던가."

벨로나는 로웰에게 있어 신경이 쓰이는 상대가 아닐 수가 없었다. 무언가 특출 난 능력이 있는 것이 아님에도 불구하고 위험한 상황에 불나방처럼 뛰어드는 습성이 있었다. 사실 이런 귀찮은 일을 하지 않으려면 적당히 삶에 순응하면 되는 일이었다.

벨로나가 벌이는 일들은 보통 화석처럼 굳어진 약육강식의 섭리를 거스르는 일이었다. 평민들을 위한 약국을 차린 것부터 시작해서, 약의 가격, 의사나 약사로서의 지식, 그리고 귀족들을 낀 거대한 집단에게 단신으로 대드는 무모함까지.

"정말, 위험한 일에 고개 들이미는 건 여전해. 그 멍청한 친절함도 여전하고."

5년 전 제게 베풀었던 친절함을 강단 있는 약사는 여전히 유지하고 있었다.

"저기 있군."

로웰이 쉽게 보이지 않는 구석의 담장에 앉았다. 벨로나는 번호표를 받고 편하게 바닥에 주저앉은 채 멍하니 하늘을 바라보고 있었다. 정말 시험이 아니라 그냥 집 앞에 산책을 나온 것 같은 느낌마저 들었다. 그만큼 벨로나의 주위만큼은 긴장감이 없었다. 로웰이 픽- 바람 빠진 웃음을 흘렸다.

벨로나를 제외한다면 시험장에는 여자가 한 명도 없었다. 덕분에 다른 시험응시자들이 벨로나를 바라보고 있었다. 얼마나 노골적으로 바라보는지 벨로나의 나른했던 얼굴에 점점 불쾌감이 스며들고 있는 것이 눈에 보일 지경이었다.

여자가 의사 자격시험을 치르는 일은 거의 없었다. 응시를 못 하는 것은 아니었지만, 여자들은 배움의 기회를 거의 얻지 못하기에 드물었다.

"아, 정말 기분 더럽네. 내가 무슨 동물원 원숭이도 아니고."

꾹꾹 참던 벨로나의 입에서 결국 부루퉁한 말이 튀어나왔다. 황궁의 구석에 있는 담장 위에서 로웰이 그 모습을 가만히 내려다보았다.

벨로나의 한마디에 주변에 있는 다른 수험생들도 동시에 그녀를 쳐다봤다. 정작 벨로나 본인은 짜증 난다는 표정으로 앉아 시간이 빨리 지나기를 기다리고 있었다.

그때, 끼익- 시험장으로 들어올 수 있는 유일한 문이 열리며 황제가 모습을 드러냈다. 우르르 몸을 일으키는 수험생들을 따라 벨로나도 천천히 몸을 일으켰다.

제법 큰 풍채의 젊은 황제였다. 사실 이번 대 황제는 상당히 이른 나이에 황제의 자리에 올라서 꽤 공정한 정사를 펼치고 있다고 들었다. 시험 비리를 없애기 위해서 웬만한 시험은 직접 참관해서 시험지조차 먼저 읽은 후 채점을 위해 각 담당자들에게 내려 보낸다고 들었다. 또, 실력 위주의 등용을 우선시하고 있다는 소문도 자자했다.

"의사 자격시험에 앞서 주의 사항을 알려 드리도록 하겠습니다. 첫째, 부정행위를 하는 순간 퇴출과 동시에 재시험 자격이 박탈된다. 둘째, 이 시험에서 상위권의 점수를 받은 응시자에 한해 황궁의사로 근무할 수 있는 선택 권한을 가질 수 있다. 셋째, 시험 진행관의 말에 불응할 시 퇴출당할 수 있다. 넷째, 시험은 5시간 동안 이루어지며 답지를 작성하고 시험지와 함께 제출하면 귀가가 가능하다. 마지막으로, 각자 배운 것을 아는 만큼 최대한으로 발휘하고 가길 바랍니다."

상석에 올라가 상소문을 읽듯 또박또박 두루마리를 읽어 내린 하얀 가운의 남자가 가볍게 고개를 숙였다. 그와 동시에 다들 자리에 앉았다. 다른 하얀 가운의 남자들이 하나씩 시험지를 나누어 주고 있었다.

벨로나가 느릿하게 고개를 들어 올렸다. 그러자 황제의 붉은 눈동자와 허공에서 시선이 맞부딪쳤다.

"……."

황제의 눈동자에는 적어도 여자인 것을 비웃는 감정은 보이지 않았다. 한참 동안 허공에서 시선을 맞추고 있던 벨로나가 먼저 고개를 돌렸다. 그리고 그와 동시에 황제가 입을 열었다.

"지금부터 의사 자격시험을 시작하겠다."

황제의 말이 끝남과 동시에 수험생들이 일사불란하게 놓인 시험지를 뒤집어 문제를 읽기 시작했다. 벨로나는 그들보다 한 박자 느리게 시험지를 뒤집었다. 굉장히 커다란 다섯 장의 시험지에 총 1백 개의 문제가 있었다. 그리고 답안지는 종이가 열 장은 족히 넘어 보였다. 시험지의 모든 문제는 주관식 서술형으로 이루어져 있었다. 잠시 고민하던 벨로나가 펜을 들어 올리고 사각사각- 빠르게 글을 써 내려 갔다.

문제는 어렵지 않았다. 감기의 증상, 감기에 적절한 약재 등을 묻 거나 아니면 이런 증상은 어떤 병인지 적고 왜 그렇게 생각했는지 서 술하는 부분이 있었다. 하지만 다른 수험자들 중에 순조롭게 쭉 써 내려가는 사람은 많지 않았다. 벨로나만이 유일하게 한 번도 쉬지 않 은 채 답변을 쭉 적어 내려가고 있었다.

마치 다른 세상에 있는 것 같은 벨로나에게 시험장 안에 있는 모든 이들의 시선이 꽂혔다.

그러다 벨로나가 써 내려가던 걸 멈추고 펜을 바닥에 떨어뜨렸다.

무슨 문제가 있는 것인지 황제는 물론 감시역의 기사들과 진행위 원까지 벨로나에게 시선을 고정했다.

"팔…… 팔 아파…… 으…….'

펜을 안 잡은 지 오래돼서 손에 힘을 너무 준 모양이었다. 손이 욱 신거렸다. 쉬지 않고 써 내려갔으니 아프지 않은 것이 더 이상했다. 벨로나의 허탈한 이유에 여기저기서 한숨이 새어 나왔다. 그러든 말 든 제 팔을 주무르며 벨로나가 끙끙거리는 소리를 흘렸다.

"아, 정말 내가 무슨 죄가 있어서…….'

한참의 주무름 끝에 통증이 옅어지자 펜을 다시 손에 쥐며 벨로나 가 중얼거렸다. 손이 벌벌 떨렸다. 이번에 나간다면 파스 같은 효과 를 내는 약초로 수제 파스를 제작해 봐야겠다 싶었다. 왜 지금까지 그 생각을 못 했을까. 겨우 1시간하고 30분 만에 벨로나는 문제의 2/3지점을 풀고 있었다.

펜을 다시 쥔 벨로나가 시험지의 마지막 장을 펼쳤다. 그리고 또 다시 사각사각 소리만 흘리며 숨소리도 들리지 않을 정도로 조용히 문제를 풀어 내려가고 있었다.

'드디어 마지막 문제!!'

벨로나가 속으로 쾌재를 불렀다. 이를 악물고 쓰고 있기는 했지만 쉬지 않고 써 내려가다 보니 팔이 덜덜 떨려 왔다. 곧 끝날 시험을 꿈꾸며 벨로나가 마지막 문제를 눈으로 읽었다.

[의사라는 직업에 대해 서술하시오.]

한 줄짜리 짧은 문장을 벨로나가 한참 동안 조용히 내려다봤다. 그러다 새하얀 페이지 한가득 글을 적어 내렸다. 어차피 황제의 손을 무조건 거친다고 했으니 이 답안지는 전부 황제에게 갈 것이 분명했다. 오히려 마지막에 이런 자유 서술을 할 수 있는 공간이 있어서 다행이었다. 앞에다가 증명한 것으로는 분명 부족했을 테니까.

탁탁— 종이를 모아 정리를 한 벨로나가 답안지 제출을 위해 몸을 일으켰다. 벨로나가 자리를 정리하고 몸을 일으킨 것은 시험이 시작되고 겨우 2시간이 조금 넘었을 때였다.

"제출은 어디다가 하면……."

"이쪽으로. 가지고 와라."

벨로나가 관리감독관에게 하는 질문이 채 끝나기도 전에 시험장의 가장 상석에 앉아 있는 황제에게서 목소리가 들려왔다. 감독관과 맞추고 있던 시선을 돌려 벨로나가 황제를 바라봤다. 흥미 가득한 눈동자가 마치 무언가를 감정하듯 저를 훑어보고 있었다. 잠시 망설이던 벨로나가 관리감독관의 재촉에 결국 걸음을 옮겼다.

손을 뻗는 황제에게 벨로나가 두 손으로 종이를 넘겼다. 황제가 슬쩍 종이를 훑어봤다. 꽤 많은 글들이 빽빽하게 답안지에 적혀 있었다.

사실 의사 자격시험을 치르는 여성은 벨로나가 처음은 아니었다.

하지만 합격한 사람은 한 명뿐이었다. 그나마도 협회에 가입하지 않았기 때문에 지금은 어디에 있는지 모르는 사람이었다.

"이름은?"

분명히 답안지에 적었던 것 같은데…… 혹시나 싶어 벨로나가 슬쩍 몸을 옮겨 까치발을 들고 답안지를 살폈다. 저렇게 답을 적었는데 이름을 적지 않았으면 정말 울 것 같았다.

벨로나의 시선을 알아챘는지 황제가 먼저 입을 열었다.

"이름은 정확히 적혀 있다. 네 입으로 말해 보라는 이야기다."

"아…… 벨로나예요."

"벨로나? 성이 없는 걸 보니…… 평민이군."

벨로나가 고개를 끄덕였다. 열두 살 이상의 제국민이라면 누구나 응시가 가능했다. 저가 알기로는 그랬다.

벨로나의 고개가 살짝 기울여졌다. 위치가 위치다 보니 함부로 물어보기도 조금 그랬고, 괜히 황제의 기분을 거스르고 싶지도 않았다. 하지만, 벨로나는 몰랐다. 지금 고개를 빳빳하게 든 채 황제의 옆에서 꼼지락거리는 것도, 황제의 질문에 고개를 끄덕이는 것도 충분히 예법에 어긋난다는 사실을.

"이 시험을 2시간 만에 독파한 자는 네가 처음이군. 답지는 잘 받았다. 돌아가도 좋다. 결과는 2주 뒤 이 시험장에서 발표될 예정이니 꼭 참석하도록."

"2주요?!"

돌아가도 좋다는 말에 몸을 돌리던 벨로나가 뒤에 덧붙여진 말에 입을 쩍 벌리며 되물었다. 며칠이면 결과가 나올 줄 알았는데…… 이 주일 후에 결과가 발표된다면, 앞으로 2주는 약국 장사가 여전히 저 꼴일 것이라는 뜻 아닌가!

벨로나가 머리를 짚었다. 길게 한숨을 내쉰 벨로나가 고개를 꾸벅 숙여 보이고 몸을 돌려 터벅터벅 시험장을 나섰다.

"난 먼저 쓰면 먼저 채점해 주는 줄 알았는데…… 2시간 만에 다 쓰면 뭐해. 채점이 2주가 걸리는데. 아…… 우울해. 팔만 더럽게 아팠네. 천천히 쓸걸."

시험장을 나서기 전 벨로나가 내뱉은 우울하디우울한 말에 시험장에 앉아 있는 인물들의 얼굴이 굳어졌다. 물론 가장 얼굴을 굳힌 것은 '제국의사협회'의 대표 겸 감독관으로 참석한 남자였다. 벨로나에게 찾아와 막말을 쏟고 시비를 건 자신만만함은 어디로 갔는지 그는 어두운 얼굴을 한 채 주먹을 쥐고 있었다.

'황제 폐하께서 직접 말을 걸어 주시다니……!!'

감독과 채점 외에는 결코 시험 중간에 말을 하거나 간섭하는 일이 없는 황제였다. 그런 황제가 말을 걸었단 것은 그만큼 벨로나가 시선을 사로잡았다는 이야기였다.

아직 결과 발표는 나오지 않았지만, 등줄기에 소름이 끼치는 느낌을 받은 남자가 주먹을 꽉 쥐었다.

"시험 잘 치더군."

시험장에서 힘없이 나오는데 로웰이 불쑥 튀어나와 말했다.

"어, 로웰. 마중 나온 거예요?"

"마중이랄 것도 없지. 계속 있었으니까."

로웰이 어깨를 으쓱이며 대답했다. 벨로나가 키득거리며 웃음을 터뜨렸다. 어디서 어떻게 봤는지 또 궁금해졌다. 신출귀몰한 사람이다, 로웰은.

"봤어요? 미안한데 앞으로 2주는 더 파리만 날릴 것 같아요."

벨로나가 우울하게 중얼거렸다. 여태 계속 바쁘다가 이렇게 갑작스레 파리만 날리게 되니 한숨만 폭폭 새어 나왔다. 약국으로 돌아가는 길에 벨로나가 내쉬는 한숨만 세도 1년분은 다 한 게 아닐까 싶을 정도였다.

물론, 귀족에게 찍히거나 혹시나 병원을 이용하게 될 때 문제가 생기면 안 되니까 찾아오지 않는 걸 알고 있다. 그래도 씁쓸한 마음이 드는 것은 어쩔 수가 없었다. 꽤 신뢰를 쌓았다고 생각했는데 소문과 권력은 삽시간에 그것을 무용지물로 만들었다. 그것이 못내 속상했다.

"좋은 성적을 얻을 것 같으니 너무 걱정하지 마라. 나도 가게가 망할 걱정은 덜었군. 네가 기개 넘치게 들어가서 탈탈 털리고 오면 어쩌나 싶었거든."

"……말 좀 예쁘게 하지 않을래요? 평소 손님 대하는 것의 반의반만이라도 친절하게 대해 줘요!"

벨로나가 미간을 찡그리며 불만을 토했다. 하여튼 말을 좀 좋게 하는 법이 없었다. 탈탈 털리는 게 뭔가, 탈탈 털리는 게!

하여튼 한 달이 지나도 변함이 없었다. 숨기는 것도 많아서 사실 뭐 하나 제대로 아는 것도 없는 남자와 한 달을 지냈다는 것이 더 신기했지만.

"그래도, 뭐. 수고했다. 사장님."

로웰이 손을 뻗어 벨로나의 머리를 두 번 툭툭 두드리며 말했다. 그 묘한 손길에 벨로나가 볼을 붉적였다.

"……호칭 바꾸라니까 사장님이에요?"

"그럼 계속 꼬맹이로 해 줄까?"

"아뇨, 사장님이 훨씬 낫죠."

나름대로 있어 보이고. 뒷말을 덧붙인 벨로나가 하늘을 쳐다봤다. 아직도 해는 쨍쨍하고, 시험을 본 뒤라도 가게 문은 열어야 했다.

한가함을 타파할 무언가가 있었으면 좋겠다고 생각해 봐도 어차피 아무것도 없는 아담한 약국 안에서 할 수 있는 일은 한정……

"아! 로웰, 저랑 시장 좀 들렀다 갈래요? 신약을 좀 만들어 보려고……"

신약이라기보다는 사실 제 팔의 통증을 없애 줄 파스를 만드는 것이었지만. 어쨌든 안전하고 괜찮은 것 같으면 상용화도 할 예정이니 틀린 말은 아니었다. 파스를 만들기 위해선 현재 가게에서 취급을 안 하는 약초와 몇몇 재료가 필요했다.

"어차피 시간은 남아도니 상관없다."

로웰의 동의에 벨로나가 발걸음을 시장 쪽으로 돌렸다. 제국 수도의 커다란 시장인 만큼 없는 것이 없을 정도로 넓고 거대했다. 이 안에도 약초 가게는 있었지만 품질 면에서 그저 그랬다. 그래서 굳이 조금 멀리 있는 상단과 거래를 트고 있는 것이었다.

"몽하초랑 월하초 한 열다섯 개씩만 각각 챙겨 주세요."

"네, 알겠습니다. 잠시만 기다려 주세요."

주문을 받고 안으로 들어간 가게 주인이 종이봉투에 약초를 담아 조심스럽게 건넸다. 썩 질이 좋은 것은 아니었지만 시험용으로는 충분했다. 값을 치른 벨로나가 잡화상점으로 발을 옮겼다.

"약초 말고 또 살 게 있는 건가?"

"아, 좀 얇고 가장자리에만 끈끈이가 붙여져 있는…… 그런 천이 좀 필요해서."

파스라는 게 꽉 달라붙어서 시원하면서도 뜨끈뜨끈한 기운을 전해 주는 데 목적이 있다 보니, 일단 잘 달라붙는 얇은 천이 필요했다. 잡화상점 안을 여기저기 뒤지며 벨로나가 한참을 고민했다.

"음, 그나마 이게 나을 것 같아요."

촘촘한 붕대처럼 생긴 손바닥만 한 천의 가장자리에 떼서 붙일 수 있는 양면테이프 같은 것이 있었다. 붕대 대신으로 쓸 수 있는 신제품 같았는데 나쁘지 않아 보였다. 가운데의 텅 빈 곳에는 천을 대고 파스용으로 만든 약을 넓게 펴서 바른 후에 필름을 붙이고, 봉지에 하나씩 넣어서 팔면 나름 파스 비슷한 것이 될 것 같았다.

"그것들로 무슨 약을 만들려고?"

계산을 하고 나온 벨로나의 짐을 하나 들어 주며 로웰이 물었다. 벨로나가 잠시 재료들을 내려다보며 대답했다.

"파스라는 건데, 허리나 발목, 팔목 같은 통증이 심한 곳에 붙이면 시원하고 따뜻하게 해서 통증을 없애 주는…… 진통제 같은 거예요. 아무래도 제가 판매하던 일반약이랑은 조금 다른 성질의 것이고요."

마땅히 설명할 말이 떠오르지 않아 벨로나가 적당히 대답했다. 잘 만들어져서 상용화가 된다면 이것도 상단에 의뢰해서 저렴하게 납품을 받는 편이 품질도 좋고 서비스도 좋을 듯했다. 대량생산까지는 무리였지만 필요할 때마다 고객들이 자기 판단하에 사 갈 수 있는 약품으로는 충분할 것 같았다.

"먹는 약도 아니고, 바르는 약도 아니고, 그냥 붙이는 거거든요."

"붙이는 것만으로 아픈 게 낫는다는 건가?"

"음…… 설명하기 좀 복잡한데 붙여서 통증을 줄여 주는 거예요. 아픈 걸 좀 덜 아프게 느낄 수 있도록."

아마 이 세계에서는 처음 보는 형식의 약일 것이다. 괜히 또 의사 협회가 시비나 걸어오지 않았으면 좋겠다. 하긴, 어차피 의사 자격시험에 통과하면 그것조차 못 하겠지만 말이다.

"시험 결과 빨리 발표됐으면 좋겠네요. 그동안은 파스 만드는 데 시간을 써야겠어요."

파스가 만들어지면 의학계에 꽤 큰 충격이 되지 않을까 싶다. 그리고 제 주머니를 다시 빵빵하게 만들어 줄 수 있는 수단이 될 것이 분명했다. 물론 비싼 값을 받을 생각은 없었지만 저렴한 값이어도 많이 팔리면 장땡이었다.

"아……."

덕분에 시궁창 쥐 떼들로 인해 한껏 바닥에 가라앉았던 기분이 약간 수직상승한 느낌이었다. 작게 콧노래를 흥얼거리며 벨로나가 약국으로 가볍게 발걸음을 옮겼다.

$\oint$

"지금 당장 제국의사협회에 속해 있는 제국의 의사들을 전부 불러 모아라. 반드시 전원 참석해야 한다고 전해라. 그리고 중앙 관직에서 의사협회에게 후원하고 있는 귀족들도 불러 모아. 내일 의사 자격시험 결과 발표에 반드시 참석하라고 일러라."

"네? 갑자기 의사협회는 왜……."

"그건 이 응시자의 답안지를 보면 그대도 알 테지. 이건 황명이다. 전원 빠짐없이 이행해야 할 것이다."

황제가 드물게 일렁이는 눈동자로 말했다. 시험지를 받아 들며 황궁 수석 의사는 깊게 고개를 숙였다. 자신들이 모시는 주인은 무표정하고, 감정을 쉽게 드러내지 않는다. 평소에는 너그럽다고 할 수 있을 정도로. 하지만 그가 잠들어 있는 맹수라는 것을 대부분은 알고 있었다.

"명 받들겠습니다. 폐하."

그 잠자는 맹수의 심기를 누군가 건드린 모양이었다. 그리고 그 시발점이 된 것은 분명 이 답안지임에 틀림없었다.

속으로 깊은 한숨을 내쉰 수석 의사가 몸을 돌려 집무실을 벗어났다. 한차례 큰 폭풍이 불어닥칠 것 같았다.

§

생각보다 이 주일이라는 시간은 빠르게 지나갔다. 다행인 것은 파스의 시험작 완성에 성공했다는 것이었다. 초반엔 접착력이라든가 붙였을 때 느껴지는 시원함이 현저히 적어서 이리저리 연구하다 결국 만족스러운 파스를 만들 수 있었다.

몇 가지 시험을 더 해 봐야겠지만 일단 당장은 나쁘지 않았다. 효과나 시원함의 지속 시간 등은 일단 사용해 보면서 일지를 작성해야 할 것 같았다. 문제는 사용하고 나면 팔에 약초물이 조금 밴다는 것이었다.

"곧 결과 발표 시간이다만, 안 갈 건가? 사장님."

"가야죠."

"참, 재밌는 소식이 있다."

로웰의 말에 벨로나가 약국 문을 잠그며 살짝 고개를 돌렸다. 그러고 보면 로웰은 항상 소식에 빨랐다. 무슨 소식을 얼마나 빠르게 듣는 것인지……. 솔직히 종종 놀라울 때도 있었다. 그 정보가 너무 확실하다는 것도 굉장히 신기했고 말이다.

"현 황제가 제국의사협회 소속 의사들과 그 뒤에 있는 귀족들을 전부 황궁으로 소집했다고 하더군. 무슨 짓을 하고 나온 거지?"

무슨 짓이라니…… 어린아이들이 흔히 하는 짓 좀 해 봤다. 살짝 성인 버전으로. 뭐, 돈 번다고 세금까지 내면서 사는데 그 정도 짓도 못 할까.

"한바탕 일이 벌어질 것 같더군."

로웰의 말에 벨로나가 샐쭉하게 웃었다. 알 게 뭔가. 그러라고 적은 글이었다. 애초에 그런 만행을 저지른 놈들이 나쁜 것이었다. 결국 한 달 동안 본 적자가 얼마인가. 버려진 약초들을 생각하면 지금도 속이 뒤집혔다. 그게 대체 값이 얼만데. 뭣보다 약초를 캐는 것이나 재배하는 것이 쉬운 일이 아니라는 것을 뻔히 알기에 더 열받았다.

"벌어지라죠, 제 탓은 아니에요. 그놈들이 시작하지 않았으면 저도 시작하지 않았을 일이니까요."

그렇게 말하는 벨로나의 얼굴은 꽤나 단호해 보였다. 꽤나 세상을 부드럽고 유연하게 사는 것이 목표였는데 어디든 거지 같은 사람은 많이 있었다. 특히나 벨로나는 떼로 몰려 약자를 괴롭히거나 협박하는 사람을 상당히 싫어했다. 아니, 상당히가 아니라 굉장히.

"근데 로웰은 어디서 구경한 거예요? 저번에."

"담장 위다. 시험이라고 꽤나 외부 경비가 허술하더군. 아마 오늘도 경비가 허술할 거다."

"오늘도 담 위에서 구경하려고요? 그거 근데 들키면 경고로는 안 끝날 것 같은데…… 황제 폐하가 기거하는 황궁이잖아요."

벨로나의 말에 로웰이 어깨를 으쓱였다. 아무렇지도 않다는 표정이었다. 그러고 보니…… 일전에 봤던 로웰의 수배지에 '반역죄'가 있었던 것이 기억났다. 그럼 황제를 죽이려고 했다는 건데…… 그렇다면 더 위험한 것 아닌가. 한가로이 자신을 따라오는 로웰의 얼굴에는 그런 긴장감은 엿보이지 않았다.

벨로나는 깊이 생각하길 포기했다. 타인의 인생에 괜히 발을 집어넣으려고 했다간 둘 다 상처받는다. 괜히 넘겨짚어서 서로가 감정이 상하는 일도, 어색해지는 일도 없어야 했다. 적어도 벨로나의 인생관은 그랬다.

"먼저 들어갈게요, 오늘은 시궁창 쥐 떼가 없어서 다행이네요."

벨로나가 시원스레 말했다. 벨로나가 황궁 안으로 들어가는 것을 잠시 가만히 지켜보던 로웰도 지난번과 같은 곳으로 발을 옮겼다.

다시 들어선 시험장은 사람들로 바글거리고 있었다. 넓은 시험장의 좌우로는 귀족들이 늘어서 있었고, 그 가운데에는 시험의 응시자들이 도착 순서대로 자리를 잡은 채 긴장한 표정으로 서 있었다. 그리고 응시자들 뒤에는 약간의 거리를 두고 하얀색 가운을 옷 위에 두른 의사협회의 의사들 수십 명이 늘어서 있었다.

벨로나도 적당히 응시자들 뒤쪽에 자리를 잡고 섰다. 뒤에서 느껴지는 뜨거운 시선이 머리를 태울 것 같았다. 벨로나가 힐끗 뒤를 돌아보고 세상에 다시없을 환한 표정으로 웃어 보였다. 종종 로웰이 벨로나에게 무언의 협박을 할 때 사용하던 표정이었다. 오늘은 비웃기 위해 사용한 표정이었지만 말이다.

"어떡해요, 오늘 다들 의사 자격 박탈당하는 거 아닌지 모르겠네."

안타까운 표정으로 벨로나가 작게 속삭였다. 입꼬리는 호선을 그리고 있었지만.

그때 푸른색 옷을 걸친 귀족 한 명이 상석에 올라가 입을 열었다.

"모두 정숙. 황제 폐하께서 들어오시니 예를 갖추시오."

그와 동시에 모두들 고개를 깊게 숙였다. 벨로나는 남들보다 조금 늦게 고개를 숙였다.

굳이 올려다보지 않아도 황제 폐하가 나왔다는 것을 모두들 알 수 있었다. 알 수 없는 무형의 무거운 기운이 누르고 있는 것 같았다.

"고개를 들어라, 일단…… 시험지를 모두 읽어 보았다. 점점 답안지의 수준이 높아지고 있는 것 같아서 만족스럽더군. 최연소 수험자부터, 최단 시간에 문제를 푼 여성 수험자까지. 이번 시험은 이전에 치렀던 어떤 시험보다 만족스러웠다. 수고했다."

황제가 낮지만 확실한 기백을 담아 이야기했다. 그다지 큰 목소리가 아니었지만 멀리 있는 사람도 확실히 들을 수 있을 정도였다.

"총 합격자는 스무 명으로, 상위 다섯 명의 이름을 제외한 나머지 열다섯 명의 이름을 먼저 발표하겠습니다. 20위 에레니스 벤. 19위 하인. 18위 다빌 레티스……."

꽤 긴 이름이 나열되고 있었지만 벨로나라는 이름은 들려오지 않았다. 수험생은 백오십 명 가까이 됐던 것 같은데 그중 합격자는 생각보다 적었다. 여기저기서 탄식과 한숨 소리, 그리고 기쁨을 주체하지 못하는 소리가 들려왔다. 불리지 못한 다른 수험생들 얼굴이 잔뜩 어두워졌다.

벨로나가 슬쩍 고개를 돌려 주변을 살폈다. 대각선 쪽에 굉장히 어려 보이는 하얀색 머리카락을 가진 남자아이가 긴장한 표정으로 주먹을 꼭 쥔 채 서 있었다. 아까 최연소 응시자라고 하더니 아마 저 아이를 말한 모양이었다.

"……이상입니다."

열다섯 명의 이름을 부른 상석의 남자가 첫 번째 두루마리를 접으며 말했다. 벨로나도 살짝 불안해지기 시작했다. 혹시나 그런 글을 썼다고 불합격시킨 것은 아닌가 걱정되었다. 남자가 두 번째 두루마리를 펼쳤다.

"상위 다섯 명의 급제자에게는 말했던 것처럼 황궁 의원으로서 근무할 수 있는 선택권이 주어지며, 3위부터는 각각 상금과 액자에 넣은 합격증서도 함께 부상으로 주어집니다. 또한 황궁 의원으로서 근무할 시 매달 30골드의 월급이 제공되는 점 참고 부탁드립니다. 월급은 매년 인상됩니다."

설명을 마친 남자가 긴장이 가득한 수험자들을 쓱 훑어보고 다시 두루마리에 눈을 두며 입을 열었다.

"지금부터 호명하는 이름은 맨 앞줄로 나와 주시기 바랍니다. 5위 히키스. 4위 오르바스. 그리고, 3위 유디스 카인디오."

"카인디오? 그 검술로 유명한 가문 아니야?"

여기저기서 술렁이는 목소리가 들렸다. 꽤 큰 귀족 가문 자제인 모양이었다. 세상만사에 관심 없는 벨로나에게는 꽤나 먼 나라 이야기였다. 어쩐지 3위에 합격했는데도 불쾌해 보이는 청년이 성큼성큼 앞줄로 나갔다. 의사 시험을 쳤다기엔…… 기사처럼 떡 벌어진 어깨를 가진 것이, 의사랑은 조금 거리가 멀어 보였다.

벨로나는 금세 신경을 거뒀다. 지금으로서는 그것보다 혹시나 탈락일까 싶은 불안감에 촉각을 곤두세웠다. 대각선의 백발 남자아이는 정말 새하얗게 질려 있어 안쓰러울 정도였다.

"그리고 차석, 슈가. 마지막으로 수석, 벨로나까지. 이상입니다."

벨로나가 안도의 한숨을 내쉬며 발걸음을 옮겼다. 앞으로 나가니 백발의 남자아이, 슈가도 아까와는 다르게 밝은 얼굴로 서 있었다. 벨로나가 슈가의 왼쪽에 섰다. 여기저기 웅성거리는 소리가 들려왔다. 중간에 '여자'니 '수석'이니 하는 소리가 있는 것을 보니, 여자가 수석을 차지한 것이 신기한 모양이었다.

"일단 유디스 카인디오는 정석에 가까운 답을 거의 완벽하게 적어서 그 머리의 비상함이 단연 돋보였으며, 특히나 검술을 배웠던 것을 기반 삼아 자상이나 골절, 근육통 등에 깊은 지식을 가지고 있었다. 그는 3위로서 전혀 부족함이 없다."

아까 남자 대신 단상 위로 올라온 수석 의사가 두루마리를 읽으며 최종 평을 했다. 슬쩍 보니 처음과는 다르게 꽤나 의기양양한 얼굴로 유디스가 이야기를 경청하고 있었다. 유디스를 만족스럽게 바라본 수석의가 옆으로 자리를 옮겨 슈가의 앞에 섰다.

"차석의 슈가는 열네 살의 최연소 합격자로서 나이에 걸맞지 않는 비상한 지식을 보여 주었다. 특히나 그는 약초학에 뛰어난 지식을 보여 줬으며 스스로 만든 신약은 채점자들조차 놀랄 수밖에 없었다. 나이는 어리나 그 답변이 잘 정돈되어 있고, 의사로서의 의지는 수험생들 중 다른 누구보다 최고였다."

꽤나 극찬이었다. 약초에 박학다식하다고 하니 벨로나가 슬쩍 슈가를 살폈다. 그리고 아이와 눈이 마주쳤다. 꽤나 순진한 표정으로 슈가가 벨로나에게 눈인사를 건넸다. 동글동글 귀엽게 생긴 모습에 벨로나도 작게 마주 웃었다.

수석의가 옆으로 발걸음을 옮겨 묘한 표정으로 벨로나와 눈을 맞추더니 입을 열었다.

"제국 최초의 여성 수석 의사 합격을 한 벨로나는 모든 지식이 우리 황궁 의사는 물론 어떤 의사보다 훨씬 뛰어났다. 약초학은 특히나 수많은 가공법을 구사하고 있었⋯⋯."

"거기까지, 그냥 내가 하지."

황제가 수석의의 말을 끊으며 말했다. 잘 듣고 있던 칭찬이 중간에 뚝 끊겼다. 저 말을 뒤에 서 있는 놈들한테 똑똑히 들려줘야 했는데. 아쉬운 마음에 벨로나의 미간이 살풋 찡그려졌다.

"그녀의 답변은 참신한 데다 신기했지. 그리고 완벽한 정답이었다. 또한, 마지막에 내게 시비 거는 듯한 그 답도 나쁘지 않았다. 설마 정말 나한테 시비 걸려던 건 아니겠지?"

톡톡- 의자 팔걸이를 손가락으로 두드리며 황제가 말했다. 시비⋯⋯를 걸려는 의도는 없었지만 조금 흥분해서 적었기 때문에 혹시나 그럴지도 모른다는 생각이 들었다. 따지듯 말하기는 했지. 저것들한테 무슨 의사 자격을 주냐고⋯⋯.

"어⋯⋯ 아닌데요."

벨로나가 볼을 붉적이며 대답했다. 짧고 그다지 성의는 없어 보이는 대답이었지만 어쩐지 그 자체로 꽤나 담백해서 기분 나쁜 느낌이 들지는 않는 말투였다.

"감기에 대해 서술하라고 하니, 원래 정답 처리를 해야 할 답변을 적고, 그 아래에 또 다른 참신한 답변을 적었더군. 열 장을 꽉꽉 채운 이유를 그때서야 알았지. 전부 획기적일 정도야."

황제가 벨로나의 답변을 곱씹듯 말했다. 정말 가감 없는 칭찬들에 벨로나가 몸을 움찔- 떨었다. 평생 저런 대놓고 하는 칭찬을 받아 본 적이 없으니 닭살이 돋는 것 같았다.

"어쨌든 감사를 표하지. 네 답변은 훌륭했고, 내게 또 다른 걸 볼 수 있게 해 줬다. 멍청한 황제로 남지 않게 되어 다행이군. 약국이라 는 걸 운영한다고 들었는데, 한번 찾아가도록 하지. 수석의, 일단 끝 까지 진행해라."

"네, 폐하. 3위까지는 끝나고 상금을 수령해 가시면 되고, 합격증 서는 상금과 함께 수령 가능합니다. 또한 황궁에서 일할 의사가 있는 사람은 이쪽으로 나와 주세요."

4위와 5위, 그리고 잠시 고민하던 3위인 유디스까지 앞으로 나갔 다. 의외로 슈가라는 아이는 가만히 자리에 서 있었다. 벨로나도 운 영하는 약국이 있기 때문에 애초부터 나갈 생각이 없었다. 응시한 이 유도 쥐 떼들을 꾹꾹 밟아 쥐포로 만들고 싶었기 때문이다.

"합격자를 제외한 이들은 돌아가도 좋습니다. 합격자는 이후에 몇 가지 안내 사항이 있으니 잠시 뒤쪽으로 물러나 주시고…… 제국의 사협회분들은 황제 폐하께서 하실 말씀이 있다고 하니 앞으로 나와 주기 바랍니다."

그리고 그와 동시에 시험장의 분위기가 백팔십도 돌변했다. 방금 까지 유한 기세를 보여 줬던 황제의 차갑게 가라앉은 붉은 눈동자가 위험한 기세로 빛났다.

"일단, 내가 재미있는 제보를 들었지. 의사협회에 속한 의사라는 것들이 법적으로도, 효과로도 문제없는 약을 판매하는 작은 가게를 협박했다는 이야기를 말이야. 그것도 감히 귀족의 이름을 뒤에 업고 말이지."

움찔─ 의사협회 소속 의사들 대부분이 몸을 움찔 떠는 것이 눈에 들어왔다. 벨로나가 만족스러운 표정으로 그 모습을 구경했다. 사실 상금이 있는 거라고는 생각도 못 했는데 적자는 아마 상금으로 충분히 메울 수 있을 것 같았다. 덕분에 마음도 한결 편해졌다. 그렇다고 쓰레기가 되어 버려진 약초의 한을 달랠 수 있을 것 같지는 않았지만.

"폐하, 저희는 협박을 한 것이 아니라…… 그저 자격 없이 의사 흉내를 내는 여자에게 자격을 얻고 장사를 하라고 했을 뿐입……."

"그대는 내가 지금 우습나 보군."

"네? 아, 아닙니다. 감히 제가……."

"아닌데, 지금 내게 거짓을 고하는 건가? 의사 자격을 따든가 그것도 아니면 약값을 올리라고 했다던데. 그리고 거짓 소문까지 시장에 퍼뜨렸고, 그녀를 낭떠러지로 몰아 시험에 응시하게 만들었지. 내 말이 틀린가?"

대표 격으로 이야기하던 남자가 얼굴을 새하얗게 물들인 채 몸을 떨었다. 황제의 기백은 정말 장난이 아니었다. 마치 시험장을 사나운 맹수가 훑어보는 것 같았다.

"그, 그것은…… 함부로 의사 흉내를 내는……."

남자의 목소리가 덜덜 떨렸다.

"환자를 직접 상대해 상처를 치료하고, 병을 찾아내고, 적당한 치료법을 알려 주고, 병을 예방하는 것이 의사지. 단순히 약초를 가공해서 판매하는 것을 의사라고 하지는 않는다."

벨로나가 놀란 표정을 해 보였다. 확실히 의학지식에 기반을 두고 있기는 했지만 사실 이 시대 약국이라는 것이 약초를 또 다르게 배합해서 가공하는 것뿐이지, 그 이상 의사로서의 일을 벨로나는 하지 않고 있었다. 의사 영역에 침범하지 않으려는 나름의 배려였다. 그럼에도 불구하고 뒤통수를 제대로 맞았지만.

……아, 물론 밤손님을 제외한다면의 이야기였다. 그들은 상당히 예외적인 범위 내에 속해 있었다.

"그녀의 부모는 원래 약초상인을 직업으로 삼고 있었다. 그 지식을 활용해 약초를 가공해서 판매한 것의 어디가 의사의 영역을 침범한 것이지?"

"ㅂ…… 병자들에게 약을……."

"그거야 그대들이 평민은 손님으로 받지 않으려고 하니 생긴 문제지. 저렴한 값에 약을 판매한 그녀의 잘못은 아니지 않나."

저 남자는 한 마디를 못 이긴다. 하긴 자신에게도 그렇게 밀렸는데 기가 센 사람들만 상대하는 황제에게는 밀리다 못해 던져지지나 않으면 다행이지. 이 좋은 광경에 땅콩을 먹을 수 없다는 것만 빼면 굉장히 만족스러웠다. 기왕이면 이대로 조금 더 탈탈 털어 줬으면 하는 바람이었다.

"그건……."

처참한 패배다. 벨로나가 가만히 구경했다. 로웰도 어딘가에서 이 모습을 보며 통쾌해하고 있을 것이 분명했다. 그들은 의사의 자격이 없었다. 황제 폐하가 본 자신의 글에 이런저런 문제점도 같이 적어 놓았으니 아마도 꽤 개선이 되지 않을까 싶었다.

"의사 자격시험의 마지막 문제는 지금까지 언제나 똑같았다. '의사란 무엇인가'에 대해서 물었고, 그대들은 분명 그 답변을 적고 합격증을 수령했겠지. 분명히 사람을 살리겠다고, 생명의 귀중함을 소중하게 여기겠다는 답변들이 많았는데, 그대들에게 생명이란 돈으로 나뉘나 보군. 정말 실망스러워."

황제가 안타깝다는 듯 말을 이었다. 사실 말이 '안타까웠다'지, 표정은 당장이라도 다 뒤집어엎고 싶다는 느낌이었다.

"앞으로 제국의사협회에 제공하는 지원금을 반으로 줄이고, 귀족들의 후원도 금지한다. 번 돈 많을 테니 알아서 그 돈으로 연구를 계속하도록."

"폐하!!! 그건 너무 가혹하십니다. 의사협회의 고정 월급과 신약 개발을 위한 연구는 지원금에서 나오는데, 지원금을 줄이게 되면……."

맨 앞에 서 있던 협회 대표인 남자가 무릎을 털썩 꿇으며 말했다. 그리고 그와 동시에 나머지 협회원도 무릎을 꿇고 고개를 숙였다.

'와우, 이 정도까진 생각 못 했는데 대단하네.'

모두가 숨을 죽였음에도 불구하고 벨로나는 당장 통쾌한 연극이라도 보는 듯한 표정으로 눈앞의 광경을 만족스럽게 구경하고 있었다.

"아, 괜찮을 거야. 그대들은 오늘부터 의사 자격을 박탈당할 테니까. 그대들이 무시한 그녀의 지식이 그대들을 다 합친 것보다 훨씬 뛰어났다. 그대들은 만약 그녀가 자격시험을 통과하지 못했다면 약국을 닫게 해 생업을 빼앗았을 테니, 그대들도 비슷한 리스크는 짊어져야 하지 않겠나?"

황제가 팔걸이에 손을 올리고 턱을 괴며 말했다. 나른해 보이는 붉은 눈동자와는 다르게 입가에는 차가운 미소가 걸려 있었다. 명백히 그들을 비꼬는 것이었다. 무릎을 꿇고 고개를 숙인 협회 의사들의 표정이 새하얗게 질렸다. 맨 앞의 대표 격의 남자조차 황제의 기세에 입조차 제대로 열지 못하고 있었다.

"황명으로 선포한다. 제국의사협회에 소속된 의사들의 의사 자격을 임시로 전원 박탈하고, 약 한 달 뒤 재시험을 본다. 그때 합격한 자는 다시 의사 자격을 가질 수 있으나 혹 불합격한 자의 경우 영구적으로 의사 자격이 박탈되며, 이후에는 다른 수험생들과 함께 매년 열리는 시험에 지원해 다시 합격을 받아야 한다.”

말 그대로 한 번의 기회를 주겠으나 두 번째는 다른 젊은 신입 수험생들과 똑같은 절차를 밟아야 한다는 것이었다. 단체 자격 박탈이라니 통도 컸다. 하긴, 사실 황궁의만으로도 그 수가 꽤 되는 것으로 알고 있었다. 제국의사협회도 솔직히 거의 귀족들이나 돈 많은 상인들의 자제들이 만든 것이어서 협회에 들지 못한 의사 합격생도 제국 전역에 꽤 분포되어 있었다.

“폐하! 하지만, 저희가 관리하고 있던 환자는 어떻게 합니까. 특히나 저희 마을에는 의사가 저 하나뿐이어서…….”

“맞습니다! 게다가 저희가 매년 연구를 하거나 신약을 만들어 황궁에 제출하던 것들은 또 누가 대신하겠습니까!! 제발 다시 한 번 재고 부탁드립니다.”

“협회의 의사가 자그마치 1백 명 가까이 됩니다. 이렇게 갑자기 전부 자격을 박탈하시면……!!”

엎드려 있던 협회의 의사 한 명이 억울한 표정으로 말을 이었다. 그러니 그 뒤를 따라 다른 의사들도 각자 의견을 내뱉기 시작했다.

그 엉망진창인 광경에 벨로나가 작게 하품을 했다. 황제 폐하의 얼굴이 점점 차갑게 굳어 가는 것이 안 보이는 건가. 하긴, 저렇게 둔하니 제게 덤볐겠지.

“닥쳐라! 그대들의 환자는 황궁 의사들과 이번에 합격한 이들에게 맡길 예정이고, 이후 합격하는 인원들로 충원하여 황궁 의사들을 다시 불러들일 것이다. 마지막 질문도 동일 질문이니 대답은 같다. 그리고 그대들이 하던 연구는…….”

황제의 시선이 졸린 표정으로 눈을 비비고 있는 벨로나에게 향했다. 어쩐지 섬뜩한 눈빛에 벨로나가 몸을 굳혔다. 예감이 좋지 않다. 종종 밤손님이 찾아오기 전의 묘한 감각이 지금 느껴지고 있었다. 벨로나의 얼굴이 살짝 굳어 가는 것을 보던 황제가 입꼬리 한쪽을 들어올려 웃더니 대답했다.

"이미 그대들이 무시했던 치가 정답을 전부 가지고 있는 것 같더군. 그녀가 대신할 테니 그대들은 그대들 밥그릇이나 제대로 지키도록 하지 그러나. 제 밥그릇은 알아서 지켜야지."

······웅? 어디서 들어 봤던 말이었다. 게다가 무슨 소리야? 내가 무슨······. 벨로나의 표정이 순식간에 경악한 표정으로 바뀌었다. 무슨 이상한 소리인가. 아, 정말······ 왜 자꾸 이상한 일만 생기는지 모르겠다.

벨로나가 머리를 짚었다. 이것은 다 레이먼과 저 협회 놈들 때문이었다.

"황명이니 이번 주까지 전부 합격 증서를 반납하고, 오늘부터 의사로서의 활동을 중지하도록. 만약, 황명을 어길 시 다음에는 그대들의 목이 위험할 거야."

황제가 검집을 만지작거렸다. 명백한 협박이었다. 벌벌 떨며, 심지어 여기저기서 울음까지 튀어나오는 광경이 가관이었다. 한순간에 먹고살던 수단이 전부 사라진 것이었다.

죄책감은 없었다. 그동안 사람들의 목숨을 가지고 장사한 벌을 받는 것이었으니까. 부디 한층 더 성숙해지기를 바랐다. 의사라는 놈들이 어떻게 돈과 목숨을 가지고 장사를 할 생각을 하는 것인지.

"오늘 합격자들에게 말한다. 그대들도, 황궁의도 예외는 없다. 한번 더 이러한 일이 내 귀에 들려온다면······ 그대들도 똑같은 절차를 밟게 될 거다. 협회는 전부 나가라."

협회 사람들이 비척거리며 일어나 옆을 스쳐 지났다. 울음을 꾹 참거나 그냥 대놓고 울거나, 그녀를 노려보는 사람들도 있었다. 마지막으로 터덜터덜 나가는 협회 대표, 맨 처음 자신을 찾아왔던 남자의 앞을 가로막으며 벨로나가 환하게 웃었다.

"이런, 저 같은 계집이 함부로 이 직업에 수석으로 합격해 버려서 죄송하네요. 그것도 겨우 2주 만에…… 속상해서 어떡해요, 의사도 아닌데 나중에 가족이나 본인이 아프면 어쩌나……. 어디 나중에 당신 같은 똑같은 의사 한번 만나 보시길."

"……비켜라."

차마 소리치지 못하고 이를 악문 모습에 벨로나가 웃는 얼굴을 굳히며 말을 이었다.

"말씀드렸다시피 전 당신네한테는 약 안 팔 겁니다. 그러게 왜 날 건드려요. 작은 계집 건드리다가 이렇게 탈탈 털리는 거랍니다. 남는 거 하나 없이요."

벨로나가 툭툭 남자의 어깨를 두드렸다. 누가 봐도 얄밉게 보일 법한 표정이었지만 벨로나는 10년 묵은 체증이 내려가는 느낌이었다.

벨로나는 결코 좋은 성격이 아니었다. 보통은 무관심하고 무념무상이지만 한 번 핀트가 어긋나면 물불 안 가리는 성격을 가지고 있었다. 뒤끝도 꽤 길어서 마음에 담아 두며 종종 꺼내 비꼬기도 했다. 당한 건 그 두 배로 갚아 줘야 성이 차는, 조금 귀찮은 성격이라고 해도 좋았다.

"일단 잠시 불미스러운 일이 있었지만 의사 자격시험 합격을 축하드립니다. 상위 5위 이내의 합격생들은 제국에서 일자리를 찾아 제공 예정이니 따로 확정된 일이 없다면 인사부로 가시면 될 것 같습니다. 또한 합격하신 여러분들은 일단, 제국의사협회에 가입이 가능합니다. 텅 비어 버리긴 했지만요."

하하, 수석의가 작게 웃어 보였다. 하지만 꽤나 긴장한 합격생들은 아무도 반응해 주지 않았다. 덕분에 어색하게 머리를 긁적인 수석의가 다시 말을 이어 갔다.

"어쨌든, 황궁 의사로 지원하신 분들은 일단 수습으로 시작할 예정입니다."

한참 동안 이어지는 설명을 듣던 벨로나가 푹 한숨을 내쉬었다. 다리가 아파 죽겠다. 이제 그만 서 있고 싶었다. 체력 저질로서는 이미 너무 많이 서 있었던 모양이다. 부들부들 다리가 떨렸다. 차라리 주저앉을까 싶은 마음도 있었다.

"……벨로나 씨에게는 차후에 개별적인 연락이 갈 예정입니다."

말끝에 들려온 제 이름에 벨로나가 고개를 번쩍 들어 올렸다. 잠시 망설이던 벨로나가 고개를 끄덕였다. 무슨 개별적인 연락인지는 몰라도 일단 날 여기서 내보내 다오, 노래라도 부르고 싶었다. 가만히 서 있는 것이 이렇게 힘들 줄은 생각도 하지 못했다.

"오늘은 이상입니다. 감사합니다."

드디어 일이 끝났다! 벨로나가 가장 먼저 문을 열고 황궁 밖으로 향했다. 얼굴에는 환한 미소가 새겨졌다.

황궁 바깥에는 미련을 버리지 못한 협회의 의사들이 제법 포진하고 있었다. 벨로나가 황궁 밖으로 발을 내딛자마자 마치 바퀴벌레 떼라도 되는 듯 그녀 주변으로 몰려들었다.

"이보게, 우리가 미안했네. 생각이 짧았어. 이런 걸로 의사 자격 박탈은 너무하지 않은가. 황제 폐하께 다시 한 번 말씀드려 주면 안 되겠나."

"그래그래! 집에 있는 우리 가족들은 어떡하나. 이제 한창 배울 시기인데 이대로 직업을 잃으면 어찌하나…… 부탁하네. 폐하께 다시 한 번……."

"제발 부탁이네…… 우리가 어떻게 시험에 합격했는데 이제 와서……."

갑작스레 어깨를 부여잡고 밀어붙이는 건장한 사내들의 힘에 벨로나가 벽 쪽으로 밀려났다.

"아니, 이게 대체…… 윽……."

결국 벽에 세게 부딪친 벨로나가 신음을 흘렸다. 다들 눈이 뒤집혀진 것이, 반쯤 미친 것 같았다.

벨로나가 잠시 이를 악물더니 이내 거칠게 무릎을 찍어 올렸다. 남자의 다리 사이 물컹한 것이 무릎에 닿았다.

"아아아아악!!"

맨 앞에서 거칠게 벨로나를 흔들던 남자가 소리를 지르며 주저앉았다. 갑작스럽게 벌어진 일에 남자가 다리 사이를 부여잡고 부들부들 몸을 떨었다.

"이게 진짜!!"

그 모습을 본 의사 하나가 두툼한 손을 거칠게 위로 들어 올렸다. 명백히 때리려는 제스처에 벨로나가 이를 악물었다. 그리고 그와 동시에 뒤에서 퍽- 하는 둔탁한 소리가 들렸다.

"와아, 폭력 현장이네요. 의사분들은 저희 사장님을 데리고 대체 뭐 하시는 건가요?"

뒤에서 남자들을 이리저리 발로 차 내며 여유로운 발걸음으로 로웰이 벨로나가 있는 곳까지 순식간에 다가왔다. 벨로나의 앞을 가로막은 로웰이 손님을 상대하는 것과 다를 바 없이 환하게 웃어 보였다.

"이 새끼는 또 뭐야?!"

"뭐긴 뭐겠습니까. 우리 사장님 괴롭히는 네놈들 팔을 부러뜨리러 왔어요. 와, 한 달 뒤에 재시험도 못 보고 멋지네요."

로웰이 짝짝 박수를 쳤다. 생글거리는 입가와는 다르게 눈은 굳어 있었다. 날카롭게 빛나는 눈동자가 사람을 죽일 것처럼 매섭게 보였다. 의사들이 한 걸음 뒤로 물러났다. 로웰이 벨로나의 손목을 잡고 앞에 있는 남자의 가슴을 밀어내며 귓가에 속삭였다.

"찌질하게 여자 하나 잡아다가 괴롭히지 말고, 시험에 합격할 생각이나 해. 시궁창 쥐들만도 못한 쓰레기들이, 황제가 준 기회나 잡을 생각은 안 하고 더러운 짓이나 하는군."

"뭐?! 이게 진……!!"

"한 번 더 이 여자에게 시비를 건다면, 황제가 니들 목을 따기 전에 내가 먼저 그 목과 몸을 분리해서 으깨 주지."

로웰이 웃음기를 지운 표정으로 말했다. 평소의 무표정함과도 또 다른 살벌함이었다. 정말 목소리와 눈빛만으로도 로웰은 목과 몸을 분리할 수 있을 것 같았다. 그것을 느낀 것은 비단 벨로나뿐만은 아닌지 의사들의 몸이 뻣뻣하게 굳어졌다. 그 사이를 로웰이 벨로나의 손목을 잡은 채 느긋하게 지나갔다.

단 한 사람도 감히 로웰과 벨로나의 길을 막지는 못했다.

인생은 그렇다. 항상 선택의 연속이고, 또 항상 후회의 연속이다. 지나치게 이를 갈며 복수만을 좇다가 뒤를 돌아보면 후회할 예정인 것들이 흘러넘친다는 것도 한 예에 속했다.

지독히도 우스운 일이겠지만 벨로나는 지금 굉장히 후회하고 있었다. 굳이 가장 후회스러운 일을 꼽자면, 그냥 정답만 적어도 될 것을 마지막 장에 증거 뒷받침한다고 제 지식을 뽐낸 것이었다. 쓸 때는 뿌듯했다. 왜? 우와, 나도 이렇게 가능하구나! 하는 스스로에 대한 지독한 자부심 때문에.

하지만 일주일도 되지 않아 벨로나는 그냥 자격시험을 친 것 자체를 후회하고 있었다.

"안녕하세요, 손님! 의사 자격시험 최초의 여성 수석 합격자이자 제국 최초의 황궁 의학 연구원 직위를 황제 폐하께 직접 하사받은 약사님의 약국입니다!!"

저 미친놈! 벨로나는 육성으로 튀어 나갈 것 같은 욕을 손으로 입을 막는 것으로 꾹 눌러 담았다. 합격까지는 좋았다. 행복했다. 이제 뭐 어디에서 시비 걸릴 일도 없을 테니까. 황제가 분기에 한 번 신약 관련 보고서를 내라고 했던 것도, 괜찮았다. 겨우 몇 달에 한 번이고 연구비 무한 제공에, 심지어 보고서 제출 시마다 200골드의 수고비를 준다고 했으니까!

그런데 그것으로는 불안했는지 황제가 [황궁 의학 연구원]이라는 있지도 않은 칭호를 내렸다. 그래, 거기까지도 어쨌든 나름대로 참을 만했다. 근데 어디서 어떻게 퍼졌는지 제국은 물론 다른 나라에까지 소문이 자자하게 퍼져 나갔다.

소문이 퍼지니 손님이 늘었다. 이때도 나름대로 괜찮았다. 한가했으니 조금 바쁘게 지내는 것도 나쁘지 않겠다 싶었다. 하루 더 지나니 손님이 좀 많이 늘었다. ……이틀이 지나고 나니 매일 약초를 몇 박스씩 들여도 모자랄 정도로 손님이 늘었다. 닷새째에는 가게 앞으로 엄청나게 긴 줄이 세워졌다. 오픈하기도 전에 줄을 서 있었다. 엿새째에는 가게 앞에서 장사꾼들이 물건을 가지고 다니며 팔기 시작했다. 샌드위치나 땅콩, 과일, 장난감 등 종류는 다양했다.

그리고 딱 일주일째인 오늘은…… 가게가 포화 상태다. 곧 부서질 것 같다. 손님이 늘어나는 것에 비례하듯 미친놈들도 많아졌다. 심지어는 종종 이런 손님도 있었다.

"네, 손님. 어디가 아프신가요?"

로웰이 특유의 가식적인 미소를 입가에 그리며 물었다.

"요즘 가슴이 너무 아파서요. 아, 이 따뜻한 날 저 아리따운 아가 씨를 보면 제 마음이……."

"네, 처방은 저기 호수에 뛰어들면 해결될 것 같습니다. 그럼 안녕히."

로웰이 웃으며 미련 없이 남자를 창문 밖으로 구겨 던져 버렸다. 몽블랑의 대우와 그다지 다를 게 없었다.

어쨌든 가장 문제인 것은 로웰이었다. 대체 뭐가 즐거운지 손님이 들어올 때마다 웃으며 저 말도 안 되는 홍보 멘트를 내뱉고 있었다. 요즘은 눈뜨자마자 출근해서 온종일 쿵쿵쿵 약초 빻고 포장하는 일이 전부였다. 곧 약초 만드는 기계가 될 것 같다는 두려움까지 생겨났다.

"……끔찍해."

오늘도 미친 듯이 장사를 한 벨로나가 마감이라는 팻말을 문 앞에 걸자마자 바닥에 大자로 뻗으며 중얼거렸다. 체면이건 뭐건 그게 문제가 아니었다. 탁상으로 걸어가 엎드릴 힘도 없었다. 뭔가가 많이 잘못된 것 같았다.

"남의 가게 앞에서 대체 음식들은 왜 파는 거예요, 저 사람들은?! 그리고 로웰! 제발 그 말도 안 되는 홍보 좀 하지 마세요! 지금만으로도 충분히 힘들다고요!!"

"딱 운동도 되고 괜찮은데 뭐가 어때서 그러지? 문제없다."

"내가 문제가 있다고요!! 아아, 사람을 구해야 할 것 같아요. 이대로는 못 살아. 정말, 돈을 많이 벌면 뭐해요. 쓸 수가 없는데!! 이러다 돈만 모아 두고 과로로 사망하는 거 아냐?"

아아악!! 안 돼!! 정말 끔찍한 가정에 벨로나가 단말마의 비명을 지르며 나무 바닥에 머리를 쿵 박았다. 개같이 돈 벌어서 과로로 죽고 싶은 마음은 조금도 없었다. 로웰이 한심하다는 듯 벨로나를 내려다보더니 간이 주방으로 들어가 연기가 폴폴 나는 차를 두 잔 타서 내어 왔다.

"옷으로 바닥 청소 그만하고 이리 와서 차나 마셔라."

벨로나가 꿈틀거리며 탁자까지 기어가더니 간신히 의자에 앉았다. 벨로나가 길게 한숨을 내쉬었다. 오늘은 정말 식겁했다. 가게가 터지는 줄 알았다. 로웰이 중간에 정리해서 반을 내보내지 않았다면 분명 제 소중하고 사랑스러운 약국은 와르르 무너졌을 것이 틀림없었다. 채용 공고라도 내야겠다 싶었다.

"근데 로웰, 아무래도 생각해 봤는데……."

똑똑- 창문이 두드려졌다. 문도 아니고 창문을 두드리는 조심스러운 손길에 벨로나가 슬쩍 고개를 돌려 창밖을 바라봤다. 조심스러운 손길을 보아하니 늘상 찾아오는 밤손님은 아닐 것 같았다. 그네들은 항상 제멋대로 굴뚝을 타고 들어오거나 창문을 알아서 열고 들어오거나, 어떻게 들어왔는지도 모르게 들어왔다.

"어…… 넌, 그때 그 시험 차석……."

창문 밖에서는 앳된 모습의 백발 소년이 사르르 웃으며 손을 흔들고 있었다. 꾸벅 고개를 숙이는 모습에 벨로나가 잠긴 창문을 열었다. 열리는 창문을 가만히 바라보던 소년, 슈가가 환하게 웃으며 다시 고개를 꾸벅 숙였다.

"안녕하세요, 누나! 혹시 잠깐 시간 되세요? 부탁드리고 싶은 게 있어서요."

"어, 응. 들어와. 슈가……였나?"

벨로나의 말에 예의 바르게 고개를 꾸벅 숙인 슈가가 창문을 넘기 위해 두 손으로 창틀을 짚었다. 낑낑거리는 슈가의 모습에 벨로나가 손을 뻗어 슈가를 안으로 끌어당겨 주다가 그대로 굳어졌다. 문으로 오라고 하면 될 것을. 멍청한 짓거리를 하고 있다 싶었다. 이미 창문으로 들어와 버린 아이에게 다시 나가라고 할 수도 없는 일이었으니 벨로나가 입에 대지 않은 차를 슈가에게 밀어 줬다.

"아! 로즈마리차네요. 감사합니다."

향과 떠다니는 잎만 보고도 차의 이름을 맞춘 슈가에 벨로나가 고개를 끄덕였다. 괜히 저 나이에 차석을 받은 것이 아니었다. 나름의 이유가 있구나 싶었다. 약초에 박학다식하다고 하더니 거짓은 아닌 듯했다.

"그래서 무슨 일이니?"

"아…… 사실 낮에 왔었는데, 손님이 너무 많더라고요. 너무 바빠 보이셔서 차마 들어오지 못하고 여기저기 돌아다니다가 문을 닫고 쉬고 계시는 것 같기에 혹시나 싶어 두드려 봤어요! 계셔서 다행이에요, 누나."

포스스- 웃는 모습이 사랑스럽다는 말이 절로 나올 것 같았다. 동글동글 귀엽게 생긴 모습에 뽀얀 피부, 슈가라는 이름답게 웃는 것도 달콤했다. 나중에 어른이 된다면 여자들을 꽤나 울릴 외모였다.

"저기…… 제가 마땅히 취직할 곳을 찾지 못해서요……. 혹시 괜찮으시다면 누나네 가게에서 일을 해도 괜찮을까 해서요……. 누나한테 배울 게 많을 것 같아서요. 혹시 불편하지 않으시……."

"합격!"

"네……?"

"자, 당장 근로계약서부터 작성하자."

벨로나가 재는 것 없이 바로 고개를 끄덕였다. 차석이 일을 도와준다는데 문제 될 것이 무엇이 있으랴. 심지어 귀엽고, 착해 보였다. 로웰과 둘이 일하는 것보단 훨씬 분위기상으로도 괜찮을 것 같았다. 열네 살이라고 했으니 법적으로 취직을 해도 나쁘지 않을 나이였다.

벨로나의 얼굴이 환하게 밝아졌다.

"네……? 어, 이렇게 바로……."

"마침 사람이 필요해서 구하려던 참이었거든. 알아서 찾아와 줘서 나로서는 고맙지. 월급은…… 사실 황궁에 취직한 것처럼 많이 줄 수는 없어. 으음…… 혹시 얼마 정도 생각하고 있어?"

벨로나의 얼굴이 살짝 곤란함으로 물들었다. 사실 근로계약의 가장 중요한 점은 돈이었다. 월급은 둘 모두에게 민감할 수밖에 없는 사안이었다. 슈가가 벨로나의 얼굴을 잠시 살피더니 다시 포슬거리는 웃음을 흘리며 대답했다.

"많이 안 주셔도 괜찮아요. 누나는 얼마나 생각하고 계세요?"

"한 10골드 정도……?"

약촛값 빼고, 로웰 말고도 한 명 더 주문 같은 것을 받아 줄 사람도 뽑아야 했다. 그리고 아무래도 이사도 고려해 보지 않으면 안 될것 같았다. 전부 생각하면 많이 줄 수는 없었다. 무엇보다, 의사들의기본 월급이 얼마인지를 잘 모르겠다는 게 문제였다.

"아, 물론 일한 햇수나 시간에 따라서 돈은 더 늘어나고, 수익이많아지면 또 비례해서 보너스 같은 것도 있을 거야."

일반 서민들보단 훨씬 많은 월급이었지만 의사다 보니 혹시나 불만족스러울까 봐 벨로나가 얼른 뒤에 덧붙였다.

"네, 좋아요."

슈가의 흔쾌한 수락에 벨로나가 준비하고 있던 근로계약서를 바로내밀었다. 조용한 로웰이 이상해 슬쩍 바라보니 그가 묘한 표정으로슈가를 살피고 있었다. 근로계약서에 사인까지 받은 벨로나가 만족스럽게 고개를 끄덕였다.

"내일부터 출근 가능할까?"

"네, 물론이죠! 근데 누나, 제가…… 음, 마땅히 지낼 곳이 없어서 그러는데 혹시 이 약국에서 지내도 괜찮을까요?"

슈가가 고개를 푹 숙인 채 조심스럽게 물어 왔다. 벨로나가 곤란한 표정으로 로웰을 바라봤다. 이미 지내고 있는 사람이 있었다. 게다가 상대가 일반인이면 별문제 없겠지만…….

"어쩌지, 여기 이 형이 여기서 먼저 지내고 있었거든. 마땅히 지낼 데가 없는 거야?"

"네에…… 전 이 형이랑 지내도 괜찮아요, 누나!"

슈가가 로웰의 옷자락을 잡으며 둥글게 웃어 보였다. 해맑은 그 미소에 벨로나가 곤란하다는 듯 머리를 긁적였다. 저 순수 덩어리를 때에 찌들고 찌들고 찌든 로웰에게 맡기기는 조심스러웠다. 새하얀 저 찹쌀떡 같은 아이가 새까맣게 변하면 어떡하나 싶었다.

"으음…… 로웰, 괜찮아요?"

"네 약국이잖나. 난 상관없으니 알아서 해."

슈가를 슬쩍 내려다본 로웰이 평소와는 다르게 친절의 가면을 벗은 채 대답했다. 로웰의 말에 벨로나가 어깨를 으쓱이곤 고개를 끄덕였다. 둘 다 괜찮다는데 굳이 자신이 안 된다고 할 필요는 없었다. 별로 친절하지도 않은 수궁에 슈가가 밝게 웃으며 대답했다.

"와아, 감사해요, 누나! 다행이다. 헤헤, 감사합니다! 내일부터 열심히 일할게요!!"

"아…… 응, 그래. 슈가는 귀엽구나."

귀여운 조카를 보는 느낌에 벨로나가 슈가의 머리카락을 쓰다듬으며 말했다. 슈가가 벨로나에게 사르륵 미소를 지으며 고개를 꾸벅 숙였다. 예의까지 바른 아이의 모습에 벨로나가 만족스러운 웃음을 지어 보였다. 로웰이 그걸 못마땅한 얼굴로 내려다보더니 입을 열었다.

"하여튼 너는 별 이상한 녀석들이 자주 꼬이는군."

"네? 이상한 녀석들이라니……."

로웰의 퉁명스러운 말에 벨로나가 의아한 목소리로 반문했다.

"아무것도 아니니 얼른 들어가라. 내일도 오늘만큼 난리일 테니."

벨로나의 반문에도 답을 하지 않은 로웰이 손을 휘휘 저으며 말을 돌렸다. 로웰의 말에 시계를 본 벨로나가 벌떡 몸을 일으켰다. 잠을 자야 했다. 이미 소중한 잠을 위한 시간이 30분이나 지나 있었다.

벨로나가 몸을 살짝 떨었다. 잠을 덜 자면 내일을 버틸 수가 없었다. 급하게 몸을 일으킨 벨로나가 대충 제조실 탁자를 정리하고, 통신 수정구를 챙겨 든 채 약국을 나섰다.

"슈가, 일단 자세한 건 내일 중에 이야기하자! 로웰, 슈가 괴롭히지 마시고 잘 대해 주세요!! 슈가, 내일부터 잘 부탁해!"

"네, 누나!! 안녕히 주무세요!! 조심히 들어가시고요!!"

슈가가 문 앞까지 나와 고개를 꾸벅 숙였다.

"응, 그래. 슈가도 잘 자!"

저런 산뜻한 인사를 받아 본 것이 대체 얼마만인지. 새까만 남정네에 비해서 산뜻하고 새로웠다. 게다가 기분마저 좋아지는 얇은 미성이 돋보였다. 문이 닫힐 때까지 두 손을 위에서 붕붕 흔들고 있는 슈가의 모습에 벨로나도 드물게 문이 닫힐 때까지 가볍게 마주 손을 흔들었다.

벨로나가 평소와는 다른 가벼운 발걸음으로 집을 향해 걸어갔다. 내일은 그래도 조금은 몸이 편한 하루가 될 것 같았다.

"누나는 정말 친절하시네요. 형은 어디서 자세요?"

문이 닫힐 때까지 양손을 붕붕 흔들던 슈가가 순진무구한 얼굴로 해맑게 웃으며 로웰에게 물었다. 로웰이 그 모습을 미간을 찌푸린 채 불쾌하게 바라보더니 대답했다.

"대충 여기에서 이불 깔고 잔다. 알아서 아무 데서나 자라."

"아, 그렇구나. 그럼 저는 저기 창고에서 잘게요! 로웰 형!"

슈가가 문이 열린 약초 창고 방을 가리키며 말했다. 새하얀 머리카락과 대비되는 분홍빛이 나는 보라색 눈동자가 사르르 휘어졌다. 슈가가 등에 꽁꽁 동여맨 짐을 창고 방에 조심스럽게 내려놨다.

슈가가 생글거리며 짐을 조심스럽게 정리했다. 동글동글하고 새하얀 피부에 사르르 웃으면 휘어지는 눈꼬리와 보조개는 슈가를 굉장히 사랑스럽게 보이게 하는 요소 중에 하나였다. 슈가는 확실히 미소년이라고 할 만한 외모를 가지고 있었다.

"확실히 말해 두지만, 그 녀석에게 뭔가 해코지를 하러 온 거라면 포기하고 가라. 꼬마."

짐을 다 정리하고 간이 주방으로 향하는 슈가의 뒤에 대고 로웰이 벨로나를 대할 때의 목소리로 말했다. 순진한 얼굴로 주방을 향하던 슈가가 고개를 돌려 창 옆에 기대어 있는 로웰을 바라봤다. 무슨 소린지 모르겠다는 표정으로 살짝 고개를 기울이는 모습에 로웰이 피식— 바람 빠진 웃음을 내뱉으며 새까만 눈동자로 슈가를 내려다봤다.

"뒷세계에 유명한 독약 제조자가 있다고 들었지. 믿을 만한 브로커에게만 가면을 쓴 채 모습을 드러내고, 절대 고객과는 만나지 않는 얼굴 없는 약쟁이. 뭐, 나도 입 싼 브로커에게 들었지만 새하얀 머리카락에 허리에 간신히 닿을 것 같은 작은 키, 그리고 뛰어난 독초의 지식은 타의 추종을 불허한다더군."

로웰이 드물게 긴 설명을 이어 갔다. 설명이 이어지면 이어질수록 슈가의 얼굴에서 순진함이 사라져 갔다. 이윽고 말이 전부 끝났을 때 슈가의 얼굴에 남아 있는 것은 굉장한 위험한 장난이라도 생각하고 있는 듯한 장난꾸러기 악동의 웃음이었다.

"에이, 뭐야. 알고 계셨어요? 형 간 크시네요, 수도 한가운데에서 이렇게 일하고 계시다니. 저도 입 싼 브로커한테 들었어요. 1만 골드가 목에 걸린 현상범이 어느 아담한 약국에서 일하고 계신다고."

슈가와 로웰의 시선이 허공에서 마주쳤다. 둘 사이에 묘한 기류가 흘렀다.

"형, 그 입 싼 브로커라는 게……."

"몽블랑 마카롱, 그 망할 놈이군."

"하하, 거래를 끊어 버리거나 해야겠어요. 그 사람 입은 하여튼 바늘로 찔러서 막아 놔야 할 것 같아요. 그래서 지금 어디 있어요? 그 사람."

"어디긴. 치안대 철창 안에서 벌레들 상대로 브로커 짓이나 하고 있겠지."

정말요-? 로웰의 말에 슈가가 즐겁다는 듯 웃음을 터뜨렸다. 굉장히 순진하고 순수하게만 보였던 슈가가 아무렇지도 않게 잔인한 말을 내뱉었다.

슈가는 순수한 미소가 아니라 굉장히 말썽꾸러기인 악동처럼 웃고 있었다. 마치 소악마와 같은 느낌에 로웰이 헛웃음을 삼켰다.

"완전히 사기꾼이군."

슈가의 변화에 로웰이 비꼬듯 말했다. 구석의 이불을 끌어당겨 창고에 깔며 슈가가 슬쩍 고개를 들어 로웰을 바라봤다. 슈가의 눈빛은 황당함을 담고 있었다. 제 모습은 생각도 안 하냐고 따지고 들려던 슈가가 이불을 한 번 바라보더니 입을 꾹 다물었다. 손등으로 눈을 비비며 작게 하품을 하며 슈가가 이불 속에 쏙 들어갔다.

"누나에겐 비밀로 해 주세요. 누나한테는 조금 빚이 있거든요. 그분은…… 어쨌든 누나랑 같이 일하려고 시험에 합격한 거니까요. 설마 누나가 시험을 칠 줄은 생각도 못 했지만요."

말을 마친 슈가가 이불 속에 쏙 얼굴을 묻고 눈을 감았다. 로웰이 잠시 슈가를 바라보다가 고개를 돌렸다. 그리고 다시 빠르게 슈가를 바라봤다. 정확히는 슈가가 덮고 있는 이불을 바라봤다.

"어이, 꼬마. 그건 내 이불이다!"

"헤헤, 누가 아무 데나 방치하래요? 다음부터는 주의하세요, 로. 웰. 형."

살짝 혀를 내민 슈가가 몸에 이불을 둘둘 말고 눈을 감았다. 로웰의 눈썹이 꿈틀거렸다. 로웰 주변의 공기가 차갑게 내려앉았지만 슈가는 이내 색색거리는 숨을 내뱉으며 잠에 빠져들었다.

잠에 빠진 슈가를 한참 동안 노려보던 로웰이 결국 아무것도 없는 약국 벽에 누워 눈을 감았다.

한참의 시간이 지난 뒤 가게에는 두 사람의 조용한 숨소리만이 울려 퍼졌다.

$\oint$

"으응……."

온몸이 무겁고 아팠다. 당장 죽을 수도 있을 것 같다.

가게가 장사가 너무 잘되는 것도 고민의 연속이구나 싶었다. 장사가 잘되면 뭐하는가. 잘돼서 버는 돈을 펑펑 쓸 수 있어야 그게 바로 장사가 잘되는 재미가 아닌가.

"그래도 오늘은 좀 낫겠지…… 슈가도 있고."

시험 발표가 있은 후 어제가 딱 일주일째였다. 일주일 미친 듯이 괴로웠으니 여드레째인 오늘은 조금 더 편하지 않을까 싶었다. 그나저나 로웰도 열심히 하고는 있었지만 사람이 하나 더 필요해서 뽑기는 해야 하는데, 문제는 가게가 사람을 네 명 쓸 정도로 크지는 않다는 것이었다.

"허물고 다시 지어야 되나…… 그럼 임시 약국도 필요한데……
아, 복잡해."

벨로나가 더는 생각하길 거부하며 이불 속에서 조심스럽게 일어났
다. 한가할 때는 몰랐는데, 이제 매주 휴일도 한 번씩 만들어야 할 것
같았다. 출근을 늦게 하는 날을 만들거나, 그것도 아니면 오전 근무
만 하고 퇴근하는 방법을 생각하거나. 정말 과로사하게 생겼다.

퀭한 눈동자로 벨로나가 이를 닦았다. 파스도 판매용으로 개조를
해야 하는데, 시간이 없으니 할 수가 없었다. 손목이 시큰거렸다. 너
무 약초를 많이 빻았더니 아파 왔다.

벨로나가 몸을 다 씻고 옷을 입은 후 몇 개 챙겨 놨던 파스를 손목
에 붙였다. 여태까지 사용한 결과, 생각보다 효과가 뛰어났다.

요 일주일간을 버틸 수 있었던 건 파스 덕택이었다. 손목에는 초
록빛의 약초물이 짙게 물들었지만 적어도 퉁퉁 부어 움직이지 못할
정도가 되지는 않았다. 벨로나가 꾹꾹 눌러 붙이고는 간단히 짐을 챙
겼다.

수제 파스는 봉지에 밀봉해서 포장한 경우 보관은 일주일 정도 가
능했고, 붙이면 효과가 약 하루 정도 지속됐다. 천 자체가 접착력이
있어서 쉽게 떨어지지는 않지만 아쉽게도 물에 닿으면 흐물거린다는
단점이 있었다. 그래도 진통제를 환약으로 먹는 것보단 부작용이 덜
한 것 같았다.

벨로나가 집 문을 잠그고 작게 하품을 하며 느릿하게 약국을 향해
걸었다. 따뜻한 햇살이 기분이 좋았다.

벨로나는 출근길과 퇴근길을 좋아했다. 아침에는 햇살이 좋았고,
밤에는 달빛과 살짝 서늘한 밤공기가 좋았다.

"……그 행복이 겨우 15분 남짓하다는 게 문제지만."

약국 앞에 서 있는 줄을 본 벨로나가 길게 한숨을 내쉬며 중얼거렸다. 오늘 하루 일과가 벌써 눈앞에 아른거렸다. 덕분에 요즘은 앞문으로는 출근도 하지 못하고 뒷문으로 출근을 하고 있었다. 물론 약초를 납품받는 것도 뒷문에서 진행됐다.

살짝 돌아서 뒷문으로 향한 벨로나가 잔뜩 쌓여 있는 약초 박스를 보며 안으로 들어갔다. 로웰은 약초 박스 정리에 한창이었고, 슈가는 약을 제작할 준비에 한창이었다.

벨로나가 들어서자 슈가가 반짝 눈을 빛내며 도도도- 벨로나의 앞으로 달려와 환한 얼굴로 인사를 건넸다.

"누나! 안녕히 주무셨어요! 아, 안녕하세요, 인가요?"

슈가가 포스스 웃었다. 아침부터 산뜻한 모습을 보여 주는 슈가의 머리를 벨로나가 살며시 쓰다듬었다. 그러자 슈가의 볼에 작은 보조개가 파였다.

"으아아, 귀여워! 넌 대체 어디서 태어났니."

결국 참지 못한 벨로나가 슈가를 끌어안고 머리카락에 얼굴을 부볐다. 그 모습을 보던 로웰이 벨로나의 뒷덜미를 잡아채 슈가에게 떨어뜨려선 제조실 안 의자에 앉혔다.

"약이나 만들어라. 밖에 줄 선 손님이 벌써 열다섯 명이야."

"윽…… 아니, 이 마을 작지 않아요? 무슨 맨날 아픈 사람이 생기나?! 약국을 어떻게 맨날 올 수가 있어요?!"

벨로나가 불퉁하게 볼을 부풀리며 불만을 내뱉었다. 사실 그렇지 않은가. 사람이 아픈 것에도 정도가 있는 것이지. 어떻게 이렇게 맨날 사람이 줄을 설 수가 있냐는 말이다.

벨로나가 머리를 짚었다. 아픈 손님을 위해 약을 만들어 주는 것은 충분히 만족스럽고 보람찬 일이었다. 하지만 그것이 제 능력 범위밖으로 슬슬 벗어나려고 하면 그건 정말…… 일복만 터졌구나. 아,

돈복도 터졌네. 시간이 없을 뿐.

벨로나가 허탈한 웃음을 흘렸다.

"네 약국이 꽤 유명해져서 주변 마을은 물론 다른 나라에서까지 오고 있더군."

"……제 약국은 분명 터질 거예요."

5년 동안 동고동락한 소중한 약국이여. 제 손때가 묻지 않은 것이 없었는데.

벨로나가 엎드린 채 흐물거리는 눈동자로 로웰을 바라봤다.

"누, 누나!! 제가 옆에서 도와 드릴게요!! 누나의 레시피를 알려 주시면 많이 팔리는 약은 저도 제조 가능해요!!"

슈가가 두 팔을 양쪽으로 파닥거리며 급박하게 말했다. 초조해 보이는 슈가의 눈동자에 벨로나가 옅게 웃으며 머리를 쓰다듬었다. 슈가의 밝은 모습에 한층 기분이 더 좋아지는 느낌이었다.

"아주 쇼를 하는군. 너도 가서 일이나 해, 꼬마."

"로웰, 애한테 왜 그래요. 로웰보다 열 살은 더 어릴 텐데."

벨로나가 슈가를 옹호하며 로웰에게 한마디를 던졌다. 그런 로웰의 모습과 벨로나의 모습을 흘낏 눈동자만 굴려 쳐다본 슈가가 한층 더 처진 얼굴을 하며 그녀의 옷자락을 붙잡고 말했다.

"괜찮아요, 누나. 아직 형이랑 덜 친해져서 그런 거예요! 제가 조금 더 노력할게요!"

슈가의 순수하고 착하기까지 한 말에 벨로나의 눈빛이 완전히 뒤바뀌었다. 죄인을 보는 듯 로웰을 한 번 흘겨본 벨로나가 이내 조용히 눈동자를 아래로 깔았다. 눈동자가 죽여도 그냥 죽일 눈동자가 아니었다. 껍질을 벗겨서 불 위에 은근히 구워 가며 서서히 죽일 것 같았다.

"아, 9시예요. 슈가, 이거 내 레시피. 일단 제일 많이 팔리는 거 위주로 적었으니까 부탁 좀 할게."

"네, 누나!! 열심히 할게요, 누나도 힘내세요!"

두 주먹을 불끈 쥐고 파이팅을 외치는 슈가의 모습에 벨로나가 사르르 풀린 얼굴로 고개를 끄덕였다. 로웰이 그 모습을 못마땅하다는 듯 쳐다보고는 약국 문을 열고 영업 중 팻말을 걸었다. 약국 문이 열림과 동시에 손님들이 우르르 몰려 들어왔다.

"기분 좋은 아침입니다. 안녕하세요, 손님!"

조금 전 불쾌하다는 기색은 어디로 갔는지 세상 누구보다 친절해 보이는 얼굴로 로웰이 손님을 맞이했다.

"여기 주문서예요, 사장님."

로웰이 얼굴 위에 두껍게 쓴 가면을 만면에 화사하게 내보이며 말했다.

"네, 알겠어요."

손님을 상대하며 주문서를 작성한 로웰이 곧장 벨로나에게 건넸고, 벨로나는 일차로 주문서를 분류했다. 감기약 같은 것은 슈가에게 주고, 특이사항이 적힌 주문서나 혹은 조금 복잡한 주문서는 자신이 처리하는 방식으로 말이다.

"슈ㄱ……."

할 만하냐고 묻기 위해 고개를 돌렸던 벨로나가 작게 웃으며 다시 약 제조에 집중했다. 굳이 할 만하냐고 물을 것도 없었다. 슈가는 진지한 얼굴로 약초를 하나하나 빻으며 조심스럽게 레시피에 따라 약을 제조하고 있었다. 레시피를 보는 슈가의 얼굴이 살짝 상기된 것이, 약학에 깊은 관심이 있다는 게 틀린 말은 아닌 것 같았다.

"다섯 장 더 추가요. 세 번째는 갓난아기 주문서니까 약 제조에 참고해 주세요."

딸랑- 로웰이 말을 끝내기가 무섭게 청량한 종소리가 웅성거리는 손님들 사이로 울려 퍼졌다. 로웰이 반사적으로 몸을 휙 돌렸다.

"네-! 어서 오세요! 아, 죄송하지만, 손님. 지금 약국에 손님이 너무 많아 밖에서 잠깐 기다려 주시겠어요? 제가 순서대로 불러 드리겠습니다."

"아, 그……래요? 알겠어요."

로웰이 열다섯 명 정도로 꽉 찬 약국 안을 보여 주며 살짝 눈꼬리를 내리고 죄송하다는 표정으로 양해를 구했다. 정말 천의 얼굴이 아닐 수 없다. 그리고 보통 여손님들은 로웰의 웃는 얼굴에 볼을 붉히며 고개를 끄덕였다. 뭐, 남자들도 말이 없어지기는 했지만 말이다.

하긴 로웰의 친절함과 서비스 정신은 정말 거의 고급 레스토랑급이었으니 싫어할 사람이 있을 리가 없었다. 평민들 상대의 이런 작은 가게에서 누가 저런 서비스 정신을 보여 줄까. 약을 사면서 차를 한 잔 마시는 것도 그들의 여유 중 하나인 듯했다.

로웰 혼자 고생을 하는 걸 보니 마음이 좋지 못했다. 결국 월급도 챙겨 주기로 마음을 먹었다. 근데 마땅히 말할 기회가 없었기에 여태 말도 못 하고 있었다.

"순서대로 만들고 있으니 차 한잔하시면서 잠시만 기다려 주세요."

로웰이 열다섯 잔의 차를 주방에서 가지고 나와 한 사람씩 차례대로 나눠 주었다. 그렇게 나눠 주는 차의 향은 전부 달랐다. 벨로나가 코끝에 닿는 가지각색의 향에 놀란 눈으로 로웰을 올려다봤다. 허리가 아프다고 적은 노부인에게는 통증에 좋은 차를 주었고, 감기에 걸린 사람에게는 몸을 따뜻하게 해 주는 차를 주었다.

"……생각보다……."

생각지도 못했다. 저런 세세한 것까지 신경을 쓰고 있을 줄은.

"여기 주문서 다섯 개 추가예요, 사장님. 하하, 사장님도 참. 손이 멈춰 있네요?"

사르르 휘어지는 눈꼬리가 무서웠다. 다른 사람들은 뭐가 그렇게 좋다고 저 얼굴에 얼굴을 붉히며 꺄악거리는지 하나도 모르겠다. 자신에게는 그냥 굉장히 무서운 얼굴이었다.

몸을 부르르 떤 벨로나가 쾅쾅거리며 약초를 다시 빻기 시작했다. 다 취소다. 저런 세세한 것까지 신경을 쓰는 연기를 하는 것이 분명했다.

"누나! 감기약은 제가 많이 만들었어요!!!"

"와, 잘 만들었네. 빼먹은 재료는 없고?"

"네!! 누나 레피시대로 다 했어요! 헤헷."

반짝반짝 빛나는 보랏빛 눈동자가 사랑스러웠다. 칭찬을 해 달라는 듯한 눈동자에 벨로나가 손을 뻗어 머리를 쓰다듬어 주려다 이내 약을 만들던 중인 것을 상기하고 손을 거뒀다. 그런 벨로나의 행동에 슈가의 어깨가 풀이 죽은 듯 축 처졌다. 강아지였다면 분명 꼬리건 귀건 축 늘어져 흐느적거리고 있었을 것이다.

잠시 망설이던 벨로나가 고개를 숙여 슈가의 이마에 살짝 입술을 맞췄다.

"약을 만드는 중이라 다른 걸 만질 수가 없어서 그래, 이걸로 이해해 줘."

벨로나가 고개를 숙이며 조곤조곤 설명했다. 벨로나의 갑작스러운 행동에 슈가의 얼굴이 화악— 밝아졌다. 그 모습에 벨로나가 흐뭇하게 미소를 띠었다. 시험의 차석이라고 해도 아직은 어린아이인 모양이었다. 칭찬을 받고 싶어 하고, 풀이 팍 죽는 모습이 나이 차이가 좀 나는 동생을 보는 것 같아 더 어르고 달래고 싶었다. 게다가, 슈가 덕분에 가게가 조금 더 화사해진 느낌마저 들었다.

"거기, 일, 안 하십니까? 손님이 많이 계세요, 사장님."

로웰의 얼굴이 한층 더 화사해졌다. 로웰의 화사함은 벨로나에게 독이었다. 화려한 독버섯이라도 되는 듯 로웰의 표정은 화사해지면 화사해질수록 벨로나 눈에는 어두운 기운이 스물스물 피어나는 것 같았다.

벨로나가 로웰을 바라봤다가 조용히 눈을 내리깔더니 이내 약초를 집어넣고 새 약을 만들기 시작했다.

······아, 스스로가 싫어졌다. 사장은 난데 왜 알바가 실세인 것 같을까. 상위 1% 외모를 가진 상위 1%의 범죄자는 아르바이트하는 방법도 상위 1%인 모양이었다.

그래도 그나마 불행 중에 다행인 것은 슈가가 확실히 제대로 된 전력이 되어 주고 있다는 사실이었다. 감기약과 해열제, 그리고 진통제를 슈가가 대부분 맡아서 했는데 그것만으로도 힘든 것이 반으로 줄어든 것 같았다.

"사장님, 저기 조금 급한 손님이 오신 것 같습니다. 일단 안으로 들였는데 확인 가능할까요?"

"네네, 갈게요. 슈가, 잠시만 지나갈게."

"네, 누나!!"

슈가가 몸을 덜덜 떨고 있는 카운터 근처의 손님을 슬쩍 보고는 사르르 웃으며 고개를 커다랗게 끄덕였다. 그 모습에 물수건으로 손을 닦고 머리를 쓰다듬어 준 벨로나가 환자에게 조심스럽게 다가갔다. 이제 열네다섯 살이 되었을 법한 앳된 소년이었다. 남자아이는 얼굴을 포함한 온몸에 붉은 반점이 올라와 있었고, 한기에 시달리는 듯 몸을 덜덜 떨고 있었다.

"하아, 하아, 추워요······ 약사 누나······."

새파랗게 질린 입술을 한 남자아이가 힘겹게 말했다.

"미안, 조금만 볼게. 힘들어도 잠깐만 참아 줘."

말을 한 벨로나가 알 수 없는 붉은 반점이 난 아이의 몸에 거리낌 없이 손을 얹고 이리저리 확인하기 시작하더니 이내 혼잣말을 하듯 입을 열었다.

"일반 병이라기엔 조금 독특하고…… 아무래도 독초를 잘못 먹은 것 같은데……."

끙– 벨로나가 낮은 신음을 내뱉으며 인상을 찌푸렸다. 독초는 그 종류가 수도 없이 많았다. 약초에는 굉장히 해박했고, 독초도 대부분 알고 있었지만 한기와 붉은 반점을 동시에 가지고 오는 약초는 당장 떠오르는 게 없었다. 독초도 어떻게 섭취했는지나 얼마나 섭취했냐에 따라 나타나는 반응이 천차만별이었다.

"비브르나 독초 같아요, 누나!"

"으앗, 깜짝이야."

갑작스럽게 뒤에서 들린 목소리에 벨로나가 가슴을 쓸어내렸다. 인기척이나 발걸음 소리도 없이 대체 언제 온 것인지 슈가가 해맑게 웃으며 독초에 대해 설명했다.

비브르나 독초? 벨로나가 잠시 입을 꾹 다물었다가 의아하다는 듯 고개를 기울이며 말했다.

"비브르나 독초는 옅은 색의 붉은 반점만 가져올 텐데……? 내가 알기로는 그조차도 며칠 지나면 없어지는 걸로 알고 있는데……."

"아, 그건 비브르나 독초를 한 번만 먹었을 때 일시적으로 일어나는 증상이에요! 비브르나 독초를 장기적으로 섭취하다 보면 독초 특성상 몸의 체온을 빼앗아 가서 한기를 느끼게 만들고, 옅은 색의 반점도 점점 진해져서 오돌토돌하게 만들어요! 그러다가 나중에는 체온을 다 뺏기고, 반점에서 진물이 흘러내리다가 딱딱하게 굳어서 죽게 되는 그런 독초예요!"

슈가가 정말 해맑은 얼굴로 독초에 대해서 설명했다. 해맑은 얼굴과 대비되는 꽤나 끔찍한 독초의 효과에 벨로나가 어색한 얼굴로 볼을 긁적였다.

"비브르나 독초의 해독 방법은 모르는데…… 어쩌지?"

"괜찮아요, 누나! 제가 금방 만들어 올게요!"

슈가가 도도도 제조실 안으로 들어가 약초 몇 개를 뒤적거려 꺼내더니 순식간에 약을 제조하기 시작했다. 감기약을 만들 때보다 몇 배는 더 편안한 얼굴과 빠른 속도로 슈가가 움직였다. 보조 재료를 넣는 것조차 망설임이 없어 보였다. 입꼬리가 살짝 올라간 것이 장난기 가득한 어린아이를 보는 느낌에 벨로나가 소리 없이 웃음을 흘렸다.

어른스러웠던 아이의 모습 위로 이제야 제 또래의 모습이 떠올랐다. 뚝딱거리며 약을 만드는 슈가를 보니 이 환자는 걱정을 할 필요가 없어 보였다. 허름한 옷을 보니 평민이거나 그보다 더 낮은 계급인 것 같았다. 영양실조가 보이는 것을 봐서는 아마 배가 고파서 독초를 먹은 것 같았다. 비브르나 독초는 씹으면 씹을수록 달콤한 맛이 나니까.

"로웰, 좀 부탁드릴게요. 손님이 더 많아졌네."

쌓여 버린 주문서를 바라보며 벨로나가 긴 한숨을 내쉬고 다시 제조실 안으로 들어갔다. 그리고 그와 동시에 만들던 해독제도 완성된 듯…….

"로웰 형!!"

슈가가 해맑은 얼굴로 손을 붕붕 흔들며 제조실에서 소리쳤다. 손가락을 까딱거리는 것이 이리 오라는 듯했다. 슈가에게는 사실 제조실 탁자가 꽤나 높았기 때문에 까치발을 들어야 했는데, 아무래도 힘들어 보여 벨로나가 낮은 의자를 하나 가져다 슈가의 아래에 놓아 줬다. 처음에는 묘한 표정으로 의자와 자신을 번갈아 보던 슈가가 이내 고개를 꾸벅 숙이며 그 위에 올라섰다.

어쨌든 슈가는 지금 의자 위에 올라서서 손을 붕붕 흔들고 있는 것이었다.

"……."

로웰이 고개를 홱 돌려 슈가를 거친 눈빛으로 쳐다봤다. 벨로나는 약 제조에 집중하느라 고개를 들지 않고 있어 그 모습을 보지 못한 모양이었다. 슈가가 작게 혀를 내밀고는 야살스럽게 웃어 보였다. 로웰도 손님들이 보고 있었기 때문에 으득- 이를 갈고 슈가가 있는 곳으로 걸어갔다.

"무슨 일 있으신가요? 꼬.마 약사님."

로웰이 짜증스러운 감정을 꾹꾹 눌러 담아 말했다. 꿈틀- 사르르 웃고 있던 슈가의 관자놀이에 옅은 사거리 마크가 솟아났다. 그러다 옆에 있는 벨로나를 살짝 보고는 다시 환하게 웃으며 손을 뻗었다.

"약이요. 가져다주셔야죠! 형이 하는 일인데."

"아…… 알겠습니다. 그나저나 꼬마께서도 힘드시겠어요, 의자 위에서 약을 제조하려니."

"하하, 형만 할까요. 얼른 가서 일하세요, 로웰 형."

슈가와 로웰의 사이에 묘한 전류가 파직거리며 흐르는 것 같았다. 벨로나가 약에 집중하느라 그 이야기를 듣지 못했다는 것이 그나마 다행이었지만. 로웰이 약을 챙겨 기다리던 손님에게 가져다주고 값을 치렀다.

한동안 그런 소리 없는 신경전이 계속됐지만 이미 정신적으로도, 육체적으로도 지쳐 가고 있는 벨로나에게는 단 하나도 닿지 못했다.

"으아, 6시 땡! 문 닫아요, 로웰!"

벨로나가 몸을 부르르 떨었다. 여전히 피곤하고 힘들었지만 적어도 물먹은 솜과 같은 상태였던 어제보다는 백배 나았다. 전적으로 슈가 덕분이었다. 특히 아까 그 독초를 잘못 먹은 손님에게 능숙하게 독초를 구분하는 방법을 설명해 주는 모습은 당당한 한 사람의 약사였다.

"힘들었다! 으아······."

벨로나가 늘상 하듯이 탁자 위에 널브러졌다. 슈가가 일이 끝나자마자 주방으로 쫑쫑거리며 들어가더니 뜨겁게 데운 차를 두 손으로 조심히 가지고 와 벨로나의 옆자리에 앉았다.

"누나! 이것 좀 드세요! 피로를 풀어 주는 차예요!"

"아, 고마워. 근데 로웰 거는······?"

"아······."

슈가가 맞은편에 앉은 로웰을 보고 의아하다는 표정의 벨로나를 한 번 보더니 푹 고개를 숙인 채 손가락을 꼼지락거리며 대답했다.

"손이 두 개밖에 없어서······ 죄송해요, 로웰 형······."

슈가의 말에 로웰이 슈가를 한 번 노려보고는 이내 말없이 주방 안으로 들어가 평소보다 조금 더 시끄럽게 차를 한 잔 타서는 쾅- 소리를 내며 의자에 앉았다. 답지 않은 로웰의 모습에 벨로나가 묘한 표정으로 슈가와 로웰을 살폈다. 슈가는 아무렇지도 않다는 듯 후후- 차를 불어 식히며 호로록 마시고 있었다.

"그리고 보니 매번 밥은 따로 먹었네. 오늘은 세 명이 된 기념으로 같이 밥이나 해 먹을까?"

"우와아! 누나가 해 주시는 거예요?! 좋아요!! 누나가 해 주신 밥 먹고 싶어요!!"

슈가가 기대감 가득한 반짝거리는 눈동자로 벨로나를 바라봤다. 다리가 후들거린다. 지금 일어났다간 꼴사납게 자빠질 것 같았다. 그렇다고 이 반짝거리고 사랑스러운 눈동자를 무시하기엔 벨로나는 그런 류에 면역이 없었다.

"뭐 먹지. 야채고기볶음 어때? 살짝 매콤한 거. 그거랑 고기 구워서 같이 먹으면 느끼하지도 않고 딱 좋거든."

벨로나가 고민하다 입을 열었다. 사실은 할 수 있는 요리가 상당히 한정되어 있었기 때문에 내뱉은 말이다. 아, 물론 맛은 있었다. 할 줄 아는 요리라고는 이것저것 집어넣어서 볶아 대는 것밖에 몰랐다. 단지 볶음의 재료가 달라질 뿐, 양념도 똑같았다.

"네! 좋아요!! 그럼 제가 물이랑 식기랑 가져다가 올려 둘게요!"

"그래, 오랜만에 실력 발휘해 볼까. 요즘 빵으로만 연명했거든, 몸이 힘들어서."

벨로나가 몸을 일으켰다. 후들거리는 무릎을 주먹으로 툭툭 쳐 본 후 허리를 쭉 펴고 간이 주방으로 향했다. 조그마한 곳이라도 물을 끓일 불 정도는 있었다.

벨로나의 뒤를 따라 슈가와 로웰이 간이 주방으로 들어갔다. 찬장에서 팬을 꺼낸 벨로나가 컵과 식기를 슈가에게 건넸다.

"로웰은 뭐 하시려고요?"

"같이 도와주지. 고기는 어딨지?"

"아, 거기 식량 창고 안에요. 하는 김에 채소도 같이 꺼내 주시면 안 잡아 먹⋯⋯히게 노력할게요."

드물게 장난을 치려던 벨로나가 말끝을 슬쩍 바꾸곤 얼른 불을 켜고 기름을 둘렀다. 그리고 그대로 칼을 꺼내 도마 위에서 채소를 이리저리 썰었다. 숭덩숭덩 잘리는 모양새가 가히 엉망진창이었지만 벨로나 본인은 별로 신경 쓰지 않는 듯 채소들이 자잘해질 때까지 다 썰고는 달아오른 팬에 후두둑 떨어뜨렸다.

치이이익- 시끄러운 소리와 함께 새하얀 연기가 주방 안을 뒤덮었다. 로웰의 얼굴이 점점 찌푸려지는데도 불구하고 벨로나는 그것을 모르는 듯 두 손으로 팬을 붙잡고 스냅을 이용해 채소를 볶기 시작했다. 찬장에서 꺼낸 조미료를 툭툭 대충 집어넣고, 고기를 조금 잘라 큼직큼직하게 썬 벨로나가 팬 안으로 고기도 던져 넣었다.

그 모양새를 황당하게 보고 있던 로웰이 구이용 고기를 썰다 말고 헛웃음을 삼켰다.

"사장님, 너 요리 못하는군?"

로웰의 말에 벨로나가 움찔 몸을 떨었다. 조심스럽게 고개를 돌리는 얼굴 위에 옅은 당황감이 펼쳐져 있었다. 로웰의 입장에서야 당황해한다는 것조차 우습기 그지없었지만 벨로나는 진지했다. 나름 프로 요리사처럼 군다고 굴었는데…… 벨로나가 요리를 한 번 바라보고 로웰의 상위 1% 미모를 한 번 바라보더니 조심스럽게 입을 열었다.

"티 나요……?"

반쯤 거뭇하게 타 버린 데다가 푹 익어서 물이 될 것 같은 채소며 덜 익은 고기며, 티가 나요가 아니라 티가 날 수밖에 없어 보였다. 회생도 불가능해 보이는, 로웰 입장에서는 난생처음 보는 야채고기볶음이 탄생했다.

"몰라보는 놈이 있으면 그놈은 눈을 바꿔 끼워……."

"우와아! 누나, 누나가 만드신 거예요?! 정말 맛있겠어요!! 냄새도 좋구요!!"

로웰의 말을 끊고 들어온 슈가가 풀이 죽은 벨로나의 앞에서 팔을 파닥거리며 칭찬을 긁어모았다. 반짝거리는 눈동자가 슬쩍 내용물을 보더니 당황으로 굳어졌다.

슈가가 최대한 빨리 시선을 돌리며 웃어 보였지만, 벨로나는 지금 굉장히 예민했다. 그리고 어렵지 않게 순간적인 변화를 눈치챘다.

"그렇구나…… 이건 그럼 버리고 다시……."

"아니에요!! 누나, 저 이렇게 푹 익은 거 좋아해요!! 그리고 고기는 원래 덜 익혀 먹는 거라고…… 누가 그랬어요!!"

드물게 축 처진 벨로나의 모습에 뭔가 한마디 하려던 로웰도 입을 꾹 다물었다. 괜히 죄인이라도 된 것 같은 기분이었다. 아니, 원래 범죄자이긴 하지만…… 드물게 죄책감이라는 녀석이 쿡쿡 심장을 찔러 대는 것 같았다. 풀이 팍 죽은 벨로나의 모습에 로웰이 제 검은 머리카락을 쓸어 넘겼다.

"그냥 해 본 말이니 얼른 완성해라."

"……이걸 누가 먹어 주겠어요…… 이딴 음식 버려야지……."

벨로나가 팬을 든 채 쓰레기통으로 터덜터덜 걸어갔다. 로웰이 고개를 푹 숙인 채 눈앞을 지나가는 벨로나에게서 팬을 빼앗아 다시 불 위에 올렸다.

"내가 먹을 테니 고기나 익혀."

"정말요……? 전부 다……?"

"그런다고 했다. 얼른 하던 일 계속해라, 사장."

로웰의 말에 풀이 죽은 채 고개를 푹 숙이고 있던 벨로나가 휙 소리가 날 정도로 빠르게 고개를 들어 올렸다. 방금 전까지 풀 죽은 얼굴은 어디로 갔는지 벨로나가 생글생글 웃고 있었다.

불을 세게 틀고 고기까지 익힌 벨로나가 커다란 접시에 음식을 담아 로웰에게 건넸다.

"저랑 슈가는 그냥 다시 해 먹을 테니까 로웰은 이거 부탁해요."

"꼬맹이…… 지금, 날 속인……."

로웰의 입에서 결국 벨로나를 칭하는 다른 호칭이 튀어나왔다.

"로웰을 따라 해 봤어요. 어때요? 괜찮았어요? 로웰이 왜 그렇게 신들린 연기를 하는지 깨달았어요."

치이이익- 두툼한 고기를 달궈진 팬에 올리며 벨로나가 말했다. 살살 웃던 웃음을 뚝 그치고 벨로나가 로웰의 귓가에 조용히 속삭였다.

"이거, 스릴 만점이네요."

벨로나의 말에 로웰의 눈썹이 꿈틀꿈틀– 거칠게 두 번 움직였다. 슬쩍 눈치를 본 벨로나가 불 세기를 최대로 높이고 빠르게 고기를 익혔다. 한참 동안 접시를 든 채 가만히 서 있는 로웰의 모습에 벨로나의 등줄기에 소름이 쫙 솟아올랐다. 괜히 건드렸나 싶었다.

일전에 말했다시피 인생은 항상 선택의 연속이고, 또 항상 후회의 연속이었다. 그리고 벨로나는 오늘도 또 한 번 저지른 후 깊은 후회를 하고 있었다. 벨로나가 급하게 고기를 접시에 옮겨 담고 주방을 나섰다. 저벅저벅– 걸어오는 묵직한 발걸음 소리가 무섭다.

"누나!! 제가 물도 따라 두고, 식기도 챙겨 뒀어요!! 와, 로웰 형은 좋겠어요! 누나가 만든 요리를 한가득 접시에 담아서 드시고!! 정말 부럽다!"

환하게 웃은 슈가의 얼굴 위로 로웰을 향한 옅은 비웃음이 서렸다. 으득– 이를 간 로웰이 거칠게 접시를 내려놓으며 포크로 찍어지지도 않는 흐물거리는 반액체(?) 상태의 야채고기볶음을 입으로 가져갔다. 말없이 퍽– 퍽– 소리가 나도록 수저로 퍼먹는 로웰의 눈빛이 어쩐지 이글거리고 있었다.

"……어, 얼른 먹고 가야겠……."

그때였다. 똑똑– 창문이 두드려졌다. 벨로나의 얼굴이 한순간에 일그러졌다. 요즘은 문 앞에 쓰러지는 대신 창문을 두드리는 놈들이 많아졌다. 멀쩡한 현관문을 두드리라고! 왜 맨날 창문이야, 이놈들은?!

"아이씨, 누구세……."

"안녕, 약사 아가씨. 잘 지냈어?"

아, 그래. 내가 네놈을 기다렸다. 다음 순간, 벨로나의 얼굴이 세상에 다시없을 환한 미소를 띠고 있었다.

내가 1년 전 그날을 얼마나 후회하고 홀연히 떠난 그 뒷모습을 그리워했는가. 오죽 가슴에 박혔으면 종종 꿈속에서도 나타나고는 했다. 1년 전 그날 그 목덜미를 휘어잡지 못한 나를 채찍질하는 것도 오늘로서 끝이다.

"레이먼……."

"여전히 약사 아가씨는 아름답네. 오, 이게 누구야. 약사 아가씨는 참 재밌는 사람들만 꼬인다니까?"

레이먼이 푸른 눈동자를 빛내며 로웰과 슈가를 보더니 능글맞게 말했다. 그런 그를 가만히 바라보며 벨로나가 속으로 이를 갈았다.

벨로나가 말없이 창문에서 살짝 비켜섰다. 들어오라는 모양새에 레이먼이 감사—라고 짧고 가볍게 대답하며 안으로 휙 몸을 날렸다. 철컥— 약국 문이 자물쇠로 잠겼다.

느릿하게 창고 쪽으로 다가간 벨로나가 커다란 삽을 질질 끌며 가지고 왔다. 드르륵— 드륵— 바닥에 긁히는 철로 된 삽이 음산할 정도로 기분 나쁜 소리를 흘렸다.

슈가가 차를 두 손으로 조심스럽게 쥔 채 도도도 뒤로 살짝 물러나 로웰의 다리를 방패 삼아 빼꼼 고개를 내밀었다. 팔짱을 끼고 서 있던 로웰이 슬쩍 슈가를 바라보더니 미간을 찌푸렸다.

"형, 전 아직 어리잖아요. 그리고 전 무력 싸움은 특기가 아니라서."

슈가가 살짝 볼을 붉힌 채 몸을 꼬았다. 그 얄미운 모습에 로웰이 발로 슬쩍 슈가를 옆으로 밀어냈다. 그러나 말거나 슈가는 다시 종종걸음으로 로웰의 뒤에 몸을 숨겼다. 그것을 잠시 바라보던 로웰이 결국 먼저 시선을 돌렸다.

미소를 띤 채 창문을 넘어 들어왔던 레이먼은 묘한 분위기를 느끼며 좌우로 고개를 돌렸다. 피하듯 멀찍이 떨어진 두 범죄자, 척 보기에도 무겁고 단단해 보이는 삽을 질질 끌면서 다가오는 상냥했던 약사 아가씨. 등줄기에 소름이 돋는 듯 몸을 부르르 떤 레이먼이 한 발 뒤로 물러났다.

"야, 약사 아가씨?"

"내가 당신을 얼마나 기다렸는지 몰라요. 오죽 보고 싶었으면 꿈속에서도 나타나서 지난 1년간 밤잠까지 설쳤어요."

환하게 웃는 벨로나의 뒤에 어둑한 기운이 스물거리는 것 같았다. 레이먼이 뒷걸음질 치다가 벽에 부딪쳤다. 새하얗게 질린 표정의 레이먼이 벨로나를 바라봤다. 여전히 벨로나는 세상에 다시없을 미소를 띠며 웃고 있었다.

"저기, 화……난 거야? 내가 무슨 짓 했던가……? 약사 아가씨, 우리 말로…….."

"화가 날 시기는 지났죠. 처음엔 화가 났는데요, 레이먼. 지금은……."

벨로나가 삽의 납작한 부분을 아래에 두고 머리 위로 높게 치켜들었다. 그리고 한층 더 밝게 웃으며 말했다.

"지금은 독기밖에 안 남았네요?"

콰앙-! 거친 소리를 내며 벨로나가 들었던 삽이 바닥에 내리쳐졌다. 식겁하며 몸을 날린 레이먼이 어색하게 웃으며 몸을 일으켰다. 삽을 다시 움켜쥐는 모습을 보니 이대로 끝날 것 같지가 않았다. 레이먼이 얼굴을 굳히며 경계 태세를 갖췄다.

"레이먼 덕분에 지난 1년이 너무 즐거워서…… 꼭 만나고 싶었어요."

벨로나가 삽을 다시 들어 올렸다. 흥분이 조금도 수그러들지 않은 벨로나의 모습에 하얗게 질린 레이먼이 손을 저으며 급하게 입을 열었다.

"저기, 저기! 약사 아가씨! 이유나 좀 알자! 왜, 왜 그러는 거야?"

정말 알 수 없다는 표정으로 벽에 딱 붙어 있는 레이먼의 모습에 벨로나가 들고 있던 삽을 잠시 내리며 그를 노려봤다. 벨로나의 다정다감했던 초록빛 눈동자가 불에 타는 숲처럼 이글거리고 있었다. 로웰이 멀찍이서 꽤나 흥미로운 시선으로 벨로나를 바라보고 있었다.

"1년 전에 나한테 치료받고 간 뒤에…… 여기저기 떠들고 다녔죠?"

"응? 아, 그랬지…… 친절한 약사님이 있는 약국이 있다고. 값도 싸고, 치료도 깔끔하고, 무엇보다 범죄자인 나를 친절하…… 으아악!"

콰앙— 자신에게 던져진 삽을 간신히 피하며 레이먼이 소리를 질렀다. 씩씩거리는 벨로나의 눈동자가 분노로 이글거렸다. 지난 1년간, 기사에게 의심받고, 피 철철 흘리는 놈들 치료해 주고, 협박당하고, 상위 1% 범죄자를 시한폭탄처럼 안고 있질 않나…… 심지어…….

"몽블랑 그 망할 놈이 나한테 독약을 팔라고 왔다고!!!"

성큼성큼 레이먼에게 다가간 벨로나가 있는 힘껏 발로 레이먼의 다리 사이 중심부를 걷어찼다. 퍽— 둔탁한 소리가 조용한 가게 안에 울려 퍼졌다.

"어흑—"

"어우…….

차마 비명도 지르지 못하고 헛숨만 삼킨 레이먼이 몸을 바들바들 떨며 가운데를 두 손으로 잡고 천천히 주저앉았다. 그 모습을 보던 슈가가 한 손으로 입을 가리며 감탄을 토해 냈다. 능글맞은 미소를 짓고 있던 레이먼의 얼굴이 새하얗게 질려 일그러졌다. 그래도 저를 살려 줬던 은인이었기 때문인지 도망 다니고 몸을 방어하는 것 외에 별다른 조치를 취하진 않았다.

"아, 맞다. 나 당신 오면 해야 할 거 있었는데, 마침 잘됐네요. 당신 목에 20골드가 걸려 있는 걸로 알고 있는데요."

"누나, 30골드예요! 얼마 전에 현상금이 올랐거든요."

슈가가 로웰의 다리 뒤에 숨은 채 소리쳤다. 슈가의 목소리에 벨로나가 다시 생긋 웃으며 레이먼을 바라봤다. 상황 파악이 안 되는 듯 눈동자만 굴리고 있는 모습에 벨로나가 미련 없이 몸을 돌려 찬장을 뒤졌다. 집집이 비치된 신고용 폭죽을 찾기 위해서였다.

"아, 찾았다. 레이먼, 고마워요. 사실 이리저리 패고 싶기는 한데…… 야만인이 되고 싶은 마음은 없으니까…… 그냥 30골드 가지는 걸로 마음 풀게요. 잘됐어요, 마침 어디 사는 레 모(28) 씨가 함부로 입을 놀린 덕분에 낮이건 밤이건 더럽게 바빠서 약국 하나 새로 지을까 했거든요. 유용하게 쓸게요."

말을 마친 벨로나가 성큼성큼 창문께로 다가가더니 폭죽을 터뜨리려는지 성냥으로 폭죽의 심지에 불을 붙이기 위해 노력했다. 파직— 작은 불꽃이 튀어 올랐지만 심지에는 불이 붙지 않았다. 멍하니 그것을 바라보던 레이먼이 급하게 달려와 벨로나의 손에서 폭죽을 뺏었다.

"아, 아가씨…… 나 범죄잔 거 알잖아. 그리고 저기 재들도…… ."

레이먼이 불만이라는 듯 손가락으로 로웰을 가리키며 말했다. 지목당한 로웰이 놀란 표정을 띠더니 이내 왼쪽 가슴에 손을 올리며 말했다.

"네? 무슨 소리신가요…… 전 사장님께 고용된 평범한…… 아르바이트생인데요…… ."

고개를 푹 숙인 채 좌우로 돌리는 모습은 상당히 가식적이고 형식적이었다.

벨로나도 잠시 질린 표정으로 로웰을 쳐다봤다. 그러다 이내 로웰의 다정다감한, 사실은 무서운 눈빛에 다시 만만한 레이먼에게로 고개를 돌렸다.

"저 꼬맹이도……!!"

"에, 저…… 저요……? 전 그냥, 누나 도와 드리려고…… 약국에 온 것뿐인데…….''

슈가가 놀란 표정을 하더니 벨로나를 바라봤다. 벨로나를 쳐다보는 눈에는 망울망울 눈물이 고여 있었다. 곧 울기라도 할 것 같은 모습에 벨로나가 레이먼을 노려봤다.

"너, 너 뭐 하냐? 로웰 맞잖아?! 그 꼬맹이도!! 내가 어떤 브로커한테 들어서 아는데……!!"

레이먼의 입에서 브로커 이야기가 나오자마자 슈가와 로웰의 얼굴이 구겨지듯 일그러졌다. 불쾌감 서린 얼굴에 레이먼이 입을 꾹 다물었다. 도대체 알 수 없는 이야기를 듣는 둥 마는 둥 하던 벨로나가 찬장에서 또 다른 신고 폭죽을 가지고 나왔다.

"아악!! 아가씨 제발!! 난 아직 철창 가고 싶은 마음 없단 말이야! 응? 내가 다른 거라면 뭐든지 들어줄 테니까. 신고는 좀 피해 주면 안 될까? 부탁할게.''

"아…… 그러고 보니, 사장. 그 녀석 유명한 레스토랑 막내아들이다.''

로웰이 마침 생각났다는 듯 폭죽을 터뜨리려는 벨로나에게 말했다. 다 큰 남자가 자신보다 머리통 하나는 작은 여자의 팔에 매달려 애원하는 꼴은 길이길이 남을 명장면으로 보였다.

로웰의 말에 터뜨리려던 폭죽을 벨로나가 조심스럽게 내렸다. 레이먼은 당황한 표정으로 로웰을 바라봤고, 벨로나는 눈을 반짝이며 레이먼을 바라봤다.

"호오, 그래요? 근데 왜 이런 일을 하는 거예요? 도대체."

"아, 한창 반항기에 집을 나왔다던데, 여전히 반항기인 모양이야. 오죽 말을 안 들었으면 철들 때까지 들어오지 말라고 했을까. 결국 비뚤어져서 도둑질이나 하는 신……."

"야!! 야, 네, 네가 그걸 어떻게 알아?! 그걸 아는 사람은 한 사람밖에 없……."

레이먼이 당황한 표정으로 검지를 쭉 뻗어 로웰을 가리킨 채 굳어졌다. 그런 레이먼에게 로웰이 말했다.

"아, 그 입 싼 브로커 말인가?"

"그래! 그 입 싼 ㅂ……."

"브로커한테 내 정보도 들었겠지. 안 그래?"

짐작이 가는 사람이 있는지 레이먼의 얼굴이 점점 질려 갔다. 보기 안쓰러울 정도로 질려 가는 모습에 로웰이 입꼬리를 들어 올렸다.

저만 모르는 이야기에 잠시 입을 다물었던 벨로나가 로웰을 바라봤다가 다시 고개를 돌려 레이먼을 바라봤다.

"레이먼, 당신 목에 30골드 걸려 있죠?"

"으응……? 그, 그런데?"

"생각해 봤는데 역시 기사씨한테 당신을 넘기는 걸로는 성이 안 찰 것 같……."

똑똑-

벨로나가 말하는 도중에 문에서 노크 소리가 들려왔다. 벨로나의 얼굴이 또 구겨졌다. 창문을 두드린 것이 아닌 것에 안도의 한숨을 내쉬어야 하는 것인지 아니면 8시인 지금 찾아온 사람에게 한숨을 내쉬어야 하는 것인지 알 수가 없었다.

잠시 긴 한숨을 내쉰 벨로나가 입을 열기 전에 로웰이 먼저 나무

문으로 다가갔다. 덜그럭- 로웰이 문을 열었다.

"아, 역시 있었군. 요즘 하도 바빠서 얼굴을 볼 수가 있어야지, 혹시 지금 시간 괜찮나? 로웰."

"기사님? 이 시간에 어쩐 일이세요?"

로웰이 슬쩍 안을 들여다보더니 생긋 웃으며 기사에게 인사를 건넸다.

"기사?!"

헙- 레이먼이 숨을 커다랗게 들이쉬었다. 벨로나가 슬쩍 레이먼을 쳐다보더니 그의 어깨를 툭툭 두드렸다.

"잘 가요, 레이먼."

미련조차 없어 보이는 벨로나의 눈빛에 위협을 느꼈는지 레이먼이 벌떡 몸을 일으켰다.

"아가씨, 물! 물 있는 곳 없어? 주방이나 그런 데!"

레이먼이 다급하게 작은 목소리로 속삭였다. 로웰이 잠시 시간을 벌어 주는 듯했지만 그것도 금방 끝날 것 같았다. 로웰은 자비가 없었다. 그것도 매-우.

"저기긴 한데…… 혹시나 싶어서 말하는데 주방에는 도망갈 곳 없……."

콰앙- 말이 끝나기가 무섭게 레이먼이 주방으로 뛰어 들어갔다.

"잠깐 실례하지."

"네, 들어오세요. 기사님."

로웰이 순진한 미소를 띤 채 정중하게 기사를 안으로 모셨다.

"음? 식구가 늘었군. 저 아이는 누구지? 설마……."

기사가 의아한 표정으로 로웰과 벨로나를 번갈아 쳐다봤다. 그 눈빛에 어쩐지 묘한 핑크빛 기류가 섞여 보이는 것 같아 벨로나가 빠르게 대답했다.

"이번 의사 자격시험 차석 합격자예요! 오늘부터 저희 가게에서 일하게 된 어엿한 약사구요."

"안녕하세요, 기사 아저씨! 슈가라고 해요. 잘 부탁드립니다."

슈가가 사르르 사람을 녹일 것 같은 웃음을 지으며 예의 바르게 고개를 꾸벅 숙였다. 그 모습이 귀여워 벨로나가 옅은 미소를 입가에 띠었다.

"하하, 예의가 바르군. 그나저나 이번 의사 자격시험에는 큰일이 있었다고 하더군. 어린아이가 차석 합격이라니 축하한다."

기사가 호탕하게 웃더니 이내 손을 뻗어 슈가의 머리카락을 쓰다듬고는 식탁에 앉았다. 아니, 정확히는 앉으려고 했다. 쿠당탕- 의심스러운 소리가 주방 쪽에서 들려오지 않았더라면 말이다.

기사가 다시 몸을 일으켜 날카로운 기세로 주방의 꽉 닫힌 문을 바라봤다.

"누가 있는 것 같군. 도둑일 수도 있으니 여기 잠시만 있어라."

기사가 조심스럽게 주방의 문손잡이를 잡았다. 사실 레이먼에게는 굉장히 위험한 상황이라 한 사람이라도 기사를 제지해 줄 법했지만, 벨로나 이외에는 관심 없는 슈가나, 자비라고는 조금도 없는 로웰이나, 레이먼에게 악감정밖에 없는 벨로나로서는 유감스럽게도 그를 위해 움직일 의리가 없었다.

단지 하는 것은 멀찍이 떨어져 기사가 하는 양을 가만히 바라보는 것뿐이었다.

"······누구냐."

기사가 검집에 손을 얹은 채 다른 손으로 빠르게 주방의 문을 열어젖혔다. 물이 있는 한구석에서 우물쭈물하는 레이먼의 목덜미를 낚아챈 기사가 그대로 그를 약국 바닥에 거칠게 던졌다. 레이먼이 바닥을 한 번 크게 굴렀다.

"으……."

"무슨 목적으로 이 약국에 들어왔지?"

기사가 검을 뽑아 레이먼의 목덜미에 대며 물었다. 평소에 보여주는 조금 허당기 있는 모습과는 차원이 달랐다. 대체 주방에서 무엇을 했던 것인지 물이 뚝뚝 떨어지는 머리카락을 레이먼이 쓸어 넘겼다. 빛 아래 제대로 드러난 레이먼의 머리카락에 벨로나가 눈을 크게 떴다.

레이먼의 독특한 풀색이었던 머리카락이 갈색 머리카락으로 바뀌어 있었다. 그새 염색이라도 했나 싶어 벨로나의 얼굴에 의아함이 떠올랐다. 로웰이 슬쩍 레이먼을 바라보더니 다시 기사를 쳐다봤다.

"그…… 치, 친군데요!!! 잠깐 머리를 감으려고……."

"친구? 누구랑."

"로, 로웰이랑요……."

기사가 로웰을 슬쩍 쳐다봤다가 다시 레이먼을 내려다보며 얼굴을 굳혔다. 기사가 로웰을 쳐다봤을 때 로웰이 전혀 모르겠다는 얼굴로 어깨를 으쓱이며 좌우로 고개를 저었기 때문인 듯했다.

"그는 잘 모르겠다는데, 제대로 말해라. 왜, 이 약국의 주방에 멋대로 들어가서 머리를 감고 있었지?"

"그…… 이, 머리에 이가 많아서!! 이가 너무 많아서, 간지러워서 차마 인사도 못 하고 먼저 주방으로 향했습니다. 그, 미안해…… 로웰. 오랜만에 찾아와서……."

'이'라는 말에 기사가 조금 질린 표정을 한 채 한 걸음 뒤로 물러났다. 레이먼이 제발 살려 달라는 눈동자로 로웰을 쳐다봤다. 벨로나가 고개를 푹 숙인 채 차오르는 웃음을 꾹꾹 내리눌렀다. 이, 이 때문이란다. 그렇게 마땅한 이유가 없었을까. 로웰의 입꼬리도 살짝 꿈틀거렸다. 심지어 슈가는 탁자에 얼굴을 묻은 채 몸을 부르르 떨고 있었다.

"아, 그 갈색 머리카락. 그러고 보니…… 고향 마을 친구였던 것 같아요. 너무 오래전에 헤어져서 깜빡했었습니다. 죄송해요, 기사님."

"정말 친구가 맞나, 로웰?"

기사가 의심스럽다는 듯 한 번 더 물었다. 저 기사는 의심이 너무 많았다. 그래서 그때도 고생 아닌 고생을 했었지. 벨로나가 그때를 생각하며 이를 악물었다. 로웰이 잠시 고민하는 표정으로 눈동자를 굴리더니 환하게 웃으며 고개를 끄덕였다. 그 어떤 말보다 확실하다는 제스처를 제대로 보여 준 것 같았다.

"이, 이제 기억났구나!! 로웰!!"

레이먼이 몸을 날리며 로웰에게 안기려고 하자 로웰이 슬쩍 옆으로 몸을 옮겨 멀찍이 떨어졌다. 덕분에 안길 대상을 잃은 레이먼이 중심을 잃고 바닥과 충돌했다. 로웰이 쓰러진 레이먼에게서 한 발자국 더 떨어지더니 입을 열었다.

"기억은 났는데, 미안해. 난 이가 정말 싫거든. 가까이 오지 말아 줘."

생글생글 웃는 얼굴은 여전히 다정했으나, 적어도 레이먼에게는 그가 검은 옷을 입은 사신 이외에 다른 것으로는 보이지 않았다.

로웰이 환하게 웃으며 기사를 끌어당겨 탁자 의자에 앉히고 슈가가 밟고 올라서서 쓰는 의자를 가지고 와 레이먼의 품에 안겨 줬다.

"미안해, 레이ㅁ…… 아니, 레이. 넌 저기 끝에 앉아."

격리를 하듯 로웰이 탁자에서부터 크게 세 발자국은 떨어진 곳에 레이먼을 세우며 말했다. 중간에 진짜 이름을 말할 뻔해서 나름대로 둘러대긴 했지만 반 이상은 드러나 버린 이름이었다.

기사가 의자를 안은 채 서 있는 레이먼을 위아래로 훑었다. 여전히 의심이 덜 가신 눈초리였다.

"어디서 본 것 같은데······."

기사가 혼잣말을 하듯 말했다.

"내 입으로 말하기도 우습지만, 기사 생활을 하다 보니 이런 데에 감이 뛰어나거든."

"와아, 역시 기사님이세요. 감이라니! 저도 그런 감을 가지고 싶어요. 아, 일단 차를 내올 테니 잠시만 기다려 주세요!"

기사의 말에 로웰이 박수를 짝 치며 감탄을 내뱉었다.

"형, 저는 새콤한 유자차요!"

슈가가 손을 붕붕 흔들며 말했다. 기사가 있는 앞에서 차마 본성을 내보일 수 없었던 로웰이 눈썹 한쪽을 꿈틀거렸지만 별 반응 없이 주방 안으로 쏙 들어갔다. 레이먼이 눈치를 보며 탁자와 자신이 서 있는 곳의 거리를 몇 번 가늠하듯 슥 훑어봤다.

"생각났군. 2급 현상수배범 레이먼, 그자와 닮았어. 이름도 레이라고 했나? 설마······."

기사가 자신의 품을 뒤지더니 누런색의 수배지 한 뭉치를 꺼내 빠르게 한 장씩 넘기기 시작했다. 중간쯤 가서야 원하는 것을 발견했는지 기사가 나머지 종이를 뭉쳐 놓고 그 종이를 꺼내 안에 있는 사진과 레이먼의 얼굴을 비교하기 시작했다. 레이먼이 딱딱하게 굳은 채 눈동자를 굴렸다.

"녹색 머리카락에······ 넌 갈색이군."

"네네, 하하. 저는 태어날 때부터 갈색이었습니다."

기사의 말에 레이먼이 빠르게 꼬리를 잡아 대답했다. 레이먼의 모습에 기사가 다시 수배지를 내려다봤다.

"얼굴형이 묘하게 닮았는데······ 아, 아니군. 내가 잘못 본 모양이다."

기사가 다시 종이 뭉치를 품에 집어넣으며 손을 저었다. 갑작스럽게 완전히 뒤바뀐 기사의 태도에 레이먼과 벨로나가 묘한 표정을 해 보였다. 슈가도 마찬가지로 궁금했는지 의자에 앉아 붕 뜬 발을 앞뒤로 흔들며 물었다.

"기사 아저씨, 뭘 잘못 보셨어요?"

"아, 여기에 나와 있는 수배자의 키는 182cm인데, 저기 있는 저 남자는 170cm 정도밖에 되어 보이지 않잖나. 그래서 아니라고 생각했다."

기사가 퍽 다정한 목소리로 말했지만 내용은 우습기 그지없는 것이었다. 그러고 보니 처음에 만났을 때와는 다르게 키가 머리 하나는 더 작아 보였다. 벨로나가 슬쩍 시선을 내려 발을 바라봤다. 벨로나가 가게에서 대충 신고 다니는 슬리퍼에 발을 억지로 끼워 넣은 채 레이먼이 어색하게 웃고 있었다.

"아…… 그런 거였군."

로웰이 레이먼을 스쳐 지나며 그 귓가에 조용히 속삭였다. 속삭임과 동시에 로웰의 시선이 레이먼의 발에 닿았다가 떨어졌다. 순식간의 일이었다.

이내 로웰이 다시 생긋 웃음을 흘리며 쟁반에 담긴 차를 하나씩 내려놨다. 기사와 슈가, 그리고 벨로나에게 나눠 준 로웰이 제 것도 탁자 위에 올려 두고는 남은 한 개를 레이먼에게 건넸다.

"저기…… 로웰?"

"음?"

"이건 사발…… 그리고 차가 아니라 뜨거운 물인 것 같……."

레이먼의 말이 채 끝나기도 전에 로웰이 화사하게 웃으며 그를 쳐다봤다. 로웰의 살벌한 기운과 투명하디투명한, 차를 타다 남은 것이 분명한 뜨거운 물을 바라보던 레이먼이 울며 겨자 먹기 식으로 사발을 입에 가져갔다.

……당연히 맹물 맛이었다. 뜨거운 맹물.

"요즘 장사가 굉장히 잘되는 것 같더군. 줄도 많이 선다고 하던데 아무래도 가게를 이전하거나 넓히는 게 낫지 않겠나?"

기사가 차를 한 모금 마시며 말했다. 가게 주변이 소란스럽다 보니 확실히 병사들이 문제가 생길 때를 대비해 자주 순찰을 하는 듯했다.

벨로나도 차를 한 모금 마시며 고개를 끄덕였다.

"일단 생각 중이에요. 건물 하나 지어 주겠다고 하신 분이 계셔서. 저한테 큰 잘못을 하셨거든요. 굉장히 착하시죠, 건물 하나를 크게 세워 준다니."

벨로나가 여유롭게 말하며 슬쩍 고개를 돌려 쪼그려 앉아 맹물을 홀짝이는 레이먼을 바라봤다. 그러자 레이먼이 입을 쩍 벌린 채 놀란 표정으로 벨로나를 쳐다봤다. 기사가 묵직하게 고개를 끄덕였다.

"그거 다행이군. 기왕이면 커다랗게 지어라. 잘못을 했다면 그만한 대가를 치러야지."

"그래서 말인데, 기사님. 혹시 좀 중심가에 큰 부지나 건물 남는 거 없을까요?"

벨로나의 물음에 기사가 차를 한 입 더 마시며 생각에 잠겼다. 사실 수도를 제일 빠삭하게 아는 것은 매번 그 수도 구석구석을 뒤지고 다니는 치안대였다.

"그러고 보니 이번에 중심가에 크게 영업하던 식당이 장사가 잘 안 되는지 문을 닫고 작은 가게로 옮길 거란 말이 있다. 수도 부동산에 가면 정확히 확인이 가능할 것 같은데 시간될 때 가 보는 게 좋겠군."

"아, 정말요? 와, 그럼 시간 내서 가 봐야겠어요. 감사해요, 기사님."

벨로나가 박수를 짝 치며 고개를 가볍게 숙여 보였다. 지금보다 가게가 좀 넓어져서 숨쉬기가 편해진다면 훨씬 괜찮을 듯싶었다. 여기는 약초를 말리거나 보관하는 창고의 용도로 써도 충분했고 말이다. 아니면, 마땅히 지낼 곳 없는 로웰과 슈가의 집으로 써도 나쁘지 않을 것 같았다.

"늦게 찾아오기도 했고, 차도 먹었으니 오늘은 이만 가 보지, 로웰. 식구가 늘어나서 다행이군. 자네도 혼자 일하지 않아서 다행이고 말이야."

기사의 말에 벨로나가 고개를 끄덕였다. 거짓말이 아니라 확실히…… 예전보다는 가게 분위기가 많이 밝아지고 시끌벅적해졌다. 수많은 것들 중에서 그거 하나만은 싫지 않았다. 혼자서 지내던 조용한 시간도 나쁘지 않았지만, 이렇게 왁자지껄한 시간도 나쁘지 않았다. 그다지 오래가지 않을 시끄러움이라고 할지라도.

"그리고……."

"네?"

"내 이름은 카일 카인디오다. 다음에는 전부 기사님이 아니라 제대로 이름을 불러 줬으면 좋겠군. 벌써 알고 지낸 지 꽤 되지 않았나."

카인디오……? 벨로나가 고개를 기울였다. 어디서 들어 본 익숙한 이름이었다. 로웰이 알겠다며 고개를 끄덕이는 것이 보였다.

'카인디오라…….'

머리를 긁적이며 미간을 찌푸린 벨로나가 생각에 잠겼다. 머릿속에서 들었던 이름들을 전부 조합하려는 도중 문을 열고 나가던 카일이 말했다.

"아, 미처 말하는 것을 깜빡했는데 내 동생도 이번 의사 자격시험에 3위로 합격했더군. 중앙에 배정받았다고 들었다. 다음에 한번 데려오도록 하지. 그럼 좋은 밤이 되기를."

"네, 안녕히 가세요. 카일 기사님."

로웰이 문밖까지 나가 그를 배웅했다. 멀찍이 멀어지는 것을 보고서야 문을 닫고 들어온 로웰이 얼굴에서 웃음을 지웠다. 정말 발 빠른 변화였다.

"그래서 머리 염색하시고, 키 높이 신발도 벗으시고, 이도 있으신 레이먼 씨는 약국 건물 새로 지어 주실 건가요? 그럼 제가 정말 큰맘 먹고 지난 1년간 고생했던 거 눈감아 드릴게요. 아, 물론 일자리도 제공합니다."

몇 달은 무료 노동 확정이지만요- 환하게 웃으며 벨로나가 작은 의자에 쪼그려 앉아 다 식은 사발을 손에 들고 있는 레이먼에게 말했다.

"있잖아요, 로웰, 슈가. 내일은 영업하고, 그다음 날은 하루 쉴까요? 가게. 사실 문 열고 한 번도 쉰 적이 없어서…… 부동산 가 봐야죠."

"그것도 괜찮겠군."

"와, 신난다. 누나, 나가서 맛있는 것도 먹어요."

로웰과 슈가의 말에 벨로나가 고개를 끄덕였다. 그럼 내일 하루 영업하면서 문 앞에 다음 날은 휴무라고 적어 두고, 오랜만에 가게 문을 닫고 바깥나들이나 해야지 맘먹었다. 슬쩍 레이먼을 바라보니 곧 가루가 되어 날아갈 것 같은 표정을 하고 있었다. 그 모습에 벨로나가 입을 열었다.

"레이먼도 같이 가요. 아, 혹시 어디 돌아갈 곳이나 직장 같은 거 있어요? 레이먼."

"응……? 아니, 없는데……."

"다행이에요. 저기 그러면 저희 가게에서 아르바이트 어때요? 매일 저녁 차 한 잔은 제공돼요. 어려운 건 아니고, 그냥…… 로웰처럼만 해 주시면 되거든요."

벨로나가 환히 웃으며 아무렇지도 않게 말했다. 로웰이 평소 하는 일을 생각해 보면 결코 쉽지 않을 것이 뻔했지만 아직 속이 풀리지 않은 벨로나에게 그런 다정함은 없었다. 레이먼이 어색하게 웃어 보였다. 솔직히 그 수많은 사람들의 주문서를 받고 차를 나르고, 손님을 혼자서 받는 로웰의 능력은 정말 타의 추종을 불허한다고 할 수 있었다.

"할 거죠?"

웃는 벨로나의 뒤에서 로웰이 적당히 자리 잡고 레이먼을 내려다봤다. 살벌한 로웰의 시선에 입을 뻐끔거리던 레이먼이 차마 대답은 하지 못하고 고개를 끄덕였다. 새하얗게 질린 모습이 꽤나 안쓰러워 보였다.

"아, 맞다. 새로 가게 지으면 지금 쓰는 이 가게는 로웰이 슈가랑 같이 지낼 집으로 이용하세요. 제가 침대랑 필요한 거 주문해서 안에 넣어 드릴게요."

5년 전부터 소중하게 가꿔 왔던 가게였는데 쓱 버리거나 다른 사람에게 팔아 버리기엔 너무 아까웠다. 사용해 줄 사람이 있다는 건 다행스러운 일이었다.

벨로나가 10시 가까이 되어 가는 걸 보며 천천히 몸을 일으켰다. 그래도 내일 하루 일하고 그다음 날은 쉴 수 있다는 사실이 꽤 흥분됐다.

"저, 저기 아가씨? 난 어디서……."

레이먼이 로웰의 눈치를 보다가 조심스럽게 물었다. 벨로나가 그때서야 박수를 짝 치며 쪼그려 앉아 있는 레이먼을 내려다봤다. 여기에 세 명을 재우기엔 좀…… 어쩐지 무섭다. 아니다. 로웰과 슈가도 나름 잘 지내는 것 같으니 괜찮을 거야.

"여기서 지내세요, 형!"

슈가가 사르르 웃으며 말했다. 분명히 귀여운 웃음인데도 불구하고 레이먼은 등줄기에 소름이 돋는 것이 느껴졌다. 벨로나도 만족스럽게 고개를 끄덕이는 것이, 어쩐지 목줄이 매인 듯한 느낌에 레이먼이 손가락을 꼼지락거렸다.

"근데, 레이먼 대체 깔창을 얼마나 신발에 깔아 왔던 거예요?"

"10cm 정도…… 다행이라고 생각하고 있어. 아니었으면 분명 기사한테 끌려갔을 거야."

레이먼이 가슴을 쓸어내리며 긴 숨을 내쉬었다. 사실 작은 키가 콤플렉스라 자연스럽게 쓰게 된 것이었는데, 설마 그것이 자신을 살려 줄 줄은 생각도 하지 못했다. 앞으로 저걸 신을 수는 없겠지만, 기사에게 끌려가지 않은 것만으로도 충분했다.

"망할 몽블랑! 나한테 이런저런 정보 말할 때부터 알아봤어!"

레이먼이 이를 갈았다. 멍청했다. 남의 이야기를 하는 걸 좋아하는 놈이니, 내 이야기도 할 거란 생각을 하지 못했다. 갈 곳 없는 억울한 분노가 철창에 갇혀 있는 몽블랑에게 향했다. 옅은 갈색 머리가 말라 살짝 흔들렸다.

"머리는 왜 염색했어요? 그 풀물 들인 것보단 훨씬 나은데."

"그야…… 갈색 머리는 너무 흔하잖아. 물로 닦으면 없어지는 염색이어서 정말 다행이었지. 하아……."

설마 뻔뻔하게 기사와 앉아 차를 마시는 사이였다니. 레이먼이 질린 표정으로 로웰을 올려다봤다가 조용히 시선을 아래로 깔았다. 저 무서운 눈을 왜 아무도 못 알아보는 것인지…… 기사나 손님의 눈은 분명 문제가 있음이 분명했다.

"그럼 난 갈게요. 혹시나 싶은데 싸우지 마시고, 레이먼도 푹 쉬세
요. 내일부터 고생이실 것 같으니까요."

벨로나가 웃으며 레이먼에게 말했다. 고생 좀 시켜야지 아니면 속
이 풀리지 않을 것 같았다. 지난 1년 정말 일 속에서 허우적대던 것
을 생각하면…… 그나마 한 달 전에 로웰이 나타나서 다행이지 그것
도 아니었으면 가게 문 닫은 지 오래였음은 분명했다. 그 인파를 상
대까지 해 가면서 약을 만들 자신은 없었으니까.

"어? 로웰, 이불 샀어요?"

창고에서 주섬주섬 이불을 꺼내 오는 로웰과 슈가의 모습에 벨로
나가 살짝 고개를 기울였다. 원래 있던 것은 슈가가 안고 있는 이불
이었고 로웰이 안고 있는 것은 처음 보는 이불이었다.

벨로나의 물음에 로웰이 고개를 끄덕였다. 차마 꼬맹이가 뺏어 가
서 새로 샀다는 말은 할 수 없었던 로웰이 조용히 약국 한구석에 이
불을 펼쳤다.

"로웰 잘 자요, 슈가도 잘 자고. 레이먼은 뭐…… 네. 힘내요."

"누나도 안녕히 주무세요. 조심히 들어가시고요!"

벨로나가 가볍게 손을 흔들며 고개를 끄덕이고는 집으로 향했다.
어째 요즘은 매일매일이 보통의 나날들에서 한껏 비껴가는 것 같았
다. 약국을 차릴 때에는 분명히 조용하고 아담하고, 그리고 한가한
하루를 보낼 수 있기를 기원했던 것 같은데…… 설마 이 정도까지 번
창할 줄은 생각도 못 했다.

"음…… 예전에도 이렇게 바빴던 것 같은데……."

희미한 기억 속의 전생을 떠올려 보면 의사로 활동하던 그 시기에
도 하루하루가 엄청 바빴던 것 같다. 쉬는 날도 거의 없었고, 혹시나
있다고 해도 일이 있으면 뛰쳐나가야 했다. 그래서 한시도 핸드폰을
옆에서 떼지 못하고 살았던 것 같다. 그에 비하면 지금은 적어도 자

는 도중에 일을 하러 뛰쳐나갈 일은 없으니 그나마 다행인 건가…….

철컥- 집에 도착한 벨로나가 대충 옷을 벗어 던져 놓고 꼬물꼬물 이불 속으로 들어갔다.

"내일 씻어야지……."

혼잣말을 한 벨로나가 그대로 스르르 눈을 감았다. 요즘은 이불 속에 몸만 집어넣으면 잠이 드는 것 같다는 생각을 마지막으로 벨로나의 시야가 그대로 암전됐다.

♪

드디어 휴일이었다. 어제는 나름대로 편한 하루였다. 역시나 아담한 가게 안에 네 명의 점원에 손님 열댓 명을 한 번에 들이려니 정말 너무 꽉 차 보였다. 그래도 점원이 많아지니 확실히 로웰이 움직이는 범위가 좀 줄어들었다. 약도 나눠서 제조하니 하루 종일 약만 제조할 필요도 없었고 말이다.

"와, 저 수도 구경은 처음 해 봐요. 누나."

"나도 제대로 구경하는 건 이번이 처음이야. 약국 시작하고 하루도 쉰 적이 없어서. 엄청 바빴거든."

은근슬쩍 벨로나의 손을 꽉 잡은 슈가가 밝은 얼굴로 말했다. 정말 어린아이처럼 상기된 표정은 평소의 약간 어른스러웠던 슈가의 모습을 완전히 감춰 주고 있었다. 연기로도 보이지 않는 그 상기된 모습에 로웰이 슬쩍 슈가를 바라보다가 자연스레 벨로나의 왼쪽에 서서 걸음을 옮겼다.

"저기, 약사 아가씨…… 나, 건물만 사 주고 약국 나가도 되는 거지?"

"상관은 없는데…… 왜요?"

"아니 밤마다……."

무언가를 폭로하려던 레이먼이 벨로나의 뒤에서 노려보는 슈가와 죽일 듯한 눈빛으로 쏘아보는 로웰의 모습에 눈물을 머금고 입을 꾹 다물었다. 벨로나가 참지 못하고 다시 입을 열었다.

"밤마다 뭐요? 무슨 일 있었어요? 레이먼."

"그…… 아무것도 아니야. 그냥, 그래도 되나 해서……."

벨로나가 턱을 매만졌다. 사실 한두 푼짜리 집을 살 게 아니기 때문에 큰맘을 먹고 놓아줄 의향은 있었다. 점원이야 새로 구하면 되는 일이었고, 싫다는 사람을 굳이 억지로 이용하고 싶지는 않았다. 사실 뺏어 가는 돈이 얼만데.

"뭐, 좋아요. 근데 저 건물을 사진 않고 새로 지을 거라서요. 해 주신다고 하셨으니, 대금만 지불 다 하고 가시면 될 것 같아요."

벨로나가 부동산이 있는 쪽으로 발걸음을 옮기며 말했다. 어쩐지 레이먼의 얼굴이 어제에 비해 한층 더 수척해 보였다. 마치 잠을 못 잔 것처럼 흐느적거리는 것이, 물에 젖은 솜이라도 되는 듯했다. 슬쩍 로웰과 슈가를 바라보니 슈가는 생글생글 웃으며 상기된 얼굴로 벨로나를 바라보고 있었고, 로웰은 시장을 살피는 듯 고개를 돌리고 어딘가를 바라보고 있었다.

"아, 찾았다. 저긴가 봐요."

"안녕하세요. 무슨 집을 찾으러 오셨습니까?"

남자 사장이 두 손을 비비며 조금은 비굴한 모습으로 쪼르르 튀어나왔다. 스윽 얼굴을 살피는 것이 눈에 보였다. 자신의 얼굴을 보고 의아해하다가 로웰과 슈가, 레이먼을 보고 만족스런 눈빛을 띠었다. 벨로나의 눈썹이 살짝 꿈틀거렸다. 저 눈빛은 알고 있다. 장사꾼이 손님을 감정할 때의 눈이었다.

귀족인가 아닌가를 감정할 때의 눈. 명백히 자신은 돈이 되지 않는다고 판단한 듯 보였다. 아무리 로웰과 슈가, 레이먼이 귀티 나는 옷을 입고, 꽤 귀티 나는 외모를 하고 있다고 해도! 저만 의아하게 쳐다보는 게 어디 있는가, 대체. 젠장, 수도에 부동산이 여기만 있는 게 아니었어도 내가 바로 뒤돌아 나갔다.

벨로나가 이를 갈며 소파에 털썩 주저앉았다.

"제가 원하는 건, 약국 옮길 가게예요. 듣기론 수도 중심에서 크게 영업하던 식당이 가게를 내놨다던데…… 그 부지 좀 볼 수 있을까요?"

"어……."

부동산업자가 당황스러운 표정으로 여유롭게 앉은 벨로나와, 뒤에 서 있는 남자 둘과 어린아이 하나를 번갈아 바라봤다. 명백히 생각했던 구도가 아님은 분명했다.

벨로나가 미간을 찌푸리며 다시 입을 열었다.

"저기, 제 말 못 들었어요?"

"아, 아닙니다. 그림이 있는데 보여 드리겠습니다. 부지는 꽤 넓은 편이고 1층짜리의 큰 가게입니다."

업자가 서류철에서 종이를 꺼내 들고 앉아 있는 벨로나에게 정중히 내밀었다. 여전히 얼굴에는 의아함이 떠올라 있었지만 행동은 정중했다. 벨로나가 종이를 받고 그림을 살폈다. 어느새 슈가는 벨로나의 옆자리에 앉아 있었고 로웰도 다가와 종이를 슬쩍 보고 있었다.

"생각보다 아닌데……."

1층짜리 건물에 옆으로 넓기는 굉장히 넓은데 생각했던 건물은 아니었다. 부지 자체는 넓은 게 마음에 들었지만, 건물이 다 낡아 빠진 것이 별로 내키지 않았다. 땅만 사고 생각했던 대로 건물을 짓는 것이 차라리 나을 것 같았다. 한 3층짜리로.

"이거 땅만 사고 싶은데요. 건물 무너뜨리고 한 3층이나 4층 정도 건물 하나 세우고 싶은데 혹시 아는 건축업체 있나요?"

"어…… 시장 한복판에 높은 건물을, 그것도 4층짜리를 세우신다고요?!"

경악하는 업자의 모습에 건물 정보를 보고 있던 벨로나가 의아한 표정으로 고개를 들어 올렸다. 로웰과 레이먼은 물론 슈가도 이해가 되지 않는다는 표정을 하고 있었기 때문에 벨로나는 상당히 드물게 스스로가 무언가를 잘못 말했는지 한참을 곱씹어야 했다.

"혹시 성 같은 걸 세우시려고 하시는 건가요……? 아니면 귀족분의 저택이라든가……."

얘가 대체 무슨 소리를 하는 거야. 벨로나의 얼굴이 살짝 일그러졌다. 어딘가 대화의 핀트가 어긋난 것 같았다.

"아니, 약국 건물 세울 거예요. 위에는 제집으로도 쓸 거고, 아래는 약국으로 쓸 거고. 약초 말리는 공간이 다 따로 있었으면 좋겠다고 생각했거든요."

"그냥 일반 나무 건물을…… 4층으로 말입니까? 저기, 그게 가능한가요?"

벨로나의 입이 꾹 다물렸다. 불가능한 일인가? 레이먼과 로웰도 의아하다는 표정을 하고 있었고, 슈가도 고개를 갸웃거리고 있었다. 순식간에 이상한 사람이 된 것 같은 느낌에 벨로나가 볼을 긁적였다.

"……됐어요, 가능한지는 내가 건축업자한테 가서 물어볼게요. 일단 거래할 테니 계약서 부탁드려요. 가격은 몇 골드 정도 되나요?"

"어디 보자, 잠시만 기다려 주세요."

타닥타닥— 한참을 계산하던 부동산업자가 이내 계산을 끝내고 대답했다.

"총 2,500골드입니다."

"음…… 알아봤던 시세랑은 좀 많이 다른데요."

벨로나가 얼굴을 굳히며 말했다. 딱딱하게 굳은 얼굴이 심기가 불편하다는 것을 떡하니 보여 주고 있었다. 차갑게 굳어진 얼굴을 당황스럽게 쳐다보던 부동산업자가 어, 어, 거리면서 다시 계산을 시작했다.

"2,200골드입니다⋯⋯."

"저 속이시는 거예요, 지금?"

"아닙니다! 정말 수수료 포함 2,200골드가 맞습니다. 아가씨."

가만히 업자의 눈을 살펴보던 벨로나가 고개를 끄덕였다. 그러자 레이먼이 2,200골드가 들어간 주머니를 업자에게 건넸다. 사인을 하고, 필사를 하고, 업소 인증 직인까지 받은 후에야 벨로나가 서류를 챙겨 일어났다. 남자가 그때서야 긴 한숨을 내쉬며 벨로나를 배웅했다.

"참, 수도에서 가장 유명한 건축업체는 여기서 오른쪽 모퉁이를 돌아가신 후에 바로 보이는 가장 커다란 2층 건물입니다."

"네, 감사합니다. 다음에 또 필요하면 찾아올게요."

"네! 빠른 거래 감사합니다, 아가씨!"

살짝 새침한 표정이던 벨로나가 업소의 문이 닫힘과 동시에 얼굴을 구기며 웃음을 터뜨렸다.

"나 좀 귀족 같았어요? 로웰?"

"좀⋯⋯ 별로던데."

"뭐요?"

"겉멋만 든 철없는 영애 정도의 느낌이더군."

가차 없는 로웰의 말에 벨로나가 입을 꾹 다물었다. 좋은 말이 나올 것이라는 생각은 안 했지만 퍽 애정도, 자비도 없는 말이었다. 벨로나가 고개를 휙 돌렸다. 이놈을 상대하느니 차라리 길가의 개미를 상대하고 말지.

……절대 무서워서 그런 건 아니다.

"어쨌든 나한테 사기를 치려고 해서 그냥 좀 던졌는데 잘 낚이네요. 이제 건축업체나 가 봐요. 4층 건물 세워야 되니까요."

"도대체 4층 집을 만들 생각은 어떻게 했지? 그거 꽤 시공 기간이 걸릴 텐데."

로웰의 물음에 벨로나가 고개를 기울였다. 어떻게 생각했냐니…… 그냥 건물을 100층까지도 세우는 나라에서 뒹굴다가 환생해서요. 머릿속으로 대답했지만 차마 입 밖으로 꺼낼 수 없었기에 벨로나는 그냥 어깨를 으쓱이는 것으로 대답을 대신했다.

"아, 그리고. 시공 기간 오래 걸리는 거 알아요. 그때까지는 계속 원래 약국에서 해야죠. 근데 설마 그런 건물이 없을 줄은 몰랐어요. 세상 물정을 너무 모르나……."

벨로나가 머리를 긁적였다. 너무 당연하게 여겨서 사실 생각도 못했다. 그러고 보니 높은 건물이라고는 황성밖에 없었다. 대부분 높아 봐야 2층이었고, 귀족의 집도 알기로는 1층이나 2층 정도를 크고 넓게 지은 것뿐이었다.

"안 되면 되게 하라! 설명하면 어찌 되었든 알아듣지 않으실까요? 건축업자신데……."

벨로나가 슈가와 손을 잡은 채 정말 거대하고 꽤 세련된 건물 안으로 들어갔다. 그 뒤를 따라 레이먼이 로웰에게 뒷덜미가 잡혀 질질 끌려 들어왔다. 평화로운(?) 첫 휴일이었다.

"무슨 일 때문에 오셨소? 아가씨."

척 보기에도 거친 인상의 사내가 다가와 물었다. 근육이 빵빵한 데다 볼에는 뭐에 긁혔는지 상처가 깊게 나 있어, 소위 말해 인상이 굉장히 더러운 축에 속하는 사람이었다.

짙은 눈썹을 꿈틀거리는 모습에 벨로나가 슬쩍 시선을 돌려 로웰을 바라보고는 한 발자국 뒤로 물러나 그의 옆에 섰다.

"건물을 하나 지으려고 하는데요."

"귀족이시오?"

목수가 퉁명스럽게 물었다.

"아뇨, 그냥 저희 가게를 지으려는데 건물 하나 무너뜨리고 4층 건물 하나 지어 주시면 될 것 같은…….

"뭐?!?! 4층짜리 건물?!?!!!!!!"

……아, 귀청 떨어지는 줄 알았다. 벨로나가 남자의 기세에 눌려 슬쩍 로웰의 뒤로 숨었다. 얼굴을 코앞까지 대고 짐승이 울부짖는 것마냥 커다랗게 내지르는데 무섭지 않을 리가 없었다. 로웰이 슬쩍 벨로나를 흘겨보더니 한 걸음 앞으로 걸어가 목수의 앞을 가로막았다. 커다란 건물 안에 있는 사람들의 시선이 전부 벨로나 무리에게 향했다.

"아아, 미안하오. 너무 당황스러워서…… 분명히 가게를 4층으로 지으신다는 게 맞소? 내가 들은 게…….

목수가 믿을 수 없다는 듯 로웰의 뒤에 서 있는 벨로나를 바라보며 물었다. 그게 맞기는 하다. 근데 대체 그게 그렇게 놀랄 일인가 싶었다. 건물이 전부 낮다고는 생각했지만 저렇게 미친 듯이 괴성을 지를 법한 일인지에 대해서는 의문을 가지지 않을 수가 없었다.

"맞아요, 4층짜리 건물을 짓고 싶은데…….

"허, 알겠소. 일단 들어오시오, 아가씨. 이야기를 한번 들어 보고 이것저것 상의도 해 봐야겠소. 뭣보다 가능할지 여부를 한번 봐야지. 무슨 가게를 4층이나 지으시오?"

"어…… 조금 이따가 말씀드릴게요."

접대실로 안내하는 듯 성큼성큼 걸어가는 목수의 뒤를 로웰이 바짝 따라붙고, 그 뒤를 벨로나가 걸어갔다. 가까이서 한 번만 더 그 귀청 떨어질 것 같은 커다란 소리를 들으면 그대로 고막이 터져 버릴지도 모른다. 가까이 가기가 망설여졌다. 다행히 로웰이 방패막이가 되어 주고 있었으니 그나마…….

'나 때문에 앞으로 나온 건가?'

의아한 표정으로 로웰의 뒤통수를 쳐다봤다. 로웰이 시선을 느꼈는지 홱 고개를 돌려 벨로나를 바라봤다. 허공에서 눈이 마주쳤다. 왜 쳐다보냐고 한마디 할 줄 알았는데 의외로 아무 말도 없이 목수의 뒤를 따라 걸었다. 그렇게 오래 걸리지 않아 벨로나는 접대실에 도착할 수 있었다.

"그래서 4층짜리 건물을 짓고 싶다, 이 말이지?"

"네, 제가 약국을 운영해서 그 약국 좀 넓히고 집으로도 사용할 겸이요. 그래서 4층 정도 높이로 좀 지어 주셨으면 하는데요."

"약국? 아! 시장 끝자락에 있는 그 약국 말이오?"

벨로나가 떨떠름하게 고개를 끄덕이니 목수가 호탕하게 웃음을 터뜨렸다. 그러면서 커다란 손으로 자신의 무릎을 퍽 내려치는 것이, 아프지는 않은지 되묻고 싶을 정도였다. 한층 밝아진 얼굴의 목수가 다시 입을 열었다.

"내 그 약국에서 아들이 아플 때 약을 사 갔었는데…… 이제 보니 아가씨가 그 약사 아가씨였군. 그땐 정말 감사했네. 사실 반신반의하는 마음으로 갔던 것이었는데, 덕분에 아이의 병이 말끔하게 나았어. 여느 굴러다니는 의사들보다 훨씬 뛰어났네."

"어…… 감사드려요. 근데 제 기억에는, 없으신 분 같은데…….'

벨로나가 의아한 표정으로 대답했다. 약을 사 간 사람들을 대부분 기억하고 있었다. 물론 최근 한두 달가량은 제외였지만 그전까지는 그다지 손님이 많았던 것이 아니었기 때문에 대부분 기억을 하고 있었다. 특히나 저런 독특한 생김새를 기억하지 못할 리가 없었다.

"아, 내가 갔던 건 아니고, 내 아내가 갔으니 내 얼굴은 당연히 모르겠지. 약사님이 생각보다 더 젊은 아가씨였구만. 그때는 정말 감사했소. 의사라는 놈들은 바가지가 심한 데다 우리 같은 평민들은 진지하게 봐주려고 하지도 않으니 약사님 덕분에 살았지. 친절했다고 내 아내가 많이 칭찬했소. 정말 감사하오."

"아니, 저도 돈 벌려고 한 일이고 괜찮아요. 아, 그리고 제가 말씀드린 4층 건물. 대략 완성 느낌은 이래요."

벨로나가 탁자 위에 있는 종이와 펜을 들어 슥슥 그림을 그려 나갔다. 굉장히 잘 그렸다고는 할 수 없었지만 적어도 말하고자 하는 바는 확실히 드러나는 그림이었다. 로웰도 자리에 앉아 벨로나의 그림을 살폈다.

삼각형의 지붕이랄 것은 아예 사라져 있었고, 건물 전체가 직사각형의 모양이었다. 마치 블록을 여러 개 쌓아 놓은 이상한 모양새에 목수의 고개가 옆으로 기울었다.

"이렇게 해서, 이 위쪽에는 약간 공간을 내서 옥상으로 쓸 수 있게, 이런 식으로요."

"이런 건축양식은…… 본 적이 없군. 위로 쌓아 올리는 건 그다지 어려운 일은 아니지만 나무 목재는 처음이라…… 흠."

설마 안 되는 건가 싶어서 벨로나가 조심스레 펜을 내려 두며 목수의 답을 기다렸다. 목수가 굉장히 진지한 눈빛으로 종이를 정말 뚫어져라 쳐다보고 있었다.

답이 굉장히 늦어지고 있었지만 벨로나가 묵묵히 대답을 기다렸다. 없던 건축양식이라는 건 알고 있다. 하지만 그렇다고, 안 된다고 해 버린다면 더 매달릴 필요도 없었다. 30여 분 동안 가만히 종이를 내려다보던 목수가 고개를 들며 말했다.

"좋소. 우리 건축소에서 만들어 보도록 하겠소. 다만 자금이 문젠데, 내부를 어떤 식으로 꾸밀 생각인지 일단 대충 말해 주시게나."

"음…… 1층은 약국으로 쓸 거고, 3층은 방으로 쓸 건데, 방이 한 두세 개 정도는 됐으면 좋겠어요. 4층은 창고로 쓸 거예요. 2층 은…… 아직 고민 중이라서 일단 넓은 방 형식이었으면 좋겠고요."

"그러니까 각각 집을 네모난 칸에 넣어서 올리는 식으로 하면 된 다는 말이겠군."

목수의 말에 벨로나가 고개를 끄덕였다. 아마도 그런 느낌이면 충 분할 것 같았다. 따로 필요한 가구는 집어넣으면 되는 일이었고, 창 문 정도만 적당히 내주면 별문제는 없을 것 같았다.

"흠, 이 정도 목재와 인력이라면 일단 못해도 8,500골드는 선금으 로 주셔야 할 것 같은데…… 자금은 괜찮은 것이오? 무너지지 않게 하려면 안쪽에 단단한 것도 박아 넣어야 할 것 같고 시공 기간도 세 달 이상 걸릴 예정이오."

"8,500골드……? 레이먼, 괜찮아요?"

"……8, 8,500? 아가씨, 내 남은 전 재산이 지금 8,505골드야…… 여기에 쓰면 나는……."

레이먼이 흔들리는 동공으로 벨로나를 바라봤다. 두툼하고 묵직해 보이는 주머니를 한 번 쳐다본 벨로나가 다시 레이먼을 바라봤다. 어 쩔 수 없다. 도둑질을 해서 번 돈을 고스란히 환원하는 셈 치면 될 듯 했다. 벨로나가 어깨를 으쓱였다.

"제가 일자리 제공할게요. 큰맘 먹고, 월급 매달 4골드! 자금 모아 서 이제 집으로 금의환향하면 되잖아요, 레이먼. 열심히 일해서 벌었 다고 하면 분명 좋아하실 거예요. 그렇게 식당 물려받으면……!!"

"……아가씨, 자비 좀 어떻게 안 될까?"

벨로나가 조용히 레이먼을 웃으며 쳐다봤다. 레이먼이 소문내서 밤손님 찾아오고, 낮 손님도 늘어나고, 결국 의사협회에 소문이 들어가 못 당할 꼴 당하고…… 심지어 시험까지 봐서 황제의 눈에 쓸데없이 들었다. 결국 일거리는 두 배, 소문나서 손님은 감당할 수 없을 지경이었다.

"알았어요, 그럼 월급 5골드 어때요? 이 정도 별이 어디 가서 쉽게 못 구해요."

"아가씨 잔인해……."

레이먼이 울상을 지으며 소파 옆 바닥에 웅크리고 앉아 해탈한 표정으로 5골드를 빼고 나머지를 주머니째 목수에게 건넸다. 흐느적거리는 레이먼을 한 번 본 벨로나가 머리를 긁적였다. 너무 심했나. 사실, 낮 손님은 레이먼의 탓이 아니라는 건 알고 있다. 반쯤은 겸사겸사 화풀이였음도. 눈앞에 없을 때는 몰랐는데 눈앞에 있으니 또 안쓰럽다.

"정확히 8,500골드 받았소. 정확한 설계도랑 확인해서 내가 약국으로 찾아가도록 하지. 부지는 어디인가, 아가씨."

"아, 여기 이곳이에요. 그리고 약국은 6시 이후에 방문하시면 되고요."

벨로나가 아까 부동산업자에게 받아 온 그림을 꺼내 목수에게 넘겼다. 목수가 계약서를 작성해 벨로나에게 넘기며 그림을 살폈다. 펜을 들어 가볍게 사인을 한 벨로나가 계약서를 챙기며 몸을 일으켰다.

"그럼 잘 부탁드려요. 자세한 건 일단 설계도 나오면 약국 오셔서 차 한 잔 드시면서 대화를 나누는 게 좋을 것 같아요."

"알겠소. 내 반드시 역사에 길이 남을 작품을 만들어 보지."

목수의 자신만만한 목소리에 벨로나가 고개를 끄덕였다. 목수가 졸졸 쫓아 나와 커다란 목소리로 배웅까지 마치고는 다시 안으로 쏙 들어갔다. 벨로나가 슬쩍 레이먼을 바라봤다. 축 처진 모습이 안쓰러웠다. 죄책감이 물씬 가슴을 자극했다. 이래선 완전히 자신이 날강도

가 된 것 같았다.

"레이먼, 본가로 다시 돌아가실 거예요?"

"아니……."

"그럼 저희 약국에서 일하다가 다시 집으로 돌아갈 마음이 생기면 말씀하세요. 그땐 제가 큰 선물을 드릴게요. 부모님도 많이 기다리실 텐데 마음 잡히면 말씀하세요."

벨로나는 사실 크게 부모님에 대한 좋은 기억이 없었다. 그렇다고 나쁜 기억이 있다는 뜻은 아니었다. 그냥 좋은 기억이 없을 뿐이었다. 전생에도 공부하다 대학에 들어가고서는 자취 생활을 한 덕분에 부모님과의 시간은 별로 없었다. 환생해서도 약초상인 일로 부모님은 바빴고 그나마도 절명했다.

"레이먼."

"응…… 왜……."

"고마워요. 약속 지켜 주셔서."

벨로나가 눈꼬리를 휘어 둥글게 웃으며 레이먼에게 말했다. 난생처음 보는 조용하면서도 환하게 웃는 벨로나의 솔직한 모습에 레이먼의 얼굴이 새빨갛게 달아올랐다. 두 손을 뻗어 좌우로 저어 대며 레이먼이 고개를 흔들었다.

"아, 아니…… 뭐. 꽤, 괜찮은데. 아가씨……."

얼마나 빨갛게 달아올랐는지 옆에 있는 슈가가 볼을 불퉁하게 부풀리며 레이먼의 발목을 벨로나 몰래 퍽 찼을 정도였다. 그래 봐야 레이먼에게선 큰 반응이 없었지만 말이다.

숫기 없는 레이먼의 모습에 벨로나가 어색하게 볼을 긁적였다. 이건 또…… 새로운 반응이었다.

"저기, 아가씨라는 말 불편해요. 그냥 벨로나라고 불러 주세요. 레이먼."

계속 생각했던 말을 벨로나가 툭 내뱉었다. 저놈의 아가씨라는 말
이 얼마나 등줄기를 오싹하게 만드는지 과연 저들은 알기나 할까. 그
것도 아직 새파랗게 젊은 남자가 말이다. 벨로나의 말에 레이먼의 얼
굴이 한층 더 발갛게 달아올랐다.

"그, 그래. 베, 베…… 베…… 아가씨……. 그냥 아가씨로 할
게……."

레이먼이 고개를 푹 숙였다. 더듬거리는 모습이 여태까지 능글거
리던 남자가 맞는가 싶을 정도였다. 얼굴도 심하게 발갛게 달아오른
데다가 말도 더듬거리는 것이…… 정상으로 보이지는 않았다.

벨로나가 슬쩍 레이먼을 한 번 쳐다보고 고개를 끄덕였다. 못 하
겠다는데 굳이 강요할 마음은 없었다.

"오늘 저녁은…… 직접 만들어 먹을까요?"

"네? 누, 누나…… 누나가요?"

"응, 달리 할 사람도 없잖아. 외식비도 많이 들고."

슈가가 살짝 질린 표정으로 벨로나를 바라보며 말했다. 로웰도 인
상을 팍 찌푸린 것이 절대 좋다고 생각하지 않는 듯했다. 슈가도 차
마 말하지 못하고 눈동자를 굴리며 로웰에게 눈치를 보냈다.

"굳, 굳이…… 아! 레이먼 형이 요리를 굉장히 잘하세요! 오늘은
누나도 피곤하시고, 레이먼 형한테 만들어 달라고 하는 건 어때요?"

슈가가 조금 초조한 얼굴로 말했다. 벨로나가 턱을 매만졌다. 나
쁘지 않은 제안이기는 한데 어쩐지 뒤가 조금 꺼림칙하다. 게다가 오
늘 탈탈 털린 사람한테 일을 시킨다는 것도 그다지 달갑지 않고…….

"뭐 좋아하는 거 있어?!! 아가씨!!"

멀찍이서 들리는 목소리에 벨로나가 옆으로 고개를 돌렸지만 이미
레이먼은 원래 있던 자리에 없었다. 원래 있던 자리보다 한참 앞에
있는 채소 가게에서 채소를 들고 감별하고 있는 레이먼을 보고 입을

꾹 다물었다. 뭔가 한층 어린아이와 같은 표정을 하고 있었다.

"뭐든 잘 먹기는 하는데…… 요리 좋아해요, 레이먼?"

"응? 응, 좋아하는 편이지. 이거보단 이게 더 좋으려나."

방금까지 말을 더듬던 모습은 어디로 갔는지 채소를 이것저것 비교하며 혼잣말로 품평하기에 바빠 보였다. 생각보다 굉장히, 매우 단순한 사람인 모양이었다. 하긴, 그러니까 힘없는 여자한테 열심히 골수나 빨아먹히지. 아, 한마디로 그거구나.

"호구네. 호구."

입 밖으로 튀어나온 솔직담백한 벨로나의 말에 레이먼이 딱 굳어진 채로 그녀를 쳐다봤다. 아차 싶었던 벨로나가 그대로 입을 꾹 다물고 눈동자를 굴렸다. 사과하기엔…… 상처받아 축 처진 눈꼬리가 죄책감을 자극했다.

"어…… 호, 호구를 파네요. 저기. 저 헬멧 같은 걸 호구라고 하거든요."

벨로나 스스로가 생각해도 멍청한 변명이었다.

"얼마예요?"

제법 비싼 식기들이 잔뜩 놓여 있다. 레이먼이 골라 놓은 것들을 보며 벨로나가 볼을 긁적였다. 정말 레이먼은 사양 않고 고른 듯했다.

"네, 잠시만 기다려 주세요. 식칼 두 개, 찻잔 열 개, 팬이랑 접시랑……."

한참 동안 잔뜩 쌓여 있는 조리 기구를 세어 보며 뚝딱뚝딱 계산을 해 내려가는 점원의 모습에 벨로나가 슬쩍 짐을 바라봤다. 저걸 언제 다 들고 갈까 싶었다. 레이먼은 이미 포장지에 싸인 식칼을 황홀하게 바라보고 있었다.

"……총 43골드 50실버입니다. 아, 아니 저 과도까지 하면 52골드입니다."

"네? 과도요?"

갑자기 앞자리 수가 바뀌자 벨로나가 점원이 바라본 곳으로 시선을 돌렸다. 로웰이 과도 하나를 가지고 이리저리 살펴보고 있었다. 손잡이에 찍힌 인장을 보니 레이먼이 산 7골드짜리 식칼을 만든 공방의 제품인 모양이었다.

"……로웰, 과도는 대체 왜……."

"선물."

……그러니까, 지금 네 선물 골랐으니 사 달라는……? 설마 레이먼을 질투해서 그러는 것은 아닐 테고…… 과도가 필요한가? 아……!

"찻잎 다듬을 때 필요한가 봐요? 하긴, 가게에 있는 게 좀 낡긴 했죠."

벨로나가 가장 가능성 있는 이유를 말하며 고개를 끄덕였다. 로웰은 의외로 하는 일에 대해서는 꼼꼼한 편이었으니 나름대로 전용 과도가 필요했을지도 몰랐다. 이유를 납득한 벨로나가 주머니에서 돈을 꺼냈다.

"여기 52골드요."

"네, 감사합니다! 양이 좀 많은데 들고 가실 수 있으신가요? 어려우시면 저희가 마차로 배달을 해 드리도록 하겠습니다!"

꽤 많은 양을 팔아서 신이 난 것인지 점원이 한층 더 밝은 얼굴로 말했다. 벨로나가 고개를 끄덕였다. 굳이 짐을 들고 가고 싶지는 않았다. 다른 짐들도 충분히 많았고 말이다.

"아, 다른 짐도 좀 많으시던데 저희가 식기랑 전부 같이 배달을 해 드려도 괜찮을까요? 일단 다른 배달 나간 게 있어서 1시간 정도 걸릴 것 같습니다."

"그럼 그렇게 해 주세요."

"네, 알겠습니다. 아가씨 조심히 들어가세요!!"

연신 고개를 꾸벅꾸벅 숙이는 점원에 벨로나가 짧게 목례를 하며 슈가의 손을 잡았다. 심심했을 텐데 투덜투덜 불만을 내뱉지 않는 것이 사랑스러웠다. 얼른 슈가 같은 아이를 낳아 키우고 싶을 정도였다.

"누나아, 저 피곤해요. 얼른 가요."

"미안, 너무 오래 걸렸지? 우리 슈가만 선물을 못 사 줬네……."

벨로나가 미안하다는 듯 슈가의 머리를 쓰다듬었다. 사실 이 나이 또래의 아이를 상대해 본 일이 거의 없어서 뭘 좋아하는지를 알 수가 없었다. 어릴 적에는 약초 덕후였기 때문에 약초에 대한 것 외에는 관심이 없었다. 그러니까 자연히 친구도 없었다. 아마 스물네 해를 살면서 친구나 제대로 된 대화 상대가 없었던 것은 자신뿐이리라.

"그러고 보니 로웰이나 슈가, 레이먼이 그나마 유일하게 친구 같은 존재네요."

길게 대화도 하고, 오래 일도 같이하고, 가장 말을 많이 하는 상대들이었다. 그걸 친구라고 칭하는지는 잘 모르겠지만, 어쨌든 그랬다. 새삼 삭막한 삶을 살아왔구나 싶었다. 벨로나의 말에 로웰과 레이먼, 그리고 슈가의 시선이 한 번에 벨로나의 얼굴로 꽂혔다.

"어…… 왜요?"

"괜찮아, 아가씨! 왕따는 부끄러운 게 아니야!! 내가 옆에 있어 줄게!!"

진지한 레이먼의 목소리에 벨로나의 얼굴이 종이 구겨지듯 구겨졌다. ……선물 도로 전부 뺏어 올까? 치졸한 마음이 치솟아 버렸다.

"왕따는 누가 왕따예요?!"

"응? 그렇지만 우리보고 친구라고…….."

"친구 비슷한 존재라고 했는데요. 누가 현상범이랑 친구를 해요. 그리고 전 혼자서도 충분히 즐거운데요."

속사포처럼 쏟아진 말에 레이먼이 어쩐지 짠한 표정으로 벨로나를 쳐다봤다. 그 표정이 어쩐지 자애로운 표정을 카피하고 있는 것 같아서 벨로나의 얼굴이 한층 구겨졌다. 단 한 번도 그것이 문제가 되거나 외롭다고 생각을 해 본 적은 없었다. 별로 말을 많이 하는 것을 좋아하는 성격은 아니었으니까.

"식칼 뺏기 전에 조용히 해요. 레이먼."

"헛ㅡ! 이 아이만큼은 안 돼!!"

레이먼이 제 품에 식칼을 감추며 벨로나를 무서운 눈초리로 바라봤다. 아까까지만 해도 파닥거리며 얼굴을 붉히던 사람은 어디로 갔는지 이제는 식칼과 사랑에 빠질 기세였다. 하여튼 특이한 사람들만 약국에 몰리는 것 같았다.

'에휴, 대체 인복(人福)이 있는 건지 없는 건지…….'

슈가가 온 것을 보면 인복이 아예 없는 것 같지도 않았다. 게다가 눈빛이 굉장히 매우 무섭기는 하지만 로웰도 일적으로 본다면 정말 괜찮은 사람이었다. 꽤 비싼 식칼을 슬쩍 본 벨로나가 레이먼에게 물었다.

"근데 그거나 로웰의 과도나 식기류도 포함해서 좀 가격이 세던데, 제가 시세를 잘 몰라서 그런데 원래 그것보다는 훨씬 저렴하지 않아요?"

돈을 별로 안 쓰다 보니 시세를 알 수가 없었다. 약초의 시세나 대충 알지, 그 외의 것에는 거의 문외한이었다. 식재료의 경우에도 따로 시장에 나와서 사는 것이 아니라 약초를 받을 때 상단에서 같이 납품받고 있었다. 그래서 사실은 이렇게 나와서 장을 보는 것도 벨로나 입장에서는 매우 드문 일이었다.

"응? 당연히 비싸지! 이 식칼이랑 저 녀석의 과도는 에스더 제품이야! 대장장이 공방의 최고봉! 좀 비싼 건 50골드에서 100골드까지 해. 정말 엄—청 비싼 수작은 경매에서 1,000골드까지 올라간 적도 있는걸? 이건 에스더 제품 중에선 보급형에 속해."

뭔 놈의 식칼이 집 한 채 값을 호가하냐. 벨로나가 황망스러운 표정으로 날을 반짝이고 있는 레이먼의 식칼을 바라봤다. 로웰의 과도는 작은데 레이먼의 식칼보다 더 비쌌지. 어쩐지 밖에 늘어져 있는 식기들보단 훨씬 비싸다 싶었다.

"원래 에스더 공방, 그러니까 에스더 대장간은 전쟁 무기를 만들던 곳인데 시간이 지나면서 식칼 쪽이나 주방용품에도 손을 뻗쳤거든. 요새도 무기가 필요하면 황궁에만 한정적으로 납품을 하나 봐."

"소위 명품이라는 거구나. 설마 다른 식기들도?"

철컥- 약국 앞에 도착해 문을 열며 벨로나가 레이먼에게 물었다. 레이먼이 정말 행복하다는 표정으로 고개를 끄덕였다. 얼마나 해맑은지 식칼 안 사 줬으면 큰일 났겠다는 생각이 들 정도였다. 로웰도 무섭게 과도를 만지작거리고 있고.

"다른 식기들은 그렇게 하나에 몇 골드씩 하는 건 아니고, 그래도 좀 이름 있는 곳에서 만든 거야. 잘 깨지지도 않고 튼튼해서 좋아. 아마 한 번에 식기를 많이 사서 값이 좀 나온 것 같아. 아가씨, 무슨 음식 좋아해?"

레이먼이 해맑게 웃으며 벨로나 앞으로 다가와 물었다. 기대하는 표정이 지금까지 벨로나가 본 모습 중에 가장 즐거워 보였다. 마땅히 먹고 싶은 것이 없어서 볼을 긁적인 벨로나가 눈동자를 굴렸다. 아무거나라고 대답했다간 또 강아지 귀 처질라.

"레이먼이 제일 자신 있는 요리로 부탁드릴게요."

"음…… 난 다 잘하는데. 그럼 채소볶음이랑 스테이크! 그리고, 햄 버거 만들어 줄게!"

콧노래까지 흥얼거리는 레이먼의 모습에 벨로나가 고개를 끄덕였다. 저렇게 자신 있으니 꽤 괜찮은 요리가 나올 것 같았다. 레이먼한테 요리 안 시켰으면 요리하는 내내 좁은 간이 주방에서 알짱알짱거렸을 것이 분명했다.

딸랑- 청량한 종소리가 조금은 북적해진 약국 안에 울려 퍼졌다. 레이먼이 쪼르르 달려가 문을 활짝 열었다. 마치 사람을 반기는 개와 같은 모습이었다. 생각보다 배달이 빨리 왔는지 커다란 마차가 한 대 서 있었다. 아까 봤던 점원이 짐을 가지고 내렸다.

"레……이먼……? 이건 좀 너무하지 않아요? 보통 많은 게 아닌데…… 이거 이 약국 주방엔 안 들어가요."

"음, 창고에 넣어 뒀다가 이사 가서 쓰면 되잖아!"

틀린 말은 아닌데 못해도 서너 달이라는데 대체 저걸 어디다 쌓아 놓는단 말인가. 자신 모르게 안쪽에 숨겨 놓은 게 있었는지 계산할 때 못 본 것까지 합하니, 거의 주방용품 산이라고 해도 좋았다. 여기에 가게 차리려고 그러는 건가 싶을 정도였다.

"이미 계산까지 했으니 어쩔 수 없잖아, 아가씨. 내가 매일 맛있는 밥 해 줄게. 응?"

레이먼이 헤실헤실 웃으며 벨로나에게 다가와 어깨를 주물렀다. 아부가 분명한 행동에 벨로나의 입이 꾹 다물어졌다.

역시 처음 봤을 때부터 느꼈지만 레이먼은 능글맞은 성격이 분명했다. 조리 기구는 레이먼의 눈을 멀게 하는 모양이었다. 숙맥처럼 굴던 남자는 대체 어디로 간 것일까.

"응? 아가씨~ 화난 거 아니지?"

주물주물거리며 어깨를 만지는 손길이 꽤 섬세했다. 그냥 힘만 주는 게 아니라 확실히 어깨에 뭉친 근육이 풀리는 것 같았다. 저렇게 헤실헤실 웃어 대니 차마 화를 낼 수도 없었다. 만약 레이먼이 도둑 질이 아니라 사기꾼을 했다면 분명히 바로 병사들에게 잡혀갔을 것 이 분명했다.

주물거리며 근육을 풀어 주는 느낌이 좋아 벨로나가 살짝 눈을 감 으려던 순간, 비명이 울려 퍼졌다.

"으악! 뭐야?!"

"저거, 정리나 해, 호구. 문 앞이 다 가로막혔잖나."

로웰이 또 레이먼의 뒷덜미를 잡고 허공에 들어 올리고 있었다. 근육을 풀어 주는 시원한 느낌에서 벗어난 벨로나가 살짝 아쉬움을 느끼며 주방용품 옆으로 던져진 레이먼을 바라봤다. 그러고 보면 둘 이 참 잘 노는 것 같았다. 로웰도 의외로 레이먼이 온 뒤로는 말이 좀 많아진 것 같기도 하고.

"레이먼, 저 화 안 났으니까 얼른 필요한 것만 주방에 들여놓고 나 머지는 창고에 쌓아 두세요."

"아, 응! 알았어, 아가씨!!"

정말 호구가 분명했다. 방금까지 화를 내던 것은 또 어디로 갔는 지 좋다고 헤실거리며 주방용품을 한 움큼 안아 뒤뚱거리며 창고로 가져간다.

슬쩍 로웰을 바라보니 또 저를 빤히 바라보고 있었다. 저 눈은 왜 저렇게 무서운 것인지. 잠깐 마주쳤던 눈을 벨로나가 슬쩍 피하며 탁 자에 앉았다.

"누나, 제가 차 타 왔어요!"

슈가가 언제 주방으로 들어갔다가 나왔는지 찻잔 두 개를 들고 또 해맑게 서 있었다. 여전히 두 잔인 것에 벨로나가 슈가의 머리카락을 쓰다듬었다. 여태까지 눈치채지 못하고 있었는데, 아무래도 슈가는 로웰을 그다지 좋아하지 않는 모양이었다. 꽤나 짓궂게 구는 것이, 개구진 어린아이 같았다.

로웰이 그걸 잠시 바라보다 별 반응 없이 주방으로 쏙 들어가더니 차 한 잔만 타서 나왔다. 레이먼의 것은 보이지 않았다. 아무래도 로웰은 또 레이먼을 싫어하는 모양이었다. 이건 무슨 삼각구도인가 싶었다. 서로 등만 보여 주는 관계라니…….

"엇, 내 차는?! 나 차는 탈 줄 모르는데……."

레이먼이 울상을 지으며 부럽다는 듯 탁자 위에 모여 앉은 벨로나와 로웰을 바라봤다. 축 처져서 의자를 끌고 오더니 탁자의 상석에 주저앉았다. 풀이 팍 죽은 모습에 벨로나가 결국 몸을 일으켰다.

"제가 타 올게요, 레이먼."

1년 동안 만나면 가만히 두지 않겠다고 했는데, 이건 뭐…… 무슨 짓이라도 했다간 죄책감이 비수가 되어 가슴에 꽂힐 것 같았다. 뭣보다 저렇게 능글맞고 어떤 의미에선 묘하게 비굴하기까지 하니 차마 화를 낼 수도 없었다.

"내가 타 오지. 넌 앉아 있어."

"어…… 로웰이 타 오게요? 음…… 그래 주시면 고맙긴 하지만."

벌떡 몸을 일으킨 로웰이 간이 주방으로 쏙 들어갔다. 오늘 많이 돌아다녔다고 배려를 해 주는 걸까, 과도 사 줬다고 감사의 표시를 하는 것일까. 한 번도 친절을 마땅히 베푼 적이 없는 것 같은데 묘한 기분이었다. 얼마나 대충 탔는지 로웰이 들어간 지 1분도 되지 않아 다시 나왔다.

"오, 고마워."

레이먼이 호쾌하게 인사하며 로웰에게서 찻잔을 받아 들었다. 거의 맹탕이기는 했지만.

"싱거워……. 아, 그러고 보니 아가씨는 내가 첫 손님이었어? 음, 이쪽 계열에서. 얼마 전에 들었는데 내가 소문을 내서 곤란했다고……."

"밤손님의 시초는 레이먼이죠. 만나면 병사한테 팔아 버리겠다고 마음먹고 있었는데……."

헙ㅡ 맹물에 가까운 차를 한 모금 마시던 레이먼이 벨로나의 말에 그대로 굳어졌다. 두려움 가득한 눈동자에 벨로나가 웃음을 터뜨렸다. 정말 얼굴에 감정이 다 드러나는 것이, 놀리는 재미가 있었다. 저렇게 바로 반응을 해 주니 놀리는 재미가 없는 것이 더 이상하지만.

"근데 레이먼 실제로 보고 그냥 마음이 바뀌었어요. 나쁜 분도 아닌 것 같고."

"다행이다. 아가씨, 무서워. 아, 그러면 나처럼 그렇게 치료해 준 게 처음인 거야? 난 여기 사실 처음에 치료를 굉장히 잘하는 데가 있다고 해서 온 거였거든. 그래서 병원인 줄 알았어. 그런데 아니어서 놀랐고."

레이먼은 다른 집에 침입했을 때 우연히 이 약국에 대한 이야기를 엿들었다. 그래서 사실 병원이라고 생각했고, 병사들에게 쫓기는 와중에도 다친 상처를 치료하기 위해 이곳으로 온 것이었다. 그 후, 투덜거리면서도 다정했던 손길을 잊을 수가 없었다. 없어서, 다시 한번 얼굴을 보고 싶어서 돈 핑계를 대며 찾아왔던 것뿐이었다.

"아, 그건 아니에요. 약국 문을 연 지 얼마 되지 않았을 때 꽤 귀여운 상의 손님이 온 적이 있어요. 엄청 다쳐서요. 근데 아마 뒷세계 사람은 아니었을 거예요. 옷이 고급스러웠거든요."

그 말에 느릿하게 차를 마시던 로웰의 시선이 벨로나의 얼굴에 꽂혔다. 레이먼이 흥미진진한 이야기를 듣는 것처럼 잔뜩 기대한 얼굴로 벨로나에게 되물었다.

"어? 정말? 그 사람 어떻게 됐는데?"

"글쎄요, 아침에 일어나니까 없었거든요. 키가 지금 레이먼보다 조금 더 작았던 것 같고, 눈매도 동글동글한 게 뭐랄까…… 강아지 상이었어요. 로웰처럼 검은 머리카락에 검은 눈동자였던 걸로 기억해요. 근데 뭐 5년 전이라서…….”

꽤 인상 깊었기 때문에 벨로나도 그 남자를 기억하고 있었다. 거의 자신과 맞먹을 정도의 눈높이에, 선한 눈매가 꽤 사랑스러웠던 남자였다. 벌레 한 마리도 못 죽이게 생겼고, 손도 하얗고 깨끗했다. 검을 배우지 않았다는 증거였다. 이유도, 이름도 묻지 않았고, 편지마저도 챙겨 간 듯 자리는 깨끗했다.

제 위에 꼼꼼히 덮여 있던 이불도 그의 착한 성정을 짐작하게 만들었다. 아주 종종이지만 어떻게 살고 있나 생각날 때도 있었다.

"와, 혹시 저 녀석 아니야?"

키득거리는 레이먼이 로웰을 손가락으로 삿대질하며 장난스럽게 말했다. 벨로나의 시선이 로웰에게 향했다. 로웰의 새까만 눈동자가 저를 바라보고 있었다. 항상 말하지만 로웰은 정말 눈빛만으로도 사람을 죽일 수 있을 것이 분명했다. 어떻게 저렇게 무서울까.

"아니에요, 키도 훨씬 작았고, 뭣보다 되게 전체적으로 동글동글한 상이었거든요. 얼굴에 피가 묻어 있어서 자세히 확인은 못 했지만요."

기억 속의 남자와 로웰은 완전히 분위기부터가 달랐다. 닮은 거라고는 정말 머리색과 눈동자 색밖에 없을 정도였다. 로웰은 떡 벌어진 어깨에 단단한 근육으로 이루어져 있지만, 그 남자는 전체적으로 말랑거리기도 했고 말이다.

"레이먼 형, 저 배고파요. 얼른 밥해 주세요!"

"아, 맞다! 아가씨 이야기가 재미있어서 잊고 있었어. 갔다 올게!"

레이먼이 차를 후루룩 다 마시더니 주방으로 쏙 사라졌다. 슈가도 후후- 차를 불어 호록거리고 있었고, 로웰은…… 왠지 모르지만 자신을 뚫어져라 바라보고 있었다. 정말 얼굴 뚫릴 것 같았다.

"로웰, 제 얼굴에 뭐 묻었어요?"

"아니. 아무것도."

이쯤 말했으면 얼굴 좀 돌려야 하는 게 아닐까. 여전히 제 얼굴을 뚫어져라 바라보고 있었다.

"저기 로…….'"

"네 기억력은 붕어만도 못하군."

로웰이 찻잔을 들고 일어나더니 쾅 소리가 나도록 주방에 던져 놓고는 창고로 들어가 아직 다듬어지지 않은 약초를 한 박스 들고 나와 바닥에 주저앉았다. 그러더니 이내 아까 사 준 과도로 약초를 다듬기 시작했다.

'대체 왜 저래……?'

갑작스러운 시비를 거는 것 같은 발언에 벨로나가 멍하니 로웰을 바라봤다. 고개도 들어 올리지 않고 한참 동안이나 로웰은 사각사각거리며 약초를 다듬고 있었다. 레이먼이 만든 음식이 탁자 위에 놓아졌을 때쯤에야 로웰은 다시 의자에 앉았다. 여전히 평소와 다르게 거친 포크질을 하는 것이 눈에 보였다.

……아무래도 갑작스런 사춘기가 왔나 보다.

벨로나는 지금 조금 당황스럽고, 꽤나 어쩔 줄을 몰라 하고 있었다. 로웰이 삐졌다. 명백하게 삐졌다는 건 알겠는데, 이유를 모르겠다. 정말 생각했던 대로 갑작스런 사춘기가 온 건가 싶기도 했다. 여태 단 한 번도 감정을 겉으로 드러내지 않았던 로웰이기에 더욱 그랬다. 기껏 감정을 드러내 봐야 자신을 놀려 먹는 수준이었다. 그것도 적정선을 넘지 않는 그런 거리감 있는 감정.

"저기 로……."

주문서를 주기 위해서인지 가까이 다가온 로웰에게 벨로나가 입을 열었다.

탁- 휙- 채 이름이 나오기도 전에 주문서를 탁 소리가 나도록 세게 내려놓은 로웰이 벨로나와 슈가가 만들어 놓은 약만 챙겨 들고 몸을 돌려 버렸다. 그리고는 환히 웃으며 손님들에게 계산을 하며 거스름돈을 주고 있었다.

생글생글 웃으며 손님들을 대하는 건 여전한데, 왜일까. 평소보다 로웰이 몇 배는 더 스산하게 느껴지는 이유는. 사실 객관적으로 평가한다면 로웰은 밝은 표정을 하고 있었다. 어느 정도냐면…… 평소의 두 배 정도의 후광이 뒤에서 반짝거리고 있다고 한다면 이해가 될까?

어쨌든 그 덕분에 가게에 찾아온 여자 손님들은 얼굴을 붉히기 바빴다. 로웰의 외모는 나이를 가리지 않았다. 나이 든 노부인은 물론이고 아직 어린 소녀까지도 로웰에게 푹 빠진 얼굴을 했다. 물론 한창때의 여자들은 더했다. 그래도 다행히 도를 넘는 짓을 하진 않았지만 말이다.

"에휴-"

이 알 수 없는 미묘한 상황에 결국 벨로나의 입에서 큰 한숨이 튀어나왔다.

"누나, 로웰 형이랑 싸웠어요?"

결국 보다 못한 슈가가 약을 포장하며 몸을 밀착하고는 조용하게 물었다. 벨로나가 좌우로 고개를 저었다. 차라리 싸운 거면 좀 나을 것 같았다. 그럼 사과라도 하지. 대체 뭐가 문제인 것인지. 어제 했던 이야기 중에 그의 귀를 거슬리게 만들 법한 것이 있나 싶었다. 마땅히 떠오르는 거라고는…….

"설마 그 치료해 줬던 남자랑 머리색이 닮았다고 해서 화났나?"

그게 제일 현실적이었다. 아니, 현실적이라기보다는 그나마 제일 이유에 근접해 있었다.

"아, 하긴. 로웰 형은 쓸데없이 자존심만 강하셔서 그렇게 다친 사람이 자기랑 닮았다고 한 걸 싫어할 수도 있어요."

슈가가 고개를 주억거리며 맞장구를 쳤다. 꽤 똘똘한 슈가까지 맞장구를 치니까 어쩐지 그게 맞는 것 같았다. 생각을 해 보면 어제 이야기 직후에 화가 났는지 까칠해졌었다. 그리고 그의 귀를 거슬리게 했던 내용이라고는 아마 그 정도였다. 그 외에는 남자에 대한 이야기만 했을 뿐 로웰에 대한 이야기는 조금도 꺼내지 않았으니까.

"허-"

벨로나가 헛웃음을 흘렸다. 그래, 그게 맞는 것 같다. 로웰에 대한 이야기가 들어간 건 그 대화 내용 중에 그것뿐이었다. 닮았다고 한 것. 종종 속이 좁다고 생각했지만 설마 저 정도로 좁을 줄이야. 새삼 로웰이 다시 보였다.

"이따 저녁에 사과해야겠다."

그래, 그럴 수도 있었다. 로웰은 슈가의 말대로 자존심이 강한 사람이다. 본 적도 없는, 그것도 죽기 직전이 되어 힘들게 자신을 찾아온 사람과 비교당하는 것이 내키지 않을 수도 있었다. 무려 그 유명한 유도리아 풀을 먹고도 자신과 대화를 나누고, 해독제를 먹은 지 하루 만에 일반인과 다름없이 걸어 다닌 로웰이었다.

그래, 그러니까 어떻게 보면 이해는 할 수 있었다. 그래도 어떻게 하루 종일 눈도 안 마주치고 말도 안 걸 수 있단 말인가. 소심해도 저렇게 소심할 수가 없었다. 무슨 한창 사춘기 때의 여학생도 아니고.

"아가씨, 여기 주문서. 근데 아가씨, 저 녀석 왜 저러는 거야……? 나 무서워 죽겠는데…… 같이 일 못 해 먹겠어."

조용히 벨로나에게 다가온 레이먼이 아주 작은 목소리로 말했다.
로웰을 아는 사람이라면 저 화사함이 예삿일이 아니라는 것쯤은 알
고 있었다. 잔뜩 겁을 먹은 레이먼의 모습에 벨로나가 툭툭 그의 어
깨를 두드렸다.

"일단 저녁에 사과를 해 볼 테……."

"레이먼 씨. 저기 손님 많은데, 일 안 합니까?"

화사하다, 그리고 춥다. 언제 다가왔는지 로웰이 환하게 웃으며
레이먼의 목덜미를 부드럽게 잡아 그대로 손님들 쪽으로 밀어냈다.

화사하고 따뜻해 보이는 얼굴 표정과는 다르게 로웰 근처에 흐르
는 공기는 차갑기 그지없었다. 차라리 거칠게 목덜미를 잡아당기는
게 더 나았을지도.

"응, 으응…… 해야지."

레이먼이 어색하게 웃으며 고개를 끄덕였다.

"네, 알면 가서 주문이나 받으세요. 차는 제가 타서 나올 테니까
요."

"알겠어!!"

레이먼이 바퀴벌레마냥 사사삭 뒤로 물러나더니 로웰을 피해 손님
들에게 향했다. 어색하게 웃는 모습이 불쌍하기 그지없었다. 레이먼
을 벌레 쫓듯 쫓아낸 로웰이 슬쩍 벨로나를 쳐다보더니 휙 고개를 돌
리고 다시 주방으로 쏙 사라졌다. 그 일련의 사건을 멍하니 바라보던
벨로나가 입을 꾹 다물었다.

"로웰은 좀……."

"속이 좁쌀만 하죠, 누나."

"어……? 너 사람 보는 눈이 꽤 있구나."

슈가의 맞장구에 벨로나가 눈을 크게 뜨고 고개를 주억거렸다. 슈
가까지 저 소위 밴댕이 소갈머리라고 하는 그것을 알아볼 정도라면

190

말 다 한 듯했다. 뭐에 삐졌는지 저녁에 빠르게 사과 안 하면 눈덩이처럼 커져서 나중에는 혼자 울지 않을까 하는 어이없는 생각마저 들었다. 저 무표정한 얼굴 위에 울음이라니 상상조차 되지 않지만 어쨌든 그랬다.

"누나! 주문서가 많아졌어요."

슈가가 경악한 목소리로 벨로나의 옷자락을 끌어당기며 말했다. 벨로나가 슬쩍 제조 탁자 위로 시선을 돌렸다. 그리고 한숨을 내쉬었다.

어쨌든 확실한 건 지금 감상에 빠져 있을 시간이 없다는 사실이었다. 휴일의 반동인지는 모르겠지만, 오늘 손님이 평소의 두 배였다. 얼마나 많은지 약을 만들다가 속이 뒤집힐 것 같았다.

벨로나가 한숨을 내쉬며 다시 주문서를 살피고 제조를 시작했다. 일단 눈앞에 쌓인 주문서의 산을 처리하는 것이 우선이었다. 슈가도 바쁘게 손을 움직이며 주문서를 살폈다.

직원이 네 명인데도 불구하고, 단 한 명도 쉴 수 없었던 정말 극한의 하루를 보낸 벨로나는 뼈저리게 느꼈다.

휴업은 함부로 하는 게 아니라는 사실을.

"으아, 6시다! 문 닫아도 돼, 아가씨?"

레이먼이 흐느적거리며 물었다. 얼마나 힘이 들었는지 다들 땀에 절어 있었다. 특히나 레이먼과 로웰은 주방도 왔다 갔다 하면서 계속 움직였기 때문에 더했다. 작은 건물에 사람들이 옹기종기 몰려 있으니 일하는 도중의 약국 안은 정말 사막 위에 서 있는 기분마저 들 정도였다. 벨로나가 긴 숨을 내쉬었다. 정말 빨리 새 약국이 필요했다.

"배고프다. 오늘은 해산물이야! 얼른 저녁 식사 만들어 올게."

레이먼이 방방 뛰면서, 콧노래를 부르며 작은 주방으로 쏙 사라졌다. 방금 전까지 힘들다고 흐느적대던 놈은 어디로 갔는지.

사실 어제 먹었던 레이먼의 음식은 정말 맛있었다. 어디 고급 레스토랑에서 먹는 것 같은 맛에 슈가도 한 그릇을 싹싹 비우고 한 그릇을 더 리필까지 해 먹을 정도였다. 물론 로웰도, 벨로나도 마찬가지였다.

거기다가 요리하는 것 자체도 꽤나 좋아했으니 덕분에 저녁 걱정은 조금도 하지 않았다.

"누나, 저도 신약 만들고 있는 거 있어서 필요한 약초 좀 찾아서 가지고 올게요."

"아, 응. 다녀와."

곧 슈가가 창고 문을 탁- 닫았다. 그러고 보니 신약이라면 파스를 상용화해야 했는데, 너무 바빠서 보급할 수 있는 방법을 아직도 생각하지 못했다.

벨로나가 탁자를 손가락으로 톡톡 두드렸다.

로웰도 대충 손님을 받느라 어지럽혀진 약국 안의 정리를 다 했는지 벨로나의 맞은편에 앉았다.

"로웰."

자리에 앉는 로웰에게 벨로나가 결국 오늘 하루 종일 참던 것에 대해 입을 열었다. 그러자 로웰이 드디어 고개를 돌려 벨로나를 바라봤다. 눈동자 너머로 비치는 묘한 감정의 잔재에 벨로나가 슬쩍 눈동자를 돌리며 입을 열었다.

"저기 나한테 뭐 화난 거 있어요?"

"없어."

말을 꺼내기가 무섭게 칼 같은 대답이 나왔다. 없긴 개뿔이. 얼굴부터가 나 불만 있어요. 이러고 있으면서. 제발 믿을 수 있는 거짓말을 했으면 좋겠다. 그랬으면 그러려니 하고 넘어갔을 텐데.

하아- 벨로나가 길게 한숨을 내뱉었다. 어떤 식으로 대해야 할지 사실 조금 모르겠다. 사람들을 많이 상대해 본 것도 아니고, 무언가를 재면서 누군가를 사귀었던 적도 없기 때문에 벨로나에겐 차라리 돌려 말하는 것보단 직설적인 것이 훨씬 편했다.

"저기 로웰, 그 내가 치료해 준 사람이랑 로웰, 사실은 하나도 안 닮았어요."

"뭐?"

로웰의 눈썹이 꿈틀거렸다. 짜증이 난 것이 분명한 반응에 벨로나는 그가 화가 난 이유를 확실히 파악했다. 이놈은 어제 그 남자랑 닮았다고 한 것이 마음에 안 들었던 것이 분명했다. 그래도 때려 맞췄다는 것에 조금 뿌듯해졌다.

벨로나가 로웰의 눈치를 살피며 다시 말을 이었다.

"그러니까 그렇게 약하고 피로 떡이 돼서 온 사람이랑은 조금도 안 닮았어요. 내가 어제는 실언을 했나 봐요. 그 사람보다 로웰이 훨씬 멋있어요."

꽤나 과장해서 말한 것이 너무 티가 나나 싶었다. 아니, 사실 로웰은 멋있긴 했다. 그 남자는 솔직히 귀엽다고 할 만한 얼굴이었지, 멋지다고 할 얼굴은 아니었다. 그렇다고 못생겼다는 건 절대 아니었지만. 어쨌든 로웰도 얼굴과 몸매에 한정해서는 정말 멋있었고 말이다.

스스로에게 이유를 달아 납득시키며 벨로나가 고개를 주억거렸다.

"멋있어?"

계속 반응이 없던 로웰이 벨로나를 바라보며 반문했다.

"네, 훨씬 멋지죠. 얼굴도 잘생겼지, 힘도 세지, 몸매도 끝내주잖아요. 약국 오는 처자들이 로웰만 바라보는 거 아시죠?"

옜다, 칭찬이다 식의 설탕 바른 말이었지만 벨로나는 작게 박수까

지쳐 가며 로웰의 비위를 맞추기 위해 노력했다.

"아, 물론 제 취향은 아니니까 제가 반할 걱정은 안 하셔도 괜찮아요. 역시 직장 동료로서 그런 부분은 확실히 해야죠."

벨로나가 나름대로 로웰의 비위를 맞추겠답시고 말했지만, 로웰의 얼굴이 살짝 찌푸려졌다. 로웰은 여자들의 접촉을 그다지 좋아하지 않았다. 자세히 보면 솔직히 그게 전부 보였다. 웃는 얼굴을 하며 완벽한 친절한 점원을 흉내 내고 있었지만 극도로 누군가와 닿는 것을 싫어하는 듯했다.

솔직히 로웰이 가게에 큰 도움이 되고 있는 것은 사실이었고, 처음 며칠만 머물겠다던 게 어쩌다 보니 쭉쭉 늘어나 거의 두 달째가 되어 가고 있었다. 사실 가능하다면 계속 일을 해 줬으면 좋겠다고 생각할 정도였다.

하지만 종종 로웰이 보여 주는 살기를 보면 머지않아 떠날 것 같다는 느낌도 사라지지 않았다. 그러니까 로웰과의 관계는 최대한 담백하면서, 로웰이 떠날 때 망설이지 않는 방향이었으면 좋겠다고 생각했다.

"여자들은 네 붕어 얼굴보단 내가 더 나으니까 그러겠지."

"에이, 잘생기신 로웰이 왜 그러실까."

퉁명스러운 말투였다. 또 뭐가 핀트가 어긋난 것 같은 느낌이었다. 그래도 대꾸를 제대로 해 주는 걸 보아하니 화는 조금 풀린 듯 보였다. 벨로나가 장난스런 목소리로 대꾸했다. 덕분에 지금은 입매가 미세하게 풀려 있었다. 입꼬리가 살짝 씰룩이는 것도 같았지만 아마 착각임이 분명하겠지.

"그리고 말 좀 예쁘게 써요. 아무리 그래도 여자한테 붕어가 뭐예요, 붕어가. 이러다 로웰보다 제가 먼저 어디로 시집가면 어쩌려고."

"뭐?!"

194

"까, 깜짝이야…… 왜 소리를 질러요? 확성기라도 삶아 먹었어요?"

갑작스럽게 책상을 팍 치며 소리를 지르는 로웰에 벨로나가 귀를 막으며 짜증스럽게 대꾸했다. 화가 안 풀린 건지 아니면 그냥 뭘 하든 이제 마음에 안 드는 건지 알 수가 없었다.

벨로나가 놀란 표정으로 소리치니 로웰이 그때서야 자리에 앉았다. 이상한 사람을 보듯 벨로나가 로웰을 살폈다. 대체 왜 저러는 걸까.

"붕어는 시집가면 안 되나."

이번엔 벨로나가 퉁명스러운 말투를 내뱉었다. 솔직히 붕어도 결혼하고, 어?! 애도 낳는다고! 얼마나 순풍순풍 잘 낳는데. 한 번 낳을 때 수십 마리라고!

벨로나의 퉁명스러운 말에 로웰이 그녀를 향해 눈동자를 홱 돌려 바라봤다.

눈에서 레이저 나오겠다. 벨로나의 말에 로웰이 한참을 가만히 있다가 입을 열었다.

"붕어에도 급이 있지."

꿈틀- 벨로나의 입가가 씰룩이고, 눈썹이 요동쳤다. 벨로나의 얼굴에 환한 미소가 번졌다. 갑작스럽게 변한 벨로나의 분위기에 창밖으로 고개를 돌렸던 로웰이 그녀에게 다시 시선을 맞췄다. 화르르륵- 마치 벨로나의 뒤에 거대한 불이라도 난 듯 뜨거운 기운이 훅 끼쳐 왔다. 로웰이 살짝 몸을 떨었다.

"그렇죠, 붕어도 급이 있겠네요. 최상급 붕어는 나가서 지붕 청소나 하세요. 새들이 똥을 많이 싼 모양이더라고요."

"뭐……?"

"귀도 먹었나, 이 붕어는. 하층 천민 노예의 바닥을 뚫고 땅속으로

195

들어갈 것 같은 계급의 결혼도 못 할 붕어는 여기서 불쌍하게 식사나 할 테니까 격이 다르신 최상급 붕어께서는 가서 새똥이나 치우라고 요."

"아니, 그렇게까지는 말 안 했……."

로웰의 반박이 분명한 말에 환하게 웃던 얼굴 표정을 싹 지운 벨로나가 눈을 매섭게 치뜨며 주먹을 꽉 쥔 채 느리고, 천천히, 또박또박 말했다.

"나가라고, 망할 놈아."

처음으로 완전히 말을 놓은 벨로나가 그대로 로웰을 문밖으로 밀어냈다. 우당탕탕— 쓰레기봉투와 걸레, 빗자루까지 던져 준 벨로나가 그대로 철컥— 문을 잠가 버렸다. 현재 상황을 파악하기 위해 로웰은 벙찐 얼굴로 10분을 그렇게 서 있었다.

"어? 아가씨, 그놈은?"

"급이 다르신 분이라 높은 곳에 올려 보냈어요."

알 게 뭔가. 뭐? 붕어에도 급이 있어? 사람의 말은 아 다르고 어 다르다고. 점 하나만 찍어도 분위기가 백팔십도 돌변할 수 있는 것이었다. 그런데 붕어?! 부웅어어?!

벨로나가 짜증스럽게 머리카락을 쓸어 넘겼다. 향긋한 바다 내음이 그나마 코끝에서 기분을 달랬다. 아니었으면 정말 빗자루 들고 쫓아가서 가만두지 않았을지도 몰랐다.

"음…… 뭐, 아가씨가 그렇다면 그런 거겠지. 자, 해산물찜! 그리고 이건 면을 삶아서 같이 볶아 봤어. 음, 냄새 굉장히 고소하지?"

레이먼이 접시에 코를 대고 쿵쿵거리더니 만족스럽게 말하곤 주방으로 향했다.

그럴싸하게 탁자 위로 세팅되는 음식들에 벨로나가 살짝 풀어진 미소를 지었다. 창고로 들어갔던 슈가도 다 끝냈는지 쪼르르 벨로나의 옆에 와 털썩 앉았다.

"어? 로웰 형은요?"

"지붕 청소."

"아…… 그래요? 헤헤, 그럼 방해꾼 없이 누나랑 조용히 식사할 수 있을 것 같아요!"

잔뜩 상기된 표정으로 신나게 말하는 슈가의 모습에 벨로나가 푸흐흐, 웃음을 터뜨렸다. 하여튼 슈가는 어떤 최상급 붕어에 비하면 정말 이름처럼 달콤한 아이였다. 웃는 것도 귀여워, 하는 짓도 착해, 말도 잘 들어, 얼마나 좋아.

"아우, 누나는 슈가가 제일 좋다."

슈가의 머리카락에 얼굴을 부비적거리며 벨로나가 한탄하듯 말했다. 그 말과 행동에 슈가가 얼굴을 새빨갛게 물들이더니 이내 포스스 웃으며 저도요- 하고 작게 대답했다. 벨로나는 흐뭇한 표정으로 슈가의 머리카락을 쓰다듬었다.

"아가씨, 나는, 나는?! 나는 몇 번째로 좋아?"

주방 정리를 다 끝냈는지 레이먼이 의자에 앉아서 물었다. 먹음직스런 냄새를 맡으며 벨로나가 레이먼을 쳐다봤다. 반짝거리는 눈동자가 기대감에 부풀어 있었다.

벨로나가 입을 꾹 다물었다. 아는 사람이라고는 사실 슈가와 로웰, 레이먼, 그나마 이야기를 나누는 기사씨, 그러니까 카일 씨 정도였다. 그중에서 순서를 매기라니…….

이게 의미가 있을까…… 싶기는 했는데 레이먼의 얼굴을 보니 의미가 있는 모양이었다.

"응? 아가씨, 나는 몇 번째데?"

"어…… 레이먼이 부모님을 제대로 만나고 온다면 두 번째 정도요."

말 안 듣는 최상급 붕어보다야 말 잘 들어준 레이먼이 그나마 더 낫지. 다시 생각해도 속에서 열불이 오른다. 벨로나가 머리를 짚었다. 하여간 오늘의 로웰은 말 그대로 한 대 때리고 싶었다.

"우리 부모님? ……음, 곧 찾아가 봐야지. 아가씨 건물 짓는 데 돈이 다 들어가서 다시 작업할 자금도 없고……. 그리고, 도둑질보단 아가씨랑 있는 게 더 즐겁네."

레이먼이 그렇게 말하며 물을 한 모금 마셨다. 음식을 가만히 바라보던 레이먼이 멍하게 중얼거렸다.

사실 레이먼도 좋아서 뒷세계에 발을 들인 건 아니었다. 객기로 집을 나오고, 그냥 어찌저찌 흘러가다 보니 어느샌가 수배자가 되어 있었다. 뒷세계에 발을 들이고 난 뒤에는 머리도 염색하고, 콤플렉스였던 키를 감추기 위해 주문 제작한 신발을 신었다. 처음에는 꽤 재밌었다. 귀족들의 표정을 보는 것도 우스웠고, 산적들이 얼굴이 벌게져서 찾아다니는 것도 즐거웠다. 칼 맞고 나서부터는 생각이 완전히 달라졌지만.

"많이 화났겠지, 어휴. 우리 아버지 되게 고지식하고 앞뒤 꽉 막혀서 답답하거든."

레이먼이 한숨을 푹 내쉬고 하소연하듯 중얼거렸다. 결국 그 답답함을 견디지 못하고 다 때려치우고 나왔지만. 그래도 아버지의 등만큼은 좋아했다. 요리에 대한 애정도, 열정도. 적어도 그것들만큼은 아버지에게 배웠다는 것을 부정할 수 없을 정도로.

"괜찮아요. 그래도 아버지니까 기뻐하지 않으실까요?"

"우리 아버지가? 에이, 그럴 리가 없지. 악!! 음식 식겠다. 얼른 먹자, 아가씨!"

"네, 잘 먹을게요."

포크로 면을 돌돌돌 말아서 벨로나가 입으로 쏙 집어넣었다. 고소한 냄새가 입안 가득히 퍼졌다. 정말 말하는 시간조차 아까울 정도로 로웰의 요리는 뛰어났다. 어디 가서 포장마차만 차려도 망하지는 않을 것이 분명했다. 쿵쿵- 지붕 위가 시끄러웠다. 그래도 하란다고 하기는 하는 모양이었다.

한창 식사 중에 갑작스레 똑똑- 문이 두드려졌다. 창문이 아닌 걸 보아하니 정상적인 사람일 것 같기는 한데 뒤가 싸한 게, 열기 싫은 것은 왜일까. 제 마음과는 다르게 레이먼의 발이 조금 더 빨랐다. 하여튼 행동력 하나는 끝내줬다.

"어…… 아가씨, 아가씨 손님인 것 같은데?"

레이먼이 당황한 표정으로 머리를 긁적이며 벨로나에게 다가왔다. 레이먼의 뒤를 따라오는 또 다른 인기척에 벨로나가 고개를 빼꼼 내민 채 황궁에서 일하는 사람으로 보이는 고급스러운 옷을 입은 남자를 바라봤다. 단정한 이목구비와 잘 입은 옷. 아마 귀족임은 분명했다.

"약국의 주인인 벨로나 씨 맞으신지요."

"그런데요? 누구세요."

"황제 폐하의 말씀을 전하러 왔습니다. 가까운 시일 내에 약국을 한번 직접 방문하고 싶다고 하셨습니다. 편한 시간이 있으시다면 부디 말씀 부탁드리겠습니다."

……아, 입맛이 뚝 떨어졌다. 왜 하필이면 밥 먹는 시간에 와서 머리 아픈 과제를 내주는 것일까. 시간은 없다. 정말 없다. 거짓말이 아니라 바빠서 없다. 그런데 없다고 하기에는 그는 황제였다. 권력의 정점에 선 사람. 자신 같은 그럭저럭 연명하는 평민 A와는 완전히 다른 존재였다. 그때야 눈이 휙 돌아서 좀 막 굴었지만 계속 그럴 만큼 벨로나는 얼굴에 철판을 깐 존재는 아니었다.

"지금 당장요?"

"네, 답변을 받아 오라고 하셨습니다."

바로 며칠 전에 쉬어 버려서 마땅히 날짜를 잡을 수가 없었다. 아무 때나 상관없긴 한데…… 벨로나가 머리를 긁적였다. 설마 손님 많은 시간에 온다는 그런 말도 안 되는 이야기는 하지 않겠지.

"영업시간이 6시까지라는 것을 들으시고는, 5시쯤 방문하셔서, 약국 운영되는 걸 조금 보고 싶다고 하셨습니다. 아, 황궁의 몇 명과 이번 수습 황궁의도 함께 방문 예정이고요."

그러니까, 즉 시찰이라는 거네. 시찰 겸 신입들 견학 같은 느낌. 약국도 좁은데 군이 5시에 올 건 뭔가. 그쯤 되면 거의 사람이 없기는 했지만 말이다.

벨로나가 파스타를 돌돌 말며 턱을 괴었다. 파스타가 눈덩이가 굴려지는 것처럼 커다랗게 변해 가고 있었다.

"그냥 아무 때나 상관없을 것 같아요."

이 날이든 저 날이든 바쁘지 않을 리가 없을 테니까. 그저 그날에 손님이 적기를 바라는 수밖에 없었다. 벨로나의 말을 들은 심부름꾼이 고개를 끄덕이며 입을 열었다.

"그럼 내일 방문하겠습니다."

꾸벅─ 고개를 숙인 남자가 마치 벨로나가 말을 바꾸기라도 할까 두렵다는 듯 인사도 받지 않고 사라졌다. 벨로나의 입이 꾹 다물어졌다. 그렇다고 내일을 말한 건 아니었는데. 설마 저렇게 통보하듯 말하고 사라질 줄은 생각도 못 했다.

"청소 다 했다. 누가 왔다 갔나?"

"아, 다 했어요? 수고했어요. 최상급 붕어씨."

벨로나가 질문에는 대답도 하지 않고 다시 파스타를 입에 폭 집어넣어 오물오물 씹었다. 로웰이 벨로나를 바라보다 슬쩍 제 식기를 가지고 와 탁자에 앉았다. 어쩐지 그게 너무 조심스러워 보여서 벨로나는 웃음이 튀어나오려는 것을 꾹 참아야 했다. 하여튼 의외로 소심한 게 맞았다.

달그락달그락- 로웰이 말없이 음식을 덜어 갔다. 덩치 큰 남자가 꼼지락거리는 게 왜 저렇게 웃겨 보이는 것인지.

벨로나가 로웰의 모습에 속으로 한숨을 삼켰다. 그래, 저런 상위 1% 외모의 소유자에겐 자신이 붕어로 보일 수도 있겠지.

"황제 폐하의 심부름꾼이 왔었어요."

"황제? 황제가 뭐 하러."

로웰이 날카로운 목소리로 물었다가 아까 일이 생각난 듯 언성을 살짝 낮췄다. 황제 폐하를 아무리 자리에 없어도 그렇지 황제라고 부르는 로웰의 강심장에 새삼 그가 반역죄를 뒤집어쓰고 있다는 것을 상기해 버렸다. 별로 생각하고 싶지 않은데.

벨로나는 나름대로 이 일상이 좋았다. 처음에야 짜증스럽고 미칠 것 같았지만 같이 일하는 사람들이 싫지는 않았다.

그래서 생각하지 않기 위해 노력했다. 그렇게 해서 달라지는 것이 없더라도 그랬다. 언젠가 떠날 사람들이라도 여기 있는 동안만은 평범한 사람처럼 대하고 싶었다. 그런데도 어쩔 수 없이 종종 떠오르는 것은 벨로나 의지로 어떻게 할 수 있는 것이 아니었다.

고운 정이든 미운 정이든 결국 정이 들어 버리는 건 어쩔 수 없는 모양이었다.

"내일 5시에 방문한대요. 일전에 시험 볼 때 한번 보러 온다고 했었는데 설마 진짜 오겠다고 사람을 보낼 줄은 생각도 못 했지만요."

정말 생각도 못 했다. 이 볼 것도 없는 몇 평 되지도 않는, 오래되어 허름한 약국에 황제가 친히 발걸음을 옮긴다고 할 줄은. 어차피 이사를 갈 거긴 하지만 말이다.

"그러고 보니 대략적인 설계도 작성에 시간이 좀 걸리는지 늦네요, 목수들."

"4층 건물은 한 번도 본 적 없으니까 그러겠지."

하긴 새로운 건물을 창조하니까 오래 걸릴 수도 있었다. 제일 오래된 사무소를 방문했으니 사기일 확률도 없다. 느긋하게 기다리는 것이 마음이 편할 것 같았다. 창작자가 창작을 하기 위해서 필요한 것은 자유인 것처럼 그들에게도 시간이 필요하겠지.

"난 내일 4시까지만 근무한다. 볼일이 있다."

"네? 무슨 볼일이요? 황제 폐하도 올 텐데…… 그 접대를 다 어떻게 하라고. 약을 만들게 되면 제가 움직일 수가 없어요. 그렇다고 슈가가 손님을 상대하기엔…….."

슈가는 너무 어렸다. 자신이 주문서를 전부 쳐 낸다고 해도 어린 슈가에게는 부담일 것이 분명했다. 레이먼이 혼자 하기에도 힘들 것 같았다. 여태 계속 잘하다가 갑자기 무슨 일이냥 말인가. 아니, 물론 사람이니까 일이 있을 수도 있지만 왜 하필이면 내일…….

아……. 로웰은 범죄자였다. 그것도 황제와 척을 지는 반역죄. 벨로나가 머리를 짚었다. 잡혀갈 수도 있는데 로웰로서는 당연히 시간을 빼고 싶은 것이 맞았다. 자신이 너무 이기적이었다.

"미안해요, 제가 좀 이기적인 발언을 했어요. 로웰도 사정이 있는데…… 그럼 내일은 4시까지만 하는 걸로 알고 있을게요. 일단 슈가도 기본적인 건 다 만들 수 있으니 제가 상대하면 되는 일이고요."

"아니, 나야말로 미안하다."

벨로나의 사과에 로웰이 대답했다. 벨로나는 사과는 항상 재는 것 없이 바로 하는 편이었다. 때늦은 사과로 관계가 엉망이 되길 바라지 않았다. 벨로나가 사람 사이의 관계에서 가장 싫어하는 것은 거짓말과 서로의 위치를 가늠하며 재는 것이었다.

묘한 어색함에 볼을 긁적인 벨로나가 한숨을 내쉬었다.

"저기, 제가 혹시 이런 거 물으면 실례일 것 같긴 한데⋯⋯. 음⋯⋯. 아, 물론 말씀하기 싫으시면 안 하셔도 돼요. 반역죄는, 황제 폐하를 해하려고 했을 때 생기는 죄잖아요. 그⋯⋯ 황제 폐하가 싫으세요? 뭔가⋯⋯."

벨로나가 정말 조심스럽게 최대한 거슬리지 않을 단어를 선택해 가며 물었다. 벨로나가 겪어 본 황제는 황제의 자질 하나는 정말 뛰어나 보였다. 그렇다고 권력을 함부로 사용하거나 귀족들을 무조건 옹호해 주는 그런 황제도 아니었다. 세금도 그렇게 많이 가져가지 않고, 결론적으로 보자면 성군까진 아니더라도 무난하게 제 할 일을 하는 그런 황제임은 분명했다.

레이먼도, 슈가도 조용히 눈치를 보며 음식을 먹는 둥 마는 둥 귀를 쫑긋 세운 채 벨로나와 로웰의 이야기를 듣고 있었다.

"난 황제에게 원한은 없다. 그냥 그렇게만 알고 있어. 네가 다치지 않았으면 좋겠다."

로웰이 한마디 벨로나에게 던지고는 식기를 가지고 주방으로 향했다. 벨로나의 입매가 아래로 내려갔다. 로웰은 항상 거리감이 있다. 장난을 치고 있을 때도, 일을 할 때도. 로웰과의 사이에는 넓지는 않지만, 깊은 구멍이 있는 것 같았다. 다치지 않았으면 좋겠다는 건 대체 뭔가. 저런 불친절한 대답이 어디 있냐는 말이다.

"아가씨, 저 녀석은 원래 저래. 사실 뒷세계에도 어느 날 갑자기 나타났거든요. 출신도, 이유도, 아무것도 몰라. 그러니까 서운해하지 마."

축 처진 분위기에 레이먼이 당황스러운 표정으로 말을 덧붙였다. 물론 전혀 위로 따위 되지 않는 말이었더라도. 해산물로 신나게 시작한 저녁 식사는 축 처진 분위기로 끝났다.

삶은 당황의 연속이라고 했다. 그리고 벨로나는 지금 상황이 많이 당황스러웠다.

오늘은 사람이 많았다. 하필 얽어걸리는 날이 장날이라고 딱 오늘 손님이 끊임없이 들어왔다. 4시에 나가겠다던 로웰이 결국 30분 더 일을 할 정도로 바빴다. 그리고 벨로나는 지금 머리 아픔에 시선을 돌리고 싶어졌다. 그리고 아마 이 느낌은 여기 온 손님들도 마찬가지임은 분명했다.

"약사님, 뭔 일 있었나? 귀족한테 잘못한 거라도 있어?"

"하하, 아뇨. 그런 일 없어요."

아마도 제 기억 속에는 그랬다.

"……근데 무슨 남정네들이 저래 와 가지고 약사님을 뚫어질 듯 쳐다봐? 어휴, 우리 약사님 몸에 불나겠네."

어깨를 툭툭 치며 하는 말에 벨로나는 어색하게 웃어 보였다. 아니, 어색하게 웃어 보일 수 있는 것 외에 다른 선택지가 없었다. 한쪽 벽에 쫘르륵 서서 제가 하는 짓을 카피라도 하겠다는 듯 뚫어져라 바라보고 있는 황궁의들의 우스꽝스러운 모습에 어느 누가 당황스럽지 않을까. 손님들이 가장 먼저 들어와서 하는 일은 헉- 소리를 내며 그 상태로 굳어지는 것이었다.

"어서 오세요, 손님! 저분들은 없는 셈 치셔도 됩니다. 무엇을 도와 드릴까요?"

"아, 우리 애 몸에 자꾸 붉은색 반점이 도드라지네. 아이가 너무 긁어 대서 걱정이 될 지경이야. 밤에는 정말 너무 심해서 애가 잠을 자지 못할 정도라서……."

이번 손님은 귀족임에도 불구하고 제법 예의가 바랐다. 여자의 얼굴에는 걱정이 가득했다. 아마 여기까지 왔다면 여기저기 의사는 다 불러 봤음이 분명했다. 고개를 내리니 네 살쯤 되어 보이는 남자아이가 해맑게 웃고 있었다.

아이들은 순수하다. 귀족의 혈통을 타고났음에도 불구하고. 저가 아픈 것도 제대로 눈치채지 못할 정도로.

황궁의들이 움찔- 뒤로 물러나는 것이 보였다. 하여튼 뭐만 났다고 하면 전염병인 줄 알지. 속으로 혀를 찬 벨로나가 남자아이의 앞에 눈높이를 맞춰 주저앉았다.

"안녕? 이름이 뭐야."

"로버트예요, 약사 누나!"

벨로나가 손을 뻗어 남자아이의 머리를 쓰다듬어 주었다. 기분이 좋은지 헤실헤실 웃는 모습이 사랑스러워 벨로나가 옅은 미소를 띠며 본론을 이야기했다.

"그래, 로버트. 누나한테 간지러운 데를 보여 줄래?"

"음, 으음, 너무 많으면 어떡해요? 등도 간지럽고, 팔도 간지럽고…… 막 다리도 간지럽고 그래요. 보세요, 손등도! 사실 제가 얼마 전에 엄마가 준 용돈을 잃어버렸는데, 그것 때문에 화가 나서 그런 걸까요?"

순수한 발상에 벨로나가 웃음을 터뜨리며 고개를 저었다. 팔을 잡고 조심스럽게 옷을 걷어 올려 살피니 빨갛게 달아오른 부위가 있었다. 피부 안쪽의 연한 살들에 오돌토돌 올라온 것을 보아하니 알레르기라기보단 아무래도 아토피 쪽에 가까운 것 같았다. 아토피는 당장 약을 먹고 치료한다고 나아지는 것이 아니었다.

잠시 망설이던 벨로나가 몸을 일으켰다. 황궁의들의 시선이 부담스럽다. 그 여섯 쌍의 눈보다 더 부담스러운 것은 황제의 눈동자였다.

"저기…… 약사님, 우리 애는 나을 수 있을까요?"

"이 병에는 낫다 아니다를 말씀드리기보단…… 일단 바르는 약을

처방해 드릴게요. 바로 효과를 기대하진 마시고, 아이를 너무 자주
목욕시키거나 피부에 강한 자극을 주지 마세요. 옷은 통풍이 잘되는
옷으로 입게 해 주시고, 집 안도 자주 환기를 시켜 주세요. 너무 덥지
않게요."

말을 끝낸 벨로나가 약초를 몇 개 슥슥 꺼내더니 바르는 약을 만드
는 듯 약 제조를 시작했다. 슈가도 옆에서 다른 주문서들을 보며 바
쁘게 약을 제조하고 있었다. 정말 어린아이인데도 불구하고 든든했
다. 벨로나가 느껴지는 불같은 시선을 애써 피하며 크림처럼 만든 약
을 통에 집어넣고 꽉 닫았다.

"여기 바르는 약이에요. 아까 말씀드렸던 거 꼭 지켜 주시고요. 그
렇게만 해도 자연히 나을 수 있는 병이에요."

"무슨 병인가요……? 혹시 옮거나 그러진 않겠죠?"

"아토피라고 하긴 하는데…… 아마 잘 모르실 것 같고, 옮지는 않
으니까 걱정 마세요."

그래도 점점 줄어드는 손님에 벨로나가 나름대로 친절하게 설명을
덧붙였다. 레이먼은 혼자서 이리 뛰고 저리 뛰느라 정신없어 보였다.
계산을 마치고 고개를 꾸벅꾸벅 숙여 보인 여자에게 마주 고개를 숙
여 주고 아이에게 손을 흔들었다. 해맑은 표정으로 손을 붕붕 흔든
아이가 엄마 손을 꼭 잡고 약국을 나섰다.

약국 밖에서 레이먼이 사정 설명을 했는지 더 이상 손님이 들어오
지 않고 있었다. 5시 40분. 곧 문을 닫을 시간이니 새로 주문을 받을
여력도 없었다.

책상 위에 놓인 주문서들이 마지막이라고 생각하니 그제야 조금
한숨이 길게 튀어나왔다.

"슈가, 이거랑 이거 안 한 거지?"

"네? 아, 맞아요. 그것까지만 하면 될 것 같아요, 누나."

레이먼은 약값을 치르고, 컵을 주방에 가져다 놓고, 들어오려는 손님에게 사정 설명을 하느라 바빴다. 분신술이라도 하나 필요할 것 같았다.

주문서에 적힌 약들이 비교적 쉽게 제조 가능한 약들이라서 벨로나가 약초를 꺼내 빠르게 약을 만들었다. 목표는 6시까지 전부 끝내는 것이니까.

'그러고 보니 로웰은 어디로 간 거지?'

나갔다 온다고는 했던 것 같은데 갈 장소는 알려 주지 않았다. 로웰 한 명이 겨우 30분 정도 자리를 비웠을 뿐인데 약국이 허전해 보였다.

벨로나가 다 만든 약을 포장하여 카운터에 올려 두니 레이먼이 재빠르게 가지고 간다. 얼굴에는 얼른 끝내고 싶은 기색이 그득했다.

"아가씨, 6시! 문 닫는다?!"

"네, 얼른 닫으세요. 그러다 쓰러지겠어요, 레이ㅁ……."

벨로나가 레이먼의 이름을 부르려다 멈칫했다. 황제가 와 있는데 범죄자의 이름을 괜히 불렀다가 일이 생기는 것은 원하지 않았다. 졸지에 레이가 되어 버린 레이먼이었지만 대충 상황을 이해했는지 고개를 끄덕이고는 영업 마감으로 팻말을 돌려 놓고 문을 닫아 버렸다.

레이먼이 흐느적거리며 탁자 위에 엎어졌다. 물론 슈가도 지쳤는지 문이 닫힘과 동시에 탁자 의자에 가 앉아 있었다. 벨로나도 자연스럽게 발걸음을 옮기려다 뜨거운 시선에 텅 빈 다른 탁자에 앉아 황제 쪽을 바라봤다.

"죄송해요, 신경 써 드려야 했는데."

별로 미안함이 묻어나지 않는 말투였다. 오히려 짙은 피로가 느껴져 벨로나를 안쓰럽게 보이게 만들었다.

가만히 한쪽 벽에 서 있던 황제가 느릿하게 발걸음을 옮겨 벨로나의 맞은편에 앉았다. 말이 없는 게 혹시 뭔가를 불쾌하게 만들었나 싶어 벨로나가 살짝 몸을 굳혔다.

"꽤 장사가 잘되는군. 이런 식의 경영은 생각지도 못했어."

경영? 경영이라고 할 만한 것도 없었다. 하는 일이라고는 약초 빻고 가공해서 제작하는 일이 전부였다. 덕분에 손목이 나갈 것 같지만.

"아, 맞다. 잠시만요."

벨로나가 몸을 일으켜 제조실 서랍을 뒤적거렸다. 납작하고 새하얀 천처럼 생긴 것을 여러 개 서랍에서 꺼낸 벨로나가 레이먼과 슈가에게 다가가 네 장을 주고 두 장은 자신이 챙겼다. 어리둥절한 레이먼과 슈가의 표정에 벨로나가 제 것 한 장을 뜯어 손목에 붙이며 말했다.

"파스야, 파스. 곧 판매할 거긴 한데 아직 마땅한 보관법이나 판매법이 안 떠올라서. 슈가, 손목 아프지? 거기다 붙이면 되고, 레이……도 허리나 손목 같은 데 아프면 붙여 보세요. 되게 시원할걸요?"

벨로나가 하나 더 떼서 반대쪽 손목에도 붙이며 말했다. 붙이자마자 화한 느낌이 올라왔다. 파스는 아프면 아플수록 시원하거나 화하게 느껴졌다.

쓰레기를 정리해 버리고 벨로나가 황제의 맞은편에 앉았다. 뭔가 황제의 뒤로 사람들이 옹기종기 모여 있었다. 개중에는 일전에 자격시험에서 3위를 했던, 기사씨의 동생도 섞여 있었다. 이렇게 보니 꽤나 닮아 있었다.

"우와, 누나 이거 완전 혁명인데요?"

슈가가 감탄사를 내뱉었다. 레이먼도 왼쪽 손목과 허리에 붙였는지 만족스럽게 흐느적거리고 있었다.

"아, 그래서 폐하께선 어쩐 일로 오신 건지……."

"그냥 와 보고 싶었다. 이곳은 정말 이상향의 가게군. 마치 이 가게에는 신분이라는 게 없는 것 같은 느낌이 들 정도야. 몇몇 눈에 익은 귀족들도 보였다만……."

그랬던가. 귀족들이 있었는지 없었는지는 약초 제조에 코 박고 있으면 알 수 없는 일이었다.

벨로나가 고개를 끄덕였다.

"모두에게 똑같이 친절하고, 모두에게 다를 바 없는 평등을 제공하고, 귀족가의 심부름꾼조차 평민의 뒤에 줄을 서야 하니. 이상향이라고 할 수 있지."

"……어, 좋게 봐 주셔서 감사합니다."

별로 칭찬 어린 말투는 아닌 것 같았지만 벨로나는 어쨌든 그렇게 대답했다. 모를 때는 긍정적인 답변이 최고였다. 뒤에 서 있는 사람들이 뭔가 잔뜩 하고 싶은 말이 있는 것 같았지만 벨로나는 절대 그곳을 쳐다보지 않았다. 한 번이라도 눈인다면 어쩐지 포가 떠져서 회가 될 때까지 벗어날 수 없을 것 같았다. 황제 폐하와 이야기를 하고 있어서 다행이었다.

"이상향이긴 하나, 나나 귀족들 입장에서는 그다지 달가운 상황은 아니지."

움찔- 벨로나가 몸을 떨었다. 봐라, 역시 칭찬이 아니었다. 이 사람 대체 왜 이러는 걸까. 눈동자를 도르륵 굴려 봤지만 마땅히 떠오르는 해답이 없었다. 저번에는 잘도 제 편을 들어줘 놓고는. 그때는 분명 평민들을 지지했었던 것으로 기억했다.

"네 가게는 그런 가게다. 귀족들에게는 방해가 되고, 황실의 권위마저 어쩌면 떨어뜨릴 수 있는 가게."

"……제 약국이요?"

황실의 권위까지 생각할 정도로 벨로나는 스케일이 크지 못했다. 뭣보다 그런 복잡한 건 생각하고 싶지도 않았다. 귀족들은 그게 문제였다. 작은 일을 너무 깊고 너무 멀리까지 보려고 한다. 그러니까 당장 눈앞에 있는 걸 보지 못했다. 벨로나는 그것이 그다지 마음에 들지 않았다.

"불만이 있는 얼굴이군."

"……아뇨, 없습니다."

황제에게 대놓고 불만을 터뜨릴 위치가 아니라는 건 알고 있다. 벨로나는 드물게 몸을 사리며 고개를 저었다. 황제가 느릿하게 턱을 괴며 창밖으로 시선을 돌렸다. 붉은 눈동자에 옅은 그리움이 들어섰다.

"그럼에도 불구하고 내가, 널 의사협회에게서 구해 준 이유가 뭔지 아나? 굳이 신경 쓰지 않아도 될 의사협회에게 그렇게 누가 봐도 심할 정도의 징계를 내리고 네 편을 들어준 이유 말이다."

이유가 있었던가. 벨로나의 얼굴이 살짝 굳어 갔다. 내뿜는 위압감이 몸을 짓누른다. 오죽하면 레이먼이 몸을 일으켜 걱정스러운 표정으로 뒤에 서 있을 지경이었다.

벨로나가 주먹을 쥐었다. 생각해 본 적 없다. 그건 너무나 당연한 일이었으니까. 자격이 없는 의사가 누군가를 치료한다는 것은 우스운 일이었다.

"모릅니다. 하지만, 그건 황제 폐하께서 해야 했던 일임에는 확실합니다. 적어도 자격이 없는 의사가 계속해서 그 자리에 남아 있는 게 제 입장에서는 황실의 권위를 떨어뜨리는 것 같으니까요."

벨로나가 황제의 붉은 눈동자를 똑바로 바라보며 입을 열었다. 의사는 환자에게 신적인 존재나 마찬가지다. 마지막 생명줄이고 마지막 동아줄이다. 그것을 힘겹게, 힘겹게 붙잡았는데 그게 썩은 동아줄

210

이라면 어떤 기분이겠는가. 절망하고, 살아갈 기력조차 잃어버릴 것이 분명했다.

"넌 내가 안 무섭나 보지?"

벨로나의 대거리에 황제가 입매를 나른하게 끌어 올리며 물었다. 아, 정말. 눈이 살짝 풀린 것이, 약이라도 한 것처럼 느껴졌지만 사실 아니라는 걸 알고 있다.

벨로나가 숨을 들이켰다. 왜 피곤하게 이 신경전을 하고 있어야 하는가.

"무섭습니다. 황제이고 아니고를 떠나서 덩치 큰 남자가 그렇게 위협을 해 대는데 안 무서우면 그게 여잡니까."

"헛, 아가씨 그럼 남자였어?!"

레이먼이 삽을 들고 저를 때리려고 했던 벨로나를 떠올리며 말했다.

"헛소리 지껄이지 말고 레이는 주방으로 들어가서 저녁 식사 만들어 주세요. 아, 슈가도 가서 레이 좀 도와줄래? 여기는 좀 그래서."

"아…… 응, 네. 알겠어요. 누나."

걱정스러운 표정으로 도르륵도르륵 눈동자를 굴리던 슈가가 이내 상황 파악을 끝냈는지 고개를 끄덕이고 레이먼의 뒤를 따라 주방으로 사라졌다. 어린아이에게 좋은 광경이 아님을 알고 있었으니 내린 결론이었다.

벨로나가 다시 황제를 쳐다봤다.

"잠깐 나가 있어라, 너희들도."

황제가 손을 휘휘 저으며 뒤에 서 있던 무리들을 밖으로 내보냈다. 아쉬움 가득한 표정으로 나가는 그들을 보던 황제가 벨로나를 슬쩍 쳐다보고는 짓궂게 미소 지으며 덧붙였다.

"다시 들어오면 대화의 장이라도 마련해 주지."

벨로나의 얼굴이 구겨짐과 동시에 의사들의 얼굴이 활짝 펴졌다. 극명한 대비에 황제가 작게 웃고는 다시 벨로나를 쳐다봤다. 명백히 불만 가득한 얼굴이었다. 가만히 벨로나를 쳐다보던 황제가 느릿하게 입을 열었다.

"내가 귀족들의 반발을 무릅쓰며 네 편을 전적으로 들어준 이유는 네가 내게 소중한 사람을 살려 줬기 때문이다. 아주 오래된 일이지. 사실 내겐 소중했지만 그 사람에게는 어땠을지 모르겠다. 나는 그 사람에게서 모든 걸 다 빼앗은 존재니까."

황제의 표정이 낮게 가라앉았다. 그리움이 담겨 있던 눈동자에 스며든 것은 지독한 죄책감이었다. 황제라는 존재도 그런 감정을 느끼는구나 싶어서 조금 놀랐다.

"제가 그분을 살렸다니 다행인 일이네요."

대체 누군지는 모르겠지만. 밤에 쓰러져 있던 악당 놈들도 많았고, 손님으로 찾아온 힘겨운 사람들도 많이 있었다. 마땅히 그중에 떠오르는 사람은 없었다. 너무 많아서 떠오른다고 해도 기억이 제대로 나려나 의문도 있었지만.

"어쨌든, 한 번쯤은 네게 은(恩)을 갚고 싶었다. 그리고 마침 기회가 되었던 것뿐이고."

"그때 일은…… 미처 말씀은 못 드렸지만 감사히 생각하고 있습니다. 제가 만약 그 사람을 살렸다면 아직 어딘가에 살아 계시겠죠."

"그래, 그랬으면 좋겠다. 가능하다면 한 번쯤 보고 싶다는 건 내 욕심이겠지만……."

옆모습에서 느껴지는 것은 짙은 슬픔이었다. 짙은 슬픔과 그리움. 아, 어디선가 전에 본 것 같은데.

누구였는지 생각이 나지 않아 벨로나가 입을 꾹 다문 채 생각에 잠겼다. 한참 동안 그렇게 말없이 있던 황제가 다시 벨로나를 쳐다봤다.

"근데 그게 언제쯤 일이에요?"

"5년 정도 됐지."

"5년……."

그때는 장사가 더럽게도 안 되던 때였는데. 그래서 손님도 몇 명 없었고, 더욱이 '살려 줬다'는 말을 쓸 정도의 사람은 없었다. 덤으로 귀족처럼 보였다니. 그때는 살려 준 사람이라고 해 봐야…….

"아, 혹시 검은 머리카락에 검은 눈동자! 새하얀 피부에 동글동글 귀엽게 생긴!! 키가 한 요만했던 꼬마 아니에요?"

"그래, 우리 형님이 좀 귀엽게 생기……."

"형님이요……?"

벨로나가 입을 꾹 다물었다. 황제도 제 말실수를 깨달았는지 입을 다물었다. 황제의 형이라니. 자신은 황족을 치료했던 거였나. 어쩐지 귀티가 엄청 나기는 했다. 어느 귀족 집 자제 정도로는 생각했는데 설마 황제의 형님이실 줄은 생각도 못 했다.

머릿속을 스쳐 지나가는 자신의 막돼먹은 행동에 벨로나가 살짝 몸을 떨었다.

"아, 그…… 그 꼬마가……."

"어디 가서 절대 말하지 마라. 말하면 네 목이 떨어져 가는 걸 직접 볼 수 있게 해 주지."

황당스러운 말이었지만 황제의 눈빛은 흉흉했다. 마치 건드리면 안 되는 역린을 저 스스로 건드려 놓고 애꿎은 곳에 화풀이를 하는 것 같았다. 그래도 벨로나는 고개를 끄덕였다. 굳이 그런 위험을 만들고 싶은 마음은 없었으니까. 황제의 얼굴이 한결 편해진 것 같았다.

"그 뒤로 형님이 여기 찾아온 적은 없었나?"

"네, 뭐…… 없었던 것 같아요."

벨로나가 고개를 끄덕이며 대답했다. 그런 둥글둥글하고 귀여운 사람이 찾아온다면 모를 리가 없었다. 벨로나는 스스로가 사람을 알아보는 것에는 나름대로 자신이 있다고 생각하고 있었다. 그도 그럴 게, 한두 번 왔던 손님들은 대부분 기억을 하고 있었으니까. 장사를 하기 위해 가장 필요한 것이기도 했고.

"찾고 싶으시면 수배지라든가 전단지 같은 걸 돌리면 되지 않을까요?"

"형님은 얼굴을 드러내는 걸 싫어해서, 황궁에서도 나를 제외하면 얼굴을 아는 사람이 없다. 언제나 방 안에만 있었거든. 그러니까…… 굳이 나타나고 싶지 않아 하는데 내 이기심으로 휘저어서 찾고 싶지는 않다. 그래서 단 한 번도 누군가에게 형님의 생김새를 말한 적은 없었지."

황제의 말에 벨로나가 고개를 끄덕였다. 하긴, 기껏 잘 살고 있는 사람을 괴롭히는 짓이지. 그건 황제의 판단이 옳았다.

"뭐, 어쨌든. 들어와도 좋다!!"

황제가 커다랗게 말하니 문에 귀라도 대고 있었는지 황궁의들이 쪼르르 들어와 기대감 가득한 눈빛으로 벨로나의 앞에 섰다. 그러고 보니 생각났다. 벨로나는 예전부터 의사를 싫어했다. 아마 전생에서도 마찬가지였다. 왜냐하면 그들은…….

"처음……은 아니지만 정식 인사는 처음이네요. 황궁 수석의를 담당하고 있는 벤이라고 합니다. 아, 이름은 기억 안 하셔도 괜찮습니다. 제가 궁금한 게 있어서 그런데 여쭤 봐도 될까요? 일단 그 파스라는 건 어떤 건가요?"

……한 번 생긴 궁금증은 완벽하게 해소될 때까지 물고 늘어지는 성격을 가지고 있었다.

벨로나가 새하얗게 질려 물러날 곳도 없음에도 불구하고 뒤로 물러나기 위해 발을 놀렸다.

"저기, 그쪽들 궁금증 많은 건 이해하겠는데 아가…… 아니, 벨로나도 오늘 엄청 바빠서 힘들었습니다. 이제 그만 놓아주시죠."

레이먼이 음식을 식탁에 차려 놓는 것을 슈가에게 맡겨 두고 의사 무리를 뚫고 들어와 벨로나의 손목을 잡아 이끌며 말했다. 평소와 다르게 잔뜩 굳힌 얼굴로 황궁의들을 노려보는 것이, 한 번만 삐끗해도 싸움이 날 것 같은 모양새였다. 덕분에 그도 뒷세계 사람이라는 것을 새삼 깨달았다.

"애초에 이건 황제 폐하께서 견학하시는 자리지, 그쪽들을 위한 자리가 아니잖습니까. 눈이 삔 게 아니라면 제대로 보세요. 당신들보다 훨씬 어린 여자가 지쳐 있는 거 안 보여요?"

레이먼이 불만을 토해 내며 벨로나를 보호하듯 뒤로 감추고 대여섯 명의 사내들과 대치했다. 갑작스런 방해꾼에 황궁의들의 얼굴도 가히 좋지 못했지만 레이먼도 물러날 생각은 없는 듯 보였다.

"생각이 있으면 다음에 허락받고 오시든가. 오늘은 아닌 것 같네요."

"이게 듣자 듣자 하니까……!!"

"아니, 점원분의 말도 맞습니다. 저희가 실례를 한 것 같네요. 벨로나 양. 사실 궁금한 게 많아서 시간을 한번 내주셨으면 하는데…… 제가 편한 시간에 맞추겠습니다."

레이먼의 태도에 불쾌감을 표시하던 다른 황궁의를 막은 수석의, 벤이 정중하게 사과를 건네고 벨로나에게 다시 물어 왔다. 기왕이면 만나기 싫다. 귀찮다. 하지만, 비단 이것이 벨로나 혼자서 가지고 있을 내용은 아닌 것을 알고 있다. 그렇다고 해도 주기 싫은 건 마찬가지지만.

"시간……. 시간……."

벨로나는 고민에 빠졌다. 시간이 있는지를 고민했는데 시간이 없다는 결론이 도출됐다. 그래서 다시 고민을 했지만 여전히 시간이 없었다. 스스로가 불쌍해졌다. 고민을 해도 결론이 나오지 않는다는 것은 슬픈 일이었다.

벨로나가 드물게 입매를 굳혔다.

"시간…… 그거 저도 참 가지고 싶네요."

허탈하게 튀어나온 대답에 황궁의들도 당황한 표정이었다. 그나마 손님이 적은 요일이 언제더라…… 잠시 고민한 벨로나가 입을 열었다.

"그럼 한 2-3주 뒤 일요일에."

손님은 언제나 많았지만, 그나마 상대적으로 일요일에는 손님이 적은 편이었다. 그래 봐야 점심 식사를 느긋하게 할 수 있다는 혜택 정도였지만.

수석의가 고개를 끄덕이고 물러났다.

"그럼 그때 찾아뵙겠습니다."

"나도 이만 가 보지. 아, 그리고 보고서. 이번 달까진 거 알고 있겠지? 그럼 기대하지."

말을 끝낸 황제가 비단 자락을 휘날리며 약국에서 황궁의들과 함께 밀물 빠지듯 빠져나갔다. 레이먼이 걱정스러운 표정으로 벨로나를 식탁에 앉혔다. 코끝을 자극하는 음식들이 한가득이었지만 진이 빠지니 입맛도 사라졌다.

"괜찮아? 얼른 먹어, 아가씨."

"숟가락 들 힘도 없어요……."

정신적으로도, 육체적으로도 상당히 지친 하루였다. 황제는 괜히 황제가 아닌 모양이었다. 하는 행동이나 분위기 전부에서 제왕의 느낌이 풀풀 풍겼다. 연륜 많은 어른을 격식 높은 자리에서 대하는 기분을 맛봐야 했다.

"내가 대신 떠서 먹여 주는 걸 원하는 게 아니면 그놈 말대로 얼른 먹어라."

뒤에서 들리는 목소리에 벨로나의 얼굴이 구겨졌다. 이놈들은 대체 창문으로 들어오는 데 취미를 들였나. 벨로나가 고개를 살짝 돌려 성큼성큼 탁자로 걸어오는 로웰을 쳐다봤다. 대체 어디 갔다가 이제야 온 것인지. 하긴, 방금 황제가 갔으니 빨리 왔다고도 할 수 있었다.

"수고했다."

로웰이 벨로나의 머리카락을 툭툭 서툴게 치고 벨로나의 맞은편에 앉았다. 묘하게 다정한 손길에 벨로나가 입을 꾹 다물고 로웰을 쳐다봤다. 지금 왔다는 것은 계속 이 근처에 있었다는 말이 된다. 황제에게 원한이 없는데, 반역죄라니. 도통 이해가 되질 않았다.

"황제는 어땠나."

"무섭고, 이상했어요."

벨로나가 가감 없이 거친 감상평을 내뱉었다. 무섭기도 무서웠고, 이상하기도 이상했다. 굳이 견학을 온 이유도 모르겠고. 자신에게 그런 말을 하려고 왔다기엔 솔직히 너무 시간이 아까웠다.

벨로나가 머리를 긁적이며 포크를 들었다. 오늘의 요리는 샐러드를 곁들인 두툼한 스테이크였다.

"오늘은 다들 힘들었으니까 고기반찬!! 자, 여기 스테이크 리필도 가능하지."

레이먼이 후후후 만족스럽게 웃으며 두툼하게 썰어 익힌 고기가 몇 장 더 쌓인 접시를 가지고 나오며 말했다. 냄새부터 고소하고 기름기가 물씬 느껴졌다. 그래도 오늘은 기름진 걸 먹지 않으면 힘겨울 것 같았다. 벨로나가 고기를 두툼하게 썰어 입으로 가져갔다. 육즙이 가득한 것이 제대로 구운 모양이었다.

"와, 레이먼 진짜 요리 잘하네요. 정말 식당 차려도 될 것 같아요."

아마 정말 유명한 식당이 되지 않을까 싶었다. 벨로나가 만족스럽게 샐러드랑 고기를 같이 찍어 입으로 가져갔다. 매번 레이먼을 막 대하는 로웰조차 식사 시간만큼은 아무 말도 하지 않고 음식에 집중했다.

"근데 로웰은 어디 갔다 왔어요?"

"아……. 좀 쓸데없는 놈들 족치고 왔다. 여자한테 칼을 들이미는 놈이 있다고 해서."

"헐, 그런 미친놈이 있어요? 거시기를 차 버려야 되는데……!"

벨로나가 분개하며 발을 쿵쿵 굴렸다. 로웰이 그것에 대해서는 더는 답을 피했다. 어쩐지 가라앉은 눈빛이, 기분이 좋아 보이지는 않았다.

고기 한 개를 깔끔하게 비우고 한 개를 더 가져가 배를 빵빵하게 채운 벨로나가 밀려오는 피곤함에 입을 가리며 하품을 했다.

"그러고 보니 아까 나갔다 돌아오는 길에 들었는데 여기서 130km 정도 떨어진 마을에서 새로운 약초가 여러 개 발견됐다고 하더군."

로웰이 스테이크를 입에 가져가며 던지듯 말했다. 먹은 식기를 정리하기 위해 일어나려던 벨로나가 고개를 번쩍 들어 올렸다. 반짝이는 눈동자가 벨로나의 지대한 관심을 보여 주고 있었다. 반짝거리는 그 눈빛에 입을 다물었던 로웰이 나이프질을 멈추고 떨떠름하게 말을 덧붙였다.

"보통 약초를 약으로 만들면 녹색이나 갈색빛이 도는 데 반해 그 약초는 투명하다고 한다. 두 개쯤 더 새로운 종류가 발견됐다고 듣기는 했는데, 정확히는 몰라."

벨로나의 눈이 곧이라도 튀어나올 것같이 커다랗게 떠져 있었다. 그 모습에 로웰이 한 발짝 물러났다. 몸을 쭉 빼고 코앞에 얼굴을 들이대는 모습이 반쯤 이성을 놓은 것 같기도 했다. 어쨌든 잔뜩 기대에 차서 행복해 보이는 표정은 벨로나에게서 흔히 볼 수 있는 표정이 아닌 것임은 분명했다.

벨로나가 몸을 벌떡 일으켜 어깨에 멜 수 있는 가방에 약초를 빻는 도구부터 시작해서 응급치료용 약초를 챙겨 넣었다. 그리고 간단하게 필요한 것과 돈주머니도 챙겨 넣더니 그대로 가방을 메었다.

갑작스러운 벨로나의 행동에 로웰이 황당한 표정으로 쳐다봤다.

"뭐 하는 거지?"

"가야죠!!"

"어디를……."

"약초 찾으러! 약초, 넌 내 거다!"

벨로나가 빵빵하게 부푼 가방을 멘 채로 콧노래를 부르며 문손잡이를 잡았다. 만족스럽게 고개를 주억거리며 밖으로 나가려던 벨로나의 다리가 허공에 띄워졌다.

하늘 위를 걷는 기분에 벨로나가 뒤를 돌아봤다. 발이 땅에 안 닿는다. 목이 아프다. 로웰이 뒷덜미를 잡은 채 허공에 들어 올리고 있었다.

"뭐 하는 거예요?!"

"지금 밤이야. 그리고 내일 약국은 어떻게 하려고?"

"아……. 그렇지만…… 무려 신약초라잖아요!!! 최근엔 거의 없었단 말이에요. 얼른 가서 샘플이라도 채취해야 제가 재배를 하든가 하죠. 급하다구요!"

벨로나가 허공에 들린 채 버둥거리며 소리쳤다. 이렇게 극도로 흥분한 벨로나는 로웰도, 레이먼도, 슈가도 본 적이 없었다. 말렸다가는 괜히 한 대 맞을 것 같은 기분마저 들었다. 다만 문제는 하늘이 너무 어두워서 위험하다는 사실에 있었다.

"지금 어떻게 거길 가려고?"

"마차 타고요. 두 배로 돈 준다고 하면 태워다 주겠죠."

"약국은."

계속해서 허를 찌르는 로웰의 질문에 벨로나가 얼굴을 와그작 일그러뜨렸다. 슬슬 속에서부터 짜증이 올라왔다. 결국 벨로나가 짜증스러움을 숨기지 않으며 대답했다.

"아, 슈가한테 부탁할 거예요!! 요즘은 다 잘 만들던데! 필요한 레시피는 서랍 밑에 있고! 그리고 하루 만에 얼른 갔다가 올 거라고요!!"

조금씩 언성을 높이며 벨로나가 로웰을 노려봤다. 벨로나는 약초가 좋았다. 귀한 약초는 한 뿌리 구해서 직접 재배를 할 정도로 좋아했다. 좀 심하게 좋아한다고 보는 게 맞았다. 그러니까, 좋아하는 일을 방해당하면 누구든 기분이 나쁜 것처럼 벨로나도 슬슬 한계치에 다다르고 있었다.

"아, 얼른 내려놔요. 지금 출발하면 내일 아침에는 도착할 거란 말이에요."

남자 셋, 아니 정확히는 남자 둘에 어린애 하나를 두고도 누구 한 사람에게 같이 가자는 말 없이 이 밤길을 혼자 떠나겠다는 벨로나의 사고방식에 로웰은 박수를 쳐 주고 싶었다. 도대체 이 시대 여자들의 사고방식에서 벨로나는 한참이나 벗어난 것 같았다. 보통은 여자들이 혼자서 밖에 나가길 꺼렸다. 어딜 가더라도 남자에게 의지하는 편이 많았다.

보통은 그랬다. 하지만 벨로나는 완전히 다른 사고방식을 가지고 있었다. 마치 이 세계 사람이 아닌 것 같을 정도로 전혀 다른 사고방식을. 굳이 좋은 말로 바꿔 보자면 벨로나에게는 차별이 없었다. 누구나 하게 되는 차별을, 마치 혼자서 모른다는 듯 굴었다.

"내일 가."

"내일은 무슨! 내일 아침에 도착해야 딱 좋다니까요? 한창 약초가 제일 힘이 좋을 때란 말이에요."

"내일 같이 가 줄게. 아침 일찍 가면 되잖나. 너 다리 후들거린다. 황제랑 독대하느라 힘들었을 거 아냐."

로웰이 벨로나를 달래며 입을 열었다. 로웰의 말이 거짓은 아닌 듯 벨로나의 다리가 꽤나 경련을 일으키고 있었다. 확실히 서 있는 것조차 힘들어 보였다.

"제가 내일 가게 봐 드릴 테니까 누나는 오늘 푹 쉬시고 내일 다녀오세요."

슈가마저 나서서 어린애 달래듯 조곤조곤 말하는 모습에 억지를 부리던 벨로나가 조금 누그러들었다. 하지만 약초는 필요했다. 괜히 늦게 갔다가 후회하고 싶은 마음은 조금도 없었다. 전생의 세계엔 쇠뿔도 단김에 빼라는 말이 있었는데 개인적으로 벨로나가 가장 좋아하는 말이었다.

"알았어요. 그럼 내일…… 새벽 6시에."

그나마 내뱉은 벨로나의 절충안에 로웰이 고개를 끄덕였다. 안 그럼 정말 뛰쳐나갈 것 같았다. 약초에 대한 애정이 깊다는 건 알고 있었지만 설마 이 정도일 줄이야.

"내가 6시까지 네 집까지 가지."

"아니, 혼자 다녀와도 되는……."

"안 돼요!! 누나!! 절대 혼자 가지 마세요. 혹시 나쁜 사람이 누나 막 해코지하고 그러면 어떡해요. 그러니까 도움 따위 별로 안 될지라도 로웰 형이라도 꼭 데려가세요."

슈가가 고개를 주억거리며 벨로나에게 말했다. 어쩐지 최근 점점 슈가의 말투가 거칠어지는 듯했지만 그러려니 하고 있는 중이었다. 해맑게 웃는 모습이 거짓으로 보이지는 않았으니까 평소에 내숭을 떠는 것은 벨로나가 참견할 일은 아니었다.

"나는 애가 아니야. 나름대로 혼자서도 잘 할 수…… 알았어……."

울먹울먹한 눈으로 고개를 도리도리 젓는 슈가를 어찌하리오. 결국 슈가의 눈빛에 이기지 못한 벨로나가 고개를 끄덕였다. 어린아이에게는 약하디약한 여자의 본성이었다. 나름대로 스스로를 억지로 납득시켰다.

"알았어, 집에 갈게요. 내일 봐요."

벨로나가 집으로 돌아가기 위해 몸을 돌려 나가려는 순간, 로웰이 벨로나가 메고 있던 가방을 빼앗아 갔다.

"어?! 무슨……."

"아무리 봐도 이대로 집 간다고 하고 마차 타러 갈 것 같으니 짐은 내가 내일 아침에 가져가지."

자그마한 가능성조차 완전히 차단해 버리는 로웰의 모습에 벨로나가 쳇- 낮게 혀를 차며 문을 차듯 열고 밖으로 휙 나갔다. 그 일련의 사태에 로웰의 얼굴이 황당함으로 굳어졌다. 설마 정말 그런 생각을 했던 건가 싶었다. 가볍게 손을 흔든 벨로나가 흐느적거리는 몸을 이끌고 집으로 발을 옮겼다.

"로웰 형, 덕후는 건드리는 게 아니랬어요."

"사돈 남 말. 약초가 아니라 독초였으면 네가 저렇게 날뛰었을 거 아닌가."

다리를 툭툭 두드리며 짐짓 진지하게 말하는 슈가의 목소리에 로웰이 헛웃음을 내뱉으며 대꾸했다. 발로 밀어내듯 슈가를 약국 안으로 들여보낸 로웰이 문을 잠갔다. 그러자 슈가가 짓궂은 얼굴로 웃음을 터뜨렸다.

"그래서, 황제한테 뭐가 켕기는 게 있어서 나갔다 온 거야, 형은?"

벨로나가 없어지자마자 사탕을 꺼내 오물오물 먹으며 본래의 모습으로 돌아온 슈가를 슬쩍 쳐다본 로웰이 대꾸도 하지 않은 채 이불을 꺼내 구석자리로 가져갔다. 명백히 대답을 피하는 로웰의 모습에 슈가가 흐음- 작게 침음을 흘렸다.

"형은 누나나 잘 데리고 다녀와. 벨로나 누나는 어쩐지 위험한 일을 사서 할 것 같아서 걱정이야."

"아니까 쫓아가는 거다. 하여튼 넌 내숭이나 적당히 떨어."

"하하하, 형만 할까. 내가 뒤에 있을 때 형 소문을 얼마나 많이 들었는데."

키득키득 웃음을 터뜨린 슈가가 의자에 앉아 다리를 흔들면서 말했다. 레이먼도 식탁을 다 치웠는지 어쩐지 너덜너덜해 보이는 이불을 가지고 와 로웰의 옆에 깔았다. 그리고는 로웰의 덮는 이불 속에 몸을 욱여넣었다. 로웰의 얼굴이 확 찌푸려졌다.

"으웩- 둘이 잘 안고 자요, 착한 어린이 슈가는 이만 꿈나라에 갈게요."

토하는 시늉을 해 보였던 슈가가 이글거리는 로웰의 눈빛에 의자에서 뛰어내리고는 창고 안으로 쏙 들어갔다. 로웰의 눈동자가 짜증스럽게 감겨졌다.

세 남자의 깊은 밤이 찾아왔다.

3

데이트와 약초 채집의 상관관계

번쩍- 벨로나가 눈을 정말 번쩍 뜨며 빠르게 몸을 일으켰다. 어느 때보다 빠른 속도로 벌떡 몸을 일으킨 벨로나가 입기 편하게 펼쳐 놓은 옷에 몸을 집어넣었다.

5시 50분. 벨로나가 대충 옷을 챙겨 입고 문을 잠그고 밖으로 나왔다. 아직 안 왔는지 주변은 고요했다. 벨로나의 다리가 초조한 듯 떨리고 있었다.

"내가 이럴 줄 알았지. 잠은 제대로 잤나?"

이른 시각부터 나와서 잔뜩 조급한 표정으로 서 있는 벨로나에게 로웰이 한숨을 쉬며 물었다.

"늦었잖아요, 로웰! 제 가방!"

"……아직 6시 안 됐다."

로웰이 작은 목소리로 벨로나의 타박에 반박했다. 문제는 반박을 하든 말든 벨로나는 로웰의 손에서 가방을 빼앗아 등에 메고서야 만족스럽게 고개를 주억거렸다는 것이었지만.

잔뜩 상기된 표정으로 앞장서는 벨로나의 모습에 로웰도 허리춤에 찬 검을 점검하듯 한 번 매만지고 뒤따라갔다.

"너 잠은 제대로 잤나?"

돌아오지 않는 대답에 로웰이 또다시 물었다. 벨로나가 어깨를 으쓱이고는 대답을 피하며 마차가 늘어서 있는 마차 정류소로 향했다. 정말 도도도도 신나게 뛰어가는 모습에 로웰이 헛웃음을 삼켰다. 두 달 동안 저렇게 상기된 표정으로 뛰어다니는 벨로나의 모습은 단 한 번도 본 적 없었다.

"로웰, 이거면 될까요?"

마차에도 종류가 많았다. 종류라고 하기보다는 급이라고 하는 편이 옳았다. 고급스럽고 편하게 만들어진 마차가 있는가 하면 가까운 거리나 혹은 주머니 사정이 여의치 않는 사람들이 사용할 수 있는 나무로 된 딱딱하고 허름한 마차도 있었다. 그중 벨로나가 가장 저렴해 보이는 마차를 툭툭 두드리며 로웰에게 물었다.

벨로나가 자랑스레 치는 마차를 본 로웰의 얼굴이 구겨졌다. 적어도 5-6시간은 가야 할 거리인데 저 딱딱한 나무 의자에 앉아서 가겠다는 벨로나의 발상을 이해할 수가 없었다. 자신은 그렇다 쳐도 초심자에게는 무리였다.

"저걸로 하지."

로웰이 벨로나의 뒤에 있는 다른 마차를 가리켰다. 척 보기에도 나 비싸요라고 말하듯 고급스럽게 꾸며지고 내부조차 푹신한 소재로 만들어져 있었다. 로웰의 취향에 벨로나가 슬쩍 뒤를 돌아 마차를 바라봤다. 이번엔 벨로나의 얼굴이 구겨졌다.

"저거 왠지 엄청 촌스러워요, 쪽팔리고. 저걸 가지고 가면 아무리 봐도 시선 집중될 것 같단 말이에요."

벨로나가 불만스러운 표정으로 고개를 저으며 로웰의 말에 반대

의사를 표명했다.

"……내 눈엔 저게 더 촌스러워. 그리고 저거 타고 거기까지 갔다 간 네 허리 나간다. 얼마나 딱딱한 줄 아나?"

"그렇지만 이거…… 무슨 마차가 의자가 하나밖에 없어요!! 맞은편에 무슨 의자를 안 두고 음료랑 술을 가져다 뒀어요?!"

벨로나가 로웰이 가리킨 마차를 활짝 열어 보이며 손가락으로 안을 가리켰다. 언제 또 그 안을 본 것인지. 아마 귀족들이 주로 이용하는 마차여서 그들의 취향을 맞춰 서비스를 해 주는 모양이었다. 저 안에 여자도 들어갈 수 있다는 사실을 로웰은 굳이 말하지 않았다. 보통의 마차는 의자가 길쭉한 것이 두 개가 마주 보고 있는 편이었는데 이 마차는 의자 하나만 있고, 맞은편에는 음료들이 놓여 있고 바닥에도 푹신한 이불 같은 것을 깔아 두었다.

"같이 한쪽에 앉아 가면 되잖나."

"아! 물론 그런데!! 전 저 길쭉한 의자 하나를 다 사용해서 누워서 잘까 생각했다고요!!"

벨로나가 불만 가득한 표정으로 로웰에게 항의했다. 사실 로웰에게 항의한다고 달라지는 것은 그다지 없었지만.

"바닥이 푹신해."

로웰이 딱 한 마디로 마차를 표현했다. 로웰의 설명 아닌 설명에 벨로나가 마차를 슥 훑더니 이내 조심스레 손을 뻗어 마차 바닥을 꾹꾹 눌렀다. 그리고는 금세 화악 밝아진 얼굴로 로웰을 쳐다봤다. 마치 신세계를 봤다는 표정에 로웰이 벨로나 몰래 작게 웃으며 마부에게 값을 지불했다.

"미벨 마을까지."

값을 지불한 로웰이 아직 올라가지 못해서 낑낑거리는 벨로나를 가만히 쳐다보다 그녀를 한 손으로 안아 올렸다.

"으아악! 로, 로웰?!"

"가만히 있어. 올라가지도 못하고 낑낑거릴 거."

"아니, 누가 마차를 이렇게 높게 만들어요?! 올라가다가 다리 찢어지겠네."

벨로나가 흔들거리는 몸에 로웰의 목을 끌어안으며 불만을 토해 냈다. 벨로나의 꽤나 자연스러운 손길에 로웰의 몸이 살짝 굳어졌다가 이내 아무렇지도 않은 듯 풀어졌다. 벨로나를 한 팔로 꽉 끌어안은 로웰이 마차에 한 손을 짚고 뛰어올라 안으로 들어갔다.

귀족들은 높은 곳을 좋아한다. 적어도 평민들과 같은 위치에 앉는 것을 원하지 않았다.

"다들 다리 찢기 운동이라도 하나 보지."

로웰이 대충 대답하며 의자에 벨로나를 앉혔다. 보통은 마부나 아니면 심부름꾼을 밑에 꿇려 놓고 그들의 등을 계단 삼아 마차에 올라타는 편이었다. 굳이 그런 실태를 로웰은 벨로나에게 이야기하지 않았다. 알게 된다면 어쩐지 또 사고를 칠 것 같았다.

"와, 저 남자한테 안겨 본 거 처음이에요. 의외로 좋네요."

붕 떠서 단단하게 고정된 몸과 더불어 무엇보다 제 발로 걷지 않아도 된다는 사실이 나름대로 만족스러웠다. 벨로나의 정말 무드 없는 감상평에 로웰이 의자에 털썩 앉았다. 벨로나가 가방을 한쪽에 내려두며 바닥에 주저앉았다. 푹신한 게 기분이 좋았다.

"로웰, 저 자도 돼요?"

"일찍 자라고 했는데, 잠 안 잤지?"

"……아뇨? 잤어요."

1시간 정도. 벨로나가 뒷말을 목 안으로 삼키며 말했다. 로웰의 의심 섞인 눈초리가 벨로나에게 꽂혔다. 기대로 두근거리는 가슴을 붙잡으며 쿨쿨 잘 수 있는 사람이 과연 몇이나 될까. 벨로나가 스스로

합리화를 시켰다.

"이리 와. 풍경이 멋있다. 여행은 처음인가?"

로웰의 말에 벨로나가 성큼성큼 기어 의자에 앉았다. 움직이기 시작한 마차는 의외로 덜컹거림도 없고 편했다. 이제 막 어슴푸레한 새벽빛 위로 태양이 떠오르고 있었다. 마치 태양이 검은 구름들을 몰아내는 것 같은 광경이었다.

"멋지다. 여행이라고 할 건 아니지만 몇 번 신약초가 발견됐다고 하면 어릴 때도 종종 다니고는 했어요. 예전에는 마차는 못 타고 거의 걸어 다녔지만. 거의 한 달을 밖에서 노숙했던 적도 있고, 숲에 잘못 들어가서 죽을 뻔했던 적도 있어요."

벨로나가 그때 기억을 떠올리는지 몸을 부르르 떨며 대답했다. 로웰이 황당하다는 표정으로 벨로나를 내려다봤다. 정작 벨로나는 창문 밖에 시선을 고정한 채 아무렇지도 않게 말하고 있었다.

"몇 살 때?"

"어……. 한, 열다섯 살부터일걸요? 부모님이 약초상인이어서 여기저기 많이 돌아다니시느라 거의 집을 비우다시피 했거든요. 그래서 그 틈을 타서 나갔다 오고는 했어요."

약초를 캐는 것도 즐겁고, 그 효능을 시험해 보는 것도 즐거웠다. 막상 가면 비슷한 또래의 사람은커녕 같은 성별의 사람을 찾기도 힘들었기 때문에 조금 외로웠던 걸 제외하면 나름대로 즐겁고 행복한 시간이었다. 그것도 부모님이 돌아가신 후로는 약국 차리는 준비에 바빠서 거의 하지 못했지만.

"와아- 진짜 이런 데는 애인이랑 오면 좋을 것 같네요. 풍경도 엄청 멋있고. 안 그래요, 로웰?"

"애인? 남자에는 관심이 없는 줄 알았는데."

로웰이 어쩐지 뚱한 표정으로 벨로나에게 말했다. 뒤에서 좋지 못한 표정을 하고 있는 로웰을 아는지 모르는지 벨로나는 창밖에서 눈을 떼지 못하고 있었다. 점점 올라오는 태양이 눈으로 느껴질 정도였다. 그러고 보면 이런 여유조차 벨로나는 가진 적이 없었다. 약국을 차리고는 더 그랬던 것 같다.

"저도 남자 좋아하는데요. 잘생긴 사람도 좋아하고, 매너 있는 사람한테 종종 설레기도 하고. 저랑 같이 약초 캐러 다닐 수 있는 그런 사람이 있었으면 좋겠어요."

벨로나가 창밖에서 시선을 떼며 말했다. 솔직히 외로운 것도 사실이었고, 함께 약초 이야기를 나누면서 약초도 캐고 손잡고 다닐 수 있는 사람이 있으면 어떨까 싶었던 적도 몇 번 있다. 종종 화려한 꽃을 들고 찾아와 제 멍청함을 뽐내며 고백하는 것에 연연하는 놈들이 아니라.

"나는."

"네? 로웰이 왜요."

"나는 안 잘생겼나?"

로웰이 벨로나를 쳐다보며 말했다. 로웰의 돌직구에 벨로나의 얼굴에 의아함이 떠올랐다. 잘……생겼다. 상위 1% 얼굴이었다. 보면 정말 이렇게 만들어지기도 쉽지 않겠다는 생각을 할 정도였다. 그만큼 남자답고, 믿음직스럽고, 잘생겼다. 물론 이 얼굴로 여전히 상위 1%의 범죄자라는 것도 아깝다.

"잘생겼는데요."

그것도 굉장히- 벨로나가 뒷말을 덧붙였다.

"근데 왜……."

"그런데 로웰은 저희 약국 직원이잖아요. 직원한테 이상한 감정 가지면 안 되죠. 저 이런 거에는 깐깐하니까 너무 걱정 마세요. 아, 그리고, 로웰은 사실 일 때문이지 원래는 약초나 사람 치료하는 거에 별로 관심 없잖아요."

벨로나의 대답에 로웰의 눈썹이 꿈틀거렸다. 대답만 하고 다시 고개를 돌려 버리는 벨로나의 모습에 로웰이 어쩐지 잔뜩 뚱한 표정을 지우지 않으며 말을 툭 내뱉었다.

"망할…… 직원을 관두든가 해야지."

로웰이 반대쪽 창문으로 고개를 돌려 버리며 말했다. 굉장히 작은 목소리였기 때문에 벨로나도 제대로 듣지 못했는지 로웰을 쳐다보며 질문을 던졌다.

"갑자기 근데 왜 그런 얘기를 꺼내요? 아! 혹시 좋아하는 사람이라도 있어요?"

……로웰이 정말 근심이 가득한 깊은 한숨을 내쉬며 해맑은 표정의 벨로나와 눈을 맞췄다. 예전에는 꽤나 피하더니 요즘은 눈빛을 피하지 않는다는 것만이 그나마 유일한 위안이었다.

"있어."

"와아, 정말요? 우와, 어머, 어떡해. 대박! 완전 의외예요. 하긴, 로웰은 잘생겨서 여자들이 줄 설 것 같기는 했지만요. 어때요? 예뻐요?"

오늘따라 벨로나가 꽤나 텐션이 높았다. 약초로 인해 전체적으로 기분이 좋은 모양이었다.

"그냥 보통. 쓸데없이 착하고, 미련해. 위험한 짓도 잘해서 눈도 못 떼겠고. 호기심 가득한 폭군 고양이를 보는 느낌이다."

"와……. 옆에 있으면 되게 힘들 것 같은 사람이네."

제 이야기라는 것을 조금도 모르는 벨로나가 여전히 숨김없는 감상평을 내뱉었다. 로웰이 벨로나에게서 눈을 떼지 않으며 대답했다.

"그래도 사랑스럽다. 언제나 반짝거리며 빛나거든."

로웰이 옅은 웃음을 흘리며 드물게 부드러운 목소리로 말했다. 로웰의 처음 보는 모습에 벨로나가 눈을 크게 떴다.

로웰에게 벨로나는 그랬다. 어느 순간부터 하나의 목표이자 빛이었다. 옆에 있으면 약초든 사람이든 애정을 다하는 것이 뻔히 보였다. 입으로는 툴툴거려도 결코 대충 하는 법이 없었다.

"그래서 5년 동안 짝사랑 진행 중이지. 아무래도 내가 좋아하는 걸 요만큼도 모르는 모양이거든. 요즘은 옆에서 꽤 뱅뱅 맴돌고 있는데도 말이야."

로웰이 한탄하듯, 혹은 비꼬듯 말을 내뱉었다. 시선이 정확히 벨로나에게 고정되어 있었지만 벨로나는 놀라 까무러칠 지경이라 전혀 눈치채지 못했다. 한참 동안 입을 벌린 채 놀란 표정으로 있던 벨로나가 분통을 터뜨렸다.

"헐, 고백해야죠! 5년이 뭐야, 여자도 눈치 더럽게 없네. 아니, 이렇게 잘생긴 로웰이 옆에서 맴돌고 있으면 좀 알아줘야죠! 정말, 대체 누구예요?!"

잔뜩 열이 오른 벨로나가 로웰에게 물었다. 로웰이 벨로나의 말을 기다렸다는 듯 대답하기 위해 입을 열었다.

"누구긴 ㄴ......."

"아, 근데 로웰 약국 일 때문에 바쁜 줄 알았는데 저녁에는 그래도 여자 만나러 다녔구나. 하여튼 체력 만땅이네요. 부러워요. 아, 그래서 누구라고요?"

너다— 하고 말을 하려던 로웰이 벨로나의 산통 깨는 발언에 입을 꾹 다물었다. 그래, 얘는 이렇게 말해도 못 알아듣는 여자였지.

드물게 용기를 냈던 로웰은 결국 늦은 밤 여자를 찾아가는 체력 만땅의 남자가 되어 고개를 돌렸다.

"너, 입 다물고 그냥 자라."

로웰이 흔치 않게 지친 표정을 지으며 벨로나를 바닥에 밀어냈다.

갑작스레 밀려난 벨로나가 어리둥절한 표정으로 로웰을 쳐다봤다. 로웰이 삐졌다는 느낌을 지울 수가 없었다.

"로웰, 화났어요?"

"아니. 전혀, 조금도 화나지 않았다."

왜 부정하는 언어가 세 개나 들어가는 건가. 저건 화났다는 말과 동일했다. 어디에서 또 핀트가 나간 것인지 벨로나가 잠시 고민했다. 하지만 마땅한 답이 떠오르지 않아 벨로나의 얼굴에 물음표가 둥둥 떠다녔다.

로웰이 다시 한 번 벨로나를 바라보더니 깊은 한숨을 내쉬었다.

"로웰도 사랑을 하는구나. 저도, 해 보고 싶어요."

전생에서는 일에 치이느라 연애를 못 했고, 여기서도 먹고살기 바쁘고, 마땅히 교류할 공간도 없어서 연애를 했던 적은 없었다. 물론 고백을 받은 적은 여러 차례 있었다.

종종 시간 날 때 읽은 로맨스 소설에서는 길거리를 가다가 여자가 손수건을 떨어뜨리면 거기서부터 사랑이 시작되기도 하고, 다친 남자주인공을 마침 여자주인공이 발견해서 치료해 주다가 그렇게 눈이 맞는 경우도 있었다. 심지어 여행 중에 만나는 사람도 있었고, 정략 결혼을 했다가 냉혈한 남자주인공이 점점 사랑에 빠진다는 내용도 있었는데…… 제 인생에는 하나도 없다.

"왜, 넌 좋아했던 사람도 없나?"

"없어요. 여유도 없었고, 다른 여자들처럼 여성스러운 것도 아니고, 손수건이 날아가면 욕하면서 쫓아간 뒤에 몸을 날려서 잡는 게 제 스타일이라서."

손수건이 바람에 날아갔는데 꺄악- 할 겨를은 벨로나에게 없었다. 일단 튀어나가서 붙잡는 것이 우선순위였다. 요컨대 흔히 바라는 연애 소설의 주인공은 될 수 없다는 이야기였다. 열받으면 삽을 들고 무식하게 내려치기도 하고, 남자의 중요한 부위를 무릎으로 올려치기도 했다.

"뭣보다 마음 가는 사람도 없었고요. 같이 손잡고 여행도 다니고, 약초도 캐고, 힘들 때 의지할 수 있는 사람이 있었으면 좋겠는데…… 뭐, 솔직히 그런 사람이 어디에 있겠어요."

벨로나가 양반다리를 한 채 바닥에서 창문으로 보이는 하늘을 올려다봤다. 오랜만에 진지한 이야기를 했더니 몸에서 닭살이 돋을 것 같았다.

벨로나가 손을 뻗어 음료를 하나 가지고 와 잔에 콸콸 따랐다. 달콤한 향이 나는 것이 과일을 갈아 만든 것 같았다.

"왜 없어. 있어."

"……와아, 로웰이 위로도 해 준다."

벨로나가 박수를 짝짝 치며 정말 놀랍다는 눈으로 로웰을 쳐다봤다. 그 노골적인 반응에 로웰의 얼굴이 다시 구겨지기는 했지만 벨로나는 키들거리며 눈꼬리를 휘어 기분 좋게 웃었다. 그 신선한 모습에 로웰이 멍하니 벨로나를 바라보다가 슬쩍 고개를 돌렸다. 귓불이 정말 미세하게 붉게 달아오른 건 아마 로웰도, 벨로나도 몰랐음이 분명했다.

"그러고 보니 내가 말하는 걸 잊었는데, 로웰도 이번 달부터 월급 드릴게요. 사실 처음에는 되게 조금 그랬는데, 생각보다 진지하게 열심히 하셔서 감사히 생각하고 있어요. 로웰이 온 뒤로는 밤손님들이 부쩍 줄어든 것도 있지만요."

"어디 아픈가?"

평소라면 절대 할 리 없는 벨로나의 말에 로웰이 진지한 표정으로 그녀의 이마에 손을 얹었다.

"아프진 않은데, 로웰 손 시원해요……."

234

눈을 감고 기분 좋게 중얼거린 벨로나가 로웰을 다시 바라보며 말했다.

"정말 고맙게 생각하고 있으니 제 감사함을 매도하지 마시죠."

"곧 도착이다. 저기 멀리 마을 보이네."

로웰이 벨로나의 말을 듣는 둥 마는 둥 하며 빠르게 화제를 전환했다.

아직 점으로만 보이는 마을이 대체 어떻게 보인다는 것인지. 창틀에 손을 얹고 빼꼼 고개를 내밀어 본 벨로나가 짜게 식은 눈동자로 로웰을 바라봤다. 반대쪽 창문에 고개를 돌린 채 볼 생각도 하지 않았지만.

"아직 한참 남은 것 같은데…… 저 점 같은 게 마을인가요?"

미간을 찌푸리고 쳐다봐도 벨로나의 눈에는 점들이 옹기종기 모여 있는 것으로밖에 보이지 않았다.

벨로나가 의자에 앉아 창틀에 기대어 눈을 감았다. 이제 거의 도착이라고 생각하니 잠이 솔솔 쏟아졌다.

"그러게 미리 자라니까. 쯧."

암전되는 시야와 꺼져 가는 사고 속으로 들려온 목소리를 마지막으로 벨로나는 완전히 잠에 빠져들었다. 완전히 잠에 빠지기 직전 따뜻한 무언가가 몸 위에 사뿐히 덮인 느낌이 들었다.

"일어나, 도착했다."

귓가에 들리는 낮은 목소리에 벨로나가 살짝 몸을 떨었다. 웅크리며 의자 구석으로 파고들려는 벨로나의 어깨를 잡은 로웰이 다시 살살 흔들었다. 벨로나가 그때서야 느릿하게 눈을 떴다. 그리고 상황 파악을 했는지 벌떡 몸을 일으켰다.

"약초!!"

"그러잖아도 마을이 난리야. 유명 상단부터 내로라하는 의사들이나 약초상인들도 대거 몰려왔는지 아주 시끄럽다."

문제는 거기였는지 로웰의 얼굴이 일그러져 있었다.

벨로나는 슬쩍 마차 밖으로 고개를 내밀자마자 로웰의 얼굴 표정을 이해할 수가 있었다. 약초를 판매하는 상인들은 몇몇으로 정해져 있는데 몰린 사람은 엄청나게 많았다. 게다가 일부러 경쟁을 과열시킬 요량인지 약초를 경매에 부치고 있었다.

벨로나가 머리를 짚으며 마차에서 내렸다. 불리는 가격을 보니 대부분 골드 단위에서 끝나고 있었다. 품질에 따라 가격을 매기는 모양이었다.

"로웰, 잠시만 기다려 보세요. 저 잠깐 안에 들어갔다 올게요."

벨로나가 가방을 로웰에게 맡기고 인파 속으로 파고들었다. 후끈후끈한 열기와 남자들 특유의 땀 냄새가 벨로나의 코를 찔렀다.

안으로 파고든 벨로나는 약초에 최대한 가까이 다가가 약초의 모양을 자세히 살폈다. 세 종류가 있었는데 확실히 전부 처음 보는 약초였다. 그렇다고 이렇게 경매에 부친다는 건 말도 안 되는 일이었지만.

"으악, 잠깐만 좀 비켜 주……."

"이건 또 뭐야? 여자는 이런 데 끼는 거 아니다. 얼른 안 나가?"

"……뭐요? 내가 여자라 여기 끼면 안 된다는 건 무슨 논리예요?"

귓가를 자극하는 말에 인간 장벽에서 빠져나가기 위해 버둥거리던 벨로나가 목소리를 낮추고 고개를 번쩍 치켜든 채 말을 한 중년의 남자를 바라봤다. 모양새를 보아하니 어느 상단에서 나온 모양이었다. 아니면 상단에 소속된 약초상인이든가.

"어디서 대거리야? 얼른 안 꺼져?"

"대답부터, 하시라고. 그쪽은 어디서 말을 놔요."

벨로나가 잔뜩 곤두선 목소리로 덩치도 꽤나 큰 남자에게 덤볐다.

경매에 집중하던 다른 남자들의 시선이 중앙으로 몰렸다. 그러거나 말거나 이미 기분이 상할 대로 상한 벨로나의 얼굴은 조용히 물러날 기미가 없어 보였다.

벨로나가 주먹을 꽉 쥐었다. 세상에서 제일 싫어하는 말이 '여자라서' 혹은 '어려서', 이거 두 개였다.

왜? 어려도, 여자여도 능력만 되면 되는 것 아닌가. 전생에서부터 지금까지 얼마나 많은 차별을 받았는지를 생각하면 이가 갈렸다. 그런데 여기에 와서도 차별이라니. 지금 말투는 완전히 가까이 가면 약초가 부정한 기운을 타니 다가가지 말라는 것 같지 않은가.

"이 어린년이 미쳤나, 갑자기 여기 들어와서 무슨 행패야? 어? 돌았어? 돌았냐고."

남자가 두꺼비 같은 손을 뻗어 벨로나의 머리를 툭툭 쳤다. 그 명백히 개념 없는 행동에 벨로나의 마지막 이성이 그대로 끊어졌다. 짜악- 벨로나가 남자의 두툼한 손을 팔로 거칠게 쳐 냈다.

"내가 갑자기 들어온 건지 아닌지는 네가 어떻게 알고 나한테 반말이에요. 어린년한테 이런 취급당하기 싫으면 개념을 챙기든가요. 거지 같은 약초들만 경매에서 할당받아 놓고는."

벨로나가 흘긋 남자의 바구니에 담긴 약초들을 보고 비웃음을 흘렸다. 돈이 없는 것인지 아니면 보는 눈이 없는 것인지 뿌리 부분에 힘이 없고, 이파리가 좀 말라 보이는 것이 모두 하급 품질의 약초였다. 어디다 쓰려고 하는지는 몰라도 아마 가져가는 동안 말라비틀어지지 않을까 싶었다.

"뭐? 이게 무려 5골드짜리, 7골드짜리다!! 어디서 함부로 입을 놀려?!"

남자가 약초를 하나하나 가리키며 커다랗게 소리쳤다. 당장이라도

237

때릴 것 같아 물러설 법도 한데 벨로나는 땅에 발을 단단히 디딘 채 움직일 생각을 하지 않았다. 로웰이 이상한 상황을 파악했는지 저 멀리서 성큼성큼 다가오고 있었다. 굳어진 얼굴이 사람 몇은 그냥 죽이게 생겼다.

"아, 예. 그러세요. 축하드려요. 기부하셨네요. 그쪽이야말로 눈도 없으면서 약초상인이랍시고 그딴 표식 달고 다니지 마시고 그만두는 게 어때요?"

"이게 여자라서 손을 안 대려고 했더니 기어오르네!!"

두툼한 두꺼비 손이 허공에 들렸다. 벨로나가 코앞까지 다가온 로웰을 슬쩍 보고는 한 발자국 뒤로 살짝 물러났다. 아니나 다를까 로웰이 남자의 손목을 움켜쥐곤 그대로 다리를 걸어 허공에 띄웠다. 쿠웅- 묵직한 소리가 땅을 울렸다.

"가방 들고 저리 가 있어라."

로웰이 벨로나에게 가방을 던지며 아까 자신이 서 있던 자리를 가리켰다. 벨로나가 순순히 고개를 끄덕이고 가방을 멘 채 로웰이 가리킨 자리로 발걸음을 옮겼다. 로웰이 벨로나가 사라진 것을 확인하고 나서야 검집으로 남자의 목젖을 짓누르고 배를 발로 밟으며 말했다.

"어디 함부로 손을 대, 죽고 싶어서."

"케켁- 케엑-"

숨이 막히는지 커다란 몸을 이리저리 심하게 흔드는데도 불구하고 로웰의 검은 조금도 미동이 없었다. 오히려 조금 더 세게 목을 압박해 오는 검집에 남자의 눈에 흰자위가 드리웠다.

"하루 정도 머물 예정이다. 누구든 이런 식으로 저급하게 구는 것들은 똑같이 될 줄 알아. 누구는 손도 못 대고 있는 게 5년째인데."

로웰이 흐릿해지는 남자의 눈동자를 보며 말했다. 남자가 발버둥을 완전히 멈추고 기절을 했을 때쯤에 다시 검을 허리춤에 찬 로웰이 살아 있는 걸 확인이라도 하려는 듯 남자를 발로 한 번 걷어찼다. 꿈틀거리며 움직이는 모습을 잠시 바라본 로웰이 벙찐 얼굴로 쳐다보는 무리들을 한 번 보고는 사뿐한 발걸음으로 벨로나에게 향했다.

"뭐 했어요?"

벨로나가 물었다. 꽤나 멀리 떨어져 있는 덕분에 소리도 잘 안 들렸고, 행동도 제대로 보이지 않았다. 잠시 로웰이 벨로나를 쳐다보고는 어깨를 으쓱이며 대답했다.

"충고, 그래서 굳이 저 안에 들어가서 일을 벌이고 온 이유는 뭐지?"

"제가 안 벌였어요. 저 덩치 큰 떡두꺼비가 개념 없이 군 것뿐이에요. 잠깐 약초 좀 보고 왔죠."

"약초? 왜, 원하는 게 아닌 건가?"

로웰의 질문에 벨로나가 설마요- 대꾸를 하고는 고개를 저었다. 벨로나가 주변을 휙휙 둘러보더니 수풀 쪽을 손가락으로 가리켰다.

"저 안에 가 봐요."

"왜."

"캐야죠, 약초. 전 저렇게 질 나쁜 거 사고 싶은 마음 없어요. 다들 일단 사서 효능 시험이나 해 보자고 하는 것 같은데…… 저는 제 손으로 캐야겠습니다."

벨로나가 가방에서 작은 모종삽과 약초를 담을 수 있는 투명한 비닐의 도톰한 봉투를 꺼내더니 로웰을 보며 씨익 웃었다. 잔뜩 개구진 아이가 어떤 사고를 칠까 진지하게 고민하는 것 같아서 로웰의 얼굴이 자못 심각하게 변했다.

"자고로 약초는 직접 캐는 게 답이랬어요."

"이 넓은 데서 어떻게 찾게."

"괜찮아요, 저거 약초 세 개 다 습한 데서 나는 것 같으니 습한 곳을 좀 찾으면 되죠."

벨로나가 휙휙 고개를 돌리며 발걸음이 가는 대로 일단 대충 움직였다. 그 대책 없는 발언에 로웰이 깊은 한숨을 내쉬었다. 하여튼 벨로나는 굉장히 일을 벌이는 데에 천부적인 재능을 가지고 있는 것 같았다. 그래도 저렇게 신나서 뛰어다니는 벨로나를 보는 것은 처음이라 로웰은 말없이 그녀의 뒤를 따랐다.

"와아, 숲 냄새 좋죠? 로웰. 저 굉장히 좋아해요. 숲이나 이런 나무 우거진 곳들."

"눅눅하고 칙칙한 냄새밖에 안 나는데."

로웰이 느껴지는 대로 벨로나의 물음에 대답했다. 올라오는 건 눅눅하고 칙칙한 데다 간간이 섞여 있는 물비린내 정도였다.

"물비린내도 나네. 흙냄새랑."

로웰이 어깨를 으쓱이며 던진 말에 벨로나가 눈을 번쩍이며 쳐다봤다. 그 무섭기까지 한 시선에 로웰이 살짝 몸을 떨었다. 벨로나가 성큼성큼 로웰의 앞으로 다가오더니 양손에 삽과 봉투를 쥔 모습으로 입을 열었다.

"물비린내요? 어디서 나요? 어디서?"

로웰은 순간 저 스스로가 혹시 개가 된 것은 아닌가 싶었다. 아니면 눈앞의 여자가 저를 개로 여기는 것일지도 모른다고 생각했다. 하지만 로웰은 그 말을 내뱉기보다는 킁킁-거리며 물비린내가 강하게 나는 쪽을 찾는 것을 선택했다.

"저쪽인 것 같군."

한참 동안 냄새를 맡던 로웰이 그나마 조금 물비린내가 강하게 나는 쪽을 손가락으로 가리켰다.

"얼른 가요!"

그 말이 끝나기가 무섭게 벨로나가 잔뜩 상기된 표정으로 로웰의 손목을 붙잡고는 성큼성큼 가리킨 방향을 향해 걸어 들어갔다. 손목이 붙잡힌 로웰이 최대한 손에 힘을 빼며, 벨로나가 불편하지 않게 걸음을 맞춰 걸었다는 것은 평생 벨로나가 모를 일이었다.

한참 숲 안으로 들어가니 로웰의 말대로 늪처럼 생긴 곳에 고여 있는 물이 있었다. 벨로나가 기분 좋게 웃으며 늪 근처까지 다가갔다. 그리고 좌우로 고개를 돌리며 구석구석을 살피더니 이내 로웰을 한자리에 세워 두고는 혼자서 움직이기 시작했다. 나무 틈새부터 시작해서 뿌리 부근, 늪과 가까운 흙까지 벨로나가 열심히 뒤졌다.

한참을 몸을 쭈그린 상태로 마치 훈련이라도 받는 듯 걸어 다니던 벨로나가 한 곳에 멈춰 서더니 밝아진 얼굴로 소리를 질렀다.

"찾았다!! 아싸! 로웰, 이거 봐요!"

벨로나가 잔뜩 상기된 표정으로 삽을 꺼내 조심스럽게 약초를 주변의 흙까지 포함해 뿌리째 들어내 봉투 안에 집어넣고 꽉 닫았다. 옹기종기 모여 있는 약초 중에서 반 정도를 챙긴 벨로나가 뿌듯한 표정으로 로웰에게 달려와 그의 손에 약초 봉투 두 개를 올렸다.

"전 다른 것도 찾아볼게요. 로웰은 그거 절대 주의해서 들고 있어야 돼요? 무조건요! 떨어뜨리거나 힘줘서 뭉개면 안 돼요!"

여러 차례에 걸쳐 주의에 주의를 준 벨로나가 보지 않은 웅덩이 건너편으로 가더니 또다시 몸을 쭈그렸다.

벨로나가 쭈그린 상태로 걸어 다니며 눈동자를 굴렸다. 물의 바로 근처를 아슬아슬하게 걸어 다니는 벨로나의 모습에 로웰이 결국 그녀의 뒤를 졸졸 쫓아다니기 시작했다.

"습한 곳에 있다는 건 또 어떻게 알았지?"

로웰이 의아한 표정으로 벨로나에게 물었다. 벨로나는 아까 분명히 거의 확답을 하듯 습한 쪽으로 찾아보면 된다고 그렇게 말을 했다.

"아…… 그거, 간단해요. 약초 좀 살펴보면 나오는 일이에요."

벨로나가 고개도 돌리지 않은 채 대답했다. 진흙으로 인해 신발이 더러워지거나 말거나 벨로나는 쪼그려 앉은 상태를 계속해서 유지했다. 제법 허리가 아플 만도 한데 반짝이는 눈동자가 벨로나의 약초에 대한 집착을 보여 주고 있어 한마디 하려던 로웰이 입을 꾹 다물었다.

"아까 약초를 자세히 보니까 셋 다 비슷한 흙이 묻어 있더라고요. 근데 보니까 일반 흙이라기보단 진흙 쪽에 좀 가까워서……."

"잠깐 동안에 다 살펴본 건가?"

로웰의 말에 벨로나가 작게 웃음을 터뜨리며 고개를 끄덕였다. 예전부터 약초에 대한 집착은 꽤나 있었다. 전생에 의사였던 데다가 부모님이 약초상인을 하다 보니 오래 접하게 되었던 것도 영향을 끼친 것 같다.

벨로나가 무언가를 발견했는지 쪼그렸던 몸을 펴더니 이내 나무 아래로 다가가 듬성듬성 펴 있는 약초를 유심히 살폈다.

"아싸, 두 번째 약초 찾았다. 로웰, 제 가방에서 봉투 두 개 좀 꺼내 주세요."

벨로나가 잔뜩 신난 표정으로 제자리에서 한 번 뛰며 말했다. 벨로나의 말에 로웰이 성큼 한 걸음 만에 다가와 벨로나의 등에 있는 가방을 열었다. 챙겨 온 것이라고는 정말 약초를 채집하기 위한 것과 혹시 모르는 비상 약초가 전부인 듯했다.

벨로나의 손에 쥐여 주니 벨로나가 또다시 조심스럽게 뿌리째 약초를 들어 올렸다. 진흙이다 보니 어렵지 않게 뽑을 수 있었다. 꽤 여러 뿌리를 두 개의 봉투에 넣은 벨로나가 다시 로웰의 손 위에 있는 약초 위에 켜켜이 쌓아 올렸다.

"아, 아까 했던 말, 말인데 제가 원래 약초에 대한 집착이 심해요.

부모님이 예전부터 자주 출장 갔고, 집에는 항상 이런저런 약초와 약초 책이 널려 있어서 자연히 그렇게 됐어요."

벨로나가 그때서야 허리가 아픈 것이 느껴졌는지 몸을 일으켰다.

벨로나가 살짝 인상을 찌푸렸다. 찾을 만큼 찾았는데 마지막 약초가 눈에 보이질 않았다. 진흙이 묻어 있기는 했지만 어쩐지 진흙에서 자랄 만한 물건은 아니었으니까. 약초라기보다는 전생에서 봤던 뭇 식물과 비슷하게 닮아 있었다. 아마 그게 로웰이 말한 빨으면 투명한 색이 나오는 약초인 듯했다.

"하나가 안 보이네요. 조금 더 깊이 들어가 볼까요? 로웰."

"편한 대로 해. 난 뒤에서 쫓아갈 테니까."

로웰의 허락에 벨로나가 고개를 끄덕이고 조금 더 안쪽으로 발을 옮겼다. 질척거리는 흙이 상당히 기분이 나빴다. 꽤나 푹푹 발이 빠지는데도 불구하고 벨로나는 정말 씩씩하게 안으로 걸어 들어갔다.

나무를 붙잡으며 힘겹게 안으로 들어가던 벨로나가 문득 입을 열었다.

"그러고 보면 이렇게 누구랑 약초 채집하러 온 건 처음이에요. 로웰이 있어서 다행이에요. 덕분에 꽤 스산한데도 불구하고 무섭진 않네요."

벨로나가 작게 웃으며 솔직하게 감상을 내뱉었다. 평소 같으면 꽤나 움츠러들어서 빨리 찾으려고 혈안이었을 텐데 오늘은 그런 초조함이나 압박감이 없었다. 정말 다행이라고 생각하고 있었다.

보통 약초가 발견되면 대부분은 저렇게 경매에 부치는 편이었다. 그네들의 입장에서는 군이 발견 장소를 오픈해서 희소성을 떨어뜨리고 싶지도 않겠거니와 아마도 경매에 부치는 편이 값을 더 많이 받을 수 있고, 한동안 관광 상품으로도 활용할 수 있기 때문임이 분명했다.

하지만 그들은 약초 전문가가 아니기 때문에 대부분의 약초 상태가 좋지 못했다. 그럼에도 절대 발견 장소를 오픈하지 않으니, 약초 전문가들도 어쩔 수 없이 구입을 하곤 했다.

저처럼 이렇게 숲을 들어와서 채집하러 다닐 정도의 미친 사람은 아마 거의 없으리라. 아니면 마을 사람들과 뒷거래를 해서 마을 사람이 채취해 온 약초의 싱싱한 것을 바로 받는 편을 택하거나.

사실 벨로나도 돈이 없는 것은 아니니 그렇게 하면 몸이 편할 것은 뻔했지만, 어쩐지 그러고 싶지는 않았다. 토양도 살펴보고 싶었고, 무엇보다 이렇게 찾으러 다닐 때면 보물찾기라도 하는 듯 두근거리는 것을 억누를 수가 없었다.

"그거 다행이군."

"계속 누군가랑 같이 이렇게 약초 채집 다니면 즐거울 것 같아요. 아, 로웰이랑도 이렇게 나올 수 있어서 좋아요. 저희가 언제 또 나와 보겠어요."

가게가 본격적으로 굉장히 바빠지기 시작한 것은 로웰이 온 뒤부터였다. 그전에는 그런대로 혼자서 운영할 수 있을 정도였는데 불현듯 어느 순간부터 갑자기 바빠져서 결국은 일손을 늘리는 것은 물론 가게를 이전까지 하게 생겼다. 꽤나 성공적인 시간들이었다. 하지만 그렇다 보니 자연히 줄어드는 개인 시간은 어찌할 수 없는 일이었다.

"또 나오면 되잖나. ……둘이서."

로웰이 뒤에 느릿하게 본심을 덧붙이며 말했다. 그 목소리에 벨로나가 뒤는 돌아보지 않았지만 고개를 끄덕이고는 기분 좋게 웃으며 대답했다.

"그래요, 다음에 또 비슷한 일 있으면 슈가에게 약국 부탁해 두고 같이 와요. 저도 로웰이 있으니까 좋네요."

"그래. 또 오지."

생각보다 망설임 없는 대답에 로웰이 드물게 미소를 띠며 고개를 끄덕였다. 물론 뒤도 돌아보지 않은 벨로나가 볼 수 있는 미소는 아니었지만.

한참 안으로 들어가던 벨로나가 결국 걸음을 멈췄다. 질척거림이 더 심해지는 것 같았다. 주변을 휙 돌아보는 벨로나의 모습을 로웰이 가만히 뒤에서 지켜봤다.

"아무래도 여기 아닌 것 같아요, 로웰. 아무래도 그렇게 생긴 식물이 이런 질척한 진흙에서 자랄 것 같지도 않고. 아마 그 진흙은 다른 데서 묻었나 봐요. 습한 곳 말고 땅이 마른 곳으로 가 봐요."

끙끙거리며 발을 돌린 벨로나가 돌아왔던 길이 아닌 중간으로 빠져나가는 길을 통해 늪지대에서 빠르게 벗어났다. 옷은 따로 챙기지 않았는데 발목까지 진흙에 푹 절어 있었다. 벨로나가 지쳤는지 결국 나무에 기대어 주저앉아 다리를 쭉 펼쳤다.

"힘들어요. 체력 따위 약초 책만 볼 때 쓰는 저로선 더 이상 못 걷겠습니다. 그러니 잠시만 쉽시다. 로웰."

벨로나가 양손을 머리 위로 들어 올리며 항복 표시를 했다. 장난기 가득한 말투에 로웰이 벨로나의 바로 옆에 주저앉았다. 벨로나가 나무에 기댄 채 하늘을 올려다봤다. 빽빽하게 가려진 나무들 사이로 햇빛이 간신히 들여다보였다.

"어떤 약촌데?"

"어…… 일반적인 약초랑은 많이 다르게 생긴 거예요. 이렇게 뾰족하고 조금 단단하게 생긴 건데…….."

벨로나가 나뭇가지를 들어 땅 위에 모양을 그리며 말했다. 풀이라고 하기보다는 벨로나의 말대로 차라리 작은 나무라고 하는 편이 옳을 것 같았다. 로웰이 벨로나의 그림을 유심히 살펴보더니 몸을 일으키고는 허리춤에 차고 있던 작은 주머니에서 무언가 둥글둥글한 것을 꺼냈다.

"그러고 보니 깜빡했는데 이거 그놈이 도시락이라고 가져다주라더군. 새벽부터 아주 온갖 난리를 피우면서 만들어 댄 거다. 해 봐야 간단한 샐러드랑 과일 정도라지만."

"와…… 그래도 샐러드에 고기가 듬뿍 들어가 있는데요? 같이 먹어요."

벨로나가 봉지에 싸인 음식을 보고는 감탄사를 내뱉었다. 벨로나의 권유에 로웰이 다시 자리에 앉았다. 포크도 두 개 챙겨 준 것이, 나름대로 신경을 쓴 모양이었다. 벨로나가 쿡 찍어 고기와 샐러드를 한입에 집어넣었다. 땀을 엄청 흘려서 그런지 꿀맛이었다.

"맛있다아─! 그러고 보니까 로웰은 왜 범죄자가 됐어요? 설마 이것도 대답 안 해 줄 거예요?"

벨로나가 오물오물 샐러드를 먹으며 로웰에게 물었다. 아쉬울 것 하나 없을 것 같은 사람이 굳이 범죄자가 된 것에 벨로나는 나름대로 의문을 품고 있었다. 뭔가 커다란 원한이라도 있는 건가 싶었다. 벨로나도 그다지 올바르기만 한 가치관을 가지고 있는 것은 아니기 때문에 뭔가 원한이 있다면 당연한 일이구나 싶기도 했다.

"누가, 차라리 살아서 복수하라고 했거든. 덕분에 스승님도 만나서 검술도 배웠고."

"그래도 범죄자가 되어서 쫓기는 신세가 됐는데 후회는 없어요?"

"없다, 조금도. 지금은 살아서 다행이라고 생각해. 덕분에…… 만나고 싶었던 사람도 만났으니까."

로웰의 말에 벨로나가 고개를 끄덕였다. 속사정을 모르는 자신이 함부로 사람을 죽였으니 너는 나쁜 사람이다, 라고 단정 지을 필요도 없는 일이었다.

"그리고 적어도 넌 날 온전히 바라보고 있잖나. 지금은 그걸로 충분하다."

로웰이 벨로나와 눈을 마주쳤다. 분명히 평소와 같은 무서운 눈동자였지만, 어쩐지 그 안의 감정이 평소 제가 알던 감정과는 많이 달라 보였다.

로웰의 말에 벨로나가 입을 꾹 다물었다. 이런 분위기는 처음이었다. 곧 어색해질 것 같아서 벨로나가 로웰의 시선을 살짝 피하며 화제를 돌렸다.

"스승님! 로웰 스승님도 있었어요?"

뻔히 말을 돌린다는 것을 알고 있는 로웰이 가만히 벨로나를 쳐다봤다. 벨로나가 눈동자를 이리저리 굴리고 있었다. 그 어색함 가득한 모습에 결국 로웰이 마치 봐준다는 듯 고개를 끄덕이고는 대답했다.

"지금이야 생각할 수도 없겠지만 나는 예전에 검을 잡지도 못했다. 스승님을 만난 뒤에야 제대로 배웠지."

"로웰의 스승님이라니…… 상상도 안 가네요."

로웰처럼 딱딱한 표정에 검술의 달인을 생각했던 벨로나가 도리도리 고개를 저었다. 마땅히 저런 로웰이 스승으로 모실 만한 사람이 떠오르지 않았다. 콧대도 높을 것 같고, 심지어 남한테 절대 굽힐 것 같지 않은 로웰이 무려 '스승님'이라고 부르는 사람이라니…… 왠지 엄청난 포스를 지닌 사람일 것이 분명했다.

정말 눈빛으로만 사람을 죽이는 스킬을 가진 그런 사람.

"내 스승님은…….'

로웰이 정말 한참을 고민했다. 벨로나가 기대감 어린 눈빛으로 로웰을 바라봤다. 기억이 잘 나지 않는 것인지 아니면 이야기할 것이 너무 많아 정리가 안 되는 것인지 모를 정도로 말을 늘였다. 그러다…….

"내 스승님은 굉장히 여자를 밝히고, 바람둥이에, 뻑 하면 여자한테 뺨 맞고 오는 것이 일상인 데다 사람 부려 먹는 걸 좋아하고, 도박을 즐기면서 맨날 술 퍼먹고, 생활비 파탄 내며, 심심하면 싸움이나 해 대서 치안대에 끌려갔다 오던 분이셨지."

로웰이 얼굴을 딱딱하게 굳힌 채 빠르게 말했다. 정말 속사포로 말하는 것이 마치 정말 가슴속 깊이 안쪽에 쌓인 것부터 순서대로 꺼내 입 밖으로 내뱉는 느낌이라 벨로나가 드물게 당황한 표정으로 입을 벌린 채 굳어져야 했다.

"아, 아니 그게 무슨 스승……."

벨로나가 황당한 표정으로 로웰을 바라봤다. 설마 그것 때문에 세상에 불만이 쌓여 범죄자의 길로 들어선 건 아니겠지? 라는 걱정까지 될 정도였다. 로웰도 어쩐지 스스로가 한심하다는 표정을 하고 있었다. 벨로나의 황당함에 로웰이 한참 만에 다시 입을 열었다.

"……그래도, 검술 실력만큼은 제국 어느 누구도 따라올 수 없을 정도였다."

로웰의 말에 벨로나가 떨떠름하게 고개를 끄덕였다. 그런 성격이라면 어째 제대로 가르쳐 줬을지 의문이었다. 하긴 어떻게든 배웠으니까 로웰이 저런 커다란 범죄자가 되고도 살아남아 있는 것이겠지만.

"스승님은 어디 계세요?"

"방랑이라도 시작했겠지. 원래부터 한곳에 머물지를 못하는 사람이라서. 발길 가는 대로, 내키는 대로 사고나 치면서 다니고 있을 거다."

안 봐도 뻔하다는 로웰의 말투에 벨로나가 작게 웃음을 터뜨렸다. 평소 대부분 무표정이기만 한 로웰의 얼굴에 질렸다는 감정이 가득 담겨져 있었기 때문이기도 했지만, 그럼에도 불구하고 존경할 수밖에 없다는 얼굴이었기 때문이기도 했다.

"와…… 방랑이라니. 되게 자유로우신 분이신가 보네요."

"여러 의미에서 자유롭지, 스승님은. 그런 스승님께 검술 재능이 있다는 건 정말 축복해야 할 일인지 아니면 한탄해야 할 일인지 모르겠군."

로웰이 고개를 좌우로 저으며 말했다. 얼마나 질려 보이는지 차마 말로 다 할 수 없을 정도였다. 로웰이 어찌할 수 없겠지만 그럼에도 존경하는 스승임에는 분명했다.

"전 따로 스승님은 없었는데. 약초도 거의 부모님 밑에서 보면서 독학한 게 전부고요."

"부모가 꽤 방임주의였나 보군."

"어…… 방임주의라기보단 말씀드렸던 것처럼 아마도 바빠서 일이 우선이었던 게 아닐까 싶어요. 밥도 혼자서 먹는 일이 많았고, 생활비는 매번 줬지만 그래도 해 먹을 수 있는 음식은 한계가 있었어요."

벨로나가 샐러드를 오물오물 먹으며 마치 남의 일을 이야기하듯 느릿하게 말했다. 배가 꽤나 고팠는지 평소라면 수저를 내려놨을 것임에도 불구하고 벨로나는 아직까지도 계속 샐러드와 고기를 먹고 있었다. 로웰이 그런 벨로나를 바라보며 다시 한 번 입을 열었다.

"그런데도 음식 솜씨가 그 정도면 문제가 있군."

로웰이 벨로나가 차렸던 첫 식사를 상기시키며 말했다. 덕분에 다 타 버린 볶음을 꾸역꾸역 전부 먹을 수밖에 없었던 날이었다.

로웰의 지적에 벨로나가 슬쩍 눈치를 보며 고개를 돌렸다.

"그건…… 뭐, 연습하면 되겠죠."

"어쨌든 밤이라도 약국에 도착하려면 지금은 조금 빨리 움직이는 편이 좋겠다."

벨로나가 샐러드와 과일을 싹 비운 것을 보고 로웰이 포크를 내려 두며 말했다. 자신은 시각을 전혀 알 수 없는데, 로웰은 잘도 안다 싶었다. 고개를 끄덕인 벨로나가 힘없는 다리에 꾹 힘을 줘서 무릎을 붙잡고 몸을 일으켰다. 완전히 일어났다 싶었을 때 다리에 힘이 툭 풀어졌다.

"어−?"

휘청− 시야가 흔들리더니 곧 기울어졌다. 땅과 가까워지는 몸에 벨로나가 반사적으로 손을 뻗어 바닥을 짚으려고 했다. 눈을 감은 것과 동시에 넘어진 곳이 땅이 아니라는 것을 깨닫기 전까지는.

딱딱하고 단단하지만 땅과는 다른 부드러움을 가진 것에 벨로나가 눈을 조심스럽게 떠올렸다. 로웰이 몸을 낮춰 제 몸의 허리께를 끌어안고 넘어지는 것을 잡아 주고 있었다.

벨로나를 잡기 위해 한쪽 무릎을 꿇은 덕분에 로웰의 한쪽 바지에 흙이 가득 묻어 있었다. 로웰이 벨로나를 번쩍 안아 올려 나무 기둥 앞에 다시 앉혔다. 그 조심스러운 손길에 바지는 괜찮은지 물으며 털어 주려던 벨로나의 손이 멈칫했다.

"너! 아프면 아프다고 말을 해. 어쩐지 오늘 하루 종일 이상하게 텐션이 높다고 했지."

"저, 멀쩡한데요……?"

버럭− 화를 내는 로웰에 벨로나가 살짝 몸을 움츠리며 대답했다. 잔뜩 들떠 있기는 했지만 굳이 문제는 없었다. 로웰이 굳은 얼굴로 벨로나의 이마를 다시 짚었다. 아까 묘한 열감이 있고, 벨로나가 시원하다고 말은 했지만 그건 그냥 잔뜩 기대해서 몸에 열이 나는 줄 알았다.

"열이 좀 있어. 제발 무리 좀 하지 마라. 네 몸에도 좀 신경 써. 넌 너무 불안하다."

또다, 또. 로웰은 묘한 감정을 담은 눈으로 자신을 바라보고 있었

다. 오늘의 로웰은 이상했다. 어깨를 잡은 로웰의 커다란 손바닥에서
그의 고동이 느껴졌다. 벨로나가 슬쩍 로웰을 올려다보더니 다시 고
개를 숙이고는 입을 열었다.

"미안해요, 너무 들떴었나 봐요."

벨로나가 순순히 사과를 건넸다. 저 눈동자를 계속 마주하기가 어
려웠다. 가까이서 본 로웰의 눈동자는 무섭지 않았다. 문득 그런 생
각이 들었다. 언제나 저를 무섭게 바라봤던 그 눈빛이, 정말 무서운
눈빛이었을지.

"난, 네가 불안해. 벨로나."

로웰이 몸을 수그리고 벨로나와 눈을 맞추며 말했다. 제 이름 석
자를 부른 것뿐인데 묘하게 이상하고, 묘하게 야릇하게 들렸다. 벨로
나가 어색하게 웃으며 고개를 끄덕였다. 이 상황에서 일단 벗어나고
싶었다.

"조심할게요. ……로웰."

벨로나가 이번에도 순순히 대답했다. 그러자 로웰이 몸을 일으켜
제가 입고 있던 겉옷을 벗어 벨로나의 몸에 덮었다.

"약초는 내가 찾아볼 테니까 넌 잠깐 여기에 있어라."

"어……."

벨로나가 불안한지 눈동자를 굴리며 로웰의 눈치를 살폈다. 명백
히 내키지 않는다는 표정이었지만 로웰은 굽힐 마음이 없었다. 그리
고 그것이 굳이 말로 하지 않아도 분위기로 느껴졌기 때문에 벨로나
도 알 수 있었다.

"겨우 휘청거린 거 가지고…… 열도 많이 안 나는데……."

벨로나가 작은 목소리로 항의했다. 로웰의 미간에 주름이 생기며
눈썹이 꿈틀거렸다. 말없는 명백한 거부 의사에 벨로나가 결국 고개
를 끄덕였다. 저럴 때의 로웰은 거의 굽힐 확률이 제로에 가깝다는

걸 벨로나는 알고 있었다.

"그럼 다녀올 테니까 무슨 일 있으면 이 피리를 불어. 그 꼬맹이가 준 거다."

벨로나의 손에 쥐어진 새끼손가락만 한 크기의 피리는 투박한 것이 직접 손으로 만든 것이 분명했다. 벨로나가 고개를 끄덕이니 로웰이 미련 없이 발을 돌렸다……가 다시 벨로나를 바라봤다.

"사고 치지 마라. 여기에 가만히 있어."

"어…… 알겠어요."

사고뭉치 꼬마를 보는 것 같은 눈빛에 벨로나가 얼떨결에 고개를 끄덕였다. 하라면 하는 거고, 말라면 말아야지. 다리도 제대로 땅에 붙이고 있질 못해서 일선에서도 밀려난 것을. 벨로나가 스스로를 탓하며 쿵- 나무 기둥에 살짝 제 머리를 박았다.

"아프네…… 하늘은 안 보이고, 로웰 이상하고."

묘하게 다정한 것 같기도 하면서 묘하게 평소에는 안 할 것 같은 말을 했다. 솔직히 로웰의 개인 사정은 하나도 모르지만 오늘 나눈 조그마한 대화로 어느 정도 로웰이라는 사람에 대한 윤곽이 잡히는 기분이었다. 벨로나가 나뭇잎이 붙은 나뭇가지를 하나 주워 이파리를 하나씩 떼어 내며 말했다.

"지루해."

로웰은 싫지 않았다. 처음에는 비호감이었지만 점점 호감이 되어 가는, 보기 드문 사람 중에 하나였다. 하지만 요즘은, 그래, 요즘은 조금 의아한 면이 있었다. 약초 채집을 와서 휴식이라니. 정말 아마 제 인생이 극히 드문 시간을 보내고 있음은 분명했다.

"로웰이 하나, 로웰이 둘, 로웰이 셋, 로웰이 넷……."

벨로나가 나뭇잎을 하나씩 뜯으며 로웰을 셌다. 하늘하늘 떨어지는 이파리가 어쩐지 가련해 보였다. 혼자서 로웰을 세던 벨로나가 키득거리며 웃음을 터뜨렸다. 로웰과 가련이라니 조금도 어울리지 않는 조합이었다.

"그렇게 떨어뜨리니 아무리 내 이름이라지만 불쌍하군."

뒤에서 들려오는 목소리에 벨로나가 숙였던 고개를 번쩍 들어 올렸다. 아까보다 조금 더 벨로나의 볼이 발갛게 달아올라 있었다. 그게 아무렇지도 않다는 듯 구는 벨로나가 로웰은 그다지 마음에 들지 않는지 미간을 찌푸렸지만 말이다.

"어?! 로웰! 찾았어요?"

"찾았어. 생각보다 크기가 엄청 컸지만."

그 말에 벨로나가 일어나기 위해 나무를 짚었지만 그대로 로웰로 인해 다시 손이 바닥으로 내려졌다. 벨로나가 의아한 표정으로 로웰을 쳐다봤다.

"그 커다란 거, 내가 따 오겠다고 하면 싫다고 할 건가?"

벨로나가 로웰의 말이 끝나기가 무섭게 고개를 끄덕였다. 약초는 자고로 직접 채집하는 거라고 했다. 뭣보다 모종을 뽑기 위해서는 자신이 직접 가야 했다. 단호한 벨로나의 모습에 로웰이 몸을 수그려 앉아 벨로나에게 등을 보였다.

"업혀."

"네……?"

"후들거리는 다리로는 어디도 못 갈 테니까 업히라고."

내밀어진 커다란 로웰의 등짝에 벨로나가 좌우로 고개를 도리도리 저었다. 안 그래도 지금 로웰에 대한 묘한 생각 때문에 대하기가 조금 그런데 등에 업히는 것은 어불성설이었다. 벨로나의 격한 거부 의사에 로웰이 몸을 돌려 벨로나와 시선을 맞추고 말했다.

"그럼 안기든가."

어쩐지 짓궂어 보이는 미소를 지으며 로웰이 말했다.

자신은 심각해 죽겠는데 왜 혼자 좋아하는 것인지. 설마 저를 업는 걸 좋아하는 건 아닐 테고……. 한참 안 하더니 자신을 놀리는 것이 또 재밌어진 모양이었다.

묘한 오기가 또 샘솟았다. 로웰의 장난에 넘어가고 싶지는 않았다. 거기까지 생각한 벨로나가 아무렇지도 않은 표정으로 입을 열었다.

"그럼 안아 주세요."

벨로나가 나름대로 도도한 표정을 지으며 말했다. 얼굴에 드러나는 뻔한 호승심에 로웰이 그럼 실례— 하고는 벨로나를 안아 올렸다. 졸지에 소설 속에서나 볼 수 있는 '공주님 안기'로 안겨진 벨로나의 얼굴이 새하얗게 물들었다. 벨로나가 로웰의 품에 안긴 채 버둥거렸다.

아니, 장난이었다고 할 줄 알았다. 짓궂은 표정을 하고 있었으니까! 그런데 설마 그렇게 덥석 들어 올릴 줄이야.

"자, 장난이에요! 장난이라고요! 로웰!!"

벨로나가 로웰의 팔을 퍽퍽 때리며 소리 질렀다. 여자가 때리면 얼마나 아프겠냐만은 벨로나는 매일매일 약재를 셀 수도 없이 많이 빻고 있었다. 옹골진 손이 꽤나 온 힘을 다해서 때리니 천하의 로웰이라도 아프지 않을 수가 없었다.

"아프니까, 때리지 마라. 손에 돌을 박아 놨나……."

그래도 단련했다고 신음 소리 하나 내지 않는 로웰이었지만 그 말은 진심이었다. 로웰이 벨로나를 슬쩍 내려다보고 그대로 걸어갔다. 주변의 시야가 휙휙 바뀌는 모습에 벨로나가 손을 들어 손바닥으로 얼굴을 가렸다. 쪽팔렸다. 대체 이게 뭔가.

"도착했는데 채집 안 할 건가 보지?"

로웰의 말에 벨로나가 조심스럽게 손바닥을 내렸다. 그리고는 로웰을 툭툭 치며 말했다.

"로웰! 얼른 내려 주세요!!"

로웰이 떨떠름하게 벨로나를 내려놨다. 어느새 삽을 꺼내 든 벨로나가 방방 뛰며 약초 앞으로 다가가 주저앉아 있었다. 순식간에 잃어버린 온기에 로웰의 눈이 약초를 매섭게 노려보고 있었다.

벨로나가 신나게 주변의 흙을 파내고 있을 때 뒤에서 지켜보던 로웰의 표정은 그다지 좋지 못했다. 자신이 약초에게 밀렸다는 사실을 절대 인정하고 싶지 않은데, 방금 전까지 얼굴을 붉히며 손으로 제 얼굴을 가리던 벨로나가 금세 전부 까먹었다는 듯 행동하는 걸 보니 자괴감이 들었기 때문이다.

"……와, 로웰 진짜 커다란 거 발견하셨네요."

벨로나가 감탄사를 내뱉었다. 거의 벨로나의 허리만큼이나 자란 커다란 식물은 사실 약초라고 하기에는 그 크기가 꽤 컸다. 근처에는 가져가서 모종으로 사용할 수 있을 정도의 작은 것들도 옹기종기 피어 있었지만 당장 사용하기에는 커다란 쪽이 훨씬 괜찮을 것 같았다. 다만 이걸 어떻게 가져가느냐 하는 문제가 있을 테지만.

"으음…… 얘를 뿌리째 가져가고 싶지만 아무래도 안 되겠죠?"

벨로나가 커다랗고 초록빛의, 뾰족한 식물을 가리키며 말했다. 한 뿌리에 꽤나 여러 겹의 이파리가 묵직하게 자리 잡고 있어서 저걸 가지고 가려면 적어도 성인 남성이 둘은 필요해 보였다. 로웰이 좌우로 고개를 저었다. 벨로나가 아쉬운 표정을 지었지만 충분히 이해가 가능한 일이었기 때문에 순순히 고개를 끄덕였다.

"그럼, 이거 두 개만 커다란 걸로 가져가요."

약초라고 하기에는 조금 큰 그것은 벨로나의 머릿속에는 있는 식물이었다. 전생의 기억이라 그다지 뚜렷하지는 않았지만 '알로에'라는 식물과 꽤나 흡사해 보였다. 다만 조금 다른 것은 그 크기가 알로

255

에보다 몇 배는 더 크다는 데에 있었다.

아마 그 마을 사람들이 팔던 것은 아직 다 여물지 않은 작은 식물인 모양이었다. 왜냐하면 벨로나가 아까 무리 속에 파고들어 보고 나온 약초는 대부분 손으로 한 뼘 정도의 작은 것들뿐이었다.

어쨌든 알로에와 효능도 똑같은지 아닌지는 몰라도 어쨌든 이런 곳에서 꽤나 잘 여문 것을 발견하다니 벨로나는 스스로가 운이 좋다고 생각했다. 혹은 로웰의 운이 좋거나.

"그 작은 것도 캘 건가?"

"네, 집에서 재배하려고요. 나중에 이사 가면 거기 텃밭도 가꾸려고요. 집에서 약초 재배를 하고는 있는데 요즘 종류가 좀 늘어나서…… 텃밭이 꽉 찼어요."

벨로나가 대답을 하며 커다란 식물들 옆에 있는 작은 사이즈의 약초를 흙과 함께 조심스럽게 팠다. 모종으로 쓰면 딱 좋을 크기였다. 정말 흡사 보물이나 유물을 파듯 조심스러운 벨로나의 손짓에 로웰이 깊은 한숨을 내쉬었다. 벨로나는 방금 전 일은 완전히 잊어버린 모양이었다.

벨로나가 다른 약초들처럼 봉지 안에 두 개 정도 모종으로 쓸 약초를 집어넣었다. 또 다른 봉투에 흙과 약초 하나를 더 추가로 집어넣은 벨로나가 만족스럽게 고개를 주억거리며 웃어 보였다. 아무래도 불안해서 로웰이 한걸음에 달려갈 수 있는 곳에 자리를 잡고 서 있었다.

일을 다 끝낸 벨로나가 약초가 담긴 봉투를 소중하게 끌어안고 로웰에게 다가가 그의 손 위에 약초를 올려 줬다. 그리고는 로웰의 검을 가리키고는 웃으며 입을 열었다.

"저 그거 검이요, 잠깐만 빌려 줘요. 로웰."

"……뭐 하려고."

로웰이 불안한 얼굴로 반문했다.

"저거만 자르려고요. 밑에만 자르면 되거든요. 요렇게."

벨로나가 커다란 식물의 아래쪽을 가리키며 손날로 쫙 그어 베는 모양을 보여 줬다. 그리고는 손을 쭉 내밀며 검을 손가락으로 가리켰다. 명백히 검을 달라는 의사 표현이었지만 로웰은 고개를 좌우로 저었다.

"절대 안 돼. 차라리 내가 자를 테니까 비켜라."

사고만 몰고 다니는 벨로나에게 아주 잠시라도 검을 맡기는 것은 불안한 일이었다. 로웰이 다시 한 번 고개를 저으며 벨로나에게 성큼 성큼 다가갔다. 벨로나에게 다가간 로웰이 그녀의 손에 약초가 담긴 봉투들을 올려 줬다.

그리고는 커다란 식물의 근처로 가더니 스릉- 소리가 날 정도로 빠르게 검을 뽑아 커다란 것을 한 번에 베어 냈다. 쿵- 묵직한 소리를 내며 식물의 이파리 전부가 바닥으로 쓰러졌다. 문제는 뿌리에 달려 있던 열 개에 가까운 묵직한 이파리들이 모두 함께 동시에 떨어졌다는 사실이었다.

벨로나가 멍한 표정으로 로웰을 쳐다봤다. 로웰은 만족스러운 표정으로 검을 다시 검집에 집어넣고 있었다.

"두세 개만 필요한데…… 이걸 다 자르면 어떡해요?!"

벨로나의 언성에 로웰의 얼굴이 살짝 굳어졌다. 로웰이 슬쩍 전부 쓰러져 있는 커다란 이파리들과 벨로나를 번갈아 바라보더니 이내 입을 꾹 다물었다.

"이거 이대로 버리면 다 썩어 버린다고요! 그러니까 그냥 빌려 달라니까! 아이씨! 정말."

벨로나가 로웰에게 책망의 말을 던져 대며 발을 굴렸다. 벨로나의 얼굴에 약초가 안쓰럽고 안타깝다는 표정이 조금 과장해서 100m 거리에서도 볼 수 있을 정도로 뚜렷하게 자리 잡고 있었다. 욕을 한 사발 먹고 있는 로웰은 안쓰럽지도 않은지 벨로나의 시선은 오로지 쓰러진 약초에 고정되어 있었다.

벨로나가 긴 한숨을 내쉬었다.

"하아……."

어쩐지 아무런 말도 하지 않았지만 무언의 책망이 그득하게 담겨 있는 것 같아 로웰이 미간을 찌푸렸다. 겨우 약초 하나 때문에 굳이 저를 저렇게 쳐다볼 필요가 있을까.

"다 가져가서 쓰면 되잖아."

로웰이 툭 말을 내뱉었다. 벨로나가 로웰을 노려보며 입을 꾹 다물었다. 눈초리가 제법 매서워 보였다. 로웰이 살짝 몸을 떨었지만 아무렇지 않은 척 벨로나를 쳐다봤다.

"그 풀이 약한 게 잘못이지."

로웰이 변명하듯 덧붙였다. 그 황당한 말에 벨로나가 정말 긴 한숨을 내쉬며 커다란 약초를 몇 개 끌어안아 들어 올렸다.

"어, 생각보단 덜 무겁네."

있는 힘껏 들어 올리던 벨로나가 작게 중얼거렸다. 크기와 우수수 떨어져 내리던 소리에 비해서 그렇게 무겁지가 않았다. 그나마 불행 중 다행이었다. 그래도 떨어진 것들 중에서 비교적 작은 거 위주로 반 정도를 안아 올린 벨로나가 로웰을 바라봤다.

멀찍이 떨어져 이러지도 저러지도 못하는 것이 빤히 보였다. 하긴, 보통 사람들은 풀이 있으면 아무렇지 않게 뽑기도 하고 밟기도 했다. 풀에 묘한 감정을 가지는 것은 아마 자신처럼 약초에 미친 사람이 아니면 불가능한 일이 분명했다. 그렇게 생각하니 조금 미안해졌다.

"로웰, 저거 남은 거 다 들어 주세요."

"······그래."

벨로나의 말에 꼿꼿하게 가만히 서 있던 로웰이 그때서야 몸을 움직였다. 나무 장작을 잔뜩 팬 것처럼 반은 오른쪽 옆구리에 끼고, 반은 왼쪽 옆구리에 끼워 안은 로웰이 벨로나의 뒤를 따라 걸었다. 뒤뚱뒤뚱거리며 걷는 것이 벨로나가 상당히 불안불안해 보였다. 로웰이 혹시 몰라 벨로나의 바로 옆에서 걸음을 걸었다.

벨로나가 걸어가며 눈동자만 굴려서 로웰을 바라봤다. 어쩐지 굳은 얼굴이 혼이 난 어린아이 같기도 해서 작게 웃음을 터뜨렸다. 저렇게 풀 죽어 있으니 괜히 또 자신이 잘못한 것 같았다.

확실히 미안한 감이 없지 않아 있었기 때문에 벨로나는 같이 볼을 부풀리고 삐지는 것보다 그냥 말을 건네는 것을 선택했다.

"로웰, 약초라는 게 원래 싱싱하면 싱싱할수록 효과가 좋은 법이에요. 특히 이런 류의 약초는 더 그럴 거예요. 또 시간이 지나면 약으로 쓸 수 있었던 성분이 독성을 띨 수도 있어요. 그러니까 약초를 캘 때는 적당히 필요한 만큼만 캐는 게 좋아요."

벨로나가 로웰을 달래듯 조곤조곤하게 말했다. 로웰이 슬쩍 벨로나를 쳐다보고는 고개를 끄덕였다. 커다란 키에 무표정한 얼굴, 게다가 매서운 눈빛을 한 사람이 양쪽에 식물 더미를 들고 가는 모습이 어찌나 웃긴지 몰랐다.

"찾을 것도 찾았겠다, 바로 가요. 로웰, 우리가 타고 온 마차 아직 있을까요?"

벨로나가 조금 달뜬 숨을 내뱉으며 물었다.

"있어. 돈을 좀 더 주면서 기다려 달라고 했으니까."

로웰이 벨로나에게 대답했다. 아무래도 걱정이었다. 아까보다 조금 더 발갛게 달아오른 얼굴은 분명히 열이 오르고 있다는 증거였다. 그럼에도 불구하고 아무렇지도 않다는 듯 행동하는 벨로나의 모습에 로웰은 속이 탈 지경이었다.

로웰의 선견지명에 벨로나가 묵묵히 고개를 끄덕였다. 그러고 보면 마차가 넓어서 다행이었지 벨로나 자신이 골랐던 마차를 타고 왔으면 이걸 또 다 잘라서 타야 했을지도 몰랐다.

한참을 걸은 끝에야 다시 마을로 돌아올 수 있었다.

"와, 저 경매 아직도 하네요. 하여튼 대단해요."

"엄청 사는군. 못해도 몇 백 골드는 벌었겠어."

로웰이 바구니를 들고 있는 경매 참가자들을 바라보며 말했다. 상단이나 약초상인, 그것도 아니면 의사인 모양인데, 다들 바구니 안에 약초를 담아 가지고 있었다. 그 뒤를 지나치며 벨로나가 흐음- 작게 침음성을 흘리더니 입을 열었다.

"저 약초들 대체 언제 캤는지는 몰라도 저렇게 오래 햇빛에 노출시켜 두면 안 좋을 텐데요. 내가 갔을 때도 진흙이 꽤 말라 있었는데…… 이 약초들 보니까 안쪽 축축하고 습한 곳에서 자라는 모양이거든요."

벨로나가 남 일을 말하듯 슬쩍 훑어보며 말했다. 말을 마치고 마차를 찾듯 주위를 두리번거리던 벨로나가 마차를 찾았는지 그쪽으로 발걸음을 옮겼다.

사실 경매를 하든지 말든지 벨로나에게는 그다지 중요한 일이 아니었다. 물론 마음 같아서는 약초들을 전부 구해 주고 싶었지만 그것이 그다지 쓸모가 있는 일이라는 생각은 하지 않았다. 이미 뽑혀서 저 정도까지 된 약초들은 사용하고 싶어도 사용할 수가 없었다.

어떻게 보면 꽤나 이기적일 수도 있는 생각 같았다.

"헉, 저게 뭐야?! 엄청 크잖아?!"

"이 약초랑 비슷하게 생겼는데? 이거 아냐?"

멀리서 어쩐지 귀찮아질 것 같은 소리가 들려왔다. 벨로나의 걸음이 조금 더 빨라졌다. 로웰도 눈치를 챘는지 먼저 마차로 다가가 문을 열고 가지고 있던 식물과 가방을 의자 위에 넣고 벨로나가 끌어안은 것도 가지고 와 마차 안에 대각선으로 집어넣었다. 마차가 꽉 차는 느낌이었다.

"자, 잠깐! 누구 멋대로 그걸 채취해 가시는 거요?!"

타다다닥- 소리가 날 정도로 빠르게 달려온 남자가 벨로나의 손목을 강하게 낚아챘다. 마을 사람인 모양이었다.

'아, 귀찮아.'

벨로나의 얼굴이 짜증스럽게 일그러졌다. 벨로나는 기본적으로 약초를 함부로 대하는 사람을 굉장히 싫어했다. 아니, 사실 좀 혐오에 가까운 감정을 가지고 있었다. 거기다 지금 벨로나의 기분은 그다지 좋지 못했다. 온몸이 진흙범벅에 찝찝했고, 이상하게 아까부터 눈앞이 조금 어지러웠다.

거기에 더해 남자가 대체 얼마나 세게 붙잡았는지 손목이 아파 왔다. 벨로나가 미간을 찌푸림과 동시에 로웰이 튀어 나가 남자의 손목을 붙잡고 힘을 주었다.

"손 떼."

로웰의 목소리가 남자의 귓가에 속삭여졌다. 로웰의 말에도 사태를 파악하지 못했는지 남자가 벨로나를 잡은 손을 놓지 않고 있었다. 꽈악- 로웰이 잡고 있는 남자의 손목을 있는 힘껏 쥐고 비틀었다.

"윽…… 아악!! 아, 아프…….."

격한 통증에 남자의 손이 벨로나에게서 떨어져 나갔다. 벨로나의 손목을 얼마나 세게 잡았는지 손목이 발갛게 달아올라 있었다. 로웰의 얼굴이 일그러졌다. 남자를 노려보니 남자가 히익- 바람 빠지는 소리를 내며 뒷걸음질로 물러났다.

"저기, 제가 알기로는 숲과 산은 나라의 사유지이지 그쪽네들 개인 사유지가 아닌 걸로 알고 있는데요.”

벨로나가 손목을 매만지며 조금 귀찮다는 듯 설명했다.

보통 그 마을 안의 것들에 한해서는 영주에게 소유권이 있는 경우가 많았다. 그리고 영주는 일정 부분 세금을 거둬들이는 것 외에는 따로 무언가의 이용을 제한하는 경우는 거의 없었다. 다만, 예외적인 것들이 있다면 숲이나 산, 그리고 강 같은 거대한 자연의 경우에는 개인 사유지로 둘 수가 없었다.

물론 그것은 귀족도 마찬가지였으며, 오로지 그러한 것들을 소유할 수 있는 존재는 제국뿐이었다. 그러니까 법적으로 산이든 바다든, 그것도 아니면 강이든 수렵, 채취의 경우에는 보호 종이 아닌 이상 가능하다는 말이었다. 만약 그게 불가능하다면 지금 눈앞에 떼거리로 몰려와 소유권을 주장하는 마을 사람들도 마찬가지로 해서는 안 되는 일이었다.

그러니까 결론적으로 이 사람들이 제게 태클을 거는 것은 스스로에게 태클을 거는 것과 크게 다를 바 없었다.

“아니, 우리 마을에 있는데 왜 우리 게 아니오! 이건 우리 마을에서 우리가 발견한 것이란 말이오. 외부인이 함부로 가져가게 둘 수는 없소.”

“아…… 네에. 그럼 그렇게 찾으신 것들은 그쪽들 거겠네요. 저는 숲 안쪽에 직접 채집하러 다녀왔으니 이건 제 거겠고요.”

다른 경매 참가자들도 바로 채집해서 싱싱하고 커다란 벨로나의 약초를 보더니 우르르 몰려들었다. 마치 거대한 인간 장벽이 눈앞에 쌓여진 것 같았다. 답답한 시야에 로웰의 얼굴이 짜증스럽게 구겨졌다.

로웰이 벨로나의 시야를 가리지는 않지만 다른 사람들이 접근할 수 없을 정도의 거리에 서서 검에 손을 뻗었다. 여차하면 검을 빼는 것을 마다하지 않겠다는 무언의 행동이었다.

"그러니까 우리가 발견한 약초를 아가씨가 왜 가져가냐는 말이오!"

"그거야…… 그쪽이 판매하는 약초의 질은 쓰레기고, 내가 채집하면 귀찮기는 해도 최상급 약초를 얻을 수 있으니까요……?"

우문현답이었으나 그들에게는 그저 어이없는 소리로밖에 들리지 않았다. 채집했다는 것이 거짓말은 아닌 듯 온몸이 흙투성이였다. 마을 사람들의 눈이 매섭게 빛났다. 저것을 빼앗으면 적어도 지금까지 팔았던 것 두세 배 이상의 값이 나올 것은 분명했다. 남자들이 짐짓 단호한 얼굴로 고개를 저었다.

"여기는 우리들의 마을이오. 그리고 우리가 발견한 것은 숲이 아니라 마을 안 구석의 빛이 잘 들지 않는 습한 공터였고. 당신들이 이걸 숲에서 직접 캐 왔다는 증거가 어딨소! 우리 마을에서 훔쳐 나온 것일 수도 있잖소."

와아…… 작게 탄성을 내뱉은 벨로나가 눈을 크게 뜨더니 이내 눈꼬리를 사르르 휘어 웃으며 웃음을 터뜨렸다. 약국 일을 하면서 꽤 다양한 사람들을 상대해 봤다고 생각했는데 자신이 본 것들은 정말 빙산의 일각인 모양이었다. 설마 이런 대놓고 미친놈들을 발견할 줄이야. 짜증보다는 어이없음과 황당함에 오히려 유쾌해졌다.

"여기 진흙 잔뜩 묻었잖아요. 오래 사셨으니 알겠네요. 이게 마을에서 묻힌 건지, 아니면 숲에서 묻혀서 나온 건지."

마을 남자의 웃기지도 않은 태클에도 벨로나는 담담하게 대꾸했다. 이런 멍청한 싸움에 체력 소모를 하고 싶은 마음은 없었다. 벨로나의 담담한 대답에 마을 남자들의 얼굴이 일그러졌다. 그래도 다행인 것은 그나마 손을 올리는 멍청한 무리들이 아니라는 것에 있을까.

아, 아니면 뒤에서 살벌한 표정을 하고 있는 로웰 때문일지도 몰랐다. 로웰의 스산함에 벨로나가 몸을 부르르 떨었다. 어쩐지 당장 해결 안 하면 저 검으로 모든 걸 해결 볼 기세였다. 벨로나가 미간을 찌푸리며 마을 사람들을 쳐다봤다. 마을 사람도 문제지만 이게 해결되면 어쩐지 뒤에서 구경하고 있는 경매 참가자들이 몰려올 것 같았다.

"어쨌든 법적으로 요만큼도 문제없으니 쓸데없는 체력 소모는 하지 마시죠. 가서 얼른 남은 거나 파세요. 약초가 독초로 변하기 전에."

벨로나가 한숨을 내쉬며 말했다. 햇빛은 쨍쨍하고, 햇빛을 쬐서는 안 되는 약초들은 열심히 광합성을 하고 있었다. 분명 독이 될 것이 분명한 광합성이었다.

"어허, 우리는 당신들 말을 못 믿겠으니 저걸 두고 가시든가, 값을 치르고 가시든가 둘 중 하나를 하시오!"

"……후, 치안대를 부르죠. 그 사람들이라면 적어도 법에 대해 잘 알고 있겠죠. 제국법상 개인 사유지가 아닌 곳에서는 채집과 수렵도 가능합니다. 자꾸 귀찮게 굴면 나도 차라리 치안대에 신고해서 그쪽이랑 해결 보는 게 마음 편해요. 그러실래요?"

벨로나가 치안대를 들먹거렸다. 솔직히 조금 귀찮기는 했지만 치안대를 불러도 벨로나는 손해 볼 것이 아무것도 없었다. 직접 들어가서 제 손으로 채취해서 제 돈 들여 마차 타고 가져가겠다는데 누가 뭐라고 하겠는가. 적어도 치안대는 그럴 리가 없었다.

벨로나의 말에 마을 남자들이 꿀 먹은 벙어리라도 된 것처럼 조용해졌다.

"그럼 이야기 끝났죠? 저는 갑니다. 로웰, 얼른 가요."

벨로나가 그나마 마을 남자들이 방패막이가 되어 주고 있을 때 빠르게 올라타기 위해 마차로 점프했다.

"우와악!!"

……가 그대로 엎어졌다.

"벨로나……!!"

로웰이 제 이름을 부르며 급박하게 달려왔다. 이제야 생각났는데, 마차가 굉장히, 매우 엄청나게 높았던 것 같다. 정말 다리 찢기 연습이라도 하라는 듯 땅과의 거리가 지나치게 높았다. 그래서 아까도 로웰에게 안겨서 올라갔었다는 걸 이제야 떠올렸다.

멍청한 스스로를 비웃어 주고 싶었다. 그리고…… 일어나고 싶지 않았다. 벨로나가 바닥에 大자로 엎어진 채 그대로 굳어 있었다. 바닥은 차갑고 불편했지만 일어나고 싶은 마음은 없었다. 쪽팔렸다. 차라리 이대로 기절하면 조금 덜 창피할 것 같았다.

"괜찮나? 어이."

로웰이 어깨를 흔들었다. 미친, 제발 그냥 이대로 날 안고 마차 안으로 들어가라고요! 벨로나가 되지도 않는 텔레파시를 주장하며 열심히 머릿속으로 생각했다. 이게 뭔가. 살벌하게 도도한 척, 잘난 척 말해 놓고 끝마무리가 대체 왜 이러냔 말이야!! 벨로나는 정말로 진심으로 울고 싶어졌다.

"많이 다쳤나?"

"……아뇨, 괜찮아요."

결국 해결되지 않을 것 같은 상황에 벨로나가 최대한 담담한 얼굴로 조심스레 몸을 일으키며 대답했다. 얼굴이 얼마나 새빨갛게 달아올랐는지 후끈거리는 열기가 느껴질 지경이었다. 로웰이 벨로나의 얼굴을 살펴보더니 미간을 찌푸렸다.

"그러게 미련하게 왜 개폼을 잡아? 체력이라고는 약초만도 못하면서."

로웰의 신랄한 비난에 벨로나가 고개를 푹 숙였다. 그래, 자신이 멍청한 것이지. 마차 따위도 못 올라가는 제 몸이 문제였다.

"저기, 저 숲에서 채취한 건가? 혹시 우리한테 좀 팔 생각 없나? 값은 부르는 대로 주겠네. 저기 저 커다란 약초라도 부탁하지."

벨로나가 경매에 참가했던 듯 보이는 남자와 마차 안에 들어 있는 약초를 번갈아 보다가 좌우로 고개를 저었다. 미쳤냐, 저런 하급 약초나 경매에서 사는 놈에게 저걸 팔게.

"싫어요."

"나한테 팔아!! 나한테!"

"내가 값을 두 배로 주지!! 나한테 파는 건 어때!!"

뭐래, 벨로나가 얼굴을 찌푸렸다. 제 몸 아끼느라 직접 찾을 노력도 안 한 놈들한테는 팔 생각 없었다. 차라리, 알로에와 비슷한 효능이라면 약용으로 사용할 것만 제외하고 미용 팩이라도 만들어서 여자들한테 저렴하게 팔고 말지.

벨로나가 단호하게 고개를 저었다.

"왜! 욕심이 너무 심한 거 아니야?! 돈 줄 테니까 조금만 팔라고!"

"절대 싫은데요. 전부 제 건데요. 그쪽들한테 팔 거는 저 약초 꼬투리라도 없어요. 뭣보다 본인들 귀찮아서 저런 약초나 경매에서 사고 있는, 약초의 가치도 모르는 사람들한테는 팔고 싶지도 않네요."

벨로나가 어깨를 으쓱였다. 분위기가 살벌해졌다.

벨로나가 주머니 속에서 조심스럽게 스프레이 통을 하나 꺼냈다. 여차하면 전부 뿌려 버리고 마차에 올라타 도망갈 생각도 있었다.

"그만하지 그러나. 팔기 싫다는 아이에게 뭘 그렇게 매달리나. 그렇게 가지고 싶으면 젊은 자네들은 직접 숲에 들어가서 찾아보면 되잖나."

연륜이 느껴지는 목소리가 끼어들었다. 벨로나를 비롯해 다른 사람들의 시선들도 전부 목소리가 들린 곳으로 향했다. 백발이 성성한 노인이 한 손에 지팡이를 짚은 채 벨로나에게 다가오고 있었다.

"노인네는 빠져 봐! 우리는 이 여자랑 이야기를 하고……."

"허허, 거참 끈질긴 젊은이들이군. 가라면 가게. 자네들의 눈은 어디 개미구멍만 하기라도 한가? 내 눈에는 그녀를 지키는 번견(番犬) 한 마리가 보이는데."

그 말에 로웰이 시선을 돌려 노인을 바라봤다. 그러다 스릉─ 느릿하게 검을 꺼내 들어 어리둥절해하는 사람들에게 겨누었다. 로웰의 갑작스런 모습에 벨로나가 의아한 표정을 지어 보였다.

"꺼져. 남의 것 넘보지 말고 알아서 찾아라."

"대, 대체 정체가 뭡니까?! 귀족이라도 되는 거요?"

어느 여자가 저런 살벌한 눈을 한 남자를 데리고 다니겠는가. 어깨를 으쓱인 로웰이 검을 다시 집어넣으며 대답했다.

"아니, 벨로나 약국의 약초보다 못한 점원 1이다."

어쩐지 묘한 단어가 섞여 들어간 로웰의 대답에 벨로나가 당황스러운 표정을 지으며 그를 쳐다봤다. 다행히 사람들은 더는 시끄럽게 굴 생각이 없어 보였다.

벨로나가 다시 노인을 바라봤다. 언제 마차 뒤로 갔는지 로웰과 벨로나가 힘겹게 가져온 커다란 약초를 살피고 있었다.

"아, 이 노인네는 숲까지 들어가기가 힘든데. 어떻게 나한테는 하나 팔 생각 없나. 이 가장 커다란 놈으로."

노인이 지팡이를 두 손으로 짚은 채 허허 웃으며 말했다. 로웰이 노인의 뒷모습을 바라봤다. 묘하게 꺼림칙했다.

"네, 뭐…… 팔지는 않고, 그냥 드릴게요. 하나 가져가세요."

"오, 고맙네. 자네는 복받을 거야."

거절할 줄 알았던 벨로나가 의외로 순순하게 고개를 끄덕였다. 벨로나가 제일 큰 것을 하나 노인에게 건넸다. 허리를 구부정하게 굽힌 채 두 손으로 지팡이를 짚고 있던 노인이 허리를 쭉 펴며 한 팔로 그 약초를 짊어지더니 빠르게 걸어 사라졌다.

"음…… 역시나. 잘못하면 밉보일 뻔했네요. 얼른 가요, 로웰."

벨로나가 로웰에게 두 손을 쭉 뻗었다. 아까 넘어진 것을 상기한 모양인지 얼굴은 또 한 번 살짝 붉게 달아올라 있었다. 로웰이 벨로나를 한 팔로 안는 것과 동시에 벨로나가 로웰의 목을 두 손으로 휘감았다. 그리고 마차에 올라가자마자 바로 떨어졌다.

로웰의 얼굴이 불만족스럽게 가라앉았지만 별다른 말 없이 마차 문을 닫았다. 떠나가는 마차의 뒷모습을 마을 사람을 비롯한 남자들이 한참 동안 바라보고 있었다.

"밉보일 뻔했다니, 아는 사람인가?"

상당히 지쳤는지 마차 의자에 털썩 주저앉는 벨로나의 옆에 앉으며 로웰이 물었다. 벨로나가 로웰을 슬쩍 바라봤다. 어쩐지 물에 젖은 솜처럼 축 늘어져 흐느적거리는 몸을 마차의 벽에 기대며 눈을 감았다. 그리고는 느릿하게 입만 움직여서 대답했다.

"어…… 그건 아닌데, 그분이 들고 계시던 지팡이 위쪽에 문양이 하나 새겨져 있었거든요. 괜히 밉보여서 좋을 거 없는 사람이에요. 뒤로 흉흉한 소문도 돌고 있고."

벨로나가 말을 끝내고는 피곤하다는 얼굴로 하품을 했다.

힘들어 보이는 벨로나의 모습에 로웰이 슬쩍 쳐다보고는 고개를 끄덕였다. 약초의 향이 로웰의 코끝을 자극했다. 로웰은 벨로나의 몸에서 퍼지는 향을 좋아하는 편이었다. 뭇 여자들이 뿌리는 향수 냄새도 아니고, 그렇다고 분 냄새도 아니고, 땀 냄새도 아니었다.

아마 그것은 처음부터 가지고 태어났다기보다는 오래도록 약초를 가까이 한 덕분에 어느샌가 몸에 배어 버린 냄새에 가까웠다.

"평범한 사람은 아닌 것 같던데…… 딱 우리 스승님 부류일 것 같은 분위기였다."

벨로나의 설명에 로웰이 미간을 찌푸리며 불쾌하다는 표정으로 말했다. 어쩐지 뺀질거릴 것 같은 뒷모습에 말투까지. 노인은 적어도 로웰에게 있어서는 결코 정이 가는 타입은 절대 아니었다. 심지어 어쩐지 제멋대로일 것같이 느껴지기까지 했기 때문에 로웰은 벨로나가 그 요구를 거절할 것이라고 생각했다. 하지만 예상외로 어쩐지 그녀는 순순하게 고개를 끄덕였다.

벨로나가 로웰의 의문을 해소시켜 주듯 대답했다.

"그분, 예전에 뭐…… 온 나라를 넘나드는 대도둑이었다든가, 엄청나게 유명한 조직의 보스였다든가 그런 소문이 있어요. 실상은 어느 상단의 주인이에요."

"상단?"

"네. 꽤 커다란 상단인데 그 상단이 약초 사업도 크게 하고 있거든요……."

벨로나의 말끝이 늘어졌다. 마차의 창밖으로 보이는 하늘이 이제는 거의 검붉게 물들어 있었다. 이제 곧 새까맣게 물들어 반짝이는 별들이 자리 잡을 것이 분명한 하늘을 벨로나가 멍하니 쳐다봤다.

덜그럭거리는 느낌도 없는 마차는 꽤나 승차감이 좋았다. 당장이라도 쓰러져 잠을 자도 침대처럼 편안하지 않을까 싶었다. 대신 속도는 조금 늦는 것 같았지만.

"그런 사람을 네가 어떻게 아는 거지?"

뭔가를 생각하던 로웰이 물었다. 그의 질문에 벨로나가 느릿하게 눈꺼풀을 감았다가 떴다. 무언가를 상기시키는 듯 벨로나의 눈이 살짝 풀어졌다.

언제였더라, 꽤 오래된 기억이었다. 약국에 손님이 간간이 찾아오던 때였다. 지금은 바빠서 상상조차 할 수 없었지만 어쨌든 그랬던 적이 있다. 그때도 새로운 약초가 발견됐다고 해서 무작정 길을 나섰었다. 그래도 그때는 약간의 수입이라도 있었기 때문에 부모님이 살아 계셨을 때처럼 걸어서 가지는 않았다. 마차를 탔었던 것 같다. 그렇다고 비싼 마차는 아니었고, 마차 중에서도 가장 저렴한 마차를 타고 여기서 그리 멀지 않은 마을로 갔던 기억이 아직 머릿속에 남아 있었다.

그 마을은 오늘 로웰과 온 곳과는 정반대의 길에 위치해 있던 마을이었다. 언제나 그렇듯 새로운 약초가 발견되었을 때는 사람들이 몰려든다. 그래도 예전에는 대놓고 하는 경매보다는 뒷거래를 선호하는 편이었는데, 그때도 그다지 지금과 차이가 나는 것은 없었다.

나는 그 마을에서 우연히 오늘 만났던 노인과 조금도 다를 것 없어 보이는 그 노인을 만났던 적이 있었는데, 그때는 백발이 성성한 노인의 손에 약초가 가득 들려 있었다. 하지만 신기하게도 숲에 들어가서 약초를 캐 온 사람치고는 손이나 얼굴에는 흙이 전혀 묻어 있지 않았다. 그건 지금도 꽤나 의아한 점이었다.

아까 말했다시피 그때도 새로운 약초라고 하면 오늘처럼 앞뒤 가리지 않고 한심하게 무리 지어 득달같이 달려드는 사람들이 많았다. 그들에게 아마 자신 같은 힘이 없어 보이는 여자나 노인은 좋은 먹잇감이 분명했다.

갓 딴 것이 분명한 약초들을 들고 있는 노인 한 명을 꽤 많은 건장한 남성들이 둘러싸고 있었다. 그러면서 마치 정당한 거래라도 하듯 반쯤 협박을 하는 말투로 약초를 팔라는 제스처를 해 보였다. 노인의 표정은 온화했고, 사내들의 표정은 살벌했다.

벨로나는 사실 여차하면 노인을 데리고 도망을 칠 생각으로 일이 벌어지고 있는 현장을 바라보고 있었다. 하지만 결과만 먼저 말하자면, 자신의 예상과는 다르게 노인은 한 군데도 다치지 않고 유유히 마을을 빠져나갔다.

노인이 순식간에 지팡이를 휘둘러서 남자들의 머리를 내려치는 것을 벨로나는 똑똑히 목격했다. 굉장히 빠른 속도였다. 자세히 보지는 못했지만 그때 노인의 눈은 꽤나 무섭게 빛났었던 것 같다.

일이 마무리되고 나중에 돌고 도는 소문을 들어 보니 노인은 꽤 상단을 크게 운영하는 상단주라고 했다. 이름만 들으면 아이라도 아는 상단이었다. 누구나 알 법한 상단과는 다르게 그 주인인 노인은 꽤나 신출귀몰하기로 유명한 사람이었는데, 그럼에도 불구하고 새로운 약초가 발견되었다는 곳에는 꼭 출현한다고 들었다.

최근에는 소문을 거의 듣지 못했지만 지팡이에 새겨진 것은 분명히 그때 보았던 그 문양이 맞았다.

"아까 그분, 아마 제 기억이 맞다면 크롤 상단의 상단주일 거예요."

워낙 신출귀몰한 데다가 종종 묘한 모습을 보여 줘서 향간에 떠도는 소문은 꽤 여러 가지였다. 엄청난 대도둑이었다느니, 유명한 도적 무리가 변형되어 만들어진 것이 지금의 크롤 상단이라느니, 그 내용도 꽤나 가지각색이었다. 이후에 들은 것이었지만 괜히 밉보이기라도 했다간 완전히 약초를 공급받지 못하게 될 수도 있다고 했다. 그만큼 그 상단은 영향력 있는 상단이었다.

"괜히 밉보여서 좋을 것도 없고…… 그리고 아마 그분은 믿을 만해요."

오래전 만났던 노인은 그때 분명 화를 냈다. 본인을 둘러싼 사람들이 버릇이 없어서라든가 그러한 행동들이 기분 나빠서가 아니라, 단지 그들이 함부로 약초에 손을 뻗었다는 이유로. 그분에게는 분명 약초에 대한 애정이 있었다. 오늘 조심스럽게 약초를 만지는 모습만 봐도 분명히 약초를 제대로 알고, 소중하게 여기는 사람인 게 틀림없었다.

"근데, 로웰……."

"왜."

벨로나의 말에 생각에 잠겨 있던 로웰이 대답했다. 발갛게 달아오른 얼굴과 색색거리는 숨이 가히 편해 보이지는 않았다. 돌아가자마자 바로 눕혀서 약이라도 먹이고 재워야 할 것 같았다. 적어도 로웰의 머릿속 안에서는 그랬다.

"저 조금 자도 돼요?"

벨로나가 느릿하게 눈을 깜빡이며 작게 물었다. 눈꺼풀이 무거워 죽을 지경이었다. 뭣보다 몸도 뜨끈하고, 눈앞도 흐릿했다. 어제 잠을 자지 못한 것이 화근인가 싶었다.

벨로나를 잠시 바라보던 로웰이 손을 뻗어 그녀의 어깨를 잡더니 그대로 무릎 위에 눕혔다.

"로웰……?"

평소라면 비명을 지르며 파닥거리든 바닥으로 떨어지든 둘 중 하나를 했을 것이 분명한 벨로나가 가만히 의아하다는 듯 축 늘어져 로웰의 이름만을 불렀다. 정말 아프긴 아픈 모양이었다. 한숨이 푹 내쉬어졌지만 그래도 벗어나려고 하지 않는 것에 만족한 로웰이 손바닥으로 벨로나의 눈을 가리며 말했다.

"자라. 옆에 있어 줄 테니."

순식간에 벨로나의 시야가 어둠으로 가득 찼다. 가뜩이나 감기는 눈 위로 어둠이 내려앉으니 사고가 더 굳어지는 기분이었다. 싫지 않았다.

'아니…… 오히려 좋을지도.'

얼마 만에 제대로 느끼는 사람과의 접촉인지. 항상 적절한 거리를 유지하며 모든 사람을 상대했으니 어쩌면 그런 것이 당연할지도 몰랐다.

쓸데없는 생각을 하던 벨로나의 머릿속이 점점 암전되어 가더니 이윽고 완전히 어둠 속에 갇혔다.

색색 고른 숨을 내뱉는 벨로나를 내려다보던 로웰이 제 겉옷을 벗어 그녀의 상체에 덮어 줬다. 후끈하게 달아올라 열 때문에 단숨을 내뱉는 벨로나는 여태까지 본 적 없는 약한 모습을 하고 있었다.

문득 이러고 있으니 옛날 생각이 났다. 지금과는 정반대의 상황에서 그저 말 한마디로 자신을 다시 지상으로 끌어 올린 작았던 소녀가 떠올랐다.

"그러고 보니 예전엔 네가 나를 이렇게 돌봤었지."

기절하듯 잠든 벨로나의 귓가엔 들릴 리가 없을 말이었다. 로웰이 벨로나의 머리카락을 천천히 쓰다듬으며 그녀의 얼굴을 가만히 내려다봤다.

검술을 배운 이유는 사실 복수를 위해서도 있었지만, 눈앞의 녀석에게 치료를 받고 싶지 않았기 때문이었다. 동등한 위치에 서고 싶었다. 제 검으로 녀석을 지키고 싶었다. 지켜 줄 요소가 아무것도 없더라도, 언젠가를 위해 나를, 그리고 녀석을 지킬 검술을 원했다.

벨로나에게 다시 찾아왔던 그날은 자신이 벼르고 벼르던 마지막 복수를 끝낸 날이었다. 물론, 아직 정리하지 못한 것이 딱 하나, 남아 있었다. 빨리 끝내려고 방심을 한 덕분에 결국 독에 당했지만 어차피 지금에서야 별로 의미도 없는 일이었다.

녀석은 알까. 그저 단순한 변덕으로, 동정심으로 구해 줬던 그 순간이 자신에게 있어서는 태어나서 가장 잊을 수 없는 순간이라는 것을.

로웰이 손을 뻗어 흔들거리는 벨로나의 손을 잡았다. 잊고 싶지 않았다. 다시 만나고 싶었다. 하지만, 벨로나에게 자신이 방해가 될 것은 분명했다. 귀족을 죽인 죄는 가볍지 않다. 정당한 사유가 있다고 하더라도 그랬다.

이상과 현실은 언제나 거리가 멀었다. 제가 손을 뻗을 수 있는 범위와 제가 바라는 것은 결코 맞닿아 있지 않았다. 알고 있기에 다가가는 것이 두려웠다.

감정이라는 것은 털어 내면 가벼워진다는 것을 알고 있다. 이 마음을 전하면, 툴툴대고 퉁명스럽게 굴지만 결국 중요한 순간에 약해지는 벨로나는 분명 성심성의를 다해 고민할 것을 알고 있다. 하지만 털어 내기엔 저는 너무도 깊은 수렁 속에 빠져 있었고 벨로나는 그보다 훨씬 위에서 희망을 뿌리며 살아가는 사람이었다. 범죄자와 의사, 아니 약사라는 위치는 하늘과 땅만큼 멀리 떨어져 있었다.

그저 약초를 좋아하고, 약국을 운영하며 소소한 즐거움을 찾는 벨로나에게 자신은 너무도 먼 존재였다.

마지막에 독을 맞았을 때는 죽는다고 생각했다. 온몸에 죄를 가득 뒤집어썼음에도 불구하고 죽는다고 생각함과 동시에 떠오른 것은 녀석의 품이었다. 예전보다 한층 더 성숙해지고, 까칠해지고, 그럼에도 여전히 다정한 여자.

알고 있었다. 자신의 존재가 결코 그녀에게 득이 될 일이 없다는 사실을.

가만히 벨로나를 내려다보던 로웰이 천천히 얼굴을 내렸다. 천천히 내려온 로웰의 입술이 벨로나의 뜨거운 이마에 아주 잠시 동안 닿았다가 아쉽다는 듯 느릿하게 떨어져 나갔다. 벨로나의 이마의 열기가 그 잠깐 사이에 입술을 뜨겁게 달궜다.

"좋아한다, 벨로나."

그럼에도 불구하고…… 나는 너를 좋아할 수밖에 없었다.

§

평생 그다지 특별할 것 없는 나날이 계속될 거라고 생각했다. 다만 내가 남들과 조금 달랐던 것은 흔치 않은 신분과 보통 사람과는 다른 생활이었다. 그것만이 스스로의 다름이나 혹은 특별함을 느끼게 할 뿐이었다.

내 과거는 그랬다. 그저 그런 시간들의 연속이었고, 그것에 큰 의문을 품지도, 무언가 벗어나기 위해 발버둥을 친 적도 없었다. 그저 조용히 살아가다가 죽을 것이라고, 그렇게 생각했다.

"아우디스 빈 베오른을 황태자로 임명한다."

아주 오래전, '카일리스 로웨른'이 아닌 '아우디스 빈 베오른'이라는 이름을 가진 나는 부족할 것 없는 커다란 제국의 황태자였다. 스물의 나이에 받은 황태자라는 직위는 나에게 아무런 감흥을 주지 못했다. 그때까지만 해도 나의 존재를 아는 사람은 황제와 측근들밖에 없었으니까. 측근이라고 해 봐야 어릴 때부터 날 돌봐 줬던 유모가 전부였다.

'황태자', 황제가 지목한 다음 대 황제. 황제의 후계자를 지칭하는 말이었다. 그 시기 황궁은 크게 뒤집혔다. 나의 존재를 제대로 아는 사람도 없었거니와 단 한 번도 공식 행사에 얼굴을 비춘 적 없는 존재가 황태자로 지명을 받았으니까 어쩌면 당연한 일이었다.

그 소식을 유모에게 들었을 때도 그저 그랬다. 이유는 간단했다. 딱 한 번 찾아왔던 황제가 이미 말해 줬기 때문이다. 만약 거기서 모든 일들이 마무리되고, 5년 뒤 황제가 죽고 내가 즉위했다면 아마 나는 평생 벨로나를 만나지 못했을지도 몰랐다.

하지만, 당연하듯 차기 황태자를 제 배다른 동생으로 생각하고 있었던 귀족들은 뒤집어졌다. 그리고 그보다 더 충격을 받았던 것은 자신의 배다른 둘째 동생이었던 모양이지만.

모두가 반대의 상소를 올리며, 아끼는 막내 아들조차 반대 주장을 펼쳤지만 제 아비인 황제는 받아들이지 않았다. 그때는 어째서일까 고민은 했었다. 하지만 그를 만나 보고 깨달았다. 황제가 제 배다른 동생에게 황위를 물려주려고 하지 않은 이유를.

"나는 너를 황태자로 올릴 거다. 그것을 위해 너를 살려 두었고, 낳았으며, 그것을 위해 네게 선생들을 붙였다. 다음 대 황제는 너다. 황위를 물려받기 전까지 지금처럼 조용히 쥐 죽은 듯 살아라."

그것이 내가 처음으로 만난 아비…… 아니, 황제와의 대화였고, 그것이 마지막 대화가 됐다. 황제에게는 두 명의 부인이 있었다. 한 명은 공작가의 여식이며 정략결혼으로 맺어진 내 어머니였고, 또 한 명은 시골로 정찰을 갔다가 우연히 만나게 된 아주 작은 귀족가의 여식이었다.

흔한 이야기이듯 황제는 내 어머니를 좋아하지 않았다. 그보다 더 먼저 눈에 들어온 사람이 있으니 좋아할 수 있을 리 없었다. 형식적인 동침과 관계. 정말 사업적인 관계보다 더 못한 사이가 바로 내 어머니와 황제의 사이였다. 어머니는 나를 임신했고, 낳았다.

그리고 후계자가 생김과 동시에 황제는 숨겨 놓았던 여인을 불러들였다. 화려하고, 커다란 궁에 아름다운 보석들과 외모를 가졌지만 내 어머니는 마치 장난감 인형이라도 된 것처럼 성에서 나올 수가 없었다. 성 앞은 항상 기사들이 지키고 있었고, 나가려고 하면 기사들은 어머니의 길을 막았다.

내가 황제에게 이름을 받은 것도 태어난 지 1년이 지난 후의 일이라고 했다. 그리고 그 후로 나보다 두 살 어린 에스페라가 태어났고, 그다음 해, 에스페라보다 한 살 어린 나이드가 태어났다. 어머니는 공작가 출신의 황후였고, 황궁의 누구나가 알고 있었지만 내가 태어난 것을 아는 사람은 가히 극소수였다. 물론 내가 태어났다는 그조차도 황제의 입막음으로 나는 누구 하나 아는 존재도 없이 살아갔다.

"왜!! 왜, 제국의 황태자는 넌데!! 왜, 폐하께서는 저 계집년만 보는 거냐!! 아가, 응? 말해 보거라. 이유가 뭐야, 대체!!"

어머니는 아름다웠다. 그리고 아름다운 꽃이 늘 금방 썩어 문드러지듯 내 어머니도 그랬다. 화려했지만 혼자였으며, 아름다웠지만 누구 하나 그것을 찬양하는 사람이 없었다. 내 어머니는 내 눈앞에서 그렇게 서서히 망가져 갔다. 늘 침대에 앉아 창밖을 내다봤으며, 식사도 거부했다. 어머니가 먹지 않을 때는 나도 식사를 하지 않았다. 언제나 외로워하는 어머니를 위해, 언제나 그 옆에 있었다.

"흐흑…… 흑, 흑……."

내가 자라면 자랄수록 어머니는 점점 쇠약해졌고 매일 밤을 울음으로 지새웠다. 아무것도 해 줄 수가 없었다. 황제가 싫었고, 원망스러웠다. 내게는 황제 외에는 아무것도 아닌 존재가 배다른 동생들 앞에서는 퍽이나 상냥한 아버지 흉내를 내고 있었다. 내 어머니가 평생을 그리워하며 울며 기다렸던 존재는 어머니를 가둬 두고 잊은 채 행복한 가정을 꾸리고 있었다.

"어머니."

"아가, 아가……. 너만 없었으면, 나는 차라리 버림받아서 지금보다 조금 더 자유롭게 살 수 있었을까? 아가……."

단 한 번도, 내 어머니는 황제가 지어 준 내 이름을 부르지 않았다. 그렇게 마지막까지 그리워하고, 울다가 죽어 갔다. 어머니의 죽음을 겪으며 난 슬프기보단 차라리 다행이라 생각했다. 그렇지 않으면 이 거대한 감옥에서 언제까지나 갇힌 채 울다 지쳐 쓰러지기를 반복해야 했을 테니까.

어차피 얻을 수 없는 자유라면, 죽는 것도 나쁘지 않겠다고 생각했다. 그즈음 황제가 찾아왔다. 어머니가 돌아가시고, 황후가 죽었다는 것에 비해서는 조촐하기 그지없는 장례를 치른 후에 찾아왔다. 나는 여전히 어머니의 가는 마지막 길도 보지 못하고 성에 갇힌 채였다. 황명은 그 정도로 무겁고 거대한 모양이었다.

그 뒤로 나는 검술을 제외한 모든 황태자 수업을 받았다. 제왕학을 포함한 온갖 수업을. 입막음된 교사들이 나를 가르치고, 내 하루는 모두 수업으로 채워졌다. 차라리 아무것도 하지 않는 것보단 그것이 나아서 거기에 집중했던 것도 있었다.

어찌 된 일인지 황제는 내게 검술만은 결코 가르치지 않았고, 나조차도 검술을 배울 생각도 하지 않았다. 그냥 이끌리는 대로 살아가다가 그냥 운명에 따라 죽으면 되겠다 싶었다. 황제의 사랑도, 애정도, 관심도 원하지 않았다. 그렇다고 죽고 싶었다는 그런 철없는 이야기는 아니었다.

오랜 시간이 지나 황제가 죽을 때가 되어서야 깨달았다. 왜 거들떠도 보지 않던 나를 황태자로 삼았는지.

그는 황제였다. 황제이기에 고독하고, 황제이기에 그 위치의 무거움과 괴로움을 잘 알고 있었다. 그렇기에 그는 사랑하는 자식들의 부탁도 한사코 거절하며 그들에게 황제의 자리를 넘겨주지 않았다.

결국 끝까지 그는 좋은 아버지가 되기를 바랐다. 한 여자와 나의 인생을 대가로.

어쨌든 황태자로 발표가 된 것은 황제가 쇠약해지기 시작한, 스무 살 때의 일이었다. 나는 그 뒤로도 갇혀 있었어야 했고, 내 얼굴을 아는 이들은 여전히 극소수였다.

내가 스물다섯 살 때 황제가 죽었고, 그 5년 동안 귀족들은 나를 찾는 것에 혈안이 되어 있었다. 그즈음 나는 황궁의 구석, 이제는 사용하지 않는 폐성(廢城)으로 옮겨졌다.

단, 한 사람. 어린 나이에도 꽤나 총명했던 에스페라를 제외한다면 적어도 나를 찾았던 사람은 없었다. 에스페라만이 이런저런 상황을 유추해서 몰래 자신을 찾아왔다.

"안녕하세요, 형님……이시죠?"

황제를 빼닮은 붉은 눈동자에 그 어미의 회색 머리카락이 섞인, 저보다 훨씬 커 보이는 아이였다. 검술을 수련했는지 어깨는 넓었고, 눈동자에는 호기심이 가득했다. 확실히 황제가 저를 보는 감정과는 거리가 멀었다.

"누구냐?"

딱히 몰라서 물은 것은 아니었다. 사실 이대로 뒤돌아서 다시 돌아갔으면 하는 마음이 더 컸다. 하지만 녀석은 떠나지 않았다.

"에스페라 일 베오른이라고 해요. 형님 맞으시죠? 아, 들어가도 괜찮을까요, 형님?"

주변을 슥 돌아보는 모습이 주변 시선을 신경 쓰는 것이 분명했다. 말없이 옆으로 비켜서니 고개를 꾸벅 숙이며 에스페라가 낡아 빠진 성안으로 들어왔다. 놀란 것이 분명했지만 얼굴에 티를 내지 않으려고 노력하는 모습이 퍽 순수해 보였다.

"왜, 황태자 건이라면 난 힘이 없으니 황제에게 가서 말씀드려."

"아뇨! 전 형님이 황제가 되어야 한다고 생각해요. 나이드랑 다른 측근들은 저보고 황제가 되라고 하는데 사실 전 별로 황제가 되고 싶지 않거든요. 아, 나이드는 제 동생이에요. 전 그냥 형님이 뵙고 싶어서 왔어요."

사랑을 듬뿍 받고 자란 것이 분명한 밝은 얼굴과 툴툴거리는 불만을 내뱉는 모습이 그다지 마음에 들지 않았다. 그러한 불만을 한 번도 내뱉어 본 적이 없는 스스로가 어쩐지 조금 초라하게 느껴졌고, 나와는 다른 것같이 느껴졌기 때문도 그랬다.

"여태까지 형님이 있는 줄 몰랐는데, 얼마 전에 듣고서 죄송함을 무릅쓰고 찾아와 봤어요. 혹시 기분이 상하셨다면 사과드릴게요. 죄송해요."

풀이 죽어 고개를 푹 숙이는 모습에 그저 미간을 찌푸렸다. 굳이 녀석이 사과할 이유가 없어 보였기 때문이다.

한 번도 따뜻하게 대했던 적은 없었다. 꾸준히 찾아오는 에스페라가 별로 내키지 않았다. 이유도 알 수가 없었다. 얼굴도 본 적 없는 나를 형님이라고 부르며 쫓아다니는 녀석을 이해할 수도 없었다.

"형님!! 오늘도 공부 다 하셨어요? 아, 정말. 측근들이 자꾸 귀찮게 굴어요. 저보다 훨씬 똑똑한 형님이 계신데. 물론 모르고 있겠지만요."

에스페라는 똑똑했다. 한눈에 제 처지를 파악했음에도 불구하고 단 한 번도 그것을 내색한 적이 없었다. 하찮은 동정을 내비친 적도 없었다. 다만 단지, 그저 한 사람으로서 나를 대했을 뿐이었다. 결코 자신이 거슬려 할 주제는 입 밖으로 꺼내지도, 그러한 제스처를 취한 적도 없었다.

5년이라는 긴 시간 동안 폐성에서의 짧은 만남은 지속되었다. 항상 만날 수 있었던 것은 아니었다. 에스페라도 나름대로 일이 있는지 오랜 시간 보이지 않을 때도 많았다. 1년에 스무 번 남짓, 많지도 그렇다고 적지도 않은 만남은 어느샌가 당연한 일이 되어 있었다.

"요즘 나이드가 자꾸 귀찮게 굴어요. 제가 말하기 조금 그렇지만 나이드가 저를 좀 많이 좋아하거든요. 그래서 요즘은 형님에게 찾아오는 것도 조심스러워요. 아, 이건 형님께 드릴 선물이에요. 이번에 다녀온 여행에서 사 왔어요."

주섬주섬 제 허리춤에서 풀어 손에 쥐여 준 것은 검이었다. 묵직
하고 검은색 검집에 들어가 있는 날카롭게 벼려진 검. 단 한 번도, 손
대 본 적이 없는 검이었다. 무거워서 두 손으로 간신히 들고 있으니
에스페라가 웃음을 터뜨렸다.

"하하하하, 뭐 하시는 거예요. 형님. 그러니까 얼른 검술도 배우셔
야죠. 형님께서 황제가 되시면 제가 옆에서 지켜 드리겠지만, 그래도
혹시 모르니까 형님 몸은 지키셔야죠."

에스페라가 검을 가져가 제 허리춤에 채워 주며 말했다. 능숙하게
묶는 손길이 퍽이나 익숙해 보였다. 가만히 하는 양을 내려다보다 입
을 열었다.

"왜 자꾸 찾아와? 난 황태자로 낙점됐지만 힘이 없어. 옆에 있어
봐야 득되는 게 없다고. 오히려 나랑 어울리는 걸 알면 네 측근들이
퍽이나 좋아하겠군."

녀석은 항상 즐겁다는 듯이 내 앞에서 웃었지만 나는 조금도 즐겁
지 않았다. 다만 의아할 뿐이었다. 나는 녀석이 바라는 어떠한 것도
줄 수가 없었다. 형제로서의 애정도, 돈도, 명예도.

"아스 형님, 저 형님한테 바라는 거 없어요. 그냥 형님이 계시다는
게 좋았어요. 저도 어리광을 피우고 싶었거든요. 형님을 보는 순간
아, 이분이구나 싶었어요. 그러니까 그냥 곁에만 있게 해 주세요. 다
른 데서는 다들 절 무슨 대단한 사람으로 여겨서 어엿한 황자 연기를
하느라 힘들단 말이에요."

개구지게 웃는 모습을 본 그날이 아마 처음으로 내가 녀석에게서
의심을 거둔 날일 것이다.

에스페라는 자신이 안아 주는 것을 좋아했다. 덕분에 항상 헤어질
때는 안아 주는 것이 인사 대신이 되어 버릴 정도로. 나는 별로 아무

렇지도 않았지만 적어도 녀석은 그때만큼은 세상을 다 가진 듯 행복해 보였다.

그렇게 무난하고, 숨어 사는 그저 그렇게 흘러가던 시간이 끝난 것은, 녀석에게 의심을 품은 막내 황자, 나이드가 자신의 거처를 발견하고 결국 황제가 병을 이기지 못해 서거했을 때였다.

나는 그렇게 생각했다. 내가 그들에게 이를 드러내지 않으면, 굳이 내게 그들이 이를 드러내지 않을 거라고 생각했다. 황제는 내가 되더라도 실권은 에스페라에게든 그 동생에게든 줄 마음이 충분히 있었다. 검술을 배우지 못하게 한 것은 황제의 생각이었으나 내가 굳이 나서서 배우려고 하지 않은 이유도 거기에 있었다.

싸움을 만들고 싶지 않았고, 나는 단지 조용하게 모든 것이 끝맺었으면 했다. 원한다면 황제가 죽고 그들에게 황권을 넘길 마음까지 충분했다. 입장 표명은 장례가 끝나고, 천천히 할 예정이었다. 얼굴도 몰랐던 황제를 섬기고 싶은 마음이 있는 사람은 없을 것이 분명했으니까.

특히나 나는 어릴 적부터 어머니를 따라 밥을 굶는 경우도 많았고, 움직임도 거의 없었기 때문에 또래와 비교해서 체구가 현저히 작은 편이었다. 덕분에 키도 작고, 일반인보다 근력도 약했다. 아마 그건 단 한 번도 검을 들어 보지 못했기 때문일 확률이 높았다. 어쨌든 덕분에 누가 봐도 무력 싸움에서는 질 것같이 보였다. 그래서 사실 누군가가 나를 적으로 인식할 거라는 생각을 하지 못했다.

하지만 황제가 서거하고 내가 내 입장을 표명하기 전에 나이드라는 에스페라의 동생을 만났다. 그리고 그와 동시에 그들의 적의를 마주했다.

"황위라면 황제도 죽었으니 얼마든지 내어 주마! 대체 왜 이러는…… 흐아악!!"

성에 쳐들어온 살수들과 나이드를 보면서 소리쳤다.

사실, 두려웠다. 살수들이 내뿜는 살기도 살기였지만 그 날카롭게 빛나는 검들이 자신을 향해 있다는 것이 더욱 무서웠다. 다리를 파고든 날카로운 검이 미칠 것 같은 통증을 선사했다. 난생처음 겪는 통증이 눈앞마저 흐릿하게 만들었다. 뇌가 통증으로 미쳐 버리는 것 같았다. 자신보다 큰 나이드의 붉은 눈동자와 회색 머리카락은 에스페라와 다르게 잔인하게 빛나고 있었다.

에스페라보다는 나이드 쪽이 황제를 더 빼닮은 듯했다. 우습게도 그 고통 속에서 그런 생각을 하고 있었다.

나이드가 잔인하게 웃었다.

"그건 당신만 없으면 해결될 일이니 상관없어. 난 내 형이 황제가 됐으면 좋겠어. 근데 당신은 방해야. 5년 전부터 찾았는데 설마 다 낡은 폐성 안에서 나오지도 않고 살고 있을 줄이야."

예상도 못 했다는 듯 키득거리는 모양새가 여간 불량해 보이는 것이 아니었다. 하지만 그때는 아무런 생각도 못 했다. 그저 이 상황을 벗어나야겠다고 생각했다. 녀석은 이런 상황을 알고 제게 검을 준 것이었을까. 헛웃음을 삼켰다.

"난, 황위가, 필요 없어. 필요하면 가져가."

고통을 참느라 이를 악문 채 끊어 가며 말했다. 하지만, 나이드는 그다지 그것에 감흥이 있는 표정이 아니었기에 초조해졌다.

"아바마마가 황명으로 묶어 놓고 돌아가셨어. 당신이 죽지 않으면, 내 형이 바로 황제가 되는 일은 없어."

이런 상황이 벌어질 것을, 과연 황제는 눈치채지 못했을까. 아니면 일부러 그랬을까. 검술도 가르쳐 주지 않고 황제의 자리에 나를 떠민 그 남자는, 제 아비라는 사람은 대체 무슨 생각이었을까. 아무것도 바란 적 없었다. 그저 단지 바랐던 것은 가능하다면 어머니와 함께 조용한 삶을 살아가는 것이었다.

조금 허탈해졌다. 하지만, 이런 식의 허무한 죽음은 사양이었다.

"난 죽을 생각 없다."

탁- 타다닥- 말을 끝내고 바로 몸을 돌려 성을 빠져나갔다. 다리의 통증은 신경 쓸 것이 못 됐다. 그보단 살수들의 실력이 훨씬 뛰어나서 달려가는 것만으로도 벅찼다. 등에 단검이 꽂혔지만 필사적으로 달렸다.

얼마나 덧없는 죽음인가. 그저 그냥 창밖을 바라보는 것이 일상이던 내 어머니도 그리 덧없이 죽었다. 그런 죽음은…… 결코 바라지 않았다.

필사적으로 도망치고 도망쳐서, 간신히 도착한 곳이 바로 벨로나의 약국이었다. 조심스러운 손길, 퉁명스럽지만 다정한 말투. 그 모두가 온전히 자신을 위한 것이었다. 이름도 모르고, 얼굴도 모르고, 단지 처음 본 사람을 향한 연민, 동정. 내가 싫어했던 것들을 여자가 여과 없이 보여 주고 있었음에도 불구하고 그 푸른색 머리카락에서 눈을 뗄 수가 없었다.

만약 누군가에게 첫눈에 반한다는 것이 실제로 존재한다면 나는 나를 위해 약을 만들던 벨로나의 모습에 첫눈에 반했다고 당당하게 이야기할 수 있었다.

내 어머니는 나를 때리지는 않았지만 어머니로서 해야 할 일의 대부분을 내팽개쳤다. 황제가 어머니를 망쳤다. 나는 그렇게 생각했다. 아주 만약에 황제가 다른 사람을 사랑하게 되는 일이 없었다면 적어도 지금보다 어머니는 조금 더 나은 삶을 살 수 있었을 것 같았다.

그러니까 가능하다면 나는 황제처럼은 되지 않겠다고 생각했다.

누군가에게 첫눈에 반하는 일 따위 없을 것이라고 생각했다.

그럼에도 나는 벨로나를 만났고, 우습게도 한순간에 사랑에 빠졌다.

'당신 내가 이렇게 열심히 살려 줬는데 죽으면 가만 안 둘 거예요.'

그 말은 꽤나 오랫동안, 아니, 사실은 아직도 가슴속에 남아 있는 말이었다. 겨우 그 말에 마치 구원을 받은 기분이었다. 살기를 바라는 조심스러운 손길과 익숙하지 않아 보이는 투박한 격려가 싫지 않았다.

'돈 대신에 나중에 복수에 성공하거나 행복해져서 당당하게 찾아오세요. 혹시 복수하다가 다쳐 오면 또 치료해 줄게요. 마땅히 그때도 할 일이 없다면 제가 가게 아르바이트라도 시켜 드릴게요.'

그 한 마디가 삶에 생기를 불어넣었다. 의미 없었던 말일지도 몰랐다. 그저 격려를 하기 위한 선의의 거짓말일 수도 있었다. 그럼에도 그 말 하나만이 소중하고 소중하게 남았다. 그러니까 용기를 낼 수 있었다.

벨로나에게 치료를 받고, 약국을 떠나는 발걸음은 가볍지 않았다. 하지만 떠나야 한다는 건 알고 있었다. 오래 있어 봐야 혈안이 되어 찾고 있는 나이드의 무리들이 자신을 가만히 두지는 않을 것이 뻔했다.

그렇게 되면 자신만의 문제는 아니게 되었다. 그래서 떠났다. 벨로나를 위해서도, 나를 위해서도 그때는 그것이 가장 좋은 선택이었다.

무작정 떠난 길은 결코 쉽지 않았다. 검술이라고는 간신히 드는 것이 고작이고, 필사적으로 휘두르는 것이 전부였다. 끼니 한 번 해결하기도 쉽지 않았고, 사냥 또한 어려웠다. 무엇보다 익숙해지지 않는 것은 노숙이었다. 심심하면 벌레에게 물리기 일쑤였고, 잘못하면 쫓겨나기 일쑤였다.

지금 생각해도 나랑 내 스승의 만남은 조금 황당하고 어이가 없었다. 그날도 길 근처 숲속에서 모닥불을 피워 놓고 물고기를 구워 먹으려는 찰나였다. 꽤 긴 시간 동안 여행을 했음에도 불구하고 검술은 커녕 하루하루 먹고 살기가 힘들었다.

'이야, 다행이다. 거 미안한데 불 좀 같이 씁시다.'

투박한 손과 거친 피부. 근육에 더불어, 볼에 길게 나 있는 상처까지 누가 봐도 딱 용병이구나 하는 얼굴이었다.

그때까지만 해도 나는 남자에게 큰 관심은 없었다. 적당히 고개를 끄덕여 주고, 적당히 불을 빌려주고, 그러면 끝날 인연이라고 그렇게 생각했었다.

$\oint$

로웰이 느릿하게 눈을 깜빡이며 상념에서 벗어났다. 어느새 마차는 제국의 수도에 가까워지고 있었다. 색색거리는 숨이 매우 힘겨워 보였다. 이 마음을 제 무릎에서 잠을 자고 있는 이 녀석이 알게 된다면, 과연 어떤 반응을 보일까.

"5년이라…… 길군."

마지막 고민은 단 하나였다. 나이드를 죽이고 완벽하게 복수를 할 것인지, 어중간한 복수만을 한 채 정체를 숨기고 이대로 살아갈지. 내가 용서할 수 없는 것은 그 잔인한 성정으로 내 유모마저 죽였다는 사실이었다. 아무런 죄도 없이, 평생을 나 하나만을 바라보고 살아온 그녀를 눈앞에서 잃었다.

그로 인해 가담했던 귀족들의 목숨을 전부 빼앗았다. 마지막까지 손댈 수 없었던 것은 그 아이의 동생이자, 차마 그 아이가 죽이지 못

해 근신을 명한…… 나이드뿐이었다.

"너 때문이다, 벨로나. 네가 내게 좋아한다는 감정을 깨닫게 해서…… 녀석을 죽이는 것에 망설임이 생겨 버렸어."

로웰이 머리를 숙여 벨로나의 이마에 자신의 이마를 맞댔다. 뜨거운 열기가 이마를 타고 전해져 왔다.

이대로 약국에서 일을 하면 평생 아무 일 없이 지낼 수 있을지도 모른다. 이대로 녀석을 옆에 둔 채 살 수 있을지도 모른다. 가능하다면 그것만큼 기쁜 일은 없을 것이 분명했다.

"먼저 반한 사람이 진다고 하던데, 나는 이미 완전히 네게 대패(大敗)한 모양이야."

후우– 긴 한숨을 내쉰 로웰이 마차의 의자 등받이에 몸을 기대며 중얼거렸다. 모든 것을 포기한다고 하더라도 그럼에도 옆에 있고 싶었다.

로웰이 멈추는 마차를 느끼며 벨로나를 안아 올렸다. 소중한 유리 그릇을 다루듯 조심스럽게 들어 올려 품에 끌어안은 로웰이 사뿐하게 마차에서 뛰어내렸다.

"헐, 누나!!!"

마차 소리를 들었는지, 아니면 밖에서 기다리고 있었던 것인지 마차에서 내리자마자 슈가가 뛰어왔다. 달려와서 발꿈치를 세운 슈가가 벨로나를 이리저리 살피더니 이내 한숨을 길게 내쉬곤 로웰을 노려보며 입을 열었다.

"미쳤어요?! 잘 챙기라고 보냈더니 누나가 왜 이렇게 와!!"

짜증이 잔뜩 담겨 있었지만 개미만도 못한 작은 목소리였다. 벨로나가 깰까 봐 신경 쓰는 것이 뻔했다.

로웰이 흘끗 슈가를 쳐다보더니 이내 약국 안으로 쏙 들어갔다. 완전히 무시하는 로웰의 모습에 슈가가 차마 시끄럽게도 못 하고 발을 동동 구르더니 약국 안으로 따라 들어갔다.

"도둑, 이불 펴라. 두툼하게."

"어? 아가씨야? 왜 그래? 어디 아파?"

"이불."

로웰이 레이먼을 보며 다시 한 번 짧게 말했다. 목소리가 심상치 않게 느껴졌는지 레이먼이 재빨리 로웰의 이불을 깔았다. 로웰이 대충 덮고 깔고 자는 이불이었기 때문에 그다지 두툼하지 못한 이불이었다.

"네 거도 깔아."

"그러면 나는 어디서……."

"쟤랑 같이 쓰면 되겠네."

로웰이 약을 열심히 만드는 슈가를 턱짓으로 가리키며 말했다. 레이먼의 얼굴이 구겨졌다. 투덜거리면서도 너덜너덜한 이불을 아래에 겹쳐 깔아 준 레이먼이 뒤로 물러났다. 로웰이 조심스럽게 벨로나를 내려놨다.

"일단 물약으로 만들었는데…… 누나 깨워야 하나?"

얼른 약을 제조해 가져온 슈가가 걱정스레 말했다.

새근새근 잠을 자는 벨로나를 한 번 살피고 그릇에 담겨 출렁거리는 갈색빛의 약을 살핀 로웰이 슈가에게서 약그릇을 빼앗았다. 벨로나의 옆에 무릎을 꿇고 앉은 로웰이 약을 대신 마셨다. 확 느껴지는 쓴맛에 로웰이 미간을 찌푸렸다.

"우왁?! 뭐 하는 지……."

갑작스런 약 강탈에 놀란 슈가가 소리를 지르는 것과 동시에 로웰의 입술이 벨로나의 입술에 닿았다. 벨로나를 안아 올리며 턱을 잡은 로웰이 조심스럽게 입안으로 약을 흘려보냈다.

"뭐, 뭐, 뭐 하는……!!"

반사적으로 꼴깍거리며 넘어가는 소리가 들렸다. 슈가가 놀란 표정으로 손가락으로 로웰을 가리키며 굳어졌다. 레이먼도 당황한 표정이 역력했지만 오로지 로웰만이 침착하게 약을 다 먹이고는 조심스럽게 입술을 뗐다.

"누, 누나한테 무슨 짓이야, 이 도둑놈아!!!"

슈가가 있는 힘껏 무릎 꿇고 앉아 있는 로웰의 허벅지를 찼다. 슈가가 도도도 뛰어가 휴지를 한가득 가져오더니 벨로나의 입술을 꾹꾹 닦아 냈다.

잔뜩 상처받은 표정으로 꾹꾹 입술을 누르고 있는 슈가를 발로 툭툭 밀어낸 로웰이 그대로 벨로나의 옆자리에 자리 잡고 누운 채 이불을 덮었다. 그것으로도 모자란 모양인지 벨로나를 뒤에서 끌어안은 로웰이 슈가를 향해 손을 휘휘 저어 보였다.

"얼른 가서 자라, 어린애는 일찍 자는 거라고 이 녀석이 그러더군."

부들부들 몸을 떠는 슈가를 향해 말한 로웰이 그대로 눈을 감았다. 슈가의 뒤쪽에서 놀란 표정으로 눈치를 보던 레이먼도 슈가의 이부자리를 향해 돌진해 이불 속으로 쏙 파고들었다. 슈가의 고개가 무섭게 돌아갔다.

"나와, 레이먼 형."

이불에 쏙 들어가 눈만 살짝 내민 레이먼이 고개를 좌우로 저었다. 잘못했다간 정말 땅바닥에서 자야 할 것이 분명했다.

레이먼이 필사적으로 고개를 저었다. 슈가가 짜증스럽게 얼굴을 확 구겼다. 차마 벨로나 때문에 평소처럼 소리를 지르지 못하는 모습을, 슬쩍 눈을 떠서 바라보던 로웰이 작게 웃었다.

"슈, 슈가. 그러다가 아가씨 깨면 어쩌려고."

성큼성큼 다가오는 슈가를 향해 레이먼이 속사포로 말을 내뱉었다. 그때서야 잠시 잠에 빠져 새근거리며 자는 벨로나를 바라본 슈가가 젠장- 작게 읊조리며 발을 굴렸다. 결국 우뚝 서서 있던 슈가가 레이먼의 옆에 자리 잡았다. 레이먼을 발로 퍽퍽 밀어낸 슈가가 만족스러울 만큼 자리를 차지하고 나서야 코웃음을 치며 눈을 감았다.

레이먼의 몸이 반이나 밖으로 삐져나왔다는 건 아무도 몰랐다.

4

벨로나의 약국

"으음……."

덥다. 답답하다. 밧줄에 꽁꽁 묶여 있기라도 한 기분이었다. 머리가 멍했다. 땀을 꽤나 흘리고 잤는지 몸은 축축했다. 눈꺼풀은 여전히 무거웠지만 어쨌든 일어나야 한다는 건 알고 있다.

한참 자기 자신과의 싸움 끝에 벨로나가 눈을 떴다. 눈앞에 바로 벽이 있는 것 같았다. 혹시 제 눈이 뭐에 가려진 것은 아닐까 싶을 정도로 새까만 배경이었다.

벨로나가 느릿하게 눈을 깜빡이며 도르륵 눈동자를 굴렸다. 다행히 옆으로 빛과 천장이 보이는 것을 보니 눈이 가려진 것은 아닌 모양이었다. 움직이기도 힘들었다. 벨로나가 몸을 꼼지락거렸다. 마땅히 묶여 있는 건 아닌 모양인데…….

벨로나가 꿈틀꿈틀 아래로 내려가기 위해 몸을 움직였다.

"……뭐 하는 거지?"

눈앞을 가리고 있던 검은 벽에서 목소리가 들려왔다. 아, 물론 정말 벽은 아니겠지만. 어쨌든 굉장히 익숙한 목소리에 벨로나가 조금 편해진 몸으로 고개를 들어 위쪽을 바라봤다. 로웰이 황당한 얼굴로 저를 내려다보고 있었다. 벨로나의 시선이 아래로 내려가더니 자신을 끌어안고 있는 로웰의 손을 발견하고는 굳어졌다.

그럼…… 벽이라고 생각했던 건 로웰의 가슴팍이고, 밧줄이라고 생각했던 건 로웰의 팔이고. 벨로나의 얼굴이 새빨갛게 달아올랐다.

"뭐, 뭐 하는 거예요?!"

벌떡 몸을 일으켜 벨로나가 몇 발자국 뒤로 물러나며 소리쳤다. 파렴치한이 된 것 같은 느낌에 로웰이 누운 모습 그대로 벨로나를 올려다봤다.

"몸이 좀 살 만한가 보지?"

몸……은 뭐, 나쁘지 않다. 조금 축축하고 묵직한 느낌이 있기는 하지만 아마 밤새 앓아서 그럴 확률이 높았다. 로웰도 느릿하게 몸을 일으켰다. 대체 무슨 잠자리에서 일어나는 것조차 상위 1%냐. 하여튼 외모만 잘생기면 사람은 뭐든지 좋게 보이는 법이었다.

벨로나가 창문을 열고 탁자 의자에 앉아 엎드렸다. 시원한 바람이 솔솔 들어와 흘린 땀을 식혀 주는 것이 기분이 좋았다.

탁- 이제 막 바람을 즐기고 있는데 창문이 닫혔다. 그것도 꽉.

벨로나가 당황스러운 표정으로 로웰을 바라봤지만 그러거나 말거나 로웰은 이불 정리에 들어가고 있었다.

"창문은 왜 닫아요?"

"밤새 땀 흘리고 잤으면서 차가운 바람에 몸 식히려고 하는 건 대체 어느 멍청이의 발상이지?"

알고 있다. 별로 좋을 거 없다는 것쯤은. 근데 더운 걸 어떡해! 일단 지금은 시원한 것이 훨씬 중요했다. 찝찝했고, 기분도 별로고, 무엇보다 몸이 축축 늘어졌다. 별로 제 몸을 생각하지 않는 건 아니지만 당장의 행복함이 벨로나에겐 조금 더 중요했다.

'일어나서 다시 열면 되는 일이지.'

"그거, 다시 열 생각 했다가는…… 오늘 하루 종일 나한테 안겨 있을 각오해라."

몸을 일으키려던 벨로나가 멈칫- 하더니 시선을 로웰에게 던졌다. 조심스레 다시 엉덩이를 의자 위에 안착시킨 벨로나가 미간을 찌푸렸다. 아니, 내 가게 창문 내 마음대로 열겠다는데 그것도 못 하게 한다. 내가 뭐 어디 도망간댔나?

"아니, 그러고 보니까 왜 절 안고 자요?!"

이불을 다 정리한 로웰이 벨로나의 외침에 시선을 돌려 바라봤다. 이유까지 물어 대는 저 무신경함에 찬탄을 보내야 할지 그것도 아니면 몰라 줘서 고맙다고 인사를 건네야 할지 모르겠다. 확실한 것은 적어도 벨로나가 정말 연애에 요-만큼도 지식이 없고, 남자에게 손톱만큼도 관심이 없다는 것이었다.

"이불 없어. 저것들도 같이 한 이불 덮고 잤는데."

로웰이 변명을 하듯 손가락으로 창고에서 눈을 비비고 나오고 있는 슈가를 가리키며 말했다. 벨로나가 눈을 도르륵 굴렸다. 그놈의 이불! 하나 사든가 해야지. 벨로나가 너덜너덜한 이불을 보고는 머리를 짚었다.

"누나!! 누나, 몸은 괜찮아요? 입술은요?!"

"응……? 어, 그래. 몸은 괜찮아. 근데 입술은 왜?"

"어제요!! 로웨…… 읍-"

로웰이 순식간에 슈가를 들어 올려 입을 손으로 틀어막았다. 읍읍거리며 발버둥을 치는 것이 예사롭지 않았다. 벨로나가 무슨 일이냐는 듯 레이먼과 로웰을 번갈아 봤다. 레이먼은 로웰을 한 번 쳐다보더니 허허허, 웃으며 아침 식사를 만들겠다고 주방으로 쏙 들어가 버렸다.

"뭔데요? 제 입술에 무슨 일 있었어요?"

"어제……."

로웰이 드물게 뜸을 들였다. 대답이 시원하게 나오지 않아 벨로나의 미간이 한 번 더 찌푸려졌다. 슈가도 발버둥을 멈춘 채 로웰을 노려보고 있었다. 한참의 적막 끝에 로웰이 다시 말을 이었다.

"널 눕혀 두고 잠깐 다른 일을 하는 사이에 네 입술 위에 쥐가 올라가서 놀다가……."

그사이 슈가가 로웰의 허벅지를 뒷발로 내려 차고 바닥에 사뿐히 착지했다. 그리고는 쪼르르 벨로나의 뒤에 쏙 숨었다. 벨로나는 이미 얼굴이 딱딱하게 굳어진 지 오래였다. 쥐 이후로는 내용도 제대로 듣고 있지 않은 모양이었다.

벨로나가 손을 부르르 떨더니 힘겹게 입을 열었다.

"ㅈ…… 주…… 쥐가 뭐요?! 슈가, 정말이야?"

"어……."

눈동자를 도르륵 굴리던 슈가가 로웰에게 씨익- 웃어 보이고는 벨로나에게 매달려서 대답했다.

"네! 엄청 커다란 쥐가 누나 막 입술에 올라타서 변태 같은 짓 했어요. 쥐가 누나 입술을 막…… 핥…… 핥…… 흑, 저는 더 말 못 하겠어요."

슈가가 비련의 여주인공 흉내라도 내는 것마냥 두 손으로 얼굴을 가리며 고개를 좌우로 저었다. 슈가의 심한 과장에 이번에 굳어진 것은 로웰이었다. 졸지에 커다란 변태 쥐 취급을 받은 로웰이 슈가를 노려봤다. 벨로나도 두 손으로 얼굴을 감싼 채 고개를 숙였다.

"쥐는……?"

"제가 쫓아냈어요! 누나 입술도 제가 꾹꾹 닦아 줬어요!!"

"그…… 그래…… 고마워, 슈가. 나…… 집 가서 씻고 올게!!!"

충격받은 얼굴로 떨떠름하게 대답한 벨로나가 벌떡 몸을 일으키더니 그대로 약국을 뛰쳐나갔다. 곧 약국 오픈 시간이고, 아침 식사 시간이었지만 그게 문제가 아니었다. 벨로나는 동물이 싫었다. 물론 벌레는 더 싫었다. 특히나 털 달리고 조그맣고 구석에 숨어 사는 것들이 제일 싫었다.

"누……나…… 갔네."

슈가의 부름이 끝나기도 전에 벨로나가 순식간에 사라졌다. 뒷모습을 멍하니 바라보던 로웰이 슈가를 노려봤다. 눈동자를 도르륵 굴리며 눈치를 보던 슈가가 베실, 웃음을 흘리고는 콧노래를 부르며 몸을 돌렸다.

"흐흥~ 착한 슈가는 이불 정리를 하러 가야지."

가벼운 발걸음으로 슈가가 로웰을 버려 둔 채 창고로 쏙 들어가 버렸다. 덩그러니 남은 로웰만이 긴 한숨을 내쉬며 머리를 쓸어 넘겼다. 아무리 말을 돌리려고 먼저 쥐 이야기를 꺼냈다지만 저건 좀 심했다. 그리고…… 벨로나의 반응도 너무했다.

"어? 아가씨랑 슈가는?"

"몰라."

짜증스럽게 의자에 앉은 로웰이 턱을 괴며 한숨을 푹 내쉬었다. 제가 자초한 일이지만, 맘이 상하는 것은 어쩔 수 없었다. 얼마나 벅벅 닦고 있을지 보지 않아도 뻔히 눈에 비치는 것 같았다. 괜히 후회가 됐다. 차라리 약을 먹여 줬다고 할 걸 그랬나. 하지만 그 사실을 알고도 저렇게 행동할까 봐 묘하게 불안하기도 했다.

"……까칠하기는."

레이먼이 툴툴 불만을 토해 내며 식탁에 아침 식사를 차렸다. 스프와 함께 부담되지 않을 음식들이 쫘르륵 자리 잡았다.

레이먼이 길게 한숨을 내쉬었다. 어제 밤새 몸의 반은 차가운 공기에 노출되었기 때문에 한쪽 몸이 어쩐지 딱딱하게 굳어 있는 것 같았다. 그렇다고 불쾌감을 표시했다가는 괜히 더 당할 것을 뻔히 알기에 레이먼은 입을 꾹 다물었다.

똑똑- 나무 문이 두드려졌다. 밥을 다 차린 레이먼이 쪼르르 문을 열었다. 딸랑- 여전히 청량한 소리가 울려 퍼졌다. 문을 열자마자 보이는 우락부락한 근육에 레이먼이 한 걸음 뒤로 물러났다.

"누구……?"

"아, 여기 약사 아가씨 댁 맞나? 건축사무소에서 나왔는데."

남자가 뒷머리를 벅벅 긁으며 말했다.

레이먼이 그때서야 생각났다는 듯 박수를 짝 쳤다. 어디서 봤나 했더니 그때 그 사람이었다. 좀 시간이 많이 지나서 잘 기억나지 않았었다.

레이먼이 문에서 비켜서며 고개를 끄덕였다.

"맞는데, 지금 아가씨가 어디 갔는데…… 일단 들어오세요. 차 한 잔 드시면서 기다리세요. 곧 올 거거든요."

"아, 그럼 실례하오."

레이먼이 식사를 차려 놓은 탁자가 아닌 다른 탁자에 목수를 안내했다. 언제 이야기를 들었는지 이미 로웰이 주방에 들어가 차를 한 잔 타서 나오는 모습이 보였다. 레이먼이 속으로 한숨을 내뱉었다. 자신에게도 저 반의반만큼만 해 줘도 좋을 텐데. 만면에 생글생글 띤 미소가 왜 그렇게 얄미운지 알 수가 없었다.

"사장님은 아마 곧 오지 않을까 싶습니다. 설계도가 나온 건가요?"

"그럼, 여기 약사 아가씨도 젊은 나이에 대단하지만 우리 사장님도 젊은 나이에 사무소를 차리셨지. 우리 사장님의 설계 실력은 제국에서 따라올 사람 없다. 나도 사장님을 동경해서 사정사정해서 사무소에 들어갔지."

생김새와 다르게 수다쟁이인 목수를 로웰이 적절하게 컨트롤하며 상대했다. 그리고 그다지 오랜 시간이 지나지 않아서 문이 딸랑— 울리는 소리와 함께 열렸다. 로웰과 레이먼의 시선이 문으로 향했다. 벨로나가 묘한 분위기에 슥 약국을 훑더니 이내 목수가 앉아 있는 곳으로 성큼성큼 다가왔다.

목수가 벌떡 몸을 일으켜 악수를 청했다. 벨로나가 손을 뻗어 가볍게 마주 잡고 손을 흔든 후 웃으며 입을 열었다.

"잘 지내셨어요? 하도 안 오시기에 제가 한번 찾아갈까 했거든요."

"미안하오. 우리 사장님이 한 번 손을 대기 시작하면 완벽해질 때까지 절대 대충 주지는 않으시는 분이라. 의뢰를 듣자마자 바로 하시겠다고 가져가 버렸소. 그래도 장담하건대 아마 아가씨 마음에는 쏙 들 거요. 우리 사장님만 한 분이 안 계시거든."

목수의 사장님 자랑에 벨로나가 고개를 끄덕였다. 듣자 하니 자신과 같은 여자 사장이라고 했다. 아마 그곳도 초반에 엄청 차별을 받지 않았을까 싶었다. 의뢰를 넣기 전까지는 몰랐는데 그 후에 들은 이야기였다. 어쨌든 꼼꼼하게 설계를 해 줬다는 것은 충분히 만족스러운 일이었다.

"일단 보여 주시겠어요? 로웰, 미안한데 오늘 오픈은 1시간 정도 늦는다고 팻말에 적어 주세요. 레이, 아침 식사는 미안해서 어쩌죠, 일단 이것부터 하고 먹어야 할 것 같은데……."

"응? 아니 음식이야 다시 데우면 되니까 괜찮아."

레이먼이 손사래를 치며 대답했다. 로웰은 이미 종이를 한 장 가지고 와서 쓱쓱 글을 적더니 문을 열고 밖으로 나갔다.

벨로나가 목수의 맞은편에 자리 잡았다. 벨로나가 앉는 것과 동시에 목수가 둘둘 말려 있던 종이를 쫙 펼쳐 보였다. 고민한 것이 분명한 듯 한눈에 보기에도 복잡해 보이는 설계도가 종이를 꽉 메우고 있었다.

"일단 아무래도 나무로만 만드는 건 문제가 있을 것 같아서 중간 중간 벽돌도 섞어서 조금 단단하게 만들기로 했소. 우리 사장님 말로는 아마 목재보다는 벽돌 위주로 건물을 세우는 것이 더 튼튼할 거라고 했는데, 일단 목재에 비해서는 가격이 조금 더 든다고 하니 이 부분은 아가씨가 정해 주시면 될 것 같소."

"음…… 추가금을 더 줘야 한다는 건가요?"

이미 꽤 많은 돈을 지불했기 때문에 벨로나가 곤란한 표정으로 되물었다.

"아니, 4층 건물이다 보니 정확한 견적이 안 잡혀서 선수금을 꽤 넉넉히 받은 편이라 그 안에서 해결할 수 있을 것 같소."

벨로나가 고개를 끄덕였다. 업자가 그렇게 말하는데 돈이 더 들어도 그럼 당연히 그쪽으로 가는 것이 맞았다. 괜히 비 와서 누수되고, 썩고, 무너지는 걸 원하진 않았다. 대체 투자하는 돈이 얼만데.

"그럼 그렇게 해 주세요."

"그리고 건물 크기 말인데, 그 부지를 전부 다 쓰려면 돈도 많이 나오고 사실 그렇게 높게 세운 건물이 옆에 있는 건물들을 답답하게 만들어 버려서 아마 민원이 있을 것 같소. 그래서 말인데, 건물들 옆으로는 텃밭 같은 걸 일굴 수 있게 하고, 건물은 조금 뒤쪽으로 집어 넣는 게 어떠냐는 의견이 있는데. 그 뒤쪽으론 다행히 창고로 쓰는 건물밖에 없어서 문제가 해결될 것 같은데."

목수의 말에 벨로나가 머리를 굴렸다. 확실히 앞쪽 길가로 건물들이 밀집되어 있는 편이었다. 부지가 꽤 넓어 앞에 텃밭을 세우고 약국 건물을 안쪽으로 밀어 넣어 버리면 될 것 같았다. 역시 이런 건 전문가한테 맡겨야 일사천리로 해결된다.

생각을 마친 벨로나가 고개를 끄덕였다. 문제는 없을 것 같았다. 오히려 텃밭이 있으면 직접 약초도 재배할 수 있으니 훨씬 만족스러웠고. 뒤쪽에는 음지나 축축한 곳에서 자라는 약초를 키우고 앞쪽에는 일조량이 많이 필요한 약초를 키우는 편이 좋을 것 같았다.

"나쁘지 않을 것 같아요. 말씀해 주신 대로 진행해 주세요."

"아, 다행이군. 그리고 마지막으로 건물 내부에 대해서 이야기를 해야 하는데…… 그전에 일단 이 건은 우리 사장님께서 직접 지휘하시기로 했소. 그래서 말인데 우리 사장님 철칙이 의뢰주는 무조건 만나 봐야 한다는 거요."

"어…… 그래요?"

독특한 생각을 가지고 있구나 싶어 벨로나가 볼을 긁적이며 고개를 끄덕였다. 목수가 커다란 덩치에 걸맞지 않게 눈동자를 굴리더니 결국 푹 한숨을 내쉬며 입을 열었다.

"그래서 곧 오실 것 같소. 일만 끝내고 바로 온다고 하셨……."

딸랑— 딸랑— 꽤나 거칠게 열린 문에 방울이 시끄럽게 소리를 울렸다.

맑은 소리도 여러 번 중첩되어 울리니 그다지 듣기 좋은 소리는 아니었다. 하지만 적어도 사람들의 시선을 한눈에 끌 수 있는 등장임에는 분명했다.

문을 열고 들어온 붉은 머리의 여자는 정말 한눈에도 확 시선을 끌어 잡을 만한 미인이었다. 여자가 봐도 시선을 뗄 수 없는 생김새. 하지만 허리춤에 찬 검은 그녀가 일반적인 여인들과는 다르다는 것을 보여 줬다.

"뭐야, 아직 안 끝났어? 스반."

여자치고는 조금 허스키한 목소리가 입 밖으로 흘러나왔다. 그러자 남자가 뻣뻣하게 긴장하는 것이 느껴졌다.

"아뇨, 아닙니다! 이제 사장님께서 오실 거라는 이야기를 하고 있었습니다."

저보다 덩치도, 키도 훨씬 큰 남자를 뒤로 밀어내며 여자가 벨로나를 쓱 훑어보고는 환하게 웃었다.

"와아, 당신이군요. 젊은 아가씨가 약국 경영을 하고 있다기에 사실 이야기 듣자마자 의뢰가 아니더라도 한번 만나 보고 싶었어요. 아, 나는 아르얀도르 웨일즈. 그냥 아르라고 불러 줘요."

거침없이 성큼성큼 다가온 아르가 손을 쭉 뻗으며 인사를 건넸다. 활활 타오르는 붉은 머리카락과 어울리는 연보랏빛 눈동자가 반짝 빛났다. 키도 꽤나 큰 것이 아마 운동을 하지 않았을까 싶었다.

잠시 멍하니 아르를 바라보던 벨로나가 손을 뻗어 마주 잡으며 자기소개를 했다.

"어…… 벨로나라고 해요."

"벨로나. 예쁜 이름이네."

이름을 한 번 읊조린 아르가 눈꼬리를 휘어 사르르, 웃더니 이내 마주 잡은 손을 위아래로 휙휙 흔들어 격한 악수를 했다.

벨로나가 멍하니 아르의 미소를 바라봤다. 상위 1% 남자만 있는 줄 알았는데 여자도 상위 1%의 외모를 가질 수 있구나 싶었다. 난생처음 여자에게 설레어 버렸다.

"아, 스반. 남편이 찾더라, 가 봐. 화났던데, 뭐 사고 쳤어?"

아르가 생각났다는 듯 뒤에 서 있는 목수에게 말했다. 아르의 말에 잠시 고민하던 스반이 눈을 커다랗게 홉떴다.

"사고…… 헉, 그, 그런 것 같습니다. 여기 설계도입니다. 먼저 가 보겠습니다!!"

"어- 잘 가."

저보다 훨씬 나이가 많아 보이는 스반에게 아르는 끝까지 반말을 했다. 이게 예전에 배웠던 갑의 횡포인가 싶었다. 손을 휘휘 젓는 아르에게 구십도로 꾸벅 인사를 한 목수, 스반이 순식간에 약국에서 뛰쳐나갔다. 쿵쿵거리는데도 얼마나 빠르게 사라지는지 잠시 약국 안에 적막이 흘렀다.

아르가 아직 손을 놔주지 않아 벨로나가 곤란한 표정으로 여전히 악수하고 있는 손을 바라봤다. 그때서야 아르가 깜짝 놀라 손을 뺐다.

"아, 미안해요. 너무 오래 잡고 있었네. 혹시 몇 살이에요?"

"스물네 살이요."

벨로나가 대답하며 아르를 바라봤다. 아르 역시 겉보기에 저랑 비슷한 또래로 보였다. 아르가 자연스럽게 식탁에 벨로나를 앉히고 맞은편에 자신도 앉았다. 그리고 두 손으로 턱을 괸 채 또 포슬포슬 웃어 보였다.

"내가 스반한테 반말해서 좀 그랬어요?"

아르가 장난기 가득한 얼굴로 날카롭게 물었다. 벨로나가 정곡을 찔린 듯 조금 곤란한 표정을 지어 보였다. 사실 보기 좋았던 것은 아니었다. 물론 사장님이니 그럴 수도 있다고 생각은 하지만…… 그래도 못해도 열 살은 더 많아 보이는 상대에게 반말은 좀 그랬다. 아이랑 아내도 있는 가장이라는데…….

"솔직히, 조금요."

벨로나가 숨기는 것 없이 솔직하게 대답했다. 못해도 몇 달은 볼 텐데 그걸로 불편해하고 싶지는 않았다. 솔직한 벨로나의 대답에 아르가 작게 웃었다. 햇빛에 비치는 붉은 머리카락이 아름다웠다. 사람이 저렇게 예뻐도 되는 건가 싶어 벨로나가 한숨을 속으로 삼켰다.

"나 몇 살로 보여요?"

"음…… 저랑 비슷한 또래요?"

"와, 영광이네. 재밌는 거 알려 줄까요?"

벨로나가 물음표를 띄운 듯한 표정으로 아르를 바라봤다. 비밀이 야기를 하듯 벨로나에게 얼굴을 가까이 가져다 댄 아르가 자그마한 목소리로 속삭였다.

"스반, 사실 나보다 두 살 어려요."

"네?!"

벨로나가 경악한 표정으로 아르를 바라봤다. 믿기지 않는 듯한 표정을 해 보였다. 적어도 40대는 되어 보이는 남자가 저와 동갑으로 보이는 여자보다 어리다는 것이 믿기지가 않았다. 벨로나의 초록빛 동공이 흔들렸다. 아르가 결국 하하하하, 커다랗게 웃어 보였다.

"혹시 나이가…….."

"음, 비밀인데. 벨로나한테만 알려 줄게요."

아르가 비밀 이야기를 하듯 벨로나의 귓가에 입을 가져다 대고 작은 목소리로 말했다. 다른 사람들한테는 들리지도 않을 정도의 작은 목소리였지만 벨로나의 귓가에는 똑똑하게 들렸다.

벨로나가 굳은 표정으로 아르를 쳐다봤다. 스반은 또래보다 나이가 많아 보였던 거고, 눈앞의 아르는 또래보다 나이가 훨씬 적게 보였던 것이다. 어쩐지 갭이 심하게 난다 싶었다.

"정말요?"

"그럼. 진짜지. 그런고로 말 편하게 해도 될까? 나 사실 이렇게 경영하는 여자는 거의 못 봤거든. 이렇게 가까운 데 있었다니 진작 찾아올 걸 그랬어."

아르가 굉장히 아쉽다는 듯 말했다. 툴툴대는 모습이 그녀의 성격을 보여 주는 것 같았다.

"어, 네네, 괜찮아요. 편하게 하세요……. 아르 씨."

"언니. 아르 언니라고 해 줘. 와, 동생 생긴 기분이라 좋다. 경영하는 여자들 많아졌으면 좋겠다. 모임도 만들고 싶고, 사실 제국은 다 좋은데 너무 남자 위주야. 아, 일단 일 이야기를 좀 하자. 사실 4층 건물이라고 해서 얼마나 흥분했는데, 다른 이야기는 다 들었을 것 같고, 내부 구조 때문에. 안에 어떤 시설 넣을지는 정했어?"

아르가 또 다른 설계도를 쫙 펼쳐 보였다. 내부 설계도가 분명했다. 1층부터 4층까지 설계된 설계도의 내부가 비어 있었다. 잠시 설계도를 내려다보던 벨로나가 손가락으로 1층을 가리키며 말했다.

"여기는 일단 고객들 대기 공간이 있었으면 좋겠어요. 사람이 좀 많다 보니까, 햇빛이 잘 들고, 앉아서 차를 마시는 휴식 공간이랑 해서요. 그리고 주방은 차를 만들 수 있을 정도로 좀 작게 하나 만들고 싶고, 제조실이 대기 공간이랑 분리되어 있었으면 좋겠어요. 입구 바로 앞에는 접수실 겸 카운터가 있었으면 하고요."

"그럼 동선은 고객이 들어와서 접수를 하고 대기실로 갈 수 있게? 접수실에서 접수받은 걸 제조실에서 바로 받을 수 있게 되면 좋은 거고?"

마치 머릿속을 들여다본 것 같은 완벽한 이해에 벨로나가 고개를 두어 번 크게 끄덕였다. 건축사무소의 사장이라더니 정말 이름뿐만은 아닌 모양이었다.

아르가 벨로나의 설명을 들으며 바로바로 슥슥 내부도를 그려 갔다. 순식간에 1층의 모양이 완성되었다. 구석 부분에는 주방과 대기실을 만들고, 카운터 형식의 접수대와 제조실이 그려졌다.

"아, 그리고 1층에 창고 하나도요. 제조실 근처로 바로 있었으면 좋겠어요. 왜냐면 당일 쓸 건 1층에 내려다 두고 쓸 공간이 필요해서요. 제조실을 좀 크게 만들어서 그 안에 창고를 넣어도 괜찮을 것 같아요."

"오케이, 그럼 이 오른쪽 끝에 계단을 만들면 되겠네. 대충 이 정도?"

벨로나가 앞에 내밀어진 내부 구조도를 바라봤다. 머릿속에서 꺼내 붙여 넣기라도 한 것 같은 구조도에 고개를 끄덕였다. 완벽했다.

벨로나의 표정을 살피던 아르가 고개를 끄덕이고 2층을 가리켰다.

"2층은 뭘 생각 중이야?"

"사실…… 아직 뭘 넣을지 못 정했는데요. 마음 같아서는 의사 자격시험에도 합격했고, 병원을 작게 운영할까 싶긴 한데…… 그러기엔 사람도 부족하고, 일단 생각만 하고 있어요. 지금은 약국 운영도 벅차서."

벨로나가 한숨을 내쉬었다. 사실 사람의 생명을 다루는 일이다 보니 함부로 아무나 데리고 올 수도 없었고, 가르칠 만한 시간도 없었다. 외상이나 그런 쪽에 좀 박식한 사람이 하나 있었으면 좋을 것 같긴 했다. 어디가 찢어져서 온다거나 그러면 약초만으로 치료하기가 버거울 때가 많았다.

"음…… 아직 고민 중이라면 일단 넘어갈까? 3층은?"

아르가 쿨하게 다음 층을 가리켰다.

"방을 만들려고요. 방에는 욕실이랑 화장실이 꼭 있었으면 좋겠고요. 제 방 하나, 2인실짜리 방 두 개 이렇게요. 아, 여기도 주방을 하나 크게 만들어 주면 좋을 것 같아요. 그리고 그 옆에 바로 같이 밥 먹을 수 있는 식당도 있었으면 좋겠고요. 네, 3층은 그 정도면 될 것 같아요."

"이런 식이면 돼? 역시 사장님이니 네 방을 좀 크게 해서."

2인실 방보다 훨씬 더 넓어 보이는 제 방의 구조도에 벨로나가 결국 웃음을 터뜨렸다. 명백한 차별이었지만, 어쩐지 싫지는 않았다.

웃는 벨로나를 바라보던 아르가 어깨를 으쓱였다.

"뭐 어때. 이럴 때 사장 기분 내야지. 안 그래?"

맞다. 사장이라고 해 봐야 맨날 일 더 많이 하는 것 말고는 없었다. 충분히 공감되는 것에 벨로나가 고개를 끄덕였다. 어쩐지 이런 기분도 나쁘지 않았다.

아르가 또 펜으로 슥슥 내부 구조도를 그려 갔다. 남은 건 4층이었다. 아르가 벨로나를 바라봤다.

"마지막, 4층은?"

"음…… 거기는 방을 두 개로 나눠서 한 곳은 햇빛이 잘 들어서 약초를 말리고 싶고, 한 곳은 좀 어둡고 습한 그런 느낌이었으면 좋겠어요. 그런 데서만 자라는 약초도 있고, 그렇게 보관해야 하는 약초도 있으니까요. 사실 그래서 일부러 높은 데로 한 거예요."

잠시 고민하던 아르가 펜으로 대충 그림을 그렸다. 순식간에 완성되는 구조도에 사실 이건 굉장히 쉬운 일이 아닐까 고민이 될 정도였다. 그만큼 아르가 그리는 구조도는 완벽했고 정확했으며 굉장히 빨랐다.

"그럼 이거면 됐지? 일단, 2층의 경우에는 조금 더 고민하고 연락줘."

"네, 그렇게 할게요."

"어쨌든 만나서 반가웠어. 나도 처음 시작할 때는 여자라고 차별이 보통 심한 게 아니었거든. 힘들 땐 언제든 불러. 뭐, 이미 꽤 자리 잡은 것 같기는 하지만."

아르가 찌뿌둥한지 기지개를 펴며 몸을 일으켰다. 둘둘 종이를 말아서 다시 품에 집어넣는 것을 보며 벨로나가 고개를 끄덕였다. 배웅을 하기 위해 몸을 일으키는 순간 딸랑— 소리와 함께 약국 문이 열렸다.

로웰만큼은 아니지만 꽤나 잘생긴 남자가 짙푸른 눈동자로 약국 안을 슥- 훑었다. 그리고는 찾던 것을 발견했는지 벨로나 쪽을 향해 성큼성큼 걸어왔다. 무표정한, 혹은 냉랭하기까지 한 표정은 세상사에 관심이 없어 보였다. 로웰이 벨로나 뒤로 다가왔다. 남자의 시선이 로웰을 슬쩍 훑더니 이내 아르에게 향했다.

"남편, 여긴 웬일이야?"

"나간 지 꽤 됐는데 안 오기에."

남자가 짧게 대답했다. 목소리는 차갑고 냉정하기 그지없었는데 눈빛만큼은 애정이 뚝뚝 떨어지고 있었다. 아르도 그것을 아는지 아무렇지도 않게 대화를 이어 갔다.

"뭐야, 마중 나온 거야? 벨로나랑 이야기하고 있었어. 내 옛날 모습 보는 것 같아서."

아르에게 남편이라고 불린 남자가 슥 벨로나를 훑더니 가볍게 고개를 숙여 인사를 건넸다. 절제된 그 행동에 벨로나가 반사적으로 고개를 끄덕였다. 검을 차고 있는 것을 보니 혹시 기사였나 싶기도 했다.

"나 사실 예전에 기사였거든. 여기사. 그래서 여자라고 차별을 엄청 받았어. 예전에는 이렇게 자유롭지도 못했고. 그래서 다 때려치우고 시작한 게 지금 건축사무소. 뭐 시작하고도 차별이 없었던 건 아니지만. 그래서 응원도 해 주고 싶었어. 힘내라고. 힘내, 벨로나!"

아르가 파이팅 자세를 취해 보이며 말했다. 어쩐지 꽤 괄괄한 말투에 허리춤에 찬 검까지. 예사 사람은 아니라고 생각했는데 설마 여기사였을 줄은 생각도 못 했다. 남자가 손을 뻗어 아르의 허리에 팔을 감았다. 그게 싫지 않은 듯 아르가 포스스 웃으며 남자의 팔에 매달려 말했다.

"그럼, 나중에 또 자세한 일정 정해지면 올게. 즐거웠어."

"네, 안녕히 가세요."

손을 휘휘 저으며 쾌활하게 인사를 건넨 아르가 남편에게 매달린 채 함께 쏙 사라졌다. 한바탕 커다란 폭풍이 몰아쳤다가 순식간에 사라진 기분이었다.

벨로나가 긴 숨을 내쉬었다. 남편도 잘생겼다. 물론, 아르 언니 쪽이 좀 더 아깝기는 하지만.

가볍게 생각을 마친 벨로나가 의자에서 일어났다. 벌써 시간이 꽤 지나 있었다.

"으아, 레이먼. 배고파ㅇ…… 왜 그런 표정을 하고 있어요……."

배고프다고 하소연을 하려던 벨로나가 당황스러운 표정으로 레이먼에게 말했다.

"주방 크게 만들어 준다고 해서…… 흡, 날 생각해 주는 건 역시 아가씨밖에 없어."

울먹거림과 감동이 가득한 눈동자가 벨로나에게 향했다. 당황한 표정으로 벨로나가 눈동자를 굴렸다. 물론 레이먼이 편하게 요리를 했으면 하는 것도 없지 않아 있기는 했지만 그것이 그다지 큰 이유를 차지하지는 않았는데…… 저렇게 기뻐하니 죄를 지은 것 같아졌다.

"어, 그래요……."

"식사는 다시 데워 놨어. 얼른 먹고 문 열자, 아가씨."

한층 더 친절해진 레이먼의 모습에 벨로나가 조금 떨떠름하게 고개를 끄덕였다. 로웰에게 이리저리 치이는 것 같기는 했는데 울분이 많이 쌓여 있었나 싶다. 하여튼 레이먼은 도둑보다는 순박한 시골 청년이 더 어울리는 사람이었다.

다시 따뜻하게 데워진 스프가 식탁 위에 자리 잡았다. 슈가도 어느새 쪼르르 나와 벨로나의 옆자리를 차지하고 스프를 한 수저 떠먹었다.

"오늘도 맛있어요, 레이먼. 항상 고마워요."

"응? 어…… 어, 아냐."

레이먼이 살짝 붉어진 귓불을 긁적이며 조금 심하다고 할 정도로 고개를 저었다. 늘 생각하지만 이런 생활도 정말 나쁘지 않았다. 가족과 함께 식사를 했던 기억이 거의 없는 벨로나에게는 함께 식탁에서 밥을 먹는다는 사실이 꽤나 새롭고 신선한 일이었다.

"잘 먹었습니다."

특별한 대화 없이 이어진 식사는 금세 끝났다.

오늘은 아쉽게도 차를 한잔할 시간까지는 없는 모양이었다. 식기를 치우고 로웰은 문을 열러 사라지고 레이먼은 주방을 정리하러 주방으로 사라졌다. 슈가와 벨로나도 기구들을 정리하며 제조실의 안쪽으로 들어갔다.

"누나…… 저분들 다 손님 맞죠?"

슈가가 입을 쩍 벌린 채 경악한 얼굴로 중얼거렸다. 그건 정말 궁금해서 물어본다는 것보단 사실을 확인하려는 모양새에 조금 더 가까웠다.

"……그런 것 같아."

딱, 1시간하고도 20분 정도다. 겨우 그 정도 늦게 열었을 뿐이었다. 그런데 약국 앞에는 긴 손님 줄과 먹거리를 파는 장사치들로 인산인해를 이루고 있었다. 대체 남의 앞에서 장사는 왜 하는 거야. 우르르 몰려 들어오는 손님들의 손에 가지각색 음식들이 쥐어져 있었다.

벨로나가 머리를 짚었다. 약국 안이 순식간에 바글바글해졌다.

"어서 오세요, 손님! 무엇을 도와 드릴까요?"

로웰이 환하게 웃으며 주문서를 들고 다니며 사람들을 상대하기 시작했다. 보통 주문은 들어온 순서대로 받는 편이었고, 자리에 앉는 것도 순서대로 하는 편이었다.

로웰이 주문서 몇 개를 받아 먼저 제조실 탁자 위에 올려 뒀다. 벨로나가 비교적 쉬운 건 슈가에게 넘기고 복잡한 것은 가져와 약초를 꺼내 제조를 시작했다.

"……까, 내가 급하다니까! 대체, 어?"

"다들 많이 아프고 급한데 줄 서 계시는 거예요. 불편하겠지만 뒤쪽에 줄을 서 주세요. 손님."

일을 시작한 지 얼마 되지 않아 들려오는 소란에 벨로나가 첫 개시 약을 포장하며 문 쪽을 바라봤다. 바깥에서 일어나고 있는 일인지 보이지는 않았지만 레이먼의 곤란한 목소리와 신경질적인 여자의 목소리가 들려왔다. 목청이 얼마나 큰지.

약국 안에 순식간에 긴장감이 서렸다. 아마 저렇게 당당하게 굴 정도의 사람이면…… 대충 어느 위치의 사람인지는 알겠다. 로웰이 차를 내려놓고 문 밖으로 향했다.

"좀 비켜! 내가 누군지 알기나 해?!"

여자가 레이먼을 밀치고 결국 약국 안으로 들어왔다. 그러다 로웰과 딱 마주친 모양이었다. 통통한 여자는 얼굴에는 심술이 덕지덕지 붙어 있었고, 고급스럽게 차려입은 옷은 전혀 어울리지 않았다.

벨로나가 두 번째 약초를 쿵쿵 빻으며 짜게 식은 눈으로 로웰의 앞에서 얼굴을 붉히고 있는 여자를 쳐다봤다.

"손님, 많이 불편하시겠지만 그래도 줄은 서 주셔야 합니다. 다들 기다리고 계시잖아요."

로웰이 여상히 웃으며 말했다.

"내가 얼마나 기다렸는지 알기나 해?! 어?! 이런 놈들이랑 나를 동급 취급하는 거야? 당장 여기 의사 나오라고 해!"

"죄송한데 여기에는 약사님만 계시는데요."

로웰이 생글생글 웃으며 따박따박 대꾸했다. 로웰의 등 뒤로 인내심의 한계에 다다를 때마다 생기는 검은 오라가 풍기는 것 같았다. 슈가도 약을 만들면서 힐끗힐끗 구경하는 것이 꽤나 짓궂은 표정을 하고 있었다. 로웰이 당하고 있어서 다행이라는 표정보다는 당장이라도 여자의 얼굴에 물을 부어 버리고 싶은 장난꾸러기의 얼굴에 가까웠다.

"설마 제가 부인을 여기 계신 분들과 동급으로 보겠습니까."

로웰이 환하게 웃는 얼굴로 친절하게 말했다. 여자의 얼굴이 꽤나 의기양양해졌다. 로웰이 아래쪽으로 손을 움직여 레이먼에게 안으로 들어가라는 제스처를 해 보였다. 쌓여 있는 약들을 본 레이먼이 고개를 끄덕이며 여자를 지나 안으로 들어갔다.

"당연하지! 그러니까……."

"예의를 안 차리시는 부인을 저는 여기 계신 그 어떤 손님들보다 아래 급으로 보고 있습니다. 그리고 부인은 그다지 아파 보이지 않는데 말이죠."

로웰이 여자의 말을 중간에 끊고 웃는 얼굴로 신랄한 비판을 하며 위에서 아래로 훑었다. 하긴, 저 정도로 버럭버럭 소리를 지르며 땅위에 발 딛고 서 있을 수 있는데 아픈 사람으로 보이는 것이 더 이상했다.

벨로나가 세 번째 약을 포장해 올려 뒀다. 손님들이 나가야 하는데 앞에서 떡하니 막고 있어서 나가지를 못하고 있었다. 그렇다고 귀족이니 함부로 대할 수도 없는 모양이었고.

솔직히 저런 말을 할 수 있는 건 로웰이니까 가능한 일이었다. 저러다 괜히 수틀리면 밤에 암살 같은 걸 하고 오는 건 아닌지 걱정이었다. 설마설마 그럴 일은 없겠지만, 그래도…… 걱정이 되는 것은 사실이었다.

"내가 아니라⋯⋯."

여자가 입을 꾹 다물었다가 다시 천천히 열었다. 표독스러운 얼굴 안쪽에 숨겨져 있던 슬픔이 드러났다.

"우리 남편이 얼마 전에 사냥대회를 갔다가 아주 작은 벌레에 물렸다는데 거기가 하루하루가 지날수록 딱딱하게 부풀어 올라서 지금은 팔이 아주 만신창이야. 의사들도 다 모르겠다고 하고⋯⋯. 그러니까 약사를 불러! 돈은 얼마든지 줄 테니까 상태 좀 봐 달라고!"

벨로나가 네 번째 약을 만들며 한 귀로 듣고 한 귀로 흘렸다. 부탁하는 사람의 태도가 많이 잘못된 것 같았다. 물론 급박한 마음은 이해하고 있었다. 게다가 벌레에게 물렸다면 독이 오른 것이 분명했다.

벌레 독은 자세히 모르는데. 오랜만에 책을 뒤져 봐야 하는 건가 싶었다. 머릿속이 빠르게 굴러갔다. 종종 생각하지만 아직도 공부가 많이 부족한 모양이었다.

병의 종류는 많고, 세상에는 알려지지 않은 것도 많았다. 약국에는 비슷비슷한 증상의 사람들이 들어오지만 가끔 저렇게 예외 케이스가 들어올 때도 있었다. 특히나 독에 관련해서는 솔직히 꽤 많이 지식이 부족했다. 그쪽 계열도 공부를 해야 하는지 조금 고민이 됐다.

"달리아 벌이네요."

"응?"

"저 아줌마가 말하는 거요. 달리아 꽃에서 사는 달리아 벌한테 물린 것 같아요. 엄청 작은 벌레고, 달리아 꽃의 꿀을 먹고 살거든요. 달리아 벌은 달리아 꽃을 지키는 것처럼 위협을 가하면 물어요. 달리아 꽃의 꿀에는 독이 있는데, 그걸 먹고 살아서 한 번 쏘이면 점점 탱탱하게 부풀어 올라요."

슈가가 열심히 약을 제조하며 설명했다. 벨로나가 놀란 표정으로 슈가를 바라봤다. 얼마 전에도 느꼈지만 슈가는 독에 관해서 굉장히 해박한 지식을 가지고 있었다. 정말 배우고 싶을 정도로 존경스러웠다.

"슈가는 독에 되게 해박하구나."

"어…… 네? 아, 과, 관심이 많았어요! 약을 만들려면 독에 대해서도 잘 알라고…… 누, 누가 말하지 않았을까요?"

슈가가 당황스러운 표정으로 대답했다. 벨로나가 고개를 끄덕였다. 맞는 말이었다. 확실히 약을 만들려면 독초와 독에 대해서도 잘 알아야겠구나 싶었다. 내일부터는 독초 관련한 책을 모아서 공부를 해야 할 듯했다.

벨로나가 아직도 멎지 않은 소란스러움에 미간을 찌푸렸다.

"해독제로는 달리아 꽃이 필요한 거야?"

"음, 맞아요. 있어요?"

"그럼, 약초 용도의 꽃은 다 있어. 달리아 꽃에 벌이 사는 건 잘 몰랐지만…… 달리아 꽃은 뿌리를 달여서 이파리랑 빻으면 해열에 좋거든."

"와, 그런 용도도 있었구나."

슈가가 신기한 표정으로 고개를 끄덕였다. 대화를 열심히 하면서도 주문서를 보고 약을 만드는 것을 멈추지 않던 벨로나가 로웰의 뒷모습을 바라봤다. 아무래도 나름대로 설득을 하는 모양이었다.

사실 솔직히 그냥 먼저 만들어 보내도 상관없지만 벨로나는 그게 싫었다. 상대적 박탈감. 만약 그녀를 먼저 대우해 준다면 다른 사람들의 기분이 좋을 리가 없었다.

"줄은 금방 줄어드니까 조금만 더 기다리시면 약을 만들어 드리겠습니다."

"……고칠 수는 있는 거예요? 기다렸는데 고칠 수 없다는 소리를
또 들으면…….'

어떻게 이야기를 했는지 꽤 수그러든 여자의 말에 로웰이 슬쩍 벨
로나와 슈가를 쳐다봤다. 멀리서라도 듣고 있었기 때문에 벨로나와
슈가가 고개를 끄덕였다. 눈빛만으로도 대화가 되는 경지에까지 이
른 모양이었다. 어쩐지 그게 만족스러워서 벨로나가 작게 웃음을 흘
렸다.

"네, 치료할 수 있습니다. 조금만 더 기다려 주세요."

"……알았어요."

여자가 고개를 끄덕이고 사용인들을 옆에 매단 채 줄의 맨 끝에 자
리 잡았다. 그래도 직접 이 땡볕에 나온 것을 보면 심성이 나쁜 사람
은 아니겠지 싶었다. 사실 급박해지면 누구나 예의를 뒷전에 두기 마
련이었다. 절박하기에 그랬다. 그걸 이해 못 하는 것은 아니기에 벨
로나는 그녀를 나쁘다고 탓하고 싶지는 않았다.

"네, 안녕히 가세요."

어느새 약을 다 받은 사람이 우르르 빠져나가고 그 수만큼 다시 약
국에 들어왔다. 늘어나는 주문서에 생각하기를 멈춘 벨로나가 조금
더 빨리 손을 움직였다.

북적이는 약국 안에 따스한 햇살이 스며들기 시작하는 오후로 시
간이 넘어가고 있었다.

"요즘 귀족 손님이 부쩍 늘어났어."

마지막 손님까지 다 배웅하고 문을 닫은 로웰이 제조실 탁자를 정
리하는 벨로나에게 다가와 말했다. 벨로나가 찌꺼기를 봉투에 집어
넣으며 고개를 끄덕였다.

최근 확실히 약국이 시끄러워지는 날이 많았다. 보통은 로웰이 커

버를 치고 있었지만 언제까지나 그럴 수도 없는 노릇이었다. 그렇다고 마땅히 다른 방법이 있는 것도 아니라 벨로나도 골머리를 썩는 것들 중의 하나였다.

"늘어난 건 문제가 아닌데, 여기 와서 권력으로 다른 사람들을 누르려고 하는 게 문제죠. 본인들이 아쉬우니까 저희에게 그렇게 강압적으로 안 나오는 게 그나마 불행 중 다행이지만요."

벨로나가 로웰의 말에 대답했다. 말한 대로 귀족 손님이 늘어난 것은 문제가 되지 않았다. 귀족 손님을 차별하는 것도 아니었으니까. 오히려 돈 쓰는 것에 그다지 망설임이 없으니 어떤 면에서는 편하긴 했다.

문제는 대부분의 귀족들은 귀족 의식이 뿌리까지 박혀 있다는 것이었다. 시종을 통해 약을 받아 가는 귀족들은 그나마 좀 나은 편이었다. 시종들이야 그다지 억지를 부리지 않았으니까.

다만, 오늘처럼 직접 오는 귀족이나 특정 명령을 받은 시종은 정말 막무가내인 경우가 많아서 로웰이 시간을 할애해서 막아야 했다. 한 번 그들을 먼저 해 줬다가는 약국 질서가 완전히 무너져 내릴 것이 분명했다.

"귀족들이 써 보고 서로 입소문을 내는 모양이야. 원래 귀족들, 특히 여자들은 만나서 티타임이나 파티를 많이 갖잖아."

"그렇다고 귀족 손님만 따로 받을 수도 없는 노릇이잖아요. 신분의 차이로 손님을 따로 받는 건……."

나름대로 고민을 해 봤지만 마땅한 방법이 떠오르질 않았다. 그렇다고 무슨 약국을 귀족에 한해서 예약제로 할 수도 없는 노릇이었고. 그리고 무엇보다 약국은 줄을 서서 사 가는 것이 제일이었다. 애초에 정말 급한 환자가 아닌 이상 누군가를 먼저 대우해 줄 수는 없었다.

"계속 밀고 나가세요, 누나. 그러다 보면 오늘 아줌마처럼 알아서

적응하겠죠."

슈가가 옷자락을 쭉쭉 잡아당기더니 말했다. 벨로나가 고개를 끄덕였다. 지금의 방침을 바꿀 생각은 없었다. 아침 일찍 1시간, 2시간 기다리는 사람도 있는데 귀족이라고 먼저 들여보내는 것은 형평성에 어긋나는 일이 맞았다. 어차피 다른 곳에서는 충분히 귀족의 삶을 누리고 살 텐데 군이 약국에서까지 대우를 해 줘야 할 필요성을 느끼지 못하기도 했고.

"응, 뭐. 바꿀 생각은 없어. 오늘은 어제 구해 온 약초 정리를 할 건데 좀 도와줄래? 슈가."

"아, 어제 레이먼 형이 뒤뜰에 들여다 놓은 게 그거였구나. 엄청 커서 놀랐어요."

벨로나가 고개를 끄덕였다. 문제가 있다면 그 많은 것들을 대체 어디다가 쓸지였다. 약용을 좀 빼 두고 나머지는 조금 가공해서 젤 형식으로 만들어 얼굴에 바를 수 있는 팩으로 만들어 파는 것도 나쁘지 않겠다 싶었다. 그 김에 파스도 좀 만들어서 시험 삼아 좀 팔아 봐야 할 것 같았다.

이 세계에는 일반 의약품이라는 게 없어서 대부분 의사의 처방으로 내려지는 약이 전부인 모양이었다. 그러니까 타박상이나 약간의 허리 통증에도 약국에 오랜 시간 줄을 서서 기다리는 경우가 많았다.

"근데 그 많은 걸 어디다가 쓰려고요?"

"그거 일단 모종은 심을 거고, 그 커다란 건…… 테스트 좀 해 보고 내가 생각하는 게 맞으면 약용으로 좀 빼 두고 나머지는 팩 같은 거 만들까 싶어서."

벨로나의 말에 슈가가 고개를 기울였다. 이해가 되지 않는다는 모습에 벨로나가 머리를 긁적였다. 얼굴에 바르면 확실히 미용 효과가 있어서 여자들이나 귀족들이 많이 사지 않을까 싶었다. 일단 저 많은 걸 당장 처치하기는 곤란하고…….

"누나, 저거 아직 공식적으로 황실에서는 승인 안 났죠?"

"그렇지. 아마 소문이 퍼졌으니 황실에서 사람을 파견해서 효능 같은 거 실험해 보고 이름을 정하겠지. 그때까지는 그냥 모종 잘 키워서 개수를 좀 늘린 다음에 나도 실험 좀 해 보려고."

벨로나가 슈가에게 설명하며 식탁에 앉았다. 보통 일이 끝나면 뒷정리는 로웰이 하는 편이었고, 레이먼은 바로 주방으로 들어가는 편이었다. 맛있는 냄새가 약국 안에 또 퍼지기 시작했다.

"오늘은 싱싱한 해산물이 가득이야! 따로 뭘 하진 않았고 그냥 찌기만 했어. 이 소스에 찍어 먹으면 끝이라는 이야기!"

세 가지 소스를 가지고 나오며 레이먼이 신난 표정으로 탁자 위에 식사를 차렸다. 주방을 크게 해 달라고 해서 다행인 것 같았다. 저렇게 신나하는데 주방 정도는 크게 해 줘야지…….

벨로나가 달력을 살폈다. 그러고 보니 시간이 꽤 훅훅 지나갔었다. 벨로나가 제조실 탁자로 다가가 몸을 숙이고 그 아래에서 꼼지락꼼지락 무언가를 챙겼다.

벨로나가 주머니를 세 개 챙겨서 다시 식탁 의자로 와서 털썩 주저앉았다. 레이먼도 정리를 다 했는지 의자에 앉았다.

"일단 식사하기 전에! 드릴 거 있어요."

세 남자의 시선이 벨로나에게 동시에 꽂혔다. 갑작스런 시선 집중에 벨로나가 살짝 곤란한 표정으로 볼을 긁적였다. 그러다 모두에게 작은 가죽으로 된 주머니를 각각 건넸다.

"이게 뭐야, 아가씨?"

"어…… 월급이요. 이렇게 주는 게 처음이라 좀 민망하네요. 로웰건 두 달 치에 보너스도 조금 넣었고, 레이먼이랑 슈가는 각각 한 달치 월급이에요. 둘 다 보너스는 넣었고요. 음, 한 달 동안 감사했어요. 로웰도 고마워요."

벨로나가 눈동자를 도르륵 굴렸다. 어쩐지 적막이 흘렀다. 민망한 기분에 벨로나가 포크를 들어 대충 눈앞에 있는 음식을 쿡 찍어 입으로 가져갔다. 여전히 음식은 맛이 있었다.

벨로나가 아무 말도 없는 세 사람을 슬쩍 훑어봤다.

"너무, 적나요……?"

"아니, 그건 아닌데…… 이런 식으로 돈을 벌어 본 건 또 처음이라, 놀랍네."

레이먼이 믿기지 않는 표정으로 주머니에 든 금화를 만지며 말했다. 돈이야 언제나 잔뜩 손에 쥐고 있던 것이었고 금화는 흔치 않게 볼 수 있는 것이었다. 그거에 비하면 정말 보잘것없는 액수였지만, 그 어느 때보다 묘한 감정이었다.

"고마워, 아가씨."

"아뇨, 일해서 번 건데……."

"누나, 고마워요! 와아- 신난다. 되게 기분 좋아요."

슈가가 신난 표정으로 인사를 건넸지만 역시 묘한 기분을 느끼고 있는지 눈동자에 드러난 감정이 개운하지 못했다.

벨로나가 대충 고개를 끄덕이고 음식을 입에 다시 넣었다. 로웰만이 말없이 품에 가죽 주머니를 집어넣고 식사를 시작했다.

"우리도 휴일을 하루 만들까요?"

벨로나가 음식을 먹다가 문득 생각나 물음을 던졌다. 사실 주변을 싹 둘러봐도 전부 일주일에 한 번씩은 꼭 쉬는 것 같았다. 미련하게 쉬지 않고 일하는 건 제 가게밖에 없다는 걸 알고 나니 꽤나 억울해졌다. 다만, 휴일을 만드는 건 좋은데 그다음 날 후환이 두려울 뿐이었다.

"근데 휴업하고 나면 그다음 날 엄청 바쁘니까 그건 조금 감안을

317

해야 할 것 같아요."

반드시 반동이 있는 법이었다. 특히나 벨로나의 가게는 조금 특수
해서 더 그랬다. 그렇지만 이렇게 일에만 시간을 쏟는 건 비효율적인
것도 같았다.

"어때요? 매주 일요일은 쉬는 거."

"음…… 난 좋지. 요리 연구도 할 수 있고."

"누나!! 그거 저도 찬성이요! 팔 빠지겠어요, 맨날 하다 보니까요.
저도 새 약도 만들고 그러고 싶어요!"

레이먼과 슈가의 의견에 벨로나가 고개를 끄덕였다. 솔직히 벨로
나 스스로도 독에 관해서 공부를 할까 싶었고, 신약 준비라든가 이래
저래 시간이 필요하긴 했다. 대답 없는 로웰의 모습에 벨로나가 그를
쳐다봤다.

"로웰은요?"

"상관없다."

"그럼 전체 찬성인 걸로 알고, 이번 주는 홍보 기간으로 하고 다음
주부터 일요일에 쉬는 걸로 해요."

벨로나의 말에 레이먼과 슈가가 고개를 끄덕였다. 월급이 생각보
다 적었던 것인지 로웰은 어째 별 반응이 없었다. 조금 서운해질 지
경이었다. 식사를 다 끝낸 레이먼이 식기를 치우겠다고 몸을 일으켰
고, 로웰도 웬일인지 창고를 거쳐 뒤뜰로 나갔다.

"으음……."

잠시 고민하던 벨로나도 벌떡 몸을 일으켰다. 불만이 있으면 말을
해 주면 좋을 텐데, 반응이 없으니 더 신경이 쓰였다. 결국 벨로나가
로웰의 뒤를 쫓아 나갔다.

뒤뜰로 나간 벨로나가 조심스레 고개를 빼꼼 내밀어 주변을 살폈
다. 뒤뜰 한구석에서 로웰이 꽤 낡아서 손때가 가득한 금화 세 개를

손바닥에 올려 두고 가만히 바라보고 있었다.

도저히 쉽게 다가갈 수 있는 분위기가 아니었다. 벨로나가 눈을 한 번 도르륵 굴리고는 잔뜩 긴장한 얼굴로 조심스럽게 뒤뜰에 발을 들였다. 인기척이 나는 것과 동시에 로웰의 시선이 벨로나에게 향했다. 그리움에 가까운 감정을 담고 있던 검은 눈동자가, 순간 반짝 빛나더니 이내 묘한 열기를 담은 채 자신을 바라보고 있었다.

"뭐, 하고 있었어요?"

벨로나가 조심스럽게 다가가 세 발자국 정도 떨어진 채로 물었다. 어색했다. 묘하게 분위기도 로웰답지 않았고.

"옛날 생각."

"옛날…… 생각이요? 그 색 바랜 금화로요?"

로웰이 벨로나를 바라보고 다시 작은 손수건에 싸 품에 집어넣으며 고개를 끄덕였다. 어쩐지 아련한 그리움이 느껴지는 것 같았다. 휴일에 대한 걱정은 단지 기우였던 것뿐인가. 그냥 금화를 보고 옛날 생각이 났을지도 모른다는 생각이 들었다.

'괜히 방해했나?'

벨로나가 속으로 한숨을 내쉬었다. 멋대로 오해해 버렸다. 더 어색해졌다.

"무슨 생각인데요."

"이건 예전에 누가 나한테 준 금화야. 그중에 몇 개는 결국 써 버리고 남은 게 이것뿐이다."

로웰이 대답했다. 벨로나가 느리게 고개를 끄덕였다. 제 말에 대한 대답은 아니었지만 괜히 파고들어 봐야 좋은 일은 없을 것 같았다. 그냥 이대로, 고개를 끄덕이는 편이 좋을 것 같았다.

"좋은 분이셨나 보네요. 로웰이 간직하는 걸 보니까."

그 말에 로웰의 시선이 벨로나에게 꽂혔다. 성큼성큼 다가온 로웰이 팔을 뻗어 벨로나의 얼굴 옆의 벽에 손바닥을 대고는 느릿하게 허리를 숙였다.

"참고, 내 마음이 정리될 때까지 기다리려고 했는데…… 아무리 시간이 지나도 눈치채 줄 것 같지가 않을 땐 어떻게 해야 할까."

벨로나의 코앞에서 로웰이 느릿하게 물었다. 목소리에 묘한 색기가 묻어 있는 것 같았다. 벨로나가 뒤로 갈 곳이 없음에도 최대한 뒤로 붙어서 눈을 굴렸다.

대체 뭐야? 당황스러움에 벨로나가 로웰을 바라봤다가 그대로 시선을 내렸다.

"벨로나."

"네, 네……."

벨로나가 로웰의 부름에 반사적으로 대답했다. 로웰의 입이 느리게 열렸다.

"난, 널 조……."

"우와앗! 어우, 넘어질 뻔했네."

나무에서 갑작스레 뚝 떨어진 금발의 남자가 한숨을 크게 내쉬며 말했다. 로웰의 얼굴이 어둡게 가라앉더니 이내 푹 숙여졌다. 로웰의 손에서 힘이 빠지자마자 벨로나가 슬쩍 옆으로 벗어났다.

"오, 약사 아가씨! 오랜만이야. 오호, 배신자 로웨른도 오랜만이네. 아, 지금은 로웰이라고 했던가."

금발에 금빛 눈동자가 어둡게 물든 하늘 아래로 반짝 빛났다. 도대체 범죄자가 맞기는 한 것인지 흰색의 화려한 옷을 입은 몽블랑은 반가운 얼굴로 환하게 웃어 보였다. 문제는 그 자리의 어느 누구도 그가 반갑지 않다는 데 있었지만.

스릉─ 섬뜩한 소리를 내며 로웰의 허리춤에 매달려 있던 검이 뽑혔다. 날카롭게 벼려진 은빛의 검신이 달빛을 반사시켰다. 웃는 얼굴로 벨로나에게 다가오고 있던 몽블랑이 몸을 찌를 듯한 살기에 발걸음을 멈추고 당황한 기색이 역력한 얼굴로 로웰을 쳐다봤다.

"로, 로웨른⋯⋯?"

"난, 가끔 궁금해."

스산한 목소리의 로웰이 검 끝을 몽블랑에게 향했다. 등에서부터 스물스물 검은 기운이 솟아나기라도 할 듯 분위기는 무거웠다.

로웰의 눈이 몽블랑을 향했다. 당장이라도 찢어발길 것 같은 살기 가득한 눈에 몽블랑이 꿀꺽, 침을 삼켰다.

"뭐, 뭐가 궁금⋯⋯."

"네 목숨이 몇 개인지!"

로웰이 말끝에 힘을 주며 검을 휘둘렀다. 사악– 검이 몽블랑의 머리카락 일부를 잘라 냈다. 몽블랑이 빠르게 반응해서 뒤로 물러나지 않았으면 적어도 그의 목은 지금 반쯤 떨어져 나가 대롱거렸을지도 모르는 일이었다.

"야!! 미쳤⋯⋯ 으악!"

버럭 소리를 지르는 몽블랑이 미련 없이 횡으로 그어지는 검신에 급하게 몸을 뺐다. 셔츠의 앞자락이 찢어져 나갔다. 몽블랑의 새하얀 얼굴이 조금 더 새하얗게 질렸다. 풀풀 풍기는 살기가 적어도 장난인 것 같지는 않았다.

몽블랑이 머리를 굴렸다. 이유를 알 수가 없었다.

지금 화를 내고 싶은 게 누군데! 잡혀가서 감옥에서 온갖 취조를 받는 데만 족히 한 달의 시간이 걸렸다. 말이 되는가! 정말 약국에서는 나쁜 짓을 한 적이 없었다. 단지 귀한 독약을 구해다 주면 꽤 거금을 준다는 말에 혹했던 것뿐이었는데.

"로웨른, 대체 왜. 우아악!!"

몽블랑이 말을 꺼내면 거의 반사적으로 검신이 종으로 그어지고 횡으로 그어지며 춤을 췄다. 몽블랑은 평소 도망 다니던 실력이 없었다면 자신의 몸이 지금 조각조각 나서 바닥에 떨어져 있을지도 모른다는 생각이 들었다. 로웰의 분위기가 한층 살벌해졌다.

"이유를 말해!! 왜 그래?!"

몽블랑이 뒤로 몸을 피하며 억울하다는 듯 소리쳤다. 로웰의 눈썹이 거칠게 요동치더니 이내 몽블랑에게 향했다. 새까만 검은 눈동자에서 거대한 불길마저 보이는 것 같았다.

몽블랑이 몸을 부르르 떨었다. 드물게 밝기만 한 눈동자에 두려움이 서린 듯 보였다.

"이유를 모른다는 게 네 죄겠지."

"자, 잠깐. 우와아악!!"

콰앙- 휘둘러진 검이 그대로 땅에 박혔다. 정확히는 넘어진 몽블랑의 다리 사이에 박혀 있었다. 몽블랑의 얼굴에 식은땀이 흘러내렸다.

몽블랑이 슬쩍 벨로나에게 시선을 던졌다. 벨로나는 무언가 고민에 빠졌는지 바닥을 바라본 채 반응이 없었다. 몽블랑이 다시 한 번 머리를 굴렸다. 자신이 잘못한 것이 있었던가.

"……없단 말이야!!! 대체 뭐가 문제야?! 카일리스 로웨른!!!!"

"……."

툭- 어딘가에서 무언가가 끊어지는 소리가 들린 것 같았다. 적어도 몽블랑의 귀에는 들렸다. 간신히 매달려 있던 마리오네트의 줄이 끊긴 것같이 섬뜩한 소리였다. 그리고 그와 동시에 로웰이 빠르게 몽블랑에게 달려왔다. 날카롭게 벼려진 검에 짙은 살기가 느껴졌다. 곧 휘둘러질 것 같은 검신에 몽블랑이 일어선 채로 급박하게 소리쳤다.

"약사 아가씨!!!! 제발 살려 줘!!!!"

몽블랑의 소리침에 로웰의 검이 멈췄다. 움직임이 멈춘 로웰의 검이 정확히 몽블랑의 목에 위치해 있었다.

로웰이 몽블랑을 매섭게 노려봤다. 몽블랑이 눈동자를 도르륵 굴리다가 이내 쪼르르 달려가 벨로나의 등 뒤로 숨었다.

"약사 아가씨, 엉엉- 로웨른이 날 죽이려고 했어. 흑흑, 살려 줘."

국어책을 읽는 듯한 말투였지만 몽블랑은 나름대로 급박했다. 벨로나의 소매 끝을 조심스럽게 잡은 채 몽블랑이 울먹이는 표정을 지어 보였다. 벨로나의 시선이 잠시 몽블랑에게 향했다가 이내 로웰의 반짝거리는 검으로 향했다.

"으음-"

잠시 무언가를 가늠하듯 작은 침음성을 내뱉은 벨로나가 이내 몽블랑의 손목을 쥐고 앞으로 밀어냈다.

"로웰, 검은 집어넣어요."

벨로나가 로웰에게 고개를 저으며 검을 손가락으로 가리킨 채 말했다. 방금 전까지 몽블랑을 죽일 것 같은 기세는 어디로 갔는지 살짝 미간을 찌푸린 로웰이 아무런 말 없이 순순히 검을 검집에 집어넣었다. 발도할 때만큼이나 깔끔하게 들어가는 검에 몽블랑이 입을 쩍 벌렸다. 저가 살려 달라고 그렇게 소리칠 때는 들은 체도 안 하더니!

"잘했어요. 이제 죽이지는 말고 뭔지는 모르겠지만 스트레스 푸세요."

벨로나가 몽블랑의 손목을 손수 로웰의 손에 쥐여 주며 말했다. 해맑게 웃는 모습이 한 점 때조차 없어 보였지만 적어도 몽블랑에게는 순간 그녀가 악마로 보였다. 몽블랑이 로웰의 손에 손목이 잡힌 채 경악한 표정으로 벨로나를 쳐다봤다.

"아, 아가씨…… 내가 뭐 잘못했어……?"

몽블랑이 곧 울 것 같은 얼굴로 벨로나를 바라보며 말했다. 벨로나가 고개를 저었다. 딱히 잘못은 없다. 하지만 보통 얌전한 로웰이 저렇게까지 화를 낼 정도니 뭔가 있음이 분명했다. 안 하던 이상한 짓까지 하는 것은 스트레스 때문이 분명했다.

"그건 아닌데…… 로웰이 저렇게 화내는 덴 그만한 이유가 있을 것 같아서요. 저랑 몇 달 같이 있었는데 한 번도 함부로 검을 꺼낸 적이 없었거든요. 얼른 사과하세요."

벨로나가 몽블랑의 어깨를 툭툭 두드리고 다시 약국 문을 향해 발걸음을 움직였다. 몽블랑의 얼굴이 새하얗게 질렸다. 손목에서 느껴지는 보통 사람을 뛰어넘는 악력에 몽블랑이 팔을 비틀어 빠져나가기 위해 발버둥 쳤다.

"야, 약사 아가씨!!!!"

"아, 로웰. 걱정되니까 제발 검은 꺼내지 마세요. 저는 슈가랑 같이 약초 만지고 있을게요. 로웰도 적당히 하고 얼른 들어오세요."

"알았다. 들어가 봐."

벨로나가 고개를 끄덕이고는 약국 안으로 쏙 사라졌다. 몽블랑이 잔뜩 질린 표정으로 버둥거렸다. 로웰이 조금 더 세게 몽블랑의 손목을 잡으며 귓가에 속삭였다.

"드디어 둘만 있게 됐군. 잘 부탁하지."

"우으아아아악!!"

로웰이 몽블랑의 뒷덜미를 잡아채고 그대로 뒤뜰의 가장 구석으로 끌고 갔다. 한참 동안 울린 것은 몽블랑의 울먹임 가득한 비명 소리였다.

"슈가, 어? 다 꺼내 놨구나."

"네, 할 일이 없어서 그냥 미리 꺼내 놨어요!"

활기찬 슈가의 대답에 벨로나가 머리를 긁적였다. 잠깐 사이 이미 약초를 전부 창고에서 꺼내 놓은 모양이었다.

잔뜩 늘어진 약초를 바라본 벨로나가 제조 도구를 가지고 나와 털썩 자리에 주저앉았다. 편한 자세로 앉은 벨로나가 손을 뻗어 얇은 단검으로 커다란 약초의 표면을 벗겨 내기 시작했다.

"우와, 이거 되게 끈적거리네요. 누나."

표면을 벗겨 내니 나오는 찐득하고 투명한 액체에 슈가가 놀란 표정으로 말했다. 다행히도 벨로나의 머릿속에 있는 그 식물과 꽤 닮아 있었다. 한참 동안 이것저것 뭔가를 실험해 보던 벨로나가 이내 만족스럽게 고개를 끄덕였다.

"슈가, 이걸로 여자들을 위한 팩을 만들어 볼까 하거든? 어떻게 생각해. 피부 미용에도 좋고, 얼굴을 깨끗하게 해 주거든. 진정 효과도 있고. 그리고 이걸로 영양제랑 나머지는 화상약이나 찰과상 약으로 만들어서 쓸까 하는데 어때?"

"어…… 누나는 이 약초를 이미 알고 계신 거예요?"

의아한 표정으로 이야기를 듣던 슈가가 날카로운 질문을 해 왔다. 벨로나가 살짝 당황한 표정으로 눈동자를 굴렸다가 고개를 저었다. 정확히 이 약초를 아는 것은 아니었다. 벨로나가 아는 것은 이것과 꽤나 비슷하고 흡사하게 생긴 식물일 뿐이었다.

"아니, 그건 아닌데…… 이거랑 조금 비슷한 약초를 예전에 본 적이 있어. 다행히 효능도 비슷한 것 같아."

벨로나가 사실에 약간의 거짓을 섞어 말했다. 슈가가 순순히 고개를 끄덕였다. 벨로나가 불로 소독한 단검으로 커다란 식물의 일부를 잘라 내 이런저런 약재를 넣고 빻아 가며 한참 동안 움직였다. 손등에도 발라 보고 몇 번 더 재료를 더하기를 반복하더니 이내 슈가를 바라봤다.

"짠, 이게 간단한 보습제 겸 팩이야. 발라 볼래?"

"네!!"

커다랗게 대답을 하며 슈가가 손을 쭉 뻗었다. 슈가의 손등에 초록빛이 나는 젤 같은 것을 벨로나가 펴 발랐다. 벨로나도 팔에 펴 바르고는 이내 같은 방식으로 꽤 많은 양을 제조하기 시작했다. 슈가도 벨로나가 하는 것을 보고 물어 가며 똑같이 제작을 시작했다. 약초의 향과는 조금 다른 냄새가 약국 안에 느릿하게 퍼져 나갔다.

"근데 이거 사 갈까요?"

"홍보만 잘 한다면야 호기심에 사서 써 보고 계속 사지 않을까? 뭐, 당장은 판매가 어려우니 시제품이겠지만. 내가 재배를 성공하든가 아니면 좀 싼 값에 공급받을 수 있든가 그래야 할 것 같아."

가격이야 아직 정하진 않았지만 시제품이니 그다지 높게 책정할 마음은 없었다. 벨로나의 최근에 생긴 최종 목표는 전생에서 봤던 약국을 비슷하게 재현하는 것이었다. 그때마다 만들어 팔기보다는 조금 포괄적인 약을 제조해 놓고 손님이 직접 골라서 사 가는 방식 말이다.

생각해 보니 지금 약국의 꽤 비효율적인 부분은 그거였다. 모든 약을 손수 제작하고 제조해야 한다는 것. 가벼운 감기나 약간의 허리 통증은 감기약이나 파스로 해결될 부분이었다. 실제 감기약 제조는 거의 똑같이 이루어지고 있었다. 열이 심하거나 할 때를 제외하면 레시피는 거의 비슷했다.

"누나, 저 도움되고 있어요?"

쿵쿵, 약재를 빻던 슈가가 문득 갑작스레 질문을 던져 왔다. 약초를 동강동강 잘라 이번에는 약을 제조하고 있던 벨로나가 슈가를 바라봤다. 하던 일도 멈춘 채 자신을 바라보고 있는 눈동자가 약간의 불안함을 담고 있었다.

"그럼, 네가 생각하는 것보다 훨씬 많은 도움이 되고 있어."

굳이 달래려고 하는 말이 아니라 실제로 그랬다. 벨로나의 확답에 슈가가 얼굴을 풀고 배시시 웃으며 고개를 끄덕였다. 어쩐지 굉장히 만족스러워 보이는 표정에 벨로나가 살짝 고개를 기울였다.

"다행이다."

작게 중얼거린 슈가가 다시 쿵쿵거리며 약재 만들기에 집중했다. 슈가는 어른스럽다. 가끔은 그 어른스러움이 조금 불안해 보일 정도로 조숙했다. 어쩐지 그래서 무조건 품에 안아 둥기둥기해 주고 싶을 정도였다.

철컥- 닫혀 있던 뒤뜰로 향하는 창고 문이 열렸다. 로웰이 모습을 드러냈다. 뒷덜미를 꽉 잡혀 오들오들 떨고 있는 몽블랑을 공중에 대롱대롱 띄운 채로.

벨로나가 로웰을 바라봤다. 어쩐지 조금 개운하다는 표정을 하고 있었다.

"아, 이거 쓸 생각 없나. 벨로나."

로웰의 한 마디에 몽블랑의 몸이 흠칫- 떨리고, 벨로나가 떨떠름한 표정으로 몽블랑을 바라봤으며, 슈가와 레이먼이 당황한 표정으로 로웰을 쳐다봤다.

각기 다른 이유로 만들어진 적막이 약국 안을 휩쌌다.

한참의 적막 끝에 가장 먼저 입을 연 것은 그나마 덜 패닉에 빠진 벨로나였다. 여전히 떨떠름한 얼굴을 하고 있었지만 어쨌든 로웰이 데리고 온 데에는 이유가 있을 것이 분명했다. 저 산뜻한 표정을 보면 그게 아닌 것도 같지만.

"그 사람을 왜요……?"

지금으로도 어느 정도 운영이 되고 있었고, 굳이 이 이상 사람을 늘릴 필요는 없이 느껴졌다. 이사를 가서 감당할 수 없을 정도로 손님이 늘어나면 또 모를까…… 의사면 몰라도 또 다른 범죄자를 직원으로 들이고 싶진 않았다.

"뭐…… 대충 호객 행위로라도 쓰면 되지 않겠나? 지금 만들고 있는 거 쥐어 주면서 팔고 오라고 해도 좋고."

벨로나가 슬쩍 잔뜩 만들어 놓은 팩을 보고, 대롱대롱 매달려 어쩐지 간절한 눈빛을 하고 있는 몽블랑을 보고, 개운하고 산뜻한 얼굴을 한 로웰을 바라보더니 고개를 끄덕였다. 뭔지는 잘 모르겠지만 몽블랑이 로웰의 스트레스를 잘 풀어 준다면 그것도 나름대로 큰 도움이었다.

근데 이 좁은 곳에서 네 명이 자려면 보통 힘든 게 아닐 텐데……
벨로나가 걱정스런 눈으로 약국을 살폈다. 슈가는 창고에 들어가서 자는 모양이었지만 다 큰 성인 남자 셋이 부둥키고 살기에는 그다지 약국은 넓지 못했다.

"로웰이 하고 싶은 대로 하세요. 로웰도 나름 생각이 있으시겠죠. 로웰 말대로 이거 팔라고 하는 것도 좋을 것 같아요. 너무 오래 두면 안 되니까요."

솔직히 약국에 둔다고 사는 사람이 많을 것 같지도 않고, 몽블랑 성격이면 어쩐지 호객 행위는 굉장히 잘할 것 같았다. 뭐, 맨날 독약 만들어 달라고 졸졸 쫓아다닐 예정이 아니라면 상관없었다.

벨로나가 바르는 약을 만들며 머리를 굴렸다. 이 세계에도 냉장고 같은 건 있었다. 정확히는 저렴한 마법석을 박아 둔 작은 창고 같은 것이었지만.

문제는 마법석의 가격이 꽤 비싼 데다가 그 비싼 가격으로도 작은 마법석을 사는 것이 평민들 입장에서는 고작이라는 사실이었다. 마법석이 작으면, 창고도 자연히 작아야 했다. 벨로나의 약국에 있는 음식 창고 역시 굉장히 작았다. 하지만, 이런 바르는 약의 경우에는 냉장고에 보관을 하는 편이 더 좋을 수도 있었기 때문에 약의 보관을 위해서라도 거금을 따로 들여야 하나 싶었다.

로웰이 몽블랑을 구석에 던져두고 벨로나의 옆에 앉았다. 조용히 하는 양을 지켜보는 것이 그냥 구경을 하려나 싶어 벨로나가 로웰을 슬쩍 바라봤다.

"아, 맞다. 저 의사를 하나 더 고용할까 싶어서…… 공고를 내려고 하거든요. 아, 물론 그 의사는 이사 가는 곳에서 근무를 할 예정이고요."

역시 2층에는 처음에 생각했던 대로 간단히 치료를 할 수 있는 작은 병원을 오픈하는 것도 나쁘지 않겠다 싶었다. 그편이 조금 포괄적으로 손님들을 상대할 수 있을 것 같았다. 장비가 없어서 돌려보낼 때는 마음이 항상 불편하기도 했고 말이다.

"의사? 상관은 없지만…… 맘에 차는 사람이 있겠어? 아가씨."

레이먼이 차를 타 와 한 잔씩 나눠 주며 말했다. 벨로나가 곤란한 표정으로 살짝 고개를 기울였다. 마음에 드는 사람이라…… 있으면 좋긴 할 것 같았다. 확실히 이 세계의 의술은 벨로나의 마음에 차지 않는 것이 많았다. 사실 내상이나 병의 경우에는 벨로나가 전문으로 하고 있으니 외상에 대해 빠삭하게 아는 사람이면 좋을 것 같았다.

"아직 시간은 많으니까 면접이나 천천히 봐야죠. 설마 마음에 드는 사람이 한 명도 없을까요."

묘한 불안감이 등줄기로 스치고 지났지만 벨로나가 좌우로 고개를 저으며 열심히 약초를 빻았다. 열심히 약을 만든 덕분에 처치 곤란이었던 거대한 약초들이 순식간에 껍질만 남긴 채 사라졌다.

"다 했다!! 그나저나…… 몽블랑 언제까지 거기 구석에 쪼그리고 있을 거예요?"

"그치만!! 로웨른, 저놈 되게 무섭단 말이야! 근데 넌 언제부터 여기서 일하는 거야? 레이먼."

몽블랑의 말에 레이먼의 이마에 불룩, 사거리 마크가 솟아났다.

아무리 좋은 성격의 레이먼이라도 최근 몽블랑의 행동은 도저히 용서할 수 없는 일 중에 하나였다. 입이 싸면 얼마나 싸야 대체 모든 이들의 원흉으로 저놈의 이름이 나올 수 있냐는 거다.

"글쎄, 누구누구가 내가 말했던 과거를 이리저리 떠벌리고 다닌 덕분에 일하고 있는지도 모르겠네."

"으…… 으응……?"

"걱정 마라, 무료 노동 예정이니. 넌 내일 이거 다 팔고 들어와."

로웰이 입가에 비웃음을 건 채 잔뜩 쌓인 팩을 턱으로 가리키며 말했다. 몽블랑이 질린 표정으로 고개를 도리도리 저었다.

확실히 이건 최대한 빨리 파는 것이 좋긴 했다. 생약 성분도 아니고 다른 첨가제가 꽤 많이 들어가서 팩은 알레르기 반응도 없을 테니 귀찮을 일도 안 생길 테고. 게다가 혹시 몰라서 알레르기 쪽 약초를 섞어 넣기도 했다. 약은 복용에 신경 써야겠지만 어차피 미용 용도의 팩이니 상관없었다.

"다 팔아 오면 판매 수당의 10% 떼 줄게요. 몽블랑."

"안 돼, 약사 아가씨!! 나 내일 거래 있단 말이야! 나오자마자 거래 하나 잡아 놨다고. 밤에는 나가 봐야 돼."

꽤 너그러운 벨로나의 말에 몽블랑이 펄쩍 뛰며 대꾸했다. 브로커 일을 하러 가겠다는 결연한 의지가 꿀벌색 눈동자에 가득 담겨 있다. 벨로나가 머리를 긁적였다. 뭘 밤까지 또 일하겠다고. 로웰의 눈을 봤는지 몽블랑이 움찔 몸을 떨었다.

"세상은 불공평해! 저런 놈한테는 왜 검술 실력을 준 거야!"

몽블랑이 투덜투덜거렸다. 그렇게 당해 놓고도 로웰의 앞에서 저렇게 말할 수 있다는 것 자체가 벨로나에게는 대단하게 느껴졌다. 구석에 박혀서 오들오들 떨면서도 어떻게 저렇게 말할 수가 있는 것일까?

벨로나는 순간 몽블랑의 뇌를 한번 해부해 보고 싶어졌다.

"어차피 저희는 저녁 6시까지만 근무해요."

"밤 장사 아니었어?"

몽블랑이 새삼 몰랐다는 듯 놀란 표정으로 물었다. 쥐어박고 싶은 표정이었다. 밤 장사는 무슨. 애초부터 자신의 약국은 아침과 저녁까지만 영업하는 곳이었다. 도대체가 왜 제 약국이 밤 장사로 알려진 것인지.

벨로나가 머리를 짚었다. 그냥 밖에 다시 던져 버릴까 싶어졌다.

"아닌데요."

벨로나가 한참 만에 간신히 입을 열었다. 애초에 밤 장사였으면 지금 영업 마감을 걸어 놓고 이러고 앉아 있을 리가 없지 않는가.

"흐음……. 근데 나 아까부터 궁금했는데 저 꼬맹이는 여기에 왜 있어? 얼굴 안 드러내기로 유명한 놈인데."

몽블랑이 손가락으로 슈가를 가리키며 말했다. 슈가의 몸이 크게 떨렸다. 생글생글 웃고 있던 얼굴에 균열이 생겼다. 벨로나가 슈가를 한 번 바라보고 몽블랑을 바라봤다. 어쩐지 갑자기 불길한 생각이 들기 시작했다.

"쟤, 유명한 독약 제조자인데. 얼굴 드러내기를 워낙 싫어해서 내가 받아다가 브로커 짓 좀 많이 했지. 약사 아가씨가 저 녀석도 맡기로 한 거야?"

"독약…… 제조?"

몽블랑의 의아한 목소리에 벨로나가 당황스런 표정으로 슈가를 내려다봤다. 굳은 표정의 슈가가 흔들리는 눈동자로 벨로나를 바라보고 있었다. 삐끔거리는 입을 봐선 뭔가를 말하려고 노력하는 모양이었지만 정작 입 밖으로 나오는 말은 한 마디도 없었다.

주먹을 꽉 쥔 슈가가 고개를 푹 숙였다. 큰 죄를 지었다가 들킨 어린 아이마냥 잔뜩 풀이 죽어 있었다.

벨로나가 입을 꾹 다물었다. 저 순진한 얼굴과 순수한 목소리로 독약을 제조해서 판매했다니. 머리가 지끈거렸다. 단 한 번도, 그런 쪽으로는 의심해 본 적이 없었다. 물론 좀 짓궂고 로웰을 적나라하게 싫어하는 것 같기는 했지만 어쨌든 그랬다.

"정말이야, 슈가?"

남의 말을 듣고 누군가를 판단하고 싶지는 않았다. 벨로나가 천천히 입을 열어 물었다. 슈가의 몸이 움찔- 떨렸다. 굳이 입을 열지 않았음에도 불구하고 벌써 답을 들은 기분이었다. 배신감까지는 아니지만 뒤통수가 치인 기분은 확실히 들었다. 그렇다고 슈가가 나쁜 마음을 먹고 접근했을 것 같지는 않았다.

"미안해요, 누나……. 누나가, 싫어할 것 같아서……."

슈가가 울먹이는 목소리로 말했다. 부들부들 떨리는 몸이 슈가의 기분을 대변하고 있는 듯했다. 대체 왜 몽블랑은 지금 그 이야기를 해서 분위기를 이렇게 만드는 것인가. 하여튼 생각이라고는 눈곱만큼도 없는 것 같았다. 처음으로 로웰이 왜 몽블랑을 살벌하게 바라보고 있는지 이해가 갔다.

"아냐, 괜찮아. 생각해 보면 여기 있는 사람들 전부 문제 있는 사람인데 뭘. 하나는 반역죄에 하나는 절도죄에 또 하나는 브로커 짓까지. 지금은 독약 안 만들고 약 만들잖아."

움찔- 슈가의 몸이 한 번 더 떨렸다. 벨로나가 설마 싶은 얼굴로 슈가를 바라봤다. 도르륵 굴러가는 눈동자가 묘하게 의심스러워 벨로나가 다시 입을 열었다.

"설마 아직 만들어?"

"아뇨! 아뇨, 안 만들어요. 약국에만 있는걸요."

"그렇지? 그러면 안 돼. 명색이 내 약국에서 사람 살리는 약을 만

드는 사람인데, 독약에는 손대면 안 되지. 뭣보다 우리 슈가는 어엿
한 최연소 의사 선생님이니까."

벨로나가 슈가의 머리를 쓰다듬으며 너그러운 목소리로 말했다.
어차피 과거인데 무슨 상관이랴, 지금 맘 잡고 제대로 살겠다는데.
사실 이미 제 주변의 다른 사람들보다야 훨씬 나은 선택이었다. 아직
슈가는 열네 살밖에 되지 않았으니까.

"에이, 뭘 안 만…… 헉-"

팟- 타악- 슈가의 말에 반박을 하려던 몽블랑의 얼굴 옆에 바로
단검이 날아와 꽂혔다. 그리고 그것과 동시에 로웰의 장검 역시 날아
와 몽블랑의 다리 사이, 소중한 남자의 물건 바로 앞에 꽂혔다. 단검
이나 장검이나 조금만 더 들어왔어도 평생 남자구실을 못 할 뻔했다.
장검은 그렇다 치고 단검은…….

"레이먼…… 네가 어떻게 나한테 이럴 수가 있……!!"

"더 깝죽거려 봐. 몽블랑 마카롱. 다음엔 정말 맞춘다?"

레이먼이 웃으며 말했다. 해맑은 미소라기보단 어딘가 퓨즈가 끊
겨서 이성을 한 줄 놓아 버린 것 같은 미묘한 웃음이었다. 어쩐지 로
웰보다 조금 더 살벌해 보이는 모습에 몽블랑이 더 이상 물러날 곳이
없음에도 불구하고 한 차례 뒤로 더 물러났다.

"아가씨, 이제 가 봐야 하지 않아?"

레이먼이 단검을 다시 품에 집어넣으며 벨로나에게 말했다. 그러
자 얼른 주변 정리를 하려는 벨로나의 모습에 로웰이 입을 열었다.

"아, 우리가 치울 테니 들어가 쉬어라."

"어, 그러실래요?"

꽤나 피곤했던 벨로나가 제의를 거부하지 않고 몸을 일으켜 집에
갈 준비를 했다. 몽블랑이 어쩐지 더 오들오들 떨기 시작했지만 그보
다 벨로나는 피곤함이 우선이었기 때문에 그대로 가게를 나섰다.

"갔나?"

"응, 갔어요."

창문으로 빼꼼 고개를 내밀어서 밖을 살피고 문까지 잠가 버린 슈가가 대답했다. 사실 그들은 몽블랑에게 쌓인 것이 한두 개가 아니었다. 당장 읊으라고 해도 충분히 한참 동안 읊을 수 있을 것이 분명했다.

"3대 1은 너무하지 않아? 하하, 저, 저기?"

몽블랑의 애처로운 목소리에 약국 안의 누구도 반응해 주지 않았다. 잔뜩 겁에 질린 채 오들오들 떠는 모습이 꽤 안쓰럽기까지 했다. 여기에 그걸 안쓰럽다고 생각하는 사람이 없는 것이 가장 큰 문제였지만.

"아, 몽블랑 형. 이거 맞혀 보세요. 몽블랑 형은 오늘 뭘 잘못했을까요?"

슈가가 사탕을 입에 넣어 볼을 볼록하게 만든 채로 물었다. 생글거리며 웃는 모습이 사랑스러울 정도였지만 몽블랑의 눈에는 새까만 검은 날개가 달린 소악마로밖에는 보이지 않았다.

슈가의 질문에 몽블랑이 머리를 굴렸다. 마땅히 잘못한 것은 없었다. 솔직히 아까 로웰에게 당한 것도 몽블랑은 조금도 이해하지 못하고 있었다.

"몰라요? 생각 안 나면 예전 일도 괜찮아요."

"아, 아니! 내, 내가……."

세 사람의 시선이 몽블랑에게 향했다. 몽블랑이 말끝을 흐리며 눈동자를 빠르게 굴렸다.

한참 동안 눈동자를 굴리던 몽블랑이 조심스레 입을 열었다.

"……내가 좀, 화려하게 잘생겨서……?"

……순식간에 적막이 내려앉았다. 레이먼의 얼굴은 황당함으로 굳

었으며, 로웰은 픽— 바람 빠진 웃음을 흘리고, 슈가는 도리도리 고개를 저었다. 도저히 구제할 수 없는 멍청한 사람을 바라보는 것 같은 눈에 몽블랑이 어색하게 웃으며 한 걸음 더 물러나야 했다. 물론 역시나 뒤는 벽이었지만 말이다.

"저기, 이제 와서 이런 말 하면 좀 늦은 감이 있지만…… 미안하니까 좀 멀리 떨어져 주면 안 될까?"

성큼성큼 자신에게 다가오는 세 사람의 모습에 몽블랑이 말했다. 몽블랑의 애원 아닌 애원에 답하는 사람은 아무도 없었지만 말이다.

"으아아아아악!! 살려 줘어어어어!!"

커다란 비명 소리가 한참 동안 약국 안에 울려 퍼졌다.

$

"음……."

벨로나가 어색하게 웃어 보였다. 이건 무슨 상황일까? 몽블랑의 눈이 소위 말하는 눈텡이 밤텡이가 되어 있었다. 왼쪽 눈이 시퍼렇게 변해 판다처럼 느껴졌다. 게다가 레이먼의 얼굴과 슈가의 얼굴, 심지어 로웰의 얼굴에도 생채기가 나 있다는 것이었다.

"어제 범죄자 군단이라도 숨어들었어요?"

한참의 고민 끝에 벨로나가 말했다. 천하의 로웰 볼에는 긴 생채기가 나 있었고, 레이먼은 고양이가 긁은 것처럼 잔뜩 긁혀 전체적으로 엉망이었다. 슈가도 어쩐지 한쪽 볼이 탱탱하게 부풀어 올라 약초에 거즈를 대서 꾹 붙여 놓은 모양이었다.

설마 진짜 범죄자 군단이 숨어들었겠냐만은…… 모양새를 보아하니 밤새 넷이서 쌈박질이라도 한 듯했다. 그런데 저 얼굴을 해결하지 않으면 손님들 다 도망갈 것 같다.

벨로나가 제조해 놓은 연고 형태의 약과 붙일 수 있는 밴드 형태의 거즈를 가지고 왔다.

"이리 와 봐요. 슈가는 혼자서 잘 했으니 다행이고, 누구부터 올래요?"

"나 식사 차려야 되니까 먼저 해 줘. 아가씨."

눈치만 살살 보는 와중에 결국 레이먼이 먼저 발걸음을 성큼 내딛었다. 레이먼을 끌어당겨 의자에 앉힌 벨로나가 한숨을 푹 내쉬었다.

왜 얼굴이 다 이 모양인지. 발갛게 달아오른 모습이 가히 보기 좋지는 않았다. 깊게 파이지 않아서 다행이었다. 잘못하면 흉터가 남을 뻔했으니까.

"애도 아니고 다 커서 대체 뭐 하는 거예요?"

"······미안, 아가씨."

도르륵도르륵 눈동자를 굴리던 레이먼이 변명하기보단 순순하게 사과를 건넸다. 레이먼은 굉장히 순박한 타입이라서 나중에 결혼하게 된다면 분명히 여자한테 잡혀 살 것이 뻔했다. 얼굴에 연고를 발라 준 벨로나가 큰 상처에만 거즈를 붙이고는 그대로 어깨를 툭툭 쳤다.

"다음부턴 싸우지 마세요."

벨로나가 어린아이를 훈계하듯 말했다. 풀 죽은 표정의 레이먼이 고개를 끄덕였다. 레이먼이 끝나자마자 몽블랑이 도르륵 눈동자를 굴리며 눈치를 보더니 사사삭 다가와 벨로나의 앞에 앉았다.

"약사 아가씨, 아니 벨로나랬나. 나도 해 줘."

"······언제부터 친했다고 이름을 불러요?"

"에이, 지금부터 친해지면 되잖아. 난 약사 아가씨 맘에 드는데."

의자 위에 양반다리를 하고 앉아 장난스럽게 씩 웃어 보이는 몽블랑의 친화력에 벨로나가 혀를 내둘렀다. 이렇게 깝죽거리면서도 아직 살아 있는 것을 보아하니 차마 미워할 수 없는 이유가 있음이 분명했다. 벨로나가 연고를 푹 퍼서 몽블랑의 얼굴에 덕지덕지 펴 발랐다. 얼굴 전체가 상처투성이였다.

"얼굴밖에 볼 게 없는데, 얼굴을 이렇게 만들면 어떡해요. 그러니까 뭘 잘못했는지는 몰라도 적당히 하지 그랬어요."

"아아, 난 아직 모르겠는걸. 그나저나 벨로나 아가씨, 내가 저거 팔아 올게. 나 여기서 좀 재워 주라. 어제 좀 재밌는 걸 발견한 것 같아서."

몽블랑이 씨익 웃으며 로웰을 슬쩍 흘겨보고는 벨로나에게 말했다. 벨로나가 미간을 찌푸렸다. 이렇게 셋이 모아 뒀다가 또 싸움 나면 곤란했다. 그렇다고 생글생글 웃는 면전에 당신은 싸움 유발자니 불가합니다, 라고 말할 수도 없는 노릇이고…….

"아, 이제 싸움 안 할게. 어제 사과도 다 했어. 저거, 귀족들한테 내가 팔고 올게. 귀부인들. 아, 물론 평민들한테도 팔 거고. 어때? 월급은 판매 수익의 10%. 남는 장사잖아."

얼마나 머리가 빨리 돌아가는 것인지 몽블랑이 말했다. 브로커 일을 하고 있다는 것이 거짓말은 아닌 모양이었다. 아마 타겟부터 시작해서 몽블랑은 이미 판매 계획을 짜고 있을지도 모른다는 생각마저 들었다. 벨로나가 입을 꾹 다물었다.

"큰 곳으로 이사도 간다며? 귀족들이 하도 행패를 부린다면서? 귀부인 상대는 내가 할게. 적당히 이야기 들어 주면 안 그럴 거야. 덤으로 저런 것도 진열해 놓으면 팔아 주고. 어때?"

몽블랑의 이야기에 벨로나가 혹한 얼굴로 고개를 들었다. 정말 몽블랑은 사람을 현혹하는 재주가 뛰어난 것 같았다. 이야기가 너무 그럴싸하게 들렸다.

"귀부인들은 자기네들이 그냥 평민이랑 같이 있는 게 싫은 거야.

대기실의 한쪽은 평민들을 위해서 두고, 한쪽은 귀부인들 위주로 하는 건 어때? 물론, 의자부터 접대까지 전부 똑같이. 다만 귀부인들은 내가 서포트하는 거지. 겸사겸사 물건도 팔아먹고. 괜찮지?"

몽블랑의 빠르지만 쏙쏙 들어오는 설명에 벨로나의 고개가 저절로 끄덕여졌다. 로웰의 얼굴이 구겨진 채 짜증스럽게 굳어 있었다. 어차피 평민들도 귀족들이랑 같이 있는 걸 꽤 불편해하니 같은 공간에 두되 양쪽으로 나누어 두면 조금 싸움이 덜할 것 같기도 했다. 이론적으로는 정말 완벽했다.

"어때? 벨로나 아가씨."

자신만만하게 웃어 보이는 모습이 얄밉게 느껴짐과 동시에 묘한 기대감이 느껴졌다. 한참 동안의 고민 끝에 결국 벨로나가 승낙한 것은 몽블랑의 설득 실력 덕분임에 분명했다.

"그 대신 절대 싸움 하지 않기예요. 몽블랑."

"오, 물론이지. 아, 근데 나 밤에는 종종 브로커 일이 있어서 나가봐야 돼. 물론 일에는 피해 안 주도록 할게."

벨로나가 고개를 끄덕였다. 말한 대로 일만 해 준다면야 밤에 하는 브로커 일이 대수일까. 그 일을 크게 벌여서 자신에게 피해가 오지 않게만 하면 충분했다. 듣자 하니 로웰의 말로는 꽤나 철두철미해서 잡혀도 큰 문제 없이 풀려나는 경우가 대부분이라고 했지만 말이다.

"오케이, 이걸로 계약 성립."

몽블랑이 신난 얼굴로 작게 콧노래를 흘렸다. 재밌는 것을 발견했다는데 과연 뭔지가 궁금했다.

몽블랑의 얼굴에도 약을 다 발라 준 벨로나가 긴 한숨을 내쉬었다. 생글생글 웃고 있던 몽블랑이 이내 로웰의 눈치를 슬쩍 보더니 벨로나의 볼에 입을 맞췄다.

"고마워, 벨로나."

눈꼬리를 휘어 야살스럽게 웃어 보이는 모습에 어쩐지 도발의 감정이 섞여 있었다. 갑작스런 볼 뽀뽀에 당황한 벨로나가 볼을 긁적이며 고개를 끄덕였다.

"고마우면 말로만 해도 돼요. 이런 건 필요 없어요."

"아, 타국의 인사야. 내가 여기가 고향이 아니라서, 불쾌했다면 미안. 고쳐 볼게. 벨.로.나."

몽블랑이 한 번 더 제 이름을 불렀다. 어쩐지 아무런 느낌이 없었다. 일전에 로웰이 불렀을 때는 꽤나 이상한 감각에 당황스러웠었는데.

휘익- 바람을 가르는 소리와 함께 몽블랑이 의자에서 뛰어내려 능숙하게 뒤로 물러났다. 잔뜩 열이 오른 로웰이 검을 빼 들고 몽블랑에게 휘두른 모양이었다. 당장이라도 죽여 버릴 것처럼 살기를 가득 담은 눈동자에 벨로나가 미간을 찌푸렸다.

"벨로나, 난 가만히 있었잖아! 로웨른의 이런 부당한 대우는 어떻게 해 줘!"

몽블랑이 쪼르르 벨로나의 몸 뒤에 숨으며 말했다. 확실히, 지금 것은 벨로나도 이유를 알 수가 없었다.

벨로나가 로웰을 바라보며 고개를 저었다.

"젠장."

로웰이 거칠게 검을 집어넣고 창고 문을 열고 뒤뜰로 사라졌다. 콰앙- 닫히는 문이 그의 짜증을 대변하고 있었다.

벨로나가 길게 한숨을 내쉬었다. 어쩐지 하루도 바람 잘 날이 없어 보였다. 대체 뭐가 기분이 나빴던 것인지.

오늘도 벨로나는 로웰의 뒤늦은 사춘기설을 진지하게 고민했다.

"그럼요, 이 제품은 매끈하고 보들보들한 피부로 바꿔 줍니다. 벌써 많은 분들이 사 가셨어요. 자, 보세요! 약사님께서 직접 만드신 작품입니다."

결론만 말하자면, 몽블랑은 정말 장사에 소질이 있었다. 반 정도 만들어 놓은 것을 안겨 줬는데 겨우 오후 3시쯤 되어 다 팔았다며 판매 수익을 벨로나의 손에 얹어 주고 나머지 반을 들고 또 사라졌다. 덕분에 적어도 넉넉잡고 일주일은 걸릴 줄 알았던 팩의 판매는 걱정하지 않아도 될 모양이었다.

문제는 지금 그 약초가 더 이상 없어서 더는 만들 수 없다는 것이었다. 재배를 해도 못해도 반년에서 일 년은 꾸준하게 키워야 하는데 시간이 없었다. 거래하는 상단과 이야기를 해서 혹시 구할 수 있는지를 물어봐야 할 것 같았다. 새 약초라서 아마도 더 값을 부르려고 할 텐데 벌써부터 그거 조율할 생각을 하니 머리가 아팠다.

"벨로나, 다 팔았어! 야호."

6시가 땡 하자마자 몽블랑이 벌컥 문을 열고 모습을 드러냈다. 이제는 아예 벨로나로 굳어진 호칭에 다시 한 번 몽블랑의 친화력에 박수를 보내며 벨로나가 고개를 끄덕였다. 텅텅 빈 바구니와 빵빵한 돈주머니를 보면 충분히 그런 것으로 보였다. 몽블랑이 묵직해진 돈주머니를 건넸다. 한 개에 320실버씩 팔았으니까, 족히 50골드는 벌어 온 모양이었다.

"몽블랑 진짜 거짓말이 아니라 굉장히 수완 좋네요, 진짜 정말요……."

벨로나가 정말 감탄 어린 목소리로 말했다. 벨로나가 5골드를 바로 몽블랑의 손에 쥐여 줬다. 이 정도로 잘 팔리면 확실히 이쪽으로 물건을 많이 개발해 보는 것도 괜찮을 것 같았다.

"몽블랑, 이것도 한번 팔고 와 보실래요? 아, 오늘은 늦었으니까 내일이요."

"이게 뭐야? 요상한 냄새가 나는데."

쿵쿵거리며 벨로나가 내민 파스의 냄새를 맡은 몽블랑이 고개를 기울였다. 기분 나쁜 냄새인 것 같으면서도 묘하게 코끝을 청량하게 해 주었다. 몽블랑의 관심에 벨로나가 하나를 떼어 그의 손목에 붙여 주며 말했다.

"이런 식으로 붙이면 허리나 목, 손목 통증 같은 걸 완화시켜 주는 거예요. 가만히 좀 있으면 시원한 느낌도 확 들고요. 용도가 두 가지인데, 하나는 목이랑 허리 통증, 여기 작은 건 손목 통증이에요. 비슷한 약재 들어갔는데 손목 파스는 시원한 편이고, 목이랑 허리 파스는 붙여 놓으면 뜨끈뜨끈해요."

벨로나가 설명하니 몽블랑이 턱을 쓰다듬으며 고개를 끄덕였다. 진지하게 듣는 모습이 어쩐지 몽블랑답지 않았지만 벨로나의 입장에서는 반응을 볼 수 있는 좋은 기회였다. 사실 약국에서 약 제조를 하면서 파스를 권하는 것은 그다지 쉬운 일도 아니었고.

"될 것 같아요?"

"음, 주 타겟층은 노부인들이네. 그리고 귀부인들에게는 남편 사다 주라고 하면 될 것 같아. 좋아, 내일도 전부 판매할게."

이제는 든든하게 느껴지는 몽블랑의 말에 벨로나가 만족스럽게 고개를 끄덕였다. 설명을 들으면 몽블랑은 머릿속에 판매 계획이 쫘르륵 세워지는 모양이었다. 덕분에 벨로나는 또 하나의 근심을 덜었다.

"아, 몽블랑. 이건 부탁인데요. 제가 아까 공고문을 적었거든요? 정확히는 의사 모집 공고예요. 이거 한 네 장만 시장 곳곳에 붙여 주시겠어요? 물론 내일 파스 판매하시면서요."

"아, 알겠어. 배고프다. 레이먼, 밥 아직 멀었어?"

벨로나에게 대충 대답한 몽블랑이 배를 쓰다듬으며 터덜터덜 주방으로 들어갔다. 레이먼이 꺼지라는 둥 나가라는 둥 하는 투닥거리는 목소리가 들려왔지만 몽블랑이 그 특유의 능글맞은 성격으로 적절히 대처하는 모양이었다.

벨로나가 턱을 괴며 로웰을 바라봤다.

"로웰."

"……왜."

"너무 그러지 마요, 몽블랑은 성격이 저런 모양이니까. 괜히 하나하나 상대했다간 로웰이 머리 아플 거예요."

벨로나가 걱정스런 말투로 로웰에게 말했다. 걱정스러운 어머니의 말투였다. 어찌나 너그럽고 둥기둥기 달래려는 목소리인지 로웰은 헛웃음을 삼킬 뻔한 것을 참은 스스로의 머리카락을 쓰다듬어 주고 싶어졌다.

"너, 내가 왜 화를 내는지는 알고 있나?"

"……어, 몽블랑이 자꾸 까불어서 그런 거 아니에요?"

로웰이 입을 꾹 다물었다. 틀린 말은 아니다. 쓸데없는 곳에 눈치만 빠른 놈이 제 치부를 파헤쳤다. 결국 이 꼴이었다.

몽블랑 놈이 눈에 걸리적거리는 것은 사실이지만 묘하게 빗나간 벨로나의 질문에 로웰이 머리를 짚었다. 지금 이 상황에서 제 마음을 이야기해 봐야 벨로나는 피할 것 같기만 했다.

"……맞아."

그게 주된 이유는 아니었지만 어쨌든 이유 안에 속해 있기는 했다.

로웰이 식탁에 가서 벨로나의 옆자리에 털썩 앉았다. 평소 슈가가 앉는 자리였는데 갑작스런 자리 변경에 벨로나가 머리를 긁적였다.

"이리 와. 벨로나."

묘한 소름이 돋았다. 로웰이 이름을 부를 때면 어쩐지 묘하게 온

몸이 간질거리는 것 같았다. 그 느낌이 싫다, 좋다라고 표현하기는 어려웠다. 다만 여태까지 느껴 보지 못한 생소한 감정임에는 분명했다.

"저기, 로웰. 그…… 벨로나라고 부르는 거…….."

로웰의 눈초리가 매서워졌다. 잠시 머뭇거리던 벨로나가 고개를 저었다. 하긴, 몽블랑도 부르고 있는데 로웰만 차별하는 것은 좋지 못했다. 그것도 지금까지 같이 일을 해 주고 있는 사람한테 하기에는 도리가 아닌 것 같았다. 이름이 닳는 것도 아니고 어떤가. 익숙해지면 분명 요상한 감각도 없어질 것이었다.

"아, 좀 저리 가라고!!"

"왜에- 같이 나르는 거 도와주겠다니까?"

"악!! 필요 없어! 가서 의자나 가지고 저 끝에 앉아!!!"

레이먼이 버럭 소리를 치며 음식을 빼앗으려고 하는 몽블랑을 발로 밀어냈다. 작게 혀를 차며 순순히 물러난 몽블랑이 구석에 있는 의자 하나를 가지고 와 4인 식탁의 가운데에 자리 잡았다. 꽤나 비좁아진 식탁을 벨로나가 흐뭇하게 바라봤다.

"으악!! 누나 옆자리!!"

"음…… 오늘은 로웰이 앉는다고 하네. 슈가는 여기 누나 맞은편에 앉자."

절대 싫다는 듯 울상을 짓는 슈가였다. 벨로나가 어색하게 웃으며 슈가의 머리카락을 톡톡 쓰다듬었다. 그때서야 순순히 맞은편 식탁에 앉는 모습에 벨로나가 살짝 로웰을 바라봤다. 이미 식사를 하고 있는 모습이 슈가는 신경조차 쓰이지 않는 모양이었다.

"의사는 어떤 사람 뽑으려고?"

"음…… 기왕이면 내상보다는 외상을 잘 알았으면 좋겠고, 나이는 저희랑 비슷한 또래가 좋죠. 저희 일정을 따라갈 수 있는 체력의 소유자였음 하고요. 채용될 때까지 면접을 계속 볼 거니까 급하게 하지 않아도 돼요."

몽블랑의 질문에 벨로나가 성심껏 대답했다. 전문 의사가 있으면 확실히 조금 이런저런 면에서 수월하고, 수익도 많아질 것 같았다. 4층 건물의 2층을 놀리기도 많이 아깝고 말이다.

"좋은 사람이면 좋겠네. 기왕이면 쭉쭉빵빵한 여자…… 어흑─"

날아온 스푼이 몽블랑의 이마에 적중했다. 벨로나가 차갑게 가라 앉은 눈으로 몽블랑을 바라봤다. 분명히 여자가 들어오면 아주 다 유혹해서 약국을 엉망진창으로 만들 것이 뻔했다.

벌떡 일어난 벨로나가 아래에 적었다.

[**변태 때문에 남자 의사 선호**]

커다랗게 별 표시까지 한 벨로나가 다시 식탁에 앉았다. 하여튼 몽블랑은 방심할 수 없는 사람이었다. 대단하기는 하지만 솔직히 저 성격 때문에 장점이 줄어드는 것 같았다. 아니, 거의 다 사라져서 흐릿했다.

"한 번만 더…… 쭉쭉빵빵 여자 찾아보세요. 내 가게에서 문란한 일 일으켰다간, 몽블랑. 다리 사이에 있는 막대기랑 구슬이 저세상 갈지도 몰라요."

"……벨로나는 무섭구나."

진심처럼 느껴져서 몽블랑이 조심스레 왼손으로 다리 사이를 가렸다. 그 조심스러운 손짓에 결국 벨로나가 웃음을 터뜨렸다. 대체 종잡을 수가 없었다.

"어쨌든 앞으로 잘 부탁해요. 몽블랑."

벨로나가 말을 하며 손을 쭉 뻗었다. 건네지는 벨로나의 손을 바라보던 몽블랑이 한발 늦게 입을 열었다.

"아…… 그럼. 나도 잘 부탁해! 브로커 일은 그만두지 않겠지만, 그래도 방해되지 않도록 신경 쓸게."

몽블랑이 뻗어진 벨로나의 손을 마주 잡아 흔들며 씩 웃었다. 꽤 복작거리는 저녁 식사 시간이었다.

"호호, 약사님. 파스 좀 주시게나."

"로웰, 여기 파스 주문이요! 잠시만 기다려 주세요, 부인."

벨로나가 약에서 손을 떼지 못했기 때문에 웃으며 노부인을 상대했다. 바빠졌다. 그것도 매우. 귀족들은 그 약초로 만든 팩을 더 사겠다며 문전성시를 이뤘고, 나이 드신 분들도 파스를 사러 직접 방문하는 지경에 이르렀다.

"에구, 죄송합니다. 부인. 지금 그 팩을 만들 수 있는 재료가 똑 떨어져서, 우리 약사님이 오늘 저녁에 상단 측이랑 이야기를 해 보신다고 하니까 조금만 더 기다려 주세요. 여기 주소 적어 주시면 제가 만들어지는 즉시 직접 찾아가겠습니다!"

"휴, 어쩔 수 없죠. 전 두 개 살 거니까 꼭 와요."

"네, 물론이죠! 아름다우신 우리 부인의 피부를 위해서라면 제가 바로 달려가겠습니다."

몽블랑의 아부성 발언에 귀족 여자가 별 히스테리 없이 바로 고개를 끄덕이고 순순히 약국을 나섰다.

몽블랑은 정말 사람, 특히나 귀족 여성을 상대하는 데 있어 가히 타고났다고 표현할 수 있었다. 덕분에 약국은 폭발 직전으로 보였지만 말이다. 하지만 적어도 이전처럼 문제가 생기는 일은 거의 없었다.

"……얼른 새 약국이 완성되길 바라야겠네."

벨로나가 긴 한숨을 내쉬며 중얼거렸다. 사람이 많아도 너무 많았다. 보통 많은 게 아니었다. 줄은 더 길어졌고, 남의 가게 앞에서 장사하는 사람은 더 늘어났다. 여기가 뭐라고 와서 음식을 파냔 말이야!! 정말 진짜 원래는 이런 곳이 아니었는데…….

"누나……."

"응? 왜. 슈가."

"약국, 언제…… 완성된다고 했죠? 저 죽겠어요……."

밖이 더 시원할 정도로 안의 공기가 너무 더웠다. 벨로나가 한숨을 푹 내쉬며 어깨를 으쓱였다. 자세한 것은 몰라서 정확히 얼마나 걸릴지 확답이 어려웠다. 일단 부탁을 해 놓긴 했지만 건물을 만드는 것에 시간이 하루 이틀 소요되는 것도 아니었고, 사람이 살 건물이다 보니 안정성도 고려하지 않을 수가 없어서 빨리 해 달라고 조르기도 뭐 했다.

"일단 말은 해 놨어. 최대한 빨리 되기를 바라야지 뭐……."

어차피 급하다고 해 봐야 벨로나가 할 수 있는 건 아무것도 없었다. 그냥 단지 멍하니 앉아서 완성되기를 기다리는 것뿐이었다. 의사도 면접을 보겠다고 몇 명이 찾아왔었지만 다 기초 지식에 상식마저 부족한 느낌이라 돌려보냈다. 면접을 보며 벨로나는 스스로의 인내심을 시험하는 기분이었다.

"그나저나 정말 오늘 상단이랑 이야기하기로 한 거예요? 누나."

"응, 어제 말했더니 직접 저녁에 찾아올 테니 이야기를 하자고 하던데. 나야 모르지, 최대한 가격 좀 저렴하게 깎는 방법밖엔 없어. 그래도 이건 미리 만들어 놓고 팔면 되니까. 그나저나 너무 덥다아……."

머리에서부터 땀이 뚝뚝 떨어졌다. 벨로나가 한숨을 길게 내쉬었다. 창문을 다 열어 놨음에도 불구하고 약국 안에 사람이 가득하니 너무 더웠다. 이 세계에는 에어컨이 없다는 것이 한일 뿐이었다. 아니면 마법석을 사다가 방에 붙여 둘까 싶은 마음도 조금 있었다. 돈이야 좀 깨지겠지만 적어도 이렇게 괴롭진 않으리라.

"하, 곧 이사 갈 건데 마법석 사기는 아깝고……."

벨로나가 쿵, 벽에 머리를 살짝 찧으며 내뱉었다. 파스는 다 팔려서 저녁에 또 만들어야 할 것 같고…… 손목 파스보다는 허리 통증용 파스가 훨씬 잘 팔리는 걸 보아하니 뜨끈뜨끈한 것이 기분이 좋은 모양이었다. 그래 봐야 하루에 만들 수 있는 개수에는 제한이 있어서 어떻게 할 수 있는 것은 아니었지만 말이다.

"아, 그러고 보니 내일 일요일이지?"

"네. 휴일이에요!!"

슈가도 잔뜩 신난 표정으로 대답했다. 오늘 유독 사람이 많다고 했더니 아무래도 내일 휴일이라고 일전에 팻말에 걸어 둔 것의 효과인 듯 보였다. 휴일은 재충전의 시간이었다.

하, 벨로나가 긴 한숨을 내쉬며 남은 주문서를 빠르게 처리하기 위해 열심히 손을 움직였다.

5

고백

"끄으으읕!!"

벨로나가 기지개를 쭉 펴며 말했다. 얼마나 허리를 안 폈는지 기지개를 켜는 순간 온몸에서 뚜둑거리는 소리가 작렬했다.

벨로나가 긴 한숨을 내쉬었다. 얼마나 피곤한지 몰랐다. 그래도 내일 쉴 수 있다는 사실 하나가 그 피곤함을 전부 날려 주는 것이 그나마의 위안이었다.

"아, 정말. 수고하셨어요, 다들."

"벨로나도 수고했어! 난 이제 브로커 일 하러 가 볼게. 레이먼, 내 밥도 꼭 남겨 두기다?"

몽블랑이 레이먼의 옆에 찰싹 붙어 몸을 부벼 대며 말했다. 다 큰 성인 남자 둘이 대체 무슨 징그러운 짓인가 싶겠지만 레이먼은 질겁을 하는 편이었다.

"알았으니까 안 꺼져?!"

저렇게 굴면 떨어뜨리기 위해서라도 당장 몽블랑이 원하는 대답을 내주기 때문에 더 그러는 것 같았지만, 정작 레이먼 본인은 잘 모르는 모양이었다.

몽블랑이 손을 휘휘 저어 인사를 건네고는 창문으로 순식간에 빠져나갔다. 그걸 바라보던 벨로나의 표정이 또 한 번 일그러졌다.

대체 왜 이놈들은 멀쩡한 출입문을 두고 창문으로 넘나드는 것일까.

"레이먼은 요리하러 갔어요, 로웰?"

"그래, 그 꼬맹이는 뭐 한다고 창고에 들어갔고."

"아, 로웰. 내일 뭐 할 거예요?"

"내일? 마땅히 계획은 없어. 왜, 어디 가고 싶은 데라도 있나?"

"으음…… 네. 같이 가실래요?"

웬일로 벨로나가 답지 않게 배시시 웃으며 말했다. 정말 그러자 할 줄은 몰랐기 때문에 로웰이 벨로나를 슬쩍 쳐다보며 고개를 끄덕였다. 자못 담담한 척을 하고 있었지만 누군가 조금 예민한 사람이 그들을 옆에서 지켜봤다면 로웰의 입꼬리가 씰룩인 것을 볼 수 있었으리라.

"아싸, 그럼 가시는 거예요?"

"그래."

벨로나가 작게 콧노래를 흥얼거렸다. 대체 어딜 가자는 것인지는 모르겠지만 로웰 역시 그다지 나쁜 기분은 아니었기에 작게 웃음을 머금었다.

그때였다. 똑똑- 절제된 노크 소리에 벨로나의 시선이 문을 향했다. 마저 나머지를 빠르게 정리한 벨로나가 나무 문을 열었다.

"누구세요……?"

눈앞에 있는 꽤 훤칠한 남자의 모습에 벨로나가 살짝 고개를 기울였다. 어딘지 익숙하다. 한 번 본 것 같은 사람이었다. 손님이었던가 싶었지만 그렇다기에는 어딘가 분위기가 좀 남달랐다.

"이거, 보고 찾아왔는데."

남자가 어색한지 볼을 붉히며 팔을 쭉 뻗어 종이를 벨로나의 눈앞에 가져다 댔다. 코앞까지 온 종이에 벨로나가 슬쩍 뒤로 물러나 내용을 살폈다. 굳이 오래 살필 필요도 없었지만. 벨로나가 얼마 전 작성해서 몽블랑에게 부탁해 붙여 놓은 의사 모집 공고 글이었다.

공고 글을 한 번 보고 남자의 붉어진 볼을 본 벨로나가 짝─ 하고 크게 박수를 쳤다.

"그때 자격시험 3위! 기사씨의 동생분이라고 했던가요?"

"어, 어…… 그래. 응. 맞아. 유디스 카인디오야."

벨로나의 말에 유디스가 다시 고개를 푹 숙이고 돌리더니 간단하게 자기 이름을 말했다. 꽤나 유망주로 황궁의 수습으로 들어간 남자가 왜 이런 작고 허름한 약국에 공고 글을 들고 찾아왔을까. 벨로나가 턱을 쓰다듬으며 생각에 잠긴 듯 조용해졌다.

"저기, 들어가도 괜찮을까?"

한참 동안 말이 없는 벨로나에 결국 유디스가 먼저 입을 열었다. 처음 봤을 때는 꽤 강한 인상이었는데 생각보다 그렇지 않은 모양이었다. 벨로나가 얼른 고개를 끄덕이며 옆으로 비켜섰다.

"아, 들어오세요."

"어, 응. 고마워."

유디스가 기사 특유의 절제된 걸음걸이로 약국 안으로 들어왔다. 레이먼은 이제야 요리가 완성되었는지 하나둘 음식을 가져다 나르고 있었다. 어느새 슈가도 주방으로 들어가 식기를 가지고 오는 것을 보니, 꽤나 분위기가 부드러워졌구나 싶은 마음이 들었다.

"면접 보러 오신 거 맞죠?"

"응. 여기서 일하고 싶은데……."

사실 면접이라고 해 봐야 같이 시험 치고 3위에 입상해 황궁의 수습으로 들어간 사람에게 무언가 더 면접이 필요한가 싶기는 했다. 여러 의미로 조건은 황궁 쪽이 훨씬 괜찮을 텐데 굳이 여기에 온 이유도 궁금했다.

"그때 꽤 칭찬을 하기도 했었고, 외상 쪽에는 지식이 많다고 해서 저야 좋긴 한데…… 이미 황궁의로 일을 하고 있지 않아요? 저희 약국은 황궁만큼 월급을 드릴 수가 없는데……."

"월급은 상관없어. 난…… 그냥 네 옆에서 일하고 싶어."

……응? 유디스의 눈동자를 바라보고 있던 벨로나가 툭- 옆으로 고개를 기울였다. 자신이 방금 무슨 말을 들은 것인지 감이 잡히질 않았다. 잠시 고민하던 벨로나가 얼마 전 약국 견학한다며 황궁의들이 우르르 몰려왔었던 일을 떠올렸다. 분명히 그 안에 유디스도 있었다. 열정적으로 자신이 약을 만드는 것을 지켜봤던 것이 문득 떠올랐다.

"아……. 약 제조에 관심 많으세요? 하긴, 의사들은 원래 다 그런 마음이 있죠. 이해해요. 제가 얼마나 가르쳐 드릴 수 있을지는 모르겠지만……."

"아니. 물론, 그…… 네 약 제조 실력이나 지식도 대단했지만……."

유디스가 정말 새빨갛게 달아오른 얼굴로 눈동자를 이리저리 굴렸다. 온몸에 잡힌 근육들이 부들부들 떨리는 것처럼 느껴졌다. 벨로나가 입을 꾹 다물고 유디스를 가만히 바라봤다. 귓불은 물론 목까지 전부 새빨갛게 변한 것이 곧 터질 것 같았다.

"황제 폐하께 한 마디도 지지 않는 너에게 반했어!! 그 뒤로 네가 떠올라서 도저히 잊을 수가 없었는데, 마침 형님이 모집 글을 보고 내게 가져다주셨는데…… 그러니까, 그러니까……."

갑자기 유디스가 횡설수설하며 손을 이리저리 움직이더니 이내 두 눈을 꾹 감고 입을 열었다.

"네가 좋아!! 베, 베, 베, 벨로…… 흡! 베, 벨로나……."

쨍그랑- 우당탕탕-

커다랗게 외치던 말이 마지막 이름을 부를 때는 완전히 개미 소리만 해져 제대로 들리지도 않았다. 차라리 바람 빠지는 소리를 들었다고 하는 편이 더 걸맞을 것 같았다.

벨로나가 멍한 얼굴로 유디스를 바라봤다. 레이먼과 슈가가 들고 나오던 컵을 깨 먹은 모양이었다.

"어…… 네……? 저 때문에 약국에서 일하고 싶다는……."

"아니!! 그건 아냐! 물론 네가 알고 있는 지식에도 많은 관심이 있어! 다만, 황궁보다는 네 옆이 좋다는 뭐…… 그런……. 저기…… 스물네 살이라고 들었는데 맞아?"

벨로나가 멍하니 고개를 끄덕였다. 이런 직설적이고 저돌적인 데다가 다 큰 성인이 얼굴을 새빨갛게 물들이며 하는 고백은 난생처음이어서 벨로나는 지금 당황스러웠다. 도르륵 눈동자를 굴렸다. 굉장히 노력해서 고백한 것이 뻔히 보였다.

"어…… 네, 일단…… 음, 고백은 감사해요. 근데, 저는……."

"나, 나중에…… 조금 더 고민하고, 같이 지내본 뒤에, 다시 대답을 들어도 괜찮을까? 아, 그리고 나도 스물네 살이야."

겁에 질린 표정으로 고개를 좌우로 도리도리 돌리는 유디스의 모습에 벨로나가 얼떨결에 고개를 끄덕였다. 지금 당장 대답하겠다고 하면 어쩐지 울 것 같았다. 벨로나의 수긍에 유디스가 다행이라는 표정을 해 보였다. 그러자 벨로나가 결국 작게 웃음을 터뜨려 버렸다.

"하하하하- 이런 식으로 고백받은 건 처음이라…… 미안해요. 유디스."

"아, 아니. 괜찮아. 벨로나는 웃는 게 예쁘네."

유디스가 굳은 표정을 살짝 풀며 솔직하게 말했다. 그 꾸밈없는 말에 오히려 벨로나의 표정이 확 달아올랐다. 누군가에게 고백을 받는다는 건 참 신기한 일이었다. 뜨거워진 얼굴에 손부채질을 하며 벨로나가 다시 입을 열었다.

"사실 객관적으로 봤을 때 실력 면으로는 유디스가 제일 괜찮은 것 같은데, 유디스만 괜찮으면 같이 일하는 걸로 할……."

"안 돼!"

벨로나의 말이 끝나기도 전에 뒤에서 로웰의 거친 목소리가 들려왔다.

유디스의 눈동자가 빠른 반응속도로 로웰을 바라봤다. 로웰과 유디스의 눈이 허공에서 마주쳤다. 곱게 풀어져 있었던 유디스의 눈동자가 살짝 매섭게 빛났다.

"어…… 로웰? 하지만 다른 마땅한 사람이 없는걸요……."

"내 의술 실력, 특히 벨로나가 원한다고 적었던 외상에는 나만 한 인재는 없다고 생각해. 난 원래는 기사였으니까 그쪽 방면에 지식도 많이 있거든."

방금 전까지만 해도 더듬거리던 유디스가 제 의견을 제대로 피력하며 입을 열었다. 벨로나가 고개를 끄덕였다. 확실히 허튼소리를 할 사람으로 보이지는 않았다.

"그리고, 연적도 있는 편이 더 불타오르니까 말이야."

"연적이요?"

"……아냐, 아무것도. 그럼 난 일하게 된 걸로 생각해도 괜찮을까?"

유디스의 말에 벨로나가 슬쩍 로웰을 바라봤다. 주먹을 꽉 쥔 모습이 어딘가 불안하게 느껴졌다. 로웰이 유디스를 매섭게 노려봤다.

유디스도 당당하게 마주 보는 것이 보통 강심장은 아니구나 싶었다.

"마음대로 해."

결국 로웰의 입에서 말이 떨어졌다. 유디스가 환하게 웃으며 벨로나를 바라봤다.

"저녁 식사를 하려고 했던 것 같으니까 다시 내가 내일 찾아올게. 아, 내일 쉬는 건가? 밖에 팻말이 붙여져 있던데."

"아, 네…… 내일은 어디 가기로 해서요. 월요일에 오시면 그때 이야기해요."

벨로나의 제안에 유디스가 흔쾌히 고개를 끄덕였다. 유디스가 몸을 일으켰다. 참 보기 드물게 정말 절제된 사람같이 보였다.

"그래. 그리고 벨로나, 우리 동갑이니까 서로 말 편하게 하자. 나만 이렇게 하니까 좀 그런데……."

유디스가 문고리를 잡더니 볼을 긁적이며 말했다. 벨로나가 고개를 끄덕였다. 사실 너무 친근하게 굴어서 제 말투가 이상하게 느껴지기는 했다.

"그래. 나중에 봐, 유디스."

"어, 으응…… 그, 그래. 벨로나 너도."

웃는 벨로나의 얼굴에 유디스가 고개를 푹 숙이고 더듬더듬 빠르게 대답하고는 순식간에 문을 열고 사라졌다. 그 어린애 같은 모습에 벨로나가 볼을 긁적였다. 정말 폭풍 같은 사람이었다.

"음…… 다들 왜 그렇게 굳어 있어요?"

적막한 약국 분위기에 결국 벨로나가 어색하게 입을 열었다. 도록도록 눈동자를 굴리던 레이먼이 어두워진 분위기에 먼저 입을 열었다.

"아니, 그…… 아가씨는 고백받고도 당황하는 기색이 없네……?"

"아하. 아뇨, 당황했어요. 저런 식으로 당당하게 하는 고백은 저도

처음이라…… 예전부터 종종 고백은 받았어요. 다 눈앞에서 찼지만
요."

고백하는 놈들은 다 남자우월주의에 휩싸여 있거나 아니면 제 의
견 하나 말하지 못하곤 했다. 그래서 오늘의 그 당당한 고백은 생각
보다 당황스러웠다. 심지어 면접을 보러 와서 고백을 할 줄이야.

벨로나가 볼을 긁적였다. 그렇다고 고백받는 것 자체가 익숙하지
못한 것은 아니었으니 굳이 그것에 놀랄 필요는 없었지만.

"나 사실 여태까지도 잘 느끼지 못했는데…… 오늘 확실히 알았
어."

"네? 뭘요?"

"아가씨 엄청 둔하구나……. 처음으로 누가 불쌍하게 느껴졌어."

레이먼이 고개를 좌우로 도리도리 저으며 말했다. 벨로나가 의아
한 표정을 해 보였다. 슬쩍 슈가를 내려다보니 슈가도 고개를 좌우로
도리도리 젓고 있었다. 어쩐지 구제불능을 보는 듯한 눈빛에 당황스
러워진 것은 오히려 벨로나였다.

"어…… 내가 뭐 잘못했어요? 나 뭐 잘못했어, 슈가?"

"어…… 얼른 밥 먹어요, 누나."

또르륵 눈동자를 굴린 슈가가 웬일로 늘 앉는 벨로나의 옆자리가
아니라 레이먼의 옆자리에 털썩 주저앉았다. 갑자기 보이는 이상한
행동들에 벨로나가 입을 꾹 다물고 의자에 앉았다. 로웰도 말없이 제
옆자리에 자리를 잡고 앉았다. 분위기가 싸늘하다.

달그락달그락거리는 식기 소리만 울려 퍼졌다. 밥이 코로 넘어가
는지 목으로 넘어가는지 알 수 없는 분위기에 벨로나가 꾸역꾸역 입
안에 음식을 집어넣었다.

마땅히 잘못한 일은 없는 것 같다. 셋 중에 누가 자신을 좋아하지
않는 이상 지금 상황이 그다지 문제가 된다고 생각하지는 않았다. 물

론 사심을 가지고 지원한 것은 조금 그렇긴 하지만 그래도 확실히 능력이 있는 사람이기에 그 정도는 문제가 되지 않았다.

"참고로 저 고백은 받아 줄 생각도 없어요. 물론, 약국을 닫을 생각도 없고요. 그러니까 혹시 그쪽으로 걱정하신 거라면……."

"알아."

"아…… 음, 그래요……?"

로웰의 반드시 그래야 한다는 식의 확답에 벨로나가 고개를 끄덕이며 대꾸했다. 로웰을 슬쩍 바라보니 어쩐지 아까보다는 그래도 풀어진 표정을 하고 있었다.

식사를 다 마친 벨로나가 몸을 일으키며 말했다.

"내일 제가 마중 나올까요?"

"아니, 시간 말하면 내가 가지. 언제쯤 갈까."

"음…… 한 8시쯤이면 될 것 같아요. 여기 바로 옆 마을 갈 거거든요."

벨로나가 고민 끝에 대답했다. 로웰이 곧바로 고개를 끄덕였다. 다행히 기분은 좀 풀린 모양이었다. 이유를 알 수는 없었지만, 어쨌든 기분이 풀렸다면 됐다. 내일 같이 다닐 예정인데 서먹하면 불편할 것이 뻔했다.

"저기, 혹시나 싶어서 묻는데…… 음……."

벨로나가 어색한 표정으로 볼을 긁적이며 로웰의 눈치를 한 번 쓱 보더니 이내 고개를 좌우로 젓고는 입을 열었다.

"아니다. 로웰은 5년 전부터 좋아하는 분이 있다고 하셨죠. 괜한 생각이네요. 으아, 하여튼 이래서 생각이라는 건 멋대로 튀게 하면 안 된다니까요."

벨로나가 얼굴을 손으로 쓸어내리며 쪽팔리다는 듯 말했다. 로웰의 얼굴이 어쩐지 다시 어두워진 것 같았다. 벨로나가 눈동자를 굴렸다. 대체 자신이 무엇을 어디서부터 잘못했기에 이러는 것일까.

똑똑- 귓가에 들려온, 지금은 반가운 소리에 벨로나가 냉큼 일어나 문을 열었다. 얼마나 빠른 속도로 달려 나갔는지 지금껏 세 사람이 본 모습 중에 제일 빨랐을 것이 분명했다.

"아, 안녕하세요. 벨로나 씨. 혹시 너무 늦게 찾아온 건 아닌지 걱정했답니다. 다행이네요. 낮에는 굉장히 바쁘다는 소문이 저희 상단에도 아주 자자해서 조금 느지막하게 찾아왔는데, 지금은 괜찮으신가요?"

정중한 남자의 목소리에 벨로나가 고개를 끄덕였다. 항상 목소리로만 들었던 전송구 너머의 사람인 모양이었다. 한 번도 직접 얼굴을 맞댄 적은 없었다.

벨로나가 살짝 비켜섰다. 들어오라는 명백한 의사에 정중하게 고개를 한 번 더 숙인 남자가 안으로 들어왔다.

"저희 상단의 정말 오랜 단골분이신데 직접 찾아뵌 적도 없군요. 처음 뵙겠습니다. 상단의 상단주를 맡고 있는 셀리노라고 합니다."

"아, 벨로나예요. 잘 부탁드려요."

레이먼이 그새 먹던 식탁을 치우고, 로웰이 때 맞춰 차를 타서 나왔다. 정말 말없이도 척척 궁합이 맞는 두 사람에 벨로나가 작게 웃었다. 언제나 서로 투덕거리면서도 일에서만큼은 완벽한 궁합을 보였다. 사실 덕분에 벨로나는 굉장히 편하게 사람을 접대할 수 있었다.

"그래서, 이번에 새로 나온 약초의 공급을 원한다고 하시던데 맞나요?"

"네, 다른 약초 두 개는 제가 재배해서 나중에 정식 발표가 나면 사용할 예정인데 커다랗게 생긴 약초는 팩과 화상 연고로 만들었더니 꽤 잘 팔려요. 그리고 프로펜과 민트랑 붙이는 거즈도 조금 더 납품받고 싶어요."

벨로나가 고개를 끄덕이며 요구 사항을 먼저 말했다. 벨로나는 질질 끄는 것을 별로 좋아하지 않았다. 그리고 상단 역시 쓸데없는 기싸움을 하길 원치 않을 것이다. 벨로나의 재는 것 없는 요구에 상단 주인 셀리노가 흔쾌히 고개를 끄덕였다.

"그건 어렵지 않죠. 이미 마을 쪽과는 이야기를 해서 새 약초들도 일정량을 납품받기로 했고 말입니다."

"아, 그건 다행이네요. 혹시 약초를 구하지 못하면 어떡하나 싶었거든요."

벨로나가 안도의 한숨을 내쉬었다. 워낙 마을 사람들의 기가 세서 거래를 트지 못하면 어쩌나 했는데 그건 또 아닌 모양이었다. 아마 마을도 본격적인 지원을 받아 약초상인들을 고용해서 약초의 재배에 들어갈 것이 분명했다.

"꽤 거래를 트지 않으려고 해서 고생했답니다. 하지만, 제대로 사용할 수 있는 사람에게 가지 않으면 약초도 쓸데없는 거라고 설득하며 값을 부르니, 경매보다는 효율적이라고 생각했는지 흔쾌히 거래를 하자고 하더군요."

벨로나가 고개를 끄덕였다. 마치 직접적인 거래를 하기 전에 밑밥을 깔아 두는 것 같아 등 뒤가 조금 싸늘했지만 어쨌든 벨로나는 감정을 드러내기보다는 순순히 고개를 끄덕이는 것을 선택했다.

"그래서 가격은 얼마나 생각 중이세요? 그 커다란 이파리 하나를 기준으로요. 사실 그건 작은 거는 키워야 하는 거고 큰 거 위주로 판매되는 게 맞거든요."

벨로나가 설명하듯 덧붙였다. 장사꾼이기는 했지만 그래도 사업물품을 상단은 소중히 여기는 편이었다. 이렇게 말을 던져두면 분명히 나중에 신경을 쓸 것이었다. 벨로나의 입장에서는 앞으로도 계속 거래를 할 상단이기 때문에 그 정도가 편했다.

"흐음…… 개당 2골드 정도로 생각하고 있습니다."

셀리노의 말에 벨로나가 얼굴을 일그러뜨렸다. 2골드는 터무니없는 가격이었다. 그 하나를 팩으로 만들면 일곱 개 정도가 간신히 나왔다. 좀 넉넉하게 넣어서 만들려고 한다면 여섯 개밖에 나오지 않는다. 개당 320실버의 가격을 유지하려면 그 가격으론 안 되었다.

"너무 비싸요. 제가 드릴 수 있는 가격은 최대 1골드입니다."

벨로나가 고개를 저으며 단호하게 입을 열었다. 벨로나의 말에 셀리노가 턱을 매만졌다. 명백히 밀당을 하는 것이었다. 하지만 벨로나는 그런 놀음에 별로 놀아나고 싶은 마음도, 놀아 주고 싶은 마음도 없었다.

"그러고 보니 파스를 판매하신다고 하던데요. 꽤 신기하고 기이한 물건이라 인기가 자자하다고 들었습니다. 가능하다면 저도 한 개 사서 체험해 보고 싶군요."

갑작스러운 화제 전환에 벨로나가 입을 꾹 다물었다. 어쩐지 뒤가 좋지 못했다. 벨로나가 셀리노를 살피듯 바라봤다. 얼굴에는 아무것도 드러나지 않았다. 인자한 웃음뿐이었다. 괜히 한 상단의 상단주인 것은 아닌 모양이었다.

"죄송한 말씀이지만, 개인적으로 그렇게 기 싸움을 하는 걸 좋아하지 않습니다. 제가 노련한 장사꾼이신 셀리노 씨를 이길 수 있을 것 같지도 않고요. 바라는 게 있으면 서로 얼른 공개하고 조율하는 편이 더 좋지 않을까요?"

그러자 셀리노가 허허롭게 웃다가 입을 열었다.

"아무래도 습관이 되어서 그런 모양입니다. 혹시 불쾌하게 해 드렸다면 정중하게 사과드리겠습니다. 그럼, 다시 제대로 이야기를 해 보도록 할까요. 벨로나 씨."

그 말을 끝으로 셀리노는 꽤나 매서운 눈으로 벨로나를 바라보았다.

장사꾼이란 모름지기 친절하게 굴어도 속을 뒤집어 보면 하나부터 열까지 이익을 계산하고 있는 족속이었다. 애초부터 벨로나는 셀리노의 웃는 얼굴을 믿지 않았다.

"판매 중이신 팩과 파스를 제조하는 것의 반이나 3분의 1 정도를 2주에 한 번씩 저희 상단에 납품해 주시는 것은 어떻습니까. 그렇게 하면 제가 900실버까지 값을 내려 드리겠습니다."

셀리노가 속내를 드러냈다. 벨로나가 머리를 짚었다. 어쩐지…… 직접 온다고 할 때부터 알아봤다. 어디선가 소문을 들은 것이 분명했다. 하루에 만들 수 있는 수량이라고 해 봐야 슈가를 동원해서 간신히 파스가 오십 개, 팩이 1백 개 남짓이었다.

그조차도 물량이 부족해서 지금 머리가 아플 지경인데 상단에 납품할 것을 만들 수 있을 리가 없었다. 물론 이 제국 수도뿐만이 아니라 여기저기에 홍보되는 것은 나쁘지 않았다. 필요한 사람이 있을 수도 있었고 말이다. 다만, 머리가 아픈 것은 사실이었다.

똑똑- 입을 열던 벨로나의 말을 끊기라도 하려는 듯 문밖에서 노크 소리가 들렸다. 레이먼이 문을 열자 백발이 성성한 노인이 약국 안으로 들어와 스윽 안을 훑었다.

"어…… 당신은……."

벨로나가 놀라며 알은척을 했다. 셀리노도 커다랗게 뜬 눈으로 몸을 일으켰다. 노인이 벨로나를 바라보더니 지팡이를 짚으며 다가왔다.

"오, 아가씨. 오랜만이오. 일전에는 감사했소, 덕분에 내가 아주 기가 살았지 뭔가."

일전에 새로운 약초를 캐러 갔을 때 커다란 약초를 하나 팔기를 요구했던 노인이었다.

"아뇨, 도움이 됐다면 다행이에요. 근데 여긴 어쩐 일……."

벨로나의 말이 끝나기도 전에 맞은편에 앉아 거래를 제안하던 셀리노가 벌떡 일어나며 끼어들었다.

"여긴 대체 어쩐 일입니까, 아버지."

아버지……? 아버지? 응……? 뭐라고? 벨로나가 황당함과 당황함이 점철된 표정으로 둘을 바라봤다. 아버지라고 하니까 묘하게 닮은 듯했지만, 꽤 유명한 상단의 주인이 부자관계일 줄은 생각도 못 했다.

허리를 톡톡 치며 다가온 크롤 상단의 상단주인 노인이 셀리노가 앉았던 자리에 털썩 앉았다.

"그래, 약사 아가씨. 저 녀석이 팩과 파스를 납품해 주는 조건으로 얼마를 부르던가?"

익숙하게 자리를 차지하고 앉은 노인이 지팡이로 바닥을 짚으며 말했다. 여유로움과 인자함이 동시에 느껴지는 표정에 벨로나가 순순히 입을 열었다.

"네? 아…… 900실버요."

"음…… 저놈은 아직도 멀었어. 장사는 그렇게 하는 게 아니지. 300실버, 어떤가. 약사 아가씨. 저놈 말고 나랑 거래 트는 건. 300실버에 이 주일에 팩 1백 개, 파스 오십 개. 개당 가격은 팩은 300실버, 파스는 100실버로 쳐 주지. 아, 물론 우린 지방 귀족이나 타국을 위주로 장사를 할 거라네."

몇 배는 불려서 팔아먹겠다는 것이 분명한 말이었지만 벨로나에게는 혹하는 이야기가 아닐 수가 없었다. 갑작스레 등장한 크롤 대상단의 상단주를 눈앞에서 마주한 셀리노가 머리를 짚었다. 이러다 단골 거래처를 빼앗기게 생겼다.

"아버지, 대체 여긴 왜……."

"원래 가치가 보이는 상품은 미리미리 거래를 터 두는 법이지. 너처럼 괜히 기 싸움 하느라고 기회를 날리는 게 아니라 말이야. 내가 쌓아 놓은 거 안 물려받겠다고 집 나간 것치곤…… 한참 멀었구먼."

노인이 허허롭게 웃으며 셀리노를 열심히 비꼬고는 그대로 몸을 돌려 벨로나를 바라봤다. 인자한 미소에서는 어떠한 꾸밈이나 숨김도 느껴지진 않았지만 그조차도 100년 묵은 능구렁이와 마찬가지라는 것을 모르지 않았다.

"나중에 잘 팔리게 되면 내가 약초에 능한 우리 직원들 좀 보내 줄 테니 같이 제조해서 더 양을 늘려서 만들어 보는 건 어떤가. 물론, 그 직원들 비용은 이쪽 상단에서 낼 거고. 비용도 똑같이 쳐 주겠네."

벨로나가 턱을 매만졌다. 저 정도면 정말 좋은 제안이었다. 다만 문제는 레시피에 대한 것이었다. 괜히 레시피만 빼 가서 그쪽에서 제작하겠다고 하면 그것도 곤란했다. 아니면 자신이 약초는 미리 전부 빻아 놓고, 부가재료만 넣고 포장하는 것만 도와 달라고 해야 했는데 과연 그게 가능할지도 의문이었다.

벨로나가 고민에 빠져들었다.

"아, 걱정하는 레시피에 대한 건 문제없이 계약서 조항에 넣겠네. 원한다면 황궁의 승인도 받아 보도록 하지. 이 정도면 어떤가."

마치 독심술을 한 듯한 노인의 말에 벨로나가 입을 꾹 다물었다. 이 시대의 제국에도 몇 가지 법은 있었는데 그중에 하나가 계약서에 관한 조항이었다. 이곳은 법 기관은 따로 없었다. 다만, 상단과 상단이 큰 거래를 할 때 황궁의 공증을 받을 수 있는데, 그 거래가 정상적으로 지켜지지 않으면 황궁에서 직접 처벌을 한다.

그러니까 귀족과 상단, 혹은 상단과 상단, 또는 귀족과 귀족의 커다란 거래나 약속에 있어서 보통은 황궁의 공증을 받는 편이었다. 공증을 받은 문서가 가지는 효력은 황제의 명령과도 거의 비슷한 힘을 발휘했다. 즉, 어기는 것은 황명을 어긴 것과 동일한 취급을 받는다고 해도 옳았다.

"그렇게까지 해 주신다는 보장이 있다면야······ 아, 하지만······."

벨로나가 조심스럽게 셀리노를 바라봤다. 그래도 상단주라는 사람이 여기까지 직접 왔는데 죄송하지만 조건이 이쪽이 더 마음에 드네요, 이 거래는 다른 상단이랑 하겠습니다, 하기도 뭐했다. 그랬다가 괜히 또 질 나쁜 약초들만 보복성으로 가져다주면 어떡하는가.

벨로나가 곤란한 표정을 지어 보였다.

"내가 이 녀석을 곱게 키우지는 않았지만 적어도 공과 사를 구분하지는 못하지 않을 걸세. 자네와 거래를 끊으면 손해인 것은 이놈이야. 뭐, 끊어 주면 내가 더 좋은 약초를 공급해 주는 것도 있고 말이지."

노인의 말에 셀리노가 머리를 짚었다. 반쯤은 포기한 얼굴이었다. 정말 노련하다는 것은 저런 것을 보고 말하는구나 싶을 정도였다. 이미 몇 수 앞을 내다보고 있는 것 같았다. 게다가 연륜 때문인지 더 신뢰가 가는 것도 있었고 말이다.

"사실 약초라는 건 제대로 다룰 수 있는 사람에게 가야 좋은 것이지. 내가 보기에 약사 아가씨는 약초가 가장 좋아할 인물임에는 틀림없다네. 물론 약초에게 마음이 있을 때의 이야기지만 말이야. 허허허—"

노인이 이야기가 끝났는지 쿨하게 몸을 일으켰다. 굳이 지팡이를 짚고 다니지 않아도 꽤 날랠 것 같은 몸놀림이었는데, 어쩐지 노인은 항상 지팡이를 짚고 살았다. 그것이 조금 신기하기도 하고, 또 대단하기도 했다. 꽤 귀찮지 않을까 싶었다.

"허허, 약사 아가씨는 궁금한 것도 많구먼. 하긴, 그러니까 이런 새로운 것들을 쑥쑥 만드는 거겠지. 나이가 드니까 이런 새로운 건 도저히 떠오르지가 않더구먼."

벨로나가 흠칫- 몸을 떨었다. 아무런 말도 하지 않았는데 마치 모든 것을 안다는 말투가 대단하게 느껴졌다. 정말 독심술이라도 배운 것 같았다. 벨로나가 이제는 조금 무섭다는 눈빛으로 노인을 바라봤다.

"참고로 독심술이라는 기법은 세상에 없다네. 단지 이 노인네가 옛날에 좀 열심히 날아다녔더니 요즘은 허리가 쑤셔서 지팡이가 없으면 힘든 것뿐이지."

"날아다녀요……?"

어쩐지 이상한 말이 들어간 것 같아서 벨로나가 눈동자를 굴리며 다시 반문했다.

"왜 소문 있지 않나. 크롤 상단은 사실 도적 집단이 모여서 만든 거라든가, 크롤 상단의 주인은 사실 대도둑이라든가……."

노인이 말끝을 살짝 늘이며 의미심장하게 말했다. 아들인 셀리노의 얼굴은 구겨진 채 펴질 줄을 몰랐다. 만면에 있던 영업용 미소는 아예 팔아 치우기로 작정한 모양이었다. 불쾌감이 면면히 드러나는 모습에 벨로나가 어색하게 웃어 보였다.

"설마 전부 사실이에요……?"

벨로나의 직설적인 질문에 노인이 허리를 통통 치며 흥흥- 웃음을 흘렸다.

"때지 않은 굴뚝에 연기가 날 리가 없지 않겠나. 그럼 자세한 사항은 내 한 번 더 찾아오겠네. 저 아들 놈 없을 때. 차는 그때 대접받도록 하지."

의미심장한 말을 던진 노인이 빠르게 걸어 문을 열고 가게에서 사라졌다. 셀리노가 속이 타는지 다시 자리에 앉아 다 식은 차를 단숨에 들이켰다. 얼굴은 아직도 수습하지 못한 모양이었다. 벨로나가 차를 한 모금 호로록 마시며 묵묵히 그가 이성을 되찾길 기다렸다.

"후…… 못 볼 꼴을 보여 드렸군요. 죄송합니다. 워낙 예전부터 제멋대로이신 분이라서."

"아뇨, 괜찮아요. 셀리노 씨껜 죄송하지만 좋은 거래도 할 수 있었던 것 같고요."

벨로나의 말에 셀리노가 순순히 고개를 끄덕였다. 생각보다 마음을 쓰지 않는 모습인 것에 벨로나가 속으로 안도의 한숨을 내쉬었다. 그래도 확실히 그런 것에 보복을 할 것 같지는 않았다. 정말 머리가 아파 왔다.

"저런 분이라도 사업 실력은 좋으니 좋은 거래되시길 바라겠습니다. 다만 혹시 나중에 비슷한 걸 개발하시게 되면 그때는 아버지가 아니라 제게 먼저 제의 부탁드려도 괜찮을까요? 그때는 좋은 가격에 맞춰 드릴 수 있도록 하겠습니다."

셀리노의 말에 벨로나가 고개를 끄덕였다. 아직 개발 중인 것은 없지만 그 정도의 약속은 어려운 것이 아니었다. 셀리노가 고개를 숙여 보이고 몸을 일으켰다.

"방해꾼 때문에 이야기는 제대로 맺어지지 못했지만, 다른 물건 추가 구입하시겠다고 한 건은 저희 상단에서 잘 챙겨다 드리도록 하겠습니다. 차는 감사했습니다."

"아뇨, 좋은 대답드리지 못해서 저야말로 죄송해요. 항상 물건은 잘 납품받고 있으니 앞으로도 잘 부탁드립니다."

"아닙니다. 먼저 치고 들어온 저희 아버지가 문제인 거죠. 하여튼, 예전부터 뭐든지 훔치는 걸 좋아하시는 분이셨습니다. 중간에서 가로채고…… 심지어 저희 어머니도 약혼자가 있는 상태에서 사랑의 도피를 하셨죠, 아버지랑."

셀리노가 머리를 짚으며 좌우로 고개를 저었다. 질린다는 표정이었다. 이미 포기한 것이 분명한 모습에 벨로나가 결국 작게 웃음을 터뜨렸다. 얼마나 질린다는 표정인지 저번에 로웰이 스승님의 이야기를 할 때와 거의 비슷하게 느껴졌다. 벨로나의 웃음에 셀리노도 기분 좋게 마주 웃으며 입을 열었다.

"전 이만 가 보겠습니다. 차가 참 맛있군요. 저것도 상품으로 개발해 보고 싶은 심정이네요. 하하, 뼛속까지 장사꾼 마인드라 죄송합니다."

"어, 아뇨. 그건 괜찮은 방법 같네요. 한번 고민해 볼게요. 약초차도 집에서 간단히 끓여 먹기 좋거든요."

"호오, 그렇습니까? 혹시 윤곽이 잡혀서 마음이 생기시면 이번엔 꼭, 아버지 몰래 제게만 연락 부탁드리겠습니다."

신신당부를 하는 셀리노의 모습에 벨로나가 고개를 끄덕였다. 눈빛이 활활 불타는 것이 아버지에 대한 경쟁심이 강한 듯 보였다.

벨로나의 대답을 얻어 내고 나서야 셀리노가 고개를 숙이고는 약국을 나섰다. 가볍게 배웅까지 마친 벨로나가 흐느적거리며 탁자에 엎드렸다.

"너도 얼른 가서 쉬어라, 벨로나."

"으음…… 귀찮은데. 어차피 내일 다시 와야 되고…… 시간도 늦었고, 이불 남는 거 있어요? 나 여기서 자고 가도 돼요?"

로웰의 말에 벨로나가 피곤한 듯 중얼거렸다. 아마 평소 같았으면 피곤해도 집에 바로 뛰어갔겠지만 시간이 얼마나 지났는지…… 벌써 자정에 가까운 시간이었다. 겨우 협상을 하는 동안 그렇게 시간이 지난 것이었다. 정말 시간이라는 건 벨로나에게 너무 덧없이도 빨리 흘러가는 것이었다.

이렇게 늦었는데, 덤으로 내일 일찍 일어날 생각을 하니 귀찮아도 보통 귀찮은 것이 아니었다. 벨로나가 흐느적거리며 로웰을 쳐다봤다. 로웰은 왠지 모르게 밤의 제왕(?) 같은 느낌이 있었다. 뭐라고 해야 할까, 정확히 정의하기는 조금 어려웠지만 그랬다. 예를 들어 지금처럼 약국은 자신의 것이 분명한데도 어쩐지 밤의 약국은 로웰에게 허락을 받아야 할 것 같았다.

그 말에 로웰이 슬쩍 이불을 한 번 바라보고 벨로나를 바라보더니 대답했다.

"이불 없어. 저 꼬마는 도둑놈이랑 같이 자고, 몽블랑 놈은 어디 구석에 처박혀서 잘 테니까."

"음...... 저번에 보니까 로웰 이불 넓던데, 반 나눠서 같이 쓰는 건 어때요?"

완만한 로웰의 거절을 눈치채지 못한 듯 벨로나가 끈질기게 다시 입을 열었다. 사람이 거래를 하면 기력이 빠진다는데 벨로나는 가지고 있던 기본적인 본능조차도 전부 빼앗겨 버린 모양이었다.

벨로나의 경계심 없는 발언에 로웰이 한 번 더 절망했다. 아무래도 자신은 벨로나에게 남자로는 보이지 않는 것이 분명했다. 아니, 의심할 여지가 없었다.

"마음대로 해."

결국 로웰의 입에서 체념의 말이 튀어나왔다. 와아아- 소리를 지르고 슈가와 손을 마주 잡은 채 방방 뛰어다니는 벨로나의 모습에 로웰이 깊은 한숨을 내쉬었다. 또 저렇게 좋아하니 할 말이 없다. 한 마디 하는 것보다 로웰은 그냥 몸을 돌려 이불을 까는 쪽을 선택했다.

제 이불을 깐 로웰이 얇아 보이는 바닥에 턱을 쓰다듬었다. 그리고는 다시 몸을 돌려 레이먼의 것까지 빼앗어 와 툭툭- 제 이불 위에 두 겹으로 깔았다. 평소에 자는 것에 비해서 두 배는 두툼하게 깔기까지 한 로웰이 약국 뒷정리를 하며 잘 준비를 하는 벨로나를 흘끗 바라봤다.

……조금 부족한 것 같았지만 마땅히 더 빼앗을 이불도 없었기 때문에 로웰이 겉옷을 벗어 한 겹 더 깔았다.

"괴도 몽블랑 님이 돌아왔도다!!! 음하하하!!"

전부 잘 준비를 하고 있는 도중 들려온, 그냥 어쩐지 본능적으로 달갑지 않은 몽블랑의 목소리에 아무도 시선을 돌리지 않았다. 벨로나는 그저 아무 일 없다는 듯 이불 속에 파고들어 벽 쪽에 찰싹 달라붙었고, 슈가와 레이먼은 쾅- 소리를 내며 창고 안으로 들어갔다.

꽤 차가운 대우에도 불구하고 몽블랑이 생글거리는 표정으로 눈동자를 휘리릭 굴렸다.

"오, 벨로나. 여기서 자는 거야? 그럼 나랑 같이 잘…… 어흑-"

퍽- 소리와 함께 저만치 날아간 몽블랑에게, 벨로나의 옆자리에 앉으며 로웰이 말했다.

"꺼져. 내 자리다."

로웰이 벨로나를 슬쩍 보고는 다시 벌떡 몸을 일으키는 몽블랑을 바라봤다.

"오, 뭐야. 벨로나, 로웨른이랑 한 이불에서 자려고?"

사사삭- 다시 다가온 몽블랑이 벨로나의 옆에 쭈그려 앉아 말했다.

"네, 도저히 집에 가기가 귀찮아서요."

벨로나가 하품을 하며 입을 가린 채 말했다. 눈꼬리에 살짝 걸린 피곤함의 눈물이 벨로나의 말이 사실임을 알려 줬다. 벨로나는 그렇게 발로 차이고 살기 어린 로웰의 욕설을 들어먹고도 멀쩡히 돌아와 아무렇지도 않게 자신에게 말을 거는 몽블랑의 행동에 정말 진심으로 박수를 쳐 주고 싶었다.

몽블랑의 깝죽거림에 로웰이 다시 한 번 발을 들자 그가 벌떡 일어나 뒤로 쏙 물러났다. 당한 것이 많은 만큼 몽블랑의 반응속도도 꽤 빨라져 있었다.

"로웨른도 인내심 대단하네. 하긴, 난 재밌는 볼거리라 굉장히 좋지만. 잘하고 있어. 벨로나. 앞으로도 쭈우욱! 그러길 바랄게."

몽블랑이 손을 휘휘 젓고는 의미심장한 말을 하며 짓궂게 웃었다. 히죽거리며 웃는 모습이 정말 목숨이 붙어 있는 것이 신기할 정도였다. 평소라면 검을 뽑아서 던지거나 몽블랑을 창밖으로 던지거나 둘 중 하나를 했을 것이 분명한 로웰이었지만 오늘따라 꽤 조용했다.

오히려 그런 로웰이 이상해 벨로나가 누운 채로 입을 열었다.

"피곤해요, 로웰?"

"아니, 얼른 자라."

"네, 로웰도 안녕히 주무세요."

로웰의 말에 푹신푹신한 이불을 몸 위에 푹 덮은 벨로나가 천천히 눈을 감았다. 로웰이 무표정한 얼굴로 눈을 감는 벨로나를 내려다보더니 이내 입을 꾹 다문 채 그 옆에 몸을 눕혔다. 소리 없는 한숨이 푹 새어 나왔다. 어쩐지 곧 성인군자가 될 것 같았다. 벌써 벨로나의 입에서는 색색거리는 소리가 흘러나왔다.

"넌 남자로도 안 보이는 모양인데, 로웨른."

몽블랑이 작은 목소리로 속삭이듯 말했다. 작은 목소리였어도 가슴에 푹 하고 박혔다는 것이 문제였지만.

굳이 놈이 아픈 곳을 찌르지 않아도 알고 있다. 얄밉게 말하는 몽블랑을 진심으로 한 대 때리고 싶어졌다. 차마 옆에서 자고 있는 벨로나가 깰까 움직이지도 못한 로웰이 이만 갈았다. 제 약점을 잡더니 아주 기고만장해져서는! 날 잡아서 가만히 두지 않으려고 벼르고 있는 중이었다.

로웰을 감상하듯 바라보던 몽블랑이 작게 콧노래를 부르며 탁자를 두 개 붙이더니 익숙하게 그 위에 누워 자리를 잡았다.

"으음……."

꼬물꼬물 온기를 찾아 잠결에 제 품으로 파고드는 벨로나의 모습에 로웰이 몸을 굳혔다. 딱 반으로 나눠서 벽에 찰싹 붙을 땐 언제고 잠을 잔 지 얼마나 됐다고, 제 품에 꼬물거리며 파고드는 것인지. 가만히 벨로나의 푸른색 머리카락을 내려다보던 로웰이 베개도 없이 자는 벨로나에게 팔을 뻗어 머리를 받쳐 주고, 반대쪽 팔로 벨로나의 몸을 끌어안았다.

이건 절대 자의가 아니다. 벨로나가 먼저 파고든 것이다.

아무것도 모르는 여자를 몰래 끌어안는 파렴치한이 된 것 같은 묘한 느낌에 로웰이 도리도리 고개를 젓고는 스스로를 납득시켰다. 그러게 왜 멀쩡한 집을 두고 약국에서 잔다고.

평소엔 별로 신경 쓰이지 않았는데…… 밤의 약국은 실내 온도가 매우 낮은 것 같았다. 몸을 웅크리는 벨로나를 조금 더 단단히 안아 준 로웰이 그대로 눈을 감았다.

두근거리는 심장 소리가 기분 좋게 느껴졌다. 제 품에 안긴 온기가 사랑스러웠다. 그저 이대로, 시간이 멈췄으면 하는 작은 바람이 생길 정도로.

작은 약국 안에 여러 명의 숨소리가 울려 퍼졌다.

$

'따뜻해…….'

이불 속이 묘하게 따뜻하고 기분 좋아서 벨로나가 조금 더 안으로 파고들다가 단단하면서도 말랑한 느낌에 머릿속에 물음표를 띄웠다.

더듬더듬 잠시 무언가, 단단한 벽을 만지던 벨로나가 슬쩍 눈을 떴다. 검은색 옷, 고개를 올리니 눈을 감고 있는 로웰이 보였다. 힉-숨을 멈춘 벨로나가 만져 대던 손을 휙 뗐다.

급하게 뗐지만 이미 손에는 감촉이 생경하게 남아 있었다.

벽이라고 생각했던 것은 다른 것도 아니고 로웰의 가슴이었다. 변태로 등극한 느낌에 머리를 바닥에 박고 싶은 심정이 훅 치솟았다. 턱도 없는 멍청함이었다.

벨로나가 눈동자만 굴려 약국의 천장을 바라봤다. 얼굴에 닿는 약국 안의 공기가 차가웠다. 밤새 추운 느낌은 없이 잤는데 아마 로웰이 껴안은 덕분인 듯했다.

로웰도 추웠나? 벨로나가 작은 의문을 품었다.

로웰의 품은 어쩐지 이상하게도 싫지 않았다. 물론 당황스러운 느낌은 항상 있었지만 '싫다'는 느낌은 아니었다. 지금도 벗어나고 싶다는 마음보다는 그냥 이대로 있고 싶은 마음이 더 강했다. 벨로나가 조심스럽게 로웰의 품에 안긴 채 그의 얼굴을 올려다봤다.

정말 반듯하게 생겼다. 이목구비가 어떻게 이렇게 완벽에 가깝게 태어날 수 있을까 싶은 마음이 들 정도였다. 아래에서 얼굴을 올려다보는 건 처음이었는데, 의외로…… 얼굴이 조금 둥글둥글한 상인 것 같다.

"이렇게 보니까 또 귀엽네."

벨로나가 작게 중얼거렸다. 매번 무표정한 얼굴에 입매를 딱 굳히고 있으니 차갑고 딱딱한 느낌이었는데, 편안한 표정을 하니 생각보다 귀엽게 느껴졌다.

'근데 어디서 본 적 있던가……?'

묘하게 낯이 익다. 이런 화려한 외모의 남자를 본 적은 없었는데. 왜 꽤 오래전에 어디선가 본 것 같은 느낌이 드는 것일까. 너무 익숙해져서 그냥 그렇게 느껴지는 것인가.

한참 동안 가만히 로웰을 쳐다보던 벨로나가 고개를 저었다. 제 기우가 분명했다. 애초에 만난 적이 있다면 로웰이 먼저 알은척을 했을지도 모르고.

"로웰! 일어나세요."

벨로나가 어깨를 살짝 흔들며 로웰의 이름을 불렀다. 로웰이 느릿하게 눈을 떴다. 검은색 눈동자가 벨로나를 내려다봤다. 어쩐지 정신이 덜 든 멍한 표정에 벨로나가 살짝 웃음을 흘리며 몸을 일으켰다.

"추웠어요? 저 껴안고 자고."

"아니……. 너 추울까 봐."

머리를 쓸어 넘긴 로웰이 느릿하게 몸을 일으키며 말했다. 자느라 흐트러진 머리를 다시 끈으로 묶으려던 벨로나가 예상외의 답변에 조금 크게 뜬 눈으로 로웰을 쳐다봤다. 뭔가, 이상하다. 그냥 기분이 조금 이상했다.

"그……래요? 고마워요. 그, 로웰."

머리를 다 묶은 벨로나가 볼을 긁적이며 말했다. 잠이 덜 깨서 그런지 평소의 로웰과는 다르게 묘하게 솔직한 것 같다. 익숙하지 않은 배려였다. 추우면 보통은 이불을 돌돌 싸매고 웅크리는 것이 보통이었다. 그리고 보면 정말 자신은 다른 사람들과 함께한 기억이 거의 없는 것 같았다.

이 정도로 교류 없이 살아온 것도 정말 능력이다 싶었다. 하긴, 어렸을 때는 약초와 책에 푹 빠져 있었고, 부모님이 돌아가시고는 약국 경영을 하려고 이것저것 알아보느라고 애썼다. 약국이 차려지고는 또 그냥 하루 종일 약국 안에만 있었다. 기껏 상대하는 거라고 해 봐야 손님들이 전부였는데, 그다지 깊은 관계를 맺게 되지는 않았다.

"생각해 보면, 저 아마 로웰이랑 제일 친한 것 같아요. 제일 오래

됐고."

벨로나가 문득 생각나는 대로 말했다. 겨우 몇 달이 제일 오래됐
냐고 하겠지만 정말이었다. 이 정도로 지속적인 관계를 이어 온 것은
로웰이 유일했다. 그리고 로웰이 오고 나서야 슈가나 레이먼, 몽블랑
도 만나게 된 것이었고.

"몇 달이나 됐잖아요."

로웰이 아무 말도 없어 벨로나가 말을 덧붙였다.

"……알아, 나도 너밖에 없어."

검을 챙겨 허리춤에 차며 로웰이 묘한 표정으로 벨로나를 바라보
다가 대답했다. 분명히 '나도 네가 제일 오래됐다'는 의미인 것 같은
데 왜 저렇게 묘하게 들리는지 알 수가 없었다.

벨로나도 약초 가방과 돈과 응급약품을 챙기고는 약국을 슥 훑어
봤다. 몽블랑은 아직 잠에 빠져 있었고, 슈가가 자고 있는 창고도 조
용했다.

"가요, 로웰."

벨로나가 작은 목소리로 말했다.

"그래."

문을 닫고 열쇠로 꼭꼭 잠근 채 벨로나가 약국을 나섰다.

아직 새벽 공기가 차가웠다. 벨로나가 몸을 살짝 부르르 떨었다.
안개가 낀 새벽은 그다지 상냥하지 못했다. 벨로나를 잠시 내려다본
로웰이 입고 있던 겉옷을 벗어 그녀의 어깨에 걸쳐 줬다.

"어, 로웰?"

벨로나가 당황한 표정으로 로웰의 이름을 불렀다.

"입어라. 괜히 저번처럼 아파서 끙끙 앓지 말고."

"로웰은 괜찮아요?"

"네 종잇장 같은 몸이랑 비교하면 곤란해. 이래 봬도…… 한겨울

에 훈련이랍시고 찬물 뿌려진 채로 밖에 쫓겨났던 몸이야. 망할 스승님, 그래 놓고서 자기는 따뜻하게 데운 술에 도박이나 해 대고!"

잔잔하게 말하던 로웰이 마지막에는 으득— 이를 갈았다. 방금 전까지만 해도 잠에 취해 살짝 풀려 있던 눈동자가 분노로 타올랐다. 대체 로웰의 스승님은 어떤 사람일지 궁금했다. 언젠가 한번 만나러 가고 싶은 심정이었다.

"그래도, 로웰은 스승님을 좋아했나 봐요. 항상 말할 때 화를 내지만 '스승님'이라고 부르지 않은 적이 없는 것 같아요."

벨로나의 말에 로웰이 입을 꾹 다물었다. 어쩐지 무언의 수긍인 것 같아서 벨로나가 살짝 웃음을 터뜨렸다. 하여튼, 솔직하지 못한 사람이었다. 우습게도 예전처럼 로웰이 무섭지도, 싫지도, 그렇다고 두렵지도 않았다. 그러고 보면, 최악이었던 첫 만남에 비교하면 많은 발전이었다.

"벨로나. 손, 잡아도 되나?"

아무도 없는 조용한 수도를 걸어가던 로웰이 말했다. 제 이름을 부르는 로웰의 목소리가 어쩐지 조금 신경 쓰였다.

"네? 손……은 왜요?"

"그냥…… 춥군."

벨로나의 질문에 시선을 다른 곳으로 돌린 로웰이 답지 않게 느릿하게 대답했다.

"아, 역시. 제가 겉옷 가져가서 그렇죠? 자요."

벨로나가 이번에는 거리낌 없이 로웰의 손을 붙잡았다. 확실히 날씨가 새벽이라 그런지 꽤 추웠다. 자다 깨서 나와서 그런지 한층 더 쌀쌀하게 느껴졌다. 로웰이 아무리 훈련받을 때 그렇게 했다고 하더라도 추운 데에는 장사 없음이 분명했다.

붙잡은 커다란 손이 생각보다 꽤 따뜻했다. 이렇게 누군가랑 손을 잡아 보는 것도 사실 처음이었다. 어떤 느낌일까 생각해 본 적은 없었는데 의외로 나쁜 느낌은 아니었다. 아니, 오히려 조금 기분이 좋기도 했다. 묘한 유대감 같은 것도 느껴졌다. 남자랑 손을 잡는다는 것이 좀…… 이상했지만. 뭐 어떤가. 로웰은 이미 좋아하는 사람이 있다고 했고.

"……."

음, 좋아하는 사람이라……. 그건 또, 뭔가 기분이 그것대로 묘했다. 좋아하는 사람이 있는데 자신과 손을 잡아도 되는 건가. 괜히 임자 있는 사람 뺏게 되는 건 아닌가. 아니, 물론 로웰이나 자신이나 서로 마음은 없지만. 어쨌든…….

벨로나의 머리가 복잡해졌다. 곧 폭발할 것 같아 벨로나가 고개를 도리도리 저어 쓸데없는 생각을 떠나보냈다.

"그, 로웰. 예전에 좋아한다고 했던 분한테 고백은 했어요?"

정적이 익숙하지 못해 벨로나가 눈동자를 굴리다가 말했다. 못해도 거의 1시간 반은 걸어서 가야 할 곳인데, 이런 정적이면 서로 불편할 것이 분명했다.

하지만 이야기를 꺼내고 얼마 되지 않아 벨로나는 후회했다. 아무래도 주제를 잘못 잡은 것 같았다. 왜 평소라면 건드리지 않았을 것이 분명한 타인의 짝사랑 이야기를 꺼낸 것인지. 스스로의 머리를 정말 해머로 한 대 내려치고 싶었다.

"아직 못 했다, 다른 놈이 먼저 선수 쳤거든."

로웰이 어쩐지 짜증 난다는 말투로 대답했다.

"힐, 어떡해요. 다른 사람이랑 사귀는 거예요? 그 여자분."

"……아니, 다행히 거절할 모양인 것 같더군. 근데 그 바퀴벌레가 끈질긴 것 같아서 걱정인 거지."

로웰의 말에 어쩐지 두껍고 굵은 뼈가 담겨 있는 것 같았다. 벨로나가 손을 잡은 채 걸어가며 입을 꾹 다물었다. 아, 왠지 정말 이유는 알 수 없지만 기분이 가라앉았다. 저렇게 진지하게 여자 하나 때문에 짜증 내는 로웰을 처음 봤기 때문일까, 그것도 아니면 그냥 추운 이 새벽의 길이 싫은 것일까.

"그럼, 고백해야죠. 로웰도."

그것도 아니라면, 묘하게 온도가 오르고 있는 로웰의 손이 마음에 들지 않는 것일까.

벨로나가 고개를 도리도리 저었다. 어우, 이상한 생각이나 하고. 요즘 외롭긴 외로운 모양이었다. 정말 누구랑 연애라도 해야 하나.

"정말…… 고백해도 되나?"

"네? 어…… 네, 뭐…… 로웰 마음이죠."

벨로나가 어색하게 고개를 끄덕였다. 뭘 굳이 자신에게 묻는 걸까. 하긴 그만큼 로웰이 자신을 예전보다 편하거나 가깝게 느끼고 있는 것일 테니 그렇게 한숨을 쉴 일만은 아니겠지만.

끙, 밤새 로웰의 품에서 자서 그런가? 괜히 평소보다 더한 친근감을 느끼고 있는 것 같았다. 애초에 로웰과 자신은 그저 동료 관계였다.

"내가 좋아하는 건…… 너…….."

"헉, 로웰!! 저거 봐요!! 헐, 저 약초!!! 어머, 저게 왜 저기에 있어. 어머, 어머!! 로웰, 잠깐 제 가방 들어 주세요."

쌔앵- 정말 바람처럼 벨로나가 순식간에 뛰어갔다. 길가에 곧게 뻗어 있는 나무 아래에 정말 절을 하듯 엎드린 벨로나가 흙에 코를 박을 기세로 약초에 얼굴을 가까이 가져다 댔다. 덩그러니 남겨진 로웰이 가만히 벨로나의 뒷모습을 바라봤다.

한참 동안, 정말 누가 봤으면 왜 그러냐고 걱정할 정도로 멍하니 벨로나의 뒷모습을 바라보던 로웰이 배를 잡고 허리를 반쯤 접었다가 펴며 커다랗게 웃음을 터뜨렸다.

"큭, 아하하하하!!"

로웰의 웃음이 꽤 커서 근처에 앉아 있던 새들이 짹짹거리며 하늘 위로 휙 날아가 버렸다. 하지만 그것들과는 다르게 로웰은 퍽 상황이 유쾌했다. 제 모습이 꽤나 웃기기도 했고, 한창 잡은 분위기를 순식간에 깨는 벨로나가 신기하기도 했다. 무엇보다 행복해 보이는 벨로나의 모습이 꽤나 사랑스러웠다. 이 정도라면 아마 자신도 중증이 아닐까 싶었다.

이쯤 되면 어느 정도 벨로나의 의식 수준을 알 수 있었다. 대충 약초가 맨 꼭대기에 있고 그 밑에 있는 것들은 그녀에게 그다지 의미가 없으리라.

벨로나는 정말 놀란 표정으로 로웰을 쳐다봤다. 저렇게 커다랗게 웃는 것은 벨로나로서도 처음 보는 모습이었다. 토끼처럼 놀란 눈동자에 로웰이 벨로나에게 다가가며 말했다.

"그게 뭔데."

로웰이 벨로나의 옆에 쪼그려 앉으며 툭 던지듯 물었다.

"상오초라고, 사실 약초상에서 보기는 쉬운데 야생에서는 보기 힘든 거예요. 보통은 재배를 하는데, 이렇게 야생 상오초는 아무래도 생육 조건이 까다롭다 보니 보기가 힘들어요!"

"무슨 효능이 있는데."

로웰의 관심에 벨로나가 잔뜩 달아오른 얼굴로 열변을 토하기 시작했다. 얼마나 신나 보이는지 아까 괜히 입을 열지 않은 것이 다행이라는 생각이 들 정도였다. 게다가 안 물어봤으면 혹시 하루 종일 풀이 죽어 있지 않았을까 싶을 정도의 열변이었다.

로웰이 옅은 미소를 띤 채로 벨로나의 이야기를 들었다. 정확히는 이야기를 듣는다기보다 벨로나의 시시각각 변하는 표정을, 이야기를 경청하는 척하면서 감상하는 쪽에 가까웠다.

"자, 가져갈 거 아닌가?"

"어, 감사해요."

로웰이 벨로나의 가방에서 채집 도구를 꺼냈다. 어제 어디를 가자고 하는 건가 했더니 가방 안에 잔뜩 든 채집 도구를 보아하니 어디 근처 약초 산이라도 가는 모양이었다. 어쩐지 어제부터 잔뜩 상기된 표정을 하고 있더니만…… 순간이나마 약간의 데이트 비슷한 것이라고 생각했던 스스로가 조금 부끄러워질 지경이었다.

조심스럽게 흙을 파서 약초를 채집 봉투 안에 쏙 집어넣은 벨로나가 포스스 웃으며 몸을 일으켰다. 그 행복해 보이는 모습에 로웰이 픽- 작게 바람 빠진 소리를 흘렸다.

"아, 그러고 보니 아까 로웰 되게 웃는 거 멋있었어요. 우와, 자주 웃으세요."

"아……."

로웰이 미간을 찌푸렸다. 어쩐지 억지로 무표정을 고수하려는 느낌이 강했다. 가끔 감정을 드러낼 때 보면 꽤 감정이 다채롭지 않을까 싶을 때도 있었는데, 오늘 완전히 제 생각이 맞다는 걸 깨달았다. 저렇게 기분 좋게 웃을 수도 있으면서.

"이 뒤에 있는 산에 갈 거예요. 로웰이랑은 다니면 편해서, 장소도 말 안 하고 데리고 오긴 했는데…… 약초 산행, 괜찮으세요?"

참 빨리도 묻는다 싶었지만 로웰은 고개를 끄덕였다. 산이면 또 어떻고, 바다면 또 어떨까. 녀석이 가고 싶다고 하는데 가지 못할 곳은 없었다. 눈앞에 없다가 무슨 일이 생겨서 뒤늦게 후회하는 것보단 차라리 귀찮아도 어디든 쫓아다니는 것이 마음이 편했다. 어차피, 지금 가진 검술도 벨로나를 지키기 위해 배운 검술이었으니까.

"아, 그래서, 로웰 좋아하는 사람이 누구라고요?"

이야기의 흐름이란 흐름은 다 끊어 놓고 이제야 생각났다는 듯 되묻는 꼴이 우스웠다.

"……글쎄, 이쯤 되면 오기가 생기긴 하는군. 이제 말 안 할 거다. 네가 맞춰 봐."

로웰이 만족스런 표정으로 가방에 약초를 조심히 집어넣고 있는 벨로나에게 말했다. 쿨하게 말해 줄 것이라 생각했던 로웰의 예상 밖의 대답에 벨로나가 입을 꾹 다물었다. 살짝 고개를 기울이며 머리를 굴려 봤지만 애초에 로웰과 자신의 접점이라고는 약국밖에 없었으니 마땅히 누구라고 지목할 만한 사람도 없었다. 불공평한 문제였다.

"으음…… 잘 모르겠는데……. 아, 그러고 보니까 저 아까 로웰을 밑에서 보다가 왠지 로웰을 어디서 본 것 같은 느낌이 들었어요. 최근은 아닌 것 같고, 조금 오래전에요. 근데 아무리 머리를 굴려 봐도 로웰 같은 잘생긴 사람은 본 기억이 없단 말이에요. 그렇다고 제가 기억력이 나쁜 것도 아니고……."

흐음— 벨로나가 긴 침음성을 흘리고는 다시 고민에 빠졌다. 데자뷰 현상인가 싶기도 했다. 꿈속에서 봤는데 그걸 현실과 혼동하는 건가 싶은 마음도 있었고. 어쨌든 확실한 것은 적어도 그 모습이 묘하게 계속해서 신경 쓰인다는 것이었다. 로웰이 꽤 놀랍다는 표정으로 걸어가며 벨로나를 내려다봤다.

"대단하군."

로웰이 정말 감탄했다는 듯 말했다.

"어…… 과대망상이요?"

"아니, 이제라도 떠올렸다는 게."

로웰의 말에 벨로나가 눈을 커다랗게 떴다. 저 말인즉, 자신과 로웰이 만난 적이 있다는 소리였다. 벨로나가 머리를 다시 굴렸다. 근데 왜 저 독특하고 눈에 띄는 얼굴이 제 기억 속에는 남아 있지 않은 것인가!

"저희 만났었어요? 언제요? 어떻게요?"

벨로나가 궁금증에 속사포로 물었다. 꽤 떠들다 보니 벌써 산의 입구가 눈앞에 보였다. 산이 눈앞에 보이는 것에 로웰이 잠시 고민을 하더니 곧이어 살짝 미소 지은 채 말했다.

"예전에 만났었다. 잘 생각해 봐. 네가 기억해 내면, 내가 좋아하는 사람도 누군지 말해 주지."

내기 아닌 내기를 거는 로웰의 모습에 벨로나가 입을 꾹 다물었다. 짓궂다. 아니, 처음부터 아는 사람이었으면 말을 해 주든가. 하긴, 말을 해 봐야 누군지도 기억하지 못했을 테지만.

벨로나가 열심히 기억을 뒤졌다. 그런다고 답이 나올 리가 없었지만.

"……치사해요, 로웰."

백날 머릿속을 뒤지면 뭐하는가. 머릿속을 뒤져도 답이 나오질 않는 것을.

벨로나가 볼을 부풀리며 퉁명스럽게 말했다. 애초에 로웰 혼자만 다 알고 있는, 자신에게는 한없이 불리한 게임 아닌가.

"네가 더 치사하지. 만났는데 기억도 못 하고, 안 그런가, 벨로나?"

"……뭐, 그건 할 말 없지만."

"벨로나."

로웰이 다시 입을 열어 이름을 불렀다. 그 부름에 벨로나가 살짝 몸을 떨며 다시 입을 열었다.

"그리고 계속 생각했는데 로웰이 제 이름 부르면 뭔가 기분이 이상해요. 몽블랑이 부를 땐 아무렇지도 않은데. 이건 항상 로웰이 절 이름으로 안 부르고 이상하게 불러서 그런 게 분명해요."

벨로나가 연이어 불만을 토해 냈다. 하지만 이 말에도 거짓이 없었다. 오죽하면 로웰이 이름을 부르면 묘한 닭살이 등에서 돋겠는가. 이건 정말 거짓말이 아니라 전적으로 로웰의 탓이 분명했다.

벨로나의 불만에 로웰이 황당하다는 표정으로 쳐다봤다.

"그럼 하루에 한 번, 질문을 하는 건 어때. 네가 내게 힌트를 가져가고 네가 언제 날 봤는지 기억하는 거다. 이러면 조금 공평한가?"

로웰이 고민하다 이내 절충안을 내놨다. 그때서야 벨로나가 고개를 슬쩍 들어 올렸다.

"……하루에 한 번이요?"

"그래, 직접적인 질문은 금지. 간접적인 질문만 가능하고, 내 판단에 따라 대답을 거부할 수도 있어."

그건 나쁘지 않은 제안이었다. 로웰의 말에 벨로나가 산의 입구로 발을 디디며 고개를 끄덕였다. 그 정도 조건이라면 분명히 금세 기억해서 맞출 것이 분명했다. 벨로나는 스스로의 기억력에 꽤 후한 점수를 매기며 그렇게 생각했다.

물론, 나중에 자신의 안일함을 꽤나 후회하게 되었으나 어쨌든 지금의 벨로나는 로웰의 비밀을 알아낼 수 있을 거라는 기대감에 굉장히 만족스러운 기분을 느끼며 한껏 달아오른 표정을 하고 있었다.

"로웰, 저 여기 오를 건데 괜찮아요?"

벨로나가 손을 잡은 채 산을 가리키며 말했다. 꽤 높은 산을 아무렇지도 않게 가리키는 벨로나를 로웰이 조금 질린 표정으로 바라보다 이내 고개를 끄덕였다. 하여튼 기개와 끈기 하나만큼은 다른 남자들보다 훨씬 나았다.

로웰이 보기에도 꽤 험준한 산이었다. 만약 자신이 따라오지 않았으면 이 산을 벨로나 혼자 올랐을 거라고 생각하니 기분이 그다지 좋지 않았다.

"여길 혼자 다녔나?"

산을 오르며 자연스레 놓게 된 손을 아쉬운 듯 바라보며 로웰이 물었다.

"네? 아, 자주는 안 오는데, 야생초가 필요할 때가 종종 있기는 해서 가지고 있는 야생초 말린 게 떨어지면 한 번씩 오는 편이에요. 마땅히 다닐 사람이 없으니 혼자 다녔고요."

벨로나의 말에 로웰이 입을 꾹 다물었다. 대체 무슨 생각으로 이 산을 혼자 오를 생각을 했을까. 벨로나의 무모함의 이유가 대충 보이는 것 같았다. 이런 산을 혼자서 넘나들고 약초를 찾아서 혼자 뛰어다니는데 그녀가 무모하지 않을 이유가 없었다.

"앞으론 나랑 같이 다녀."

"정말요?"

로웰이 걱정돼서 하는 말에 벨로나가 눈을 반짝이며 빠른 속도로 되물었다.

"······그래."

기대감으로 반짝이는 벨로나의 눈동자가 부담돼 로웰이 그녀에게서 한 걸음 뒤로 물러나며 말했다. 싫어할 줄 알았는데 의외로 좋아한다. 역시 벨로나에게는 약초가 엮이면 일단 뭐든지 오케이가 되는 건가 싶었다.

"사실 이렇게 같이 약초 캐러 다닐 사람이 없어서 외로웠거든요. 근데 저번에 로웰이랑 같이 약초 캐러 가니까 어쩐지 든든하기도 하고, 무섭지도 않고, 무엇보다 그냥 좋았어요."

로웰의 허락에 벨로나가 답지 않게 포슬포슬 웃어 보였다. 정말 흔히 보기 힘든 벨로나의 웃음에 로웰이 손을 들어 얼굴을 쓸어내렸다. 정말, 무방비하기가 위험할 정도였다.

로웰의 귓가가 살짝 붉게 달아올랐지만 최대한 드러내지 않기 위해 노력했다. 노력이라고 해 봐야 머릿속으로 다른 생각을 하는 것이 전부였지만, 로웰에게는 그것이 꽤 필사적인 일이었다.

"로웰?"

심각한 얼굴로 고개를 숙이고 있는 로웰에 벨로나가 살짝 허리를 숙여 이름을 불렀다.

"왜?"

"아, 아니에요. 무슨 일 있는 줄 알았죠."

평소와 다를 것 없어 보이는 로웰의 모습에 벨로나가 고개를 저으며 입을 열었다.

"그냥 우리 좀 편해진 것 같지 않아요? 로웰도 처음보단 말투가, 그래도 뭐라고 해야 할까, 친근감? 같은 게 느껴지기도 하고요."

벨로나의 감상평에 로웰이 입을 다물었다.

"제 착각일까요……? 하하."

대답이 없는 로웰에 벨로나가 어색하게 웃으며 덧붙였다.

사실 벨로나의 말은 그다지 틀리지 않았다. 확실히 최근에는 생각보다 편안해진 것이 있었다. 그것을 느끼고 있는 것은 로웰도 마찬가지였다. 예전에는 가운데 거대한 얼음벽이 놓여 있는 느낌이었다면 지금은 그것들이 전부 서서히 녹고 있다는 것이 느껴졌다.

벨로나에게도 무섭고 불편하기만 했던 로웰이 사람처럼 느껴졌다. 몽블랑을 대하는 로웰의 꽤 인간적인 모습도 봤고, 지금 생각해 보면 로웰의 눈빛도 무섭지만은 않았다. 가끔 집요하게 쳐다볼 때면 역시나 이상한 느낌이 들 때도 있었지만 요즘은 그것도 꽤 줄어들었다. 그러니까 결론적으로 말하자면 관계가 발전하는 것이 느껴졌다.

"로웰이 커다랗게 웃는 것도 처음 봤고요."

"웃는 거?"

"네, 정말 놀랐어요."

벨로나로서는 새삼 신선한 충격이었다. 항상 비웃음 같은 요상한 미소만 옅게 짓던 로웰이 무려 파안대소라니! 영상석이 있었다면 그대로 찍어서 보관하고 싶을 정도였다. 모르는 사이에 꽤 서로에게 익숙해진 것이 아닌가 싶었다.

"웃으니까 더 잘생겼는데 자주 웃으세요. 손님한테만 맨날 꽃가루 흩뿌리지 마시구요."

손님을 상대할 때 얼마나 화사하게 웃는지 로웰의 뒷배경으로 꽃가루가 하늘하늘 흩날리는 것 같았다. 여태까지 그것이 로웰의 웃음이라고 생각하고 있었는데, 확실히 오늘 웃는 걸 보니 로웰이 평소에 손님을 대할 때 짓는 웃음이 얼마나 거짓 웃음인지를 새삼 깨달을 수 있었다.

"하아, 하아—"

산을 올라가며 이야기를 하다 보니 순식간에 숨이 차올랐다. 산세는 점점 험해졌다. 벨로나의 얼굴에서 땀을 뚝뚝 흘러내렸다. 쉬지 않고 말을 걸었던 벨로나가 이제는 말하는 것도 어려운지 조용해졌다. 로웰이 힘들어하는 벨로나를 한 번 보고 뒤를 돌아봤다.

시간이 좀 지나서 많이 올랐다고 생각했는데, 꽤 높은 산이어서 그런지 아직 초입부나 마찬가지였다. 벨로나의 다리가 약간씩 후들거리는 것이 눈에 들어왔다. 묵묵히 뒤에서 따라가던 로웰이 결국 입을 열었다.

"어디까지 갈 건데."

"일단 산 중턱에서 요렇게 한 바퀴 돌고 꼭대기까지 갔다가 내려올 거예요."

벨로나가 손가락으로 둥근 원을 그리고 산꼭대기를 가리키더니 이내 다시 손가락으로 아래를 가리켰다.

"정말 대단해, 네 약초에 대한 집착은 도저히 못 이기겠다."

후들후들 다리를 떨면서도 약초 이야기가 나오자 눈을 빛내는 벨로나의 모습에 로웰이 좌우로 고개를 저었다. 자신이 약초보다 위에 올라선다는 것은 어쩌면 불가능할지 모른다고 생각하며 로웰이 허탈하게 말했다. 벨로나는 느끼지 못했지만 로웰의 말투에는 어쩐지 깊은 체념이 서려 있었다.

벨로나가 로웰의 말에 어깨를 으쓱였다. 벨로나의 눈은 이미 나무 밑이나 땅에 박혀 있었다. 얼마나 주변에 신경을 쓰지 않는지 나뭇가지에 볼이 쓸리는 것은 예삿일이었다. 덕분에 로웰만 바쁘게 벨로나의 뒤에서 바짝 따라 걸어가며 나뭇가지로 방해가 될 만한 것들을 치워 냈다.

기본적인 생존 본능마저 약초에 쏟아 버리는 것은 아닌지 걱정이 절로 될 정도였다. 저러다 크게 구르기라도 하면 어쩌려고 하는지.

"벨로나……."

"네?"

"너, 약초 캐러 산에 왔다가 다치거나 구른 적 있지 않나?"

로웰이 불안한 눈동자로 벨로나의 뒤를 좇으며 물었다. 아니, 사실 묻는다기보다 이미 나는 너의 대답을 알고 있다는 뉘앙스에 더 가까웠다. 그 낌새를 느꼈는지 벨로나가 대답을 망설였다.

그냥 대답하지 말자고 생각하고 못 들은 척 바닥에 시선을 집중한 채 열심히 올라가고 있는데 뒤에서 느껴지는 시선이 꽤 매서웠다. 결국 벨로나가 입을 열었다.

"네…… 뭐 사람이라면 다 산에서 한 번씩 굴러 보고 넘어지면서 그렇게 크는 거 아니겠어요?"

"아, 그러면 너도 당연히 한 번만 굴렀겠군?"

로웰의 정곡을 찌르는 질문에 벨로나의 입이 다물어졌다.

한 번, 뭐, '최초'로 구른 것은 한 번뿐이었다. 왜냐하면 사람에게 최초라고는 한 번밖에 없으니까. 하지만 그렇게 대답했다가는 어쩐지 속사포 잔소리가 날아올 것 같았기 때문에 벨로나가 열심히 머리를 굴렸다. 아니, 사실 머리를 굴린다기보다는 조금 덜 혼나기 위해 말을 고르는 것에 바빴다고 보는 것이 옳았다. 물론 그래 봐야 눈치 빠른 로웰에게 잔소리를 듣지 않기 위한 마땅한 답은 떠오르지 않았다는 것이 불행이라면 불행이었지만.

"뭐…… 그 정도죠!"

벨로나가 두루뭉술 대답했다.

신뢰성 0%였다. 그것을 말하는 벨로나도, 듣는 로웰도 알고 있었기에 상당히 의미 없는 대답임은 분명했다. 로웰의 눈빛이 한층 더 매서워졌다. 사실 몇 번을 구르고 넘어졌는지 알 게 뭔가. 산에 갈 때마다 매번 길을 잃거나, 내려올 시간을 지나쳐서 밤새 오들오들 떨거나, 헉헉대다가 바닥과 뽀뽀를 하거나, 셀 수도 없이 많은 해프닝이 있었다.

"도대체 쓸데없이 왜 그렇게 다쳐 대나?"

로웰이 한심하다는 듯 입을 열었다. 아니, 적어도 벨로나의 귀에는 한심하다는 듯 들려왔다.

"……뭐, 쓸데없이까지는 아니지 않을까요. 사람은 다치면서 성장하는 생물…… 으악!"

말이 끝나기도 전에, 무섭게 후들거리는 다리로 열심히 올라가던 벨로나가 앞으로 고꾸라졌다. 바로 뒤에 따라가던 로웰이 벨로나의 목덜미를 턱- 하고 낚아챘다. 무드라든가 혹은 소설 속 멋진 장면과는 백만 광년 정도 거리가 떨어져 있었다. 멋지게 공주님 안기로 여자를 구해 준다는 건 완전히 소설 속 이야기였다. 실제로 그런 일이 발생하면 그런 꽃 배경이 뒤로 펼쳐지는 일은 일어나지 않았다.

하지만 로웰은 벨로나가 넘어지지 않은 것에, 벨로나는 코앞까지 다가온 흙바닥과의 키스를 피한 것에 서로 다른 이유로 안도하고 있었다.

"고마워요, 로웰……."

제대로 일으켜져 발을 땅에 딛게 된 벨로나가 긴 한숨을 토해 내며 말했다. 일단 다 됐고, 얼굴이 깨지지 않아 천만다행이었다. 로웰의 분위기가 심상치 않았다. 방금까지 불쾌해하던 것이 뻔히 보였는데 멍청한 짓을 해 버렸다. 거기서 다리가 풀릴 줄 생각도 못 했다.

"한 번만 넘어졌다고 했던가."

"아뇨, 어…… 그 정도쯤이라고 했는데요오……."

벨로나가 눈동자를 굴려 빠른 변명을 만들어 냈다. 로웰의 미간이 찌푸려졌다. 가만히 옷매무새를 정리하는 벨로나를 바라보던 로웰이 손을 뻗었다. 눈앞에 내밀어진 손바닥을 잠시 바라보던 벨로나가 로웰을 다시 쳐다봤다. 어쩐지 단호한 로웰의 표정에 벨로나가 머리를 굴렸다. 이 손이 뭐라는 거지?

"잡아."

"……네?"

뭔가 잘못 들었나. 아까는 추워서 잡았다고 하지만, 지금은 땀이 뻘뻘 흘러서 이제 추운 것도 아닐 텐데. 설마 자신이 위험할 것 같다고 친히 손을 내밀어 주는 건 아니겠지 싶었…….

"또 넘어질 것 같으니 잡으라고 했다."

로웰의 확답에 벨로나가 얼떨결에 손을 뻗었다. 차마 잡지 못하고 느릿하게 움직이는 손을 로웰이 순식간에 낚아챘다. 얼마나 빠르게 낚아챘는지 다가오는 로웰에 반사적으로 손을 빼려던 벨로나가 채 반응을 하지 못할 정도였다.

로웰이 손을 단단히 잡았다. 손이 단단히 잡힌 만큼 벨로나의 입이 꾹 다물어졌다. 왜 이렇게 친절해졌는가에 대해서 벨로나는 진지하게 고찰을 하고 싶었다. 아니, 사실 어젯밤부터 묘하게 친절하긴 했다.

아침에도 자신이 추울까 봐 끌어안았다고도 했고…… 심지어 겉옷도 벗어 줬다. 다만, 그건 저번에 아팠던 것이 거슬려서 미리 방지라도 하려는 건가 싶었기에 거부감은 별로 들지 않았다. 게다가 좀 쪽 팔렸지만 어쨌든 뒷덜미를 잡아 넘어지려는 것을 막아 주기도 했고, 방금까지는 넘어지는 게 마음에 안 든다는 듯 굴었다.

지금까진 한심해하거나 귀찮아하는 것이라 생각했는데, 지금 생각해 보니 사실 그런 것은 아니지 않을까 싶었다. 그것들은 로웰에게 별로 알맞은 가정은 아니라고 생각하지만, 혹시나 싶어 벨로나가 조심스레 입을 열었다.

"저 걱정해 주시는 거예요? 로웰."

부정하고 싶기는 했지만 그것이 가장 이 상황에 걸맞고 그나마 앞뒤가 맞아떨어지는 가설이었다. 봐라, 지금도. 제 손을 꽉 잡고 앞서 걸어 나가면서도 저를 신경 쓰는 듯 걸음은 느릿했다.

"그럼 내가 걱정도 안 되는데 이러고 있을 거라고 생각하는 건가?"

벨로나가 아무런 대답도 하지 못했다. 머리가 포화 상태였다. 곧 터지지 않을까 싶을 정도로…….

"일전에도 말했다시피 벨로나, 난 네가 걱정돼. 부탁인데 제발 다치지 마라."

앞을 바라본 채 천천히 걸어가며 로웰이 솔직하게 말했다. '다치지 말라'니, 로웰의 스트레이트 직구에 벨로나의 얼굴이 확 달아올랐다. 도대체 이런 직설적인 걱정을 받아 본 것이 얼마만인지. 새삼 감회가 새로워졌다. 자신을 향한 걱정이 조금 진심으로 와 닿았다.

어릴 때는 다쳐도 집에 부모님이 거의 없어서 혼자서 꿋꿋하게 약을 만들어 제 무릎에 치덕치덕 발랐다. 부모님은 잘해 주시려고 했지만 그다지 많은 관심을 쏟아 주진 못했다. 그것이 서운하다거나 힘들게 느껴졌던 적은 없었다. 다행이었던 것은 우리 집은 꽤 형편이 넉넉했으며, 집 안엔 항상 각종 약초와 책들로 가득했다는 것이었다.

어쨌든 나는 어릴 적부터 뭐든지 혼자 해야 했던 아이였다. 그리고 그건 나이가 들어도 그다지 달라지지 않았다.

약국을 차리면서 들은 가장 많은 말은 '어린 계집'이었다. 그러니까 늘 부담되는 일이었다. 남에게 어려 보이고 약해 보이지 않으려면 남자답게, 혹은 절대' 어떤 상황에서도 기가 죽으면 안 됐다. 남들이 보기엔 무모하고 위험해 보일지라도 그건 벨로나가 살면서 자연스럽게 익힌 살기 위한 본능에 가까웠다.

왜냐하면 이 세계에서 여자란 한 치만 잘못 보여도 순식간에 설 곳조차 잃을 수 있는 위치였기 때문이다. '여자'라는 것은 여태까지 벨로나의 삶에 큰 방해였다. 머리를 짧게 잘라 묶고, 당당히 자리에 서 있었음에도 그랬다. '무시'와 '차별'은 벨로나의 삶에 당연히 따라오는 옵션 같은 것이었다. 그건 거래에서도 마찬가지였고, 맨 처음 거래처를 찾거나 첫 거래를 하기 위해 상인과 대화를 했을 때도 마찬가지였다.

여자는 안전하고 조용하고 남자를 내조하면서 사는 것이 보통이었다. 그것을 깨부순 벨로나는 애초부터 그 범위에서 벗어난 존재였다. 사람들은 자신이 알고 있는 것과 다른 경우 그것을 적대시하곤 했다.

벨로나의 삶에 있어서 남자란 '적'과 비슷한 위치에 존재했다. 내가 나를 스스로 지켜야만 하게 만든 존재들이었다.

그러니까 벨로나의 삶에서는 누군가에게 저런 말을 들을 기회가 거의 없었다. 아니, 기억에 없다고 하는 편이 옳았다. 산에서 문제가 생겨도 혼자서 살기 위해 발버둥을 쳐야 했었고, 길을 잃어도 혼자서 출구를 찾아야 했다. 그러니까 삶의 모든 것들이 벨로나에게만큼은 조금 냉정하게까지 느껴졌다.

벨로나에게 있어서 로웰의 저 한 마디는 조금도 익숙한 것이 아님과 동시에 스스로가 누군가에게 도움을 받고 있다는 사실을 일깨우는 말이었다. 로웰에겐 신기한 힘이 있었다. 로웰과 함께 있으면 자신은 조금 더 무모해지는 것 같은 그런 느낌마저 들었다.

"역시 로웰은 신기해요."

아니…… 그보다 로웰의 앞에서는 자신이라는 존재가 조금 더 약해진다는 것이 옳은 말인 것 같았다.

"뭐가?"

"그냥…… 사람을 작게 만드는 거요?"

벨로나가 고개를 기울이며 제 식대로의 해석을 말했다. 걱정해 줬더니 무슨 이상한 말을 하는지. 로웰이 황당한 표정으로 벨로나를 쳐다봤다. 꽉 잡은 손으로 온기가 전해졌다. 겨우 손을 하나 잡았을 뿐인데 든든하다고 생각하는 건, 아마 여태까지 이런 것에 조금도 익숙하지 않기 때문이겠지.

벨로나에게는 손바닥으로 느껴지는 이런 온기도 익숙하지 않았고, 사실 오늘 아침에 안겼던 품도 익숙하지 않았다. 아니 그냥 이 자체가 조금 이상한 것 같았다.

늘 혼자 오르던 산길이었다. 항상 눈앞에는 탁 트인 하늘이나 나무, 땅이 있었다. 하지만 오늘의 산길은 조금도 익숙하지 않았다. 언제나 탁 트여 있었던 산길 앞에는 누군가의 등이 있었다. 그 전부가 벨로나에게는 신선하면서도 이상한 것이었다. 새로우면서도 나쁘지 않았다.

"그러는 너도……."

로웰이 말을 하던 도중 무언가를 생각하는 듯 입을 꾹 다물었다. 벨로나가 이상하다는 듯 로웰을 쳐다보다가 이내 그의 뒤쪽으로 시선을 돌렸다. 어쩐지 이제는 익숙한 벨로나의 커다랗게 떠진 눈동자를 보며 로웰이 속으로 한숨을 삼켰다.

"어? 로웰! 저 보세요!!"

벨로나가 그대로 손을 빼내더니 멀찍이 떨어진 나무 근처로 쏙 다가가 쪼그려 앉았다. 이제는 놀란 기색도 없이 로웰이 한숨을 내쉬곤 가방에서 채집 도구를 꺼내 벨로나에게 다가갔다.

"또 뭔데?"

이제는 그냥 약초를 이겨 먹기보단, 약초와 공생하는 편이 머리털 신상에 좋을 것 같다고 로웰은 생각했다. 무엇보다 저렇게 좋아하는데 방해를 했다가 오히려 자신을 더 싫어하게 되면 어떨까 싶은 마음도 있었다.

"상오초요! 와, 오늘 운 되게 좋네요. 상오초를 두 개나 보다니. 역시 로웰이랑 나와서 그런지 심적으로 안정이 돼서 주변이 눈에 잘 들어와요."

벨로나가 잔뜩 상기된 표정으로 신나게 소리쳤다. 축 처져서 심각하게 무언가를 고민할 때는 언제고 순식간에 바뀐 벨로나의 표정은 분명 로웰 못지않았다.

로웰이 주는 채집 도구를 자연스럽게 받아 든 벨로나가 조심스럽게 살살 땅을 팠다. 누가 본다면 어디 귀한 보물이나 아니면 유물을 파는 줄 알겠지만 실상은 로웰의 눈에는 풀떼기에 지나지 않는 것이었다.

"로웰이랑 있어서 다행이에요."

벨로나가 포슬포슬 웃으며 로웰에게 말했다. 쿵, 심장이 바닥으로 떨어지는 것 같았다. 고백도 아니고, 자신은 안중에도 없는 말 한마

디에 움직이는 자신이 한심했다. 겨우 저 한 마디에 같이 와서 다행
이라고 생각하다니.

"나도 너랑 있어서 다행…….."

"덕분에 좋은 약초를 많이 가져갈 수 있을 것 같아요."

……말하던 로웰의 입이 꾹 다물어졌다. 산통을 다 깬다는 말을
이럴 때 쓰던가. 방금 전까지 꽤 나쁘지 않다고 생각했던 분위기는
어디로 갔는지 로웰은 진지하게 고민하고 싶어졌다. 아니, 사실 벨로
나의 머리를 갈라 그 뇌를 좀 파헤쳐 보고 싶었다. 사람의 생각을
100%로 가정한다면 벨로나의 머릿속은 85% 약초, 10% 약국, 2%
돈, 그리고 기타 등등이 아닐까 싶었다.

저 머릿속에 자신의 존재란 과연 얼마나 작을 것인지. 뭣보다 풀
떼기보다 못한 취급을 받는다는 것이, 아니 사실 풀떼기를 희대의 연
적으로 생각해야 하는 제 마음이 좋지만은 않았다. 아니다. 싫다. 그
냥 싫다. 이건 '좋지 않은 것'이 아니라 '싫은 것'이 분명했다. 세상의
풀떼기에 전부 불을 붙여 버리고 싶은 마음이 들 만큼.

왜 풀떼기에게 감정을 소모해야 하는 것일까.

"벨로나…… 넌, 약국에 있는 녀석들이 좋나, 약초가 좋나?"

성공적으로 채집한 약초를 봉투에 집어넣는 벨로나에게 로웰이 조
금 에둘러 정말 진지한 얼굴로 물었다. 얼마나 진지한지 벨로나의 얼
굴에 옅은 당황이 서렸을 정도였다.

"글……쎄요. 딱히 비교를 해 본 적은 없는데……."

벨로나의 눈동자가 도르륵 굴러갔다. 벨로나의 얼굴에 깊은 고민
이 서렸다. 그리고 그와 동시에 로웰의 얼굴은 조금 어두워졌다. 옆
에 누군가가 있었다면 분명 그 로웰의 사소한 변화를 눈치채고 벨로
나의 입을 틀어막지 않았을까 싶을 정도로.

벨로나에게 있어서는 사실 그랬다. 벨로나의 마음속에는 약초는

약초만의 영역이 따로 있었고 로웰이나 몽블랑 같은 약국 직원들은 그들만의 영역이 또 따로 있었다. 애초에 조금도 비교 대상이 될 수 없는 범위에 있었기 때문에 로웰의 질문은 벨로나에게 있어서 당황스러운 것이었다.

고민하던 로웰이 다시 입을 열었다.

"그럼 내가 물에 빠지고, 네가 귀하게 여기는 약초가 물에 빠졌다. 뭘 구하겠냐."

"약초죠."

이 질문은 쉬웠다. 벨로나가 물 흐르듯 자연스럽게 대답하며 로웰을 바라봤다. 로웰의 등 뒤로 야차와 같은 기운이 넘실거렸다. 아니, 넘실거리는 것 같았다. 음…… 아니, 역시 넘실거렸다. 그래 저건 분명히 넘실거리는 것이 틀림없었다.

"내가 물에 빠져서 허우적거리고, 약초는 다른 사람에게 밟히기 직전이야. 뭘 구할 건데."

로웰이 상황을 바꿔서 질문했다. 누가 봐도 '인간'이 위험한 상황이 분명했다.

"로웰이요? 음…… 로웰에게 붙잡고 있을 수 있는 통나무를 던져 주고 약초에게 달려갈게요. 그리고 약초를 무사히 구한 다음 로웰에게 밧줄을 던져서 로웰을 구하는 거죠."

벨로나가 망설임 없이, 나름대로 현명한 대답이라고 생각하며 말했다. 로웰은 운동신경이 뛰어나니까 통나무를 던져 주면 알아서 매달려 있을 테니 당연히 도망칠 다리가 없는 약초를 구하는 것이 정상이었다.

물론 벨로나만 그것이 정상이라고 생각했지만, 스스로의 답변에 만족한 벨로나가 고개를 주억거리니 로웰의 이마에 불룩─ 혈관이 튀어나왔다. 로웰이 어쩐지 한층 낮아진 목소리로 물었다.

"내가 절벽에서 떨어지기 직전이야. 약초도 절벽 너머로 날아가기 직전이지. 넌⋯⋯."

"헐, 약초가요?! 잡아야죠!! 아까운 내 약초!"

벨로나가 당장이라도 뛰어나갈 것처럼 몸을 벌떡 일으켰다. 로웰의 입이 꾹 다물어졌다. 어쩐지 이제 곧 울기라도 할 것 같았다. 물론, 로웰에게 울음이라는 것이 어울리기야 하겠냐마는 만약 이 장소에 누군가가 있다면 벨로나의 멱살을 잡고 그만하라고 흔들 것이 분명했다.

벨로나의 입장에서는 로웰은 절대 쉽게 죽을 사람이 아니라고 생각했기 때문에 한 답변이었지만 듣는 로웰의 귀에는 전혀 다르게 들렸다. 한참 동안 말이 없던 로웰이 정말 느릿하고, 마치 이를 악문 듯한 목소리로 다시 물었다.

"⋯⋯너 약초가 좋나, 내가 좋나?"

로웰이 결국 직설적으로 물었다.

"당연히 약초⋯⋯."

계속해서 약초라고 대답하던 벨로나가 이번에도 반사적으로 대답했다가 말을 하는 도중에 입을 꾹 다물었다. 주변 온도가 어쩐지 5도는 훅 내려간 것 같았다. 분명 따뜻한 햇살이 내리쬐고 있는데 왜 이렇게 추운 것일까. 약초가 얼 것 같은 느낌에 벨로나가 반사적으로 약초를 끌어안았다.

"로, 로웰⋯⋯?"

"⋯⋯."

"로, 로웰도 좋아요. 제가, 어⋯⋯ 그래! 계속 약초라고만 대답하다 보니까 그냥 반사적으로 저도 모르게⋯⋯?"

벨로나가 어색하게 웃으며 말했다. 곧 주변에만 서리가 생길지도 모른다는 말도 안 되는 생각이 들었다. 평소라면 그럭저럭 풀어졌을 분위기가 조금도 풀릴 기미가 안 보인다. 벨로나의 눈동자가 이리저리 굴려졌다.

"로오웨에엘……?"

벨로나가 이름을 길게 늘어뜨리며 로웰에게 다가갔다. 슬쩍 고개를 돌려 바라볼 뿐 마땅히 대답이 없다. 자신이 이번에는 잘못한 것이 맞았다. 약초와 사람을 비교하다니. 아무리 약초가 중요해도 로웰이 더 좋다고 말하는 것이 옳았다. 왜냐면 로웰은 언제나 일을 도와주고, 오늘도 자신과 함께 약초 채집에 나와 주지 않았는가.

벨로나는 스스로의 멍청함에 시간을 되돌리고 싶은 심정이었다.

"……질문."

"네?! 뭐라고요, 로웰?"

한참 동안 옆에 찰싹 붙어서 기분을 풀어 줘도 풀리지 않던 로웰이 말했다. 드디어 입을 연 로웰에 벨로나가 번쩍 고개를 들며 소리쳤다. 중턱에서 느릿하게 같이 걸음을 걷던 로웰이 멈춰 서더니 벨로나에게 물었다.

"아까 내기의 질문. 지금 해라."

"음…… 우리 언제 만났어요?"

"기각. 직설적인 건 안 된다고 했잖아."

벨로나가 주변을 훑으며 걸으면서 머리를 굴렸다. 직설적이지 않고 간접적인 질문이라…… 전생에 있었던 스무고개라는 게임과 비슷하다고 생각하면 될 것 같았다. 그것보다는 조금 까다로운 것 같기는 했지만.

"우리 낮에 봤어요, 밤에 봤어요?"

"……밤."

벨로나의 입이 꾹 다물어졌다. 밤. 밤이면 결국 약국에 쓰러져 있거나, 찾아왔던 범죄자들 중 한 명이라는 말이었는데…… 밤손님은 얼굴 확인을 잘 안 하는 편이라 기억나는 사람이 거의 없었다. 게다가 대부분 복면을 쓰고 왔으니…… 사실 기억나는 것이 더 기적이라고 할 수 있었다.

"밤……이요……?"

"질문 끝."

"와, 칼이네. 냉정해요."

로웰이 고개를 매섭게 돌려 벨로나를 쳐다봤다. 정작 너무한 게 대체 누구인지. 로웰의 시선이 한쪽으로 향했다. 뒤에서 툴툴거리면서 벨로나가 쫓아오는 것이 느껴졌다.

로웰이 옅은 미소를 입가에 띠었다. 하여튼 이렇게까지 취급을 받지 못하고, 기억하지도 못하면 그냥 자신도 지워 버릴 만도 했는데, 아무래도 자신 역시 꽤 중증인 모양이었다.

"여기 울퉁불퉁하다. 이리 와."

팔을 뻗은 로웰이 벨로나의 손을 자연스럽게 잡아 지탱해 끌어당겼다. 계속되는 로웰의 행동에 벨로나가 당황스런 표정을 지었다. 완전히 소설에 나오는 여주인공 같잖아?! 연약한 여자! 뭔가 새로운 기분에 벨로나가 로웰을 슬쩍 쳐다봤다가 이내 고개를 푹 숙였다.

"으아, 로웰. 저 괜찮아요. 그렇게 약하지도 않고…… 너무 여자애 취급을 하는 것 같아서…… 아니, 물론 여자지만요. 그…… 뭐랄까, 소설 속 여자라고 해야 하나."

물론 보통은 이게 맞겠지만, 벨로나의 삶과는 조금도 가깝지 않은 것이었다. 마치 귀족이라도 된 것처럼 로웰의 행동은 굉장히 단조로웠지만 격식이 느껴졌다. 어디 정통 귀족가에서 예법을 배운 것처럼.

"너 여자 맞잖아. 가끔은 리드하지 말고 리드도 당해 봐라, 그래서 나중에 결혼이나 하겠나?"

로웰이 조금 답답하다는 표정으로 말했다. 뭐, 여자는 맞다. 성별이 여자긴 하지. 벨로나가 볼을 긁적였다. 오늘따라 로웰이 굉장히 감정이 풍부한 것 같다. 아니, 둘이 있으면 묘하게 로웰은 평소와 달랐다. 약국에서는 꽤 퉁명스럽게 구는 것이 전부였는데 말이다.

"뭐, 누가 데려가겠죠. 로웰처럼 결혼 못 한 노총각도 어디 있지 않을까요."

벨로나가 별로 관심 없다는 투로 대답했다. 사실 조금 외롭기는 했다. 나를 이해해 줄 사람이 있으면 결혼을 해도 나쁘지는 않을 것 같았다. 그냥 아이 한두 명 낳아서 오순도순 약국을 운영하며 살고 싶었다.

응, 살고 싶었지. 이 가게에서, 조용하게.

……누가, 큰 약국으로 옮겨서 본격적으로 바빠질 것을 예상했을까. 현실로 돌아온 벨로나가 긴 한숨을 내쉬었다.

"퍽도. 요즘 너랑 내 나이가 되도록 결혼 못 한 놈이 어딨나."

"……몽블랑이랑 레이먼이요? 아, 저한테 고백한 기사씨 동생분도…….."

콰직- 풀들을 휙휙 쳐 내던, 로웰이 들고 있던 나뭇가지가 명을 다했다. 반으로 두 동강 나 바닥으로 떨어졌다. 벨로나가 떨어진 나뭇가지와 로웰을 번갈아 바라봤다.

"로웰……? 부러졌……는데요……?"

"아아."

콰직- 그렇다고 옆에 있는 나뭇가지를 뜯을 건 아니라고 보는데……. 벨로나가 조용히 입을 다물었다. 꽤 부드럽게 풀어졌던 분위기가 다시 냉골로 변해 버렸다. 로웰은 조울증이라도 있는 것일까? 대체 왜 항상, 기분이 하늘과 땅을 오가는 것인지.

"로웰?"

"……왜."

"그······ 아니, 아니에요."

벨로나는 정말, 진심으로 로웰에게 묻고 싶었다.

'사춘기예요, 아니면 조울증이에요?'

차마 입 밖으로 나가지 못한 질문을 벨로나가 가슴속 깊이 묻었다. 괜히 말했다가는 꿀밤 한 대로는 끝나지 않을 것이 분명했다. 간질거리는 입을 꾹 누른 벨로나가 땅바닥에 시선을 고정했다.

"땅에 구멍 뚫리겠군."

바닥에 아예 시선을 고정한 채 걸어가는 벨로나를 보며 로웰이 말했다.

"네? 아, 혹시 약초 못 보고 밟으면 안 되니까요."

로웰의 질문에 벨로나가 대답을 하면서도 바닥에 시선을 고정한 채로 걸었다. 덕분에 로웰은 아까부터 줄곧 벨로나에게 시선을 떼지 못하고 있었다. 대체 이렇게 무방비한 채 산을 어떻게 올라 다닌 것인지 궁금했다. 로웰의 미간이 찌푸려졌다.

"벨로나, 솔직히 말해라. 약초 찾다가 시간 가는 줄 모르고 밤이 돼서 못 내려온 적도 있지 않나."

로웰의 말에 흠칫- 바닥을 보며 걷던 벨로나의 몸이 크게 떨렸다. 로웰의 표정이 한층 어두워졌다. 답을 듣지 않아도 마치 대답을 들은 것 같은 느낌이 바로 이런 것일까.

로웰이 긴 한숨을 내쉬었다. 이건 무모한 정도가 아니라 그냥 겁이 없는 것이었다. 얼마나 겁이 없어야 이 정도로 무모하게 굴 수 있는 것일까.

"대체 약초가 왜 그렇게 좋은 거지?"

로웰이 정말 이해할 수 없다는 듯 물었다. 로웰의 질문에 벨로나가 느리게 눈을 깜빡였다.

"음······."

벨로나가 선뜻 답이 나오지 않는 듯 한참을 망설였다. 마땅히 좋아하게 된 계기는 없었다. 그냥 늘, 언제나 옆에 있었고, 어느 순간 전생이 떠올랐고, 자연스럽게 다루게 된 것뿐이었다. 그냥 그랬던 것 같다. 누군가에게는 귀족의 예법을 배우고, 떠받들어지는 것이 삶이라면 벨로나에게는 언제나 공기 중에 떠도는 약초의 향이 삶이었다.

그래도 가장 희열을 느꼈던 것은 아마도 아주 오래전, 전생의 기억조차 선명하지 않았을 그 시절에 제 손으로 만든 약초를 치덕치덕 발라서 돌봐 준 새가 하늘로 날아올랐을 때가 아닐까 싶었다.

"그냥 약초는 제 삶이었어요."

한참을 고민하던 벨로나가 조금은 어렵사리 입을 열었다. 너무 과거의 이야기라서 사실 기억이 꽤 가물가물하지만 벨로나에겐 약초는 공기만큼이나 너무 당연한 것이었다. 그래서 손을 뻗었고, 그래서 배우고, 그것들이 너무도 당연하게 느껴졌다.

"한 번은 동네 남자애들 장난에 새총에 맞은 새가 날개가 찢어지고 여기저기 찰과상을 입은 채로 저희 집 근처 나무 밑에 떨어져 있던 적이 있었는데…… 아마 필사적으로 도망친 것 같았거든요."

벨로나가 산을 천천히 한 바퀴 돌고는 정상으로 향해 걷기 위해 발을 옮기며 말했다. 그때는 아마 어리고 어렸던 나이여서 약초만 익히고 이론만 공부하면서 한 번도 약이라는 걸 만들어 본 적도 없었던 때다. 이럴 때는 이런 약초를 섞어서 이런 약을 만든다는 지식은 있었지만 그걸 약초를 이용해 만들어 본 적은 없었다.

"그때 그 새를 위해서 약을 만들고 찢어진 날개를 붙이려고 사방팔방 뛰어다녔거든요. 날개라는 게 사실 우리한테는 아무것도 아니겠지만 그 새한테는 하나뿐이라. 뭐, 어린 마음에 이리저리 뛰어다녔는데……."

그때는 사실 아무것도 없어서 거즈로 붙일 수 있게 꽁꽁 감싼 것이

제가 한 일의 전부였다. 찰과상에는 약초를 만들어 발라서 붕대를 칭칭 감아 주고, 결국 새가 미이라 같은 모습이 되었다. 벨로나가 작게 웃음을 터뜨렸다. 지금 생각하면 새가 얼마나 불편했을지. 가만히 있었던 새에게 칭찬이라도 해 주고 싶은 심정이었다.

"다행히 어떻게든 새는 살았긴 했거든요? 미이라 같은 모습이었지만…… 나중에 하늘로 훨훨 날아가기도 했고요. 아마 그때부터 약초에 대해 더 미치도록 공부한 것 같아요. 무지함이 싫었거든요."

새에게도 이렇게 허둥지둥거리면서 나중에 제대로 된 약초를 다룰 수는 있을까 싶었다. 그래서 약초를 하나둘 수집해서 공부하고, 효능을 시험하기 시작했는데…….

약초에 집중하는 시간이 지나니 이런저런 희귀한 약초부터 시작해서 각종 약초들을 수집하는 수집병이 생겼다. 그게 발전해서 집착이 되고, 결국은 희귀 약초를 찾아 이렇게 산길을 오르는 수고도 흔쾌히 하고 있었다.

"어쨌든 그렇게 지내다 보니…… 약초를 수집하는 병이 생겨서, 병이 생기니 이제 기르고 싶고, 기르다 보니 약초한테 애정이 샘솟고, 애정이 샘솟으니 지켜 주고 싶고…… 이런, 그러다 보니까 약초가 최우선이……."

벨로나의 황당한 이유에 로웰이 입을 꾹 다물었다. 겨우 그런 이유로 자신은 약초의 밑에서 이런 수모(?)를 당해야 했던 것인가. 벨로나의 약초에 대한 집착의 이유는 생각보다 간단했다는 것을 깨달은 로웰이 고개를 숙였다. 결국 새가 문제였다. 아니, 약초가 문제인가. ……아니, 벨로나의 뇌가 문제일 확률이 가장 높았다.

"저기, 요상한 풀 있다."

로웰이 벨로나가 지나친 길을 가리키며 말했다. 열심히 걸어가던 벨로나가 슬쩍 고개를 돌렸다. 그리고는 또 바람같이…… 아니, 바람만 남기며 뛰어나갔다. 대체 방금까지 다리가 아파서 흐느적거리던 사람은 어디로 갔는지. 저기에 있는 것은 체력 빵빵한 열혈 소녀로밖에 보이지 않았다.

"로웰!!!! 저 삽! 삽! 삽 주세요!!"

숨넘어가겠다. 벨로나의 말과는 다르게 꽤나 느릿하게 로웰이 그녀의 손에 삽을 쥐여 줬다. 잘못하면 벨로나의 페이스에 휘말려 둘 다 멍청하게 산에 갇힐지도 모른다는 생각에서였지만 결국 벨로나의 신변에 문제가 생길까 봐라는 이유에는 그다지 다른 것이 없었다.

"뭔데?"

삽을 든 채로 가만히 바닥, 아니 정확히는 땅에 돋은 약초를 바라보기만 하던 벨로나가 벌떡 일어나 로웰에게 달려갔다.

"로웰!!! 로웰은 신이에요!! 아냐, 약초의 신이 분명해!!"

벨로나가 삽을 바닥에 꽂아 두고 방방 뛰다가 기쁨을 주체할 수 없었는지 그대로 로웰의 목을 팔로 감고 끌어안았다. 로웰의 몸이 딱딱하게 굳었다. 로웰의 몸이 굳든 말든 벨로나가 한참을 로웰의 목에 매달려 꺄악, 꺄악 소리를 지르더니 이내 다시 쪼르르 약초 쪽으로 돌아가 몸을 쭈그리고 앉았다. 폭풍처럼 지나간 벨로나의 적극적인 행동에 미처 반응조차 하지 못한 로웰의 입이 꾹 다물어졌다.

"이거!! 그거예요! 황제초!"

"……그게 황제초라고?"

벨로나의 말에 로웰이 되물었다. 어떤 약초인지 알고 있는 것 같은 말투에 벨로나가 고개를 번쩍 들어 올려 로웰을 바라봤다.

"알아요?"

"예전에 책에서 본 적이 있다."

하긴, 신화를 많이 읽었다면 모를 리 없는 약초였다. 찾기도 힘들고, 보기도 힘들고, 만나기도 힘들고, 안전하게 채집해서 다시 가져가 심는 것도 힘들고, 번식도 어떻게 되는지 알 수 없는 약초였지만 하나만은 확실했다.

이 약초에는 전설이 있었다. 정말 애정을 다해 약초를 돌보면 황금 빛을 내며 황금색 꽃을 피운다고 한다. 언제, 어떻게 빛나서 어떤 꽃이 펴는지는 알려진 것이 없지만 그렇게 핀 꽃은 어떤 병이든 낫게 하는 만병통치약이라는 신화가 있었다.

사실 신화라기보다는 제국의 역사에 가까웠지만, 꽤 오래전 일이었기 때문에 보통은 신화라고 부르곤 했다. 어쨌든 내용인즉, 이랬다.

제국을 건설한 초대 황제는 한참 제국의 영토를 넓히고, 자리를 확고하게 하기 위해서 전쟁을 하염없이 하고 다녔는데 그런 초대 황제가 첫눈에 반한 사람이 황후였다. 그 시기의 제국을 포함한 많은 나라들은 전쟁 속에서 살고 있었다. 초대 황후는 작은 왕국의 공주였는데, 그 작은 왕국도 전쟁에서 벗어날 수는 없었다.

황제는 어렵지 않게 왕국을 굴복시키고, 왕국을 제국의 속국으로서 재건할 수 있게 도와주는 대신 전리품으로 황후를 데리고 왔다. 황후는 아름답고, 특이한 능력을 가지고 있었지만 그 능력 덕분에 건강하지 못한 몸을 가지고 태어났다. 사실 그렇다고 황후가 성격이 좋았던 것은 아닌 모양이었다. 황제와 한 번 싸우면 궁 전체가 살얼음판이었단 기록이 있을 정도로.

어쨌든 그랬던 황후가 특이한 능력으로 제국을 도와주고는 그대로 혼수상태에 빠졌다. 한 달이 지나고, 두 달이 지나도 일어날 기미가 보이지 않아 황제가 엉망이 되어 갈 때쯤 이름을 알 수 없는 예언가가 초대 황제를 찾아왔다. 예언가는 초대 황제에게 작은 약초를 줬는데 그것이 황제초의 시초였다. 황제는 키우기 어렵다는 황제초를 밤낮으로 돌보고 애정을 쏟으며 황후, 단 한 사람만을 위해 키웠다.

황제의 정성에 보답하듯 황제초는 달빛을 머금고 황금꽃을 피웠다. 황제의 황후에 대한 사랑은 제국에 자자할 정도여서, 아름답게 빛나는 황제초의 꽃을 뿌리째 무려 황제가 직접 24시간 동안 달여 선천적으로 병을 앓고 있던 황후에게 주었다는 이야기가 있다. 그것이 황제초, 모든 약초들의 어머니라고 할 수 있는 약초의 시초였다.

그러니까 황제초, 정확히는 꽃이 핀 황제초 한 뿌리는 만병통치약으로 유명했다. 황제초는 야생에서만 번식하며, 결코 혼자서 꽃을 피우지는 않는다. 언제 어떤 식으로 번식하는지는 아직까지 밝혀진 바가 없었다.

다만 산행을 하다가, 약초 채집에 나섰다가 운이 좋으면 볼 수 있었다. 하지만 그것이 황제초라는 걸 아는 사람도 극히 드물었고, 혹시나 안다고 해도 안전하게 채집해서 가져다 키우는 사람은 거의 없었다. 그러니까 황제초는 이명(異名)으로 '전설초'라는 이름도 가지고 있었다.

"네, 맞아요! 황제초! 이거 보기도 힘들고, 가져가기도 힘들고, 키우기는 더 힘들대요. 와, 약초를 만지는 사람이라면 누구나 해 보고 싶은 꿈의 도전과제죠. 저 황제초 처음 봐요."

"황금색 꽃인가……. 이름과 다르게 꽤 소박하고 투박한 꽃이었지."

로웰의 중얼거림에 벨로나가 고개를 번쩍 들어 올렸다. 놀란 표정이 만면에 가득했다. 벨로나의 반짝임에 로웰이 미간을 찌푸리며 입을 열었다.

"왜."

"본 적 있어요?! 로웰."

"책에서 그림으로."

"헐, 어떤 책이요?! 제가 약초 관련 책은 다 읽어 봤는데 황제초의 그림은 보이지도 않았는데…… 어떤 책이에요? 와, 저 맨날 글로 된 묘사만 봤는데!! 대체 어떤 책에 그 그림이 있어요? 네? 로웰! 저도 한번 사서 보게요!!"

벨로나가 벌떡 일어나 로웰의 팔을 붙잡은 채 말했다. 어떤 책이라는 말이 대체 몇 번이나 들어갔는지. 흔들리는 몸에 로웰이 머리를 짚었다. 이건 완전히 떼를 쓰는 어린아이가 아닌가. 게다가 말을 해도 벨로나는 찾지 못하는 책이었다. 설마 그 허접한 그림이 시중에는 있지도 않을 줄은 생각지도 못했다. 명백한 말실수에 로웰이 머리를 굴렸다.

"로웰? 네, 알려 주세요."

"……몰라, 우연히 그냥 봤던 책이라서. 실수로 물에 빠뜨려 잃어버려서 가지고 있지도 않다."

로웰의 말에 벨로나의 눈꼬리가 아쉬움으로 축 처졌다. 장담하건대 벨로나에게 감정에 반응하는 귀와 꼬리가 있었다면 분명히 축 처지다 못해 땅으로 꺼졌을 것이 분명했다.

삽을 든 채 다시 쪼그려 앉는 벨로나의 뒷모습에 로웰이 양심의 가책을 느꼈다.

멍청하게 말실수를 해서는! 할 수만 있다면 제 입을 꿰매고 그 대가로 시간을 되돌리고 싶었다.

"다음에……."

"네?"

"다음에 꼭 보여 주지."

"정말요?!"

잔뜩 상기된 표정으로 되묻는 벨로나의 모습에 로웰이 입가에 미소를 띠며 말했다.

"그래, 네가 내 곁에 있어 준다면 언제가 되었든 꼭 보여 줄게. 그러니까……."

"와아, 절대 옆에 있을게요!! 로웰 절대 자르면 안 되겠네요. 하긴 지금도 의지하는 것만 한가득이라 사실 로웰 없어지면 외로울 것 같아요. 쓸쓸하고. 그러니까 이런 말 하기 조금 그래도, 저야말로 앞으로도 잘 부탁드릴게요."

꾸벅 고개를 숙이며 개구지게 웃어 보이는 벨로나의 모습에 로웰의 입이 꾹 다물어졌다. 아아, 5년 전이나 지금이나 사람이 똑같이 사랑스러워 보일 수 있다는 것은 축복이긴 축복이지만, 정말 긴 인내심이 필요한 불행에 가까운 축복이었다.

로웰이 팔을 뻗어 벨로나를 그대로 끌어안았다.

"으악!"

갑작스럽게 끌어당겨진 벨로나가 깜짝 놀란 듯 소리를 질렀다. 로웰이 말없이 벨로나를 꽉 끌어안은 채 조용히 숨만 내쉬었다. 졸지에 로웰의 가슴팍에 얼굴을 묻게 된 벨로나만이 영문을 모른다는 듯 눈동자를 이리저리 굴려 댔다.

두근두근- 조금은 빠르게 뛰는 심장 소리가 벨로나의 귓가에 들려왔다. 품은 따뜻하지만 로웰은 아무 미동이 없었다. 벨로나가 조심스럽게, 조금은 걱정된다는 듯 입을 열었다.

"로웰……?"

그 부름에 로웰이 품에 안은 벨로나를 살짝 떨어뜨리며 입을 열었다.

"내가 생각하기에, 넌 정말 나쁜 녀석이야."

로웰이 책망하는 말투와는 다르게 부드러운 손길로 벨로나의 턱을 손가락으로 들어 올렸다. 숨결이 맞닿을 정도로 고개를 숙인 로웰이 뻣뻣하게 굳어 있는 벨로나의 입술에 조심스럽게 입을 맞췄다.

"이건 날 잊은 벌이다. 벨로나."

숨 막힐 것 같은 입맞춤이 꽤 오랜 시간 동안 이어졌다.

춥- 입안을 헤집고 다니는 로웰의 혀에 벨로나가 반응도 하지 못한 채 뻣뻣하게 굳어 있었다. 입안을 얼마나 훑고 다니는지 그러잖아도 없는 다리 힘이 쭉쭉 빠지는 기분이었다. 결국 다리에 힘이 없어 풀릴 것 같다고 생각하는 순간, 로웰의 손이 허리를 단단히 잡아 왔다.

갑작스럽게 허리를 잡아 오는 강인한 손길에 벨로나의 동공이 흔들리더니 이내 눈이 꽉 감겼다. 입천장을 혀로 긁으며 마치 입안을 탐험하는 것 같은 로웰의 행동에 벨로나가 등줄기를 스치는 묘한 감각을 느꼈다. 간지러운 것 같으면서도 어딘지 모르게 소름이 돋는 감각. 익숙하지 않은 이상한 느낌에 벨로나가 흠칫- 몸을 떨고는 반사적으로 로웰의 정강이를 발로 올려 찼다.

"윽-"

벨로나의 회심의 일격에 로웰이 신음을 흘리며 한 발자국 뒤로 물러났다. 벨로나가 잔뜩 새빨갛게 달아오른 얼굴로 한 발자국 뒤로 물러나 로웰을 바라봤다. 얼마나 빨갛게 달아올랐는지 벨로나의 새하얗던 피부가 곧 폭발할 것같이 보였다. 거기에 더불어 입술을 그 짧은 시간에 얼마나 빨아 댔는지 부풀어 있었다.

발갛게 달아오른 얼굴로 벨로나가 달뜬 숨을 몰아쉬었다. 곧 울음이라도 터뜨릴 것 같은 에메랄드빛 눈동자로 로웰을 제대로 바라보지도 못하며 벨로나가 입을 열었다.

"……로, 로, 로, 로, 로웰 대, 대체 이게……."

생각했던 것보다 타격이 더 큰지 손을 뻗어 나무에 몸을 지탱한 벨로나가 로웰을 향해 더듬더듬 물었다. 로웰이 입을 꾹 다물었다. 방금 것은 거의 충동이었다. 제가 하는 말의 의미를 조금도 눈치채지 못하고 잘 부탁한다고 말하는 녀석이 얄미워서, 그리고 그 미소가 너무 사랑스러워서 멋대로 몸이 움직였다.

하지만 적어도 후회는 없었다. 사과를 하고 싶은 마음도 없었다. 벨로나의 잔뜩 당황한 얼굴을 곤란하게 바라보던 로웰이 입을 열어 대답했다.

"몽블랑의 타국 인사에서 발전한 형태."

사실은 사심이 가득 들어간 것뿐이었지만 로웰이 나름의 이유를 붙여서 설명했다. 자신이 생각해도 이상한 변명이었다.

"바, 방금 벌이라고……."

"너한테는 벌이지. 넌 싫어하고 있지 않나."

로웰의 말에 벨로나가 얼굴을 한층 더 새빨갛게 물들였다. 고개를 푹 숙인 얼굴에 대답이 없다. 그 모습에 로웰이 벨로나가 떨어뜨린 삽을 줍더니 이내 황제초로 성큼성큼 다가가 그 앞에 쪼그려 앉았다.

푹― 삽이 흙을 파고드는 소리가 적막 속에 크게 울려 퍼졌다. 벨로나의 고개가 번쩍 반사적으로 들렸다. 로웰이 대충 바닥에 앉아 황제초 근처를 삽으로 푹푹 파고 있었다. 그 약초에 대한 배려가 없는 움직임에 잠시 굳은 채 상황을 파악하던 벨로나의 눈동자가 커다랗게 떠졌다.

"로웰!!! 뭐 하는 거예요!!"

벨로나가 빠르게 달려와 로웰의 손에서 삽을 빼앗았다.

"화는 좀 풀렸나?"

로웰이 말하며 흙을 털며 몸을 일으켰다. 황제초 근처에만 흙이 헤집어져 있을 뿐 정작 황제초에는 조금의 생채기도 있지 않았다. 로웰에게 제대로 농락당한 것에 벨로나가 푹 주저앉으며 무릎에 얼굴을 묻었다가 이내 손으로 머리를 쓸어 올리며 고개를 들며 말했다.

"화난 적 없어요."

"싫었나?"

벨로나가 황제초 앞에서 조심스럽게 삽을 움직이는 것을 바라보던 로웰이 물었다. 로웰의 질문에 벨로나가 잠시 몸을 굳히더니 말없이 약초 캐는 것에 집중했다. 대답도 없이 고개를 푹 숙이는 것이 오히려 더 이상하게 보였다. 로웰이 이상한 표정으로 벨로나를 불렀다.

"벨로나?"

흠칫- 벨로나의 몸이 크게 떨렸다. 떨떠름하게 로웰을 올려다본 벨로나가 눈이 마주치자마자 다시 고개를 푹 숙였다. 여전히 귓가가 발갛게 달아오른 채였다. 여전히 말이 없다.

로웰이 미간을 찌푸렸다. 약초에 집중하느라고 신경을 쓰지 않는 것인지 아니면 다른 이유가 있는 것인지는 몰라도 반응이 없으니 로웰이 채집 봉투를 꺼내 들며 슬쩍 벨로나의 옆으로 다가갔다.

"자, 이거."

"어, 네."

벨로나가 짧게 단답형으로 말하고는 뺏어 가듯 채집 봉투를 로웰의 손에서 휙 낚아채 갔다. 말을 걸려던 로웰의 입이 조개처럼 꾹 다물어졌다. 손길은 조심스럽고, 평소와 다른 것도 없어 보이는데…… 아무렇지 않을 거라고 생각했는데 그게 그렇게 충격이었나 싶었다.

"가요."

벨로나가 황제초를 조심스럽게 채집 봉투에 넣고는 이내 벌떡 몸을 일으켰다. 새벽 일찍 나왔기 때문에 꽤 시간이 지난 것 같았지만 아직 해는 하늘에 떠 있었다. 일몰까지는 좀 시간이 남아 있는 것으로 보였다. 거기까지 파악한 로웰이 벨로나의 뒤를 쫓아갔다.

"황제초는……."

뒤를 돌아볼 것 같지 않은 벨로나의 모습에 로웰이 결국 그녀의 관심사에 대해 입을 열었다.

"……네?"

아니나 다를까 벨로나의 고개가 슬쩍 돌아가고 빨랐던 발걸음이 느려졌다. 로웰이 웃음을 삼키며 벨로나의 옆에 따라붙었다. 대충, 그녀를 어떻게 다루면 될지가 윤곽이 잡히는 것 같았다.

"황제초는 사랑하는 사람이 있어야만 키울 수 있는 약초다. 약초에 대한 애정이 필요하다기보다는 누군가를 걱정하고 사랑하는 마음이 있어야만 키울 수 있는 약초지. 그러니까 초대 황제의 황제초도 황후를 위해 꽃을 피운 거다."

로웰의 말에 벨로나가 눈을 동그랗게 떴다. 꽤 많은 신화를 읽고, 꽤 많은 약초 책을 읽었지만 저런 이야기는 처음이었다.

로웰이 손을 뻗어 벨로나의 손을 잡았다. 흠칫- 벨로나가 살짝 몸을 떨었다.

"로, 로웰……?"

"제국 역사서에서 봤다. 예전에 우연히 황궁에 숨어든 적이 있었거든."

로웰이 흔쾌히 벨로나의 궁금증을 해소해 주며 손을 잡은 채 산 정상을 향해 발을 움직였다. 정확히는 황태자로 배정된 후 황제가 붙여 준 입막음을 한 학자들의 역사 수업에서 들은 것이었지만 로웰은 그것에 관해서는 숨겼다.

로웰의 말에 벨로나가 고개를 주억거렸다. 황궁에 있는 역사서는 벨로나가 손을 댈 수 없는 부류였다. 거기까지 머리가 돌아가고 나서야 벨로나의 고개가 다시 푹 숙여졌다.

벨로나가 긴 한숨을 내쉬었다. 로웰에게 잡힌 손이 후끈거렸다. 평소보다 빠른 심장 소리가 손을 타고 로웰에게 전해지는 것은 아닌지 불안했다. 도대체가 이유를 알 수가 없었다. 몸에 이상이 있는 것 같지는 않은데…… 난생처음 받아 본 키스였다. 전생과 현생을 통틀어서 키스를 해 본 기억은 없었다. 아니, 오늘 생겼지만.

"로웰."

알 수 없는 감각을 꾹꾹 누르며 벨로나가 로웰을 불렀다.

"왜."

"아까 그거, 정말 벌……이에요?"

로웰의 손에 이끌려 가며 벨로나가 조심스레 물었다. 솔직히 단한 번도, 누군가를 이성으로 본 적은 없었다. 단지 환자거나 손님이거나, 그것도 아니면 직원이었다. 벨로나 일생의 남자란 정말 동료나아니면 환자뿐이었다. 전생에서도 마찬가지였다. 옆을 맴돌던 남자들은 많았지만 그들에게 관심도 없었거니와 바빠서 연애를 할 틈도없었다. 물론 그때도 거의 워커홀릭이긴 했지만.

"왜, 벌이 아닌 것 같아?"

로웰이 발걸음을 멈추고, 벨로나에게 몸을 돌려 말했다. 벨로나의고개가 조심스레 끄덕여졌다. 여태까지 벨로나가 본 로웰은 화를 내면 화를 냈지, 절대 저런 식으로 제 분노를 표출할 사람이 아니었다. 그 외에도 위협할 수단은 무궁무진하기 때문에도 그랬고, 무엇보다여자 손님에게는 손가락 하나 닿지 않기 위해 애쓰곤 했기 때문에도그랬다.

기본적으로 로웰은 여자에 대한 매너가 꽤 있는 사람이었다. 로웰은 그런 식의 장난을 칠 사람은 아니었다. 적어도 벨로나가 보기에는그랬다.

"……이제 말 안 끊을 건가?"

"네?"

"항상 내가 말하려고 하면 말 끊지 않았나. 약초 발견했다면서."

어…… 벨로나의 눈동자가 도르륵 굴러갔다. 그랬던 적도 있는 것같다. ……아니, 꽤 많이 있는 것 같기도 하고. 거의 무의식적으로행한 행동이어서 사실 기억도 제대로 나지 않았지만, 종종 황당한 표정을 하고 있던 로웰도 본 것 같다.

생각지도 못한 지적에 벨로나가 볼을 긁적였다.

"일단 올라가자."

로웰이 다시 발을 움직여 정상으로 올라가기 시작했다. 거의 정상에 도착해 있었기 때문에 사실 올라간다는 말은 틀린 것이었다. 움직이기 시작한 지 3분도 되지 않아 정상에 도착해 있었으니까.

"와, 오랜만에 오는데 정상에 올라오기는 또 처음이네요."

눈앞에 펼쳐지는 드넓은 하늘과 작게 보이는 마을에 벨로나가 탄성을 내질렀다. 항상 정상에는 올라오지 않고 산 안쪽에서만 맴돌았으니 정상을 이렇게 바라보는 건 처음이었다. 산의 끄트머리까지 다가가 고개를 숙여 아래를 내려다보던 벨로나가 옅은 미소를 띠었다.

"벨로나."

로웰이 시원한 공기를 만끽하는 벨로나의 뒷모습을 조용히 바라보다 나지막하게 입을 열었다.

"네?"

"좋아한다."

선선한 바람이 기분 좋게 옆을 스치고 지났다. 그와 동시에 벨로나의 귓가에 낮은 로웰의 목소리가 꽂히다시피 들어왔다. 갈피를 잡을 수 없다는 듯 벨로나의 눈동자가 흔들렸다. 그 어느 때보다 긴 침묵이 이어졌다. 휙휙 스치고 지나는 바람이 벨로나를 현실로 자꾸 끄집어냈다.

"로웰, 그게 무슨……."

"널 좋아한다, 벨로나. 처음 만났을 때부터 줄곧 좋아했어."

담담히 입 밖으로 나오는 말의 파장은 작은 것이 아니었다. 벨로나의 머릿속에서 로웰의 행동들이 하나씩 짜맞춰지기 시작했다. 손을 잡자거나, 벌이라며 입을 맞추거나, 저를 끌어안고 잤던 것도 전부…….

거기까지 생각한 벨로나의 얼굴이 확- 다시 달아올랐다. 순식간에 목부터 귀까지 빨갛게 변한 벨로나의 모습을 로웰이 옅게 웃으며 바라봤다. 거짓말을 하는 것도, 감정을 숨기는 것도 익숙하지 않은 제 은인은 5년 전과 달라진 것이라고는 조금 더 키가 크고, 성숙해진 것밖에 없었다.

"그…… 그…… 어, 저기…….'"

벨로나가 두 손으로 얼굴에 손부채질을 하며 더듬더듬거렸다. 유디스의 고백에는 꽤나 담담했던 벨로나가 당황한 것이 분명한 얼굴로 눈을 둘 곳을 찾지 못하는 듯 고개를 푹 숙였다. 나름대로 달아오른 얼굴을 식히려고 애쓰는 모양이었지만 효과는 거의 없어 보였다.

"로…… 로웰…… 저기 저는…….'"

"넌 내가 직설적으로 말하지 않으면 눈치채지 못할 것 같았다. 그리고 역시 지금이 아니면 기회는 쉽게 오지 않을 것 같거든."

로웰이 살풋 웃으며 말을 이었다. 로웰은 어쩐지 꽤 속이 시원한 얼굴을 하고 있었다. 벨로나의 얼굴이 살짝 어두워졌다.

몰랐다. 그냥 조금 친근한 동료, 그것도 아니면 큰 의미에서 약국 가족이라고 생각하고 있었지 그를 이성적으로 본 적은 없었다. 애초에 거기까지 머리가 굴러가지도 않았다. 연애 따위 해 봤어야 뭔지 알지 않겠는가. 그냥 생각보다 사람이 친절하다는 정도로만 생각했는데…….

"키스 싫었나?"

로웰이 아까 했던 질문을 다시 던졌다. 꽤나 직설적인 물음에 벨로나의 얼굴이 한층 더 붉어졌다. 더 붉어질 구석도 없어 보였는데 붉어진 것이 꽤 신기했다.

"벨로나?"

벨로나의 고개가 푹 숙여졌다. 우습게도…… 싫지 않았다는 것이 문제였다. 처음 느껴 보는 키스의 감각은 싫지 않았다. 오히려 묘하지만 이상하게 기분이 좋았다. 벨로나가 로웰의 질문에 대답하듯 고개를 저었다.

그러자 로웰이 미소 지으며 다시 입을 열었다.

"그러면, 한 번도 해 본 적 없다는 연애. 나랑 해 보지 않겠나?"

물러서지 않는, 아니 물러설 생각조차도 없어 보이는 로웰의 모습에 벨로나의 새빨갛게 달아오른 얼굴에 당황과 부끄러움이 가득 묻어났다. 얼마나 당황스러워하는 것인지 눈동자까지 빨개져 있었다.

옅게 미소를 띤, 부드러운 표정으로 말하는 로웰은, 벨로나의 눈에 여느 때와 조금도 달라 보이지 않으면서도 마치 처음 보는 사람과 같은 얼굴을 하고 있었다.

"그, 로웰. 저는……."

벨로나가 붉어진 얼굴을 가라앉히려 애쓰며 한숨을 길게 내쉬고는 한참의 침묵 끝에 조심스레 입을 열었다. 단 한 번도 이런 식의 고백을 얼굴 붉히며 받아 봤던 기억은 없었다. 사람들은 대부분 제 외모나 흔하지 않은 성격을 보고 고백했고, 벨로나는 그것을 꽤나 기겁하는 사람이었다.

유디스의 고백 역시 마찬가지였다. 이 세계에서는 흔치 않을 것이 분명한 성격의 여자였기 때문에 고백했을 것이 분명했다. 그렇기에 그런 고백에는 아무런 감정도, 감흥도 들지 않았다. 역으로 말하자면 그런 고백들은 거절하기가 쉬웠다는 이야기였다.

"아직, 누군가랑 그런……."

"지금이 아니면, 언제 누구랑 하려고?"

로웰의 말에 벨로나의 입이 꾹 다물어졌다. 하긴, 사실 벨로나의 나이면 이미 이 세계로서는 애 한두 명은 있을 나이였다. 물론 그건

로웰도 마찬가지긴 했지만. 이 나이 여태껏 연애 한 번 해 보지 못했
다는 것은 확실히 뼈아픈 일이었다.

"나로 해."

"……네?"

"첫 연애는 나로 하라고. 내가 최선을 다해 마지막 연애로 만들어
줄 테니까."

손을 뻗은 로웰이 벨로나의 손등에 가볍게 입을 맞추며 말했다.
그 행동에 벨로나의 목덜미마저 새빨갛게 달아올랐다. 로웰의 손으
로 벨로나의 달아오른 열기가 느껴질 지경이었다. 벨로나가 당황스
런 표정으로 로웰을 올려다봤다.

"그러니까…… 싫진 않은데, 아니 그런데…… 그러니까……."

벨로나가 머릿속이 정리되지 않는 듯 한참을 더듬거리다 결국 입
을 꾹 다물어 버렸다. 그리고는 눈을 감고 몇 번인가 숨을 들이쉬고
내쉬며 진정하려고 애썼다. 로웰은 묵묵히 벨로나의 손을 잡은 채 대
답을 기다렸다.

"물론 로웰의 말이 틀리지 않은 건 알지만, 그래도…… 제 직원이
고, 소중한 동료지만 로웰은 일단 범죄자고……."

벨로나가 슬쩍 로웰의 눈치를 살폈다. 로웰이 담담하게 고개를 끄
덕이며 더 말하라는 듯 고갯짓을 해 보였다.

"저는 사실 로웰에 대해 별로 아는 것도 없어요. 물론 같이 있은
지 꽤 오래되기는 했지만요. 로웰이 뭘 좋아하는지 뭘 싫어하는지,
과거엔 뭘 했는지 아무것도 몰라요. 게다가, 무엇보다 제가 연애라는
걸 제대로 할 수 있을지도 모르겠어요."

문제는 그거였다. 로웰에 대해 모른다는 것도, 로웰이 범죄에 발
을 딛고 있다는 것도 문제 중의 하나였지만 가장 큰 문제는 벨로나
스스로가 연애의 '연' 자도 모른다는 사실이었다. 무지(無知)는 상대를

상처 입힐 수 있는 가장 큰 지름길이었다. 그것은 의사 세계든 약사 세계든 어디든 통용되는 일이었으며 연애 역시 그 범위에서 벗어날 수 없다고 벨로나는 생각하고 있었다.

그런 걱정을 눈치챈 듯 로웰이 벨로나의 말에 대답했다.

"네가, 날 받아 준다면 범죄에서 손을 떼겠다고 약속하지. 걸려 있는 수배도⋯⋯ 해결해 보도록 할게."

로웰의 순순한 말에 벨로나의 고개가 휙 들어 올려졌다. 저 대답이 이렇게 쉽게 나올 것이라고 생각하지 못한 듯한 표정에 로웰이 살풋 웃음을 흘렸다. 복수에는 이제 미련이 없었다. 겨우 몇 달 옆에 있었을 뿐인데 남아 있던 분노가 눈 녹듯 사라졌다. 그저 옆에 있는 것이 좋았다.

"나에 대해서는 차차 알려 주지, 그러니까 너도 알려 줘. 좋아하는 것도, 싫어하는 것도, 하고 싶은 것도 전부."

로웰의 말에 벨로나의 입이 꾹 다물어졌다. 왜, 갑자기 이렇게 된 것일까. 생각해 보면 몇 번, 아니 꽤 여러 번 로웰이 무언가 말을 하려고 했었던 것 같다. 오늘도, 약초를 찾으러 간다며 말을 끊은 것도 여러 번이었고.

"그러니까, 내가 네 옆자리에 있을 수 있게 해 줘. 벨로나."

§

"누나, 다녀오셨어요?!"

슈가가 쪼르르 다가와 살갑게 웃으며 벨로나를 맞이했다. 레이먼도 요리를 하던 중이었는지 앞치마를 맨 채 벨로나를 맞이했다.

벨로나가 고개를 끄덕이며 어색하게 웃어 보였다. 벨로나의 뒤를 말없이 따라 들어온 로웰과의 분위기가 미묘하게 싸해 보였다. 아니,

싸하다기보다는 너무 어색해서 마치 처음 만나는 사람들을 보는 것 같은 느낌이 든다는 말이 조금 더 알맞은 것 같았다.

"아가씨, 무슨 일 있었어?"

레이먼이 가장 먼저 이상함을 느끼고 물었다.

"아뇨, 별일 없었는데…… 왜요?"

"음, 아냐. 배고프지? 아침도 안 먹고 간 것 같던데 뭐라도 먹었어?"

이미 새까만 하늘에 별빛만이 반짝이고 있었다. 새벽에 출발한 것치고는 꽤나 늦은 귀가임에는 분명했다.

벨로나가 고개를 저었다. 그러고 보니 하루 종일 아무것도 먹지 않았는데 어쩐지 배가 고프다는 생각은 한 번도 하지를 않았다. 아마 정신이 다른 곳에 팔려 있었기 때문이겠지.

"저녁 식사 차리고 계셨어요?"

"응, 아가씨가 저녁 시간 전에는 오겠지 싶어서 미리 해 뒀지. 약초는 많이 얻었어?"

"……네. 뭐, 희귀한 것도 많이 찾았어요."

평소 같으면 잔뜩 상기된 표정으로 신나서 이야기를 할 텐데, 벨로나의 표정은 그다지 밝지 못했다. 얼굴도 살짝 붉게 달아오른 것이 마치 열이라도 있는 사람처럼 보였다.

레이먼의 고개가 살짝 기울어졌다. 벨로나의 이상함을 눈치챈 것 때문만은 아닌 듯했다. 이상하기로 따지면 로웰의 분위기 역시 이상했으니까.

"몽블랑은 안 보이네요? 레이먼."

"아, 무슨 거래가 있다면서 나갔어. 낮에."

"음…… 그래요?"

벨로나가 식탁에 앉으며 고개를 끄덕였다. 로웰도 겉옷을 벗어 대충 정리해 놓더니 자연스레 벨로나의 옆자리에 자리를 잡았다. 벨로나가 흘끗 로웰을 바라보더니 이내 다시 고개를 푹 숙이며 식탁에 시선을 고정했다. 식탁 위를 흐르는 묘한 열기에 음식을 가져다 나르던 레이먼과 슈가의 얼굴이 의아함으로 물들었다.

"추워? 벨로나."

로웰의 말에 벨로나가 살짝 몸을 떨었다. 슬쩍 고개를 들어 올리더니 이내 좌우로 고개를 젓는 것으로 대답을 대신했다. 로웰의 한층 부드러워진 말투에 자리에 앉던 레이먼과 슈가가 귀신을 보듯 그를 쳐다봤다. 답지 않게 직접 일어나 담요까지 가져다주는 로웰의 친절함에 벨로나는 고개를 숙이고, 슈가는 입을 쩍 벌렸으며 레이먼은 그대로 굳어졌다.

"그래도 혹시 모르니 무릎이라도 덮어라."

"어, 네. 고마워요. 로웰."

조심스레 무릎 위에 담요를 올리는 벨로나를 보며 자리에 다시 앉았다. 그 일련의 상황을 지켜보던 레이먼과 슈가의 입이 꾹 다물어지며 눈은 커다랗게 떠졌다. 결국 벨로나의 맞은편에 앉아 있는 슈가가 당황한 얼굴로 입을 열었다.

"누, 누나. 무슨 일 있었어요? 형, 무슨 이상한 약초를 먹었다든가⋯⋯ 제가 당장 해독제 만들게요!! 어떤 약초였어요?!"

슈가가 잔뜩 새하얗게 질린 표정으로 벌떡 몸을 일으키며 말했다. 그래도 함께한 시간이 있어서 걱정을 해 주는 것인지 꽤 급박해 보이는 모습에 벨로나가 고개를 저었다. 약초를 캐러 갔지만 약초를 먹지는 않았다. 아까부터 계속해서 보고 있는데도 익숙해지지 않는 것은 자신도 마찬가지인데 슈가와 레이먼이 먼저 익숙해진다는 것은 이상한 이야기였다.

"음⋯⋯. 우리, 연애라는 걸 한번 해 보기로 했어요."

"……네? 누나, 뭐라고요?"

"연애를……."

슈가가 눈을 커다랗게 뜨더니 고개를 좌우로 저었다. 얼마나 커다래졌는지 곧이라도 울 것 같은 모습이었다. 벨로나가 눈동자를 한 바퀴 굴리더니 볼을 긁적였다.

"누나!! 미쳤어요?! 뭐 잘못 드셨죠?! 대체 누나가 뭐가 아쉬워서 저런 사람이랑!! 아니, 아니…… 으아아아!! 이건 아니잖아요!!!"

쿵쿵 뛰더니 이내 발을 동동동 구르는 슈가의 모습에 벨로나가 입을 열다 말고 다시 꾹 다물었다. 레이먼도 집게를 덜덜 떨리는 손으로 쥐고 있는 것이, 정말 상당한 충격에 빠진 모양이었다. 벨로나가 코끝을 자극하는 음식 냄새에 식탁을 한 번 쳐다보고, 다시 고개를 들었다.

"사귄다고 해도, 일단 임시니까."

"임……시요?"

"으음…… 일단 한 달 정도만 연애를 해 보기로 했어. 나는, 여태까지 누군가를 제대로 좋아해 본 적이 없어서 정확히 누군가를 좋아한다는 감정이 어떤 느낌인지를 모르겠어서……. 진심인 로웰을 무시하는 것도 옳지 않은 거라고 생각했어. 그래서……."

슈가의 눈이 커다랗게 떠졌다. 한 달은 무슨! 대체 저 남자의 저 표정 어디에 '임시'라는 두 글자가 박혀 있냔 말이다. 저건 절대 한 달이든 1년이든 받아 준 이상 떨어질 생각은 조금도 없다는 얼굴이었다.

슈가가 힐끗 레이먼을 바라봤다. 같은 생각인지 꽤 질린 표정으로 로웰과 벨로나를 번갈아 바라보고 있었다.

"하지만, 누나……!!"

"한 달이니까. 나도 나쁘지 않다고 생각했어. 그래서 로웰의 고백에 대한 대답은 한 달 뒤로 미뤘고."

"저게 대체……."

어디가 한 달 뒤에 물러날 사람으로 보이냐고요!! 슈가가 목 안까지 차오른 말을 꾹꾹 집어넣으며 절망한 얼굴로 식탁에 이마를 박았다. 정작 로웰 본인은 아무렇지도 않게 포크를 들고 식사를 시작했다. 슈가의 얼굴이 완전히 일그러졌다.

제 사랑스런 누나는 다 좋은데 둔한 것이 가장, 정말, 매우 흠이었다. 장담하건대, 자신의 예감이 틀리지 않다면 누나는 평생 저 거지 같은 남자에게서 벗어나지 못하리라.

불안함 가득한 확신에 슈가의 얼굴이 한층 어두워졌다. 평소라면 배정된 접시 한 그릇은 뚝딱 비우고 추가로 리필까지 해 먹을 슈가가 반도 먹지 않고 터덜터덜 창고 안으로 들어간 것은 아마 그런 이유일 것이 분명했다.

어색함과 미묘한 긴장감 속에서의 저녁 시간은 그렇게 얼렁뚱땅 끝이 났다.

6

로웰

"아, 근데 로웰. 그래서 그 5년 전부터 좋아했던 상대는 이제 마음 접은 거예요? 그리고 우리 언제 만났는데요?"

식사가 다 끝나고, 바래다준다며 뒤따라 나와 손을 꽉 잡은 로웰과 느릿하게 밤길을 걸어가며 벨로나가 물었다. 로웰이 일그러진 얼굴로 벨로나를 쳐다봤다. 얼굴에는 짜증보다는 황당함이 깊게 묻어나 있었다. 벨로나가 고개를 기울였다가 이내 다시 원래대로 되돌리며 눈을 빛냈다.

"네…… 둔함과 멍청함은 이미 인간의 한계를 넘은 것 같군."

로웰이 허탈한 목소리로 말했다.

"……네?"

"아니, 그건 약속대로 네가 질문해서 맞추면 알려 주지. 이쯤 되면 나도 네 둔함의 끝을 알고 싶어진다."

의미심장한 로웰의 말에 벨로나의 얼굴이 고민으로 물들었다. 로웰이 한숨을 푹 내쉬며 벨로나의 손을 조금 더 단단히 잡았다.

"벨로나."

"네?"

"한 달 연인도 연인은 연인이니 작별 키스는 상관없겠지?"

벨로나가 숙였던 고개를 들었다. 벌써 집 앞에 도착해 있었다. 음, 이대로 조용히 걷는 것도 나쁘진 않았는데……. 묘한 아쉬움에 벨로나가 볼을 긁적였다. 그런데 소설에 작별 키스라는 것이 있었던가. 있었던 것 같다.

벨로나가 고개를 끄덕였다. 로웰이 조심스레 얼굴을 내려 벨로나의 입술에 가볍게 입을 맞췄다.

초옥─ 아까처럼 깊고 진한 키스가 아니라 정말 입술 위에 닿았다가 툭 떨어지는 느낌이었다. 벨로나가 잡힌 손을 한 번 내려다보고 이내 로웰을 바라봤다.

"어, 내일 봬요. 로웰."

"잘 자라."

고개를 끄덕이고 집 안으로 벨로나가 사라지고 나서야 로웰이 발걸음을 돌렸다. 집 안으로 들어온 벨로나가 긴 숨을 내쉬며 침대에 털썩 앉았다. 두근두근─ 빠르게 뛰는 심장이 어쩐지 익숙하지 않았다. 이게 바로 소설 속에 나왔던 긴장으로 인한 두근거림인가 싶었다. 새로운 것을 깨달은 벨로나가 옷을 벗고 욕실에 들어갔다.

후끈거리는 묘한 열기가 온몸을 잠식하고 있었다.

f

"아…… 피곤해. 아파……."

산을 올라갔더니 허벅지가 아팠다. 다리도 아프고, 너무 바닥만 살피고 다녀서 그런지 심지어 허리도 아팠다. 집에 가져다 둔 파스를 여기저기 붙이며 벨로나가 끙끙 앓는 소리를 냈다. 얼마나 끙끙거리는지 보는 사람이 더 아플 정도였다. 온몸에서 삐그덕거리는 소리가 났다.

자신의 문제는 그거였다, 그거. 약초는 좋아하는데 체력은 약하다. 산을 오르는 건 좋아하는데 다음 날이 되면 온몸이 아팠다. 약초 찾으러 이리저리 잘 돌아다니는데 길치에 운도 없었다. 그뿐이랴. 체력도 없고, 힘도 없고, 심지어 몸도 약했다. 예전부터 몸에 좋다는 약초는 열심히 먹고 살았는데 달라지는 게 없었다. 파스 냄새가 쿡쿡, 코를 찔러 댔다. 벨로나가 긴 한숨을 내쉬며 옷을 껴입었다.

하얀 가운을 익숙하게 걸치고 나서야 벨로나가 집을 나섰다. 열쇠로 문을 잠그고 벨로나가 길게 하품을 했다. 피곤했다. 오늘 하루 정도는 푹 쉬고 싶었다. 그래도 약국에서는 의자에 앉아서 약초를 만들수 있다는 것이 그나마의 작은 위안이었다. 의자도 없었으면 정말…… 어휴, 생각하기도 싫다.

"벨로나."

"……."

피곤하다. 피곤함에 더해 환청까지 들리는 것 같아서 벨로나가 고개를 좌우로 저으며 귀를 꾹꾹 눌렀다.

"벨로나."

다시 한 번 들리는 목소리에 벨로나가 고개를 땅바닥에 고정하고 흐느적거리며 걸어가던 얼굴을 들어 올렸다. 언제부터 있었는지 로웰이 바로 뒤에 있었다. 벨로나가 볼을 긁적였다. 순간 정말 환청이나 환각이라고 생각할 뻔했다.

"로웰? 여긴 아침부터 웬일이에요?"

"마중 나왔다. 어제 산을 그렇게 올랐으니 네 몸이 멀쩡할 리가 없을 것 같아서."

마치 자신을 지켜본 것 같은 말투에 벨로나가 몸을 부르르 떨며 놀란 표정으로 로웰을 바라봤다. 하긴 평소에도 일 끝나면 흐느적거렸으니 자신의 체력 없음을 몰라보는 것이 더 이상하겠지만.

로웰이 벨로나의 손을 잡고 이끌며 느릿하게 걸었다. 손으로 느껴지는 온기에 벨로나가 나른한 기분을 느끼며 옅은 미소를 그렸다. 다른 건 모르겠지만 옆에 온기가 있는 것만큼은 벨로나의 마음에 쏙 들었다. 누군가 옆에 있다는 것은 꽤 든든한 일이라는 생각이 새삼 들었다.

"오늘도 손님 많겠죠?"

벨로나가 길게 하품을 하고는 말했다. 피곤함이 뚝뚝 묻어나는 벨로나의 얼굴을 슬쩍 바라본 로웰이 대답했다.

"……굳이 내 답을 듣지 않아도 네 눈앞을 보면 알 수 있을 것 같군."

로웰이 그 말을 끝으로 침묵했다. 로웰의 눈에서도 어쩐지 약간의 질림이 보여서 벨로나가 정말 조심스럽게 눈길을 돌렸다. 마음속으로는 손님이 적기를 정말 간절하게 기도를 하면서. 언제나 그렇듯 기도를 받는 전지전능한 누군가는 벨로나의 소원을 들어주지 않았지만 말이다.

눈앞에 펼쳐진 정말 '바글바글'이라는 말이 옳을 정도의 긴 줄에 벨로나가 다시 고개를 돌렸다.

"꿈……이죠? 이거."

벨로나가 부들부들 떨리는 목소리로 물었다.

"꿈이면 지금 네 발이 약국으로 향하고 있을 리가 없겠지."

명백한 부정의 대답에 벨로나가 고개를 푹 숙였다. 오죽 사람이 많으면 앞으로 들어가기는 어려울 것 같았다. 좀 멀리서 뒤쪽으로 돌아 들어가기 위해 벨로나가 창고 방향으로 몸을 틀었다.

하루 쉰다는 것의 여파는 이렇게 컸다. 보통 큰 것이 아니었다. 오늘도 이 뻐근한 몸으로 하루 종일 약을 제조해야겠지 싶었다.

"하아……."

긴 한숨을 내쉬며 벨로나가 안으로 들어갔다. 얼른 이사를 가서 조금 더 여유로운 공간에서 여유롭게 약을 만들고 싶었다. 넓고, 쾌적하고, 적어도 내 눈앞에 저런 잡상인들이 보이지 않도록. 제 가게 앞에 대체 무슨 가판을 저렇게 설치했냐는 말이다.

약을 만드는 것은 싫지 않지만 하루 종일 후끈거리는 약국 안이나 넘쳐날 것이 분명한 손님들은 벨로나의 기운을 쪽 빼 가는 것 같았다. 벨로나가 뒷문을 열고 창고 안으로 발을 들였다.

"어? 안녕, 벨로나."

들어가자마자 반기는 목소리에 벨로나가 고개를 살짝 기울였다. 왜 구석에 쪼그려 앉아 저러고 있을까, 저 사람은.

"몽블랑? 창고에서 뭐 하세요?"

"음…… 쫓겨났어."

창고 구석에서 쪼그려 앉아 손가락을 가지고 열심히 노는 몽블랑에 벨로나가 고개를 끄덕였다. 또 뭔가 장난을 쳐서 슈가나 레이먼의 심기를 어지럽힌 것이 분명했다. 그래도 몽블랑은 정말 성격 하나는 좋은 것 같다고 생각한다. 그렇게 당하고도 뒤끝이 없지 않은가. 아니, 뒤끝이 없다기보다는 끊임없이 맞을 짓을 한다고 하는 것이 조금 더 옳은 말일까.

"뭐 잘못했어요?"

"음…… 손님으로 오신 여자분이 꽤 쭉쭉빵빵해서…… 뭐, 속된 말로 유혹 좀 하다가……."

몽블랑이 손가락으로 바닥에 동그라미를 그려 대며 말했다. 안쓰러워 보이라고 하는 행동임은 분명했지만, 그다지 칭찬받을 일을 한 것은 아니기 때문에 벨로나가 그것에 대해 말하는 것은 꾹 참으며 말머리를 돌려 버렸다.

"레이먼한테 쫓겨났어요?"

"아니, 그 여성분의 남편이라는 사람한테 쫓겨났어."

쫓겨날 만하다. 남편이 있는 여자를 건드리다니.

"남편이 있는 여자?"

벨로나가 살짝 고개를 기울이며 혼잣말로 중얼거렸다. 남편이 있는 여자 손님이라고 하면, 지금은 아직 약국 오픈 전이니…….

한 사람이 생각난 벨로나가 성큼성큼 창고 문을 열고 약국 안으로 들어갔다. 아니나 다를까 그때 봤던 건축사무소의 아르였다. 오늘은 아예 남편과 같이 방문한 모양이었다.

"어? 벨로나다! 안녕, 잘 지냈어?"

아르가 손을 휘휘 저으며 인사를 건넸다. 아침부터 꽤 밝아 보이는 모습에 벨로나도 절로 웃음이 흘러나왔다.

"아르 언니. 어쩐 일이세요?"

벨로나가 살갑게 물었다.

"아, 진행 상황 말해 줄 겸 우리 벨로나 얼굴 보고 싶어서 왔지. 칙칙한 남정네들만 보니까 답답해서. 그나저나…… 언제 그런 사이가 된 거야? 손까지 꼭 잡고. 우리 연애 시절 보는 줄 알았네."

아르가 키득키득 웃으며 말했다. 놀린다는 기색이 역력해서 벨로나가 얼굴을 붉히며 로웰과 잡은 손을 슬쩍 뺐다. 로웰의 눈이 벨로나에게 잠시 닿았지만 굳이 다시 그녀의 손을 잡는 일은 하지 않았다.

자리에 앉은 벨로나가 아르를 쳐다봤다. 아무렇지도 않게 손을 잡고 있는 아르와 남편의 모습이 보였다.

"뭐, 우리는 선 결혼 후 연애였지만."

아르가 어깨를 으쓱이며 말했다.

"어, 진짜요? 왜요? 원래 결혼 먼저 하던가⋯⋯."

"아니, 원래는 연애하고 결혼하는 게 정석이지. 근데 우리 집안이 내가 여기사 된 걸 마음에 안 들어 했거든. 하도 결혼하라고 왕왕대 기에⋯⋯ 열받아서 같은 기사단의 기사단장인 남편한테 결혼하자고 했지. 제일 잘생기고 무뚝뚝한 게 내 취향이었거든. 그랬더니 오케이 하더라고. 하하, 그래서 열심히 맞선 자리 알아본 가족들 뒤통수 치고, 난 선 결혼 후 연애 성공."

V를 손가락으로 그려 보이는 아르를 벨로나가 벙찐 표정으로 바라봤다. 벨로나의 놀란 표정에 아르가 다시 말을 덧붙였다.

"뭐 귀족 집안에선 흔히 있는 일이잖아?"

턱을 괸 채 아무렇지도 않게 말하는 아르의 모습에 벨로나가 한층 더 놀란 표정을 지어 보였다. 사랑하지도 않는데 결혼도 할 수 있구나 싶었고, 그럼에도 불구하고 행복해 보이는 모습이 대단하게 느껴졌다.

그나저나⋯⋯.

"귀족이셨어요?!"

"응? 그럼! 거의 의절당하다시피 했지만 뭐⋯⋯ 일단 귀족이야. 웨일즈 가문의."

아르가 어깨를 으쓱이며 말했다. 아무것도 안 보고 대충 결혼을 했음에도 불구하고 지금은 정말 꿀이 뚝뚝 떨어지는 것을 보니 두 사람이 새삼 대단하게 느껴졌다. 아마 아르가 애교가 꽤 많고, 무뚝뚝한데도 불구하고 남편 역시 아르를 잘 받아 주고 있기 때문이라는 생각이 들었다.

벨로나가 슬쩍 로웰을 바라봤다. 자신은 저렇게 애교를 피우는 건 불가능이었다. 반대로 로웰이 애교를 피우면⋯⋯ 벨로나가 고개를 좌우로 미친 듯이 저었다. 잘못 생각했다. 이런 생각 따위 하는 게 아니었다.

"아, 맞다. 일단 공사 기간 한 달이면 될 것 같아. 작업 들어간 지 한 일주일 됐으니까 3주 남았네. 일단 우리 사무소 인원들 전부 돌아가면서 계속 작업하고 있으니까. 최대한 줄인 거라서 이 이상은 우리도 무리인데, 괜찮아?"

"아, 네! 그렇게 앞당겨 주시면 저야 감사하죠."

벨로나가 고개를 끄덕이며 흔쾌히 대답했다. 몇 달은 예상했는데 3주밖에 남지 않았다니 벨로나의 입장에서는 꽤나 만족스러운 일이었다.

"그리고 아르 언니. 저번에 비워 뒀던 2층에는 작은 병원을 하나 만들려고 하거든요. 그래서 개인적으로 필요한 도구가 있는데, 아무래도 제가 쓰는 좀 특이한 도구들이라 아는 대장장이 공방이 있으면 도움을 주셨으면 하는데…….."

"공방? 공방이라면 에스더 공방이 최고지."

"개인 의뢰도 받으려나요?"

"음, 내가 한번 말해 볼게. 필요한 게 어떤 건데?"

아르의 말에 벨로나가 근처에 있던 펜과 종이를 들어 몇 개의 도구의 그림을 슥슥 그렸다. 메스부터 시작해서 머릿속에 있는 수술 도구의 모양을 기억나는 대로 그린 벨로나가 종이를 여러 장 아르에게 넘겼다.

"이런 모양인데, 철은 안 돼요. 만드실 때 단단하면서도 가볍고 쉽게 변형이나 녹이 슬지 않는 금속으로 부탁드린다고 해 주세요."

"알았어. 금액은 상관없는 거지?"

"네, 뭐…… 천문학적인 액수거나 비상식적인 금액만 아니라면 괜찮아요."

아르가 고개를 끄덕이며 차를 호로록 마셨다. 그 모습을 보던 벨로나도 로웰이 가지고 온 차를 한 모금 마셨다. 딱히 수술이라거나 그런 쪽으로 손을 댈 생각은 없지만 병원을 연 이상 사람 일은 어떻게 될지 모르는 거니 미리 준비해 놓는 것도 나쁘지 않을 것 같았다.

"늘 생각하는데 네 약국의 차는 굉장히 맛있어. 깔끔하고, 향긋하고, 뭐라고 해야 할까…… 차가 살아 있는 느낌? 이렇게 차 위에 꽃이 핀 것도 좋고."

아르의 감상평에 벨로나가 고개를 끄덕였다. 최대한 약초나 꽃을 바싹 말려서 봉지에 넣어 밀봉한 다음에 그 특유의 향을 유지하려고 하는 편이었다. 그리고 뜨거운 물을 부어서 우려내면 초보자도 꽤 만족스런 차를 탈 수 있었다.

"우리 사무소도 손님한테 이런 거 내주면 좋을 것 같은데. 이런 찻잎은 팔 생각 없어?"

"어, 글쎄요. 필요하시면 조금 봉투에 넣어 드려 볼까요?"

벨로나의 말이 끝나기가 무섭게 아르가 고개를 끄덕이고는 대답했다.

"그래 주면 고맙지! 마음에 들면 주기적으로 구매하고 싶은데, 어때? 값은 후하게 쳐 줄게. 어차피 우리 가게에 오는 사람들은 고급스러운 사람들이 많거든. 이런 차를 내주면 좋아할 것 같아서."

"아, 하긴…… 건축사무소니까요. 로웰, 미안한데 그 차로 쓰는 거 종류별로 몇 개만 봉지에 따로 넣어서 가져다주시겠어요?"

"그래."

로웰이 대답하고는 바로 간이 주방으로 사라졌다.

"자, 여기 있다."

"어? 고마워요! 여기요, 아르 언니. 일단 써 보시고 마음에 드시면 그때 다시 이야기해 봐요."

벨로나가 갈 준비를 하는 아르의 손에 봉투를 쥐여 주었다. 아니, 정확히는 아르의 손에 쥐여 주자마자 남편이 슬쩍 가져가 버렸지만 어쨌든 그랬다.

"그래, 고마워. 벨로나! 오늘도 사람 많던데 수고하고, 다음에 또 올게!"

"네, 안녕히 가세요."

벨로나가 창고 뒷문으로 아르를 배웅해 주고 이내 안으로 들어왔다. 오픈 시간까지는 40분 정도밖에 남지 않았다. 레이먼이 급하게 만들어 놓은 요리를 식탁에 올려놨다. 느긋한 식사도 없을 듯했다. 슈가도 하품을 하며 털썩 자리에 앉았다. 물론 앉기 전에 로웰을 으르렁거리며 노려보는 것을 잊지 않았지만.

로웰도 옆자리에 앉았고 몽블랑도 언제 창고에서 쪼르르 나왔는지 의자를 끌어다 벌써 식기를 들고 있었다. 하여튼 정말 어디 가도 분명히 잘 살 사람이었다. 몽블랑 마카롱이라는 사람은.

"오늘도 얼른 먹고 힘내요."

벨로나의 말을 시작으로 꽤 조용한 아침 식사가 시작됐다. 아니, 몽블랑만은 여전히 시끄러웠지만 말이다.

약국은 늘 바쁘다. 바쁜 정도를 굳이 입으로 표현하자면 그 표현할 말이 충분하지 못하다고 할 정도로 바빴다. 그 말인즉, 누구 하나 제대로 잡담도, 이야기도, 숨 쉴 틈도 없다는 소리였다. 이 시간만큼은 몽블랑도 최대한 장난기를 자제하고 일에만 집중했다. 그 시간만큼은 정말 최소한의 일에 관한 이야기를 제외하고는 레이먼과 몽블랑, 로웰은 손님 상대에 바빴고, 슈가와 벨로나는 약에만 집중했다.

"3번 주문서 사용자 나이가 일곱 살이니까 맞춰서 제조 부탁할게, 벨로나."

몽블랑이 귀족 어머니와 함께 온 아이의 주문서를 받아 와 이야기를 전달했다. 벨로나가 고개를 끄덕이며 대답했다.

"네, 알겠어요."

몽블랑이 일을 시작한 뒤로는 신기하게도 종종 생기던 귀족과의 분쟁이 사라졌다. 물론 보통 손님의 계급 분포도를 살펴본다면 평민과 상인들이 대부분이었고, 귀족들은 열 명 중 한두 명 정도의 적은 숫자였다. 하지만 그 위압감은 평민 열 명에도 결코 뒤지지 않았다.

"어서 오세요, 손님!"

몽블랑이 웃으며 손님을 맞이했다.

어쨌든, 몽블랑이 특유의 감수성과 유연한 성격으로 커버를 해 주고 있지 않다면 아마 지금쯤 약국은 망해 가고 있을지도 몰랐다. 아니면 로웰의 성격으로 다 뒤집어엎었든가.

로웰의 고백은 정말 지금 생각해도 충격적인 일이었다. 애초라면 거절했을 일이었다. 소설 속 남주인공과 여주인공은 한 달 임시 연애를 하지는 않았으니까.

적어도 벨로나 상식 속의 연애에는 이런 임시 연애라는 말이 없었다. 하지만, 로웰의 한마디가 마음을 비틀었다. 지금 생각해 보면, 로웰에게 말려든 것이라는 생각을 지울 수는 없었지만 어쨌든 그랬다.

왜냐하면 벨로나는 처음 로웰의 말이 끝났을 때는 로웰의 고백을 거절하려고 했으니까.

'그러니까, 내가 네 옆자리에 있을 수 있게 해 줘. 벨로나.'

그 말은, 조금 충격이었다. 적어도 벨로나의 입장에서는 그랬다. 그런 애절하고, 간절한 로웰의 표정은 함께하는 동안 단 한 번도 볼 수 없었던 모습이다. 자식들에게 아버지가 그렇듯 벨로나에게는 로웰이 언제나 강인하고 든든한 사람으로만 보였다. 함께 있으면 무섭

431

지 않았고, 만약 전쟁 속이라면 등을 맡기고 싶은 사람이었다.

처음에는 답도 없는 범죄자였지만 시간이 흐르면서 생각은 바뀌었다. 로웰은 지금에 있어서는 자신의 가장 오래된 '친구 같은' 사람이었으며, 처음 생긴 동료이자 의지가 되는 사람이었다. 시간이 지나면서 자신이 로웰을 편하게 여긴다는 것을 깨달으니 눈에 들어온 것들이었다.

그래서 거절하려고 했다. 내가 독에 죽어 가던 로웰을 살려 줬기에 생긴 감정이거나 그것도 아니면 한동안 둘이서 같이 가게를 운영하며 부대끼다가 생긴 감정이라고 생각했으니까.

'로웰, 일단…… 고백은 감사해요. 하지만 전 로웰을…… 음, 단 한 번도 그런 이성으로 본 적이 없어요. 로웰과의 키스도 싫지 않았고, 로웰과 손을 잡는 것도 좋았고, 로웰의 그 무뚝뚝한 다정함도 전 좋아해요. 제 생각엔 제가 독약을 먹은 로웰을 살려 줘서 아마 심적으로 가깝게 느끼는 게 아닌가 하는 생각도 들어요. 그리고 전…….'

그대로 거절만 하면 거기서 끝났을 이야기였다. 아마도, 자신이 확고하게 거절했다면 로웰은 받아들여 주지 않았을까 싶었다. 로웰의 자존심은 생각보다 강하고, 아마 그걸 위해서 여자에게 무릎을 꿇는 일을 하지는 않을 테니까.

'황제초에 대해서 내가 설명했지?'

로웰이 그렇게 말을 잇지만 않았다면, 분명히 그렇게 끝났을 것이라고 생각한다. ……적어도 자신의 마음은 그랬다.

'황제초는 사랑하는 사람이 있어야 키울 수 있는 약초야. 그대로 가져가도 꽃은 보지 못하고 시들 확률이 높아. 그러니까 어때, 내가 알기로 황제초가 살 수 있는 기간은 한두 달 정…….'

'한 달이에요. 이 황제초가 꽃을 피울 수 있는 기간은 한 달 정도예요. 이 녀석 성초가 된 지 좀 시간이 지난 것 같거든요.'

로웰이 조금 놀란 표정으로 황제초와 자신을 번갈아 보다가 이내 고개를 끄덕였다. 어쩐지 조금 대단하다는 표정 안쪽으로 질린다는 표정이 섞여 있어서 볼을 긁으며 눈동자를 도르륵 굴렸다. 이렇게 보니 자신이 꽤나 약초에 미쳐 있다는 것을 새삼 깨닫게 되는 것 같았다. 아니, 말을 끊는다는 의미를 알게 됐다고 해야 할까.

'그럼 한 달만 나랑 연애해 보는 건 어때, 네가 그동안 나를 좋아하게 되면 황제초의 꽃도 피울 수 있고, 외롭지도 않을 테니까.'

'한 달이요……?'

'그래, 한 달. 넌 연애가 익숙하지 않다고 했으니 나랑 해 보면 되잖아. 날 생각하면서 그 꽃을 피우면 될 테고.'

눈동자를 도르륵 굴렸다. 혹하지 않는다고 하면 그건 거짓말이었다. 꽃을 볼 수 있는 것도 좋았고, 외로운 것도 사실이었다. 특히 최근에 들어 사람의 온기가 필요해졌다고 해도 과언이 아니었다. 아마 여태까지는 계속 혼자여서 몰랐을지도 모른다는 생각이 들었다.

'그리고 나는 내가 너를 진심으로 좋아하는지 아니면 네 말대로 잠시 잠깐의 마음이었는지 확인할 수 있을 거잖아?'

또 옳은 말이라 아무런 말을 할 수가 없다. 결국 고개를 끄덕이게 된 스스로에게 박수를 쳐 줘야 하는 것인지 아니면 주먹을 날려야 하는 것인지 알 수도 없었다. 다만 확실한 것은 그렇게 연인 아닌 연인이 되었다는 이야기였다. 단 한 번도 해 본 적 없는 연애를 한 달 연애로 시작해 버렸다.

첫 키스도 로웰이 가져가고, 첫 연애도 로웰이 가져가 버렸다. 상념에서 빠져나온 벨로나가 긴 한숨을 내쉬었다. 싫은 것은 절대 아니었다. 로웰이 싫다는 느낌은 거의 없었다. 거부감도 없었고 심지어 든든하기까지 했다.

"어디 아픈 건가? 벨로나."

한숨만 푹푹 내쉬며 기계적으로 손을 움직이는 벨로나에게 다가온 로웰이 조용히 물었다. 걱정스런 목소리에 벨로나가 고개를 저었다. 아프진 않다. 다만 휘말린 느낌을 지울 수 없는 것과 생각보다 자신은 가벼운 여자(?)였던 건 아닌가 하는 생각이 들 뿐이었다.

물론, 로웰이 알게 된다면 말도 안 되는 소리 하지 말라며 화를 낼 것이 분명했지만, 다행히 벨로나의 머릿속을 들여다볼 수 있는 능력이 로웰에겐 없었다.

"로웰, 저랑 연애해서 좋아요?"

하루밖에 되지 않았지만 벨로나가 심각한 표정으로 물었다. 사실 로웰이 굉장히 친절하고 평소와 다르게 다정다감한 모습을 보여 줬지만 아직까지는 연애의 좋은 점이 확 와 닿지는 않았다. 물론 마중 나온 것도 좋았고, 손을 잡는 것도 좋았지만. 정확히 어떤 마음으로 황제초를 키워야 할지도, 로웰을 대해야 할지도 알 수가 없었다.

벨로나의 뜬금없는 질문에 로웰이 잠시 벨로나를 바라보다가 말없이 몸을 돌렸다.

"그래, 계속…… 바라던 거니까."

자리를 옮기기 전 정말 들릴 듯 말 듯 작게 말한 로웰이 꽉꽉 들어찬 손님들에게 도망치듯 발걸음을 옮겼다. 그리고는 이내 웃으며 다시 손님 접대를 시작했다. 벨로나가 아주 잠시 동안 약을 제조하는 것도 잊고 로웰의 뒷모습을 바라봤다. 지금 얼굴이 살짝 붉어졌던 것이 맞는 것일까. 아니면 자신의 눈이 잘못된 것일까.

벨로나가 입을 꾹 다물었다. 만면에 미소를 띤 로웰은 평소와 다름이 없어 보였다.

"……약이나 만들자."

더 생각하다간 정신이 반쯤 나가거나 오거나 머리가 깨지거나 둘 중 하나일 것 같아서 벨로나가 고개를 젓고는 다시 약 제조에 몰입했다. 겨우 한 달이다, 한 달. 새 약국으로 이사를 갈 때까지의 짧다면 짧고 길다면 긴 시간이었다.

"이 약은 위가 약한 분을 위해 위장을 보호해 주려고 먹는 약이니까 반드시 밥 먹기 전에 먹으라고 해 주세요. 밥 먹은 후에 먹으면 효과는 없을 거예요."

벨로나가 흔치 않은 약의 주문서와 완성된 약을 레이먼에게 건네주며 말했다. 요즘 타국의 상인이 자주 약국을 들렀다 가는데, 파스나 그런 것을 잔뜩 구매해서 자신 몰래 다시 되팔려는 듯해 골머리를 썩고 있었다.

덕분에 일인당 파스의 구매 개수를 제한까지 둬야 하는 지경에 이르렀다. 애초부터 기간이 지나면 사용하지 못하는 것이 약인데 왜 그것조차 제대로 알지 못하고 함부로 사용하려는지 이해할 수가 없었다. 이랬다가 문제가 생기면 타격을 입는 것은 상인이 아니라 자신의 약국이었다. 헛된 소문 때문에 망하는 것은 피해야 했다.

특히 귀족들의 입김이 소문에 섞여 들어가면 그때처럼 평민들의 발길이 뚝 끊어질 것이 분명했다. 백날 신뢰를 쌓으면 뭐하는가. 귀족이 끼어들면 말짱 도루묵인 것을.

괜한 소문을 퍼지게 하지 않는 것이 이 세계에서 무사히 경영을 할 수 있는 가장 좋은 방법이었다. 그런 의미에서 믿을 수 없는 사람에게 물건을 파는 것은 절대 불가능한 일이었다.

나중에 크롤 상단의 상단주인 할아버지에게도 확실히 이야기를 해 둘 예정이었다. 약품을 정확한 기간에 팔 수 있는 만큼만 제조를 해서 가지고 가라고. 애초에 이 세계의 파스는 꽤 불완전하기 때문에 시간이 지나서 사용하면 약효도 없을뿐더러 붙인 곳에 약초물밖에 들지 않을 것이 뻔했다.

너무 오래 뒀다가 사용하면 몸에 두드러기나 곰팡이가 날 수도 있는 것이었다. 판매 시에는 확실히 기간 안에만 사용해 달라고 말을 하고 있지만 꼭 말을 안 듣는 사람들이 있었다.

봉투를 하나 제작해서 반드시 구매 후 1주일 이내 사용이라는 문구를 붙여 둬야 하는 건가 싶기도 했다. 구매 날짜도 지워지지 않게 적어 두고. 그래야 나중에 다른 말 하는 사람이 생기지 않을 것이 아닌가. 하여튼 약을 파는 일이다 보니 신경 쓸 것이 한두 개가 아니었다.

"어, 약초가 없는데. 창고에 가서 가져와야겠다. 슈가, 부족한 약초는 없어?"

"음, 유리초랑 월하초가 조금 부족해요. 신도리아 풀도요!!"

슈가가 약초를 만들다 말고 주변을 슥 둘러보더니 금세 몇 개의 약초를 말했다. 벨로나가 고개를 끄덕이며 창고로 들어갔다. 곧 마감 시간이었으니 적당히만 챙기면 되겠다 싶어 가져온 바구니 세 개에 약초를 차곡차곡 집어넣었다. 한참 동안 약초들을 골라 집어넣은 벨로나가 몸을 일으켰다.

"약초가 많이 없네. 오늘은 약초 말리는 작업이랑 주문을 좀 더 해야겠다. 파스도 거의 다 사라진 것 같고, 알로에는 언제 오는 거지."

벨로나가 머리를 짚었다. 이것도 또 크롤 상단 쪽에 연락을 해 봐야겠다 싶었다. 그러고 보니 오늘 저녁에는 유디스가 자세한 이야기를 하러 오겠다고 한 것 같은데.

한 번 할 일을 생각하기 시작하니 머릿속을 가득 메우는 할 일에 벨로나가 긴 한숨을 내쉬었다.

"아가씨, 주문서 쌓였어!"

"아, 금방 나갈게요."

급박하게 불러오는 레이먼의 목소리에 벨로나가 몸을 돌려 창고를 벗어났다. 거짓말이 아니라 정말 주문서가 쌓여 있었다. 벨로나가 긴 한숨을 내쉬려다 꾹 참으며 빠르게 약초를 옮겨 놓고 약을 제조하기 시작했다.

자리를 비운 지 10분도 되지 않았음에도 불구하고 이미 꽤 많은 주문서가 쌓여 있었다. 슈가도 빠르게 약을 만들고 있었다. 창문을 전부 열어 놨음에도 불구하고 후끈한 약국 열기는 땀을 뚝뚝 흐르게 만들었다. 이 더위에 저 따뜻한 차를 잘도 먹는구나 싶었다. 아니, 사실 더운 건 약을 만들거나 움직이는 직원들뿐일지도 몰랐다.

아직도 마감까지는 2시간이나 남아 있었다.

요즘 단연 가장 많이 팔리는 제품은 팩과 파스였다. 팩은 일단 잠정적으로 판매가 어려워서 구매하러 오는 손님들에게 주소를 받아 두고 나중에 몽블랑이 판매를 하러 가는 것으로 되어 있었다. 근데 생각보다 그 수가 너무 많아져서 빨리 처리하지 않으면 방문판매가 하루로 끝나지 않을 것이 뻔했다.

"팩 만드는 재료는 언제 오는 거야, 벨로나?"

몽블랑이 약재들을 정리하고 있는 벨로나의 옆으로 다가와 물었다. 저도 모르겠다는 것이 문제였다. 다시 찾아오겠다고 하신 할아버지는 오지도 않고.

벨로나가 긴 한숨을 내쉬었다. 오늘은 할 일이 조금 많았다. 어제 산행을 다녀오느라 미처 처리하지 못했던 일거리들이었다. 하루 일을 미뤄 뒀다고 이렇게 쌓일 줄 누가 생각이라도 했을까.

"일단 오늘 한번 연락해 볼게요."

"누구한테 연락을 한다는 건가, 약사 아가씨."

"그야 크롤 상…… 으악!!"

갑자기 들린 낯선 목소리에 벨로나가 소리를 질렀다. 그리고는 깜짝 놀란 듯 심장을 부여잡고 몇 걸음 뒤로 물러났다. 눈앞에 보이는 장난기 가득한 푸근한 노인의 모습에 벨로나가 긴 한숨을 내쉬었다. 정말 간 떨어지는 줄 알았다.

"대, 대체 어디로 들어오신 거예요?!"

"음…… 옛날의 감을 살려서 창문으로 한번 들어와 봤네. 허허, 놀랐나? 약사 아가씨."

"그럼 안 놀라겠어요?! 멀쩡한 출입문을 두고 뭐 하러……!!"

벨로나가 심장을 꾹꾹 누르며 소리쳤다. 오죽 놀랐으면 아직도 심장이 빠르게 뛰고 있었다. 무슨 이렇게 사람이 소리도 없이 들어온단 말인가. 하여튼 범죄자라는 족속들은! 쥐새끼들도 아니고 왜 대체 무엇을 위해서 저 구석지고 좁은 창문을 이용하는 건지!

"허허, 미안하네. 꽤 면역이 있을 줄 알았는데 아직 아닌가 보군."

벨로나가 머리카락을 쓸어 넘겼다. 면역은 있다. 아니, 정확히는 있었다. 하지만 요즘은 일 끝나면 로웰에게 가게를 맡겨 놓고 집으로 가는지라 거의 보지 못했다. 그러니까 면역력도 뚝 떨어졌는데 갑자기 뒤에서 나타나니…….

"아, 문밖에 선물을 뒀네. 많이 기다렸지 않나."

노인의 말이 끝나기가 무섭게 로웰이 문을 열고 밖으로 나갔다. 로웰의 키만 한 꽤 많은 약초들이 한 무더기나 쌓여 있었다. 아니, 문 앞을 들렀으면 그냥 문으로 들어오면 될 것을……. 벨로나가 머리를 짚었다. 그래, 화내서 뭐할까, 이미 다 끝난 일을.

"얼마예요?"

"음, 저건 서비스네. 거래를 튼 기념으로 내가 주는 선물이니 받아두게. 다음부터는 출입문으로 제대로 들어올 테니 무서운 눈도 치워 주면 좋겠구먼. 허허."

몸을 부르르 떤 노인이 식탁에 앉으며 허리를 통통 두드렸다. 허리 따위 아픈 것 같지도 않아 보였다. 그래도 여전히 인자한 얼굴이라서 사실 악감정은 들지 않았다. 그 정도 장난은 노인에게는 정말 아무것도 아닌 것처럼 보였으니까.

"자, 계약서를 가져왔네. 작성된 계약서는 내 황궁에서 공증을 받도록 하지."

벨로나가 고개를 끄덕이며 자리에 앉아 넘겨진 계약서를 살폈다. 약속했던 조항은 전부 들어가 있었다. 금액 부분에서도 불만족스럽지 않았다. 팩이나 파스는 실제 손님들에게 파는 것과 금액의 차이가 현저히 적어서 벨로나의 입장에선 이득인 부분이었다. 대량 손님이라는 타이틀에 더해서 심지어 자신의 판매 영역을 넘보지 않겠다는 의지가 계약서에서 느껴졌다.

확실히 이것이 연륜의 차이인가 싶기도 했다. 무심코 놓쳤을 부분들도 꼼꼼하게 전부 기입이 되어 있었다.

"어떤가, 따로 고칠 부분은 없는가? 약사 아가씨."

"네, 이렇게 꼼꼼히 작성해 주실 줄은 몰랐어요. 하지만 팩은 상온에서 이 주일. 음식 저장고 같은 시원한 곳에서는 3주까지만 사용 가능하고, 파스는 상온 보관이고 사용 기간은 1주일이에요."

"호오, 약임에도 불구하고 생각보다 기간이 길구먼."

노인이 턱을 쓰다듬으며 놀란 표정을 해 보였다. 개인적인 가공이 조금 들어갔고, 보존을 해 주는 기능이 있는 약초를 같이 갈아 넣었으니 가능한 일이었지만, 그래도 그 정도가 한계였다. 전생처럼 기간이 막 1년이거나 반년인 건 불가능한 일이었다.

벨로나가 고개를 끄덕이며 다시 말을 이었다.

"기간이 넘으면 약효는 없어지는 건 물론이고, 잘못하면 몸에도 곰팡이가 생기거나 그러니까 판매하실 때는 꼭 주의해 주세요. 제조 일자는 제가 만들 때 통 위에 적어 놓을게요."

노인이 펜과 메모지를 꺼내 벨로나의 말을 적어 내려갔다. 설마 저렇게 꼼꼼하게 적을 줄은 또 생각하지 못해서 벨로나가 볼을 긁적였다. 어쩐지 저렇게 열정적인 사람한테는 하나라도 더 알려 줘야 할 것 같았다.

손님도 그렇다. 이야기를 꼼꼼하게 들어서 의문인 부분은 물어보는 사람이 있는가 하면 대충 고개만 끄덕끄덕하다가 가는 사람도 있었다. 시대가 다르다고 남 이야기에 집중 안 하는 사람이 없어지는 건 아닌 모양이었다. 메모하는 것을 잠시 기다리던 벨로나가 다시 말했다.

"그리고 2주에 한 번 몽땅 가져가시는 것보단 며칠에 한 번씩 조금조금 가져가는 게 더 효율적일 것 같은데 어떻게 생각하세요? 예를 들어 2주에 팩이 1백 개, 파스가 오십 개라면 사흘마다 팩 스무 개, 파스 열 개 이런 식으로요. 그게 만든 지 얼마 안 된 거라서 좋을 것 같은데."

벨로나의 말에 고민하던 노인이 흔쾌히 고개를 끄덕였다. 얼마나 어떤 계산이 노인의 머릿속을 지나갔을지는 감도 잡히지 않았지만 확실한 것은 적어도 벨로나가 예상할 수 있는 일은 아니라는 것이었다.

"그렇지, 내가 생각해도 그게 좋은 것 같네. 약이란 많이 사다 놔도 좋지 못하니까 말이야. 안 그런가?"

"맞아요, 일부러 그래서 팩이나 파스의 양도 그다지 많지 않게 했어요. 꼭 말 안 듣고 오래오래 뒀다가 쓰는 사람들이 있어서요."

벨로나가 푹 한숨을 내쉬었다. 뒀다가 쓰면 본인들 몸이 상한다는 걸 왜 모를까. 약이 만병통치약은 아니라는 걸 누가 좀 알아줬으면 하는 마음이 있었다. 황제초 꽃이나 피워야 그게 만병통치약인지 아니면 만병통치약의 친구인지 알 수 있겠지만.

"그러고 보니, 아이언이 자넬 찾고 있다는 소문이 들려오던데."

노인의 말에 벨로나가 고개를 살짝 기울였다. 머리 위로 물음표가 띵! 띵! 띵! 소리를 내며 모습을 드러내는 것 같았다. 벨로나의 머릿속에 '아이언'이라는 사람이 없었음에도 불구하고 노인이 마치 친근한 듯 말을 해서였음은 분명했다.

"······지금 누구라고 했습니까."

예상외로 답변은 다른 곳에서 들려왔다. 고개를 돌리니 차를 가지고 오던 로웰이 그 자리 그대로 굳어진 채 노인을 노려보며 말했다. 흉흉한 살기에 벨로나가 흠칫- 몸을 떨었다. 그때서야 로웰이 간신히 살기를 풀어냈다.

"아이언 말이네. 내 오랜 지인이지. 얼마 전에 우리 상단에 왔다가 갔거든. 오랜만에 대련을 했는데 역시나 나이가 먹어도 그놈은 힘만 무식하게 센 근육덩어리더군."

로웰의 얼굴이 사정없이 일그러졌다. 영문을 모르는 벨로나가 가만히 있자 로웰이 벨로나를 살짝 쳐다보고는 차를 내려놓으며 머리를 짚었다. 드물게도 로웰의 짜증 난다는 감정이 물씬 전해졌다.

로웰이 저렇게 질색하고, 또 로웰이 저렇게 감정을 드러내는 상대는 벨로나가 알기로는 한 명밖에 없었다.

"아이언이라는 분이 로웰 스승님이세요?"

"오, 아가씨도 알고 계셨는가? 내 종종 그 녀석과 도박을 했지. 나한테 잃는 일이 취미였지만 말이야. 허허허!"

노인의 말에 로웰의 얼굴이 더욱 일그러졌다. 부글부글 무언가가 끓는 소리가 여기까지 들려오는 듯했다. 벨로나가 이리저리 눈동자를 굴렸다. 곧 로웰에게서 불이 나는 것은 아닌가 싶을 정도로 로웰의 주변이 후끈거렸다. 보통은 로웰이 화나면 기온이 내려가는 듯한 느낌이 들었는데 오늘은 정반대였다.

"에잉, 일전에 봤을 때도 기억 못 하더니 그 스승에 그 제자라고,

기억력 나쁜 건 똑같구만. 나 때문에 꽤 고생하지 않았던가. 나한테 잃은 돈 번다고 아이언 녀석이 제자 놈을 열심히 굴렸거든."

로웰의 입은 여전히 열리지 않았다. 가만히 노인을 바라보는 모습이 무언가 깊게 생각하는 듯했다. 한참 동안 노려보듯 노인을 바라보던 로웰이 눈을 커다랗게 떴다. 믿을 수 없다는 표정에 벨로나만이 가운데 낀 채 눈을 도르륵 굴릴 뿐이었다.

"대체 5년 동안 얼마나 늙으신 겁니까? 제가 알기로…… 스승님은 이제 40대 중반이신데요. 제 기억이 맞는다면 5년 전에 하루가 멀다 하고 스승님 지갑을 털어 가던……."

"오, 기억하긴 하는군. 제 스승보다는 나아! 그놈은 나한테 5년 전과 똑같은 방법으로 지고서야 제 머리를 나무에 박았지."

로웰의 입이 꾹 다물어졌다. 어린애 취급하는 목소리가 예전과 달라진 것이 하나도 없었다. 왜 처음 봤을 때 눈치채지 못했을까.

로웰이 손바닥으로 얼굴을 쓸어내리며 마른세수를 했다. 아니, 5년 만에 어떻게 새까만 머리가 저렇게 백발이 될 수 있냐는 말이다. 주름은 또 어떻고! 로웰의 믿을 수 없다는 표정을 살피던 노인이 어린아이처럼 개구지게 웃어 보였다.

마치 장난에 성공해서 꽤 기뻐 보이는 모습이었다.

"음, 그때 한창 내 아내가 변장 기술에 눈독을 들이고 있었거든. 상대 좀 해 줬지. 근데 1년이 지나니 시들해져 버려서……."

"어쩐지……. 5년을 놀려 먹고, 1년 뒤부터는 나타나지 않아서 스승님께서 얼마나 울분을, 저한테, 터뜨렸는지."

로웰이 부들부들 몸을 떨었다. 훈련을 가장한 굴림을 당해야 했었다. 하루에도 수십 번 차라리 스승 목을 베어 버리는 게 낫지 않을까 고민했을 정도로. 문제는 자신이 기습해도 아무렇지도 않게 막아 내며 스승이 저를 능욕했다는 것이었지만.

"뭐 그놈 제자로 들어간 자네가 감당해야 할 부분이지. 어쨌든 약초가 잘 자라는 토지를 알려 주기에 실수로 자네가 있는 곳의 힌트를 주고 말았지 뭔가."

흠칫- 로웰이 느긋하게 차를 다 마시고 몸을 일으키는 노인을 바라봤다. 잔뜩 질린 표정이 당장이라도 도망가고 싶은 듯 보였다.

퍽이나! 위로조차 되지 않는 말에 로웰이 고개를 홱 돌렸다. 얼마나 질려 보이는지 차마 말로는 다 표현할 수 없어 보였다.

"계약서 한 부는 아가씨가 잘 보관하고, 우리는 사흘에 한 번 물건을 받으러 오면서 약초를 제공할까 하는데 어떤가."

"네, 그게 좋을 것 같아요. 그리고 로웰 너무 괴롭히지 마세요. 일단 제 소중한 직원이자 음, 연인이니까요."

벨로나가 말하면서도 민망한지 볼을 붉적였다. '연인의 의무'가 이게 맞는지 모르겠다. 소설을 보면 위험에 처한 애인을 구해 준다는 구절이 있긴 하던데. 이게 위험인지도 잘 모르겠지만 어쨌든 로웰의 얼굴이 좋지 않았으니 벨로나는 고개를 주억거리며 스스로를 납득시켰다.

"허허허, 애인 사랑이 지극하구만. 뭐, 제국이라고만 했으니 잘 숨어 있으면 그 둔한 머리로는 눈치채지 못할 거네."

노인이 선심 쓰듯 한마디 하고는 지팡이를 챙겨 들었다. 돌아가려는 것이 분명한 모습에 벨로나가 뒤따라 나가 노인을 배웅했다. 평소와 같으면 쫓아왔을 것이 분명한 로웰이 그 자리에서 우뚝 선 채 미동도 없이 있었다.

"난 슬슬 들어가 식사 만들고 올게, 아가씨."

"아, 네 부탁드려요."

레이먼이 앞치마를 매며 말하는 것에 벨로나가 고개를 끄덕이며 대답했다. 그러고 보니 요즘은 저녁 식사 걱정이 없었다. 레이먼이 주방으로 들어가는 것을 의자에 양반다리로 앉아 상체를 까딱이며 구경하던 몽블랑이 벌떡 몸을 일으켰다.

"이 형님이 도와주지. 레이먼!"

"제발 부탁인데 꺼져라, 너는."

레이먼이 짜증스럽게 말했지만 아무렇지도 않게 생글생글 웃으며 몽블랑이 레이먼의 뒤를 따라 주방으로 사라졌다. 주변이 조용해진 느낌에 그때서야 벨로나가 로웰에게 조심스레 다가가 입을 열었다.

"로웰, 괜찮아요?"

벨로나의 물음에 그때서야 로웰이 고개를 들어 올렸다. 당장 뭐라도 때려 부수고 싶은 얼굴이었다. 얼마나 스승이 저를 찾는 게 마음에 안 들면 이럴까 싶다가도 이렇게 로웰이 감정을 드러내는 상대도 극히 드물 것이 분명해 궁금함이 들었다.

"그냥, 오랜만에 조금 짜증이……. 후, 당한 게 많아서 그런 거니까 너무 신경 쓰지 마라."

로웰의 말에 벨로나가 고개를 끄덕였다. 사실 어떤 식으로 어떻게 당했는지 감이 잡히는 것도 없으니 그냥 의대를 다닐 때 대학교 선배가 자신에게 했던 짓을 생각했다. 의대는 적어도 6년을 다녀야 하니 한 학년 차이 나는 선배들과는 계속 부딪칠 수밖에 없었는데 얼마나 짜증 났는지 지금 생각해도 열이 났다.

흔히 그때의 말로 선배 부심이라고 하던가. 매번 조별과제 때가 되면 그 선배는 일이 생겼다. 비단 그 선배뿐만은 아니었지만 그 선배가 제일 심했다. 덕분에 가장 죽어나는 것은 자신이었다. 점수를 좋게 받아야 하니 차마 포기할 수도 없고, 그렇다고 이르자니 뒤탈이 무서웠다. 괜히 찍혀서 취업을 못 하게 되거나 뒤로 좋지 않은 소문이 돌면 피해를 보는 것은 나였으니까.

"힘내세요. 로웰, 그 마음 조금 이해할 것 같아요."

벨로나가 로웰을 바라보며 말했다. 로웰이 손을 뻗어 벨로나를 끌어안았다. 꽈악- 느껴지는 강한 악력에 벨로나가 슬쩍 눈을 도르륵 굴려 로웰을 바라봤다. 바라보던 슈가가 쪼르르 다가와 로웰의 정강이를 발로 차지 않았으면 아마 한동안 그렇게 있었을 것 같았다.

"누나!! 팩! 만들고, 파스도 만들어요. 약초도 넣어야 되잖아요!"

슈가의 말에 벨로나가 로웰의 품을 벗어나며 고개를 끄덕였다. 잔뜩 불퉁하게 부풀어 오른 볼이 슈가의 귀여움을 한층 살려 주고 있었다.

벨로나의 흔쾌한 수락에 슈가가 배시시 웃으며 약국 바닥에 털썩 주저앉았다. 산처럼 쌓여 있는 일거리를 생각하며 벨로나가 긴 한숨을 내쉬었다.

"도와줄까, 벨로나."

"어…… 하실 수 있겠어요?"

"알려 줘. 따라 할 테니까."

그렇게 말한 로웰이 바로 옆자리에 거의 붙듯이 앉자, 벨로나가 칼로 듬성듬성 크기를 맞춰 커다란 약초를 자른 다음 껍질을 벗기는 방법을 보여 줬다.

"이 다음에 여기에 이거랑, 이거랑, 이거. 여기 있는 스푼으로 세 번씩만 넣으면 돼요."

"음, 그래. 그다음엔?"

로웰이 눈으로 벨로나의 행동을 보며 그녀의 허리를 슬쩍 끌어안았다. 간신히 떼어 놨는데 다시 진드기처럼 붙는 로웰의 모습에 슈가의 이마에 짜증이 들어섰다.

"……이렇게 하는 건데 하실 수 있겠어요?"

"그래, 모르면 물어보지."

"와, 고마워요. 로웰이 도와준다니 어쩐지 믿음직하네요."

두 사람보다는 세 사람이 더 나을 것 같아서 내뱉은 말이었지만 로웰의 어깨가 조금 바짝 펴졌다. 벨로나가 약초를 꾹꾹 눌러 다지는 로웰을 보며 살풋 웃음을 흘렸다. 이렇게 열심히 하는 모습을 보니 또 다른 모습을 보는 것 같아서 싫지만은 않았다. 아니, 사실 이것도 나쁘지 않은 것 같았다.

"이거 좋네요. 이런 평화가 전 제일 좋은 것 같아요."

벨로나가 미소를 지으며 말했다. 입가의 호선 위로 벨로나의 만족스러움이 드러났다. 조용하고, 음식을 만드는 냄새가 나고, 함께 약을 만들고, 옆에 온기가 느껴지는 것은 상당히 즐거운 일이었다.

"황제초 꽃이 꼭 폈으면 좋겠어요."

"나도, 꼭 폈으면 좋겠군. 뒤뜰에 심어 뒀나?"

"네, 뒤뜰 나무 밑 가장 그늘지지만 햇살이 가끔 얼굴을 비추는 곳이에요."

황제초는 하루에 두 번 꼭 아침저녁으로 물을 한 스푼씩 줘야 했고, 보통은 나무 그늘 밑에서 자라는 편이었다. 사실 어떤 식으로 사랑하는 사람을 생각하며 길러야 하는 것인지는 잘 모르겠지만, 로웰을 생각하면서 물을 주는 정도가 자신이 할 수 있는 최대한의 일이었다.

"황제초요? 그게 무슨 약초예요?"

팩을 만들던 벨로나가 고개를 들어 바라봤다. 정말 모른다는 듯 미간을 찌푸리며 머리를 굴리고 있는 슈가의 모습에 벨로나가 고개를 끄덕였다. 아직 어린 슈가이니 그런 류의 신화를 못 들어 봤을 수도 있겠다 싶었다.

"황제초는 만병통치약으로 유명한 약초야. 황금색 꽃을 피우고, 지금껏 초대 황제만이 피웠다고 유명하지. 사실 보통 황제초 꽃을 피워도 쉬쉬하는 편이라서 다른 사람들도 피웠을지도 모르지만."

"만병통치약이요? 우와아……."

"소문이야, 정확히는 몰라. 그래서 한번 키워 보려고."

벨로나의 말에 슈가가 고개를 끄덕였다. 반짝이는 눈동자가 슈가의 또 다른 열망을 보여 주는 것 같아 벨로나가 작게 웃음을 터뜨렸다. 그러고 보면 약국이 이렇게 되고 나서 꽤 웃음이 많아진 것 같았다. 적어도 예전에 비해 벨로나가 느끼기에 그랬다.

"일단 밥부터 먹고 나머지 일 하는 건 어때, 벨로나?"

몽블랑이 로웰과 벨로나의 사이에 끼어들더니 웃으며 말했다. 정확히는 벨로나만을 바라보며 웃었지만. 벨로나가 흔쾌히 고개를 끄덕이고는 몸을 일으켰다. 허리가 뻐근했다. 기지개를 쭉 펴니 온몸의 관절에서 투둑, 투둑거리는 소리가 울렸다. 골마저 띵 하고 울리는 기분이었다.

"와, 엄청 안 움직였구나. 벨로나."

"그러게요, 이제 알았어요. 몽블랑은 왜 먼저 나왔어요?"

"아, 레이먼이 요리 다 해서 알아서 가지고 나올 거니까 가서 벨로나한테 식사할 준비 하라고 하던데?"

쫓겨난 것이 분명함에도 불구하고 웃음이 사라지지 않는 몽블랑의 모습에 벨로나가 고개를 끄덕이고 식탁에 앉았다. 이제는 자연스럽게 제 옆에 앉는 로웰에 벨로나가 하품을 길게 하며 뒷목을 매만졌다. 뻐근한 몸은 여전했다. 아마 적어도 이 통증이 며칠은 가지 않을까 싶었다.

"어디 아프나, 벨로나."

"네? 음…… 어제 무리를 좀 했더니 근육이 뭉쳤나 봐요. 파스 붙였으니 며칠이면 괜찮아지지 않을까요."

벨로나가 제 어깨를 주먹으로 툭툭 두드리며 대답했다.

"오늘은 피쉬 앤 칩스! 사실 스콘 같은 것도 구워 주고 싶은데 오븐이 없다 보니까."

머리를 긁적이며 말하는 레이먼에 벨로나가 괜찮다며 고개를 저었다. 이 정도로 상급의 요리가 나오는 것이 어디인가. 식비가 들어가기는 하지만 그것이 아깝지 않을 정도의 요리였다. 스프를 함께 낸 레이먼이 자리에 앉음과 동시에 식기가 들렸다. 달그락거리는 소리가 한참 동안 울려 퍼졌다.

말 없는 식사를 끝내고, 다시 각자 할 일을 하고서야 벨로나가 몸을 일으켰다. 그래도 로웰이 후반부에는 꽤 익숙해진 듯 빠르게 움직였으니 망정이지 아니었으면 시간이 꽤 걸릴 뻔했다.

"이만 가지, 늦었다. 데려다줄 테니까."

"네, 저도 갈 생각이었어요. 슈가, 레이먼, 몽블랑 내일 봬요. 혹시나 싶어서 이야기하는데 싸우지 마시고요!"

"누나, 안녕히 주무세요!"

"오, 잘 가. 벨로나, 레이먼이 자기는 설거지하러 들어간다고 대신 인사 전해 달라네?"

"내가 언제!! 조심히 가, 아가씨. 내일 보자. 몽블랑 넌 좀 그 입을 닫쳐 봐!"

식기를 치우던 레이먼이 짜증스럽게 일갈했다. 물론 그럼에도 불구하고 몽블랑은 레이먼의 뒤를 꽤나 졸졸 쫓아다녔지만. 정말 대단한 사람이라고 생각하며 벨로나가 약국을 나섰다. 어찌 되었든 이 절대 어우러질 수 없을 것 같았던 사람들은 생각보다 잘 어울려 지내고 있었다. 그것은 벨로나에게 꽤 기쁜 일이기도 했다.

약국이 문제없이 움직이는 것도 그랬지만 어쩐지 묘한 유대감이 생겨나는 느낌이라 더욱 그랬다. 약국을 나서자마자 로웰이 벨로나의 손을 맞잡았다. 손에 닿는 로웰의 온기를 느끼며 벨로나가 로웰의 손을 마주 잡았다. 이건 정말 묘한 기분이었지만 싫지는 않았다.

"아, 로웰은 스승님이 싫은 거예요?"

아까 꽤 질린 표정을 짓던 것을 상기하며 벨로나가 물었다. 툴툴대기는 해도 로웰은 스승님을 싫어하지 않는다고 생각했는데 아까 반응을 보니 그게 또 의아해지긴 했다. 벨로나의 질문에 로웰이 입을 꾹 다물었다가 이내 한숨을 푹 내쉬며 대답했다.

"하아ㅡ 싫다는 것보단 만나면 답이 없을 뿐이다. 내 스승은 정상이 아니거든."

"그렇구나. 저 로웰이랑 손잡고 있는 거 꽤 좋아해요. 따뜻하고, 안정감 있고, 무섭지도 않아서. 그리고 무엇보다⋯⋯."

누군가와 이렇게 하루를 마감할 수 있다는 것은 정말 나쁜 일이 아닌 것 같았다. 아니, 아마 행복한 일이 아닐까 싶었다. 걸어가는 길이 짧다는 것이 조금 아쉬울 정도로 누군가가 옆에 있다는 사실은 꽤 든든한 일이었다.

"내일도 마중 올 거예요? 아침에."

"왜, 오지 말까?"

로웰의 질문에 벨로나가 고개를 저었다. 평생 누군가의 보살핌을 제대로 받은 적이 없어서인지는 몰라도 '온기'가 있다는 건 참 의지가 된다는 생각이 들었다. 싫지 않았다. 이것이 사랑이거나 혹은 좋아하는 감정이 아니더라도, 적어도 혼자가 아니라는 사실은 말 그대로 힘이 되는 것 같았다.

"저녁에는 황제초를 내가 돌볼 테니 너무 걱정하지 마라. 넌 낮에 돌봐 줘. 그리고 질문, 오늘 거 아직 안 했다."

"아, 맞다. 음⋯⋯. 제가 밤에 다쳐서 온 로웰을 치료해 드렸어요?"

"그래, 치료해 줬어. 넌 내 생명의 은인이야."

로웰이 벨로나의 허리를 손으로 끌어안으며 조심스럽게 벨로나의 입에 입술을 가져다 댔다. 깊게 들어오는 딥 키스에 벨로나가 눈을 꽉 감았다. 벨로나의 뻣뻣하게 굳은 몸에 로웰이 옅은 웃음을 흘리며 입술을 느릿하게 떨어뜨렸다.

"작별 인사."

입술을 매만지던 벨로나가 붉어진 얼굴로 고개를 끄덕였다. 입안을 살짝 헤집고 나간 혀의 감촉이 남아 있었다. 입술을 손가락으로 꾹꾹 누르던 벨로나가 로웰을 바라봤다. 그러고 보니 벌써 집 앞에 도착해 있었다.

"조심히 돌아가세요, 로웰."

"그래, 잘 자. 벨로나."

고개를 끄덕인 벨로나가 집 안으로 들어갔다. 미약한 열기가 심장 박동의 소리를 조금 시끄럽게 만들었다. 집 안으로 들어와 문 앞에 기댄 채 벨로나가 긴 숨을 내쉬었다.

24년의 3분의 2 이상을 거의 혼자서 살다시피 한 벨로나에게는 마땅히 기댈 사람이라는 것이 존재하지 않았다. 그 말은 혼자 생각하고 결정하는 것과 혼자 하는 일에 꽤 익숙하다는 이야기였으며, 누군가와 같이하거나 갑작스러운 다정함에 취약하다는 이야기였다. 쿵쿵 뛰는 심장박동을 애써 가라앉히며 벨로나가 침대에 털썩 주저앉았다.

전부 처음 겪는 것들이 벨로나의 머릿속을 혼란스럽게 만들었다. 느릿하게 옷을 벗으니 그때서야 차가운 공기가 열 오른 몸을 가라앉히는 듯했다. 얇은 잠옷으로 갈아입고 벨로나가 이불 속으로 꼬물거리며 들어갔다. 오늘 하루는 정말 바쁘기도 바빴지만, 로웰의 계속되는 스킨십에 숨 쉴 틈도 없었던 것 같았다.

"내가 치료해 준 밤에 만난 사람이라면 범죄자 중에 한 명인데…… 누구지."

머릿속을 백날 뒤져 봐도 그쪽 계통은 얼굴을 자세히 보지도 않고 빨리 돌려보내기에 급급했으니 생각날 리가 없었다. 왜 하필이면 범죄자와 약사로 만난 것인지. 벨로나가 길게 한숨을 내쉬었다.

'좋아한다, 벨로나.'

머릿속에 떠오른 나지막한 목소리에 눈을 감고 자려던 벨로나의 얼굴이 다시 확 달아올랐다. 너무 직설적인 고백을 담담하게 말해서 오히려 이쪽이 당황했다.

"으아아아! 자자, 벨로나! 내일 출근이라고!!"

쿵쿵- 푹신한 베개에 머리를 두어 번 박으며 자신을 책망한 벨로나가 이불을 반쯤 걷어차고 그대로 이불의 반을 끌어안았다. 그나마 조금 안정감이 느껴지는 느낌에 한층 편안한 얼굴로 벨로나가 눈을 감았다.

문득 그런 생각이 들었다. 좋아한다는 건 과연 어떤 감정일까.

벨로나는 살면서 그 정도로 직설적이고 저돌적이면서도 담담한 고백을 들어 본 적이 없었다. 얼굴을 붉히거나, 딱딱한 표정이거나, 그것도 아니면 오만하거나, 고백 같지도 않은 뱅뱅 돌려 말하는 고백은 들어 본 적이 있지만 로웰과 같은 고백은 처음이었다. 마치 오랜 시간 동안 조용히 묵혀 놨다가 아주아주, 조심스럽게 꺼내 든 것 같은 느낌이 들었다.

벨로나는 그러한 감정을 알지 못했다. 아니, 알지 못한다. 생각하는 걸 바로바로 입 밖으로 꺼내는 벨로나에게 있어서 그런 감정은 그다지 익숙하지 못한 것이었다. 그러니까 그런 감정을 어떤 식으로 어떻게 대해 줘야 하는지도 잘 몰랐다.

그러고 보니 자신은 그다지 감정에 익숙하지 못한 것 같다는 생각이 들었다. 다채롭다는 단어는 아마 자신에게 가장 어울리지 않는 단어가 아닐까.

온갖 머릿속에 드는 잡생각에 벨로나는 한참의 시간이 지나서야 잠에 들 수 있었다.

∮

햇살이 알람 시계 대신이라도 되는 듯 창문으로 들어와 정확히 눈을 내리쬐었다. 어제보다 무거워진 몸은 잠을 못 잤다고 시위라도 하는 듯했다.

벨로나의 얼굴이 한층 어두워졌다. 여기서 일어나지 않으면 지각이라는 걸 알지만 일어나기 싫을 때는 어떻게 해야 할까. 옛날 의사 생활을 하던 때가 떠올랐다. 그러고 보면 그때도 잠은 거의 자지 못했었지.

똑똑- 문이 두드려지는 소리가 들렸다. 벨로나가 이불 속으로 조금 더 파고들었다.

"벨로나!"

누군가의 부름이 문 너머로 들려왔다. 익숙한 목소리였다. 하지만 대답할 힘도 없었다. 아니 그냥 귀찮았다고 하는 편이 조금 더 옳을 듯했다. 그냥 이대로 잠 속으로 빠져들고 싶었다. 왜, 그런 말도 있지 않던가. 이불 밖은 위험하다거나 전쟁터라거나. 그런 말. 이 세계에는 없겠지만 예전엔 있었다. 아니, 정확히는 전생에는…….

쾅쾅쾅! 문 부서지면 어떡하지. 문득 그런 생각이 들어 버렸다. 젠장, 이게 어떤 집인데. 와르르 무너져 제 이불 위로 우수수 떨어지는 나무 조각들을 생각하니 눈이 번쩍 떠졌다. 저 정도의 충격에 무너질 리는 없겠지만 어쨌든 그랬다. 이불을 돌돌 만 채 질질 끌며 벨로나가 나무 문을 열어젖혔다.

"······벨로나?"

로웰이 꽤 당황한 표정으로 벨로나를 바라보고 있었다. 마중 나왔는데 자신이 안 나와서 문을 두드린 것일 테지. 눈을 부비적거리며 벨로나가 하늘을 바라봤다. 슬슬 출발하지 않으면 정말 지각이다. 눈이 저절로 감겼다.

"왜 이불 뭉텅이가 되어 있는 거냐. 벨로나."

"······이불 밖은 위험하다고 예전에 어머니가······."

커다랗게 하품을 하며 웅얼웅얼 대답한 벨로나가 다시 몸을 돌려 터벅터벅 집 안으로 걸어 들어갔다. 로웰이 한숨을 내쉬며 문을 닫고 벨로나의 뒤를 따라 들어갔다. 방 안 가득히 풍기는 약초 냄새에 로웰이 조금 질린 표정으로 벨로나를 바라보며 한숨을 내쉬었다. 이렇게 살고 있으니 몸에 약초 냄새가 배지 않는 것이 오히려 이상했다.

"얼른 옷 입어라, 정말 지각이다."

엉망으로 벗어 던져 놓은 가운과 옷을 주섬주섬 챙기며 로웰이 벨로나의 이불을 확 빼앗았다.

"으악, 로웰! 제 이불!!"

벨로나가 소리를 지르며 그대로 침대 위로 엎어졌다. 이불 속에 숨어 있던 꽤 얇은 실크로 만들어진 잠옷이 드러났다. 얼마나 짧은 민소매인지 팔의 살결이 전부 드러나 있었다. 벨로나가 이불을 빼앗는다고 이리저리 발버둥 칠 때마다 보이는 살결에 로웰의 얼굴이 확 붉어졌다. 고개를 확 돌려 다른 곳을 바라보며 로웰이 벨로나의 팔을 끌어당겨 그대로 욕실로 집어넣었다.

"얼른 씻어."

문 앞에 서서 말한 로웰이 방을 휙 돌아보다가 벨로나의 옷장을 열었다. 흰 가운 몇 개와 꽤 단출한 옷이 안에 들어가 있었다. 치마는커녕 보이는 거라고는 바지뿐인 살벌한 옷장에 로웰이 긴 한숨을 내쉬었다. 그게 벨로나답긴 하지만.

물을 틀고 씻는 소리가 들리더니 이내 터덜터덜 벨로나가 힘없이 모습을 드러냈다. 꺼낸 옷을 침대 위에 올려 두며 로웰이 흘끗 시계를 바라봤다. 아침밥은 포기해야 할 것 같았다.

"얼른 입고 나와. 밖에서 기다릴 테니까."

벨로나가 푹 얼굴을 침대 위에 박았다. 저대로 잠에 빠질 것 같아 불안했던 로웰이 그대로 벨로나의 뒷덜미를 잡아 일으켰다. 꼬물꼬물거리는 벨로나를 보던 로웰이 다시 한 번 신신당부를 하고는 벨로나의 집을 나섰다.

"5분 뒤에도 안 나오면 다시 들어올 거다."

"응…… 알았어요."

비몽사몽한 얼굴의 벨로나가 고개를 끄덕이며 대답했다. 옷만 아니었어도 저대로 들쳐 업고 약국으로 가는 건데. 차마 실크 잠옷을 입은 벨로나를 밖으로 돌릴 수가 없었다. 괜히 남들에게 살결 보여서 좋을 게 뭐가 있을까.

문 옆에 기대 로웰이 벨로나를 기다렸다. 어제 그래도 나름 일찍 들여보냈는데 대체 뭘 하느라 저런 얼굴인 것인지.

문을 열고 나온 벨로나가 하품을 하며 눈을 비비고 있었다. 눈도 제대로 뜨지 않고 휘청거리는 모습에 로웰이 결국 손을 뻗어 벨로나의 허리를 단단히 감싸 안았다.

"점심시간에 자면 되니까 조금만 정신 차려 봐라, 벨로나."

"정신 차렸어요……."

정신은 무슨. 이미 흐느적거리는 몸을 제 위에 지탱하고 걸어가는 것이 몸에 힘도 안 들어가는 모양이었다. 로웰이 긴 한숨을 내쉬었다. 이럴 줄 알았으면 뭔가 시원한 거라도 가지고 나올 것을.

"약사면서 잠 깨는 약 이런 건 없나?"

"와아…… 로웰 경! 그런 건 굉장히 위험한 발상입니다. 자고로, 과거의 누군가가 말하길 쏟아지는 잠은 거부하는 게 아니라고 했습니다. 물론 출처는 알 수 없습니다!"

벨로나가 웅얼거리며 마치 기사들이 하는 말투로 격식을 차려 대답했다. 그래도 대화하면서 점점 정신이 드는 모양인지 목소리는 꽤 평소대로 돌아와 있었다. 차가운 아침 공기 덕분인 듯했다.

"벨로나, 저번엔 내가 네 약초 산행에 따라가 줬으니 이번엔 내가 알려 주는 곳으로 여행을 갈 생각은 없나? 새 약국으로 이사하기 전에."

로웰이 약국을 향해 걸어가며 벨로나에게 물었다. 벨로나가 거의 로웰에게 기대다시피 걸어가며 눈동자만 굴려 그를 쳐다봤다. 해야 할 일은 없는 것으로 기억하지만 그렇다고 움직이기엔 귀찮았다. 약초 산행의 후유증이 보통이 아니었다.

"귀찮은데…… 멀어요?"

"마차 타고 2시간 정도."

"으아, 먼데…… 어디 가려고요?"

"마을 축제가 열린다고 해서, 별로 가고 싶지 않나?"

벨로나가 흐느적거리는 모습 그대로 머리를 굴렸다. 가고 싶지 않다기보다는 귀찮았다. 그렇다고 귀찮다고 해 버리면 어쩐지 로웰이 또 그 음흉한 검은 기운을 하루 종일 풍기고 있을 것 같았다. 근데 귀찮다. 지금 몸이 피곤해서 귀찮은 것인지 아니면 그냥 귀찮은 것인지는 알 수 없었지만 어쨌든 귀찮았다.

"귀찮은 모양이군."

로웰의 말에 벨로나가 흠칫, 몸을 떨었다. 사실 예전에도 그랬지만 사람이 일을 하다 보면 모든 게 다 귀찮아지는 법이었다. 그냥 이불에 폭 파묻혀 손 닿는 곳에 자주 쓰는 물건들을 두고 책만 읽고 싶은 마음이라고 해야 할까. 그런 기분이었다.

"다음에 가요, 이사 가고 나서."

"그래, 아침 인사는 하고 들어가야지."

로웰이 약국의 뒷문으로 가는 도중 벨로나를 벽에 살짝 밀치며 말했다. 갑작스레 시야를 가린 로웰의 행동에 벨로나가 눈을 깜빡였다. 무슨 인사를 말하는 건지 생각하던 찰나 로웰의 입술이 벨로나의 입술 위로 내려앉았다.

조심스레 닿은 입술에 벨로나가 살짝 눈을 크게 떴다가 이내 감고 입안을 헤집는 로웰의 혀를 느꼈다. 치열을 훑더니 이내 입안을 마치 탐색하듯 돌아다니는 로웰의 혀가 벨로나의 혀를 감싸듯 휘감았다.

"응⋯⋯."

결국 입 밖으로 튀어나온 요상한 음성에 벨로나가 흠칫 놀라 로웰을 밀어냈다. 타액이 잠시 길게 늘어졌다가 이내 툭 끊어졌다. 소매로 입술을 닦은 벨로나가 푹 고개를 숙였다. 귀까지 새빨갛게 변한 얼굴이 벨로나의 당황함을 고스란히 보여 주고 있었다.

"드, 들어가죠. 로웰."

말이 끝나기가 무섭게 혼자 쏙 들어가 버리는 벨로나에 로웰이 웃음을 터뜨렸다. 얼굴에 다 드러나는 감정 때문에 더 사랑스러워 보였다. 숨기지 못하는 것이 분명했다. 새빨갛게 붉어진 얼굴이 어쩐지 아예 가망이 없는 것은 아니라는 걸 알려 주는 것 같아서 로웰이 웃음을 흘렸다.

"정말, 좋아할 수밖에 없잖아."

로웰이 느릿하게 손으로 얼굴을 쓸어내리며 중얼거렸다.

"누나, 안녕히 주무셨⋯⋯ 얼굴이 왜 그렇게 빨개요? 어디 아파요?"

"하도 안 오기에 아가씨한테 무슨 일 생긴 줄 알았어."

"오, 벨로나. 머리 부스스한 것 봐. 자다가 바로 나왔구나? 자, 지각할 것 같은 벨로나를 위해 나랑 레이먼이 샌드위치를 만들어 놨지."

몽블랑이 씩 웃으며 정갈하게 접시에 담긴 샌드위치를 식탁 위에 올려놨다. 레이먼이 짜증 난다는 듯 몽블랑을 발로 밀어내며 샌드위치 접시를 뺏었다. 사사건건 끼어드는 몽블랑에 레이먼도 이미 한계에 다다른 모양이었다.

"내가 만들었어. 저놈은 옆에서 짜증 나게 깔짝댄 것밖에 없고. 시간이 얼마 없어서 간단히 만들었으니까 얼른 먹어. 이건 과일을 으깨서 만든 음료야."

"와, 레이먼 고마워요. 슈가 난 괜찮아, 그냥……. 그래 그냥 좀 빨리 와서 얼굴이 달아오른 것뿐이니까."

퍽이나 말도 안 되는 이야기였지만 슈가가 뭔가를 생각하더니 이내 순순히 고개를 끄덕였다. 벨로나가 앉아서 샌드위치를 한 입 크게 베어 물었다. 향긋한 야채의 향이 입안에 가득 퍼졌다. 차가운 야채 덕분에 그나마 속이 조금 가라앉는 기분이었다. 끼익- 문이 열리는 소리가 들리더니 이내 로웰이 성큼성큼 다가와 익숙하게 벨로나의 옆자리에 앉았다.

아니, 정확히는 앉으려고 했다. 슈가가 로웰을 끌어당겨 벨로나의 맞은편에 밀어내지 않았으면 분명히 그랬으리라. 슈가의 행동에 벨로나가 긴 안도의 한숨을 내쉬었다. 몸이 뻣뻣하게 굳을 뻔했다는 것은 굳이 누군가 알았으면 하는 일이 아니었다.

"오늘도 밖에 손님 많아?"

"음…… 어제보단 적은 것 같아. 그나저나 어제 만든 팩 한 1백 개 들고 나가서 저기 예약자 명단 돌고 와야 할 것 같은데 언제 나가면 될까, 벨로나?"

벨로나가 샌드위치를 한 입 더 베어 물며 몽블랑을 잠깐 바라보고, 쌓여 있는 팩을 바라봤다. 손님이 없으면 중간에 나갔다 오면 되는 일이었지만 손님이 늘어나서 또 귀족들과의 다툼이 생기면 그것도 문제였다. 그렇다고 약속을 안 지킬 수도 없는 노릇이었기 때문에 벨로나가 한참의 망설임 끝에 대답했다.

"지금 다녀오세요. 아무래도 오전보다는 낮 시간이 더 바쁠 것 같으니까 지금 다녀오시는 게 좋을 것 같아요."

"음, 그래? 알겠어. 그럼 다녀올게."

말이 끝나기가 무섭게 창고에서 뭔가를 꺼낸 몽블랑이 팩을 쌓아둔 곳으로 총총 다가갔다. 창고에서 가져온 것을 쫙 펼치니 웬 자루 주머니가 몽블랑의 손에 쥐어져 있었다. 쪼그려 앉아서 팩의 개수를 세어 켜켜이 쌓아 어깨에 멘 채 창문을 넘어 나가려는 몽블랑의 모습에 벨로나가 결국 웃음을 터뜨렸다. 흡사 도둑이나 전생에 있었던 산타클로스와 비슷했다. 하여튼 뭘 해도 유쾌한 사람이었다. 몽블랑은.

"황제초에 물 줬어?"

로웰의 말에 벨로나가 그때서야 로웰에게 시선을 돌렸다. 커다랗게 뜬 눈을 보아하니 아예 까먹고 있었던 모양이다. 벨로나가 남은 샌드위치를 입에 쑤셔 넣듯 집어넣더니 이내 벌떡 몸을 일으켰다. 후다닥 주방으로 달려가 숟가락에 물을 뜬 벨로나가 조심스레 그것을 가지고 뒤뜰로 사라졌다.

볼은 빵빵하게 부풀어서는 물을 준다고 허우적거리며 사라진 모습에 웃음이 흘러나왔다. 제 몫으로 주어진 샌드위치를 다 먹은 로웰이 식기를 치우며 자리에서 일어났다. 벨로나가 물을 주고 와서 약을 제조하는 공간에 자리를 잡자마자 문이 열렸다. 고소한 향기가 퍼져 있던 가게에 순식간에 사람이 몰려들었다.

또다시 후끈해지는 약국의 열기를 느끼며 각자 일에 집중했다. 적어도 일하는 시간만큼은 아무도 졸려 하지도 않고 다른 짓을 하지도 않았다. 그러기엔 약국은 너무 바빴으며, 서로에게 신경을 쓸 수 있는 시간이 거의 없었다.

한참 동안 들리는 것은 손님들의 대화 소리와 주문을 받는 소리, 약을 만드는 소리뿐이었다.

"……벨로나. 정신 차려."

점심시간이 되자마자 이불을 질질 끌고 와 그 속에 쏙 들어가 버리는 벨로나의 모습에 로웰이 한숨을 내쉬며 옆으로 다가갔다. 일어날 기미가 조금도 없어 보였다.

"점심 식사는 안 할 생각인가?"

"네에…… 오늘은 잘게요. 저녁만 먹을래요."

꾸물거리며 이불 속으로 더 파고드는 벨로나에 로웰이 머리를 긁적였다. 아침부터 피곤해하더니 결국 기력을 다 썼는지 이불 속으로 사라진 모습이 마치 땅속으로 파고드는 동물을 보는 기분이었다.

로웰이 벨로나의 머리맡에 털썩 주저앉았다. 베개도 없이 자는 모습이 꽤 불편해 보였다.

한쪽 다리를 쫙 펴더니 로웰이 벨로나의 머리를 허벅지에 올렸다. 그 감촉에 벨로나가 슬쩍 눈을 떴다.

"자라, 시간 되면 깨워 줄 테니까."

로웰의 말에 고개를 끄덕인 벨로나가 이불을 조금 더 끌어당겨 안으로 얼굴을 묻었다. 피곤하다는 말이 거짓이 아님을 증명하듯 곧 벨로나가 고른 숨소리를 내뱉었다. 레이먼도 간단한 다과를 내올 뿐 따로 식사는 차리지 않는 듯 보였다.

"왜, 식사 안 하나?"

"아가씨도 자는데 뭐하러 만들어. 너희들은 그냥 과자나 먹어."

레이먼이 식탁에 앉아 쿠키로 보이는 것을 입에 집어넣었다. 턱을 괸 채 권태롭게 과자를 깨물어 먹는 모습에 로웰이 헛웃음을 삼켰다. 이놈이나 저놈이나 아닌 듯하면서도 벨로나에게 관심이 많았다. 정확히는 신경을 꽤 쓰고 있다고 말하는 것이 옳은 것 같았지만 어쨌든 그랬다.

"그나저나 오늘따라 뒤가 좀 불안하군. 느낌이 안 좋아."

로웰이 중얼거렸다. 아까부터 묘하게 등줄기에 싸한 느낌이 들었다. 불안하고, 심장박동이 빨라지고, 긴장감이 넘쳤다. 마치 곧 무슨 일이 터질 것임을 알려 주듯이. 선선한 바람이 느껴지는 것과는 다르게 여간 기분 나쁜 것이 아니었다.

"오늘 비라도 온다고 했던가?"

"모르지. 근데 하늘을 보니까 비가 올 것 같지는 않은데. 왜."

레이먼의 대답에 로웰이 어깨를 으쓱였다. 처음과는 다르게 레이먼도 딱히 자신을 피한다거나 겁먹는 기색이 없었다. 지금에 와서는 차라리 그게 더 편한 일이 되었지만 꽤 시간이 흘렀다는 느낌이 새삼 들었다.

불안하면서도 평소와 다름없는 잔잔한 오후가 흘러갔다.

"그나저나 몽블랑이 너무 안 오는데요?"

바빠서 신경 쓸 겨를도 없었는데 점심시간쯤에는 돌아올 거라고 생각했던 몽블랑이 아직도 모습을 드러내지 않고 있었다. 할 일을 하고 어디로 갔나 싶으면서도, 혹시 귀족들한테 붙잡히진 않았는지 온갖 걱정이 머릿속을 잠식했다.

"무슨 일 생긴 건 아니겠죠?"

"걱정 마, 아가씨. 그 녀석이라면 무슨 일이 생겨도 알아서 돌아올 테니까."

"응, 맞아요. 누나, 얼른 저녁이나 먹어요."

"그놈은 몸이 죽어도 입은 살아서 돌아올 놈이니 신경 쓰지 마라."

벨로나의 걱정 한마디에 세 명의 각기 다른 대답이 돌아왔다. 정말 아무렇지도 않다는 말투여서 오히려 걱정한 벨로나가 이상한 사람이 되는 느낌이었다. 오래 알아 온 사람들이 알기야 더 잘 알겠지만 그래도 다녀온다며 발랄하게 나간 사람이 돌아오지 않으니 신경 쓰이는 건 어쩔 수 없는 일인 듯했다.

"저녁 먹고도 안 돌아오면 나가서 조금 찾아봐요, 로웰."

벨로나의 말에 로웰이 의외로 순순히 고개를 끄덕이며 대답했다.

"그래, 둘이 다녀오지."

순순히 대답한 로웰이 슬쩍 어두워지고 있는 하늘을 바라보고는 차려진 음식을 한 입, 포크로 찍어 먹었다. 슈가의 얼굴이 한층 어두워졌다. 노려보는 눈길이 제법 매서웠다.

'확 벌이나 받았으면 좋겠다.'

의자가 높아 허공에 뜬 발을 앞뒤로 굴리며 슈가가 긴 한숨을 내쉬었다. 떼어 내도, 떼어 내도 다시 붙는 것을. 그런 약이 있다면 정말 사랑의 묘약이라도 만들어서 다른 사람을 좋아하게 만들고 싶은 심정이었다.

콰앙- 활짝 열린 문이 시끄러운 소음을 냈다. 누가 들어왔는지보다 문이 부서질 것 같은 소음이 더 신경 쓰였다. 어차피 이런 시끄러운 등장을 할 사람은 몽블랑밖에 없었…….

"누구세요?"

벨로나가 당황한 얼굴로 물었다. 툭- 로웰이 옆에서 포크를 바닥으로 떨어뜨리는 소리가 들렸다. 거대한 체구의, 아니 사실 근육이 꽤 많아서 거대하게 보였다. 어쨌든 거대한 체구의 중년 남자 뒤에서 몽블랑이 지친 모습으로 빼꼼 얼굴을 내밀었다.

"난 널 지키려고 했다, 로웨른……."

휘청휘청거리며 제대로 중심도 못 잡더니 이내 벽을 집은 채 OTL 자세로 엎어지는 몽블랑의 모습에 벨로나의 고개가 느릿하게 기울어졌다. 상황이 파악되지 않았다. 갑작스레 등장한 저 남자는 누구며, 로웰은 왜 창문으로 도망갈 준비를 하고 있고, 몽블랑은 모래가 되어 사라져 가고 있는 것일까.

"제자야, 어디 가냐. 이리 와서 스승님한테 인사 안 하고."

중년의 위엄과는 걸맞지 않은 장난기 가득한 목소리가 꽤 묵직하게 가게를 울렸다. 정말 거짓말 안 하고 체통이고 평소 잡고 있던 분위기고 뭐고 다 날려 버리고 도망가려던 로웰이 그대로 굳어졌다. 일그러진 얼굴이 상당한 분노를 담고 있었다.

정확히 몽블랑에게 휙 돌아가진 고개가 당장 누구 하나라도 죽일 것처럼 보였다.

"망할, 몽블랑 씹어 먹을 놈이!!!"

채 갈무리하지 못한 격한 감정의 잔해가 로웰의 입 밖으로 튀어나왔다.

"하늘 같은 스승님이 만나기 싫었나 보군. 내 하나뿐인 제자는. 스승님이 슬퍼질 지경이다. 제자야."

"아닙니다, 그냥……은 무슨 보고 싶었을 리가 없잖습니까."

로웰이 결국 도망치는 것을 포기하고 창문에 올렸던 다리를 내리며 말했다. 얼굴에 질림이 묻어나 있었다. 아이언이 로웰을 슬쩍 보더니 이내 성큼성큼 걸어 벨로나의 앞으로 다가갔다. 두툼한 손을 쭉 벨로나 앞에 내밀더니 아이언이 입을 열었다.

"아가씨가 저 제자 놈의 짝사랑 상대구만? 아, 난 리스의 스승, 아이언 로웨른이라고 하네."

462

손을 맞잡으며 벨로나가 힐끗 로웰의 눈치를 보더니 이내 예의 바르게 대답했다.

"벨로나라고 합니다. 지금 로웰이랑 같이 일하고 있는 직장 동료고, 음……. 로웰과는 연애를 하고 있어요."

한 달 한정이지만. 뒷말은 삼킨 벨로나가 아이언을 바라봤다. 호탕한 얼굴과 목소리. 근육도 꽤 많은 용병 타입의 남자였지만 나빠 보이지는 않았다. 오히려 그 가벼움 안에 묘한 연륜이 섞여 있어서 의지가 될 것 같은 사람이었다.

"호오, 저 숙맥 놈이랑 사귀기로 한 건가? 그래서 진도는 어디까지 나갔어? 섹스는 했…… 푸흡-"

말이 끝나기도 전에 아이언의 얼굴 위로 차가운 물이 후두둑 쏟아졌다. 정확히는 로웰이 잔에 든 물을 가져다 뿌린 것이었지만 너무 순식간이어서 모르는 사람이 봤다면 그렇게 봤을 것이 분명했다. 아이언이 손으로 물을 대충 털어 내더니 로웰을 노려봤다.

"리스, 이게 뭐 하는 짓인……."

"그러게 스승님께선 왜 가만히 밥 먹고 있던 애한테 그런 저급한 말을 합니까?"

"뭐야, 너 아직도…… 대단하다. 이쯤 되면 네 다리 사이의 물건이 정상적인지를 확인하고 싶어지는데."

아이언이 턱을 쓰다듬으며 로웰의 다리 사이를 뚫어져라 바라보더니 말했다. 그 노골적인 행동에 로웰이 크게 한숨을 내쉬며 머리를 짚었다. 예전부터 여자라면 사족을 못 쓰고 남자에게는 가차 없었던 스승이다. 그런다고 여자들이 싫어하는 짓을 했던 건 아니지만 어쨌든 옆에서 지켜보기에는 그다지 좋지 못했다.

"뭐, 난 그 다리 사이의 물건보단 이쪽 아가씨한테 더 관심이 많지만. 아, 벨로나라고 했던가. 혹시 시간 나면 나랑 데이트라도 하지 않…… 으억-"

아이언의 머리를 제대로 때린 스푼이 벽으로 날아갔다. 이글거리는 눈동자가 제 것을 건드린다고 영역 표시를 하고 있었다. 하여튼 예전에 쪼끄맸을 때는 꽤 귀여웠는데 나이가 들더니 변해 버렸다.

"아가씨, 예전에 저놈이 쬐끔할 때 아가씨 보고 싶다고 얼마나 낑낑댔는지 알아?"

"좀 닥치십시오!! 스승님."

로웰이 아이언을 벨로나에게서 떼어 내기 위해 팔을 끌어당겼지만 아이언은 아무렇지도 않다는 듯 자리에 버티고 서 있었다. 체력에서 로웰이 밀리는 것이 분명했다. 옆에서 낑낑거리는데 아무렇지도 않게 벨로나에게 말을 거는 모습이 퍽 희극적이었다.

"로웰이 절 보고 싶다고 했다고요?"

"그래. 얘기 못 들었어? 심심하면 너 보고 싶다고 하고, 호되게 당하면서도 이 악물고 버텼지. 내가 좀 짓궂었거든."

"하신 일 미화시키지 마십시오. 그게 짓궂었다는 말로 끝날 정도면 저도 인사도 없이 도망 안 쳤습니다."

로웰의 이야기에 아이언이 어울리지 않게 입술을 불퉁하게 내밀더니 어깨를 으쓱였다. 몽블랑은 구석에서 쪼그려 앉은 채 어디서 났는지 모를 나뭇가지로 바닥에 동그라미나 그리고 있었고, 로웰은 당장 도망가고 싶다는 표정으로 아이언의 옆에 서 있었다. 레이먼도 엉망이 된 식사 시간에 우울한 기운을 풍기며 혼자서 식사를 하고 있었다.

순식간에 어수선해진 약국에 벨로나가 한숨을 내쉬었다.

"아, 맞다. 제자야, 돈 좀 있냐."

"없습니다."

"거짓말하지 말고. 얼마 전에 그 영감탱이를 만났는데, 진짜 영감

탱이였지 뭐냐. 하는 행동이 노인네 같기는 했지만 설마 진짜일 줄
은……."

로웰이 입을 꾹 다물었다. 영감탱이라고 해 봐야 이번에 자신을
알은척했던 크롤 상단의 상단주밖에 없었다. 그리고 돈을 찾으면서
그를 언급한다는 건…….

"또 전부 잃으셨습니까?"

"하하하하, 이번엔 딱 감이 왔는데 말이지! 아이고, 아쉽게 됐어.
생활비까지 탈탈 털리고, 지금도 없어지고, 심지어 알고 있는 약초가
잘 나는 지역의 정보를 걸고도 했는데 또 져서 뇌까지 탈탈 털렸지
뭐냐. 으하하하."

퍽이나 웃을 문제다. 굳어지기밖에 안 하는 얼굴에 로웰이 제 미
간을 꾹꾹 손가락으로 눌렀다. 대체 이 사람은 언제쯤 되면 철이 들
어서 적어도 자신이 도박에 1%도 소질이 없다는 사실을 깨닫고, 무
모한 짓을 안 할까.

거짓말이 아니라 정말로 궁금해졌다. 이 사람의 뇌는 대체 언제까
지 저렇게 멍청할지.

"뭐 그러다 겸사겸사 네가 제국에 있다는 소식을 들었지. 하늘 같
은 스승님이 제자 얼굴 보겠다고 먼 길을 찾아왔으니 용돈 좀 줘야
지."

보고 싶지 않았다. 적어도 철이 들기 전까지 얼굴을 마주하고 싶
은 마음은 없었다. 제게 한 일을 생각하면 지금 당장 저기 어디 호수
에 빠뜨려도 시원찮았다. 그때 생각만 하면 속에서 불이 일었다.

"뭐야, 너 아직도 그 금화 여섯 개 때문에 삐져 있냐? 아, 아가씨
나 여기 좀 앉을게. 나이를 먹었는지 다리가 아프네."

로웰에게 묻다 말고 벨로나가 앉았던 자리에 털썩 앉은 아이언이
식탁을 쓱 훑고 이내 익숙하게 닭다리를 하나 집더니 한 입 베어 물

며 로웰을 다시 바라봤다.

"내가 그건 미안하다고 했잖냐. 중요한 걸 함부로 아무 데나 올려둔 네 잘못도 있다. 다 안 쓴 게 어디야. 음음, 내가 양심상……."

"그게 어떤 거였는데 그러십니까!! 젠장, 찾을 수도 없어서 제가 얼마나……!"

로웰이 울컥 소리를 질렀다. 가운데 끼인 벨로나만 이도 저도 못 하고 눈만 도르륵 굴리고 있을 뿐이었다. 로웰의 이런 격한 반응을 보는 건 벨로나도 처음이었다. 꾹꾹 눌러 왔던 울분을 내뱉듯 말하는 로웰의 모습에 아이언이 음식을 집지 않은 손으로 거칠게 머리를 휘젓더니 이내 입을 열었다.

"아우, 정말. 아, 미안해! 내가 그게 네가 소중하게 여기는 건 줄 알았냐. 벌어 놓은 생활비라고만 생각했지."

"그러게 왜 맨날 생활비를 가져다 도박을 하시냔 말입니다!!"

"아, 한탕 좀 크게 벌어서, 어?! 내가 너 먹여 살리려고 한 거잖냐!! 스승의 마음을 그렇게도 이해를 못 해서야!"

적반하장으로 이제 언성까지 높이는 아이언의 모습에 로웰의 이마에 불룩하니 사거리 마크가 툭 튀어나왔다. 곧 혈관이라도 터질 것 같은 느낌이었다. 이러다 주먹다짐이라도 하는 건 아닌가 싶었다. 로웰의 주변 온도가 한층 내려간 듯한 느낌에 벨로나가 살짝 몸을 떨었다.

"그럼 뭐합니까, 한 번도 돈을 따 온 적이 없는데!! 맨날 잃지 않았습니까!! 덕분에 용병일 하느라 실력 많이 늘었죠!"

"왜 없어?! 한 번 있잖냐!! 그, 한 4년 전에. 내가 그때 너 고기도 사 주고 그랬잖아. 어? 왜 그런 건 기억을 못 해?"

"왜긴요, 그 돈 통째로 또 거기서 도박했다가 생활비로 그 비싼 고기값 다 충당했으니 기억을 못 하지 않겠습니까."

로웰의 음성에서 이제 으르렁거리는 짐승의 울음소리마저 섞여 있
는 것처럼 들렸다. 그만큼 쌓인 것이 꽤 많아 보였다.

벨로나가 눈동자를 도르륵 굴렸다. 레이먼도 기분이 안 좋아 보이
고, 몽블랑은 우울해 보이고, 슈가는 당황스러워 보였다. 이내 입가
에 옅은 미소를 띤 벨로나가 로웰의 손을 오른손으로 잡고, 아이언의
손목을 왼손으로 잡더니 그대로 문밖으로 밀어냈다.

"밖에서 다 싸우고 오세요. 분위기 개판됐잖아요."

환하게 웃으며 말한 벨로나가 그대로 쾅- 문을 닫았다. 졸지에 밖
으로 쫓겨난 로웰이 굳은 채 문을 쳐다보고 있었다.

"이야, 저 아가씨 한 성깔 하는데? 안 그러냐, 제자야?"

어깨에 툭 올려진 무거운 팔의 무게에 로웰이 고개를 푹 숙였다.
아, 이 사람을 만나면 되는 일이라고는 정말 하나도 없었다. 생기는
건 빚이요, 고생이요, 고난이었다. 어디서 났는지 술을 꼴깍꼴깍 들
이마시는 모습이 가히 짜증스러웠다.

"가시죠, 스승님. 사랑하시는 제자 얼굴도 봤으니 이만 그 사랑하
는 제자의 정신을 위해서 다시 여행길에 오르십시오. 저기, 에콰도르
왕국의 맨 끝, 스톤 사막이 아주 끝내준다고 합니다."

정확히 지금 있는 곳과 정반대의 가장 먼 나라의, 그 나라에서도
가장 구석에 박혀 있는 지명을 로웰이 정중하게 언급했다. 아니, 사
실 정중과는 거리가 좀 멀었을지도 모르겠다. 얼굴은 꽤 살벌했으니
까.

"그래서 5년 짝사랑을 한 널 왜 저 아가씨는 기억을 못 하냐?"

정확히 정곡을 찔러 오는 아이언의 말에 로웰이 살짝 놀란 표정으
로 그를 쳐다봤다. 익숙하게 천천히 걸어가는 아이언의 뒤를 따라 로
웰이 걸음을 옮겼다. 하여튼 눈치 하나만은 일류급이었다. 그러니 저
렇게 살아도 아직까지 살아 있는 것이겠지만.

"그냥, 예전의 저와 지금의 제가 매치가 안 되는 모양입니다."

절대 기억하지 못하는 것은 아니었다. 듣자 하니 자신을 만났던 일은 기억하고 있었다. 그 기억 속 자신과 지금의 자신이 닮지 않았다며 철벽을 친 것을 제외하면 그렇게 절망적이지만은 않았다. 요는 자신을 5년 전의 자신과 동일 인물로 보면 된다는 이야기였다.

"하기인……. 그때 네가 워낙 쪼끄맸어야지. 크하하하하!!! 역변이지, 역변. 이건 완전."

무릎을 치며 커다랗게 비웃는 아이언에 로웰이 입을 꾹 다물었다. 하여튼 이 사람은 상대해 봐야 진이 빠지지. 여기서 조금만 더 진지하게 일을 한다면 분명히 돈은 꽤 모을 사람이었는데…….

"그래서, 여긴 도박장 없냐? 나 돈 좀 빌려줘라. 제자야."

저 사상이 깊게 뿌리까지 박혀 썩어 들어가고 있으니 제 스승에겐 절대 불가능한 일이 분명했지만 말이다.

"없습니다, 싫습니다, 돌아가십시오."

로웰이 딱 세 마디로 대답을 대신했다. 로웰은 그냥 지금 당장 약국으로 돌아가서 벨로나를 바래다주고, 편안한 잠자리에 들고 싶었다.

로웰은 언제나 호탕하면서, 타인의, 특히 자신에게 배려가 없는 스승이 매우 마음에 들지 않았다. 물론, 스승으로서의 존경심은 있었지만 그것을 상쇄시키고도 남을 정도의 한심함이 더 크게 자리하고 있었다.

"너무한 거 아니냐, 제자야."

"제게 너무함을 찾으시려면 일단 스승님의 과거를 돌아보십시오."

"우리 제자가 어른이 되더니 스승을 스승 대접 안 하려고 하는구나……."

아이언의 말에 로웰이 결국 머리를 짚었다. 로웰은 단 한 번도 아이언을 스승으로서 대접하지 않은 적이 없었다. 만약 로웰이 아이언을 스승으로 대접하지 않았다면 벌써 로웰은 아이언을 뒤쫓는 집단의 우두머리가 되어 있을지도 모르는 일이었다. 로웰이 아이언을 가만히 바라봤다. 콧노래를 부르며 팔자걸음으로 걷는 모양새가 딱 건달이었다.

"그리고 전 원래 성인이었습니다. 스승님을 만나기 전부터 말입니다."

"아…… 그랬던가? 모르지, 넌 그땐 완전히 요만한 꼬맹이 아니었냐?"

아이언이 로웰의 무릎을 손으로 가리키며 키를 재듯 좌우로 움직였다. 로웰의 얼굴이 한층 더 어두워졌다. 아마 이 사람의 머릿속은 자신을 놀려 먹는 것으로 가득 차 있으리라. 그렇게 생각한 로웰이 입을 열었다.

"그렇게까지 작지 않았습니다."

로웰이 이를 갈며 대답했다. 로웰은 자신의 포커페이스가 아이언을 만나면 늘 깨지는 것이 정말 싫었다. 능구렁이 같은 표정으로 아이언은 로웰을 손바닥 위에서 가지고 놀았다. 그것이 어떤 의미에서 아이언의 애정이라는 것을 알면서도 그랬다.

"그냥 오랜만에 잘 지내고 있나 해서 찾아와 봤다. 제자가 스승을 두고 도망치다니, 얼마나 당황했는지 아냐."

아이언이 꿀꺽꿀꺽 술을 마시며 말했다. 한층 진중하게 가라앉은 목소리였다. 나중에서야 생각한 일이지만 로웰도 스스로가 잘한 일은 아니라고 생각했다. 그래도 어떡하나. 로웰은 정말 그때 눈앞이 새하얗게 변하는 기분을 느꼈다.

"그러게 제 금화에 왜 손을 대십니까. 그건 벨로나가 제게 준 선물이었단 말입니다."

"그러니까 그렇게 귀한 거면 네가 관리를…… 아우, 정말."

변명을 내뱉던 아이언이 술을 꿀꺽꿀꺽 마시더니 이내 푸하— 소리를 내며 술 주둥이에서 입을 뗐다. 머리를 큰 손으로 휘휘 젓던 아이언이 결국 한숨을 내쉬며 입을 열었다.

"그래, 미안하다, 미안해. 난 그냥 일반 생활비라고 생각했지. 찾으려고 해 보긴 했는데 말이지, 다 똑같이 생긴 동전 중에 그 아가씨가 준 걸 어떻게 찾겠냐."

아이언이 어색함에 눈도 마주치지 못하고 로웰에게 말했다. 갑작스런 사과에 로웰이 조금 당황스런 얼굴로 아이언을 바라봤다. 로웰이 보기에 아이언은 그러한 일을 단연코 사과할 사람이 아니었다. 잠시 아이언을 살피던 로웰이 불신이 서린 눈빛을 하며 대답했다.

"다시 말씀드리지만 전 돈 없습니다. 물론 도박에 빌려 드릴 돈은 더 없습니다."

"아이씨, 이게 스승님을 뭐로 보고!"

"도박꾼으로 봅니다. 스승님."

로웰의 망설임 없는 대답에 아이언이 긴 한숨을 내쉬었다. 아이언의 성격이 변하지 않는 것만큼 로웰의 고집도 예전과 다를 바가 없었다. 그래도 이를 악물고 연습할 땐 꽤나 귀여웠던 것 같은데, 거기까지 생각한 아이언이 긴 한숨을 다시 내쉬었다. 하여튼 귀엽지 못하게 자랐다.

"그래도 감사합니다. 저도 그냥 도망친 건 잘못했다고 생각하고 있습니다."

"그렇지? 어디 하늘 같은 스승님을……."

"도망치더라도 주먹으로 한 대는 때리고 나왔어야 했는데……."

로웰이 아쉽다는 듯 말했다. 그 살벌한 말에 아이언이 떨떠름한 얼굴로 로웰을 쳐다봤다. 조용한 밤거리를 두 남자가 아무런 말 없이 걸어갔다.

"그래도 잘 살고 있으니 다행이다. 행복하냐?"

"예전보다는 행복합니다."

"크하하하!! 그래. 그럼 다행이지, 뭐. 술 한 병만 사 주고 들어가라. 오랜만에 보는 스승에게 그 정도 선물은 가능하지?"

아이언이 로웰의 대답도 듣기 전에 술을 파는 가게로 들어갔다. 그 망설임 없는 발걸음에 결국은 로웰이 큰 한숨을 또 한 번 내쉬어야 했다. 들뜬 기색으로 술을 살피는 아이언의 모습에 결국 로웰이 바람 빠진 웃음을 흘려 버렸다.

늘 사고를 치고, 도박만 하고 다니는 사람이었지만 그래도 중요한 곳에서는 항상 눈치가 빠르고, 화를 내는 일이 거의 없이 잘 웃는 호탕한 사람이었다. 로웰은 아마도 스스로가 그런 스승이 싫지만은 않아서 여태까지 계속 관계를 유지하는 건 아닌가 싶어졌다.

"두 병 사 드리겠습니다."

"오, 그래? 흠…… 이놈이랑 이놈이랑, 이놈도 맘에 드는데…….''

아이언이 술병 세 개를 집어 들며 로웰에게 슬쩍 시선을 돌렸다. 명백히 사 달라는 의도였다. 로웰의 입이 꾹 다물어졌다. 이 사람은 그냥 멍청한 사람이었다. 눈치도 없고, 약간의 애정마저 다 갈아엎어 버리는 그런 사람이었다. 로웰의 입에서 한숨이 멈출 날이 없었다.

"알겠습니다. 계산해 주세요."

로웰이 더 고를까 무서워 아이언의 술병을 챙겨 카운터에 올려놨다. 아이언이 꼭지를 하나 따더니 계산하기도 전에 꿀떡꿀떡 목 뒤로 넘겼다. 도수가 꽤 되는지 먹자마자 취기가 오르는 듯했다. 계산도 전에 따 버린 아이언의 행태에 점원의 눈매가 매서워졌다.

"17골드입니다."

"……뭐라고 하셨습니까?"

"그, 1, 17골드……. 손에 드신 게 6골드에, 저기 붉은 병이 7골드에, 하얀색 술이 4골드로, 저희 가게에서도 가장 고가라 거의 판매가 되지 않는 상품……."

로웰의 매서운 눈빛에 점원이 벌벌 떨며 열심히 대답했다. 로웰의 눈이 아이언에게 휙 돌아갔다. 분노로 이글이글 타는 눈동자가 당장이라도 아이언의 멱살을 잡고 싶어 하는 듯 보였다. 이미 허리춤에 술을 하나씩 매달고 가게를 나서는 아이언만 아니었어도 로웰은 사제 관계의 도리고 뭐고 아이언의 멱살을 잡았을 것이 분명했다.

"여기 있습니다."

부글거리는 속을 애써 꾹꾹 누르며 로웰이 카운터에 던지듯 17골드를 올려 둔 후 아이언을 쫓아 밖으로 나왔다. 이미 술을 홀짝이며 멀리까지 걸어가 있었다. 발걸음 하나는 정말 빠른 사람이라고 생각하며 로웰이 뒤를 쫓기 위해 발을 움직였다.

"제자야, 술은 잘 먹으마. 그리고…… 그 아가씨와 알콩달콩 오랫동안 행복하게 살고 싶으면 네 과거를 빨리 청산하는 게 좋을 거야."

로웰이 바로 뒤까지 쫓아오는 것을 느꼈는지 아이언이 취기에 젖은 목소리로 말했다. 쫓아가던 로웰이 걸음을 멈췄다. 아이언이 몸을 돌려 로웰을 쳐다봤다. 분명히 취기에 젖었다고 생각했는데 눈빛은 결코 아니었다. 로웰은 저런 아이언의 눈빛을 알고 있었다. 아이언은 검을 잡을 때는 반드시 저런 눈빛을 하고 있었다.

결코 검을 함부로 휘두르는 일도 없었지만, 한 번 휘두르게 된다면 진중한 눈동자로 최대한 빠르게 결말을 냈다. 아이언은 힘을 함부로 사용하는 타입이 아니었다. 그랬기에, 로웰은 그의 불성실한 태도에도 불구하고 그를 오랜 시간 스승으로 모실 수 있었다.

"……알고 계셨습니까."

"제국 내에서 벌어진 큰일이 내 귀에 들려오지 않을 리가 없지. 뭣보다 네 막냇동생이라는 놈이 나한테 의뢰를 했었거든. 물론 너 만나기 전에."

"왜 아무 말도 하지 않으셨습니까."

로웰의 물음에 아이언이 가만히 그를 쳐다봤다. 로웰이 그것을 피하지 않고 마주 봤다. 한참 동안 아무 말도 없던 아이언이 느긋하게 술병의 주둥이를 입으로 가져가 한 모금 마시더니 대답했다.

"스승이 제자의 허물을 감싸 주는 것이 문제가 되는 거냐. 널 만나고 좀 시간이 지나서 알았다. 네 몸가짐이나 말투가 일반 사람은 아니었으니까. 게다가 그즈음 몽타주가 없는 반역자 공고가 올라왔으니까 말이다. 너랑 같은 나이의 소년이."

로웰이 입을 다물었다. 아이언은 알면서도 전부 감싸 주고, 평소와 다름없이 로웰을 대했던 것이었다. 생각지도 못한 이야기에 로웰의 동공이 살짝 흔들렸다. 로웰은 아마도 그의 그 무심한 배려가 싫지 않았음이 분명했다.

"하지만, 네가 그 아가씨와 정말 살아가고 싶다고 생각한다면 그 아가씨를 위해서라도 제대로 정리를 하는 게 맞다. 네 자리는 그리 가벼운 것이 아니잖냐."

그럴 생각이었다. 벨로나에게 확답을 받으면, 잠시 떠나서 일을 전부 해결하고 돌아올 예정이었다. 현 황제와는 이야기가 통할 테니, 로웰은 그 아이와 이야기를 해 볼 생각이었다. 한참 동안 말이 없던 로웰이 묵직하게 고개를 끄덕였다.

"말씀하지 않으셔도 그럴 생각입니다."

"그러냐? 그럼 다행이지만. 술은 맛있게 먹으마. 이번엔 정말 네 얼굴을 보러 온 것뿐이었다."

"가시는 겁니까?"

"그래, 망할 영감탱이한테 가서 잃은 걸 찾아와야 해서. 다음엔 신혼집으로 찾아가마."

아이언이 한마디를 남기고 그대로 휘적휘적 걸어 로웰의 시야에서 멀어져 갔다. 아이언의 말을 잠시 곱씹어 보던 로웰이 굳은 표정으로 소리쳤다.

"오지 마십시오!! 그때는 정말 가만히 있지 않을 겁니다!"

아이언이 들은 체도 안 하며 그대로 로웰의 시야에서 완벽히 사라졌다. 어쩐지 로웰은 뒤가 불안해졌다.

한참 동안 깊은 한숨을 내쉬며 자리에 못 박힌 듯 서 있던 로웰이 약국으로 다시 발걸음을 돌렸다. 하여튼 로웰에게 스승은 종잡기가 힘든 사람이었다.

"어, 스승님은 가셨어요. 로웰?"

갑작스레 뒤에서 들리는 목소리에 로웰이 놀란 표정으로 몸을 돌렸다. 벨로나가 하얀 가운 차림으로 슬리퍼를 신은 채 뒤따라온 듯 서 있었다. 마중을 나온 것이 분명한 벨로나의 모습에 로웰이 작게 미소를 띠며 그녀의 손을 잡았다.

"그래. 돌아가자, 벨로나."

따뜻한 온기가 손을 타고 고스란히 느껴졌다.

$$\oint$$

시간은 빠르게 흘러갔다. 어느덧 로웰과의 한 달 연인을 시작한 지는 3주째였고, 건물도 거의 완성 형태에 이르고 있다는 이야기를 전해 들었다. 약국은 여전히 바쁘고, 로웰은 시간이 지날수록 점점 더 익숙하지 않은 행동을 했다. 마중 나오고, 데려다주는 것은 기본이고 예전과는 다르게 옆에 붙어 떨어지려고 하질 않았다.

그래도 벨로나가 가장 이상하게 생각하는 것은 그것들이 싫지 않은 저 자신이었다.

"벨로나, 안녕."

약국 마감 중에 들려온 목소리에 벨로나의 고개가 들렸다. 발갛게 달아오른 얼굴의 유디스가 뒷목을 손으로 문지르며 어색하게 벨로나를 바라보고 있었다. 벨로나가 볼을 긁적이며 고개를 끄덕였다. 그러고 보니 찾아오기로 한 날보다 꽤 늦게 온 것 같았다. 사실 벨로나도 일이 많아서 완전히 잊고 있었지만 말이다.

"미안, 집에 갑자기 일이 좀 생겨서…… 약속한 날에 못 왔어."

벨로나가 묻기도 전에 유디스가 먼저 사과를 건넸다.

"아, 괜찮아. 급한 이야기도 아니었으니까. 마음은 아직 변함없는 거지?"

"응, 황궁보다는 여기서 일하는 게 훨씬 도움이 될 것 같아서. 무엇보다 황궁에 있으면 자꾸 아버지를 보게 돼."

유디스의 얼굴이 찡그려졌다. 불쾌한 것이라도 생각하는 듯 보였다.

'하긴, 꽤 명문가라고 했으니까.'

벨로나가 고개를 주억거렸다. 유디스의 가문은 명문가인 만큼 아마도 제약이 꽤 많을 것이 분명했다. 굳이 그 고충을 듣지 않아도 유디스의 표정에서 읽을 수 있었다. 사실 벨로나는 유디스가 했던 고백에 대한 답을 해 줘야 하는 것이 더 머리가 아팠다. 물론, 로웰과 정식으로 사귀는 것은 아니지만 일단 한 달 연인이라도 연인은 연인이니 유디스의 고백을 계속 가지고 있는 것은 어려웠다. 무엇보다, 벨로나는 로웰은 그렇다 하더라도 유디스의 고백을 받아 줄 마음은 없었다.

"차 한 잔 먹을래?"

"응, 주면 고맙게 마실게. 네 가게는 늘 바빠서 마감 시간이 아니면 찾아오기가 힘들어."

"직원도 좀 늘려 가고 해야지."

벨로나는 일을 분담하는 것에 대한 거부감은 없었다. 능력이 있는 사람에게 일을 맡기고 월급을 주는 것을 당연하게 생각하고 있었다. 그로 인해 자신이 할 일이 줄어든다면 그것은 벨로나에게 아주 좋은 일이었다. 하지만, 지금까지 벨로나가 억지로 일을 붙잡고 있었던 이유는 마땅히 그러한 것을 맡길 사람이 없었기 때문이다.

"월급은 9골드에 근무 시간은 아침 9시부터 저녁 6시까지인데 괜찮겠어?"

"응, 괜찮네. 봉합이 필요한 손님이 많은 편이야?"

"아니, 한 열 명 중에 한 명 정도야, 대부분 가벼운 찰과상, 혹은 화상이나 골절이 많고. 아마 황궁보다는 어렵지 않을 거야."

벨로나의 설명에 유디스가 고개를 끄덕였다. 위급 손님이 오는 경우는 거의 없고, 대부분은 약이 필요한 가볍게 다친 수준의 손님들이니 기사들이 많이 상주해 있는 황궁보다야 일하기는 훨씬 수월할 것이 분명하다고 벨로나는 생각했다. 병원 쪽도 문을 열 생각이기는 하지만 벨로나는 초반엔 약국 손님들만을 상대로 다친 사람이 있을 경우 치료하는 식으로 운영할 예정이었다.

"그래, 그건 다행이다. 6시 퇴근인 것도 마음에 들고. 개장은 언제야?"

"음, 다음 주나 조금 늦어지면 그다음 주에 예정. 그리고 이건 확실히 해 두는 게 좋을 것 같아서…… 우리 잠깐 나갈까?"

벨로나가 귀를 기울이고 있는 것이 뻔히 보이는 로웰을 포함한 네 명의 남자들을 보고는 유디스에게 말했다. 유디스가 고개를 끄덕였다. 로웰의 얼굴이 불쾌함으로 물들었지만 그래도 다행히 벨로나를 막지는 않았다. 벨로나가 약국을 나섰다.

사실 어떤 식으로 거절을 해야 상대가 상처를 받지 않을지 벨로나는 잘 알지 못했다. 벨로나의 기억 속에는 마땅히 그러한 배려를 했던 적이 없었다. 전생에서는 그러한 것들을 신경 쓰지 못할 정도로 바빴고, 환생 후에 제대로 된 고백을 한 사람도 없었으니까.

　벨로나는 유디스에게 거절의 말을 하는 것이 조금은 조심스러웠다. 특히나 함께 일할 상대이기 때문에 더욱 그랬다.

　"일전에, 고백해 줘서 정말 고마워. 하지만 역시 어려울 것 같아. 미안해, 유디스."

　"왜? 역시 네 옆에 있던 그 남자 때문이야?"

　"로웰? 아…… 응."

　한 달 한정의 일이지만…… 벨로나가 뒷말을 속으로 삼켰다. 벨로나는 이러한 타입을 떼어 내는 데 선의의 거짓말만큼 좋은 수단이 없다는 것을 알고 있었다. 아니나 다를까 유디스의 얼굴이 어두워졌다. 방금 전까지만 해도 살짝 붉어져 있던 볼이 가라앉았다. 그것을 눈치채지 못할 벨로나는 아니었기 때문에 속으로 긴 한숨을 내쉬었다.

　"그래, 그렇구나……."

　유디스가 고개를 푹 숙였다.

　"저기, 진짜 미……."

　"포기는 안 할 거야."

　유디스가 다시 고개를 들며 말했다.

　유디스의 말에 벨로나가 어색하게 웃었다. 이렇게 소신이 있는 사람은 스스로가 납득할 때까지 물러나지 않는다. 벨로나는 유디스를 설득시키거나 포기시키는 것을 단념했다. 그러기엔 유디스는 꽤 굳건한 눈을 하고 있었고, 벨로나에게는 그것을 무너뜨릴 만한 의지가 없었다.

빠르게 흐른 시간 덕분에 벨로나는 전에 없을 정도로 바빴다. 로웰과의 데이트라고는 정말 아침에 데리러 오고, 퇴근할 때 바래다주는 것 외에는 둘만 함께하는 시간이 없었다. 그러다 보니 벨로나의 머릿속에서 한 달 계약 같은 이야기는 이미 사라진 지 오래였다.

벨로나는 완성되어 가는 건물에 필요한 집기를 들여놔야 했으며, 필요한 도구를 만들기 위해서 직접 공방에 찾아가야 했다. 말 그대로 정말 눈코 뜰 새 없이 바빴다.

약국이 끝나고도 하루 일과가 끝난 것이 아니었다. 벨로나는 그 후에도 필요한 것을 위해 이리저리 뛰어다녀야 했고, 결국 늦은 새벽이 되어서야 집으로 돌아가곤 했다.

"누나, 괜찮아요?"

약국이 끝나고 드물게 일이 없어 식탁 위에 엎어진 벨로나를 보며 물었다. 벨로나는 요 2주간 말 그대로 폐인이 되어 있었다. 다크서클은 광대뼈 부근까지 길게 내려와 있었고, 눈은 반쯤 감겨 있었으며 늘 부스스했던 머리는 한층 더 부스스해져 있었다.

"으응…… 아직 죽을 정도는 아닌 것 같아."

"오늘은 밥만 먹고 들어가서 쉬시는 거죠?"

"아니, 생각해 보니 내일이 파스 납품일이라서……."

벨로나가 힘없이 말했다. 벨로나도 사실 오늘은 일이 끝나면 바로 집으로 향해야겠다고 생각하고 있던 찰나였다. 문제는 마감 1시간 전, 달력을 보게 되었다는 것이다. 요즘 너무 바빠서 돌아오는 납품일을 까먹고 있었던 것이 문제라면 문제였다.

"그, 그거 제가 해 둘게요. 누나 오늘은 일찍 들어가서 쉬세요……."

숟가락조차 제대로 들지 못하는 벨로나의 모습에 슈가가 잔뜩 겁에 질린 얼굴로 말했다. 사실 겁에 질렸다기보다는 벨로나의 일거리에 질린 모습이었다. 그만큼 최근의 벨로나는 인간이 아닌 생활을 이어 가고 있었다.

"피곤하지 않겠어?"

"적어도 누나보다는 괜찮을 것 같아요. 너무 걱정 말고 집에 가서 오늘은 푹 쉬세요."

슈가의 말에 벨로나가 잠시 고민하는 듯 눈앞에 놓인 스테이크 샐러드를 포크로 휘휘 저었다. 그러고는 이내 샐러드를 포크로 쿡 찍으며 고개를 끄덕였다. 파스를 만드는 방법은 이미 슈가도 잘 알고 있었다.

슈가는 이미 대부분의 약국 일에는 통달해 있었다. 특히나 이런 파스나 팩의 경우에는 약초 배합을 제외하면 슈가가 아니라 로웰이나 레이먼이나, 몽블랑도 가능한 일이었다.

"사양은 안 할게. 이러다 정말 약을 잘못 만들 것 같아서."

"그래, 아가씨. 고기 좀 많이 먹고 가서 푹 쉬어. 더 구워 줄까?"

고개를 끄덕이면 당장이라도 식탁에서 일어나 고기를 구우러 갈 기세인 레이먼을 보며 벨로나가 어색하게 웃으며 고개를 저었다. 배가 부르면 좋기는 하지만 과식은 좋지 않았다. 괜히 몸에 이상이 생겨서 내일 일에 지장을 주면 큰일이었다.

그렇게 생각한 벨로나가 고기와 샐러드를 함께 찍어 입으로 가져갔다.

"아, 이사 날짜 정해졌어요. 오늘 아침에 언니가 와서 말해 줬는데 깜빡하고 있었네요."

벨로나가 머리를 짚으며 말했다. 머릿속에다가 전부 기억해 두려고 하니 까먹는 것이 한둘이 아니었다. 그래도 항상 늦지 않게 생각나는 것은 불행 중 다행인 일이었다.

"오, 정말? 언젠데."

"나흘 뒤니까, 하루 전부터는 가게 영업 안 할 거예요. 미리 공지 써서 문 앞에다가 붙여야 되니까 일단 제가 거기까지 하고 갈……."

"아니! 아가씨, 정말 괜찮으니까 좀 들어가서 쉬어. 이러다 아가씨가 약을 먹어야 할 판이야."

일거리를 또 가져가려는 벨로나를 만류하며 레이먼이 고개를 저었다. 레이먼뿐만이 아니라 평소에는 아무런 말도 하지 않는 몽블랑마저 고개를 젓는 것을 보아하니 몰골이 꽤 상당한 듯했다. 로웰의 얼굴은 이미 굳어져 있었다. 이 이상 고집을 피웠다가는 적어도 퇴근하는 내내 로웰에게 잔소리를 들을 것 같았다.

"알겠어요, 그럼 내일 하는 걸로 하고……."

"밥 다 먹었어?"

로웰의 물음에 벨로나가 고개를 끄덕였다. 샐러드 하나를 다 비우니 배가 빵빵했다. 항상 그렇지만 고기보다는 채소를 먹으면 늘 배가 금방 찼다. 아침 일찍 배가 고프기는 했지만 말이다.

"데려다줄게, 가자."

벨로나가 고개를 끄덕이며 일어났다. 축 늘어진 팔이 이리저리 흐느적거렸다. 로웰이 손을 뻗어 벨로나의 손을 마주 잡았다. 이제는 익숙해진 온기에 벨로나가 옅은 미소를 띠었다. 다른 건 몰라도, 벨로나는 이 온기가 아주 좋았다.

맞잡은 손의 온기는 피로마저 덜어 주는 기분을 느끼게 했다. 늘 걸음을 맞춰 주려고 하는 배려도 좋았다.

"아, 황제초에 물을 안 줬어요……."

"내가 돌아가서 줄게."

"근데, 아직 안 자랐죠? 한 달은 넘은 것 같은데…… 죽지도 않는데, 꽃이 피지도 않네요."

벨로나가 아쉽다는 듯 한숨을 내쉬었다. 나름대로 시간 날 때마다 벨로나가 열심히 돌봤음에도 불구하고 황제초는 가져온 모습에서 조금의 변화도 없었다. 시들지도 않았지만 그 이상 자라지도 않았다. 그건 벨로나에게 있어서 꽤 안타까운 일이었다.

"그놈은 나흘 뒤부터 오는 건가?"

"그놈이요?"

"그래. 그 망할 의사 놈 말이야."

"아! 유디스 말이죠?"

벨로나의 말에 로웰이 미간을 찌푸렸다. 로웰의 찌푸려진 얼굴을 잠시 바라보던 벨로나가 탄성을 내뱉었다.

"그래."

로웰이 불쾌한 얼굴로 대답했다.

"네, 일단 이사할 때부터 같이 일하기 시작할 것 같아요. 고백은 확실히 거절했으니까 너무 걱정하지……."

해명하듯 로웰에게 말하던 벨로나가 입을 꾹 다물었다. 굳이, 이 이야기를 로웰에게 할 필요는 없었다. 그럼에도 어쩐지 당연하게 이야기하고 있는 스스로가 조금 신기하고, 또 조금 이상하게 느껴졌다. 고개를 숙인 벨로나가 기계적으로 걸어가며 생각에 잠겼다.

"거절했어?"

"……아, 아. 네. 거절했어요."

벨로나가 한 박자 늦게 대답했다. 벨로나의 대답에 로웰이 만족스럽게 미소를 띠며 고개를 끄덕였다. 그 모습을 잠시 바라보던 벨로나가 볼을 붉혔다.

참 이상한 것은, 이렇게 말하는 것이 조금도 어색하지 않은 스스로라고 벨로나는 생각했다.

"들어가. 내일 보자, 벨로나."

로웰이 벨로나의 머리를 쓸어 넘기며 말했다. 익숙해진 배웅도, 손길도 사실 벨로나에겐 무엇 하나 익숙하지 않았던 것이었다. 고개를 끄덕이며 몸을 돌리면서 벨로나가 생각했다. 사실 벨로나에겐 원래부터 이러한 것들은 없어야 맞는 것이었다. 힘겹게 살아온 벨로나에게는 적어도 그랬다.

"조심히 돌아가세요, 로웰."

"그래."

벨로나가 익숙해진 인사를 건넸다. 로웰이 당연하듯 대답하고, 그것을 들으며 벨로나가 문을 열고 집 안으로 들어갔다.

벨로나가 긴 한숨을 내쉬며 입고 있던 가운을 의자에 대충 걸쳐 놨다. 생각해 보면 이 모든 것들은 전혀 자연스러운 일이 아니었다. 벨로나에게는 늘 혼자였던 일상이 익숙하면 익숙했지, 이런 왁자지껄한 주변은 전혀 어울리지 않았다. 하지만, 어느 순간부터 당연하듯 자리 잡은 모든 것들의 중심에는, 우습게도 로웰이 있었다. 몽블랑도 로웰이 아니었으면 만날 리가 없는 사람이었다.

기본적으로 벨로나는 시끄러운 것을 싫어했다. 물론 직설적인 의미로의 시끄러움도 있었지만, 사실 복잡해지는 것이 싫다는 이야기였다. 그러니까 벨로나에겐 무엇 하나 좋을 것 없는 일이었다. 사실 그래서 약국도 작게, 조그마하게 꾸려 나갔으면 했던 것이었다. 그런데 어느 순간 커지더니 이제는 쉬는 날조차 없게 되어 버렸다.

쉬는 날조차 없어져 매일매일이 힘든데도 불구하고 그것이 벨로나는 싫지 않았다. 물론 이것은 벨로나가 전생부터 가지고 있던, 워커홀릭 기질이기도 했다. 하지만, 로웰이라는 존재는 예외였다. 바쁜데도 불구하고 벨로나는 시간을 쪼개 로웰을 만나고 싶었고, 로웰과의 시간이 점점 싫지가 않아졌다.

오히려 약국이 끝나는 시간이나 출근 시간을 기다릴 때도 있었다.

물론, 출근 시간은 제시간에 일어나는 일은 거의 없으니 드문 일이긴 했지만 말이다.

"한 달 지났는데……."

벨로나가 작게 중얼거렸다. 애초부터 황제초를 키우기 위한, 적어도 벨로나에게는 그런 계약 기간이었다. 하지만 마치 그런 기간 따위는 까먹은 것처럼 행동하는 로웰의 모습이 당황스러웠다. 그러면서도 굳이 그 이야기를 꺼내지 않는 스스로에게도 벨로나는 이상함을 느꼈다.

황제초는 피지 않았다. 아직 죽지는 않았지만 곧 황제초도 시들어 사라질 것이 분명했다. 이미 벨로나에게는 의미를 잃은 계약이었다. 그럼에도 불구하고 벨로나는 아주, 정말 아주 조금이지만 이 시간이 좀 더 길게 이어졌으면 했다.

'좋아한다는 건 어떤 느낌일까.'

벨로나가 이불 속에 파고들며 생각했다. 단 한 번도 누군가를 진심으로 믿고 좋아해 본 적이 없어서, 벨로나는 모든 것이 어색하기 그지없었다. 그러니까 유디스도 그렇고, 로웰도 그렇고 그렇게 자신의 감정에 충실한 사람은 벨로나에게 있어 가장 다루기 어려운 사람이었다.

느리게 눈을 감고 이불에 얼굴을 파묻은 벨로나가 커튼 사이로 스며드는 달빛을 받으며 그대로 잠에 빠져들었다.

§

"드디어 오늘부터 일주일간 휴일이다!!"

몽블랑이 밝은 표정으로 말했다. 벨로나가 길게 한숨을 내쉬었다. 몽블랑은 늘 생각하지만 생각이 아주 조금 부족해 보인다고 벨로나는 생각했다.

"놀러 갈까?"

……아니, 좀 많이 부족한 것 같았다. 눈앞에 쌓여 있는 일거리를 놔두고 놀러 가자고 이야기를 하는 몽블랑의 뇌에 벨로나는 순수하게 감탄사를 보내고 싶었다. 그도 그럴 게, 드디어 완성된 약국으로의 이사가 큰 숙제로 남아 있었기 때문이다. 얼마나 심각한지 일주일간의 휴일이 주어졌음에도 불구하고 조금도 기쁘지 않을 정도였다.

어제 아침, 벨로나는 드디어 아르에게 약국 건축이 완성되었다는 이야기를 전해 들었다. 한 달하고도 이 주일 만에 완성된 것이었다. 다만 벨로나가 생각했던 것만큼 높게 지어지지는 못했다. 기술력의 한계인 모양이었다. 계단을 다섯 개쯤 올라가면 2층인 형식으로 천장이 꽤 낮았다. 하지만 층은 네 개로 나뉘어져 있었고, 충분히 공간은 분리되어 있었다.

"일이 많은데 어딜 놀러가요, 몽블랑."

"이사 정도는 내일부터 하자. 이게 얼마만의 행복한 휴일인데! 벨로나, 너도 마찬가지지?"

정말 티끌 하나 없이 해맑게 웃으며 말하는 몽블랑의 모습에 벨로나가 입을 꾹 다물었다. 정확히는 할 말이 없었던 것뿐이지만 사실은 몽블랑의 말도 틀린 말이 아니었기 때문이다. 그만큼 벨로나도, 함께 했던 로웰도, 레이먼도, 슈가도 쉼 없이 달려왔다.

그것을 생각하면 벨로나도 바로 또 이사를 하고, 이사가 끝나면 일을 시킨다는 것이 내키지 않았다. 함께 여행이라도 가면 좋을 것 같았다. 고기도 구워 먹고, 캠핑 형식으로 같이 계곡에 가서 놀다가 오는 것도 충분한 힐링이 될 것 같았다.

아마도 그것은 함께 달려온, 제 약국의 직원 모두가 마음껏 쉴 수 있는 드문 기회가 아닌가 싶었다.

"이사 빨리 끝내고, 기간을 조금 더 잡아서 같이 여행이라도 갈까요? 모두 함께요."

"누나랑 같이요?!"

"응. 나도 같이 가지, 당연히."

"물론 이 형들도 같이 가는 거겠죠……?"

신난 표정으로 말하던 슈가의 얼굴이 불쾌하게 가라앉았다. 그 명백히 눈에 보이는 표정 변화에 벨로나가 결국 웃음을 터뜨렸다.

"푸흐흡…… 아하하하하, 정말."

갑작스럽게 커다랗게 웃음을 터뜨린 벨로나에게 슈가와 세 남자의 시선이 꽂혔다. 허리까지 반으로 접으며 웃음을 터뜨리던 벨로나가 눈에 맺힌 생리적인 눈물을 손가락으로 닦아 냈다. 벨로나의 모습에 레이먼과 몽블랑도 키득거리며 웃음을 흘렸다.

그 모습을 가만히 바라보던 벨로나가 픽- 바람 빠진 소리를 내며 식탁 의자에 앉았다.

"기간을 좀 늘리고, 느긋하게 해 볼까요? 생각해 보면 너무 쉴 새 없이 달려온 것 같아요. 태어나서부터 지금까지 계속요."

이렇게 웃음을 흘리고, 즐거움을 만끽하던 날은 벨로나의 기억, 적어도 지금 생의 기억에서는 극히 드물었다. 차라리 없었다고 하는 것이 더 맞을 정도로 찾을 수 없을 만큼 깊게 박혀 있었다. 그러니까 벨로나는 이 북적북적하고 개성 강한 사람들에게 둘러싸여 있는 현재가 꿈결처럼 느껴질 때도 있었다.

"한 달 정도로 해요. 한 달이면 이사도 하고, 같이 휴식을 빙자한 캠핑도 가고, 레이먼은 부모님 집도 한번 다녀오시고요."

벨로나가 옅은 미소를 띠며 지금에서는 꽤 오래된 기억처럼 느껴지는 사실을 꺼내 들었다. 레이먼의 얼굴이 묘하게 굳어졌다. 싫다거

나 불쾌해서 굳은 얼굴이라기보단 그것은 놀람에 가까운 감정처럼
보였다.

"응, 그래야지."

"한 달 동안 각자 푹 쉬고, 해결할 게 있으면 해결하고, 그리고 마
지막에 다시 돌아와서 약국에서 동고동락해요."

벨로나가 말했다. 겨우 일주일은 이사하기도 촉박한 시간이었다.
사실은 이렇게 빠르게 할 필요가 없는 것들이었다. 어차피 벨로나의
약국이 없을 때에도 이 세계는 충분히 각자만의 스타일을 가지고 생
존했고, 또 사람들은 그렇게 살아갔다. 조금은 이기적일지는 몰라도
벨로나에게는 시간이 필요했다. 정확히는 휴식이 필요했다.

그리고 갑작스럽게 일하게 된 다른 직원들에게도 시간을 주고 싶
었다.

"일단, 이사를 먼저 할까요, 캠핑을 먼저 갈까요."

"당연히……."

슈가를 포함한 세 명의 남자가 서로 눈치를 살피더니 입을 열었
다.

"캠핑이지!!!"

다 큰 남자도 어김없이 커다랗게 말하는 한심한 모습에 로웰도
픽- 바람 빠진 웃음을 흘렸다.

"나도 캠핑이 좋다."

결국 그들의 말에 동조하듯 작게 대답했다.

"그럼 일단, 고기부터 사야죠. 캠핑의 꽃은 고기!! 아, 그리고 이번
여행은 발길 가는 대로 가는 여행입니다. 괜찮아요?"

"난 이미 준비 완료야, 벨로나."

커다란 가방에 무엇을 그렇게 꽉꽉 채워 넣었는지 곧 터질 것 같은
배낭 가방을 몽블랑이 메고 있었다. 몽블랑은 상기된 표정으로 가장

먼저 방을 나서려는 듯 문고리를 열어젖힌 모양새로 벨로나에게 말했다. 그 재빠른 스피드에 벨로나가 감탄 아닌 감탄을 흘리며 고개를 끄덕였다.

"근데 전 아직 짐도 안 챙겼고, 레이먼이나 슈가도 아직 짐을……."

벨로나가 흥분한 몽블랑을 진정시키려는 듯 레이먼과 슈가가 있는 방향을 바라봤다. 그리곤 그대로 굳어졌다.

"……다, 쌌네요?"

로웰을 제외하고는 이미 오래전부터 여행 가방을 준비라도 해 놓은 것 같은 모양새에 결국 벨로나가 가게에 있는 짐만 간단히 챙긴 채 기대감으로 가득 찬 세 사람의 뒤를 따라나섰다. 로웰은 늘 그렇듯 벨로나의 옆에서 함께 걸었다.

"근데 먼저 가기에 따라가긴 하는데, 대체 어디 가시는 거예요?"

"내가 좋은 곳을 알고 있어! 계곡도 있고, 안 쓰는 산장도 있고! 사냥도 할 수 있는 아주 끝내주는 곳이야."

몽블랑의 말에 로웰이 미간을 찌푸렸다. 명백히 마음에 들지 않는다는 모양새였다.

사실 몽블랑의 말은 벨로나가 생각해도 신뢰성이 꽤 떨어졌다. 몽블랑이 그다지 거짓말을 하지 않음에도 그랬다. 몽블랑의 잔뜩 흥이 오른 얼굴 표정을 보던 벨로나가 머릿속에 있는 생각을 굳이 밖으로 꺼내지 않았다.

"멀어요, 몽블랑?"

"아니, 수도랑 그다지 떨어져 있지는 않아. 음, 마차 타고 가면 하루면 되는데."

성문 입구를 통과하기 전에 있는 마구간과 마차를 몽블랑이 가리키며 말했다. 사람은 다섯이고, 마차는 아무리 봐도 4인승이었다.

"흐음……."

몽블랑을 제외한 네 사람의 시선이 허공에서 마주쳤다. 몽블랑의 눈꺼풀이 한 번 깜빡거리는 순간, 로웰이 벨로나의 손을 잡은 채로 마차 쪽으로 뛰어갔다. 레이먼과 슈가도 그 뒤를 따라 마차 안에 올라탔다. 아니나 다를까 네 명이 들어감과 동시에 마차 안에는 더 이상 앉을 자리가 없었다.

"……나, 나는?!"

순식간에 꽉 찬 마차 내부에 몽블랑이 드물게도 당황한 표정을 하며 물었다.

"마부석이라도 앉아서 마부에게 길이나 안내해 주면 되겠군."

로웰이 미련 없이 대답했다. 그리고 로웰의 말이 끝나는 것과 동시에 창가 쪽에 앉은 슈가가 마차의 문을 닫아 버렸다. 몽블랑이 고개를 푹 떨어뜨린 후 마부석을 바라봤다. 후덕해 보이는 수염을 듬성듬성하게 기른 덩치 좋은 사내가 몽블랑을 바라보고 있었다. 몽블랑이 마차 안에 있는 네 사람에게 들으라는 듯 커다란 한숨을 내쉬곤 마부석의 옆자리에 앉았다.

"쉘 마을로 가 주세요."

기운이 쭉 빠진 몽블랑의 목소리에도 마부는 거리낌 없이 호탕하게 출발했다. 마부만큼이나 우렁찬 말의 울음소리와 함께 마차가 덜컹거리며 출발했다. 이 사건으로 하나 더 알게 된 사실이 있다면, 몽블랑은 벨로나의 생각보다 꽤 속이 좁은 면도 있는 남자라는 사실이었다. 이 이야기를 앞으로 몇 년간 계속 듣게 될 것이라고 생각했다면 벨로나는 결코 그를 밖으로 내쫓지 않았으리라.

"벨로나, 레이먼. 나 빼고…… 러브러브한 마차 데이트는 재밌었어?"

마차에서 내리자마자 뒤로 다가와 귓가에 속삭이는 몽블랑의 목소리에 벨로나가 몸을 떨었다. 비단 몽블랑이 갑작스럽게 나타난 것 때문만은 아니었다. 몽블랑의 낮은 목소리가 소름이 돋을 정도로 음침했다는 것이 문제였다.

"몽블랑? 화났어요?"

"아니, 내가 왜 화가 났겠어. 날파리들과 차가운 바람과 함께하는 하룻밤도 나쁘지 않았어. 차가운 얼음물에 들어가는 느낌이었지."

명백히 스스로가 화가 났다는 사실을 몽블랑은 드러내고 있었다. 사실 몽블랑이 밖에서 하룻밤을 지새워 준 덕분에 간밤에 벨로나는 꽤 편하게 잠을 잤다. 로웰이 배려를 해 준 것도 있었지만, 몽블랑이 없으니 마차 안이 상당히 조용했다. 처음에는 미안해했던 벨로나도 그쯤에는 결국 몽블랑 생각은 하지 않게 되었다.

"미안해요, 몽블랑."

조금만 더하면 분노로 길길이 날뛰지 않을까 걱정이 되었던 벨로나가 먼저 굽히고 들어갔다. 사실 몽블랑이 그럴 확률은 거의 없었지만 벨로나는 오랜만에 느끼는 편안함을 놓치고 싶지 않았다. 그리고 그것은 몽블랑에게도 적용되었다. 부디 몽블랑도 마지막까지 즐겼으면 하는 바람이었다.

"아아, 정말 그런 표정은 하지 마."

몽블랑이 벨로나의 얼굴을 힐끗 보더니 결국 머리카락을 휘저으며 말했다.

몽블랑의 입장에서는 장난이었는데 벨로나의 얼굴에는 깊은 수심이 드리워졌기 때문이다. 온갖 생각을 하고 있는 것이 분명한 얼굴이었다.

몽블랑이 보기에 벨로나는 안정된 것이 부서지기를 바라지 않는 성격을 가지고 있었다. 아마도 이 안에서 이런 아슬아슬하면서도 묘하게 안정적인 관계가 부서지길 원하지 않는 마음이 가장 큰 사람은 벨로나가 분명했다.

"이 숲 안으로 들어가면 목적지야. 걸어서 가야 하는데 괜찮지?"

몽블랑이 대화를 돌리듯 손동작을 크게 하며 말했다. 몽블랑의 말에 동의하듯 벨로나가 고개를 끄덕였다. 몽블랑이 숲 안으로 앞장서듯 들어갔다. 밖에서 볼 때는 그렇게 어두워 보이지 않던 숲이 안으로 들어갈수록 점차 어두워졌다.

분명 환한 아침임에도 불구하고 안으로 들어갈수록 하늘은 초저녁이 되더니 이내 깜깜한 밤처럼 변해 버렸다. 짐승들의 눈빛이 빛을 반사해 매섭게 빛났다.

벨로나가 미간을 찌푸렸다. 주변이 축축하고 칙칙한 것이 약초가 잘 자랄 만한 환경도 아니었다.

결국 참고 묵묵히 따라가던 슈가가 입을 열었다.

"여기 맞아요? 대체 어디를 가는 거예요?"

"아, 조금 더 들어가야 돼. 괜찮아, 괜찮아. 내가 예전에 국경 수비대한테 쫓기다가 발견한 곳인데 너무 좋아서 눌러앉을 뻔했다니까."

몽블랑의 말에 슈가가 입을 꾹 다물었다. 몽블랑이 없는 말을 하는 사람이 아니라는 것은 벨로나는 물론, 함께 일을 한 사람이라면 충분히 알 만한 사실이었다. 그만큼 몽블랑은 생긴 것답지 않게 성실했다. 또한 자신이 할 수 있는 일이 아니라면 결코 하지 않았다.

"얼마나 더 가야 하는데요? 몽블랑."

성인들의 걸음을 따라가기 벅찼는지 점점 슈가의 얼굴이 어두워졌다. 슈가를 한 번 본 벨로나가 몽블랑에게 물었다. 몽블랑이 침음을 흘리며 돌 사이사이를 이리저리 뛰어다니더니 이내 손가락으로 숲의 중심을 가리켰다.

"거의 다 왔어."

탐험을 하는 것도 아니고, 땀만 삘삘 흐르는 고생길이었다. 이런 숲 속에 제대로 된 무언가가 있을 것이라는 생각이 들지도 않았다. 불안한 마음이 울컥울컥 솟아오르는 것을 벨로나가 꾹꾹 눌러 담았다.

몽블랑이 거의 다 왔다고 한 뒤로도 약 15분을 더 걸어서야 벨로나 일행은 숲의 중심에 도착할 수 있었다.

"도착, 여기야!"

"허, 우와아…… 바깥이랑은 완전 다른데요……?"

눈앞에 펼쳐진 꽃밭과 작지만은 않은 연못에 로웰조차 놀란 표정을 지었다. 꽃밭의 한가운데에는 나무로 된 오두막이 하나 있었다. 근처가 숲이니 땔감은 어렵지 않게 구할 수 있을 것 같았고, 오두막도 다섯이서 바닥에 누워서 잔다면 충분히 사용 가능한 크기였다.

"여기, 누가 쓰던 곳이에요?"

"아, 나! 내 비밀 아지트야. 쉬고 싶을 때마다 들어와서 며칠이곤 있다가 가고 그래. 원래는 오두막도 없었는데, 내가 지었어. 그래서 좀 허술해."

그래도 무너지진 않으니까 걱정 마! 몽블랑이 덧붙여 말했다.

몽블랑의 말이 농담처럼 느껴지지 않는 것은 오두막이 조금 기운 것 같기도 하고, 일반 집처럼 꼼꼼한 것 같지도 않았기 때문이었다.

어쨌든 벨로나를 포함한 네 명은 몽블랑이 이 오두막을 지었다는 사실이 그다지 믿기지 않았다. 몽블랑은 그만큼 해맑았으며, 아무렇지도 않다는 듯 그것에 대해 이야기를 했기 때문이었다.

"좋지? 쫓기다가 발견한 후로 내 집 같은 곳이야."

몽블랑이 그 말이 진실이라는 것을 증명이라도 하려는 듯 거리낌 없이 오두막 안으로 들어갔다. 열린 오두막의 문이 덜렁거렸다. 익숙하게 들어간 몽블랑의 뒤를 따라 레이먼이 앞장섰다. 정확히는 로웰의 발에 차인 레이먼이 어쩔 수 없이 앞장선 것이었다.

"……진짜 낡았네."

레이먼이 불만을 토했다. 사실은 불만이라고 말하지 못할 이유가 없었다. 그만큼 오두막은 안에서 보면 더 가관이었다. 얼마나 청소를 하지 않았는지 뽀얗게 쌓인 먼지가 낡은 침대 위나 가구 위에 눈에 보일 정도로 가득히 쌓여 있었다. 그 침대 위에 아무렇지도 않게 눕는 몽블랑의 모습에 내내 가만히 있던 벨로나가 입을 벌릴 정도였다.

"여기 숲 안쪽으로 들어가면 멧돼지 같은 것도 많아서 먹는 거엔 문제없어."

먹는 것보단 조리 도구가 문제일 것 같다고, 벨로나가 생각했다. 아닌 게 아니라 실제로도 그랬다. 녹이 슬거나 먼지로 뒤덮여 있어서 절대 그냥 사용할 수는 없을 것 같았다. 그리고 그 처참한 조리 도구의 상태를 보고 가장 먼저 경악한 것은 레이먼이었다.

"이 안으로 쭉 가면 과일도 있고, 강도 있어. 오랜만에 즐겁게 놀자고, 아가씨."

침대에 양반다리를 하고 앉은 몽블랑이 씩 웃으며 말했다.

"이사 가면 또 쉴 날도 없을 테니까 양보해 드릴게요."

벨로나가 장단을 맞추듯 장난스럽게 대답했다. 주섬주섬 조리 도구를 챙기는 레이먼의 얼굴만 제외하면 모두가 밝은 표정이었다.

벨로나는 이 한 달간의 휴식기 동안 어수선했던 모든 것들을 정리하고 싶었다. 주문을 받는 방식이나, 납품의 방식이…… 납품?

"으악!! 잠깐 다들 여기 계세요, 저 통신구로 대화 좀 하고 올게요!!"

갑작스럽게 떠난 덕분에 납품을 한동안 받지 않고, 또 파스와 팩의 납품이 어렵다는 이야기를 미처 하지 못했다. 다른 건 괜찮지만 돈과 물건이 왔다 갔다 하는 이것만큼은 반드시 사전에 이야기를 해야 할 부분이었다. 완전히 몽블랑의 페이스에 휘말려 잊고 있었다.

벨로나가 순식간에 수풀 사이로 사라졌다.

"몽블랑, 넌…… 밥 없어. 나 이거 닦아 올게."

레이먼이 벨로나가 사라지자마자 몽블랑에게 낮은 목소리로 말했다. 눈에 가득한 원망에 몽블랑이 흠칫, 몸을 떨었다. 녹과 먼지로 뒤덮인 조리 도구를 품에 한가득 안은 채 레이먼이 자리에서 벗어났다.

"저기…… 나 또 뭐 잘못했어?"

떠나는 레이먼의 뒷모습을 쳐다보던 몽블랑이 로웰과 슈가를 보며 애처롭게 물었다. 물론 두 사람에게서 대답이 들려오는 일은 없었다. 단지 한심한 표정으로 몽블랑을 다시 한 번 쳐다봤을 뿐이었다.

슈가가 가지고 온 돗자리를 바닥에 펼쳤다. 로웰도 짐을 내려 두고 돗자리 위에 앉았다. 오두막보다는 오두막에서 멀찍이 떨어진 꽃밭 위에 자리를 잡은 두 사람에 몽블랑이 눈동자를 도르륵 굴렸다. 그리고는 게걸음으로 찔끔찔끔 다가가 돗자리 끄트머리에 자리 잡았다.

"왜? 안에 들어가지 않고."

로웰이 한쪽 눈을 치켜뜨며 물었다. 정확히는 비꼬았다는 것이 조금 더 옳았다.

"왕따는 싫으니까."

몽블랑이 금세 괜찮아진 얼굴로 어깨를 으쓱이며 대답했다. 순식간에 변하는 태세에 로웰이 고개를 돌렸다. 벨로나가 사라진 방향이었다. 오두막 뒤쪽으로 가더니 꽤 소식이 없었다. 갑작스럽게 떠난 여행으로 인해서 벨로나는 뒷수습에 더 바쁜 듯했다.

로웰은 이 평화로운 시간이 제법 마음에 들었다. 가능하다면 그는 이 시간이 계속되길 바랐다. 하지만 그럴 수 없다는 건 로웰도 알고

있었다. 벨로나의 손을 계속 잡고 있고 싶다면 해결해야 하는 것이
있었다.

'네 막냇동생이라는 놈이 나한테 의뢰를 했었거든. 물론 너 만나기
전에.'

그 살수집단 전에 설마 스승님께 연락이 갔을 줄 로웰은 생각지도
못했다.

로웰이 깊게 숨을 들이쉬었다. 황궁과는 인연을 끊었다. 하지만
정보에 의하면 나이드는 여전히 로웰 자신을 찾고 있는 듯했다.

정보길드 같은 곳에 가면 옛날 로웰의 신상정보가 나돌 때가 많았
다. 물론 지금 로웰과 옛날 로웰을 매치해서 알아보는 이는 없었다.
그건 그나마 로웰에게 다행인 일이었다. 로웰은 여전히 황위에는 관
심이 없었다. 오히려 지금 벨로나의 옆에 있는 것이 마음이 더 편했
다.

'에스페라를 만나러 가야 하는 건가.'

이 상황의 해결 방법은 결국 만나서 대화하는 것뿐이었다. 그것도
아니면 나이드가 한 번 더 로웰의 목에 검을 들이댈 때 로웰이 그 손
을 베어 버리는 것뿐이었다. 로웰은 그만큼 나이드의 증오가 깊다고
생각했다. 듣자 하니 나이드가 바로 위의 에스페라에게 꽤 집착을 하
고 있다고 들었다.

아마도 에스페라의 다정한 성격이 그의 마음에 든 듯했다. 에스페
라와 나이드는 거의 붙어서 자라다시피 했으니 어쩔 수 없을지도 몰
랐다. 나이드에게 로웰은 제 형이 마땅히 가져야 할 것을 눈앞에서
가로채 간 사람일지도 몰랐다.

"로웰!"

"벨로나."

"무슨 생각을 그렇게 해요?"

"그냥, 옛날 생각이다."

로웰이 쥐고 있던 주먹을 조심스레 폈다. 그리고는 팔을 뻗어 벨로나를 돗자리 위에 앉혔다. 벨로나가 순순히 끌려와 로웰의 옆자리에 앉았다. 슈가는 뚱한 표정을 하더니 벨로나의 무릎 위에 쪼르르 다가와 앉았다.

"누나, 무거워요?"

"응? 아니. 우리 슈가 좀 더 많이 먹어야겠는데?"

벨로나가 슈가의 하얀 머리카락을 쓸어 넘겼다. 슈가가 손길을 느끼는 듯 눈을 감고 배시시 웃어 보였다. 로웰이 불쾌한 표정으로 슈가를 내려다봤지만 따로 제지하지는 않았다. 대신 말없이 벨로나의 다른 손을 붙잡았다.

"아가씨, 나도."

몽블랑이 불쑥 얼굴을 들이댔다. 벨로나가 멀뚱한 표정으로 고개를 기울였다. 이해하지 못한 것이 분명한 벨로나의 모습에 몽블랑이 검지로 제 머리를 가리켰다.

"머리, 나도 쓰다듬어 줘."

몽블랑이 씩 웃으며 말했다. 벨로나가 당황스런 표정으로 눈동자를 굴렸다. 로웰을 슬쩍 올려다보니 아니나 다를까 로웰의 손이 이미 몽블랑의 뒷덜미를 잡은 후였다. 로웰이 몽블랑을 돗자리 밖으로 던졌다.

"아파!! 저 꼬맹이는 되고 난 왜 안 돼?!"

"넌 위험인물이니까."

로웰이 짧게 대답하고 아예 몸을 돌렸다. 몽블랑의 시야에서 벨로나를 가려 버린 로웰이 그녀를 쳐다봤다. 벨로나가 눈을 깜빡이고 있었다. 조금의 감동도 받지 않은 표정이었다. 멀어 보이는 갈 길에 로웰이 한숨을 뒤로 삼켰다.

"그나저나 레이먼은요?"

"녹슨 식기 들고 강에 갔다. 닦아 오려는 모양이야. 몽블랑에겐 밥도 없다더군."

굳이 말하지 않아도 될 말을 로웰이 덧붙였다. 벨로나가 키득키득 웃음을 터뜨렸다. 입을 가리고 있었지만 벌벌 떨리는 어깨는 눈에 띄었다. 슈가의 어깨에 얼굴을 묻은 벨로나를 바라보던 로웰이 손을 뻗었다. 그리고 슈가의 뒷덜미를 잡아채 자신의 옆자리에 내려놓았다.

"어?"

슈가가 멍한 표정을 지었다. 갑작스레 공중에 몸이 붕 뜨더니 푹신하고 따뜻하던 온기가 사라졌다. 상황 파악을 못 한 듯 한참을 가만히 앉아 있던 슈가가 로웰을 노려봤다.

"이게 무슨 짓이에요?!"

"······애도 아니고 왜 무릎에 앉아 있어?"

"저 아직 애거든요!"

슈가의 반박에 로웰의 입이 다물어졌다. 슈가의 말에 틀린 것은 없었다. 그렇다고 다른 말을 하기엔 간신히 목을 빼고 있는 자존심이 완전히 고개를 숙일 것 같았다. 로웰이 팔짱을 낀 채 말없이 고개를 돌렸다.

"누구 나랑 사냥 갈 사람?"

몽블랑이 손을 번쩍 들었다. 몸을 앞뒤로 흔들며 시원하게 웃어 보이는 그 모습에 로웰이 일어났다. 슈가를 던져 버릴 줄 알았던 로웰의 의외의 선택에 몽블랑이 눈을 크게 떴다. 그리고는 이내 씩 웃으며 몸을 일으켰다.

"로웰! 저는 고기요!"

"그래."

로웰이 고개를 끄덕이며 수풀 안으로 사라졌다. 로웰의 뒷모습을 묘한 표정으로 바라보던 슈가도 벌떡 일어났다. 갑작스런 슈가의 행동에 벨로나가 쳐다봤다.

"슈가는 왜?"

"저는 장작으로 쓸 나무 좀 주워 올게요."

"아, 그럼 같이 가자. 나만 여기 앉아 있는 것도 아닌 것 같고."

벨로나도 돗자리에서 일어났다. 때마침 멀리서 레이먼이 걸어오고 있었다. 녹이 슬었던 식기들은 대충 쓸 만한 모양새가 되어 있었다. 레이먼이 얼마나 고생을 했는지 눈에 빤히 보였다. 벨로나와 슈가를 발견했는지 레이먼의 걸음 속도가 빨라졌다.

"어디 가게?"

"아, 요리할 때 장작 필요하니까 슈가랑 같이 주워 올게요. 몽블랑이랑 로웰은 사냥에 나갔어요."

벨로나가 돗자리 위에 적당히 묵직한 돌을 올려 두며 말했다. 바람이 불어 돗자리가 이리저리 휘날렸지만 하늘로 날아가는 일은 없었다. 레이먼이 고개를 끄덕이며 식기들을 돗자리 위에 내려놓았다.

"그래? 알겠어. 난 음식 준비나 해 둘게."

"재료 있어요?"

"기본적인 야채 같은 건 가지고 왔지."

레이먼이 가방을 가리키며 말했다. 벨로나가 어색하게 웃었다. 그 잠시 동안 슈가나 레이먼이나 준비성 하나 철저했다. 설마 음식 재료까지 챙겨 왔으리라고는 생각지도 못했던 벨로나가 고개를 끄덕였다.

"그건 다행이네요, 그럼 다녀올게요."

"응, 조심히 다녀와. 장작은 마른 거 위주인 거 알지?"

벨로나가 고개를 끄덕이니 레이먼이 손을 흔들며 배웅했다. 슈가의 손을 맞잡은 벨로나가 로웰이 사라진 것과 반대 방향으로 몸을 틀었다. 슈가가 밝은 표정으로 벨로나의 손을 마주 잡았다.

"누나 손은 따뜻해요."

"그래? 슈가 손도 따뜻해. 그래도 장작 집으려면 놔야겠네."

벨로나의 말에 슈가가 아쉽다는 듯 천천히 손을 놓았다. 숲속 안쪽이었기 때문에 나뭇가지를 찾는 건 그다지 어렵지 않았다.

"있잖아, 슈가."

"네, 누나."

"슈가는 로웰이 어떤 사람인지 알고 있어?"

장작을 줍기 위해 쪼그려 앉은 벨로나가 물었다. 그러자 슈가가 조금 가라앉은 표정으로 벨로나를 향해 몸을 돌렸다.

"……로웰 형이요?"

"응, 로웰은 별로 옛날이야기나 자기 이야기를 해 주지 않으니까. 슈가는 뒷세계에서 일을 했다고 했으니까 뭘 좀 알고 있을까 해서……."

벨로나가 말끝을 흐렸다. 타인의 과거를 묻는 일이 꽤 실례되는 일이라는 건 벨로나도 알고 있었다. 그건 나이가 어리든 많든 관계없는 일이었다. 로웰의 일은 로웰에게 물으면 되겠지만 로웰에게 말을 걸기엔 어딘가 조금 어려웠다.

"왜, 로웰은 항상 먼 곳을 보면서 묘한 표정을 짓거든. 아마도 옛날 일을 생각하는 게 아닌가 해서……."

함부로 건드릴 수가 없었다. 로웰의 그 깊은 곳까지 발을 내딛어 버리면 어쩐지 영원히 돌아올 수 없을 것 같았다. 벨로나가 로웰에게 함부로 물어볼 수 없는 이유였다.

벨로나가 모은 장작을 한쪽에 곱게 쌓았다. 부러진 나뭇가지들이 얼키설키 바닥에 쌓였다.

"정말 듣고 싶어요? 누나."

슈가가 제법 진지한 표정으로 물어 왔다. 벨로나가 고개를 끄덕였다. 슈가가 쪼르르 다가와 벨로나의 옆에 쪼그리고 앉았다. 무릎을 끌어안은 슈가가 나무에 몸을 기댔다.

"근데 로웰 형 생긴 것처럼 신비주의라서 저도 별로 아는 건 없어요."

"그래?"

"네, 몇 년 전에, 그러니까 한 2-3년 전쯤에 갑자기 나타나서…… 귀족이나 살수집단 위주로 사람을 죽이고 다녀서 목에 반역죄가 걸려 있다는 게 제일 유명하겠네요."

귀족 스무 명 살해 및 반역죄. 벨로나가 느릿하게 눈을 깜빡였다. 슈가의 말에 벨로나가 살짝 고개를 틀었다. 지금 생각해 보면 로웰이 지고 있는 죄의 무게는 결코 가벼운 것이 아니었다. 그래도 벨로나가 보기에 로웰은 악인으로 보이진 않았다.

"귀족들 중에는 황제파인 사람들이 많아서 로웰 형 목에 걸린 상금도 무거워요."

"1만 골드라고 처음 만났을 때 본 것 같아."

범죄자의 목에 1만 골드가 걸려 있는 경우는 흔치않았다. 그럼에도 로웰을 놓아 버릴 수 없는 건 묘한 인연이 여태까지 이어졌기 때문일 확률이 높았다.

"그러고 보면, 갑자기 나타난 로웰 형이 한동안 나이드 대공과 그 측근 귀족들의 정보를 찾는다는 소문이 자자했어요."

"나이드 대공?"

슈가의 말에 벨로나가 눈을 깜빡이며 되물었다. 벨로나는 바깥 사정에 꽤 어두운 편이었다. 정치나 관련되는 민감한 이야기는 자세히 알지 못했다. 바람을 타고 소문으로 들려오는 이야기는 제법 많았지만 벨로나는 그것들에 귀를 기울이는 편이 아니었으니까.

"아, 이전 황제의 셋째 아들. 그러니까 막내 황자예요. 제국에는 원래 세 명의 황자가 있었거든요."

슈가의 설명에 벨로나가 고개를 끄덕였다. 예전에 갑작스럽게 나타난 황태자의 이야기로 제국 전체가 떠들썩했던 적이 있었다. 바깥 이야기에 큰 관심이 없는 벨로나가 알고 있을 정도였다. 하지만 그 뒤에 어떻게 되었는지는 잘 알지 못했다.

결국 황제가 된 것은 둘째 황자라는 이야기만이 들려왔으니까.

"지금 황제 폐하는 둘째 황자였던 분이잖아."

"네, 맞아요. 왜냐면 당시 셋째 황자였던 나이드 대공이 갑작스럽게 나타났다는 황태자를 죽이려고 해서……."

말을 하던 슈가의 목소리가 점점 작아지더니 이내 끊겼다. 슈가의 눈은 커다랗게 떠진 채였다. 땅바닥에 시선을 고정한 슈가가 입을 벌리고 한참을 가만히 있었다. 생각에 잠긴 모습이었다. 어쩐지 굉장히 당황한 표정을 슈가는 하고 있었다.

"슈가?"

"……설마, 그럴 리가."

슈가가 작게 중얼거렸다. 벨로나가 고개를 기울였다.

"내가 왜 이걸 이제 알았지……."

"슈가."

슈가가 다시 자책하는 혼잣말을 내뱉었다. 슈가는 깊게 생각에 잠겼는지 옆에서 벨로나가 여러 번 불러도 반응이 없었다. 지친 벨로나가 슈가의 어깨를 흔들었다.

"슈가."

"네? 아, 네. 누나."

"갑자기 왜 그래? 뭐 생각난 거 있어?"

"아, 아뇨. 어쨌든 나이드 대공이 황태자를 죽였어요. 나이드 대공은 현 황제와 우애가 굉장히 깊다는 소문이 자자했거든요. 그래서 결국은 지금 황제가 둘째 황자라는 이야기예요."

슈가가 급히 말을 끝내며 일어났다.

"제가 아는 건 거기까지밖에 없어요. 죄송해요, 도움이 못 돼서."

슈가가 고개를 푹 숙여 왔다. 미안함이 가득한 슈가의 표정에 벨로나가 고개를 저었다. 모아 놓은 장작을 품에 안은 벨로나가 손가락 끝으로 슈가의 머리카락을 살짝 쓸어 넘겼다. 슈가가 배시시 웃었다. 어딘지 개운하지 않아 보이는 미소였다.

"돌아가자."

"네, 누나!"

벨로나가 앞장서고 슈가가 뒤를 따랐다. 고개를 숙인 슈가의 표정이 어두워 보였다.

"어? 드디어 왔다. 장작 가지러 간대 놓고는 이렇게 늦으면 어떡해? 아가씨!"

몽블랑이 불퉁한 표정으로 벨로나를 탓했다. 돗자리 위에 세 남자가 옹기종기 앉은 채였다. 벨로나가 도르륵 눈동자를 굴리며 가벼운 웃음을 흘렸다.

"아, 벌써 사냥도 끝났어요? 죄송해요. 장작이 별로 없어서……."

벨로나가 말을 둘러댔다. 널린 게 나뭇가지였기 때문에 그다지 신빙성은 없었지만 벨로나를 탓하는 사람은 없었다. 레이먼이 벨로나가 모아 온 장작을 가져가 불을 붙였다. 로웰이 벨로나 쪽으로 성큼 다가왔다. 그리고 그 앞을 슈가가 가로막았다.

"뭐지?"

"로웰…… 아니, 로웰 형 나랑 이야기 좀 해요."

슈가가 로웰의 손목을 잡아채며 벨로나와 갔다 왔던 숲 반대쪽으로 이끌었다. 짜증 난다는 듯 얼굴을 구기면서도 로웰은 슈가의 손길을 뿌리치지 않았다. 어딘지 가라앉은 분위기를 본능적으로 눈치챈 듯했다. 벨로나가 멍하니 사라지는 두 사람을 바라보고 있었다.

한참 동안 안으로 들어간 슈가가 간신히 발을 멈췄다. 로웰이 붙잡힌 손을 거칠게 빼며 팔짱을 꼈다. 눈동자에 짜증이 서린 채였다. 슈가가 로웰을 올려다봤다.

"로웰. 아니, 로웰 형."

슈가가 제 머리를 스스로 거칠게 흩뜨리더니 로웰과 눈을 마주쳤다. 슈가는 진지해 보였다. 뭔가 곤란해하는 것이 분명한 눈빛이었다.

로웰이 주변을 한 번 살피고 다시 슈가를 쳐다봤다.

"무슨 일 있었나."

"당신…… 황태자야?"

몇 번이고 망설이던 슈가의 입에서 짧은 물음이 튀어나왔다. 슈가의 한마디와 동시에 로웰의 동공이 크게 확장됐다. 로웰이 나무에 기댔다. 팔짱은 이미 푼 채였다. 두 사람의 사이로 흐르는 적막을 바람이 흩뜨리고 지났다.

"……아니."

로웰의 입에서 한참 만에 대답이 흘러나왔다. 짧은 대답이었지만 그 안에는 복잡한 심경이 담겨 있었다. 그 미묘한 감정의 변화를 눈치채지 못할 만큼 바보가 아니었다. 슈가가 숨을 크게 들이마셨다.

"아까 장작 가지러 갔을 때 누나가 당신에 대해서 물어봤어."

고개를 돌렸던 로웰이 벨로나의 이야기에 슈가를 쳐다봤다. 슈가가 로웰과 눈을 마주친 채 말을 이어 갔다.

"그러다가 예전에 당신이 나이드 대공에 대한 정보를 수집하고 다

502

닌다는 이야기를 했고, 반역죄 이야기가 나왔어."

로웰의 손이 움찔, 떨렸다. 그것을 보며 슈가가 다시 입을 열었다.

"거기서 현 황제 폐하가 황위에 오른 배경을 누나가 모르는 것 같기에 설명을 하다가, 나이드 대공이 황태자를 죽였다는 이야기가 나왔어."

로웰의 검은 눈동자가 차갑게 가라앉았다. 방금 전까지 보였던 생기는 어디로 갔는지 죽은 생선과 비슷한 눈을 한 로웰이 슈가를 바라봤다. 섬뜩한 감각에 슈가가 주먹을 쥐었다. 슈가가 픽— 바람 빠진 웃음을 흘렸다.

"근데 나중에 나도 우연히 들은 거지만 살수대장은 황태자를 죽기 직전의 상태로 만들고 끝을 맺진 않았다더라고. 본인 말로는 단순한 여흥이라고 했지."

로웰의 손끝이 가벼운 경련을 일으켰다. 주먹을 쥐었다 펴며 그가 슈가에게서 시선을 돌리지 않았다.

"그래서 그 시기 일각에선 황태자가 살아 있는 게 아니냐는 소문이 자자했지만…… 결국 그 뒤로 몇 년 동안 소문은 없어서 잠잠해졌어."

로웰이 슈가에게 한 걸음 다가갔다. 무기질적인 눈동자가 슈가에게 향했다.

"황태자의 외모는 검은 머리카락에 검은 눈동자. 아담한 체구. 꽤 귀여운 미소년이라는 정보 외에는 없었지만…… 검은 머리카락이나 눈동자는 흔하진 않지만 그렇다고 드물지도 않아."

슈가의 눈이 로웰을 노려봤다.

"그렇게 따지면 당신이 왜 이유 없이 나이드 대공의 뒤를 캐고, 관련된 귀족들을 죽이고 다니는지 앞뒤가 맞아."

로웰의 눈동자가 느릿하게 눈꺼풀에 감춰졌다 드러났다. 단순히 깜빡임 한 번이었다. 슈가가 온몸을 짓누르는 살기에 이를 악물었다.

"당신, 자기 위치는 알고 누나한테 붙어 있는 거야?"

작은 맹수가 처음으로 이를 드러냈다.

"조그만 게 머리만 좋군. 하긴 앉아서 독약 연구만 했으니…….."

로웰이 낮은 목소리로 말했다. 로웰을 쳐다본 채로 슈가는 눈을 피하지 않았다. 로웰이 한숨을 내쉬고 뒤로 물러나 다시 나무에 기댔다. 팔짱까지 끼며 몸에 힘을 뺀 로웰이 슈가를 쳐다봤다.

"이 피크닉이 끝나면 이쪽에서 정리할 거다."

로웰이 담담하게 말했다. 어차피 정리해야 할 일이라는 것을 로웰은 잘 알고 있었다. 굳이 슈가가 말하지 않아도 나이드의 목을 베든 혹은 그와 타협을 하든 일은 마무리 지을 생각이었다. 로웰 역시 누군가의 검 끝이 벨로나를 향하는 것이 달갑지 않았다.

"……그 대공한테 쫓기고 있다는 건 맞지?"

"쫓기고 있다고 해야 하나, 정작 본인은 황제에게 근신 명령을 받아서 밖으로 나오지 못하는 것 같지만 말이야."

로웰이 한숨을 덧붙였다. 얼굴을 마주할 기회가 없었던 건 그것 때문이다. 황제인 제 형 말만큼은 죽어도 지키는 나이드 덕분에 로웰은 여태 그를 만나지 못했다. 그렇다고 그가 로웰을 향한 검을 멈춘 것도 아니었다.

여전히 나이드는 측근인 귀족들을 이용하고 있었고, 로웰은 그들의 목을 베었다. 애초에 로웰이 황태자였던 시절에 그를 암살하는 것에 동의했던 이들이었다. 귀족들의 목을 베는 것에 망설임은 없었다.

"당신이 누군지는 모르는 거야?"

"그건 내 수배지에 신원미상이라고 적힌 것만 봐도 알겠지. 얼마 전까지만 해도 어릴 때 사진이었지만."

로웰이 어깨를 으쓱이며 대답했다. 돌아가면 로웰은 황제를 만날 예정이었다. 나이드가 대화에 응해서 순순히 포기를 해 준다면 로웰은 더 이상 손에 피를 묻힐 마음이 없었다. 벨로나의 말대로 일단은 사람을 살리는 일을 하고 있으니까 말이다.

"내가 귀족을 죽인 건 정당방위고. 일단 먼저 나를 암살하려고 온 건 그쪽이니까 말이야."

로웰이 말했다. 로웰은 여태까지 정보를 캐고 다녔을 뿐 먼저 검을 빼 든 적은 없었다. 단지 살수집단을 꼬여 내서 목을 베었을 뿐이다. 그리고 그 배후인 귀족 우두머리를 죽였다.

"누나한텐 말 안 했어."

"그래, 나중에 내가 말하지."

대충 끝난 것 같은 이야기에 로웰이 기댄 나무에서 떨어졌다. 결국 로웰 입장에서는 쓸데없는 이야기였다. 어차피 로웰에게 있어서 벨로나의 일도, 나이드의 일도 해결해야 하는 사건이었다.

"진짜 문제없어?"

슈가가 눈을 가늘게 뜨며 의심스런 목소리로 다시 덧붙였다.

"어차피 언젠가 벌어질 일이었어."

수련을 하느라 늦었고, 정보를 찾느라 늦었고, 나이드가 모습을 드러내지 않아 여태까지 미뤄 온 일이었다. 그러다 벨로나의 생각이 나서 불현듯 발걸음을 한 것이었다. 피할 수 있었던 독침을 약간의 망설임으로 피하지 못했다. 아니, 그건 못 한 게 아니라 안 한 것이었다.

"로웰! 슈가! 어딨어요?!"

멀리서 벨로나의 목소리가 들렸다. 두 사람의 발걸음이 조금 더 빨라졌다.

"아, 거기 있었어요? 하도 안 와서 걱정했잖아요. 이쪽으론 짐승도 많다고 하고…….”

벨로나가 미간을 구긴 채 볼멘소리를 냈다. 말없이 다가간 로웰이 벨로나의 손을 잡았다. 물론 쪼르르 다가간 슈가도 벨로나의 반대쪽 손을 잡았다.

고소한 냄새가 풍기고, 장작불이 쌀쌀해지는 기온을 포근하게 감쌌다.

7

과거의 굴레

3박 4일의 갑작스런 여행을 가장한 캠핑은 쏟아지는 비로 인해 조금 일찍 막을 내렸다. 제법 튼튼하게 완성된 새 건물은 생각보단 아담했지만 다섯 명이 생활하기에 불편함은 없어 보였다.

"여기 두 개가 방이니까 두 명씩 사용하면 될 것 같아요."

벨로나가 계단을 타고 올라와 3층의 방을 가리키면서 말했다. 가장 안쪽 방은 벨로나의 것이었고 나머지 두 개는 2인실로 제작되어 있었다.

"아, 주방은 1층에 있으니까 짐 다 정리하고 1층에 모여요."

말을 끝낸 벨로나가 제 방으로 쏙 들어갔다. 덩렁 남겨진 네 사람이 한참 동안 말없이 눈치만 봤다. 그러다 로웰은 벨로나의 옆방으로 쏙 들어갔고, 몽블랑은 로웰과의 동침만은 피하고 싶은지 남은 방으로 조심스레 발을 들였다.

몽블랑이 방을 선택함과 동시에 슈가와 레이먼의 발이 움직였다. 콰앙- 문이 큰 소리를 내며 닫혔다. 로웰의 방으로 들어간 슈가가 문을 잠갔다.

"젠장!"

문밖으로 레이먼의 한 맺힌 한 마디가 들렸다. 슈가가 키득거렸다. 몽블랑은 워낙 시끄럽고 계속 말을 걸기 때문에 같이 있기엔 어려운 사람이었다. 그리고 그걸 모르는 사람은 없었다. 로웰 역시 몽블랑이 제 방으로 들어오지 않을 거라는 것을 예상하고 있던 참이었다.

"저는 어려서 노이로제 걸리니까 레이먼 형이 잘 커버해요."

슈가가 짓궂은 표정으로 얄밉게 한마디 던지고 로웰이 자리한 침대의 반대쪽에 앉았다. 콰앙- 옆방에서도 큰 소리가 들렸다. 레이먼이 짜증을 참지 못한 것이 분명했다.

"레이먼, 어디 가?"

"요리하러 간다. 이 화상아."

"오. 도와줄⋯⋯."

쾅- 몽블랑의 목소리가 거칠게 닫힌 문소리에 묻혔다. 나무 냄새로 가득한 방 안은 그리 나쁘지 않았다. 슈가가 짐을 정리하며 로웰을 쳐다봤다. 수도에 들어섰을 때부터 로웰은 꽤 심각한 표정을 짓고 있었다.

똑똑- 문이 두드려졌다.

"누나?"

슈가가 쪼르르 문으로 다가가 물었다. 레이먼은 내려갔고, 몽블랑이 예의 바르게 문을 두드리지는 않을 것이 분명했기 때문이었다. 달칵- 슈가가 문을 열었다. 로웰은 어느새 평소와 같은 무미건조한 표정을 하고 있었다.

"아, 내려가자고. 아직 준비 중이야?"

벨로나가 슈가를 바라보며 묻고 로웰을 힐끗 쳐다봤다. 로웰이 침

대에서 일어났다. 성큼성큼 걸어 나오는 모습에 슈가가 한숨을 푹 내
쉬었다.

"준비는 아까 다 했다."

"몽블랑도 불러올게요."

벨로나가 옆방을 가리켰다. 슈가와 로웰이 벨로나의 손을 붙잡았
다. 고개를 젓는 슈가를 쳐다본 벨로나가 고개를 들어 로웰에게 시선
을 주었다. 의아함이 가득 담긴 벨로나의 표정에 로웰이 몽블랑의 방
을 한 번 힐끗 보고 입을 열었다.

"잔다더군. 피곤해서."

"아, 그래요?"

오기 전까지만 해도 배고프다고 징징거리던 몽블랑이었다. 잠시
그것이 마음에 걸려 생각했지만 벨로나가 곧 고개를 끄덕였다. 로웰
이 그렇다고 하면 대부분은 그런 것이었다. 3박 4일간의 노숙 생활
에 온몸이 피곤한 건 벨로나도 마찬가지였다.

"그럼 우리끼리 내려가요."

하품을 한 벨로나가 계단을 내려갔다. 로웰과 슈가가 벨로나를 바
로 뒤따랐다. 밑에서는 한창 요리를 하는 중인지 달그락거리는 소리
가 들렸다. 달콤하고, 고소한 냄새가 1층에 가득했다. 넓어진 식탁에
벨로나가 자리 잡고 앉았다. 식기는 이미 놓여 있었다.

"레이먼! 뭐 도와 드릴까요?"

벨로나가 식탁에 널브러진 채 소리쳤다.

"아니, 간단한 음식이니까 안 도와줘도 돼."

"네, 필요하면 불러 주세요."

레이먼에게 대답한 벨로나가 하품을 크게 했다. 생리적으로 흘러
나오는 하품을 조절하는 능력을 벨로나는 가지고 있지 않았다. 눈에
서 눈물이 한 방울 뚝 떨어졌다. 로웰이 손을 뻗어 손등으로 닦으려

는 눈물을 손가락으로 훔쳐 갔다.

갑작스레 닿은 온기에 벨로나의 눈이 크게 떠졌다.

"로웰, 갑자기 이…….."

똑똑- 1층 밖에서 노크 소리가 들렸다. 세 명 다 일어나기 싫은지 아무도 대답하지 않았다. 전부 죽은 척하는 것 같은 적막에 벨로나가 소리 없이 웃음을 터뜨렸다. 엎드린 벨로나의 어깨가 크게 떨렸다.

쾅쾅쾅-! 이번엔 거친 노크 소리가 들렸다. 한숨을 푹 내쉰 벨로나가 벌떡 일어났다.

"누구세요오-"

벨로나가 문을 열었다. 어슴푸레한 하늘 아래 붉은 눈동자가 비쳤다. 검회색의 머리카락이 밤바람에 휘날렸다. 벨로나가 한숨을 내쉬고, 슈가가 숨을 들이켰다. 로웰은 무표정했다. 벨로나가 눈을 한 번 굴리고 조심스레 입을 열었다.

"어쩐 일이세요?"

"일전에 확인하지 못한 점원이 하나 있는 것 같아서 혹시나 해서 확인하러 왔다. 듣자 하니, 검은 머리카락에 검은 눈동자를 가진…….."

황제가 천천히 고개를 들다 벨로나 너머의 로웰과 눈이 맞았다. 그리고 미처 끝맺지 못한 말을 잇기 위해 천천히 입을 열었다.

"……인상이 좋은 남자라더군."

황제가 긴 숨을 들이켰다.

두 사람 사이의 묘한 기운이 약국 안을 떠돌았다. 벨로나도 상황이 이상한 걸 알았는지 한 걸음 뒤로 물러났다. 그리고는 로웰을 살폈다.

"……아우디스 형님."

황제가 아주 깊은 신음을 토하듯, 간신히 한마디를 내뱉었다. 아주 오랜만에 듣는 이름이라고, 로웰은 생각했다.

묵직한 무게가 느껴지는 목소리였다. 어렵사리 꺼낸 한마디에 벨로나는 당황스런 표정으로 황제와 로웰을 살폈다. 로웰은 여전히 아무런 말도 없었다. 황제가 주변을 의식한 듯 약국 문을 닫고 안으로 들어왔다. 레이먼도 음식을 만들다 주방에서 고개를 빼꼼 내밀고 있었다.

"로웰······?"

벨로나가 간신히 로웰의 이름을 불렀다. 상황이 이해되지 않았다. 벨로나는 상황을 살피며 계속해서 머리를 굴리고 있었다. 슈가는 입을 빼끔거렸지만 한 마디도 하지 못했다. 황제가 한 걸음 로웰에게 다가섰다.

"로웰이······ 황제, 아니 황제 폐하의 형님이라고요?"

벨로나가 머리를 짚었다. 벨로나가 알기로 로웰은 분명 반역죄와 귀족 살해죄로 수배된 범죄자였다. 그런 범죄자가 황제의 형일 리가 없었다. 무엇보다 황제의 형이라고 한다면 일전에 벨로나도 만난 기억이 있었다.

황제가 알려 줘서 알게 된 것이었지만 오래전 만난 동글동글하게 생긴 남자가 황제의 형이었다. 로웰은 그 남자와 닮은 게 하나도 없었다. 머리카락과 눈동자를 제외하면 키부터 성격까지 전부 달랐다.

"아니에요, 그럴 리가 없을 텐데요······."

벨로나가 답지 않게 더듬거리며 말했다. 황제는 고개를 저었다. 그의 눈동자에는 확신이 가득했다. 벨로나가 로웰을 쳐다봤다. 로웰도 벨로나를 쳐다보고 있었다. 황제의 말이 사실이라는 걸 대변하듯, 어떤 말에도 반박하지 않은 채.

"진······짜예요?"

벨로나가 하얗게 질린 표정으로 물었다.

"미안하다, 벨로나. 원래는 다른 방식으로 다른 때 말할 생각이었어."

로웰이 주먹을 쥔 채 조심스럽게 대답했다.

벨로나가 입을 꾹 다물었다. 한 번에 이해가 되지 않았다. 상황을 보던 레이먼은 주방으로 들어가 불을 끄고 아예 밖으로 나왔다. 황제와 로웰을 한 번 번갈아 본 벨로나가 허탈한 숨을 내쉬었다.

'5년 전에 치료해 준 사람이, 분명 황제의 형님이라고 했지.'

벨로나가 숨을 들이켰다. 로웰도 과거 자신을 본 적 있다는 이야기를 했었다. 그리고 5년 전 남자아이에 대한 이야기를 할 때 로웰의 태도. 엉망진창으로 놓여 있던 퍼즐이 드디어 하나의 완성작이 되어 가는 듯했다.

그 전부를 끼워 맞추면 대략 스토리가 완성됐다. 벨로나가 머리를 짚었다. 아니라고 하고 싶어도 본인이 인정했으니 더 이상 대꾸할 말은 없었다. 황제의 형이라는 것은 전 황태자라는 이야기였다.

"이거 꿈도 아니고, 농담도 아니겠죠?"

벨로나가 고개를 숙인 채 깊은 숨을 내쉬며 말했다. 대답은 들려오지 않았다. 아무도 대답하지 않고 있더라도 벨로나는 그 무언의 의미를 알 것 같았다. 5년 전 소년의 이야기를 하면서 웃었던 스스로가 멍청했다.

'얼마나 멍청해 보였을까.'

로웰도, 슈가도, 레이먼도, 몽블랑도 전부 각자의 사연이 있다는 것쯤은 알고 있다. 누군들 좋아서 뒷세계에 발을 들이겠는가. 각자 사정이 있고 이유가 있을 거라고는 생각했다.

그러니까 벨로나는 그들을 배려해서 그 안쪽으로 발을 들이진 않았다. 깊은 곳의 속사정까지는 묻지 않았다. 벨로나가 그러지 않았던 건 관심이 없어서가 아니었다. 혹여 상처가 될지도 모르는 사정을

'타인'으로서 헤집고 싶지 않았을 뿐이다.

로웰의 사정도 마찬가지였다. 어떻게 황태자가 반역자가 되고, 왜 황제가 그를 찾고 있는지는 알지 못했다. 알려고 한 적도 없었다. 이런 복잡한 관계로 얽혀 있을 거라곤 생각도 하지 않았으니까.

'근데 왜……'

벨로나는 지독한 배신감을 억누를 수가 없었다. 이유는 벨로나도 알지 못했다. 심장박동 소리가 귓가에 들렸다. 시야가 좁아지는 듯한 기분이 들었다. 울컥거리며 심장이 요동쳤다. 벨로나가 숨을 깊게 들이쉬었다.

"벨로나."

로웰이 그녀를 불렀다. 움찔, 몸이 떨렸다. 벨로나가 평소와 다름없이 미소 지으려고 노력하며 고개를 들었다.

"로웰이 황제 폐하의 형님이라고는 생각지도 못했네요."

벨로나가 박수를 짝, 치며 웃었다. 방금 전까지 배가 굉장히 고팠던 것 같은데 지금은 아무런 감각이 없었다. 덜 된 음식의 냄새가 공중을 떠다님에도 불구하고 그랬다.

'널 좋아한다, 벨로나. 처음 만났을 때부터 줄곧 좋아했어.'

이제야 벨로나는 알 수 있었다. 로웰의 '처음'은 5년 전 그때에 머물러 있다는 것을.

벨로나가 느리게 눈을 감았다 떴다.

"5년 전에 그 걸레짝 같았던 사람이, 로웰이었겠네요."

"그래."

"일전에 이야기 나왔을 때 말해 줬으면 좋았을 텐데요. 물론…… 많이 달라져서 알아보진 못했겠지만요. 미안해요."

벨로나가 평정을 가장하며 최대한 느리게 말했다. 너무 갑작스런 일이었다. 사실 평소의 벨로나라면 놀라지 않았을 일이었다. 만약 몽블랑이나 슈가, 레이먼이 황태자였다면 벨로나는 이런 기분이 들지 않았을 거라고 생각했다.

로웰이 '황태자'였다는 사실은 아무것도 아닌 일이었다.

어쨌든 약국은 평소와 같이 돌아갈 테고, 벨로나가 일확천금의 부자가 되는 것도 아니었다.

'모르겠어. 로웰은 역시 모르겠는 사람이야.'

벨로나가 쓰게 웃으며 고개를 저었다. 로웰이 계속 일한다고 하면 그뿐이고, 떠난다고 하면 또 그뿐인 관계였다. 벨로나가 충격받을 일은 없었다.

"아니, 나야말로 미……."

"폐하랑 대화하실 거라면 자리 비켜 드릴까요? 아니면 옆에 접견실, 을 닮은 접수실이 있는데 그쪽에 가서 대화하셔도 좋고요."

벨로나가 옆을 가리켰다. 로웰의 미간에 주름이 자리 잡았다. 벨로나는 그 미간의 주름이 불쾌함이나 그의 신경을 거슬린 무언가 때문이란 걸 잘 알고 있었다. 하지만 벨로나는 지금, 적어도 오늘 하루만큼은 자신의 감정을 다스릴 자신이 없었다.

로웰이 긴 한숨을 내쉬고 식탁에 앉았다.

"안 가."

"그럼 저희가……."

"그럴 필요도 없어."

로웰이 팔짱을 낀 채 벨로나를 올려다봤다. 단호한 한마디에 멀뚱히 서 있던 황제도 의아한 표정이 되었다. 벨로나 역시 마찬가지였다.

로웰이 팔을 뻗어 벨로나를 끌어당겼다. 그러잖아도 캠핑으로 지친 상태였던 벨로나가 휘청이며 로웰에게 끌려갔다.

"앉아."

로웰이 대답을 기다리지도 않고 벨로나를 옆자리에 앉혔다. 벨로나가 당황스런 표정으로 아직도 서 있는 황제를 쳐다봤다. 황제의 심기는 제법 불편해 보였다. 뭔지는 모르겠지만 황제가 벨로나를 노려봤다.

"로웰, 대체…… 설마 폐하를 쫓아 보내려고요?"

벨로나가 얼굴을 찌푸리며 말했다. 아무리 벨로나라도 황제를 문전박대하고 수도에서 장사를 할 자신은 없었다.

로웰이 황제를 쳐다봤다. 황제의 이글거리던 눈동자가 어느새 순한 강아지처럼 변해 있었다.

"할 이야기가 있다. 에스페라, 잠시 앉아 봐라."

졸지에 성사된 삼자대면에 벨로나가 눈치를 살폈다. 황제가 벨로나가 앉은 자리를 한 번 보더니 로웰의 맞은편에 앉았다. 밥을 먹는 식탁임에도 불구하고 황제가 앉으니 어쩐지 위압감이 달랐다. 레이먼과 슈가는 멀찍이 떨어진 채였다. 몽블랑은 아직도 내려오지 않은 듯했다.

"로웰, 대체 무슨……."

벨로나가 일어나려고 몸을 비틀었다. 물론 허벅지를 한 손으로 누른 로웰로 인해 일어나진 못했지만 말이다.

"너한테 이 이상 숨길 건 없다. 얘기하지 못한 건, 아직 해결되지 않은 게 있었기 때문이야. 멋대로 찾아오지 않았으면 내가 찾아가서 이야기하고 모든 게 다 정리되면 너한테 말할 예정이었어."

로웰이 드물게 길게 말했다. 그의 설명에 벨로나가 멍한 표정이 되었다. 마치 벨로나의 생각을 전부 읽은 듯한 말투였다. 벨로나가 한 발자국 뒤로 물러났다. 그래 봐야 의자 끝에서 반대쪽 끝으로 조금 옮긴 것뿐이었지만 말이다.

"뭐든 너에게 숨길 생각은 없었어. 단지 네가 휘말리지 않길 바랐을 뿐이다. 벨로나."

"로웰……."

"너에게 했던 모든 행동에 거짓은 없어."

로웰이 진지한 표정으로 말했다. 벨로나가 로웰을 향해 고개를 올렸다. 두 시선이 허공에서 맞았다. 로웰도, 벨로나도 아무런 말이 없었다.

"로웰……."

한참 만에 벨로나가 입을 열어 그의 이름을 불렀다.

"말해라."

"손목 아프고, 배고프고, 피곤하니까 놔주세요."

벨로나가 손목을 잡은 로웰의 왼쪽 손을 가리키며 말했다. 로웰이 당황한 표정으로 손에 힘을 풀자 벨로나가 손목을 비틀어 뺐다. 순식간에 분위기를 와장창 깨 버린 벨로나의 태도에 로웰이 입매를 굳혔다.

"너……."

"몽블랑은 잔다고 했으니…… 식사나 하면서 이야기하는 건 어때요? 저 진짜 배고픈데."

벨로나가 무거워진 분위기를 풀며 말했다. 한결 편해진 얼굴이었다.

벨로나의 한마디에 레이먼이 주방으로 다시 쏙 들어갔다. 다른 건 모르지만 레이먼은 눈치 하나만큼은 세계급으로 빠른 듯했다.

"누나."

"응? 왜, 슈가."

슈가가 조심스럽게 다가와 벨로나에게 손짓했다. 벨로나가 살짝 허리를 굽히니 슈가가 벨로나의 귓가에 입을 가져다 댔다.

"저 저기 앉아야 돼요?"

속닥거리는 목소리가 정확히 귀에 꽂혔다. 슈가가 눈짓으로 황제의 옆자리를 보고 있었다. 황제의 알 수 없는 아우라를 한 번 보고 슈가를 한 번 본 벨로나가 제 옆자리를 가리켰다.

"아, 나라도 좀…… 식탁도 넓은데 여기 앉으면 되지."

벨로나가 작은 목소리로 대답했다. 둘은 들리지 않게 한다고 작게 이야기했지만, 감각에 민감한 황제의 귀에는 제대로 꽂혀 들었다. 황제의 얼굴이 종이 구겨지듯 구겨졌다. 한마디 하려는 듯 입을 연 황제가 다시 입을 닫았다. 로웰이 황제를 바라보고 있었다.

"아, 네!"

슈가가 황제의 옆에 있는 식기를 챙겨 꼬물꼬물 벨로나의 옆으로 다가와 앉았다. 그 태도에 황제의 눈썹이 크게 꿈틀거렸다. 슈가가 밝은 표정으로 벨로나의 옆에 앉았다.

"왜, 황궁으로 돌아오지 않으셨습니까."

적막 가득한 식탁에서 가장 먼저 입을 연 것은 황제, 에스페라였다.

로웰이 에스페라를 쳐다봤다. 그리움이 눈동자 가득히 담겨 있었다. 시험장에서 봤던 황제의 탈을 뒤집어쓴 에스페라가 아니었다. 어릴 적과 같은 시선에 로웰이 천천히 입을 열었다.

"네 동생이 눈을 부라리고 있으니 갈 수가 있어야지."

로웰이 조금은 짓궂게 말했다.

로웰도 황궁에 들어가 이야기를 할 생각이 없었던 건 아니다. 그게 아니더라도 황궁에 들어가 나이드를 만날 생각이었다. 어쨌든 어느 쪽도 쉽지 않았다. 로웰의 한마디에 에스페라의 입이 닫힌 채 열리지 않았다.

"정말이다. 나는 네가 아니라 나이드, 그 애를 보러 갈 생각이었으니까."

하지만 나이드 주변의 귀족들을 죽인 것이 오히려 화가 된 듯했다. 에스페라의 명령이라는 말 아래 나이드는 거의 바깥출입을 하지 않았다. 게다가 나이드가 거주하는 성 근처에는 경비가 보통 삼엄한 것이 아니었다.

황제 직속의 나이트들도 몇몇이 섞여 있었다. 까딱하면 자신이 잘못될 수도 있는 상황이었기 때문에 로웰은 함부로 안으로 들어가지 않았다. 그리고 숨을 죽이고 기다리자고, 벨로나에게 찾아갔다. 이것이 지금까지 미뤄졌을 뿐이었다.

"나이드, 말입니까……."

에스페라가 말끝을 흐렸다. 로웰이 덧붙이지 않아도 하고 싶은 말을 대충 캐치한 듯했다.

레이먼이 눈치를 살짝 보며 식탁에 음식을 차렸다. 벨로나도 평소와 같은 장난기 어린 말을 함부로 입에 올리지 않았다. 그만큼 로웰과 에스페라 두 사람의 분위기는 무거웠다.

"내게 반역죄가 걸렸던데……."

"그건, 나이드가 형님의 목에 건 겁니다. 굳이 취소하지 않은 건…… 저도 형님을 찾길 바랐고, 나이드가 접촉하려는 살수집단에 항상 미리 연락을 취했습니다. 그들에게 잡혔어도 죽지는 않았을 겁니다."

에스페라가 로웰의 눈치를 보며 조심스럽게 말했다. 로웰이 고개를 돌렸다. 구겨진 미간 아래 짙은 수심이 느껴졌다. 슈가가 조심스레 눈치를 보며 포크를 들었다. 물론 배가 고팠던 벨로나도 마찬가지였다. 레이먼도 눈치를 보다가 황제와 한 칸 떨어진 자리에 앉았다.

"내가 널 찾아가려고 했던 이유는, 얼굴을 한 번도 보여 주지 않으면 끝까지 포기하지 않을 것 같았기 때문이다."

로웰이 한참 만에 입을 열어 의견을 말했다. 에스페라의 숙여졌던 고개가 다시 들렸다.

"내 요구 사항은 간단해."

"뭐든 말씀하십시오. 형님."

에스페라가 묵직하게 고개를 끄덕이며 대답했다. 그는 어딘가 기뻐 보이기도 했지만, 씁쓸하게 보이기도 했다. 확실한 것은 로웰도, 에스페라도 지금 심경이 상당히 복잡하다는 것이었다.

"황제의 직무는 계속 네가 맡아라. 나는 애초에 그릇도 아니었고, 하고 싶지도 않았던 것이니까."

로웰이 말했다. 낮게 가라앉은 눈동자는 진심을 말하고 있었다. 하지만 에스페라는 받아들이지 못하겠는 듯 눈을 크게 뜬 채였다.

"하지만……! 이건 형님의……."

"두 번째. 나이드를 내 앞에 데려와라. 이 질리는 공방전을 난 끝내야겠다."

에스페라의 반박을 끊고 로웰이 제 이야기를 이어 갔다.

로웰은 어딘지 지쳐 보였고, 에스페라의 눈동자는 흔들리고 있었다. 지독히 길게 이어졌던 싸움이었다. 로웰은 단순히 복수만을 위해 달려왔고, 그것을 이루지 못한 것이 5년이었다. 간신히 로웰은 잡고 있던 것을 놓을 수 있을 정도로 여유가 생겼다. 지금이 아니면, 두 번의 기회는 없을 거라고 로웰은 생각했다.

"그건……."

"마지막. 난 이대로 여기서 계속 일을 할 거다. 그러니 일이 끝나면 나는 널 황제로 대할 거야. 간신히 정착한 삶에 너나 그 녀석의 이기심을 버무리지 않았으면 한다."

에스페라가 대답을 망설였다. 머뭇거리는 에스페라의 입술을 보던 로웰이 다시 말을 이었다. 에스페라의 눈동자는 흔들리고 있었고, 그는 분명히 상처받은 듯 보였다. 로웰이 에스페라에게 시선을 맞췄다.

“……."

에스페라도 더는 대답하지 않았다. 억울하다는 표정과 납득할 수 없다는 굳은 결의가 보이는 입매는 단단했다. 로웰 역시 물러날 생각이 없었다.

“어머니가 돌아가시고 황제가, 그러니까 네 아비가 찾아온 적이 있었다."

끈질기게 매달릴 것 같은 에스페라에 로웰이 먼저 입을 열었다. 아주 오래된 문을 여는 듯한 조심스런 목소리였다. 오랫동안 잠가져 있던 그 문은 녹슬고, 녹슬어서 쉽게 열리지 않았을 것이 분명했다.

조용히 음식을 집어먹던 벨로나를 포함한 세 사람의 시선도 로웰에게 돌아갔다. 갑작스럽게 목소리와 분위기가 바뀌었기 때문이다.

“나는 한 번도 그 사람을 본 적 없어서 어색하고, 조금 불편했지만 그래도 좋았다. 잊지 않고 있어 줬다는 것이었고, 지금에서라도 찾아왔다는 것에 의미가 있었으니까 말이야."

로웰의 얼굴이 문득 어두워졌다. 벨로나가 로웰의 옆자리에서 힐끗, 그를 올려다봤다.

“하지만, 그가 내게 와서 한 말은 나를 황태자로 올리겠다는 것뿐이었다. 나를 살려 둔 이유는 그것 하나뿐이었다고."

다시 생각해도 지독히도 잔인한 말이었다. 로웰은 그날 하늘에서 바닥으로 추락하는 기분을 적나라하게 느꼈다.

에스페라의 눈동자가 흔들렸다. 아마 그도 처음 듣는 이야기인 듯했다. 그도 그럴 것이 로웰은 이 이야기를 여태까지 누구에게도 한 적이 없었다.

“네게는 다정하고, 듬직한 아버지였을지 모르겠지만…… 나와 내 어머니에게는 지옥을 안겨 준 지독하게 잔인한 사람이었다."

가능하다면, 정말 가능했다면 로웰은 그 남자를 가장 먼저 죽이고 싫었다. 어차피 손에 피를 묻히게 되고, 반역죄라는 타이틀을 쓰게 될 것을 알았다면…… 그렇게 지독했던 남자가 병이라는 이름 아래 허무하게 죽을 것을 알았다면.

로웰은 진심으로 그를 죽이고 싶었다. 그만큼 원망스러운 남자였다.

"그러니까 난 지금도, 예전에도 너를 좋은 마음으로 볼 수 없어."

그래서 기피했다. 그래서 거리를 두려고 했고, 그래서 정을 주지 않았다. 그런데도 아무것도 모르는 에스페라는 파고 들어왔다. 그리고 로웰은 그를 완전히 쳐 내지도 못했다.

"굳이 말하자면 난 나이드를 대하는 너처럼 다정한 형님이 될 수 없다는 이야기다."

그럴 자신도 없고, 그럴 수 있다고 하더라도 그러고 싶지 않았다. 차라리 나이드처럼 제게 적대적이었다면 조금은 마주 보기 편했을지도 몰랐다. 에스페라는 제게 한해서 지독히 헌신적이었고, 어디까지나 선망하는 눈빛이었다.

"나이드는……."

에스페라가 한참 만에 입을 열었다. 그는 충격을 받은 표정이었다. 그리고 그것을 애써 짓누르려고 하는 것이 눈에 보였다. 동공이 심하게 흔들리면서도 에스페라는 입을 멈추지 않았다.

"나이드와는 이야기를 해 보고, 근시일내에 자리를 마련해 보겠습니다."

에스페라가 자리에서 일어났다. 그는 빨리 자리에서 벗어나고 싶은 듯 보였다. 벨로나가 조용히 주변을 살폈다. 로웰은 에스페라에게 시선을 고정한 채였다.

"황제도 형님께서 하고 싶지 않다고 하면 제가 계속 해도 상관없습니다."

에스페라가 주먹을 쥐었다. 푹 숙인 고개에서 황제의 위엄이라곤 찾아볼 수가 없었다. 그런 에스페라의 모습에도 로웰은 아무런 반응도 없었다.

"하지만, 마지막 조건은 싫습니다. 자주 찾아뵙지 않겠습니다. 부담되신다면 변장이라도 하고 오겠습니다."

"에스페……."

로웰의 말이 끝나기도 전에 에스페라가 식탁을 벗어났다. 그리고는 로웰에게 고개를 숙였다.

"저는, 형님이 있다는 걸 알아서 굉장히 기뻤습니다. 제가 이기적이라고 말씀하셔도 포기할 수가 없습니다."

로웰이 입을 다문 채 에스페라를 쳐다봤다. 그는 로웰과 눈도 마주치지 않았다. 고개를 여전히 숙인 채였다.

"오늘은 시간이 늦어 이만 물러가겠습니다. 나이드와 이야기하고, 다음에 다시 연락드리겠습니다."

그 말을 끝으로 한 번 더 고개를 로웰에게 숙인 에스페라가 약국에서 사라졌다.

폭풍우처럼 다가와 정말 순식간에 사라진 모습에 벨로나가 한숨을 내쉬었다. 정말 사람과의 관계는 복잡하고, 미묘하고, 거칠면서도 의외로 섬세했다.

'이럴 때면 정신과 의사들이 대단하게 느껴진다니까.'

관계만큼이나 복잡하고 미묘한 정신을 상담으로 치료하니까 말이다.

"로웰, 밥 안 먹어요? 다 식겠어요."

벨로나가 모른 척 분위기를 바꿨다. 로웰이 고개를 끄덕였다. 다시 식기를 잡는 로웰을 바라보며 벨로나도 음식을 입에 집어넣었다. 드물게도 적막한 식사 시간이었다.

"되게, 소유욕 강한 동생이네요."

적막한 분위기에 벨로나가 먼저 입을 열었다. 황제를 입에 올리는 것이었지만 벨로나의 목소리는 그다지 조심스럽지 않았다. 로웰이 꽤 허기가 졌었는지 음식을 빠르게 먹으며 고개를 끄덕였다. 로웰에게 있어 에스페라는 그다지 달가운 존재는 아니었다. 첫 만남 때부터 마찬가지였다.

"예전부터 뒤를 졸졸 따라다니는 녀석이었어."

그럼에도 불구하고 에스페라는 늘 찾아와 이런저런 이야기를 늘어놨다. 대꾸를 해 주거나 맞장구를 쳐 주는 일은 거의 없었다. 찾아오면 또 왔냐는 표정을 지어 보일 뿐이었다. 아마 그리 즐거운 대화 상대는 아니었을 거라고 로웰은 생각했다.

"잘 먹었습니다."

"먼저 올라가 볼게요! 누나."

슈가와 레이먼이 일어났다. 제 식기들을 전부 치운 두 사람이 눈치껏 자리를 비켜 주는 듯했다. 레이먼이 음식을 조금 챙겨 위로 올라갔다. 아마도 몽블랑에게 가져다주려는 듯했다. 혹은 몽블랑이 나오지 않게 감시를 하려는 듯도 보였다. 이러나저러나 레이먼은 착했다.

비교적 식사가 느린 벨로나와 늦게 식사를 시작한 로웰의 식기 소리가 울렸다. 둘만 남으니 적막한 공간이 더 적막하게 느껴졌다. 좀 식은 음식이었지만 그래도 맛에는 변함이 없었다.

"로웰의 이야기는 처음 듣는 것 같아요."

벨로나가 흘리듯이 말했다. 로웰이 그제야 벨로나에게 시선을 돌렸다. 5년 전에도, 몇 달 전에도 사연이 있을 거라고는 생각했다. 둘 다 다른 사람이라고 생각했지만, 어쨌든 그랬다. 타인의 사연은 함부로 들어 버리면 감당할 수 없을 때가 많았다.

누군가에겐 '힘내'라는 말조차 하는 것이 어려울 때도 있다. 그러니까 벨로나는 굳이 사연을 듣고자 하지 않았다. 묻지도 않았다. 그것이 벨로나가 할 수 있는 배려 중의 하나였다.

"처음 말하는 거니까."

"5년 전에 했던, 복수 성공하라는 말은 아직 현재 진행형인가 보네요."

벨로나가 기억 속에 남아 있는 몇 개 안 되는 파편을 꺼내 올렸다. 5년 전 일은 충격적이고, 생각보다 인상 깊게 벨로나에게 남아 있었다. 삶을 포기한 사람을 마주하는 건 벨로나에게 처음 있는 일이었다.

전생이든 현생이든, 의사든 약사든 찾아오는 이들은 살고자 하는 사람들뿐이었다. 죽음 끝에 서 있는 많은 사람들을 벨로나는 봐 왔다. 하지만, 죽은 눈을 보는 건 처음이었다. 그래도 그 안쪽에 살고자 하는 욕망이 있는 것 같아서, 벨로나는 그때 그 소년을 모른 척할 수가 없었다.

"그래, 아직…… 약속을 지키지 못했다."

"약속…… 아, 그때 그거요. 뭐, 그 사람을 죽여서 로웰의 맘이 편해진다면 그것도 좋고……."

벨로나가 슬쩍 말끝을 흐렸다. 눈동자를 굴려 시선을 피하더니 이내 배싯- 웃음을 흘리며 다시 로웰을 쳐다봤다. 볼은 살짝 발개진 채였다.

"솔직히 그때 그 말을 한 이유는 그냥 당신이 행복하길 바랐기 때문이에요. 살기를 바랐고요. 뭐, 훨씬 건강해져서 눈앞에 있으니 제 소원은 이루어진 거네요."

벨로나가 구김 없는 얼굴로 웃으며 말했다. 로웰의 눈동자가 크게 떠졌다. 그 한 마디를 하는 것이 부끄러웠는지 벨로나가 몸을 한 번 부르르 떨었다. 표정은 퍽 어색해 보였다.

"복수가 꼭 사람 죽이는 법만 있는 건 아니잖아요? 겁나 행복해지는 것도 좋고…… 아니면 황제 폐하를 좋아해 마지않는다는 그 동생을 위해 로웰이 황제랑 친한 척 데이트를 하고 다니면서 질투심 유발도 뭐…….'"

벨로나가 말을 끝맺지 않고 입을 다물었다. 눈동자를 한 번 굴리고 머리를 긁적이더니 다시 입을 열었다.

"너무 유치한가요?"

벨로나는 사람을 죽인다는 것을 생각해 본 적이 없었다. 매번 이상한 손님들이 가득 와서 최근에는 그 죽음이라는 것에도 제법 무뎌졌다고 생각했지만, 그렇다고 죽인다고 생각한 적은 없었다. 그때 했던 '복수'도 굳이 죽이라는 의미는 아니었다.

"아니, 확실히 그것도 좋겠군."

로웰이 풀어진 얼굴로 조금 편안하게 대답했다.

"그렇죠?"

벨로나가 대답했다. 로웰이 마저 식사를 시작했다. 벨로나가 턱을 괸 채 로웰의 옆모습을 가만히 쳐다봤다. 한참 쳐다보고 있으니 5년 전의 모습이 조금 남아 있는 것 같기도 했다. 사실 형체가 꽤 흐릿해서 잘 기억은 나지 않지만…… 어쨌든 그랬다.

"로웰, 근데 그거 알아요?"

벨로나가 망설임 끝에 입을 열었다. 때마침 식사를 다 마친 로웰이 식기를 내려 뒀다. 그리고 그대로 고개만 돌려 벨로나를 쳐다봤다.

"그거?"

"우리 한 달 훌쩍 넘었는데요."

한 달이 훌쩍 넘고도 시간이 꽤 흘렀다. 황제초는 여전히 이파리만 남은 채 죽지도 않고 살아 있었다. 생각대로라면 벌써 죽었어야 했는데 의외로 살아 있었다. 덕분에 황제초에 물을 주는 건 거의 일과 수준이 되어 있었다. 로웰이 살짝 가라앉은 눈으로 벨로나를 쳐다봤다.

"헤어지고 싶나?"

그가 직설적으로 물었다. 마치 벨로나에겐 돌려 말하는 것을 포기한 듯한 행동이었다. 로웰의 역습에 오히려 말문이 막힌 것은 벨로나였다. 벨로나가 신음성을 작게 흘렸다. 굳이 묻는다면 어느 쪽으로도 단정할 수 없었다. 벨로나는 로웰이 싫지 않았지만, 그렇다고 '사랑'의 감정이 있는 것도 아니었다.

"글……쎄요."

결국 벨로나가 시선을 회피하며 대답했다. 로웰이 작게 한숨을 흘렸다.

"황제초는 아직도 멀쩡히 살아 있어."

로웰이 벨로나가 회피할 구멍을 제시했다. 벨로나가 그것을 덥석 물며 고개를 끄덕였다.

"그렇죠? 황제초가 시들기까지였으니까요."

정확히는 황제초가 꽃을 피울 때까지의 이야기였다. 에둘러 말하는 벨로나의 모습에 로웰이 식기를 들고 몸을 일으켰다. 벨로나가 마른세수를 하듯 손으로 얼굴을 쓸어내렸다. 벨로나가 깊이 한숨을 내쉬었다.

"이번 일이 끝나면, 그때는 제대로 대답해 주겠나."

로웰이 주방으로 향하다 말고 멈춘 채 물었다. 명백히 벨로나에게 하는 말이었다. 벨로나가 당황한 표정으로 로웰을 쳐다봤다. 로웰이 아예 몸을 돌려 벨로나와 시선을 맞췄다. 눈동자 속에서 묘한 열기가 느껴졌다.

"그때는 '한 달만'이라는 제한적 조건이 있었지만…… 이 일이 끝나면, 제대로 대답해 주겠나. 벨로나."

벨로나가 숨이 턱 막힌 듯 입만 뻐끔거렸다. 로웰과 있는 시간은 제법 즐거웠다. 그건 벨로나도 순순히 인정하는 바였다. 입맞춤도, 종종 하는 스킨십도 좋았다. 하지만 평생이라는 시간은 벨로나에게 무겁게 다가왔다.

"무조건 좋은 대답을 바라는 건 아니야. 물론 나로선 그걸 원하지만, 거절도……."

그렇게 말한 로웰은 한동안 말이 없었다. 벨로나가 멍하니 로웰을 쳐다봤다. 로웰이 한참 만에 다시 입을 열었다.

"어쨌든 대답, 해 줬으면 좋겠다."

벨로나가 결국 고개를 끄덕였다. 로웰의 진지한 얼굴에 지금 이대로의 관계가 좋아요 같은 말은 할 수가 없었다. 진지한 상대에게 진지하지 않은 말로 대답을 하는 것은 벨로나에게 허락되지 않는 일이었다.

"네."

대답까지 듣고 나서야 로웰이 고개를 끄덕였다. 그리고는 다시 가던 길로 발을 돌려 주방으로 들어갔다. 벨로나는 로웰의 적극성이 대체 어디서 나오는지 묻고 싶었다. 로웰의 한 마디는 벨로나를 반응하게 만들었다. 어떤 식의 반응이든 마찬가지였다.

적어도 확실한 것은 로웰이 몽블랑이나 레이먼, 슈가 같은 이들과는 다르다는 것이었다.

"아, 레이먼!"

벨로나가 생각났다는 듯 박수를 쳤다. 그리고는 제조실 안쪽 가구에서 무언가 주섬주섬 꺼내 왔다. 꽤 고급스러워 보이는 가죽 주머니였다. 로웰이 주방에서 나오자 벨로나가 손짓을 하며 위층으로 올라갔다. 층만 나눠 놨을 뿐 생각보다 건물은 낮아서 계단은 꽤 짧았다.

3층까지의 길은 금방이었다.

"레이먼."

벨로나가 레이먼 방의 문을 두드렸다. 달칵, 문이 열렸다. 안쪽에는 슈가도 있었는지 꽤 흐트러진 차림새로 침대에 앉아 있었다. 몽블랑은…… 밧줄에 묶인 채였다. 레이먼의 꼴도 꽤 가관이었다. 벨로나가 눈동자를 굴렸다.

"폭탄 맞았어요?"

"응? 아니…… 자꾸 밑으로 내려가겠다고 난리를 쳐서."

레이먼이 몽블랑을 가리키며 말했다. 몽블랑은 입에 테이프까지 붙인 채 완전히 애벌레 같은 모습을 하고 있었다. 도움을 요청하는 몽블랑을 한 번 보고, 로웰을 한 번 본 벨로나가 모른 척 고개를 돌렸다.

"레이먼, 이거요."

벨로나가 레이먼의 손에 가죽 주머니를 올려놨다.

"뭐야? 이게."

레이먼이 의아한 표정으로 벨로나를 쳐다봤다. 벨로나가 씩 웃으며 입을 열었다.

"일전에 약국 만드시는 데 보태 주셨던 8,500골드요. 고마웠어요. 설마 제가 그걸 전부 가져가려고 했다고 생각한 건 아니죠?"

"……응, 생각했는데."

레이먼이 멍한 표정으로 대답했다. 벨로나의 눈썹이 한 차례 꿈틀거렸다.

올컥하는 마음에 입을 열려던 벨로나가 긴 숨으로 마무리했다. 어쨌든 말도 없이 그런 건 벨로나의 잘못도 조금은 있었다. 당한 일을 생각하면 절대 그렇지 않지만 말이다.

"고마워, 벨로나."

"레이먼 주는 게 아니라 부모님 가져다주시라고 드리는 거예요. 언제 갈지는 모르겠지만 조심히 다녀오시고, 선물 사다 주세요. 범죄 사실 대신 핑곗거리로 저희 약국에서 일했다고 해도 되니까요."

벨로나가 웃으며 말했다. 레이먼이 말없이 가죽 주머니를 가만히 내려다봤다. 꽉 찬 금화가 묵직하게 느껴졌다. 이내 레이먼의 얼굴이 울 것처럼 일그러졌다.

레이먼이 당장 뛰어들 것 같은 얼굴을 했다. 벨로나의 입장에선 심술을 부린 것뿐이었기 때문에 레이먼의 반응이 적잖이 당황스러웠다. 좋아할 거라고 생각은 했지만 울먹일 정도로곤 생각하지 않았기 때문이다.

벨로나는 단지 레이먼이 괘씸해서 심술을 부린 것이었다. 하지만 생각해 보면 레이먼 덕분에 벨로나는 이 가게의 사람들을 만날 수 있었다. 이렇게 유명해져서 약국을 옮기게 된 것도 레이먼의 공이 컸다. 파리만 날렸던 5년 전과 비교한다면 장족의 발전이었다.

조용한 것을 좋아하는 벨로나지만, 최근에는 이런 떠들썩함도 좋아하게 되어 버렸다. 약국을 혼자 운영한다는 건 이제는 상상도 할수 없는 일이었다. 그러니까 솔직히 벨로나는 모두에게 고마워해야했다.

"말 나온 김에 나 내일부터 한 일주일 정도 약국을 비울까 하는데……."

괜찮을까? 레이먼이 덧붙였다.

'내일? 생각보다 빠르네.'

벨로나가 턱을 매만지며 생각했다. 사실 이 한 달간은 모두에게 각자 휴식 기간을 준 것이었다. 일주일 전에만 돌아와 준다면 문제는 없었다. 일주일 전부터는 조금씩 짐을 옮기고 기구를 들여놔야 했으니까 말이다.

"괜찮아요. 레이먼뿐만이 아니라 모두에게 요 한 달간은 그냥 휴식 기간이니까 부담 갖지 말고 갈 곳 있으면 다녀오세요. 다만 가게 오픈 일주일 전에는 돌아와 주셔야 해요."

벨로나가 말하자 다들 표정이 오묘하게 변했다. 거기까지 생각이 미치진 않은 모양이었다. 이제야 생각에 빠진 듯했다. 몽블랑이 제일 먼저 손을 들었다. 어느샌가 묶어 놨던 밧줄과 테이프는 전부 뜯은 채였다.

"아가씨, 나! 짧게 여행 다녀올게."

"브로커 일 하려는 건 아니죠?"

"아…… 음…… 한 개 있기는 해. 근데 여기 생활도 즐겁고, 거절했어. 올 때 선물 가져올게."

몽블랑이 씩 웃으며 말했다. 몽블랑은 얄밉긴 해도 차마 완전히 쳐 낼 수 없는 사람이었다. 몽블랑도 그걸 스스로 아는 듯했다. 그렇지 않으면 저렇게 깝죽거릴 수 있을 리가 없으니까 말이다.

"선물은 괜찮으니까 몸조심해서 다녀와요."

"네에— 알겠습니다."

몽블랑이 손을 번쩍 들며 대답했다. 벨로나가 작게 웃었다. 슈가도 제법 고민에 빠져 있는 듯했다. 한 달이라는 여유가 쉽게 나는 건 아니니 벨로나는 이들이 그 시간을 잘 이용했으면 했다. 게다가 다들 꽤 갑작스럽게 일을 시작한 케이스들이었으니까 말이다.

"누나, 그러면 저도 혹시 새로운 독초는 없나 여행 좀 다녀올게요. 요즘 통 이쪽 소식을 못 들었거든요."

"독초?"

"네? 아, 네에……."

슈가가 조금은 당황한 듯 고개를 푹 숙이며 대답했다. 벨로나가 작게 웃었다. 확실히 벨로나보다 슈가가 독초에 대한 지식은 더 해박했다. 덕분에 금세 풀 수 있었던 문제도 있다. 슈가의 독초에 관한 지식은 지금 약국에 없어선 안 될 것이 되었다.

"독초에는 우리 슈가만 한 사람이 없지. 조심히 다녀와."

벨로나가 살짝 허리를 굽혀 슈가의 머리를 쓰다듬었다. 슈가가 볼을 발갛게 물들이며 웃었다.

"누나, 누나는 어디 안 가요?"

"나? 나는 딱히……."

고민을 안 해 본 건 아니었지만 마땅히 갈 곳도 없었다. 새로운 약초에 대한 소식도 없는 것 같았다. 체력도 그다지 좋지 않았고, 벨로나는 이곳이 집이기 때문에 푹 쉬는 것에 의의를 두기로 했다. 기껏해야 식사를 하러 식당에 가는 사치를 부리는 정도가 벨로나가 휴일에 하는 유일한 낙이지 않을까 싶었다.

"그럼 다들 내일 가는 거구나."

벨로나가 볼을 살짝 긁적이며 시선을 피한 채 입을 열었다.

"몸 조심히 다녀와요, 다들. 무사히 일주일 전에는 약국으로 돌아오셔야 해요. 음…… 역시 이제는 다들 없으면 외로울 것 같으니까요."

그 작았던 약국 안에서도 혼자 있으면 심심했다. 조용한 것도 하루 이틀이지 늘 그 자리에 앉아 있노라면 종종 떠들썩함이 그리워지기도 했다. 하지만 지금은 충분했다. 처음 만남은 제법 불쾌했지만 지금은 아니었다.

지금에서는 떠들썩함이 없으면 이 큰 약국에서 어떻게 살지 싶었으니까.

"물론. 선물 들고 빨리 찾아올게, 아가씨."

몽블랑이 윙크를 하며 바닥에 앉은 채 말했다.

"나도! 누나, 나도 선물 가지고 빨리 올게요!!"

"난, 선물은 아니지만 우리 가게 음식 포장해 올게."

슈가와 레이먼도 몽블랑의 말에 덧붙였다. 말똥말똥 반짝거리는 시선으로 그들이 벨로나를 쳐다봤다. 벨로나가 웃으며 고개를 끄덕였다.

제법 적막해질 것 같다는 생각이 문득 들었다. 하지만 상관없었다. 약간의 적막 끝에 또다시 떠들썩함이 찾아올 거라는 걸 벨로나는 잘 알고 있었으니까.

"그럼 다들 내일 조심히 가시고, 전 아마 피곤해서 자느라 배웅은 못 할 것 같아요. 늦지 않게 도착하도록 일찍 출발하세요."

벨로나가 가볍게 손을 흔들며 방 안으로 들어갔다. 그날은 유독 약국의 불이 일찍 꺼졌다.

$\oint$

그다음 날 아침에 일어나니 약국은 적막했다. 상당히 피곤했던 벨로나가 눈을 뜬 것은 늦은 오후였으니 어쩌면 당연한 일이었다.

적막한 약국은 익숙하지 않아서 벨로나는 한동안 망령이 떠돌듯 약국 여기저기를 둘러보며 다녔다.

"폐가 같아."

분명히 새집인데도 불구하고 조용하고 불이 다 꺼지니 으스스한 느낌도 조금 들었다. 벨로나가 불가사의한 미신을 믿는 건 아니었지만 말이다.

"지은 지 일주일도 안 된 건물에게 너무하는군."

문득 뒤에서 들리는 목소리에 벨로나가 번쩍 고개를 들었다. 로웰이었다. 그는 어디에 외출했다 온 듯 손에 뭔가를 들고 있었다. 벨로나가 몸을 돌렸다.

"어디 갔다 왔어요? 전 로웰도 떠났나 싶었는데……."

"떠날까?"

로웰이 짓궂게 물었다.

"아뇨. 로웰까지 없으면 정말 귀신의 집 같을 것 같아요."

대저택에 혼자 사는 귀족도 아니고 이런 건 벨로나에게 익숙하지 못한 것이었다. 벨로나가 한숨을 내쉬며 탁자에 앉았다.

"로웰은 어디 안 가요?"

"방금 전까지 가지 말라고 했던 게 누구더라."

로웰의 지적에 벨로나가 얼굴을 붉혔다. 확실히 모순되는 질문이 긴 했다. 하지만 마땅히 물어볼 것도, 그렇다고 대화를 이어 나갈 거리도 없었다. 벨로나가 눈을 흘기며 로웰을 쳐다봤다. 로웰이 어깨를 으쓱이며 주방으로 쏙 들어갔다.

그리고는 금세 차를 두 잔 타서 불쑥 고개를 내밀었다.

"그러고 보니 한동안은 둘뿐이겠군."

"그러네요. 뭐 예전에도 그랬잖아요."

로웰의 말에 벨로나가 무덤덤하게 대답했다. 여전히 그쪽 방면의 사고는 복구 불능인 상태인 듯했다.

로웰이 한숨을 내뱉는 대신 차를 한 모금 삼켰다. 그는 이미 많은 것을 포기한 상태였다.

"로웰은 계속 여기 있을 거예요?"

"무슨 뜻이지?"

"일이 잘 해결되면 로웰은 자유가 되잖아요. 마음도 편해질 거고, 이제 거리낄 것도 없어요. 로웰이 다시 황태자님이 되지 않는다고 했으니까 어디든 갈 수 있잖아요."

오직 한 가지 목적만을 위해 달려온 사람이 로웰이었다. 로웰의 복수든, 정리든 뭔가가 이루어진다면 그는 자유가 되는 것이었다. 황제를 보아하니 로웰의 목에 걸린 현상금은 어떻게든 해 줄 것이 분명했다. 로웰은 지금껏 누리지 못했던 것들을 전부 누릴 수 있다는 것이다.

"그렇겠지. 너는, 내가 떠나길 바라는 건가?"

"솔직히…… 아뇨."

벨로나가 정말 솔직하게 대답했다. 벨로나에게 있어서 로웰은 지금은 없어선 안 될 사람이었다. 정확히는 약국에 있어서 말이다.

로웰을 놓친다는 건 벨로나에게도 아까운 일이었다. 게다가, 그가 없어지면 정말 가게가 텅 빌 것 같은 느낌이 들었다.

"로웰이 좋다면 저는 언제까지고 있어도 좋아요. 하지만…… 로웰은 그동안 힘들었으니까 원하는 대로 사는 것도 좋다고 생각해요."

두 가지의 대립하는 마음이 한 곳에 있는 건 지독히 어려운 일이었다. 곁에 있었으면 좋겠지만 떠나는 것도 좋다고 생각한다니. 벨로나가 말을 내뱉으면서도 헛웃음을 삼켰다. 로웰이 차를 마시며 벨로나를 쳐다봤다. 벨로나는 찻잔을 만지작거리는 상태였다.

"여행도 좋겠지."

로웰이 던지듯 대답했다. 찻잔을 쥔 벨로나의 손끝이 살짝 움찔거렸다.

"네가 같이 가 준다면 말이야."

벨로나가 로웰을 본 채로 굳어졌다.

"널 좋아하는 마음은 변함없다. 그걸, 시험하려 들지 않았으면 해. 벨로나 네가 짓궂게 굴면 나도 그럴 거니까."

"그…… 별로 시험할 생각은."

벨로나가 답지 않게 당황한 표정으로 우물거리며 대답했다. 로웰이 찻잔을 내려놨다.

"널 버릴 마음은 없어. 너보다 먼저 죽지도 않을 거다. 그러니까 귀찮은 현실을 다 제쳐 두고 나만 보고 생각해 줬으면 한다."

넌 너무 생각이 많아. 로웰이 말을 덧붙였다. 마치 속내를 전부 꿰뚫어 본 것처럼 말하는 로웰에게 벨로나가 고개를 푹 숙였다.

"네, 죄송해요."

벨로나가 순순히 사과를 건넸다. 굳이, 문제를 일으키고 싶은 마음은 벨로나도 없었다. 단지 마음을 알 수 없었을 뿐이다. 벨로나는 로웰이 제법 좋았고, 그 마음은 여전히 변함없었다. 그것이 로웰과 같은 마음인지에 대한 확신은 없었지만 말이다.

"얼마 안 남았어. 일이 끝나면, 함께 여행을 가자. 벨로나."

"그때쯤이면…… 약국도 바쁠 것 같고, 일도 많을 것 같은……."

벨로나가 힐끗 시선을 들었다. 로웰이 벨로나를 정면으로 바라보고 있었다. 벨로나가 말을 하다 말고 입을 다물었다. 벨로나가 살짝 고개를 틀었다.

"그래도, 짧게 여행 다녀올 시간은 있겠죠."

벨로나가 고개를 끄덕였다. 찻잔을 만지작거리며 벨로나가 창문 너머를 바라봤다. 선선해진 날씨는 여행 가기에도 딱 안성맞춤인 듯했다.

8

종막

　제국의 황성, 그곳을 지배하는 사람은 금빛 황관을 쓴 황제였다. 많은 귀족들의 전폭적인 지지 아래 제위에 오른 에스페라는 황제의 일에 큰 관심이 없었다. 그에게 있어서 황좌란 형님이 가졌을 때 가장 빛을 낼 수 있는 자리였다. 그러나 그러지 못했고, 황제가 된 것은 에스페라였다.

　열심히 일을 하겠다는 의지는 없었으나, 최선을 다하겠다는 생각은 있었다. 언젠가 아우디스가 돌아오면 온전한 제국을 그에게 넘겨줘야겠다고 생각했다. 황제의 자리에서 버틴 건 그 이유가 가장 크게 차지했다.

　에스페라에게 있어서 동생 나이드는 골칫거리 중 하나였다. 그는 나이드를 동생으로서 아꼈지만, 그의 성격은 도저히 감당이 될 만한 것이 아니었다. 나이드는 타인을 죽이는 것에 거리낌이 없었다. 권력을 이용할 수 있는 대로 이용하려고 했으며, 유독 아우디스를 미워했다.

그리고 그건 시간이 지난 지금도 마찬가지였다. 나이드의 집착은 에스페라가 감당할 수 있는 범위를 이미 지나 있었다.

"오늘, 아우디스 형님을 만났다."

나이드의 방까지 찾아간 에스페라가 말했다. 차를 내오던 나이드의 손이 멈췄다. 예전처럼 분노를 표출하진 않지만 나이드는 여전히 아우디스를 지독히 싫어했다.

"역시 살아, 있었나 보군요."

나이드가 아쉽다는 기색을 감추지 않으며 대답했다. 그러면서도 온화하게 웃으며, 찻잔을 에스페라에게 주었다. 에스페라가 찻잔을 받아 들었다. 맑은 차는 따뜻해 보였고, 나이드가 끓인 차는 보통 맛이 있었다.

"여전히 너는 형님이 싫으냐."

"그는 제 형님도 아닐뿐더러, 제가 좋아해야 할 이유가 없습니다."

나이드가 아직까지는 평이한 어조로 말했다. 그는 분노를 다스리려는 듯 찻잔을 조심스레 입에 가져다 댔다. 목울대를 울리며 넘어가는 차에 나이드의 표정이 살짝 풀렸다. 근신을 명령받은 이후 취미로 차를 타는 법을 배우는 모양이었다.

"아우디스 형님이 너와 대면할 자리를 만들어 달라고 했다."

"저랑 말입니까?"

에스페라가 고개를 끄덕였다. 나이드는 퍽 어이없다는 표정을 하고 있었다. 에스페라가 입을 다물었다. 나이드가 생각에 잠긴 듯 찻잔을 내려놨다. 황가의 핏줄로 어렸을 때부터 공부를 한 만큼 나이드의 두뇌도 상당히 비상한 편이었다.

"그전에 앗아 가지 못한 목숨. 제게 다시 죽여 달라는 의뢰라도 하려고 한답니까?"

"나이드! 그런 말투는 관두지 못하겠나. 대체 언제까지 네 알량하고, 속 좁은 심보를 계속해서 마음에 담아 둘 작정이냐! 너도 이제 나이가 있는데 언제까지 그럴 거냐 말이다."

에스페라가 탁자를 쾅 내려치며 거칠게 언성을 높였다.

나이드가 눈을 크게 떴다가 이내 얼굴을 구겼다. 에스페라의 화를 나이드는 제법 자주 보는 편이었다. 이유는 나이드도 알고 있었다. 나이드가 에스페라의 심기를 건드는 일이 많았다. 그리고 그 일에는 대부분, 아우디스가 끼어 있었다.

"형님이 항상, 항상 그 사람만······!!"

나이드가 말을 하다 말고 입을 다물었다. 그리고는 찻잔을 다시 들어 한 번에 모두 비워 버렸다.

나이드가 이를 악물었다. 그는 무언가가 불쾌한 듯 잔뜩 일그러진 표정을 하고 있었다.

"죽여 달라는 의뢰가 아니면 뭐하러 제게 그런 말을 합니까. 지금처럼 쥐 죽은 듯이 살면 될 일을."

"너와 이야기를 하고 싶다고 했다."

생각지도 못한 말에 나이드가 눈썹을 치켜떴다. 샐쭉하게 올라간 눈썹에서 의아함이 느껴졌다. 나이드는 주전자를 들어 제 찻잔을 채웠다. 느린 동작이었고, 마치 말을 할 때까지의 생각할 시간을 버는 듯도 보였다.

"저는 그 사람과 할 말이 없습니다. 사과를 바라는 것이라면 할 사과도 없거니와 무언가를 요구해도 들어줄 마음은 없습니다."

나이드가 단호하게 말했다. 굳은 표정이었다. 에스페라가 머리를 짚으며 근심 어린 한숨을 길게 내뱉었다. 깊어질 만큼 깊어진 골은 도저히 메워질 것 같지 않았다. 에스페라는 조금 지치는 자신을 느낄 수 있었다.

"오늘 형님과 대화를 나눴다."

에스페라가 뜬금없이 제 이야기를 시작했다. 대화할 의지가 없어 보였던 나이드가 에스페라의 말에 고개를 들었다.

"형님께서 세 가지 조건을 걸더군. 아니, 요구 사항이었다. 내가 형님을 포기하기를 바란다고 말했다."

나이드의 손가락이 한 번 움찔거렸다. 예상외의 말인 듯했다. 나이드가 눈을 피하지 않고 에스페라를 마주 봤다. 다행히 그는 이 이야기를 들을 의사는 있는 듯 보였다.

에스페라가 긴 한숨을 내쉬며 다시 힘겹게 입을 열었다. 그는 정말, 내용을 이야기하는 걸 내키지 않아 하는 듯했다. 어쩌면 떠올리기 싫은 것일 수도 있어 보였다.

"황제의 직무는, 내가 계속 맡으라더군. 애초부터 원하지도 않던 자리라고 했다. 본인에겐 필요치 않다고, 그렇게 말씀하셨다."

에스페라가 목이 타는 듯 차를 한 모금 다시 입에 댔다. 바싹 말랐던 입술에 어느 정도 물기가 묻었다. 비어 버린 찻잔에 나이드가 말없이 차를 따랐다. 채워지는 찻잔을 바라보며 에스페라가 다시 입을 열었다.

"그리고 두 번째 요구 사항이, 너를 데리고 오라는 거였다. 감정의 잔해들을 전부 청산하고 싶다고 했다."

나이드가 에스페라를 쳐다봤다. 에스페라는 굉장히 안타깝다는 표정으로 이야기를 이어 가고 있었고, 나이드는 입을 꾹 다문 채였다. 기뻐하지도, 그렇다고 화를 내지도 않는. 어쩌면 나이드에게 있어 어울리지 않는 표정을 하고 있었다.

에스페라는 한동안 입을 열지 않았다. 차마 더는 입을 열 수 없다는 듯, 번뇌에 빠진 표정이었다. 잠시 그 침묵을 기다리던 나이드가 먼저 말했다.

"마지막은 뭐였습니까."

"마지막은……."

에스페라가 입술을 달싹이다가 다시 닫았다. 그것을 몇 차례 반복하고 나서야 그는 간신히 목소리를 내 대답을 했다.

"이 일이 끝나면 나를 황제와 다름없이 대할 테니, 더는…… 관여치 말라고 했다."

에스페라가 가장 받아들이기 힘든 이야기였다.

나이드가 에스페라에게 집착이 있듯이 에스페라 역시 아우디스에게 집착했다. 그 시기 에스페라에겐 기댈 사람이나 안식처가 필요했고, 같은 신분이면서도 조금 더 나이를 먹은 아우디스가 적당한 존재였다. 단지 말없이 이야기를 들어 주는 아우디스에게 에스페라는 구원받았다.

"그래서 대답하지 않았어. 대답할 수가 없었다. 아니…… 도저히 형님께서 원하는 대답을 해 줄 수가 없을 것 같았다. 그래서 침묵했다."

근신을 하면서, 나이드도 조금씩 달라졌다. 예전과 같은 광기 어린 집착은 쉽게 보여 주지 않았고 거칠게 흥분하는 일도 적어졌다. 나이드와 얼굴을 이렇게 제대로 마주 보고 차를 마시며 오랜 시간 이야기를 하는 것은 에스페라도 상당히 오랜만의 일이었다.

"그랬더니 내게, 아주 오래된 이야기를 해 주더군. 너와 내가 지금보다 더 가까웠고, 형님과 내가 지금보다 더 가까웠으며, 어머니와 아버지가 아직 살아 계셨던 때의 이야기였다."

그리고 그 이야기를 들었을 때, 비로소 에스페라는 늘 어두운 표정을 했던 과거의 그를 처음으로 이해할 수 있었다. 부모님의 이야기에 나이드의 눈이 조금 어두워졌다. 가라앉은 얼굴을 에스페라가 가만히 쳐다보다 다시 말을 이었다.

"그저 그 이야기에서 알 수 있었던 것은 아버지의 묘한 타인을 보

는 그 눈빛이, 형님께는 더 매섭게, 그리고 형태를 갖춘 채로 비수가
되었다는 것 정도였다."

그리고 그것에 상처를 받은 아우디스를 에스페라는 어렵지 않게
발견했다. 그 눈동자는 정말 더는 관계되고 싶지 않다는 거절 의사를
표현하고 있었다.

§

착실히 흘러간 시간은 보통 무언가 결과를 가지고 오는 법. 그건
로웰에게도, 벨로나에게도 그다지 다르지 않았다. 에스페라가 찾아
온 것은 그로부터 일주일 정도가 지난 후였다. 그것도 예고 없이, 폭
풍을 한 번에 가지고서.

그날도 별생각 없이 벨로나는 제법 더 가까워진 로웰과 외식을 마
치고 오는 길이었다.

"별일은 없으셨습니까, 형님."

에스페라는 제법 수척해 보였다. 나이드와의 씨름 때문인지 또 다
른 이유 때문인지 알 수 없었다. 다만 이전에 왔을 때보다 그는 많이
지쳐 보였고, 힘들어 보였다. 그것을 벨로나가 파악한 만큼, 로웰도
어렵지 않게 그의 상태를 눈치챈 듯했다.

"그래."

하지만 로웰은 에스페라에게 어떤 말도 건네지 않았다. 그저, 그
에게서 시선을 돌리며 대답을 했을 뿐이었다.

벨로나가 눈을 돌렸다. 평소와 다름없는 로웰이었지만, 가끔 생각
에 잠길 때는 이상한 분위기를 풍겼다. 쉽게 범접할 수도 없고, 그렇
다고 함부로 발을 디딜 수도 없었다.

'또 같은 분위기네.'

벨로나는 그런 때의 로웰이 드물게도 내키지 않았다. 로웰의 눈동자는 마치 죽어 있는 듯하다고 벨로나가 생각할 정도였다. 그만큼 무기질적이고, 또 아무것도 없는 눈동자였다. 로웰은 함부로 건드렸다간 혹시나 부서지진 않을까 싶을 정도였다.

"자리 피해 줄까요?"

벨로나가 안으로 들어오는 에스페라를 보며 로웰에게 물었다. 로웰이 고개를 저었다. 그래도 달라진 점이 있다면, 로웰이 벨로나에게 무언가를 숨기지 않게 되었다는 것 정도였다. 그는 더 이상 거짓말을 하지 않았고, 입을 다물지도, 뭔가를 숨기지도 않았다. 도리어 그것을 견디기 힘들어진 쪽은 벨로나였다.

로웰이 가지고 있는 과거는 생각보다 깊고, 어두웠다. 그건 즉 그가 상처받은 과거에서 아직 벗어나지 못했다는 의미였다. 적나라하게 드러나는 로웰의 감정이 벨로나에겐 무엇 하나 익숙하지 않았다.

지독할 정도로 마이너스로 가득한 감정은 벨로나가 살아온 인생에는 없었던 것이다. 그러니까 벨로나는 그를 어떻게 위로해야 할지 감조차 잡을 수가 없었다. 단지 그가 손을 잡아 오면 가만히 있는 것이 벨로나가 할 수 있는 최선의 위로였다.

제대로 알지 못하는 상처를 건드리는 것도, 그것을 멋대로 재단해 그를 위로하는 것도 벨로나의 성격상 할 수 없는 일이었으니까.

벨로나가 문을 닫기 위해 손잡이를 잡는 순간, 누군가 벨로나의 앞에 불쑥 튀어나왔다. 회색 머리카락에 붉은 눈동자. 그는 에스페라와 닮아 있었으나 날카롭게 찢어진 매서운 눈만큼은 오히려 로웰이 화낼 때와 조금 더 비슷했다.

"당신은……."

"비켜, 평민 주제에."

문을 열어 주려던 벨로나가 그 한 마디에 그대로 굳어졌다. 그리고 벨로나는 그가 '나이드'라는 걸 어렵지 않게 깨달았다. 에스페라와 로웰을 적절히 섞어 놓은 외모였다. 아버지만 같더라도 형제는 형제인지 나이드와 로웰은 그리 다르게 생기진 않아 보였다.

'로웰이…… 분명 제일 형님이고, 황제가 로웰을 좋아하니까…….'

대충 서열에 대한 계산을 끝낸 벨로나가 환하게 웃었다.

로웰을 비롯해 약국에서 일하는 이들이라면 알 법한 벨로나 특유의 미소였다. 벨로나가 그 웃음을 지을 때는 제법 짓궂은 일을 생각하거나, 혹은 일을 터뜨리려는 징조라는 걸 벨로나의 주변인은 잘 알고 있었다. 그녀가 겁이 크게 없는 편이라는 것도.

"꺼져요."

벨로나가 나이드를 마주한 채 웃어 주고는 이내 문을 힘껏 밀었다. 갑작스레 닫히는 문에 나이드가 몸에 힘을 줬다. 문을 사이에 두고 힘겨루기를 하게 된 벨로나였지만, 그녀의 악바리는 쉬이 이겨 낼 수 있는 것이 아니었다.

"너 감히 내가 누군…… 웃-"

벨로나가 온몸으로 밀자 팔 한쪽으로 버티던 나이드가 뒤로 밀렸다.

"알…… 게 뭐예요."

벨로나가 이를 악문 채 더욱 힘을 주자 문에서 삐그덕거리는 소리가 났다. 나이드의 눈이 분노로 타올랐다. 뒤에서도 어쩐지 뜨거운 시선이 느껴졌다. 돌아보면 로웰이 황당한 눈으로 보고 있을 것 같아서, 벨로나는 애써 느껴지는 시선을 무시했다. 한참의 공방 끝에 쾅- 문이 닫혔다.

자존심 때문인지 한 손으로 버티던 나이드가 밖에서 쿵쿵 두드리는 소리가 들렸다. 문까지 잠군 벨로나가 손을 탁탁 털었다.

"……벨로나?"

아니나 다를까 로웰이 퍽 당황한 표정으로 벨로나를 쳐다보고 있었다. 그는 이 사태가 웃긴지 입꼬리가 살짝 일그러진 채였다. 웃음을 꾹 참고 있는 듯했다. 벨로나가 민망함에 머리를 긁적였다.

"저 사람이, 저보고 평민 주제에래요!"

벨로나가 로웰에게 일러바쳤다. 그건 정말 일러바친다는 생각에 한, 조금은 멋없는 행동이었다. 하지만 벨로나는 이야기를 로웰에게 말하지 않으면 제게 화가 미칠지도 모른다는 사실을 인지하고 있었다.

벨로나가 울먹이는 표정으로 로웰에게 달려가 그의 어깨에 얼굴을 묻었다. 아니나 다를까 로웰의 주변 온도가 미묘하게 낮아지는 것 같았다. 로웰이 벨로나의 머리를 쓰다듬었다. 얼굴을 파묻은 벨로나를 한 번 내려다본 로웰이 에스페라를 쳐다봤다.

"제가, 데리고 오겠습니다."

결국 에스페라가 자리에서 다시 일어났다. 문을 여니 검을 뽑아 든 나이드가 눈에서 불길을 뿜어낸 채 서 있었다. 로웰의 품에 안겨 슬쩍 상황을 내다본 벨로나가 한숨을 삼켰다. 잘못했다간 저기에 베였을지도 몰랐다.

에스페라가 나이드와 몇 마디를 나눴다. 나이드가 결국 못 이긴 듯 칼집에 검을 집어넣었지만 그는 여전히 벨로나를 노려본 채였다. 물론, 그 시선도 오래 머물진 않았다. 곧 나이드의 시선은 로웰과 허공에서 마주쳤으니까.

"로웰, 차나 내올게요."

"아…… 그래."

벨로나의 말에 로웰이 고개를 끄덕였다. 하지만 벨로나는 움직이지 않았다. 정확히 말하자면 로웰이 끌어안고 있는 팔에 힘이 빠지지 않았기 때문에 움직일 수가 없었다. 잠시 기다려 봤지만 그는 팔에 힘을 뺄 생각이 없는 듯했다. 혹은 까먹었을지도 몰랐다.

"로웰."

로웰이 벨로나를 쳐다봤다. 그는 왜 안 가냐는 표정으로 벨로나를 보고 있었다. 벨로나가 로웰의 팔을 한 번 내려다보고 다시 입을 열었다.

"팔에 힘."

"아…… 미안하다."

로웰이 그제야 팔에 힘을 풀었다. 훌쩍 떠나가는 온기에 벨로나가 살짝 입맛을 다셨다. 벨로나가 종종걸음으로 부엌으로 들어갔다. 벨로나가 부엌에 들어가서 차를 타는 것은 제법 오랜만의 일이었다. 보통은 로웰이 했고, 바빠진 뒤로는 들어갈 틈이 없었다. 둘이 있을 때 차를 타 오는 것도 자연스레 로웰이 하게 되었다.

덕분에 벨로나는 오랜만에 들어온 부엌에서 조금 헤매야 했다. 위치는 로웰이 편한 위치로 옮겨져 있었고, 찻잔도 제법 높은 곳에 올라가 있었다. 물을 끓이기 위해 불 위에 주전자를 올려 둔 후 벨로나가 까치발을 들어 찻잔을 꺼냈다. 찻잔을 쟁반 위에 올려 찻잎을 골라 넣었다. 다른 찻잎을 쓴 덕분에 색깔이나 향이 미묘하게 달랐다.

"대충 이 정도려나."

뜨거운 물을 부은 벨로나가 쟁반을 들고 밖으로 향했다. 이미 세 사람은 자리에 앉아 있었다. 나이드와 로웰은 거의 눈싸움이라도 하고 있는 듯 보였다. 로웰은 무표정했지만, 나이드는 그를 죽이진 않을까 싶을 정도였다.

"차 가지고 왔어요."

벨로나가 찻잔을 세 사람 앞에 내려 두고 로웰의 옆자리에 앉았다. 제법 향이 좋았다. 일부러 진정 효과가 있는 찻잎을 쓰긴 했는데, 과연 효과가 있을지는 의문이었다. 로웰이 찻잔을 잡으며 입을 열었다.

"널 죽일까 했다. 어떻게든 만나면 네 목을 베어 버릴 생각이었지. 나이드 베오른."

"네 실력으로? 지나가던 개가 웃겠군."

로웰이 먼저 입을 열자 나이드가 코웃음을 치며 대답했다. 로웰의 미간 골이 한층 더 깊어졌다. 벨로나 역시 그다지 좋은 기분은 아니었다.

"나이드, 말투에 신경 써라."

에스페라가 나이드를 제재했다. 나이드가 입을 꾹 다물고 불만스런 표정으로 고개를 끄덕였다. 그도 에스페라와 무언가 이야기를 하고 여기까지 온 것이 분명했다.

"무례한 평민에……."

나이드가 말끝을 늘리며 벨로나를 쳐다봤다.

"주제도 모르는 형님."

그는 시선을 다시 로웰에게 돌렸다. 나이드는 이 상황이 마음에 들지 않는 것이 분명했다. 그렇지 않다면 저런 진절머리 난다는 표정을 할 리가 없었으니까.

"에스페라 형님과 이야기를 했지."

나이드의 짧은 말에 에스페라가 나이드에게 시선을 흘렸다. 나이드가 주먹을 한 번 쥐었다 펴더니 다시 입을 열었다.

"……했습니다."

로웰이 팔짱을 낀 채 그를 쳐다봤다.

"그쪽이 형님의 자리를 노릴 생각이 없다면, 그것도 좋겠다고 생각했지……요."

그가 뒷말을 덧붙였다. 익숙하지 않은 옷을 입은 듯 어색한 말투였다. 로웰이 의외의 말을 들었다는 듯 눈을 가늘게 뜨며 나이드를 쳐다봤다.

"형님께서 갸륵한 동생들을 위해, 이 나라를 떠나 준다면, 더 바랄 건 없을 것 같은데요."

그가 뱀처럼 눈을 가늘게 뜨고, 간사한 미소를 띤 채 말했다.

듣고 있던 벨로나의 표정이 황당함으로 물들었다. 물론 벨로나뿐만이 아니다. 같이 온 에스페라도 예상하지 못한 듯했다. 이 와중에 표정에 변화가 없는 건 로웰뿐이었다. 벨로나였다면 이미 상을 뒤집어엎었을 거다.

"어디서 개가 짖는군."

로웰이 냉소적이게 대답했다.

분위기는 완전히 살얼음판이었다. 벨로나는 이 상황에 끼어들지 않기로 마음먹었다. 가족 간의 일이었고, 로웰의 일이었다. 어찌 되었든 해결해야 하는 것은 로웰이었다.

"그런 이야기라면 차라리 여기서 네 목을 베는 게 내겐 빨라."

"그럼 그래 보든가."

나이드의 말이 다시 짧아졌다. 에스페라가 눈짓을 했지만 이번엔 소용없었다. 눈치를 주는 것을 명백히 무시하고 있었다. 나이드는 정말 독이 오른 뱀 같은 표정을 하고 있었다. 벨로나의 눈에는 나이드의 떼로밖에 보이지 않았다.

"너와 일이 있던 뒤로 나도 제법 뒷세계를 굴렀다. 이번에 내가 검을 뽑는다면 난 널 봐주지 않을 거다."

로웰이 묵직한 목소리로 경고했다. 이건 정말 경고였다. 제법 둔한 벨로나에게도 로웰의 살기가 느껴질 정도였다. 단지 공기에 피부가 아프다는 걸 처음 알게 됐다. 진정 효과가 뛰어난 차로도 소용없을 분위기다.

"하, 내가 그런다고……."

"내가 바라는 건 간단하잖아. 난 황제의 자리를 노리지 않을 거야.

에스페라와의 일은 네가 해결할 일이야. 나한테 떼쓴다고 네 그 집착 같은 게 없어지진 않아."

로웰이 정말 지친 표정으로 상황을 마무리하기 시작했다. 그는 이야기를 정말 끝맺고 싶은 듯했다. 처음에 봤던 복수심에 휩싸인 모습도 없었다. 로웰은 벨로나에게 말했던 것처럼 정말 조용히 원만하게 끝내고 싶어 했다.

"난 떠돌이 생활 끝에 정착할 곳을 찾았다. 그깟 황제의 자리 빼앗지 않아. 내 이름을 걸고 약속하지."

나이드가 로웰을 쳐다봤다. 으르렁거리던 눈동자에 어느새 차분함이 내려앉았다. 나이드는 고민을 하고 있는 듯했다. 눈을 가늘게 뜬 채 마치 로웰을 가늠하고 있는 것처럼도 보였다. 벨로나는 그 모습이 제법 마음에 들지 않았다.

사실 벨로나가 끼어들 수 있었다면 이미 끼어들어 난장판을 만들었을 거다. 적어도 나이드는 황제가 아니다. 게다가 어쨌든 로웰이 나이드보다 위에 있었다. 힘으로든 황제의 친애로든. 물론 로웰은 원치 않는다고 했지만.

"난 이곳에서 계속, 이 여자와 살아갈 거다."

로웰이 손을 뻗어 나를 붙잡았다. 뜨거운 열기를 담은 손이다. 따뜻해서 좋았다. 로웰에게 가진 감정이 뚜렷한 모습을 만들진 않았다. 벨로나의 안에서 그것은 완전한 형태로 자리 잡진 않은 채였다. 하지만 로웰이 없으면 벨로나는 스스로가 외롭다는 것을 자각하고 있었다.

아마 그것에 누군가가 사랑이라고 이름을 붙인다면 그것도 나쁘지 않을 듯했다.

"벨로나가 여기에 가게를 차렸으니 수도를 떠날 순 없어. 물론 이 나라도 마찬가지다. 내가 양보한 만큼 너도 양보해. 이젠 너도, 나도, 에스페라도 꼬꼬마 어린애가 아니니까."

로웰이 나이드를 훈계하듯 말했다. 로웰은 제법 안정되어 보였다. 로웰의 안정됨은 대부분 벨로나에게서 나오는 것이었다. 격한 감정을 가질 때마다 옆에서 벨로나가 움찔거린다. 정확히는 짜증 나서 견딜 수 없다는 표정으로 움찔거리는 거다.

그게 로웰 자신보다 더 답답해 보였다. 그래서 우습게도 로웰은 지금 화가 나질 않았다.

"그래서 저보고 어쩌란 말입니까."

나이드의 목소리가 정중함을 찾았다. 물론 말투나 내용은 그다지 정중하지 못했다. 벨로나의 말을 빌리자면 싸가지가 없다는 것에 더 가까웠다. 그 일련의 변화에 에스페라가 나이드를 쳐다봤다.

"그간 고생한 게 아깝지만 나도 얻은 게 있으니 네게 사과를 바라진 않을 거다."

로웰이 그렇게 말하며 나를 쳐다봤다. 벨로나가 민망함에 슬쩍 고개를 돌렸다. 로웰은 저돌적이다. 말에 꾸밈이 없지만 그만큼 일직선으로 돌진해 온다. 그것은 아마도 자신과 크게 다를 바 없다는 것을 벨로나도 알고 있다. 하지만 로웰의 직구는 벨로나에게 제법 부담스러웠다.

"어차피 황성. 약육강식을 몰랐던 내가 나빴을 테니."

로웰이 담담하게 말했다. 그 안에는 어느 정도 체념이 담겨 있었다. 로웰의 말에 에스페라조차 반박하지 않았다. 벨로나도 차마 할 수 없었다. 사실 더한 일이 일상이 되는 곳이 황성이었다. 역사책을 살펴보자면 가족들을 몰살시키는 것이 흔한 일이었다. 단지 왕위를 위하여.

"나는 널 평생 볼 마음 없다. 너도 평생 내 앞에 나타나지 않았으면 하는데."

그게 서로가 원하는 거잖아? 로웰이 덧붙였다. 나이드가 고개를 들어 로웰을 쳐다봤다. 나이드의 일그러진 미간에 불쾌함이 엿보였다. 어떤 게 불쾌한지는 보고 있는 벨로나도 모르겠다. 로웰의 말이 고압적이라 그런가. 어쨌든 벨로나가 바라는 것은 이 상황이 빨리 끝났으면 좋겠다는 거다. 공방전을 보고 있는 것뿐인데 제법 지친다.

"너는 황족으로서 네 세계에서 살고, 나는 평민으로서 그냥 여기서 살아갈 거다. 원하는 건 아무것도 없어. 내게 같잖은 살수들이나 보내지 말라는 말이야."

"하. 내게 원하는 게 없다고 하셨습니까? 그러면서 날 죽일 생각은 아니고?"

"내게 너는 이젠 물어뜯을 가치조차 없다. 단지 그뿐이다."

로웰이 무심하게 고개를 돌렸다. 무감정한 눈동자에는 더는 아무런 감정도 보이지 않았다. 대화를 하면서 로웰도 마음을 정리한 듯했다. 벨로나가 두 사람을 살폈다. 아니, 정확히는 세 사람. 에스페라는 말도 없이 그저 눈을 감은 채였다.

그도 대화 중에 생각하고, 체념한 듯 보였다.

"옛날이나 지금이나 나는 너희가 싫어. 앞으로도 변함없을 거다. 난 평생 날 도구로 여긴 그 사람을 원망했고, 그다음은 너희였어."

로웰이 담담하게 이야기했다. 말하지 않은 상처가 그에겐 제법 많아 보였다. 벨로나가 입을 다물고 로웰의 손을 좀 더 꽉 쥐었다. 로웰이 살짝 몸을 떤다. 벨로나의 악력이라고 해 봐야 약했지만 그녀는 최선을 다했다.

벨로나는 잃는 슬픔을 지독하게 알고 있다. 사람을 잃고, 부모를 잃고, 전생의 나를 잃었다. 지독한 건 아마 그것을 전부 기억하고 있는 스스로의 운명이리라. 하지만 애초에 가진 것이 없었던 사람의 아픔을 벨로나는 모른다. 그러니까 감히 로웰에게 괜찮다고 할 수 없었다.

"그러니 내가 바라는 것이 있다면 평생 너희들을 보지 않는 거다."

로웰이 말을 마쳤다. 입을 꽉 다문 모습은 더 이상 할 말이 없어 보였다. 한참이나 식탁에는 적막만이 내려앉았다. 로웰도 말이 없었고, 에스페라도, 나이드도 말이 없었다. 벨로나는 함부로 끼어들 수도 없었다.

벨로나가 숨을 길게 내쉬었다. 그리고 나이드가 자리에서 일어났다. 그는 내어 준 찻잔의 차를 다 비웠다.

"원한다면 그렇게 하죠. 돌아가겠습니다."

나이드가 몸을 돌렸다. 무슨 심경의 변화인지는 모르겠지만 그는 순순히 물러났다. 에스페라도 뒤를 따라 일어났다. 로웰은 그들을 배웅하겠다는 마음은 없는 듯했다. 로웰이 일어나지 않으니 손을 잡고 있던 벨로나도 일어날 수 없었다.

복잡하다. 벨로나가 그렇게 생각했다.

"저도 이만 가 보겠습니다, 형님."

"약속은 지킬 거라 믿습니다. 황제 폐하."

에스페라의 인사에 로웰이 몸을 일으켰다. 그리고는 예를 갖췄다. 한쪽 팔을 배에 대고 허리를 굽혔다. 절도 있는 예법이었다. 에스페라가 쓰게 웃는다. 벨로나는 도리어 로웰에 놀랐다. 깔끔하고 절도 있는, 마치 정말 모든 것을 끝내는 사람의 모습 같아서.

"가 보겠습니다."

에스페라가 꼿꼿하게 고개를 숙였다. 물론 로웰의 말에 대답은 없었다. 나이드가 떠나고, 뒤를 따라 에스페라가 나갔다. 식탁엔 비어 버린 찻잔뿐이다. 그래도 차는 다 먹고 간 듯했다. 벨로나가 찻잔을 쟁반에 다시 올렸다.

꽈악.

로웰이 벨로나를 뒤에서 끌어안았다. 벨로나는 찻잔을 치우다 말고 굳을 수밖에 없었다. 어깨에 얼굴을 묻은 로웰이 지쳐 보였다.

벨로나는 입술을 열었다가 닫았다. 어떤 말을 해 줘야 할까. 벨로나의 고민은 길었다. 마땅히 대답이 떠오르질 않았다. 이러한 상황에서 누군가를 위로하는 건 벨로나와 맞지 않았으니까.

"로웰."

"……."

로웰의 대답이 없다. 벨로나가 한숨을 작게 내쉬고 힘겹게 몸을 돌렸다. 결국 마주 끌어안은 꼴이 되어 버렸다. 그래도 로웰은 벨로나를 놓을 기미는 없다.

"로웰."

"……그래."

지친 목소리가 들린다. 울 것 같은 목소리기도 했다. 차라리 울었으면 좋았겠다. 벨로나가 그렇게 생각하며 손을 뻗었다. 로웰의 등을 조심스럽게 쓸어내렸다.

그래도 울면, 도리어 더 당황할지도 모르겠다. 벨로나가 설핏 웃었다.

"고생했어요."

"그래."

"수고 많았어요."

"그래."

"와아. 잘했다. 내 남자가 될 거라면 이 정도 아량은 가지고 있어야죠. 살인범보다 백배는 낫네."

벨로나가 손을 뻗어 로웰의 머리를 토닥였다. 애써 밝은 목소리를 냈다. 잘했다, 잘했어. 몇 번이고 읊으니 노래 가사가 되어 버렸다. 그럼에도 로웰은 피하지 않는다. 벨로나가 로웰의 머리카락을 몇 번이고 더 도닥였다.

감히 어찌 재단할 수 있을까. 죽음의 문턱에서 살아 돌아온 무거움을. 감히 복수하겠다 다짐한 것을 엎어 버린 현실을. 벨로나는 그것들을 가늠할 수 없다. 그럴 자신도 없었다.

"……오늘 같이 잘까, 벨로나."

로웰이 벨로나의 이마에 조심스레 입을 맞추며 속삭였다.

벨로나는 잔다는 단어에 제법 많은 것을 생각했다. 왜 남녀간의 '잠'이란 정말 쿨쿨 잠만 자는 것뿐만은 아니니까. 그러니까 벨로나는 어쨌든 전생의 기억이 있다. 물론 그걸 크게 활용하고 살진 않았다. 어쨌든 두뇌로는 조금 성숙하다는 이야기다.

그러니까 어쨌든 벨로나는 저 잘까라는 말을 단순한 잠이라곤 해석하지 않았다.

'……근데 로웰은 아닌 모양이네.'

벨로나와 로웰은 같은 침대에 누워 있다. 물론 같은 침대에 들어온 것은 좋았던 것 같다. 하지만 로웰은 정말 아무 생각도 없었던 듯했다. 그저 벨로나를 끌어안고 로웰은 잠에 빠졌다. 결국 벨로나만 눈을 동동 뜬 채 로웰의 품에 안겨 있었다.

조심스레 몸을 돌렸다. 로웰은 복수심에 가득 차 있었다. 아마도 나를 만나기 전까지도 계속. 5년 전에도, 그리고 얼마 전에도 그럴 거다. 그런 로웰이 왜 이런 선택을 했는지 모르진 않는다.

그래, 모르지 않는다.

'아마도 나 때문이겠지.'

로웰은 같이 살기 위해서 복수를 포기했다. 그 선택이 얼마나 괴로웠을진 모른다. 평생을 바라 왔던 복수다. 아마 지금껏 로웰의 삶을 살게 해 줬던 복수일지도 몰랐다. 그것을 포기한 건 아마 작은 이유로는 불가능하겠지.

벨로나가 조심스럽게 손을 뻗어 로웰의 머리카락을 쓸어 넘겼다. 로웰이 5년 전에 봤던 그 사람이라곤 생각지도 못했다. 벨로나가 집

앞에 쓰러져 있는 사람들을 치료하기로 마음먹은 계기기도 했다.

'물론 치료 다 하고 밖에 다시 던져 놨지만.'

벨로나가 쓰게 웃었다. 이야기를 다 듣고 보니 로웰과 5년 전의 사람이 닮아 있긴 하다. 머리색뿐만이 아니다. 이목구비라든가 피부라든가. 그래도 제법 변한 건 흉터 하나 없던 몸에 흉터가 생겼다는 거다.

그리고 말랑말랑하던 손에는 검을 잡은 물집이 생겼다. 벨로나가 숨을 깊게 삼켰다. 싫지 않다. 벨로나는 로웰이 싫지 않았다. 싫지 않은 감정을 넘어 그것은 호감이었다. 로웰이 옆에 없으면 확실히 그리움이 더 짙어지겠지.

벨로나가 로웰의 손을 잡았다. 색색거리는 숨을 내쉬며 자는 로웰은 지쳐 보였고, 동시에 우습게도 조금 편해 보였다. 로웰로서도 질질 끌어온 일을 나름대로 끝낸 것이다.

'그걸 그쪽에서 정말 순순히 받아 주면의 이야기지만.'

어쨌든 하루는 갈 거다. 시간은 끊임없이 흐를 거고, 언젠가 로웰의 상처도 낫겠지. 벨로나가 누군가를 잃었던 슬픔을 시간으로 잊은 것처럼.

벨로나가 로웰의 품으로 파고들었다. 잠을 자야 할 것은 아무래도 자신인 것 같다고 생각한 벨로나가 눈을 감았다.

그나저나 로웰의 과거를 그런 식으로 듣게 될 줄은 몰랐다.

'그가 내게 와서 한 말은 나를 황태자로 올리겠다는 말이었다. 나를 살려 둔 이유는 그것 하나뿐이었다고.'

그건 정말 부모가 해서는 안 되는 말이 아닐까. 벨로나는 그 이야기를 듣는 순간 황당함이 하늘을 찔렀다. 로웰이 어떤 마음으로 지금껏 살아왔을지 짐작할 수 없었다. 감히 벨로나 자신이 짐작할 수 없었던 이야기였다.

의지할 수 있는 하나뿐인 아버지다. 어머니를 잃었다고 로웰은 말했다. 그런데 그 앞에서 아버지란 작자가 한 말이 벨로나는 이해되지 않았다. 벨로나 역시 깊은 사랑을 받고 자란 건 아니다. 늘 부모님은 바빴고, 혼자 있는 시간이 대부분이었다.

전생에서도 마찬가지다. 벨로나의 전생 부모님은 엄격했다. 공부에도 엄격했고, 생활에도 엄격했다. 그래도 그것조차 나름의 관심이자 애정이라고 벨로나는 생각한다. 어떠한 형태든 결국 그것은 사랑이나 애정이란 이름으로 다독여질 수 있다.

혹은 적게는 관심이라고 해도 될 거다. 하지만 로웰의 담담한 말 안에는 그러한 것들은 없었다. 로웰이 아버지를 애정하지 않는다는 이야기다. 그리고 그것은 아마도 로웰의 아버지가 그렇게 만든 것이다.

'네게는 다정하고, 듬직한 아버지였을지 모르겠지만…… 나와 내 어머니에게는 지옥을 안겨 준 지독하게 잔인한 사람이었다.'

로웰은 그렇게 말했다. 끔찍한 표정도 아니었다. 질린다는 표정도 아니었다. 로웰의 표정에서 벨로나는 그것의 이름을 정의할 수 있었다. 그건 체념이었다. 지치고 지쳐서 포기한 것이었다. 벨로나는 로웰의 그 표정을 본 순간 숨을 멈췄다. 생각을 할 수 없었다.

벨로나는 명색이 의사였다. 정신학이든 심리학이든 수업을 들은 기억이 있다. 그것이 수박 겉핥기식이라고 할지라도 말이다. 사람이 체념을 하려면 수많은 기대와 생각이 필요했다. 벨로나는 그걸 잘 알고 있었다. 단순히 난 안 할 거야 한다고 되는 게 아니라는 이야기다.

체념을 하기 위해선 수많은 기대와 함께 그만큼의 절망을 맛봐야 한다. 그건 생각한다고 체념할 수 있는 게 아니었다. 파블로프의 개 실험과 같다. 반복적인 학습에 가까웠다. 그만큼 로웰은 정말 체념하고 있었다.

벨로나는 로웰의 말에서 한 점의 기대조차 보지 못했다. 로웰의 바싹 마른 눈동자는 포기하고 있었다. 그리고 그 포기가 단순하고 쉽게 만들어지지 않았다는 것을 벨로나는 알고 있다. 알고 있기에 로웰의 상처를 벨로나는 보듬어 줄 수 없었다.

정말 힘든 사람에게 힘을 내라는 말은 독 외엔 아무것도 아니다. 그것도 벨로나가 알고 있는 사실이다. 그래서 벨로나는 타인의 감정에 깊숙이 들어가지 않았다. 그건 벨로나가 그 사람을 생각해서기도 했고, 스스로를 위해서기도 했다. 타인의 감정을 감히 함부로 건드리는 것은 벨로나의 사상에 위배되니까.

'그래도……'

그래도 벨로나 역시 가끔은 좋은 말솜씨를 가졌으면 어땠을까 싶어진다. 좋은 말솜씨를 가지고, 청산유수와 같은 말을 쏟아 낼 수 있으면. 그랬으면 좋겠다고 벨로나는 종종 바란다. 그러면 아까처럼 멍청한 격려가 아니라 조금 더 괜찮은 말을 해 줄 수 있을지도 몰랐다.

'와아. 잘했다. 내 남자가 될 거라면 이 정도 아량은 가지고 있어야죠. 살인범보다 백배는 낫네.'

다시 생각해도 헛웃음이 흘러나왔다. 벨로나가 비죽 삐져나오려는 바람을 삼켰다. 어쨌든이다. 결국 벨로나가 아쉬운 건 로웰에게 그럴듯한 말을 하나도 해 주지 못했다는 사실이었다. 몽블랑의 말에 반정도의 스킬만 있었어도 좋겠다고 벨로나는 생각했다.

"벨로나……?"

"미안, 깨웠어요?"

로웰의 목소리에 벨로나가 난감하게 대답했다. 너무 꼼지락거린 모양이다. 벨로나가 그렇게 생각하며 머리를 긁적였다.

"벨로나."

"네."

"좋아해. 같이 살자."

로웰이 벨로나를 껴안으며 귓가에 속삭였다. 자다 깬 목소리라 로웰의 목은 잠겨 있었다. 그 직설적인 말에 벨로나가 입을 다물었다. 로웰의 대화 방식은 벨로나와는 맞지 않다. 정확히 말하자면 벨로나가 말리는 경우가 많았다.

벨로나 역시 보통은 직설적으로 이야기하는 편이다. 하지만 로웰은 그것보다 더 일직선이었다. 그것이 좋으면서도 가끔은 부담스럽다.

"넌 내 옆에 있어 줘."

로웰이 조금 더 세게 끌어안았다. 숨쉬기가 조금 버거울 정도였다. 벨로나가 입을 열었다. 하지만 그대로 굳어졌다. 로웰의 입술이 먼저 벨로나의 입술을 덮쳤다.

아랫입술을 살짝 깨문 로웰이 벨로나의 입안으로 혀를 집어넣었다. 말캉한 혀가 벨로나의 입안을 휘저었다. 그 생소한 감각에 벨로나가 몸을 굳히며 눈을 질끈 감았다. 로웰의 것이 벨로나의 안을 이곳저곳 매만진다. 치열을 훑은 혀가 민감한 점막을 톡톡 두드린다.

벨로나는 정신을 잡느라 바빴다. 로웰의 갑작스런 키스와 간질간질한 몸에 벨로나가 로웰의 품에서 바르작거렸다. 하지만 단단히 잡은 로웰은 벨로나를 놓아줄 기미가 없었다. 결국 벨로나가 몸에서 힘을 빼고 체념을 했을 때에야 로웰은 혀를 다시 움직였다.

로웰의 것이 벨로나의 입천장을 건드린다. 분명 부드러운 혀일 텐데 벨로나에겐 제법 단단하게 느껴졌다.

'운동했다고 혀에도 근육이 생긴 건 아닐 텐데…….'

벨로나가 몸을 흠칫 떨었다. 찌릿거리는 이상한 것이 몸을 훑고 지났다. 벨로나가 조심스레 눈을 떴다. 로웰이 벨로나를 보고 있었다. 한참 만에야 로웰이 입술을 뗐다. 타액이 살짝 늘어졌다가 뚝 끊긴다.

"하아…… 하아."

벨로나가 막혔던 숨을 간신히 토해 냈다. 숨이 막혀 죽는다는 기분을 오늘에서야 느꼈다. 벨로나의 얼굴은 벌겋게 달아올라 있었다.

숨을 쉬고, 뱉는 것조차 힘겨운 듯했다. 벨로나가 로웰을 노려봤다.

"갑자기 뭐예요."

"그냥. 하고 싶었다. 대답을 듣고 싶은데 무서운 건 처음이라."

로웰이 벨로나의 어깨에 얼굴을 묻으며 중얼거렸다. 발개진 귓불이 그의 심기를 대변해 주는 듯했다. 한 소리 하려던 벨로나가 입을 다물었다. 이렇게 나오면 또 할 말이 없다. 벨로나는 스스로가 솔직한 사람에게 약하다는 걸 깨달았다.

하필이면 지금, 이 상황에서. 쓸데없이.

"그래서 대답은."

"제가 많이 생각해 봤는데요……."

벨로나가 말끝을 늘였다. 로웰이 긴장하는 것이 보였다. 로웰의 몸이 뻣뻣해졌다. 그 모습이 또 제법 재밌어서 벨로나가 일부러 머뭇거렸다. 입술만 열었다가 닫기를 여러 번 반복했다. 그때마다 로웰의 몸이 한 번씩 떨린다.

"로웰은 좋아요. 없으면 외로울 것 같아요. 게다가…… 로웰 없으면 제 약국 망해요. 이렇게 커져 버렸는데."

"그건……."

"키스도 싫지 않고, 로웰도 좋아요. 여전히 이게 사랑이냐고 하면 물론 100퍼센트 확신하면서 네라곤 대답할 수 없겠지만……."

사랑이냐고 물으면 응이라고 대답할 수는 없다. 벨로나에게도 확신이 없었으니까. 하지만 가짜 연애라는 걸 해 보고 벨로나는 대충 깨달았다. 자신은 외로웠고, 옆에 있어 줄 사람이 필요하다는 걸. 그리고 그것이 로웰이어서 불편하지 않다는 것도.

"저도 좋아해요, 로웰."

만약 가능하다면, 줄곧 이대로 같이 있어도 좋을 것 같았다. 적어도 벨로나는 로웰의 곁에 계속 있어 줄 자신은 있었다.

"그래."

로웰이 제법 담담한 목소리로 대답했다. 생각보다 재미없는 반응에 벨로나가 볼을 부풀렸다. 우와아아아! 까지는 기대하지 않았지만 그에 준하는 반응은 있을 것 같다고 생각했었으니까.

'사실 별로 안 좋아하나.'

그렇게 생각하니 기분이 더럽다. 벨로나의 미간이 구겨졌다. 로웰을 올려다보니 로웰이 흐릿한 미소를 지으며 벨로나를 쳐다보고 있었다.

"그래서, 결혼식은 언제면 되지?"

……괜히 대답해 줬다. 대답을 듣자마자 금세 당당해진 로웰을 보며 벨로나가 입술을 깨물었다. 로웰이 벨로나를 끌어안으며 그녀의 이마에 입술을 맞췄다.

"대답."

벨로나가 고개를 돌렸다. 아무래도 대답을 좀 더 늦게 해 줄 걸 그랬다. 이미 내뱉은 말을 어찌할 수가 없어서 벨로나가 한숨을 내쉬었다. 게다가 문제는 로웰의 저 말과 행동이 싫지 않은 벨로나 자신이었다.

"황제초 꽃이 펴면요."

어차피 필 가능성도 없는 꽃이다. 벨로나가 대충 대답했다. 벨로나의 대답에 로웰이 짙게 웃었다.

"그거, 얼마 전에 봉오리가 생겼더군."

로웰이 벨로나의 귓불을 깨물며 작게 속삭였다. 벨로나의 얼굴이 구겨졌다.

"사랑해."

그리고 그 한 마디에 구겨진 그녀의 얼굴이 벌겋게 물드는 건 한순간이었다.

Epilogue

"누나아! 다녀왔어요!"

벌컥. 예고도 없이 문이 열리고 약국 안으로 슈가가 들어왔다. 작은 몸에 요상한 보따리가 한가득이었다. 그걸 등에 메고 슈가는 달려 들어왔다. 얼굴이 굉장히 밝아 보였다. 그게 좀 어린아이와 닮은 것 같아서 벨로나가 작게 웃었다.

"독초 찾기 여행은 잘 다녀왔어?"

"네! 무려 신생 독초를 세 개나 찾았어요! 이제부터 분석하려고요."

슈가가 벨로나의 품에 폭 안겼다. 여기저기 꼬질꼬질해서 꾀죄죄했지만 슈가 특유의 귀여움은 여전했다. 달라진 것 없는 모습에 벨로나가 슈가의 머리를 쓰다듬었다. 넓었던 약국에서 로웰과의 일주일은 나름 나쁘지 않았다. 하지만 그뿐이었다.

역시 시끌벅적하지 않으니 쓸쓸했다. 게다가 로웰의 말대로 황제초는 정말 봉오리가 맺혔다. 물론 그 상태에서 더는 움직이지 않았지

561

만. 벨로나의 상식을 훨씬 벗어난 수명을 살고 있었다. 벨로나가 아는 황제초의 수명은 한 달이었다. 책대로라면 여태 살아 있을 리가 없었다.

"아, 그리고 이건 선물이에요!"

슈가가 짐 보따리를 뒤적거렸다. 커다란 짐 보따리 안에 손을 넣고 허우적거리는 모습이 귀여웠다. 아래에 쪼그려 앉은 슈가의 눈높이를 맞춰 벨로나도 몸을 낮췄다. 슈가가 짐 보따리 안에서 약초로 보이는 것을 한 무더기 꺼냈다.

채집통에 잘 담긴 것이, 정성이 담겨 보였다. 대충 슈가가 왜 흙투성이인지 알게 됐다. 독초든 약초든 채집을 하려면 산을 누벼야 한다. 산과 늪, 또 메마른 땅에서도 날 때가 있었다.

'그걸 채집하려면 이런 꼴이 되는 수밖에 없지.'

벨로나가 작게 웃으며 슈가의 볼에 묻은 흙을 털었다. 슈가가 눈을 살짝 크게 뜨더니 이내 배시시 웃는다. 그리곤 두 손을 뻗어 약초가 담긴 채집통을 벨로나에게 건넸다. 벨로나가 눈을 크게 떴다.

"선물이에요, 누나. 이거요! 우연히 제가 소문을 들은 건데 이번에 새로 발견된 약초래요. 그래서 제가 소문난 곳 주변을 싹 뒤져서 찾아왔어요!"

슈가가 두 손을 파닥파닥거리며 열심히 설명했다. 벨로나는 요 최근 들어 납품을 받지 않았다. 덕분에 그쪽 관련 소식을 들을 기회가 없었다. 새로운 약초라니. 알았다면 로웰과 제일 먼저 뛰어갔을 거다. 그렇게 생각하며 벨로나가 조심스레 슈가의 선물을 받아 들었다.

"고마워. 최고의 선물이네."

벨로나가 웃었다. 만약 벨로나가 로웰과 함께 갔다면 그래도 이런 선물을 받을 수 없을지도 몰랐다. 가끔은 눈과 귀를 막고 사는 것도 괜찮다고 벨로나는 생각했다.

'물론 계속 막고 있으면 곤란하겠지만 말이야.'

"네! 다른 형들은 안 왔어요?"

"음, 아ス……."

벌컥. 콰앙. 요란한 소리와 함께 문이 열렸다. 벨로나의 말은 커다란 소음에 살포시 묻혔다. 이제 막 건축된 건물의 문이 부서질 것 같은 소리에 벨로나의 눈이 매서워졌다. 날카로운 눈이 침입자를 살폈다.

하지만 벨로나의 눈은 금세 풀어졌다. 말하지 않아도 굉장히 익숙한 얼굴이었으니까.

"아가씨!! 이 몽블랑이 선물을 가지고 찾아왔다. 으하하하!"

마치 희대의 영웅이라도 되는 양 몽블랑이 요란스레 들어왔다. 쫙 뻗은 손이 마치 전생에 있던 히어로 슈퍼맨을 닮은 것 같기도 하다고 벨로나는 생각했다. 요란스레 들어온 몽블랑은 슈가처럼 짐이 많지 않았다. 몽블랑은 어딜 다녀왔는지 이국의 복장을 하고 있었다.

"사막이라도 다녀왔어요? 몽블랑."

터번 같은 걸 두른 모습이 영락없이 사막 소년이다. 벨로나의 넘겨짚음에 몽블랑이 안 그래도 큰 눈을 더 크게 뜬다. 그리곤 깜빡인다. 귀엽다기보단 가증스러운 모습이었다. 다 큰 성인 남자에게 저런 모습은 조금도 어울리지 않는다. 벨로나의 눈이 세모꼴로 변했다.

"어떻게 알았어? 아가씨 설마 내 몸에 위치 추……."

퍽. 뭔가 날아왔다.

"닥쳐, 망할 몽블랑."

뭔가 날아서 몽블랑의 얼굴에 제대로 맞았다. 몽블랑이 그걸 붙잡고 뒤로 넘어졌다. 던진 사람은 목소리만 들어도 알 것 같다. 로웰이었다. 아까까지만 해도 방에서 자고 있었는데. 벨로나가 곤란한 표정으로 고개를 돌렸다.

쾅 소리가 났다. 몽블랑이 제법 힘겨워 보인다. 날아온 것을 보니…….

"베개?"

"너무하잖아! 이렇게 던지는 게 어딨어!"

"여기."

로웰의 베개는 솜 베개가 아니다. 던지면 무겁기도 무겁다. 로웰이 푹신한 것보다 딱딱한 게 좋다면서 어디선가 저런 베개를 구해 왔었다. 벨로나가 한결 유치해진 공방을 지켜보며 식탁에 앉았다. 사람이 돌아오니 이렇게 시끌벅적하다.

"좋네요, 다들."

벨로나가 작게 웃으며 말했다. 세 사람의 시선이 동시에 벨로나에게 향한다. 으르렁거리던 분위기가 유해진 느낌이라고 생각하며 벨로나가 턱을 괴었다. 로웰이 벨로나를 한 번 쳐다보곤 간이 부엌으로 쏙 사라진다.

"자, 이거 선물. 아가씨. 오는 길에 새로운 약초가 나왔다고 여기저기 소문이 자자해서."

그러면서 쑥 내미는 건 봉지에 대충 담긴 약초였다. 그래도 자세히 보면 뿌리 하나 다치지 않은 채였다. 벨로나가 씩 웃으며 조심스레 약초를 받아 들었다.

"어? 이건."

모양새가 익숙했다. 아까 슈가가 준 채집통을 살폈다. 아무리 봐도 같은 약초였다. 사실 생각해 보면 같은 시기에 새로운 약초가 여기저기 널려 있을 리는 없다. 결국 슈가나 몽블랑이나 같은 생각을 한 듯했다. 슈가의 얼굴이 구겨졌다.

"어? 왜? 이미 있어?"

"네, 아까 슈가가 먼저 선물해 줬거든요. 그래도 감사해요. 약초는 많으면 많을수록 좋으니까요."

벨로나가 부드럽게 미소 지으며 조심스레 슈가의 채집통 안에 몽블랑이 준 약초도 넣었다. 겨우 약초뿐인데도 큰 선물을 받은 기분이다. 문제는 두 사람 다 같은 생각을 했다는 것 정도이려나.

'너무 약초만 좋아했던 모양이네.'

씁쓸하면서도, 어쩐지 기쁘다. 좀 더 다양한 걸 좋다고 했으면 좋았을까 하는 아쉬움도 들었다. 그렇게 생각하며 벨로나가 몽블랑에게 다시 한 번 고개를 숙였다.

"이런, 그럼 이거라도. 사막의 머리 장식이래."

몽블랑이 품에서 또 다른 선물을 꺼낸다. 척 보기에도 제법 비싸 보이는 것이었다. 반짝거리는 보석이 박혀 있는데도 그리 화려하지 않았다.

"고마워요."

선물은 기쁘다. 벨로나가 웃으며 조심스레 품 안에 머리 장식을 집어넣었다. 약국을 만들고, 이렇게 되리라곤 생각지도 못했다. 하나둘 늘어난 사람들이 결국 삶의 일부가 되어 버렸다. 숨을 크게 삼켰다.

탁.

"우리도 답례품을 줘야겠지? 벨로나."

찻잔을 내려놓은 로웰이 벨로나를 뒤에서 끌어안으며 말했다. 지난 일주일간 벨로나가 익숙해진 것이 있다면 스킨십이다. 로웰은 끊임없이 스킨십을 했다. 그 끈질김에 결국 벨로나도 손을 놨을 정도다. 그래도 싫지 않았기에 벨로나는 로웰을 밀어내지 않았다.

"신혼여행에서 말이야."

로웰이 다 들으라는 식으로 크게 말했다. 로웰답지 않은 일이었다. 벨로나가 당황스런 표정을 했다.

툭.

투둑.

쾅.

슈가의 봇짐이 떨어지고, 몽블랑이 멍한 표정을 했다. 그리고 고개를 돌리니 레이먼이 있었다. 뭔가 레이먼도 바리바리 싸 온 듯했다. 경악 어린 표정에 도리어 민망해진 것은 벨로나였다. 시선을 슬쩍 회피했다. 물론 로웰은 당당했다.

"……뭐."

"결국 그렇게 된 거야? 아가씨."

"무슨 일이 있었던 거야?! 제가 없는 동안 무슨 일 있었어요?!"

슈가가 경악하며 소리쳤다. 무슨 일이라고 한다면 고백을 받고 대답을 했다. 그리고 일주일 내내 침대에서 같이 잤다. 물론 정말 잠만 잤다. 아, 키스와 스킨십을 제외한다면.

벨로나가 그렇게 생각하며 흐릿한 웃음을 흘렸다. 그리고 말없이 차를 한 모금 마셨다. 그에 자리에 있던 사람들의 상상력이 커진 건 그들만의 비밀이다.

"며칠 뒤면 오픈이에요. 바빠질 테니까 파이팅해요. 아, 그리고 내일부턴 2층에 간단한 진료소도 오픈할 거예요. 물론 진료소 담당은 유디스예요."

쨍그랑.

찻잔의 잔해가 바닥을 굴러다녔다. 고개를 드니 찻잔 손잡이만 붙잡고 있는 로웰이 있었다. 찻잔에 힘을 줬는지 로웰의 손등 위로 혈관이 툭 튀어나와 있다. 벨로나가 당황스런 표정으로 로웰을 쳐다봤다.

"그놈 안 들이는 거 아니었어?"

"유디스 없으면 누가 진료소 돌봐요. 간신히 구한 인재인데."

로웰이 고개를 돌리며 이를 악물었다. 벨로나가 모른 척 시선을 피했다. 공은 공이고 사는 사다. 벨로나는 공과 사가 합쳐지는 게 싫었다. 유디스는 벨로나가 생각하기에 필요한 사람이다. 그랬기에 보류라거나 이제 와서 취소할 생각은 없었다.

똑똑.

"누구세요?"

문 근처에 있던 레이먼이 문을 열며 말했다. 문 앞에 있는 것은 상인인 듯 보이는 사람이었다. 익숙한 차림새는 아니었다. 굳이 따지자면 지금의 몽블랑 복장과 비슷했다.

"여기가 약국 맞나요? 팩이라는 걸 사고 싶어서……."

"뭐야, 벌써 문 연 거야? 저기 저희도!"

"그 파스라는 것도 팝니까?!"

"예? 아니 아직……."

우르르 몰려온 사람들이 문 앞에 진을 치고 하나같이 소리를 지른다. 소리가 소리를 부르고 사람이 사람을 불렀다. 재료도 뭣도 아무것도 없어서 오늘 장사는 무리다. 당황한 표정으로 벨로나가 입을 떡 벌렸다.

"아, 맞다. 이제 생각났는데 여행 다니면서 아가씨 약도 여기저기 홍보 좀 했어. 하하하하! 다들 오겠다고 난리던데."

오는 건 좋다. 근데 이건 너무 빠르다. 벨로나가 머리를 짚으며 몽블랑을 쳐다봤다. 몽블랑이 바닥에 앉은 채 씩 하고 웃는다. 그게 또 미워할 수 없는 표정이다.

"아. 근데 내가 날짜를 잘못 알려 줬나 봐. 미안!"

미워할 수 없기는 개뿔이.

"로웰. 몽블랑이 저분들 대신 상대하고 싶대요."

"아, 그래. 나도 동감이야. 저지른 일은 알아서 처리해야지."

로웰이 양반다리로 앉아 있는 몽블랑의 뒷덜미를 잡아챘다. 몽블랑이 로웰의 손에 대롱대롱 들렸다. 로웰이 레이먼을 옆으로 치우고 그대로 몽블랑을 문밖으로 던졌다. 레이먼이 타이밍 좋게 문을 닫았다.

"몽블랑, 오픈은 일주일 뒤라고 잘 설명해 주세요."

몽블랑이 그날 하루 종일 밖에서 찾아오는 손님들에게 설명을 했다는 건 작은 비밀이다.

Side Story 1

벨로나와 로웰의 첫 만남

"로웰, 죄송한데 창고에 들어가자마자 오른쪽 맨 위 칸에 있는 첫 번째 박스 좀 가져다주세요!"

바쁜 와중에 들려오는 목소리에 로웰이 레이먼에게 일을 넘기고 바로 몸을 돌려 창고로 들어갔다. 슥- 훑어보니 맨 위에 숫자 1이 커다랗게 쓰인 박스가 떡하니 놓여 있었다. 꽤 높은 칸이었는데 어떻게 올라갈 수 있었나 싶은 의문이 들었지만 문 뒤쪽에 놓인 의자는 그 의문을 금세 해소시켰다.

"여기 있다."

"아, 고마워요. 슈가, 모자라는 약초는 여기서 보충해서 써."

"네, 누나!"

로웰이 바쁘게 약을 만드는 벨로나를 가만히 쳐다봤다. 어수선한 분위기와 왁자지껄한 가게 안은 5년 전과는 판이하게 달랐다. 하지만 그 가운데 달라지지 않은 것을 꼽으라고 한다면 이제는 꽤 낡아 보이는 가구들을 사용하는 약국의 주인이었다. 그때도, 지금도, 그리고 얼마 전 찾아와 쓰러진 제게 해독제를 만들어 줬던 때에도 약을 만드는 녀석의 표정은 진지하고, 조심스러웠다.

로웰이 자연스럽게 몸을 돌려 손님을 맞이했다. 벨로나. 그녀와 만난 일은 꽤 시간을 거슬러 올라야 했다. 5년 전, 이 약국이 문을 연지 얼마 되지 않았던 그때로.

§

삶이란 늘 그렇듯 차갑고, 또 매정했다. 특히나 로웰의 삶은 더욱 평범하지 못했다. 아무리 누군가에게 피해를 주지 않고, 권력에 관심이 없어도 그것을 부정하며 때려눕히려는 사람은 충분히 존재했다. 일부러, 누군가를 상처 입히지 않기 위해서, 그리고 내 의지를 밝히기 위해서 검술을 배우지 않았더라도 그랬다.

삶은 적어도 제 뜻대로 흘러가지 않는 것임에는 분명했다. 로웰은 그다지 주변에 큰 관심이 없었다. 소중했던 것은 스스로 만들어 놓은 작은 울타리 정도였다. 그것은 어린 나이에도 그랬으며 스무 살이 넘었을 때도 마찬가지였다. 여자에게도 관심이 없었고, 그냥저냥 조용한 삶이 좋았다.

앞으로도 그럴 것이라고 생각했다. 내가 움직이지 않으면 상대는 감히 나를 공격하지 않을 것이라고, 그냥 못 본 척 넘어갈 것이라고 생각했다.

"잡아라! 얼른, 잡아서……."

죽여 버려— 머릿속을 맴도는 한마디는 여전히 잔인하게 제 가슴이 꽂혀 있었다. 가만히 있으면, 지금의 자리를 지킬 수 있는 조용한 삶을 지낼 수 있을 거라고 생각했다. 왜냐면 나는 단 한 번도 얼굴을 밖으로 드러낸 적 없는, 얼굴 없는 존재에 지나지 않았으니까.

"헉- 허억- 우흑……."

뒤에서 쫓아오는 많은 살수들의 살기가 몸을 무겁게 짓눌렀다. 숲의 무성한 나뭇가지와 가시들이 얼굴과 팔을 긁어 댔다. 흘러내리는 피보다 턱 밑까지 들이닥친 죽음의 공포가 훨씬 더 컸다. 검조차 들지 못했다. 배우지를 않았으니까.

로웰이 이를 악물며, 숨이 턱 끝까지 차오르는 것을 참아 내며 달렸다. 곧 시가지가 나왔다. 늦은 시간이어서 사람은 많이 없겠지만 그래도 저들도 함부로 움직이지 못할 것이 분명했다. 다리가 후들거렸다. 눈앞이 흐려지는 것 같았다.

"네 업보라고 생각해라. 꼬마, 죽어라."

어느새 앞을 가로막은 복면의 무리들이 날카로운 검을 로웰의 몸에 미련 없이 꽂아 넣었다.

"흐아아악……!! 끄으……."

푹- 푸욱- 여러 번 미련 없이 몸에 박히는 검의 감각에 로웰이 이를 악물었다. 복면인을 몸을 던져 퍽 하고 밀어 버린 로웰이 검을 빼앗아 마구잡이로 휘둘렀다. 무거웠다. 검의 무게가 더해져 도망가는 속도가 조금 더 느려졌지만 로웰은 꽉 검 손잡이를 잡았다.

"……죽는, 건…… 너희들이야. 꺼져……."

피를 철철 흘려 죽어 가고 있음에도 불구하고 로웰의 눈이 살수들을 향해 매섭게 빛났다. 사람 몇은 눈빛으로 죽여 버릴 것 같은 깊고 어두운 살기에 복면을 쓴 살수들이 살짝 움찔거리며 뒤로 물러났다. 그 순간적인 틈을 놓치지 않은 로웰이 들고 있는 검을 대충 그들에게 던지고 뒤를 돌아 다시 나무를 붙잡으며 도망가기 시작했다. 도망을 간다고 하기보단 간신히 나무를 지탱하고 기어가는 수준이었다.

"쫓을까요?"

"아니, 됐다. 어차피 죽을 정도의 치명상이야. 검상만 못해도 다섯

개는 되겠군. 가다가 출혈로 죽든가 통증이 심해 죽든가 둘 중 하나
겠지."

"하지만……."

"……그래도 산다면, 그것도 저놈의 업보겠지."

만약 제대로 검술을 배운 그와 대치했다면 승리를 장담할 수 없을
것이 분명했다. 그런 생각과 함께 살수들의 대장은 저 멀리 피를 흘
리며 힘겹게 앞으로 나아가는 로웰을 바라봤다. 살수들을 압도하는
눈빛은 오랜 살수 생활에서 처음 보는 것이었다. 검에는 손도 대 보
지 못했다고 들었는데……

"저건 뭐, 눈빛으로도 사람 몇은 죽이겠군."

다들 철수한다. 그 말을 마지막으로 살수들이 몸을 돌려 다시 어
둠 속에 숨어들었다.

"젠장!"

눈앞이 흐렸다. 다리 한쪽도 검에 찔려 걸을 때마다 통증이 머리
를 잠식했다. 손으로 피가 나오는 곳을 눌러 봐도 멈추지는 않았다.
거리의 모든 상점은 문이 닫혀 있었다. 어두운 거리에 혼자서 걸어가
는 모습이 처량하기 그지없었다. 그래도 살겠다며 버둥거리는 저 자
신이 한심했다.

슬쩍 뒤를 돌아보니 살수들이 더는 쫓아오지 않고 있었다. 하……
로웰이 허탈한 한숨을 내뱉었다.

"그냥 놔둬도 죽는다, 이건가……."

틀린 말은 아니었다. 이미 시야도 거의 보이지 않고, 간신히 건물
에 의지해서 걷고 있는 것뿐이었으니까. 그들의 선택이 아마 옳을 것
이다. 굳이 더 힘들이지 않고, 어차피 죽어 가는 먹잇감의 발악을 보
며 선심 쓰듯 놓아준 것일 테니까.

털썩— 후들거리던 다리에 힘이 풀려 그대로 꺾여 넘어졌다. 숨쉬기도 버거웠다. 내가 잘못한 것인가 싶었다. 그냥 한 번에 죽여 달라고 할 걸 그랬나 하는 후회도 있었다. 그럼 적어도 이런 고통 없이, 한 번에 갈 수 있었을 텐데…….

"불이…… 켜져, 있네……."

마침 또 쓰러진 건물의 창문으로 새어 나오는 빛이 자신을 조금 더 비참하게 만드는 것 같았다. 놀라려나…… 문을 열고 나오면 피로 떡칠되어 죽어 있는 남자 때문에 놀라지 않을까 싶었다. 시야가 완전히 흐릿해졌다.

로웰이 눈을 감았다. 거친 숨소리가 로웰의 입 밖으로 계속해서 흘러나왔다.

끼익— 나무로 된 문이 약간의 소리를 내며 열렸다. 누군가 나와 굳어 버린 것이 느껴졌지만 로웰은 눈을 뜰 힘조차 없었다. 비명 소리가 들릴 줄 알았는데 의외로 잠잠했다. 감각까지 망가진 것일까?

"이게 뭐야……. 저기…… 살아는 있어요? 저기, 무슨 일 있었어요? 아니, 죽진 않았죠? 제 가게 앞에서 죽으면 안 돼요! 아니, 그렇다고 다른 가게 앞에서 죽으라는 건 아니지만…… 아니 어쨌든…….."

당황한 것이 적나라하게 느껴졌다. 아직은 조금 앳된 목소리의 여자였다. 로웰이 무언가 말을 하기 위해 입을 벌렸지만 목소리가 제대로 나오지 않았다. 제 몸을 이리저리 손을 대며 만져 보던 여자가 팔을 뻗어 저를 일으키려고 애썼다.

"저기, 일어날 수 있으면 일어나 보세요. 일단 가게 안으로 들어가야 되는데……."

"뭐야…… 꼬맹이, 너 의사……야……?"

쇠를 긁는 듯했지만 그래도 목소리가 정상적으로 튀어 나갔다. 계속해서 저를 일으켜 세우려고 노력하는 여자에게 기대어 로웰은 간신히 몸을 일으켰다. 부드러운 손길이 조심스럽게 허리에 감기더니 저를 부축했다. 로웰이 여자가 이끄는 대로 가게 안으로 발을 들였다.

"저기, 의사는 아니고…… 전직 의사……. 아니, 저 이렇게 심한 건 또 너무 오랜만이라…… 손님도 없다가 이런 손님이 오니 당황스럽네요……. 그…… 저기 미안한데 잠시만 여기 누워서 기다려 봐요."

그렇게 말한 여자가 저를 바닥에 눕히고는 무언가를 찾는지 통통 통 발걸음 소리를 냈다. 로웰이 힘겹게 눈꺼풀을 들어 올렸다. 여전히 선명하지 않았지만 분주하게 돌아다니는 옅은 푸른색 머리카락의 실루엣은 눈에 잡혔다. 그다지 크지 않은 키의 여자는 급하게 무언가를 꺼내더니 종지에 빻고 있었다.

통통거리는 소리가 울릴수록 옅은 약초 냄새가 코끝을 자극했다. 흐린 시야로 보이는 여자의 표정은 꽤 진지해 보였다. 한참 동안 이 것저것 만지며 빻고, 챙기고 물같이 생긴 것까지 가지고 오더니 제 앞에 털썩 주저앉았다.

"아니, 무슨 일 있었어요? 이런 건 경찰에 신고해야죠. 저기 좀 아파도 참아요?"

여자가 옷을 작은 단도로 찢어 버리더니 얼굴을 찌푸리는 것이 보였다. 마치 내 몸인데 저가 더 아프다고 하는 것 같아서 웃음이 흐를 것 같았다. 반짝이는 초록빛 눈동자가 진지했다. 그 눈동자로 비쳐 보이는 제 몸의 상태는 가히 심각했지만 적어도 아까처럼 두렵고 무섭지는 않았다. 죽는 것이 무섭지 않았다기보단 혼자가 아니라는 사실에 안도했다.

"아니 지금 웃음이 나와요?"

무언가를 상처에 칙칙 뿌리더니 여자가 황당하다는 듯 물어 왔다. 검에 찔렸던 고통보다는 아프지 않아서 다행히 추한 몰골로 소리를 지르지 않을 수 있었다. 투명하고 깨끗한 눈동자는 더러움을 모르는 것 같았다.

"저기…… 얼굴 뚫어지겠어요. 제가 급한 대로 이거, 일단 약초 줄기를 얇게 편 건데, 아아, 저 원래 이런 거 어디서 안 해 주니까 절대 비밀이에요. 상처 꿰매 드릴게요."

"상처를 꿰매……?"

생전 듣지도 보지도 못한 치료법에 욱신거리는 통증을 무시하고 멍하니 되물었다.

"으음…… 네, 자수 놓듯이…… 아, 인체에 유해한 건 아니에요. 아, 그렇다고 몸에 자수 놓는다는 것도 절대 아니고요. 상처가 많은 데다가 너무 벌어져서 어쩔 수 없이 해 주는 거예요. 원래는 약초만 발라 주는데…… 아니, 원래 이런 치료도 안 해 주는데……. 어떡해요, 당신 곧 죽을 것 같단 말이에요."

걱정스러운 표정. 누군가에게서 단 한 번도 본 적 없는, 나를 진심으로 걱정해 주는 표정이었다. 상처를 자수 놓듯 꿰매다니 말도 안 되는 치료법이었다. 그런데 그 눈빛이 너무 진지하고, 진심이 보여서 아무 말도 할 수가 없었다. 한 번도, 저런 시선을 누군가에게 받아 본 적이 없었다.

"저기, 지금 마취제가 없어서…… 조금 아플 텐데 괜찮겠어요?"

"응…… 괜찮아."

"아프면 소리 질러도 돼요. 참으면 더 아프니까요."

"응……."

눈꺼풀이 무거웠지만 눈을 감지는 않았다. 조금 더 그 얼굴을 보고 싶었다. 자신만을 위해서, 오로지 아무것도 바라지 않고 자신의 삶을 위해서 약을 만들고, 저를 치료하겠다며 팔을 걷어붙인 여자를 보고 싶었다. 상처를 살짝 벌려 안을 살펴보던 여자가 피를 수건으로 닦아 내고는 불로 달궈진 바늘을 식히고 살에 집어넣었다.

"흐윽……."

"금방 할게요."

여자의 손놀림이 빨라졌다. 쿡쿡 살 위에 박히는 속도도 빨라져 오히려 조금 통증이 덜 느껴지는 것 같기도 했다. 얼마나 집중을 하고 있는 것인지 여자의 볼을 타고 땀이 뚝뚝 바닥으로 흘러내렸다. 아아…… 사랑스럽기 그지없었다. 단지 저를 바라보며, 저를 위해 무언가를 해 주는 사람은 이토록 아름다울 수 있구나 싶었다.

여전히 흐릿한 시야에 그래도 담고 싶었다. 평생 혼자서 살던 삶에, 적만 가득하던 세상에, 자신만을 위해 주는 사람도 있었다. 설령 그것이 직업의식이라고 할지라도.

"소독약이랑 약초랑…… 으, 잠깐 몸 좀 들어 보세요. 붕대가…….."

다리는 물론이고 배까지 약초를 바르고 그 위에 붕대를 둘둘 감았다. 그리고는 사발에 담긴 커다란 물약을 옆에 두고는 제 몸에 손을 뻗어 왔다.

"그거 먹으면 통증이 좀 덜할 거예요. 대체 어디서 이렇게 다쳐 온 거예요? 누가 묻지마범죄라도 벌였어요?!"

여자가 자신을 벽에 기대게 하며 앉혔다. 그리고는 초록색 액체가 한가득 든 사발을 손에 쥐여 주며 말했다. 색깔은 완전히 독약과 다를 바 없었지만 말없이 가져가 한입에 꿀꺽 삼켰다. 피가 흐르지 않는 것만으로도 충분히 살 것 같았다. 그렇다고 아픈 느낌이 사라지는 않았다. 다만 그냥, 약초 냄새와 여자의 몸에서 피어오르는 향긋한 풀 내음이 좋았을 뿐이었다.

"이름이 뭐야……?"

"지금 이 상황에 제 이름이 궁금해요? 아니, 그놈들 목덜미 잡아서 복수해 줄 생각은 안 하고……. 제 이름을…… 에휴, 벨로나예요. 벨로나."

"벨로나…… 좋은 이름이네. 난 어차피 복수는 못 해. 검을 쓸 줄 모르거든. 한심하지……."

벽에 기대어 눈을 감은 로웰이 자조적인 목소리로 말했다. 한심했다. 검을 쓸 줄 몰라서 복수를 할 수 없다니. 저는 무력하기 그지없었다. 얼굴 없는 존재였다는 것은 지극히 교류가 없었다는 것을 뜻했다. 혈혈단신, 외톨이와 다름없었다. 이대로 혹시나 살아남아도 언제 죽을지 모르는 삶이었다.

"검을 못 쓰면 지금부터라도 죽어라 연습하세요. 나 같으면 억울해서라도 그냥은 못 죽어 줄 것 같은데…… 내 성격이 꼬인 건가."

벨로나가 머리를 긁적이며 치료에 사용했던 도구들을 한쪽으로 밀어 두고 로웰의 앞에 앉아서 말했다. 피로 떡칠이 된 얼굴은, 자잘한 상처도 있었지만 피가 얼굴의 반을 가려서 잘 보이지도 않았다. 눈동자가 퍽 죽어 있었다. 이전 생의 병원에서 자주 볼 수 있었던 눈동자였다. 포기와 체념의 눈동자.

"저기, 복수해요. 왜 그렇게 죽을 것 같은 눈을 하는 거예요. 검술을 갈고닦아서 내가 여기 이렇게 살아 있다고 해도 좋고, 검을 못 쓰겠다면 성공해서 찾아가도 좋고, 행복해져서 찾아가도 좋죠."

로웰이 눈을 떠 벨로나를 바라봤다. 초록빛 눈동자와 새까만 눈동자가 허공에서 마주쳤다. 벨로나가 가만히 로웰을 바라보며 충고하듯 말했다.

"당신 내가 이렇게 열심히 살려 줬는데 죽으면 가만 안 둘 거예요."

로웰이 느릿하게 눈을 감았다. 어쩐지 잠이 왔다. 방금 전까지는 눈이 감기면 죽을 것 같았는데 지금은 포근함과 아늑함만 있었다. 벨로나가 조심스럽게 로웰을 잡아 바닥으로 눕혔다. 벨로나의 손길에 로웰이 눈을 떠 그녀를 바라봤다.

"근데 어쩌지, 치료해 줬는데…… 돈이 없다."

"돈이요? 됐어요. 어차피 요즘 파리만 날리는 신세거든요. 음……
돈 대신에 나중에 복수에 성공하거나 행복해져서 당당하게 찾아오세
요. 혹시 복수하다가 다쳐 오면 또 치료해 줄게요. 마땅히 그때도 할
일이 없다면 제가 가게 아르바이트라도 시켜 드릴게요."

피식- 로웰이 아프고 졸린 와중에도 바람 빠진 웃음을 흘렸다. 벨
로나도 스스로 한 말이 우스웠는지 작게 키득거리며 앉은 채로 로웰
을 바라봤다.

"그것도…… 좋겠군. 염치없지만 부탁이 있다…….."

로웰이 가라앉은 목소리로 말했다.

"부탁이요?"

"응…… 혼자는 싫어서 그런데 옆에 있어 줘…….."

벨로나가 가만히 로웰을 바라봤다. 손을 움찔거리는 것이 당장 손
을 뻗고 싶어 하는 듯했다. 말 못 할 사정이 있다는 것은 대충 알겠
다. 돈을 받고 싶지는 않았다. 오히려 너덜너덜한 것이 돈을 줘야 할
모양새였다. 잠시 고민하던 벨로나가 대답했다.

"알겠어요. 잠깐만 뭐 좀 하고 올게요. 먼저 자고 있으세요."

"고마워, 벨로나."

묘한 색기가 느껴지는 목소리에 벨로나가 볼을 긁적이며 가볍게
대답하고 다시 약제실로 걸음을 옮겼다. 벨로나가 꽤 오랜 시간 부스
럭부스럭거리며 무언가를 하더니 이내 그것을 로웰의 머리맡에 두고
이불을 덮어 주고는 그 옆에 조심스럽게 누웠다.

"흐윽…… 흑…… 우윽…….."

무엇이 그리 슬픈지 남자는 꿈속에서 허우적거리며 눈물을 뚝뚝
흘리고 있었다. 벨로나가 당황스러운 표정으로 그것을 바라보다 이
내 살짝 한숨을 내쉬며 제 머리를 긁적이고는 조심스럽게 손을 뻗어
로웰의 손을 맞잡았다.

"내가 이렇게 친절하기도 흔치 않은데……."

이미 죽은 것 같은 눈을 하고 있는 사람에게 함부로 대할 수가 없었다. 말을 한 마디라도 잘못하면 정말 삶의 의지를 잃어버릴 것 같았다. 벨로나가 긴 한숨을 내쉬었다. 다 큰 성인 남자가 흘리는 눈물이 너무 서글퍼서, 차마 무시할 수가 없었다.

손바닥에 맞닿은 온기를 느끼며 벨로나도 눈을 감았다. 곧, 약국 안에는 색색거리는 두 사람의 숨소리만이 울려 퍼졌다. 그 안에는 다행히도 울음소리는 섞여 있지 않았다.

"읏……."

배에서 느껴지는 통증에 로웰이 눈을 떴다. 손은 땀으로 흥건해 뜨겁기까지 했다. 천천히 몸을 일으킨 로웰이 꼭 붙잡고 있는 손을 확인하고 눈을 크게 떴다. 그리고는 작은 미소를 머금었다.

"부탁, 들어줬군."

몸을 웅크린 채 자고 있는 벨로나를 가만히 바라보던 로웰이 제 위에 덮여 있는 이불을 들어 조심스럽게 그녀의 위에 덮어 줬다. 그래도 어제만큼 통증이 심하지 않았다. 심지어 몸도 조금 개운한 느낌이었다. 몸을 일으키려는 로웰의 눈에 머리맡에 있는 주머니와 작은 봉투, 그리고 메모지가 보였다.

[아무래도 나 일어나기 전에 먼저 갈 것 같아서 밤에 챙겨 놨어요. 약도 몇 개 챙겼어요. 먹는 약은 밥 드시고 꼭 챙겨 먹으세요. 바르는 건 주기적으로 바르고 다시 붕대를 감아 주시면 돼요. 절대 까먹지 마세요!! 상처가 아물 때쯤 되면 그 약초 줄기로 꿰매 놓은 거 꼭 빼셔야 돼요! 그리고 많은 돈은 아닌데 밥 굶지 말라고 몇 푼 챙겼어요. 저도 가게 문 연 지 얼마 안 돼서 돈이 없어요. 이 돈은 나중에 반드

시 성공해서 갚으러 오길!]

로웰이 약을 조심스럽게 들어 품 안에 챙겨 넣고 돈이 담긴 주머니를 열었다. 금화가 열 개나 들어 있었다. 일반 가정의 세 달 치 생활비에 맞먹었다. 색색거리며 잠을 자고 있는 벨로나를 보며 로웰이 주먹을 꽉 쥐었다. 두 장으로 되어 있는 편지의 뒷장을 로웰이 다시 읽어 내렸다.

[힘들겠지만 노력하면 아마도 원하는 걸 이룰 수 있으리라고 믿어요. 다시 만날 날을 기다리고 있을게요. 그때는 이름도 알려 주세요. 추신! 전 원래 친절한 사람이 아니에요. 까칠한 여자라고요! 당신만 예외였어요. 그러니까 다음에는 같이 농담도 할 수 있게 죽은 눈 대신 살아 있는 눈을 하고 오세요. 전 죽지 않는 이상 여기서 계속 영업을 할 테니까요. 부디, 앞길이 탄탄대로이기를…….]

로웰이 편지를 조심스럽게 주머니에 챙겨 넣었다. 로웰이 천천히 몸을 낮춰 무릎을 꿇었다. 그대로 한참 잠을 자는 벨로나의 얼굴을 바라보더니 조심스럽게 고개를 숙였다. 로웰의 입술이 벨로나의 입술에 맞닿았다. 10초도 되지 않는 짧은 시간 동안 로웰은 경건하게 입을 맞추고 있었다.

"반드시 돌아온다고 약속하지."

로웰이 꼼꼼하게 벨로나의 이불을 다시 챙겨 주고는 몸을 일으켜 약국을 나섰다. 딸랑- 로웰이 문을 열고 나가자 종소리가 조용히 울려 퍼졌다.

Side Story 2

로웰과 스승님

로웰에게 있어 아이언 스승은 또 다른 생명의 은인임과 동시에 깊은 분노와 증오, 그리고 사람을 향한 최악의 감정을 깨닫게 해 준 존재였다. 적어도 로웰은 그렇게 확신했다.

그 만남은 차라리 일어나지 않는 편이 더 행복했을지도 몰랐다. 내 스승과 내 만남은 길가 옆 숲에서였다.

나는 아무것도 없이 그저 벨로나가 준 돈을 최대한 아껴 가며 방황하는 나날을 보내고 있었고, 나름대로 검을 휘두르며 연습도 하고 있었다. 다만, 아무리 시간이 지나도 실력이 늘지 않았단 것이 문제라면 문제였지만.

"맨날 물고기 먹기도 지겨워."

로웰이 불평을 내뱉으면서도 착실히 주워 온 마른 나뭇가지에 불을 피웠다. 긴 꼬치 같은 나뭇가지에는 물고기를 꽂아 모닥불 옆에 놓아두었고, 물고기를 잡느라 젖어 버린 옷은 말리기 위해 나무 위에 벗어 올려 뒀다. 불평을 내뱉어 봐야 상황은 달라지지 않으리라는 것을 알지만 거의 한 달 내내 물고기만 먹자니 이제 신물이 올라올 지경이었다.

그렇다고 불만을 토할 상황도 아니었다. 로웰이 긴 한숨을 내쉬었다. 울상 어린 얼굴이 안쓰러움을 자아냈다. 호기롭게 입맞춤을 하고 멋대로 약속을 하고 나온 것은 좋았는데 한 달 동안 달라진 것이라고는 노숙 스킬밖에 없었다. 로웰의 얼굴이 우울하게 물들었다.

"입술, 부드러웠는데."

거기까지 생각한 로웰의 얼굴이 확 붉어졌다.

"으아아!! 생각하지 말자!!"

소리를 지르며 발을 동동 구르다가 무릎에 푹 얼굴을 박고서야 로웰이 긴 숨을 내쉬며 진정했다. 난생처음 한 일이었다. 붕대를 감아주는 손길이 따스해서, 도저히 잊을 수가 없었다. 한 달이 지났음에도 불구하고 그때만 생각하면 아직 몸에 열기가 남아 있는 것 같았다.

부스럭— 부스럭— 수풀에서 들리는 소리에 로웰이 얼굴을 굳히고 검에 손을 가져다 댔다. 제대로 다루지는 못하지만 분명 없는 것보단 나을 테니까. 야생 짐승이나 도적들이 나올 줄 알았는데 모습을 드러낸 것은 꽤나 가벼워 보이는 사내였다.

"이야, 다행이다. 거 미안한데 불 좀 같이 씁시다."

투박한 손과 거친 피부, 근육에 더불어 볼에 길게 나 있는 상처까지, 누가 봐도 딱 용병이구나 하는 모습이었다. 로웰이 경계심 가득한 표정을 지우지 않으며 고개를 끄덕였다. 남자 혼자뿐이니 사실 문제될 것도 없을 것 같았다. 로웰이 고개를 끄덕이기도 전에 사실 이미 남자는 모닥불 앞에 자리를 잡고 있었다.

"뭐야, 어린애였잖아? 꼬마야, 부모님 없이 여행 중이냐?"

대놓고 '꼬맹이' 취급에 로웰의 미간에 불룩, 짜증이 튀어나왔다.

로웰의 심기가 불편해진 것을 아는지 모르는지 남자는 아무렇지도 않게 나뭇가지에 꽂힌 물고기를 한 마리 들어 입으로 가져가 와삭— 베어 물었다.

"당신! 뭐 하는 거야?! 그건 내 저녁이라고!!"

"허, 거참. 물고기 한 마리 가지고 어린 게 쪼잔하게 그러지 말고."

"내가 몇 시간을 고생한 건데!!"

로웰이 으득— 이를 갈았다. 하여튼 여행 도중에 제 맘대로 되는 것이 하나도 없었다. 애초에 여행도 아니었다, 이건. 훈련을 하기 위해서 무작정 길을 떠나온 것이지 이런 불한당 같은 남자한테 저녁밥을 뺏기려고 나온 것이 아니었다.

"그리고 누가 어린애야?! 이래 봬도 스물다섯 살이라고!!"

툭— 남자가 먹던 물고기 꼬치를 바닥에 떨어뜨렸다. 로웰이 경악한 얼굴로 물고기를 내려다보더니 이내 남자를 노려봤다. 정말 개새끼라는 말이 육성으로 튀어나올 것 같았다. 다행히 아무렇지도 않게 모래 범벅이 된 물고기를 툭툭 털더니 남자가 다시 입으로 가져갔다.

"네가, 스물다섯 살이라고? 와, 아무리 좋게 봐 줘도 열일곱 살 정도인데."

로웰이 팍 얼굴을 일그러뜨렸다. 움직이는 것도, 먹는 것도 거의 하지 않았다. 어머니가 먹지 않는 날이 더 많았으니 영양분의 섭취가 적을 수밖에 없었다. 또래보다 작다는 것을 인지하고 있었지만 그때는 겨우 키 하나를 위해 식음을 전폐하는 어머니를 옆에 두고 음식을 먹을 수가 없었다.

"못 먹어서 그래."

로웰이 퉁명스럽게 대꾸하고는 물고기를 들었다. 한 입 베어 물고 나니 이제는 익숙하고도 익숙한 맹맹한 비린내가 입안에 가득 맴돌았다. 로웰의 얼굴이 와그작 일그러졌다. 정말 이제는 벗어나고 싶었다. 하지만 산짐승 하나도 잡지 못하는 제 실력으로는 물고기도 감지덕지인 일이었다.

"뭐, 그럴 수도 있지. 지금부터라도 열심히 검술하고 운동하고 잘 먹으면 쑥쑥 자랄 거다. 원래 자라는 게 느린 애들은 성장도 남들보다 오래한댔으니까."

남자가 로웰의 몸을 이리저리 만져 보더니 진단하듯 말했다. 갑작스레 몸에 왔다가 사라진 남자의 굳은살 가득한 투박한 손에 로웰이 미간을 찌푸렸다. 무슨 남의 몸을 투시라도 한 것처럼 말하는 것인지. 그래도 나쁜 말은 아니었기에 로웰이 순순히 고개를 끄덕였다.

"크으, 나도 어릴 때로 돌아가고 싶네. 그때로 돌아가면 술만 왕창왕창 먹고 검술 따위 안 하고 노는 건데!"

남자의 말에 로웰이 미간을 찌푸렸다. 누구는 검술을 배우지 못해서 안달인데, 돌아가면 술만 먹고 싶다니. 자신은 다시 과거로 돌아간다면 반드시 검술을 배우고 싶었다. 몰래 배우더라도 충분했다. 검을 다룰 수 있었다면 아마 지금보단 덜 비참해졌으리라. 남자가 허리춤에 매달려 있던 나무로 된 물병을 꺼내더니 꿀꺽꿀꺽 마시며 입을 열었다.

"왜, 너도 한 모금 할래?"

"물입니까?"

"아니, 당연히 술이지. 크하하하! 꼬맹이구만."

호탕하게 웃으며 다시 벌컥벌컥 술을 들이켜는 남자의 모습에 로웰의 얼굴이 그대로 일그러졌다. 술은 무슨. 살아생전 단 한 번도 먹어 본 적이 없는 것이었다. 먹을 기회도 없었거니와 술 먹고 제대로 행동하는 사람 따위 한 번도 못 봤기 때문에도 그랬다.

로웰이 차라리 상대를 안 하는 것이 낫겠다고 생각하며 두 개밖에 남지 않은 생선구이 중 하나를 들어 올렸다.

"그래서, 넌 왜 혼자 여행하는 거냐?"

왜 남자가 말하면 모든 말들이 가볍게 보이는지 알 수가 없었다. 아마 이 사람이 하는 말을 믿는 사람은 없지 않을까 하는 생각도 들었다. 와삭- 거의 기계적으로 씹으며 로웰은 결심했다.

'상대하지 말자.'

아예 입을 꾹 다물어 버린 로웰을 보며 남자가 짓궂게 웃어 보였다. 그것을 봤는지 안 봤는지 로웰은 여전히 모닥불에 시선을 고정한 채 물고기를 열심히 씹을 뿐이었다.

"검술 잘하냐?"

"······."

"꼬맹이가 강단 있네."

남자가 키득거리며 가볍게 말했다. 로웰의 이마에 사거리 마크가 불룩 솟아올랐다. 조금만 더 찌르면 펑 하고 폭발할 것 같아 보였지만 남자는 말을 멈추지 않았다.

"하긴 네 팔로는 검이 아니라 나뭇가지도 못 들겠군."

"······."

"아, 설마 검술 수련을 한답시고 집 뛰쳐나온 건 아니지? 하하, 아니겠지. 요즘 열 살짜리도 그런 생각은 안 할 텐데."

"······."

부글부글 끓는 소리가 들려오다 못해 로웰의 머리 위로 화르륵 불이 붙는 실루엣이 보일 지경이었다. 깔짝거리는 스킬이 보통이 아니었다. 웬만해선 다른 사람 말에 잘 반응하지 않는 로웰이 이대로 모닥불을 던져 버릴까라고 생각할 정도면 보통이 아님은 분명했다.

남자의 얼굴에 웃음기가 서렸다. 재밌어서 죽겠다는 듯한.

"당신, 꺼져요."

으득– 이를 간 로웰이 말까지 놓으며 벌떡 일어나 남자를 노려봤다. 남자가 열을 내는 로웰에 눈도 하나 깜빡 안 하고, 웃으면서 입을 열었다.

"가르쳐 줄까? 검술. 내가 요즘 제자가 하나 필요하던 참이라서. 숙식 제공 어때. 얼굴도 귀엽고 딱 괜찮은데. 너, 나 이래 봬도 세다?"

가벼워 보이는 말투 덕에 전혀, 조금도 그렇게 느껴지지 않았다.

로웰이 머리를 짚으며 다시 자리에 주저앉았다. 말만 섞으면 말리는 느낌이라 영 달갑지 않다. 장담하건대 남자의 말을 한 번에 믿는 사람은 분명 없으리라.

"안 합니다. 잘 거니까 말 걸지 마십시오."

로웰이 나뭇잎을 대충 그러모아 그 위에 몸을 얹었다. 웅크리고 누운 꼴이 꽤나 엉망진창이었다. 남자가 흐음– 소리를 내더니 이내 입을 열었다.

"내가 감이 좋은데, 너 오늘 죽을 운명인 것 같다. 내가 네가 재밌어서 눈치를 못 챘는데 어쩌지? 여기 몬스터가 쫙 깔린 것 같은데."

남자의 말에 로웰이 벌떡 몸을 일으켰다. 주변을 둘러봐도 아무것도 없었다. 또 장난을 쳤나 싶어 남자를 내려다보니 아무렇지도 않게 술만 홀짝거리고 있었다. 로웰의 미간이 제대로 찌푸려졌다. 로웰이 다시 자리에 앉으려던 찰나 남자가 입을 열었다.

"뒤쪽."

눈짓하는 곳으로 고개를 돌린 로웰이 그대로 굳어졌다. 밤하늘에 별이라도 되는 것처럼 숲 안쪽으로 여러 쌍의 눈이 빛나고 있었다. 로웰이 움직이면 시선들이 함께 움직였다. 주시하고 있는 것이 분명했다.

"선택해, 어차피 갈 곳도 없는 것 같은데 내 제자 할래, 아니면 여기서 개죽음당할래."

남자가 여전히 검에 손을 댈 생각도 안 한 채 술이나 홀짝이며 여유롭게 물어 왔다. 로웰의 입이 꾹 다물어졌다. 눈치채지 못했을 땐 몰랐는데, 시선들에서 살기가 느껴졌다. 마치 육식동물이 초식동물을 사냥하기 전, 숨을 죽이고 빈틈을 기다리는 것과 같아 보였다.

로웰이 후들거리는 다리를 꾹 눌렀다. 여기서 죽을 순 없다.

"이대로 수풀을 빠져나가서 도망가면……."

"네 다리가 저놈들보다 빠르다면 해 볼 만한 도박이지. 이 숲을 무사히 빠져나가 사람들이 있는 곳까지 네가 달릴 수 있다면."

남자의 눈동자가 잔인한 기색을 담고 있었다. 자신과 하등 관계없다는 듯한 말투에 로웰이 몸을 한 번 떨었다. 방금 전까지 웃고 떠들던 사람과는 완전히 달라 보였다.

"참고로 그나마 내가 견제하고 있으니 저놈들이 섣불리 오지 못하는 거야. 너 뒤돌아서 도망치면 저놈들 움직일 거다."

움찔— 로웰이 남자를 쳐다봤다. 살기가 아릴 정도로 느껴져서 다리가 후들거렸다. 도망칠 때는 몰랐는데 가만히 서서 받는 무언가의 살기는 무서울 정도였다.

로웰이 길게 숨을 들이쉬었다. 죽고 싶지 않았다. 살 이유가 생겼다. 그건 개죽음은 사양한다는 이야기였다.

"할래?"

"정말 강합니까?"

"강해. 적어도 저기 있는 놈들을 한 획에 전부 죽일 수 있을 정도로."

남자가 로웰에게서 무언가를 느꼈는지 느릿하게 몸을 일으켰다.

검을 만지작거리는 손길이 애닲았다.

로웰이 고개를 끄덕였다. 그와 동시에 남자가 씩- 웃더니 검을 꺼내 횡으로 빠르게 그었다. 거센 바람이 로웰의 옆을 스치고 지나가 나무를 베어 버렸다. 콰앙- 콰광- 시끄러운 소리들과 함께 나무와 나무가 부딪쳐 굉음을 냈다. 그리고 곧이어 듣기 싫은 비명 소리와 함께 붉은 피분수가 비처럼 쏟아져 내려 일대를 전부 적셨다.

"아, 옷이 엉망이 됐네."

남자가 짜증 난다는 듯 툴툴거리며 대충 손으로 툭툭 핏물을 털었다. 그래 봐야 털어지는 핏물은 거의 없었지만. 로웰이 옷자락을 적신 끈적한 피를 바라봤다. 남자는 겨우 한 번의 휘두름으로 어둠 너머로 보이던 여러 쌍의 몬스터를 죽음으로 내몰았다.

"당신…… 정체가 뭡니까……."

로웰이 믿기지 않는다는 표정으로 남자에게 물었다. 비처럼 내린 피로 인해 모닥불이 전부 꺼져 있었다. 온몸을 적신 끈적이는 피가 가히 기분이 좋지 않았지만 로웰에게는 남자의 대답이 먼저였다.

"지나가던 용병. 아, 이제부턴 네 스승이니까 꼬박꼬박 스승님이라고 불러라."

"……네."

"아, 너 이름이 뭐냐?"

"아우……."

아우디스 빈 베오른, 그렇게 말하려고 했다. 하지만 이건 이미 제 이름도, 더는 써서도 안 되는 이름이었다. 제국 황제의 힘은 강했다. 특히 제 아비는 더욱 그랬다. 마음에 들지 않으면 아무리 높은 신분의 귀족이라도 망칠 수 있었다. 그런 황제의 비위를 거스를까 봐 공작가는 어머니와 자신을 버렸다.

우리들이 사는 세계는 그런 세계였고, 그런 나라였고, 그런 사람들이 있는 곳이었다. 가족의 정보다 당장 잃을 것들이 더 중요한 곳. 그러니 내 어머니는 어떤 반항도 하지 못했다.

단 한 번도 보지 못한 외할아버지는 자신의 머릿속에서는 그저 정이 없는 사람 중 하나일 뿐이었다.

"이름을 생각하냐? 뭐가 그렇게 대답이 느려."

가만히 있던 로웰이 느릿하게 다시 입을 열어 대답했다.

"없습니다, 이름."

"음, 그래?"

남자가 아무 말 없이 로웰을 내려다보다 대답했다. 아무렇지도 않게 어깨를 으쓱이고는 한참 동안 피에 젖은 몸을 이리저리 흔들며 흐으음- 침음성을 흘리더니 말했다.

"카일리스 로웨른 어때. 로웨른은 내 성이다. 제자한테 이 정도는 해 줘야지. 너무 기니까 난 리스라고 부르지. 아, 귀여운 이름이라 딱 좋네."

"싫습니다. 차라리 로웰로 불러 주십시오."

"싫은데? 내가 지은 이름이니 내 맘이다."

작게 키득거리는 남자에 로웰이 입을 꾹 다물며 고개를 끄덕였다. 근데, 리스가 뭔가. 애칭은 마음에 들지 않았다. 하긴 백날 말해 봐야 제 의견은 묵살일 것이 분명했다. 상대하는 것보다 흘려 넘기는 편이 조금 더 나을지도 몰랐다.

"자, 그럼 다 해결됐으니 아이언 스승님이라고 해 봐."

의기양양한 표정으로 말하는 아이언의 모습에 로웰의 얼굴이 한층 더 일그러졌다. 실력은 대단하지만 저 성격은 아무래도 마음에 들지 않았다. 저 실력을 가졌음에도 불구하고 저런 신뢰성 없는 가벼운 말투와 행동이라니……

"……아이언 스승님."

결국 대답한 로웰이 고개를 푹 숙였다.

"오, 좋아, 좋아. 어감이 참 좋네, 그 스승이라는 거."

아이언이 고개를 주억거리며 혼잣말을 했다. 어쩌다 보니 실력 좋은 사람은 만난 것 같은데 과연 제대로 된 검술 수련을 받을 수 있을지는 의문이었다. 로웰의 대답과 동시에 아이언이 품에서 영상석을 꺼내 들었다.

[이클린.]

아이언의 말과 동시에 영상석의 위쪽으로 빛이 반사되더니 로브를 뒤집어쓴 남자가 모습을 드러냈다.

[무슨 일이야. 오래 통화하고 싶지 않으니 이만 끊지.]

연락을 받자마자 속사포로 안부를 묻고는 헤어짐의 인사를 건네는 남자의 모습에도 아랑곳하지 않고 아이언이 입을 열었다.

"일전의 내기 기억나냐? 한 달 안에 내 제자 만들기 내기. 나 제자 찾았다. 약속대로 50골드 내놔."

아이언이 바닥에 털썩 주저앉아 호탕하게 웃음을 터뜨리며 말했다. 그런 아이언의 목소리에 로브를 쓴 사내의 분위기가 한층 어두워졌다. 뒤쪽에서 가만히 지켜보고 있는 로웰만 그들의 이야기를 이해하지 못하는 듯 미간을 찌푸렸다.

[어느 미친 인간이 네 제자가 되겠다고 하냐.]

아이언이 손을 까딱이며 로웰을 불렀다. 로웰이 아이언에게 다가가 옆에 섰다. 로브를 쓴 남자가 로웰을 한 번 보고 아이언을 보더니 이내 헛웃음을 흘렸다. 믿지 못하겠다는 듯한 남자의 제스처에 아이언이 로웰을 바라보며 말했다.

"리스, 내가 누구라고?"

로웰의 입이 꾹 다물어졌다. 아무리 목숨이 급했더라도 그렇지 조

금 섣불렀나 싶기도 했다. 아니, 섣부른 것이 분명했다. 차라리 일단
도망을 쳐 보고 안 될 것 같으면 선택할 것을.

"아이언 스승님입니다."

"봤지? 약속대로 보내. 아, 우리 집으로. 이야, 덕분에 생활비 벌
었어."

[어차피 도박으로 다 날릴 게 뻔하니 주는 게 아깝군. 누군지는 몰라
도 불쌍하게 됐다. 돈은 나중에 사람을 시켜 보내지.]

툭— 말이 끝남과 동시에 연락이 끊겼다. 로웰이 아이언을 슬쩍 바
라봤다. 아무렇지도 않은 모습을 보니 한두 번 있었던 일은 아닌 모
양이다. 로웰이 속으로 한숨을 내쉬었다. 적어도 검술만큼은 제대로
가르쳐 주는 사람이었으면 했다.

"아, 일단 집으로 가지. 한 일주일 정도 걸으면 있다."

"여기서 일주일쯤이면, 하이든 마을에 사십니까?"

로웰의 질문에 아이언이 고개를 끄덕였다. 꽤 놀랍다는 표정이었
다. 지도를 보고 공부를 한 로웰에게는 그다지 어려운 것이 아니었지
만 아이언에게는 신기한 모양이었다.

"오, 작은 게 머리는 좋네. 맞아. 일단 씻고 가자."

숲 안쪽의 강가로 발걸음을 옮기는 아이언을 따라 로웰이 걸었다.

"너 내 제자 된 게 다행이다. 내가 좋은 거 많이 알려 주마. 스승님
이니까! 으하하하!!"

아이언의 말에 로웰이 푹 한숨을 내쉬었다. 저 사람은 그냥 스승
이라는 말이 좋은 것이 분명했다. 뒤를 따라가는 로웰의 얼굴에 깊은
시름이 가득했다.

"아잉, 용병님 오늘은 하룻밤 자고 가셔야지."

"으하하하! 나도 그러고 싶은데 내 제자 놈이 영 숙맥이라서 요즘

여자를 가르쳐 주는 중이지. 봐, 이런 가슴 빵빵한 미녀들한테 둘러싸여 있으니 얼어붙어서 꼼짝을 못 하는 거.”

퍽퍽— 손바닥으로 로웰의 등을 호탕하게 두드린 아이언이 옆에 앉은 여자의 허리를 껴안으며 말했다.

로웰의 고개가 한층 더 숙여졌다. 아이언의 집으로 와서 함께 숙식을 시작한 지 약 사흘째, 검술의 ‘검’ 자는커녕 하는 일이라고는 밥하고, 빨래하고, 여자들 노닥거리는 곳에 가서 술이나 따르게 하고, 여자들한테 줄 선물을 고르게 하더니 이제는 여자에 대해 가르쳐 준다며 옆에다 여자들을 붙여 뒀다.

“그래, 스승님이 즐기라고 할 때 즐겨야죠. 안 그래요?”

“전 좋아하는 사람이 있습니다. 아이언 스승님.”

로웰이 완전히 굳은 얼굴로 뻣뻣하게 대답했다. 로웰의 멋도 없는 대답이 무엇이 그렇게 즐거운지 여자들이 꺄르륵 웃으며 귀엽다고 중얼거렸다. 로웰의 몸이 한층 더 굳어졌다. 아이언을 쳐다보니 벌써 몇 병째 술이나 꼴깍거리고 있었다.

“나중에 좋아하는 여자도 리드하고 하려면 당연히 여자를 알아야지. 일단 여자를 대할 때는 딱딱하게 대해야 돼. 네 얼굴이면 충분히 가능해. 아니면 나처럼 이렇게 친절하게 굴든지.”

말하는 아이언의 손길이 여자의 엉덩이를 주물렀다. 여자가 웃으며 아이언의 손을 살짝 쳤다. 부드러운 거부에 아이언이 키득거리며 손을 뒤로 물리고 다시 로웰을 바라봤다. 여전히 뻣뻣하게 굳은 모습이 마치 주변이 적으로 둘러싸인 고양이를 보는 느낌이었다. 한숨을 쉰 아이언이 재미없다는 얼굴로 손을 휘휘 저었다.

“조금 이따가 다시 부를게. 언니들, 가서 쉬고 있어. 우리 제자님 좀 달래야겠어.”

“어머, 꼭 불러야 돼요? 용병님.”

"으하하하, 그럼그럼! 아, 술 한 병만 더 가져다주고."

아이언의 말이 끝나는 것과 동시에 고개를 숙인 여자들이 문을 열고 쪼르르 사라졌다. 그때서야 로웰의 숨이 길게 내쉬어졌다.

"여자에 대해서 공부해야 나중에 다른 놈한테 네 여자 안 뺏긴다. 그러니까 선택해 봐, 나처럼 할래 아니면 차가운 남자 컨셉으로 여자들이 매달리게 할래."

"……."

로웰이 입을 꾹 다물었다. 조금 솔깃하긴 하지만 스승의 말을 믿을 수가 있어야지. 로웰이 대답할 기색이 없자 아이언이 다시 입을 열었다.

"얼른 대답해야지, 제자야."

제자는 개뿔이! 알려 주는 거라고는 아무것도 없으면서. 부글부글 끓는 화를 꾹꾹 내리누르며 로웰이 울며 겨자 먹기로 입을 열었다.

"……첫 번째가 낫습니다."

저 망할 스승이라는 인간처럼 아무렇지도 않게 여자를 대할 자신은 없었다. 차라리 얼굴을 굳히는 것이 나으리라.

"자, 그러면 여자한테 대답할 때는 짧게. 절대 감정을 드러내면 안돼. 관심이 있어도 관심 없는 척해야 여자가 너한테 먼저 관심 가진다?"

로웰이 아이언을 바라봤다. 개소리다 싶으면서도 한편으로는 혹시나 하는 마음이 살짝 생겨났다. 벨로나. 벌써부터 보고 싶었다. 하지만 거기에 계속 있었다가는 분명히 벨로나에게 피해가 갈 것이 자명했다. 언젠가 문제가 생기더라도 더 이상 도망가지 않고 옆에서 지켜주고 싶었다.

"……검술은 언제 가르쳐 주실 겁니까."

"응? 여자 하나 다루지도 못하는데 검술은 무슨…… 여자의 마음을 잘 아는 기사야말로 최고의 기사 아니겠냐. 그런고로 검술은 보류다."

"저는 그 아이와 저 하나만 지키면 됩니다."

로웰이 아이언에게 대답했다. 결의에 찬 눈이 꽤 매서웠다. 잠시 말없이 로웰의 눈을 바라보던 아이언이 픽- 바람 빠진 웃음을 흘리더니 이내 커다랗게 웃음을 터뜨렸다.

"푸하하하하!! 너 방금 표정 되게 웃겼던 거 아냐?"

분위기를 확 깨 버리는 커다란 웃음소리에 로웰이 입을 꾹 다물었다. 백날 진지하게 말해 봐야 콧등으로도 안 듣는 남자였다. 이런 남자한테 시간을 허비하고 있는 자신이 한심해졌다. 그럼에도 불구하고 눈앞에서 본 그 한 번의 검술 때문에 차마 떠나지도 못하고 있었다. 이런 변태 같은 놈인데도 불구하고!

"뭐, 너무 급해 하지 말라고. 시간은 많고, 여유는 가질수록 좋다고 하잖아."

탁- 술을 한 잔 입에 털어 넣은 아이언이 잔을 내려놓으며 로웰을 쳐다봤다. 정말 한량이라는 말이 잘 어울리는 사내였다. 제 스승이라는 사람은 그랬다. 말 그대로 한량이었다. 왜 저런 재능을 썩히고 있는지 조금도 이해 가지 않을 정도의 능력도, 재능도 있는 한량.

"네가 내 말대로 해서 열 명의 여자한테 고백을 받으면 그때부터 훈련을 하는 건 어때?"

아니, 그냥 미친놈일지도 몰랐다. 대체 검술과 여자의 고백이 어디가 어떻게 상관이 있냐는 말이다. 자신이 보기에는 조금도, 정말 조금도 관계가 없어 보였다.

"솔직히 말씀하십시오. 제가 고백받으면 애가 내 제자다 하고 끼어들려고 하시는 거 아닙니까?"

"……너는 하늘같은 스승님을 뭘로 보고!!!"

로웰의 입이 꾹 다물어졌다. 굳이 말하지 않아도 대답을 얻은 것 같았다. 큼큼, 투박하고 커다란 손으로 손부채질을 하던 아이언이 이내 다시 입을 열었다.

"여자랑 남자 사이에는 밀고 당기기라는 게 있지. 살짝 거리를 두는 것처럼 차갑게 굴었다가 다시 진한 키스를 한다든가 허리를 휘감는다든가 살짝 손을 잡는 것이 정석이다."

"……그러다 다른 놈이 채 가면 어떡합니까."

"아, 그럴 땐 그냥 확 고백해야지. 눈치는 무슨, 고백하고 키스하고 침대로 데려가서 그대로 도장을……."

"스승님!"

로웰이 벌겋게 달아오른 얼굴로 커다랗게 소리 질렀다. 얼마나 빨갛게 달아올랐는지 곧 익지 않을까 싶었다. 아이언이 술을 병째로 콸콸 입에 털어 넣으며 호탕하게 웃었다.

"어쨌든 덮치기라도 하려면 너, 잘 먹고 열심히 커야겠다. 그 키로는 어디 지나가는 꼬마 아가씨라도 유혹하겠냐? 크하하하하하!!"

진지한 목소리로 말하던 아이언이 재미있다는 듯 결국 바닥을 팍팍 내려치며 웃음을 터뜨렸다. 로웰이 고개를 푹 숙였다. 스승 잘못 만났다. 차라리 어디 검술 도장에 가는 것이 조금 더 빠른 길이었을지도 모른다고 생각하며 로웰이 긴 한숨을 내쉬었다. 쭉 잔을 내미는 아이언의 잔에 술을 따라 주며 로웰이 다시 한 번 한숨을 내쉬었다.

그래도 그에게 배우면 강해질 수 있을 거라는 묘한 느낌이 들었다. 빨리 배워서, 한시라도 빨리 벨로나의 옆에 돌아가고 싶었다. 약속을, 지키고 싶었다.

"그래, 훈련이나 가 보자."

휘청거리는 몸을 일으킨 아이언이 발갛게 달아오른 얼굴로 로웰의 어깨에 팔을 올렸다. 술 냄새가 확 끼쳤다. 이 상태로 퍽이나 훈련을 하겠다 싶었다. 그래도 환락가에서 나가는 것을 그나마 다행으로 여기며 로웰이 아이언을 부축한 채 가게를 나섰다.

$$\text{♪}$$

　간단하게 말하자면 그 뒤로도 대부분 먹고 놀러 다니며, 스승이라는 작자의 뒤처리를 하는 것이 주된 임무였다.

Side Story 3

연애와 일과 사랑과 욕구불만

정식으로 고백을 받고, 사귀기 시작한 지도 어언 반년째. 제대로 된 데이트니 흔히 말하는 애정 행각을 벌이고 있냐면 그건 아니다. 약국은 오늘도 바쁘고, 내일도 바쁘고, 유일하게 쉬는 주말엔 벨로나의 기력이 쇠했다.

오히려 사귀기 전보다 사귄 후에 로웰은 더 독수공방하는 기분이었다. 말로는 사귀고 있다고 하는데 그다지 연인 기분이 나진 않는다. 눈을 뜨면 밀려드는 손님을 상대하느라 잠시 짬이 나지도 않는다. 점점 더 유명해져서 여기저기서 거래를 하자며 오는 사람도 많았다. 벨로나의 일거리는 거의 몇 배로 증폭됐다.

로웰은 최근 욕구불만부터 시작해 모든 것이 다 불만이었다. 물론 미소 짓는 연기가 깨지는 경우는 거의 없었다. 약속대로 황제는 얼굴을 비추지 않고, 막내 동생 역시 마찬가지였다. 전령에 내려졌던 수배지 역시 거두어졌다.

종종 황제가 보내오는 선물과 여기저기 거래처에서 보내오는 선물에 약초는 필수품이 되어 있었다. 즐거워하는 벨로나를 보면 로웰 역시 행복했으니까. 하지만 이건 아니다. 반년 동안 독수공방 신세라니, 도저히 믿을 수 없었다. 인내심 깊은 로웰도 한계가 되어 가는 건 당연한 이야기다.

"벨로나, 약국 때려치우는 건 어때."

참던 로웰이 결국은 저녁 식사 시간, 벨로나에게 폭탄선언을 했다. 정확히는 선언이라기보단 제의에 가까웠다. 샐러드를 집어먹던 벨로나가 지친 표정으로 로웰을 올려 봤다. 북적북적해진 약국에 새로운 의사까지 생겼다. 유디스까지 합류한 약국은 전에 없을 정도로 번성했다.

문제는 그걸 감당할 사람이 여섯 명밖에 없다는 사실이다. 로웰과 벨로나, 유디스와 슈가, 그리고 몽블랑과 레이먼까지. 쉴 시간도 없이 몰아닥치는 손님들은 기세가 줄어들 기미가 없다.

벨로나가 고개를 푹 숙였다. 벨로나로서도 최근 지쳐서 잠만 잤다. 로웰과 눈을 마주치는 거라곤 주문서를 받을 때 정도였다. 슬슬 짜증이 나는 건 벨로나 역시 마찬가지다.

그렇다고 문을 닫아 버리기엔 소문이 나도 너무 났다. 여기에만 의지하는 사람이 너무 많다는 것이 벨로나의 마음을 불편하게 만들었다. 예전이라면 아무렇지 않게 선택했을 모든 것들이 지금은 벅찼다. 벨로나에게도, 물론 로웰뿐만 아니라 여섯 명 전원에게도 말이다.

"이 사태를 해결하기 위한 좋은 방법 있으신 분……."

벨로나가 한숨을 푹 내쉬며 말했다. 물론 대답은 없었다. 너무 사람들이 밀어닥치는 건 약을 제조하는 벨로나와 슈가에게 특히 직격탄이었다. 진단을 맡는 건 유디스였지만 유디스는 거의 외상 전문이었다. 그 외의 것은 슈가나 벨로나가 직접 봐야 정확한 진단이 나왔다.

"요즘 좀 심각하다고 생각하지? 아가씨도."

"네에- 위대하신 몽블랑 님도 그 말에 깊은 동감을 표합니다."

슈가도 말은 없지만 어색하게 웃으며 벨로나의 시선을 피한다. 슈가의 눈 밑에는 짙은 다크서클이 있다. 어린애는 잠을 잘 자야 하는데. 벨로나의 걱정은 요상한 곳으로 튀었다. 끝날 것 같다고 생각하면 밀려들고 밀려드는 사람들 때문에 가게 안에 마련한 대기실은 무색해졌다. 여전히 줄은 밖으로 길게 늘어져 있다.

"난 벨로나 너랑 시간을 좀 가져야겠어. 이러다 인내심이 폭발하면 어디로 튈지 모른다."

점잖은 로웰의 입에서 결국 협박 같은 말이 튀어나왔다. 최근 로웰과 함께한 시간이 극히 없다는 건 벨로나도 동감하는 바였다. 보통 없는 게 아니었지. 밥을 먹을 때 눈을 보고, 자기 전에 잘 자라고 끌어안고 입을 맞추는 것 빼고는 서로 지쳐서 아무것도 하지 못했다.

물론 로웰보단 벨로나가 지친 것이 더 크기가 컸다. 벨로나가 죽을 상을 하고 있는데 로웰이 감히 그 앞에서 불평을 내뱉을 수가 없었다.

"이제 돈 적게 벌어도 될 것 같아요……. 돈보단 일단 제 삶을 찾고 싶어졌어요. 이제 노크 소리만 들리면 노이로제 걸릴 것 같아요. 아, 정말 어쩌죠."

벨로나가 식탁에 머리를 쿵 박으며 중얼거렸다. 답이 없다, 답이, 정말. 적당한 방법이 있으면 좋을 것 같은데. 아쉽게도 그런 게 없었다.

벨로나가 긴 한숨을 내쉬자, 주변이 숙연해졌다. 각자 생각에 빠진 듯했다. 적당한 방법. 사람들을 실망시키지 않을 수 있는 적당한 방법은 없을까.

"예약 같은 걸 하면 어떨까, 벨로나?"

가만히 식탁을 내려다보던 유디스가 입을 열었다. 유디스. 벨로나가 로웰이랑 사귀기 시작했다는 이야기를 들은 뒤에도 줄곧 벨로나에게 다가가는 것을 포기하지 않았다. 덕분에 얼마 전 로웰과 크게 검술로 싸운 적이 있다. 결국 유디스가 졌고, 깔끔하게 물러나게 됐지만.

로웰은 여전히 유디스를 마음에 들어 하지 않는다. 신기하게도 말이다.

"예약?"

"응, 예약. 그렇게 하면 생각보다 많은 사람들을 받아들일 수 있고, 좀 압박감도 덜할 거고. 이렇게 시도 때도 없이 밀어닥치는 일도 없지 않을까. 일단 이번 달부터 예약을 한다고 홍보를 하고, 날짜와 뭐 시간을 맞추는 거지. 내가 아는 고급 레스토랑은 이런 식으로 사람을 받거든."

고급 레스토랑. 확실히 그런 비싼 곳은 상대하는 인원이 제한적이어야 했다. 귀족들 심리도 제법 그런 것이 있고. 벨로나가 말없이 눈을 감았다. 예약을 한다면 얼마나 어떻게 하루에 몇 명을? 그런데 심한 외상의 경우 기다리라고 할 수도 없는 노릇이다. 물론 병원이 아니라 약국이지만.

결국은 병원 일과 약국 일을 병행하게 됐다. 예약제를 한다고 해도 당장 문제가 많았다. 그렇지만 그렇게 하면 시간이 좀 남으려나. 벨로나가 고민에 빠졌다. 뒤적이는 샐러드에서 고심이 보였다.

"……하루에 몇 명을 받을까? 근데 심한 외상 환자나 그런 사람들을 기다리라고 할 수는 없잖아."

"음, 그러니까 외상 쪽은 따로 손님을 받는 거야. 약국 손님만 좀 제한을 두는 건 어때? 외상 손님은 사실 그렇게 많지도 않으니까. 응, 예약 시간을 두고, 그렇게 하면 적어도 사람이 몰리는 일은 없지 않을까?"

"자세하게 아네, 유디스는."

"곧 형수님 되실 분께서 운영하시는 가게니까. 우연히 알게 됐어.

600

어쨌든 그렇게 하면 이렇게 힘들지는 않을 것 같은데. 점심시간도 가질 수 있을 것 같고. 어때?"

유디스의 제안은 나쁜 것이 아니다. 벨로나가 순순히 고개를 끄덕였다. 자리 잡기까진 조금 시간이 걸릴지도 모르겠지만, 말일까지의 유예 기간을 둔다면 나쁜 건 아니었다. 게다가 이러다 정말 직원들이 다 던지고 도망가는 사태가 발생할지도 모르지 않은가.

"그럼 오늘 하루만 시간을 내줘, 벨로나. 마침 내일은 휴일이잖아."

벌써 일요일이 됐던가. 가장 먼저 떠오른 생각에 벨로나가 쓰게 웃었다. 처음 시작은 단지 자신을 위해서였을 뿐인 약국이었다. 하루에 스무 명 정도의 손님이 올까 말까 한 아담한 공간, 휴식 공간이기까지 했던 곳이 이렇게 번창할 줄 누가 생각했을까.

덕분에 소중한 사람도 제법 만나게 됐지만.

"좋아요, 로웰. 오늘은 같이 잘까요?"

줄곧 피곤해서 로웰을 밀어내기만 했던 벨로나다. 로웰이 싫은 건 아니지만, 피곤할 때는 손을 대는 것도 기겁할 정도로 싫었다. 덕분에 자는 것도 대부분 각방이었지.

"네가 원한다면 얼마든지."

로웰이 손을 잡으며 말했다. 느끼하기도 하고, 듣기도 좋은 목소리다. 싫지 않다. 무슨 짓이든 로웰이 하면 싫지 않았다. 단순한 스킨십조차 그저 달가웠다. 피로가 풀리진 않지만 말이다.

"그럼 그렇게 알고, 다들 벨로나 방엔 출입 금지다."

로웰이 그렇게 말하곤 몸을 일으켰다. 대화를 하면서 밥을 다 먹은 듯했다. 벨로나도 슬슬 차오르는 배에 포크를 내려놨다. 그래도 놓인 음식은 싹싹 긁어먹었다. 로웰이 벨로나의 허리에 손을 감았다. 보는 네 사람의 시선이 제법 차가운데도 불구하고 로웰은 아무렇지 않은 듯 보였다.

"누군 애인 없어서 살겠나. 참."

"그러게요."

"아무리 봐도 벨로나가 저 남자에겐 아까워."

레이먼의 신세한탄 뒤로, 슈가와 유디스가 말을 덧붙였다. 몽블랑만 만족스런 표정으로 입가에 미소를 띠고 있었다. 물론 뭐가 만족스러운지는 잘 모르겠지만 말이다. 두 사람이 떠나간 식탁 위에 네 사람이 다시 식사를 시작했다. 어쨌든 식사 시간은 나쁘지 않았다.

"이제야 시간이 났군. 슬슬 미치는 줄 알았어."

로웰이 방으로 들어가며 벨로나에게 말했다. 제법 과장이 심한 말이었지만 대화를 제대로 나누지 못해 지쳐 가던 건 벨로나도 마찬가지였다.

"정말 오랜만이에요, 이렇게 있는 건."

벨로나가 침대에 털썩 주저앉으며 말했다. 로웰이 입가에 미소를 띤다. 즐거워 보이는 미소에 벨로나 역시 기분이 좋아졌다. 로웰의 낮은 목소리는 벨로나의 스트레스를 좀 덜어 주는 역할을 했다. 그것이 한순간에 증발됐고, 반년이나 긴 노동에 시달렸다.

사는 게 사는 것 같지가 않았다. 누군가에게 맡기고 싶어도 마땅히 그럴 사람이 없었다.

"아…… 정말 좋아요."

벨로나가 침대에 누우며 중얼거렸다. 로웰이 벨로나의 머리맡에 앉으며 벨로나의 머리를 쓰다듬었다.

"침대가?"

"침대도, 로웰도 둘 다요."

로웰이 슬쩍 몸을 숙여 벨로나의 이마에 입을 맞췄다. 굿나잇 키스는 이미 오래됐지만, 여전히 부끄럽다. 벨로나의 얼굴이 붉어졌다. 미소 짓는 로웰이 사랑스럽다. 벨로나가 작게 웃었다. 역시, 평생을 산다면 로웰이 가장 좋을 것 같다. 편안하고, 스킨십이 부담스럽지도 않다.

"네 우선순위는 언제나 약초거나 침대거나 여타 다른 것들이야. 언제쯤 되면 내가 그 위에 앉을 수 있을지."

로웰이 짐짓 퉁명스럽게 속삭였다. 벨로나가 어색하게 웃으며 눈을 피했다. 약초는 지금껏 목숨을 걸어 왔던 것이니 어쩔 수 없다. 그렇다고 로웰의 순위가 낮은 건 아니다. 벨로나에겐 로웰이나 약초나 비슷한 위치에 있었다. 벨로나에게 그것은 정말 드문 일이었다.

"언제나 로웰은 맨 위에 있어요."

물론 그 옆에 약초도 있다. 뒷말은 벨로나가 노련하게 삼켜 냈다. 로웰도 슬쩍 눈을 흘겨봤지만 추궁하진 않았다. 도리어 벨로나를 안으로 밀고 침대 옆에 누워 끌어안았다. 졸지에 품에 안기게 된 벨로나의 눈동자가 이리저리 굴러다닌다. 로웰은 그것을 알고서도 모른 체했다.

"이게 연인 사인지 아니면 동료 사인지 모르겠어."

"아……. 그럼 결혼할까요?"

탄식을 흘리던 벨로나가 폭탄선언을 했다. 능글거리던 로웰이 도리어 당황해 벨로나를 내려다볼 정도였다. 벨로나는 물론 눈도 깜빡하지 않고 있었다. 평이한 표정이었다.

"뭐?"

"결혼이요. 로웰은 믿을 수 있고, 솔직히 로웰 말고 절 누가 데려갈지도 모르겠고요. 게다가…… 헷갈린다면 역시 도장을 제대로 쾅 찍어 놓는 게 좋지 않아요? 신혼여행 핑계로 여행도 갈 수 있을지도 모르고요."

파급이 큰 말이었다. 눈동자를 깜빡이는 벨로나의 모습에 로웰이 헛웃음을 삼켰다. 제 소중한 연인은 이렇게 생각지도 못하게 저돌적인 경우가 있다. 게다가 여자 쪽에서 먼저 청혼이라니, 쉽게 없는 일이다. 그래도 그런 벨로나를 좋아하게 됐다. 이조차도 이다지 사랑스럽게 느껴질 정도로.

"그건 확실히 매력적이야. 내 거라고 도장 찍어 놓으면 누가 훔쳐 갈 일도 없겠네."

로웰이 벨로나의 입술을 순식간에 훔쳤다. 벨로나의 눈동자가 크게 떠졌다. 하지만 곧 익숙한 듯 벨로나도 눈을 감고 로웰을 받아들였다. 단지 코끝에 맴도는 체향이 어떤 약초나 약초 차보다도 심신을 안정시켜 준다. 벨로나는 평생 그런 사람을 만나 본 적이 없었다.

로웰을 제외하고는. 그러니까 결혼이라는 서류로 매이게 되어도 상관없다. 벨로나는 로웰로 인해서 사랑이라는 것을 하게 돼 버렸으니까.

전생에도, 현생에도 오로지 로웰뿐이었다. 벨로나를 이렇게 오로지 전부 가지게 된 사람은.

"널 사랑하게 돼서, 널 만나게 돼서 난 정말 감사하고 있어."

"제가 할 말을 로웰이 다 하네요."

"청혼할 기회를 뺏겼으니 이 정도는 해 줘야지 않겠나."

귓가에 속삭이는 간지러운 목소리가 오로지 네가 내 것이라고 해 준다. 혼자라는 외로움에 떨 일이 없어졌다. 현생과 전생을 합쳐서 그것은 아주 긴 세월이었다. 고독을 누구보다 잘 아는 건 벨로나였다. 그러니까, 지금 찾은 평화를 그녀는 정말 놓치고 싶지 않았다.

벨로나가 로웰을 힘껏 끌어안았다.

Side Story 4

해피엔딩

결혼은 많은 반대를 무릅쓰고 속전속결로 이루어졌다.

그래도 날짜를 잡고 준비를 하는 데 반년은 족히 소요됐다. 그래도 예약제는 어느 정도 자리를 잡아서 사람들이 물밀듯 밀어닥치는 경우는 없었다. 유디스의 판단은 옳았던 거다. 덕분에 약국의 모두가 한시름을 놓을 수 있게 됐다.

결혼을 가장 반대한 사람은 슈가였다. 절대 인정할 수 없다며 단식투쟁까지 들어간 슈가로 인해 고생한 것은 벨로나였다. 눈높이를 맞추고 어르고 달래며 벨로나는 슈가 설득에 들어갔다. 하지만 결국 오케이를 받은 건 로웰의 덕이 컸다.

아니, 로웰의 협박이 효과가 있었다는 거다. 결국 울며 겨자 먹기로 고개를 끄덕인 슈가였다. 덕분에 결혼식이 끝난 지금, 슈가는 벨로나의 품에 안겨 있었다. 로웰 역시 답답한 건 마찬가지였다. 벨로나가 있으니 늘 하던 수법도 할 수 없었으니까.

"누나아, 저도 데려가요. 네? 절대 저런 불한당 같은 사람한테 누나를 맡겨 둘 수 없어요."

"그래도 명색이 신혼여행이고, 슈가가 가면 약은 누가 만들겠어?"

슈가가 울먹거리는 표정으로 고개를 젓는다. 벨로나도 최대한 상냥한 목소리를 내고 있었다. 사실 슈가가 이러는 게 동생 같아서 그다지 싫지만은 않은 벨로나다. 덕분에 입가에는 설핏 미소가 서려 있었다. 옆에서 팔짱을 끼고 서 있는 로웰만 답답할 뿐이다. 로웰의 이마에 불룩 사거리 마크가 툭 튀어나왔다.

"그치만, 누나. 저 사람은 안 된다고요! 저도 갈래요, 네?"

"이미 서류상으로도 결혼했는데, 뭘. 우리 착한 슈가가 좀 이해하자. 저렇게 보여도 나한테 나쁜 짓은 안 하니까⋯⋯."

벨로나가 대놓고 로웰을 가리키며 말했다. 분명 슈가를 달래려는 의도였지만 어쩐지 기분이 나빠진 로웰이다. 괜히 속이 좁다는 소리라도 들을까 로웰이 입 안쪽 살을 깨물었다. 어쨌든 여기만 벗어나면, 약국만 나가면 로웰도, 벨로나도 자유였다. 일주일이라는 긴 휴가를 받았으니까 말이다.

"혹시 나쁜 짓 할 것 같으면 저 불한당의 다리 사이에 있는 괘씸한 거 발로 차실 거예요? 발로 차고 막 잘근잘근 밟아 줄 거죠, 누나?"

울먹이는 표정으로 하는 무시무시한 말에 로웰이 슈가를 노려봤다. 우는 척 벨로나의 품에 안겨 눈을 가늘게 뜨는 모습이 가관이다.

로웰이 이를 악물었다. 조금만 참자. 조금만 참자. 인내심의 한계를 경험하며 로웰이 주먹을 쥐었다. 곧 끝이다, 라고 생각한 지가 벌써 30분째였지만 말이다.

"⋯⋯시간이 늦었는데, 벨로나."

결국 로웰이 먼저 입을 열었다. 말투는 온화했지만 눈은 슈가를 노려보고 있었다. 슈가는 벨로나를 적절히 이용할 줄 알았다. 정확히 로웰을 상대할 때 벨로나를 방패로 삼았다. 로웰은 벨로나에게 함부로 하지 못하고, 벨로나는 로웰보단 슈가 편을 더 드는 편이었으니까.

"아, 그래요? 슈가. 자, 누나 다녀올게. 손님들 잘 부탁해."

쪽. 벨로나가 슈가의 이마에 입술을 맞췄다. 귀엽다는 애정 표현이었지만 보는 로웰의 속은 제대로 뒤집어졌다. 몽블랑과 레이먼은 이미 멀찍이 떨어진 채 상황을 지켜보고 있었다. 유디스는 오늘 결혼식만 보고 바로 일이 있다며 어딘가로 떠났다.

이런 모습을 보지 않아 차라리 다행일지도 모른다. 유디스의 입장에선 말이다.

"알았어요, 다녀오세요. 누나."

쪽. 슈가도 마주하듯 벨로나의 볼에 얼른 뽀뽀를 하고 떨어졌다. 발갛게 달아오른 슈가의 볼을 보던 벨로나가 웃음을 터뜨렸다. 벨로나가 다시 한 번 슈가를 끌어안고 뒤로 물러났다. 다녀오겠습니다, 가볍게 손을 흔들며 인사를 한 벨로나가 미리 불러 둔 마차에 올랐다. 로웰은 마지막까지 슈가를 노려봤다.

사실 결혼식이라고 해도 그다지 화려하지도 않은 식이었다. 황제가 황궁을 빌려주려고 하는 걸 로웰이 한마디 했다고 들었다. 어떻게 했는지 짐작은 가지 않지만 말이다.

덕분에 근처 성당에서 작게 올린 결혼식에는 마을 사람 몇몇과 약국 직원, 거래처 사람들과 평민으로 분장한 황제가 왔다. 당연하게도 나이드는 오지 않았다. 그래도 꽃다발 하나 정도는 도착했다. 날려 쓴 것 같은 편지와 함께.

[들개 목줄 제대로 매어 두라고, 평민.]

　물론, 그 성의 없는 편지와 향 짙은 꽃다발에 분노한 것은 로웰이 아니라 벨로나였다. 차마 꽃은 버리지 못한 벨로나지만 편지만큼은 북북 찢어 깔끔하게 불에 태웠다. 그렇다고 꽃이 제대로 있었냐고 묻는다면 그것도 아니었다. 버리지도 못하고 벽에 걸어 둔 꽃은 벨로나가 인사를 갔다 오니까 없어져 있었다. 그것도 감쪽같이.

　물론 벨로나는 꽃을 만졌을 리 없는 로웰의 손에서 꽃향기가 난다는 사실도 눈치채고 있었다. 향에 민감한 벨로나기에 향 짙은 꽃 냄새를 못 알아볼 리 없었다. 그도 그럴 게 지금 마차 안에도 제법 진동하고 있으니까 말이다.

　"그래서, 꽃은 불에 태웠어요? 아니면 쓰레기통에 처박았어요? 로웰."

　맞은편에 앉아 있는 로웰이 곤란한 표정으로 시선을 옮겼다. 벨로나의 눈동자에 장난기가 짙게 스며든 채였다. 벨로나의 장난기를 알아챈 로웰이 작게 한숨을 내쉬었다. 그의 조금 어린 연인은, 아니 부인은 제법 눈치도 빠르고 영민한 데다 장난기가 많았다.

　"쓰레기통."

　결국 로웰이 먼저 백기를 들며 대답했다. 대답해 주지 않으면 그 눈동자로 끈질기게 쳐다볼 것 같았기 때문에.

　벨로나가 꽃향기를 빼기 위해 마차에 달린 창문을 조금 열었다. 벨로나가 생각하기에 로웰은 어린 구석이 있는 사람이었다. 물론 그게 싫다는 건 아니다. 종종 그럴 때마다 로웰은 귀엽게 보이기까지 했으니까.

　"그래도 슈가한테 질투하는 건 너무한 거 아니에요? 그래도 아직 어린앤데."

"네가 몰라서 그래, 그건 완전히 여우야. 천년 묵은 여우."

천년 묵은 여우라니. 이제 갓 청소년기에 접어든 어린애에게 할 말은 아니었다. 벨로나가 로웰을 쳐다보니 그가 찔끔 고개를 돌렸다. 구겨진 표정으로 팔짱을 낀 모습이 절대 합의할 생각은 없다는 듯 보였다. 사실 결혼이라고 해도 벨로나는 실감 나는 것이 없었다. 뭔가 변한 것 같지도 않다.

"근데 결혼했는데 별로 변한 게 없네요. 호칭이나 좀 바꿔 볼까요?"

"호칭……?"

"네, 자기야, 라고 부를까요? 아니면 여보야? 음. 그것도 아니면 허니? 달링?"

벨로나가 스스로 말하면서도 얼굴을 붉혔다. 입은 열심히 움직이는데 하나같이 내용들이 별로다.

벨로나가 조용히 입을 다물었다. 호칭이라고 해도 어쩜 저렇게 다 얼굴이 팔리는 것뿐일까. 그래도 어감은 나쁘지 않다. 허니와 달링을 뺀다면. 전생에 본 드라마에서도 저런 말은 없었던 것 같은데.

흐릿해진 전생의 기억을 뒤져 봤지만 마땅한 호칭이 떠오르진 않는다.

"내 새끼가 좋겠네요. 어이구, 로웰 내 새끼!"

한참 만에 벨로나가 대답을 내놨다. 벨로나가 로웰의 양 볼을 꼬집으며 마치 어린아이를 달래듯 말했다. 전생의 기억 중에 벨로나가 기억하는 것이었다. 할머니가 어린 손자에게 할 때의 그런 느낌으로. 차라리 이쪽이 나을 것 같아서 한 선택이었다.

로웰의 얼굴은 떨떠름, 그 자체였지만 말이다. 벨로나가 어깨를 으쓱였다. 여행지가 어딘지도 모르고 끌려가는 벨로나다. 이 정도 괴롭힘은 벨로나에겐 애교 수준이었다. 로웰이 어떻게 느낄지는 모르지만 말이다.

"……그래, 네가 하고 싶다면야."

로웰이 반쯤 체념한 목소리로 고개를 끄덕였다. 벨로나가 웃음을 터뜨렸다. 슈가를 달래기 위해서 했던 말은 사실이었다. 로웰은 벨로나가 싫어하는 짓을 한 적은 없다. 첫 만남을 제외한다면 로웰은 지금껏 벨로나 옆에 있는 가장 오래된 사람이었다.

"ㅂ…… 벨로나, 내 새끼."

로웰이 손을 뻗어 벨로나의 볼을 꾹 누르며 말했다. 붉어진 귓볼과 얼굴은 이미 사과라고 해도 과언이 아니었다. 고개를 슬쩍 돌리는 모습이 심지어 울기 직전처럼 보이기도 했다. 벙찐 것은 벨로나도 마찬가지였다.

이건 벨로나가 로웰에게 주는 애칭이었다. 그러니까 굳이 로웰이 벨로나의 것을 따라 하지 않아도 되었다는 이야기다. 물론 로웰이 이걸 따라 할 거라는 생각을 벨로나도 하지 못했다.

로웰의 입술이 꾹 닫혔다. 볼을 꾹꾹 누르는 것이 어지간히 민망한 듯했다.

"어…… 네. 잘했어요."

더듬더듬 벨로나가 고개를 끄덕였다. 그제야 벨로나에게 닿아 있던 손바닥이 떨어졌다. 벨로나의 얼굴이 확 달아올랐다. 방금까진 분명 아무런 느낌이 아니었는데. 로웰이 저런 표정을 하니 도리어 벨로나가 당황스러웠다. 아니, 같이 부끄러워졌다. 벨로나가 손으로 제 얼굴을 쓸어내렸다.

"음. 옆으로 가도 될까요? 로웰."

두근거리는 심장을 애써 부여잡으며 벨로나가 작은 목소리로 권유했다. 대답이 들리기도 전에 로웰이 옆으로 슬쩍 비켰다. 무언의 긍정이라는 걸 알기 때문에 벨로나가 벌떡 일어나 로웰의 옆에 찰싹 달라붙었다. 연애의 기분이라는 건 마차 속에서도 나는 모양이다. 벨로나로서도, 로웰로서도 처음 겪는 일이었다.

'뭐지, 이 터질 것 같은 느낌은.'

벨로나의 심장이 점점 더 빨라졌다. 결혼했다고 달라지는 건 없다고 생각했는데, 아니었던 모양이다. 많은 것이 달라졌다. 아니, 많은 것이 달라질 것 같았다. 벨로나가 숨을 들이켜고는 고개를 번쩍 들었다. 그리고 그대로 굳었다.

로웰과 정면으로 눈이 마주쳤다. 벨로나의 입이 꾹 닫혔다.

"키스, 해도 될까? 벨로나, 내 새끼."

로웰이 곧 터질 것 같은 얼굴로 벨로나의 볼에 조심히 손을 올리며 말했다. 열기가 후끈하게 볼에 닿았다. 벨로나가 고개를 끄덕였다. 안 될 건 또 뭔가. 마침 벨로나도 제법 분위기에 취한 상태였다.

로웰의 입술이 벨로나에게 닿았다. 그것도 잠시 로웰의 혀가 벨로나의 입안으로 들어왔다. 타액이 섞이며 조금은 질척한 소리가 마차에 울렸다. 벨로나가 슬쩍 풀린 눈동자로 로웰의 목을 팔로 휘감았다. 조심히 눈을 감는 벨로나에 로웰이 조금 더 적극적으로 몸을 붙였다.

"으음……."

치열을 훑고, 입안 예민한 곳을 찌르고 다니는 로웰의 혀에 벨로나가 신음성을 흘렸다. 로웰이 벨로나의 허리를 팔로 감고 단단히 지탱했다. 초옥. 촉. 입술을 맞추고, 입안을 헤집는 혀를 느끼며 벨로나가 몸을 떨었다. 이렇게 강렬하고, 짙은 키스는 처음이었다. 늘 그리 길지 않는 키스나 아니면 간단히 입만 맞추고 떨어진 일이 많았다.

하지만 오늘의 로웰은 이제 욕망을 숨기지 않겠다는 듯 굴고 있었다. 숨이 버거워질 때쯤에야 드디어 로웰이 살짝 입술을 뗐다. 간신히 숨을 쉴 수 있게 된 벨로나가 가쁜 숨을 몰아쉬었다. 긴 키스는 처음이라 코로 쉬는 것도 한계가 있었다.

"한 번 더?"

로웰이 벨로나의 귓가에 속삭였다. 뜨거운 입김과 섞인 목소리가 매우 자극적이었다. 단지 음성뿐인데도 불구하고 말이다. 벨로나로 선 거부할 마음이 없었다. 벨로나는 호기심이 많았고, 이런 쾌락은 그녀로서도 처음이었으니까.

"좋죠."

벨로나가 흔쾌히 고개를 끄덕였다. 로웰의 입가에 미소가 짙어졌다. 설마 마차에서 하루 종일 키스만 하게 될 줄은 몰랐던 벨로나는 유혹하듯 로웰의 입술에 제 입술을 겹쳤다. 간신히 마차가 야영을 위해 멈춰 섰을 때에야 로웰은 벨로나의 입술에서 떨어졌다.

통통하게 부어오른 입술에 벨로나가 결국은 고개를 푹 숙였다. 로웰은 정도를 몰랐다. 키스만으로 탈진 상태에 달할 수도 있다는 사실을 깨달은 벨로나가 손바닥에 얼굴을 묻었다.

"결국 네 말대로 난 행복해졌어, 벨로나."

로웰의 말에 슬쩍 고개를 들었다. 로웰이 웃으며 벨로나를 봤다. 벨로나가 손을 뻗어 로웰을 끌어안았다. 누군가를 죽이지 않은 것은, 형제를 죽이지 않은 것은 다행이었다.

"내 복수는 성공한 거지. 널 만나서 다행이야."

"저도 로웰을 만나서 다행이에요."

로웰을 만나서 벨로나도 행복해졌다. 전생과 현생을 걸쳐서 몰랐던 감정을 알게 됐다. 사랑을 하고, 연애를 하고, 결혼까지 했다. 행복한 것은 벨로나도 마찬가지였다. 뜻하지 않은 행복한 결말을 가져다준 것은 로웰이었다. 사람들도 마찬가지다.

몽블랑도, 레이먼드, 슈가도, 전부 로웰로 인해서 만나게 됐다. 벨로나는 로웰 덕분이라고 생각한다. 물론 로웰에겐 이야기하지 않은 것이었지만.

"생각보다 많이 좋아해요, 정말요."

벨로나가 조심스럽게 로웰의 입술에 입을 맞췄다가 떨어졌다. 깊은 키스는 아니었지만 충분히 애정이 느껴지는 키스였다.

벨로나와 나이드와 위장약!

신혼여행까지 무사히 다녀온 벨로나에겐 최근 취미가 생겼다.

다시 형 덕후로 돌아간 나이드를 로웰 대신 괴롭혀 주는 것이다. 결코 좋다곤 할 수 없는 취미생활이지만, 최근 벨로나의 기분을 고공행진하게 해 주는 것이기도 했다.

매주 주말, 벨로나는 황궁에 방문했다. 다행히 현 황제는 로웰과 결혼한 벨로나의 출입을 막지 않았다. 그로서는 형님을 존경하기 위한 수단 중의 하나인 듯했으나, 나이드에겐 죽어 갈 만한 일이었다.

"어머, 나이드 도련님. 그간 강녕하셨나요?"

물론 행복한 주말인 오늘도 벨로나는 나이드를 찾아왔다. 벨로나가 둥글게 미소를 지으며 소프라노 톤으로 물었다. 어딜 봐도 가식이 가득 느껴지는 행동거지였다. 나이드가 연거푸 마른세수를 했다.

"……여기는 어떻게 왔지?"

"호호호. 주변에 정보통이 좀 많아서요."

벨로나가 손으로 입을 가리고 귀부인 흉내를 냈다. 나이드의 표정이 한층 더 어두워졌다. 그는 요즘 주말이 오는 게 두려워서 차마 잠도 제대로 자지 못하고 있었다.

나이드는 그가 좋아하는 형님이 있는 황궁도 피해 저택으로 도망쳤다. 헛걸음할 벨로나를 생각하며 통쾌해하기도 했다.

……적어도 조금 전까지는.

설마 헛걸음은커녕 저택까지 바로 방문할 줄은 생각지도 못했다. 나이드의 얼굴에 깊은 수심이 자리 잡았다.

'죽일까.'

오늘도 나이드는 번민에 휩싸였다. 하지만 그녀의 목을 뎅강 썰어내기엔 후환이 만만치 않다. 이번에 목숨이 끊길 때까지 스토킹당하는 건 자신 쪽일지도 모른다. 거기까지 생각하니 검 손잡이에 닿았던 손을 바르르 떨면서도 내릴 수밖에 없었다.

'게다가 형님이 싫어하실 거야…….'

어쩌면 평생 봐 주지 않을지도 모른다. 그건 어떤 상황보다 끔찍한 일이었다. 이제 간신히 형님과 다시 가까워졌는데. 그렇게 생각하면 눈앞에서 깝죽거리는 이 여자를 죽일 수 없다.

나이드가 소리 없이 입안을 깨물었다.

문제는 벨로나가 그 사실을 너무도 잘 자각하고 있다는 것이었다. 벨로나는 이 먹이사슬의 최정점에 결국 자신이 있다는 걸 잘 알고 있었다. 그건 벨로나에겐 행운임과 동시에 나이드에겐 더없는 불운이었다.

제 위치를 잘 알고 있는 사람만큼 골치 아픈 사람도 없으니까. 또 벨로나가 나이드가 참지 못하고 이성을 잃을 정도로 막무가내로 나가는 것도 아니었다. 나이드가 참을 수 있는 아슬아슬한 선에서 벨로나는 치고 빠져나갔다.

"-당장 나가."

그가 할 수 있는 말은 최대한의 인내심을 그러모아 축객령을 내리는 것뿐이었다. 나이드의 축객령에 벨로나는 몹시 화사하게 웃어 보였다. 그리곤 말없이 고개를 돌려 소파에 앉았다. 무시였다.

"오늘은 얼그레이차가 먹고 싶네요, 나이드 도련님?"

벨로나는 그녀답지 않게 위부터 아래까지 드레스로 꾸몄다. 물론 뭇 귀족이나 귀부인들의 드레스에 비견한다면 초라하기 그지없는 것이었지만, 늘 바지를 입고 다니는 벨로나에겐 어색한 옷차림이었다.

"나가라고 했는데."

"호호호, 도련님도 참. 안 나갈 거 뻔히 알면서!"

벨로나가 투정을 부리듯 나이드의 옆구리를 툭 치며 말했다. 언성을 높이려던 나이드가 한숨을 쉬듯 숨을 들이마셨다. 어울리지 않게 소프라노 톤으로 끌어 올리는 목소리는 그에게 있어 매우 거슬렸다.

"……."

나이드가 얼굴을 굳혔다. 지금까지의 결과로 백날 말을 해 봐야 입이 아프다는 건 알고 있다. 나이드가 말없이 주먹을 그러쥐고 책상에 앉았다. 손가락을 튕기니 근처에 있던 메이드가 고개를 숙인다.

"저 계……."

입을 열던 나이드가 벨로나를 한 번 쳐다보고 한숨을 내쉬었다.

"그녀에게 얼그레이차 가져다줘."

"네, 알겠습니다. 주인님."

저놈이니, 계집이니, 평민이니. 처음에는 그런 호칭을 썼다가 나이드는 정말 호되게 당했다. 하루 종일 제 집무실이든, 어디든 졸졸 쫓아오더니 심지어는 화장실까지 쫓아오려 했다. 문 앞에서 쉴 틈 없이 노크하며 재잘거리는 것을 듣다가 나이드는 처음으로 남에게 부탁이란 걸 해 봤다.

'제발 닥쳐! 어떻게 해야 그 입을 닥쳐 줄 거야?!'

'어머, 드디어 제 말을 들어 주실 마음이 생겼나 봐요? 음…… 일
단은 평민이니 계집이니 하는 호칭부터 바꿔 보는 건 어때요? 벨로
나라는 멋진 이름이 있으니까요.'

물론 그것을 부탁이라고 생각하는 건 나이드 혼자만의 일이었다.
생글생글 웃으며 벨로나는 나이드의 앞에서 조건을 내밀었다. 나이
드가 호칭을 그만두고 나니 벨로나는 적어도 스토킹 수준의 쫓아다
님은 하지 않게 됐다.

나이드가 쌓여 있는 서류 중의 하나를 집어 들었다. 물론 이 글자
가 눈에 들어올 거라는 생각은 나이드도, 벨로나도 하고 있지 않다.
그저 이 어울리지 않는 침묵 속에 그러한 종잇조각이라도 필요할 뿐
이었다.

"도련님."

"……또 뭐지."

나이드가 부글부글 끓어오르는 속을 꾹꾹 눌러 담으며 대답했다.
벨로나는 다리를 꼰 채 뭐가 그렇게 마음에 들지 않는지 제 무릎에
턱을 괴었다. 여상한 표정으로 찻잔을 매만지던 벨로나가 싱긋, 웃었
다.

나이드가 웃지도, 울지도 못하는 괴상한 표정으로 벨로나를 쳐다
봤다. 떨떠름한 그 표정을 보던 벨로나가 찻잔을 톡 밀쳤다.

"도련님이 끓여 주면 좋겠다, 얼그레이차."

"……뭐?"

"솔직히 제가 하나밖에 없는 형수님이잖아요? ……그런데 도련님
은 매번 시녀분들한테 손가락 팅겨서 시키기만 하시고……."

벨로나가 안타깝다는 표정으로 고개를 저어 가며 말했다. 누군가
가 본다면 불쌍하다거나 안쓰럽다는 생각이 들었을지 모르겠지만 나
이드는 아니었다. 그녀의 실체를 아는 나이드로선 가증스럽기 짝이

없는 모습이었다.

"이렇게 도련님의 은혜에 집까지 찾아오게 됐는데, 역시 도련님께서 내려 주는 차를 한 번은 먹어 봐야 할 것 같아서요."

벨로나가 생글생글 웃으며 말했다. 웃는 낯에 침 뱉지 못한다고 하던데, 나이드는 침을 한 동이는 벨로나의 얼굴에 뿌릴 수 있을 것 같았다. 그는 최근 자신의 인내심을 극한까지 시험당하는 중이었다. 그때마다 하나뿐인 형님인 에스페라를 생각하며 참아 내기도 수십 수백 번이다.

그렇게 나이드는 오늘도 번민에 사로잡혔다.

'정말 죽이면 안 될까.'

나이드가 허리춤에 있는 검집을 매만졌다. 나이드는 단 한 번도 무언가를 이렇게까지 참아 본 기억이 없었다. 참아야 했던 적도 없었으며, 참을 필요성도 없었다. 하지만 모든 것에도 예외가 있듯 눈앞의 벨로나는 정말 드물디드물게도 그 예외에 속해 있었다.

욱씬. 누군가 바늘로 위를 쿡쿡 찌르는 것같이 아파져 옴에 나이드의 곱던 미간이 구겨졌다.

나이드가 이를 악물며 입술을 뗐다.

"……못 들은 걸로 하지. 적당히 하지 않으면 정말 그 목, 바닥에 떨어질 줄 알아. 많이 참았다는 걸 너도 알 텐데."

나이드가 위가 있는 부위의 옷자락을 부여잡으며 으르렁댔다. 벨로나가 윗입술을 핥았다. 누가 형제 아니랄까 봐 으르렁거리는 모습은 로웰과 똑 닮아 있다. 벨로나가 나이드의 표정에서 로웰의 파편을 찾으며 어깨를 으쓱였다.

그녀는 여기서 물러설 생각이 조금도 없었다. 아무리 생각해도 로웰이 그렇게 당하고도 복수를 그만두는 건 괘씸하고, 평민이니 계집이니 불리는 건 마음에 안 든다.

'싹수없던 꽃과 편지를 생각하면 여기서 끝낼 순 없지.'

벨로나는 나이드의 성격을 완전히 뜯어고칠 예정이었다. 적어도 벨로나 그녀에겐 함부로 이를 드러내지 못하도록.

다행히 황제인 에스페라는 여전히 로웰에게 좋은 감정이 있었다. 로웰을 들먹이며 한 벨로나의 부탁을 그는 거절하지 않았다.

물론 거기에 로웰의 입김이 약간 작용했다는 걸, 뭐…… 부정하진 않겠지만.

다신 보지 않겠다고 맹세했던 로웰은 결국 벨로나의 부탁 아닌 부탁으로 황제와 얼굴을 맞대게 됐다.

'그 뒤로도 한 번씩 종종 만나는 것 같지만…….'

그렇게 밀어내고 밀어냈어도, 결국 형제든 가족이든 내팽개치진 못한 모양이었다. 게다가 황제의 직위를 가지고 있는데도 로웰 앞에서는 어린애처럼 구는 에스페라를 로웰이 모질게 내쫓지 못하는 것도 있는 듯했고 말이다.

"그럼 하는 수 없네요."

한숨을 내쉬며 벨로나가 자리에서 일어났다. 나이드의 눈썹이 치켜 올라갔다. 가늘게 뜬 눈으로 나이드는 벨로나의 행동을 좇아 시선을 움직였다. 어디로 튈지 모른다. 나이드는 절대 안심하지 않았다.

"주실 때까지 이 집에 눌러앉는 거로 할게요."

콰당, 나이드가 거칠게 자리에서 일어났다. 그 반동으로 의자가 뒤로 고꾸라졌다. 시끄러운 소리에도 아랑곳하지 않던 벨로나는 뒤도 돌아보지 않고 문고리를 잡았다. 도리어 급해진 건 나이드였다.

"잠깐!"

"……네?"

한 손으로 입을 가린 벨로나가 가증스럽게도 고개를 갸웃거렸다. 나이드의 손이 부들부들 떨렸다. 그녀의 손바닥 위에서 놀아나는 느낌을 지울 수 없었지만, 나이드는 또다시 스토킹을 방지하려면 벨로나가 원하는 것을 들어줄 수밖에 없다는 것도 알고 있었다.

"알았어, 알았다고! 그것만 타 주면 가는 거겠지?"

나이드가 대공의 모습은 다 때려치우고 어린애처럼 거칠게 발을 구르며 말했다. 어설픈 모양새로 무게를 잡던 말투도 자취를 감췄다. 그런 나이드를 위에서 아래로 내려다보던 벨로나가 작게 신음성을 삼켰다.

'여기서 물러나는 게 가장 적당할 것 같은데……'

벨로나가 제 턱을 손가락으로 톡톡 치며 고민에 휩싸였다. 조금 더 건드려 볼지, 아니면 여기서 물러날지 벨로나는 고민했다.

나이드는 벨로나의 대답을 초조하게 기다렸다. 여기서 고개를 젓는다면…… 상상하기도 싫을 것 같다.

"좋아요, 그럴게요. 도련님도 쉬셔야 하니까요."

"후우."

고민을 마친 벨로나가 흔쾌히 고개를 끄덕였다. 동시에 나이드가 한숨을 내쉬었다.

그녀는 경쾌한 발걸음으로 다시 원래 있던 소파로 돌아가 앉았다. 원하는 걸 얻었으니 깔끔하게 물러날 때도 있어야 하는 법이다.

'로웰이 적당히 괴롭히라고 하기도 했으니까.'

최근에 조금 집요하게 괴롭히긴 했다. 오죽하면 꿋꿋하게 버티고 있던 나이드 대공이 꽁지를 말고 저택으로 도망쳤을까. 차를 타 오겠다며 나가는 뒷모습을 바라보며 벨로나가 작게 키득거렸다.

처음에는 심술이었다. 물론 지금도 심술이 95%는 섞여 있긴 했다. 다만, 계속 무시하려는 꼴이 영 거슬렸을 뿐이다. 당한 것은 배로 갚아 줘도 모자란 것이 벨로나였다. 그녀는 로웰에게 안전보장을 요청했고, 로웰은 그걸 황제인 에스페라에게 전한 모양이었다.

"그러니 죽이지도, 살리지도 못한다는 표정으로 발을 동동 구르겠지만."

벨로나가 다 식은 얼그레이차를 한 모금 마셨다.

'최근 위장약도 먹는다고 하는 것 같던데…….'

위를 만지작거리는 걸 보아하니 제법 스트레스를 받는 듯했다. 하지만 그날, 피범벅이 되어 찾아왔던 로웰을 생각하면 위장약 정도는 코웃음을 치고 싶었다. 슬슬 적당히 하지 않으면 저 다혈질이 뒤로 암살할지도 모른다는 생각은 벨로나도 하고 있긴 했다.

'조금만 더 길들여야겠다.'

채찍을 잔뜩 줬으니 한 번쯤은 쿨하게 물러가는 당근을 줄 필요도 있었다. 원하는 걸 해 주면 순순히 물러난다는 사실을 철없는 도련님이 깨닫게 된다면…….

벨로나가 환하게 웃었다. 순수하고 티 없는 웃음이긴 했지만, 나이드가 봤다면 온몸을 떨었을 것이 분명했다.

달칵. 문이 열렸다. 쟁반 위에 차 한 잔이 놓여 있었다. 물론 벨로나의 시선은 그것보단 나이드의 몰골에 향했다.

"자, 얼른 먹고 가."

고급 찻잔에 담긴 차를 내밀며 나이드가 말했다. 벨로나가 앞섶이 쫄딱 젖어 있는 나이드를 가느다란 눈으로 살폈다.

"……음, 도련님. 찻물을 우물 들어가서 퍼 오셨나요?"

명백히 차를 내리다가 쏟은 모양새였지만 벨로나는 고개를 갸웃거리며 물었다. 태연자약한 물음에 나이드의 얼굴이 새빨갛게 달아올랐다. 부들부들 떨리는 나이드의 몸을 바라보던 벨로나가 이크, 작게 탄성을 내뱉었다.

벨로나가 차를 한 모금 마셨다. 그리고 그녀는 조용히 찻잔을 내려놨다.

"호호호, 다음에 봬요, 도련님."

벨로나가 입을 막으며 종종걸음으로 방에서 나갔다. 나중에 벨로나가 로웰에게 표현하길, 세상 다시없을 끔찍한 혼종의 맛이었다고 한다. 그러면서 다시는 차를 내오게 하지 않겠다고 충격적인 표정으로 여러 차례 웅얼거렸다.

"……거기, 내 방 협탁 위에 있는 위장약 가지고 와라."

"네, 알겠습니다. 주인님."

끔찍한 기억을 더듬던 벨로나가 한동안 나이드의 일 보 뒤에서 졸졸졸 쫓아다녔다는 건 황성 내에서도 제법 유명한 이야기가 됐다.

-The end

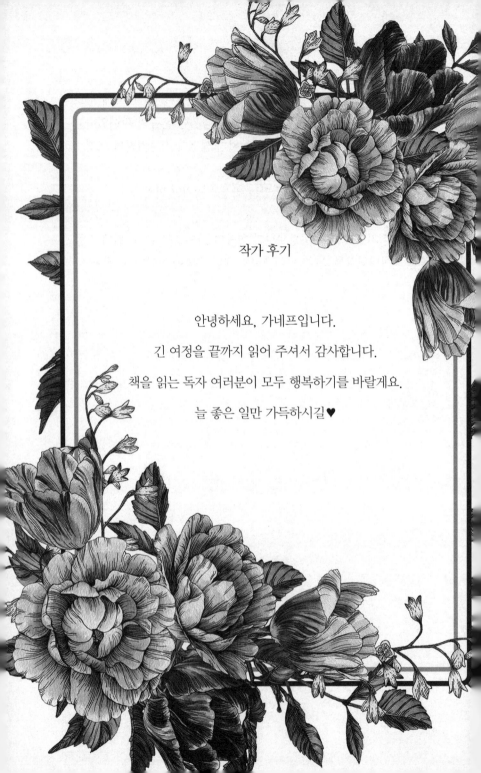

작가 후기

안녕하세요, 가네프입니다.

긴 여정을 끝까지 읽어 주셔서 감사합니다.

책을 읽는 독자 여러분이 모두 행복하기를 바랄게요.

늘 좋은 일만 가득하시길♥